rororo

Philip Kerr, geboren 1956 in Edinburgh, lebt als freier Autor in London. Für seinen Roman «Das Wittgensteinprogramm» (rororo 22812) und seinen Hightech-Thriller «Game over» (rororo 22400) erhielt er den Deutschen Krimi-Preis. Im Rowohlt Taschenbuch Verlag liegen außerdem vor: «Esau» (rororo 22480), «Newtons Schatten» (rororo 23410), «Der Plan» (rororo 22833), «Der zweite Engel» (rororo 23400), «Gesetze der Gier» (rororo 23145), «Der Tag X» (rororo 23252), «Feuer in Berlin» (rororo 22827), «Im Sog der dunklen Mächte» (rororo 22828) und «Alte Freunde – neue Feinde» (rororo 22829).

PHILIP KERR

DER COUP

Thriller

Deutsch von Cornelia Holfelder-von der Tann

Rowohlt Taschenbuch Verlag

Die Originalausgabe erschien 2004 unter dem Titel
«Leverage» bei Chatto & Windus, London

Lektorat Heiner Höfener

Veröffentlicht im Rowohlt Taschenbuch Verlag
Reinbek bei Hamburg, Januar 2006

Umschlaggestaltung any.way, Barbara Hanke, Hamburg
(Fotos: photonica/Borucki)
Druck und Bindung Clausen & Bosse, Leck
Printed in Germany
ISBN 13: 978 3 499 23642 6
ISBN 10: 3 499 23642 7

Für … THE MONEY, wofür sonst?

DIE SPEISEKARTE zu schreiben und dann die fertige Vorlage auf dem dicken grauen, fast transparenten Papier, das aussah wie aus einem Architekturbüro geklaut, in den nächsten Printshop zu bringen war jeden Morgen Eves Aufgabe. Während die Karte in Arbeit war, hatte Eve normalerweise nichts weiter zu tun, als in ein Village-Café auf der anderen Straßenseite zu gehen, einen Espresso zu trinken und einen Blick in die *New York Daily News* zu werfen. Das war für sie der einzige wirklich entspannte Moment des Tages. Heute Morgen jedoch begann ihre Entschlackungskur, und das hieß zweiundsiebzig Stunden keinen Kaffee. Außerdem wurde der Scanner im Printshop gerade gewartet, weshalb Mister Jamal, der Inhaber, erklärte, er werde die Speisekarten persönlich vorbeibringen, sobald sie fertig seien. Und aus irgendeinem Grund war heute die *Daily News* nicht gekommen. Was alles zusammen bedeutete, dass Eve nur etwa zehn Minuten außerhalb des Restaurants verbracht hatte statt wie sonst eine Stunde. Aber das machte ihr im Grund nichts aus. Es galt, eine Ladung Krebse zu töten, und das tat sie lieber auf die sanfte Art, indem sie die Tiere in kaltes Leitungswasser legte, statt sie, wie so viele Köche, lebendig zu kochen. Sie auf diese Weise zu töten dauerte länger, aber Eve konnte den Gedanken nicht ertragen, dass irgendeine Kreatur ihretwegen leiden musste. Sie hätte ja gar keine Krebse gekocht, aber Brad, ihr Mann, hatte darauf bestanden, mit dem nicht ganz von der Hand zu weisenden Argument, ein New Yorker Restaurant, das im Sommer keine Krebse führte, würde bald Pleite gehen.

Wenn sie diese Aufgabe vor sich hatte, war Eve immer still

und in sich gekehrt, deshalb dachte sie zunächst, es hätte sie einfach niemand ins Restaurant zurückkommen hören. Aber da war keine Spur von Brad, ihrem Mann, und Lorraine, der Frühschichtbedienung, die morgens die Teppiche saugte, die Tische deckte und manchmal auch Reservierungen entgegennahm. Es sah ganz so aus, als seien die beiden irgendwohin verschwunden.

Eve versuchte, nicht drüber nachzudenken, und ging direkt in die Küche, wo die Kiste mit lebenden Krebsen immer noch auf dem Fußboden stand. Die flehend zwischen den Holzlatten hindurchgestreckten Scheren erinnerten sie wie immer an den Holocaust, an die Viehwaggons voller Juden, die quer durch Europa ratterten, zu den Vernichtungslagern. Was war sie, Eve, anderes als ein Küchen-Eichmann? Die Aussicht, drei Dutzend Krebse zu Tode zu befördern, und sei es auf ihre sanfte Art, machte sie gereizt und deprimiert. Das war alles Brads Schuld. Warum konnte er sie nicht selbst töten? Natürlich kannte sie die Antwort. Brad machte es nichts aus, Krebse zu töten, so wenig wie die Vorstellung, ihnen Pein zuzufügen. Er warf sie einfach in kochendes Wasser und verhöhnte sie, Eve, mit einem brutalen, verächtlichen Lachen wegen ihrer zimperlichen Grimassen und zugehaltenen Augen. Das konnte Eve nicht ertragen.

«Wenn du sie auf humane Art getötet haben willst, musst du's selbst machen», brüllte er dann. «Ich habe keine Zeit, den Dr. Kervorkian für eine Ladung gottverdammte Krebse zu spielen. Ich betreibe hier ein Restaurant und keine Tierklinik.»

Eve band sich die Schürze um und ließ den größten Topf mit kaltem Wasser voll laufen. Dann ging sie die Brechstange holen, um die Kiste aufzustemmen; Brad, der sich um den Weinkeller kümmerte, bewahrte das Ding normalerweise dort unten auf.

Kennen gelernt hatte sie ihren Mann, als sie beide am Golf gewesen waren. Major DeLillo, Panzerkommandant unter Major General Barry McCaffrey, hatte vor, aus der Army auszuscheiden, um das italienische Restaurant seines alten Vaters zu übernehmen. Doch zuerst brauchte er eine Frau, und da kam Eve, zu der Zeit Captain der Army, ins Spiel. Sie heirateten, nahmen ihren Abschied von der Army, machten für siebzehntausend Dollar am McIntosh College in Dover, New Hampshire, einen Lehrgang, der mit dem Cordon-Bleu-Diplom abschloss, und arbeiteten dann in dem Restaurant, bis sie es 1995, als Brads Vater starb, schließlich übernahmen. Rund vier Jahre lief alles bestens. Während Brad die Gäste begrüßte, Wein servierte, letzte Hand an Pastasaucen legte und Zabagliones zauberte, wie es ihn sein Vater gelehrt hatte, wirkte Eve in der Küche Wunder. Sie war eine exzellente Köchin geworden – das *New York Magazine* nannte ihren gegrillten Schnappbarsch den «besten von ganz Manhattan» und ihr Lachs-Carpaccio ein «transparentes Mirakel».

Doch ebenso transparent waren für Eve Brads ständige Weibergeschichten: Er konnte dem Anblick eines Serviererinnenhinterns im engen, kurzen schwarzen Rock so wenig widerstehen, wie er es lassen konnte, seine dämlichen Zaubertricks vorzuführen oder von der *Torta di nocciole* zu naschen. Eve hatte ihr Bestes getan, seine Schäkerei zu ignorieren, so wie sie es vielleicht ignoriert hätte, wenn ein guter Sommelier sich ab und zu beim Wein bedient hätte, und sie versuchte, das Problem praktisch anzugehen, indem sie nur Bedienungen einstellte, die sie für unattraktiv hielt. Doch es gehört zu den leidigen Tatsachen des Lebens, dass es immer ein Fehler ist, in Sachen erotische Anziehung die Reaktionen anderer prognostizieren zu wollen. Kuppelei erfordert ebenso viel Erfahrung und Übung wie die Zubereitung eines perfekten *Monte bianco*, und Abneigung vorherzusagen, ist manchmal nicht minder schwer. Die meisten Ehefrauen überschätzen den Geschmack ihrer Männer in Bezug auf andere Frauen. «Niemand auf der Welt», bemerkte H. L. Mencken, «hat je dadurch Geld verloren, dass er die Intelligenz der breiten Masse unterschätzte.» Rückblickend hätte

Eve vielleicht hinzugefügt: «Oder deren Geschmack in Sachen Frauen.»

Eine Sekunde lang dachte sie, Brad müsse sich verletzt haben, und als sie zur Tür des Weinkellers eilte, durch die ein lautes Stöhnen drang, schlug ihr das Herz im Hals, weil sie sich sicher war, dass das, was sie so oft vorhergesagt hatte, nun endlich eingetreten war. Ein wackliger Turm aus Weinkisten, die auszupacken sie Brad schon so oft gedrängt hatte, musste auf ihn herabgestürzt sein. Doch dann, die Hand schon auf der Türklinke, hielt sie inne, als ein neuerliches Stöhnen, diesmal affirmativerer Natur, an ihr Ohr drang. Das Stöhnen einer Frau. Das war keine Pein, sondern etwas ganz anderes. Leise öffnete sie die Tür einen Spalt und guckte hinein.

Lorraine kniete auf einer Kiste Brunello di Montalcino, der ein 1990er und wohl der beste Wein auf ihrer Karte war. Lorraine war einen halben Kopf größer als Brad. Sie trug eine Brille und zu viel Make-up. In Eves Augen war Lorraines Nase zu mächtig, wie auch ihr Hintern, von dem Eve jetzt mehr als genug sah. Brad stand hinter ihr, mit heruntergelassener Hose, grunzte, als hätte er zu viele Gnocchi gegessen, und klatschte immer wieder mit der flachen Hand auf ihren nackten Arsch, als gälte es, sein Lieblingspferd anzutreiben. Ein Mädchen mit einem solchen Arsch führte Eves gesamte Bemühungen, sich fit zu halten und für ihren Mann hübsch zu bleiben, ad absurdum. Aber das war es nicht, was Eve am meisten verstörte. Und es war auch nicht der träumerische, fast schon ekstatische Ausdruck auf dem attraktiven Gesicht ihres Mannes. Brad genoss das Geschehen ganz offensichtlich. Aber da war noch etwas anderes. Was Eve am meisten verstörte, war, dass im Rhythmus der klatschenden Beckenstöße gegen Lorraines cremeweißes Hinterteil Brad deutlich und mantraartig wiederholte: «Ich lieb dich, lieb dich, lieb dich, lieb dich.»

Tränen in den Augen, schloss Eve leise die Tür und ging wieder nach oben ins Restaurant, wo sie mehrere Minuten bitterlich weinte. Doch so sollten sie sie nicht vorfinden, also wischte sie sich die Tränen weg, schnäuzte sich die Nase, goss sich ein Glas Grappa ein, kippte es mit wenig Genuss hinunter und ging dann in die Toilette, um ihr Make-up in Ordnung zu bringen, ehe sie darauf wartete, dass die beiden wieder heraufkamen.

Sie war eine hoch gewachsene, gut aussehende Frau in den Dreißigern, und das Gesicht, das ihr, von einer präraffaelitischen Flut kastanienbraunen Haars umflossen, aus dem Spiegel entgegenstarrte, war gar nicht übel. Ihre Nase hatte gleich unterhalb der Wurzel einen kleinen Höcker – Folge einer Karate-Trainingssession –, aber der war in keiner Weise hässlich; die meisten Leute fanden, dass er sie erst recht sexy machte. Ihre blauen, tränenfeuchten Augen sahen zwar aus, als hätte ihr jemand roten Cayennepfeffer hineingestreut, aber sie hatte ansprechende Züge, eine hohe Stirn, wenn auch mit den ersten Anzeichen von Missmutsfalten, die sie Brad verdankte, eine Haut, so weich und glatt wie Pistazieneis, und einen Mund, der, Brads Mund nicht unähnlich, so breit und so verlockend war wie ein Schnitz Charentais-Melone. Als sie Schritte in der Küche hörte, öffnete sie die Tür und sah Brad neben der Krebskiste hocken. Jenseits der Küchentür war Lorraine jetzt am Staubsaugen.

Er drehte sich um und sagte: «Hab dich gar nicht zurückkommen hören.» Und dann zu den Krebsen: «Ist wohl Zeit für euer Bad, Jungs. Aber soll euch Daddy baden, oder macht es Mommy?»

«Du Schwein.»

Brad erhob sich und sah sie an. Es gab da im Metropolitan Museum ein Gemälde von Bronzino, das Eve immer an Brad erinnerte: das Porträt eines jungen Mannes, gemalt im Jahr 1550. Bronzinos Modell hatte mehr Haare, vermutlich jedenfalls – wegen der spanischen Mütze war das schwer zu sagen. Ansonsten jedoch sah es aus wie eine jüngere Ausgabe von

Brad. Die gleiche coole Lässigkeit. Die gleichen vollen, sinnlichen Lippen, die gleiche kräftige Nase. Die gleichen grazilen Hände – Brads bewegliche Anemonenfinger hielten niemals still, sondern zauberten immerzu Münzen aus der Luft oder Asse aus den Taschen irgendwelcher Leute. Die gleiche sichtlich hoch entwickelte Libido. Mit einem coolen Lächeln sagte Brad: «Was ’n los? Du siehst aus, als hättest du Zwiebeln geschält.»

«Ich schäl dir gleich dieses dämliche Grinsen vom Gesicht», sagte sie und brach wieder in Tränen aus.

«Was’n los mit dir?»

«Du hältst mich wohl für eine komplette Idiotin.»

«Nein.»

«Du und sie.»

«Was?»

«Ich habe euch gehört, Brad. Im Keller.»

«Ich war im Keller, klar. Lorraine hat mir geholfen, ein paar Weinkisten aufzukriegen.»

«Das ist nicht alles, was du aufgekriegt hast. Ich habe gesehen, wie du den Korken aus ihrer Flasche gezogen hast.»

«Gehört oder gesehen? Was denn jetzt?»

«Beides, du verlogene Ratte.» Eve packte seine Hand und schnupperte an seinen Fingern. «Ich rieche sie noch an dir, du miese, verlogene Ratte.»

Brad riss seine Hand weg und beschnupperte selbst seine Finger. «Krebse», sagte er achselzuckend und zeigte auf die Kiste am Boden. «Ich hab die Kiste reingebracht, kurz bevor du gegangen bist. Das ist es, was du riechst.»

Lorraine, die ihre lauten Stimmen gehört hatte, steckte den Kopf zur Küchentür herein. «Alles okay da drin?», fragte sie unschuldig.

Eve schüttelte den Kopf. Wer hätte das von einem Mädchen wie Lorraine gedacht? Sie war nicht leichtlebig, nein, im Gegenteil, sie neigte eher zur Schwermut. Außerdem war sie gut katholisch und ging mehrmals die Woche zur Messe. Wer hätte gedacht, dass Brad so ein junges Ding – sie war sechsundzwanzig – attraktiv finden würde?

«Wir haben gerade von Ihnen gesprochen, Lorraine», sagte Eve. «Brad meint, Sie riechen wie Krebse.» Sie deutete mit einer Kopfbewegung auf die Gegend unterhalb der üppigen Taille des Mädchens. «Sie wissen schon. Da unten.»

«Lass sie da raus, Eve», befahl Brad.

«Ich wüsste nicht, wie das gehen sollte, du? Und wie war's, Lorraine? Hat die Erde gebebt? Oder nur die Weinkiste, auf der Sie gekniet haben?»

Brad hob die Hände, als kapitulierte er. «Okay, hör zu, tut mir Leid. Was passiert ist, ist eben einfach passiert. Zwei Menschen.» Er zuckte die Achseln. «Es war einfach nur so ein Ding, verstehst du?»

«Schüttle das nicht einfach so ab wie ein billiges Sweatshirt, Brad. Du treibst es schon seit Wochen mit ihr. Und davor war es diese albanische Bedienung, die du für eine Italienerin gehalten hast, du blöder … Und davor war es dieses Weibsstück mit den Pompano-Beach-Titten.» Als sie Lorraines verdutztes Gesicht sah, lächelte Eve. «Ganz recht, Schätzchen, du bist nur das heutige Tagesgericht.»

«Ich hab doch gesagt, lass sie da raus», brüllte Brad und machte den schwerfälligen Versuch, Eve eine zu knallen. Aber Eve war zu schnell. Zu schnell und zu kräftig. Fast schon automatisch konterte sie mit einem blitzartigen Faustschlag gegen seine Schulter, und Brad landete auf dem Hintern, wobei er die Krebskiste unter sich zermalmte.

«Himmel», jammerte er. «Ich glaube, du hast mir das Schlüsselbein gebrochen.»

«Schmeiß es in den Müll, zu meinem Herzen.»

«Du elendes Miststück», sagte Lorraine, kniete sich neben Brad und versuchte, sein Hemd wegzuziehen. Ein paar Krebse waren aus der kaputten Kiste entwischt, und als Eve Lorraine ängstlich zusammenfahren sah, packte sie den größten Krebs und schwenkte ihn vor Lorraines Gesicht. Lorraine schrie auf.

«Was ist denn, Lorraine? Du magst doch Ratten. Was hast du dann gegen Krebse?», Sie bewegte den Krebs auf Lorraine zu wie eine achtfingrige grüne Hand. Lorraine schrie wieder und rannte, verfolgt von Eve, hinaus ins Restaurant.

In dem Moment kam Mr. Jamal mit den Speisekarten zur Eingangstür herein, und als Lorraine ihn erblickte, schrie sie: «Rufen Sie die Polizei. Sie bringt mich um.»

Eve trieb Lorraine hinterm Tresen in die Enge und titschte ihr mit dem Krebs in Gesicht und Haar. Bei jeder Berührung der Krebsscheren schrie Lorraine wie das Opfer eines mittelalterlichen Autodafé. Mister Jamal legte die Speisekarten hin und flüchtete.

«Ich bring dich nicht um, Lorraine. Das wäre zu kurz und schmerzlos für eine Hure wie dich. Nein, ich glaube, ich werde dich in den Keller runterbringen und dich diesen Krebsen zum Fraß vorwerfen. Ich wette, die haben schon lange nicht mehr so ein knackiges Stück Dreck verspeist.»

In einem verzweifelten Fluchtversuch hechtete Lorraine über den Tresen. Doch Eve erwischte sie wieder, rang sie auf einen Tisch nieder, nagelte sie fest und hielt ihr den Krebs jetzt direkt übers Gesicht. Lorraine starrte in die diversen Augen des Krebses, spürte die kalte, kratzige Berührung einer Schere und stieß ihren bisher längsten und lautesten Hitchcockheroinenschrei aus.

Just in dem Moment traten die beiden Polizisten durch die Eingangstür.

Der eine, ein Milchgesicht mit rotem Haar und einem kaum sichtbaren Schnurrbärtchen, zog die Pistole und richtete sie auf Eve.

«Okay, Lady, das reicht. Legen Sie den Krebs weg.»

Den Krebs noch immer in der Hand, ließ Eve von ihrem Opfer ab, das schluchzend zu Boden fiel.

«Krebs weglegen», wiederholte der Polizist.

«Okay, okay.» Eve zuckte die Achseln. «Er ist nicht geladen», sagte sie mit einem schiefen Grinsen. Sie setzte den Krebs auf den Tisch, wo er nach einem kurzen Abschiedswinken mit der Schere seitwärts krabbelte und genau in Lorraines Haar fiel, worauf diese wieder losschrie.

«Jetzt reicht's», sagte der Polizist, steckte die Waffe weg und nahm ein Paar Handschellen vom Gürtel. «Sie sind verhaftet.» Er griff in Eves langes Haar und versuchte gleichzeitig, ihr den Arm auf den Rücken zu drehen.

Eve hatte sich immer in Form gehalten. Sie ging mehrmals die Woche ins Fitnesscenter. Sie joggte durchs Village. Sie spielte Tennis. Sie ging in Vail Ski fahren. Und schon seit der High School machte sie Aikido und Karate. Eve sah sich nicht als einen gewalttätigen Menschen: Ein Schwarzgurt ist ebenso Ermahnung an seinen Träger, nicht gewalttätig zu werden, wie er ein Qualifikationsnachweis ist. Doch Brad und Lorraine in flagranti zu ertappen, auf dem Brunello di Montalcino, und jetzt noch dieser blöde Bulle, der sie an den Haaren zog und ihr den Arm verdrehte wie einer gemeinen Verbrecherin, das reichte, um Eve – zum zweiten Mal an diesem Tag – aus der Haut fahren zu lassen. Wie Brad war auch sie italienischstämmig. Ihre Familie kam aus Florenz, seine aus Milano. Brad mochte ja die Libido haben, aber das Temperament hatte Eve.

«Nehmen Sie Ihre Dreckpfoten weg», fauchte sie und rammte ihm den Ellbogen so fest in die Rippen, dass sie ihm eine davon brach. Der andere Polizist umklammerte von hinten ihre Taille, und da seine Hände vor ihrem Bauch waren, war es nicht weiter schwer, ihm den großen Zeh mit ihrem Absatz zu zerquetschen und anschließend den kleinen Finger zu brechen.

Danach blieb ihr nicht viel mehr zu tun, als sich einen weiteren Grappa einzuschenken, dazusitzen und zu warten, dass sich die Polizisten weit genug erholten, um Verstärkung zu rufen, und sich dann festnehmen zu lassen.

Eves Anwalt, ein Typ aus Queens namens Quinlan Whipp, tat sein Bestes, vor dem Manhattan District Court, wo ihr Fall verhandelt wurde, geltend zu machen, dass die beiden Polizisten sie nicht auf ihre Rechte hingewiesen hatten. Doch es half ihr nicht gerade, dass Whipp unmittelbar nach seinem Resümee rülpste und dann zwei Liter Blut von einem durchgebrochenen Magengeschwür erbrach, ehe man ihn ins Krankenhaus brachte. Der Richter fragte Eve, ob es ihr recht sei, wenn sich die Geschworenen zur Beratung zurückzögen, und um die Sache so schnell wie möglich hinter sich zu bringen, willigte Eve ein, da sie sich einfach nicht vorstellen konnte, dass die Geschworenen binnen einer knappen Stunde auf schuldig erkennen würden.

In Anbetracht der Umstände hätte der Richter Eve vielleicht den Faustschlag verziehen, dessentwegen Brad für einen Tag und eine Nacht im Krankenhaus gelandet war, und auch den Nervenschock, den Lorraine erlitten hatte. Unverzeihlich aber war für ihn der tätliche Angriff auf die beiden Polizisten. Eve landete für sechs Monate im Gefängnis.

In dieser Zeit beantragte Brad die Scheidung, und die beiden Polizisten klagten auf Schmerzensgeld, das Eve mit ihrer Hälfte des Eigenkapitals, das in La Lanterna steckte, beglich. Die Story schaffte es ins Lokalfernsehen und in mehrere New Yorker Zeitungen. Und so erfuhr Bob Clarenco davon.

Wie sich herausstellte, war Eve Merlini genau die Person, die er suchte.

1. VORBEREITUNGEN

Eve verbrachte drei Wochen im Hochsicherheitsvollzug der Haftanstalt Bedford Hills und kam dann ins weniger rigorose Beacon, etwa fünf Meilen nördlich der Militärakademie West Point, wo Brad vor zwanzig Jahren Kadett gewesen war. Eve selbst war noch während ihres Psychologiestudiums an der Columbia Universität ins Offizierstrainingscorps eingetreten. Ihr Vater war gerade gestorben, und da sie so gut wie kein Geld hatte, um ihr Studium zu Ende zu bringen, schien ihr, abgesehen von einem Banküberfall, das Corps die einzige Lösung. Nicht sonderlich überrascht – da sie immer schon eine eifrige und begabte Sportlerin und auch eine begeisterte Automechanikerin gewesen war – stellte sie fest, dass es ihr bei der Armee gefiel, und diese erwiderte die Zuneigung, indem sie sie zum Captain der 24. Infanteriedivision machte und im Rahmen der Operation Wüstenschild an den Golf schickte. Als Kommandantin einer Gruppe von vier Panzerspähwagen hatte Eve mit ihren Männern fast zehn Wochen hinter einer Alibi-«Frontlinie» saudischer Truppen in der Wüste verbracht, ehe sie mit den ersten amerikanischen Soldaten in Kuwait City einmarschiert war. Verglichen mit dem Golf war das Gefängnis gar nicht so übel.

Als Eve aus Kuwait zurückgekehrt war, hatte sie gedacht, dass es wohl nicht mehr viel gab, was sie nicht über Männer wusste; und es wurmte sie jetzt, Monate nach der Trennung von Brad, immer noch, dass sie sich in diesem einen Mann so getäuscht hatte.

Nach vier Monaten wurde sie auf Bewährung aus Beacon entlassen und zog zu ihrer Mutter nach Brooklyn, wo sie zwischen ein paar morgendlichen Joggingrunden im Prospect Park und ein paar Besuchen im Brooklyn Museum, ihrem Lieblingskunstmuseum in New York, ohne große Trauer die Trümmer ihres Lebens sichtete. Sie sagte sich, dass sie wohl alle Tränen, die ihr irgendetwas auf dieser Welt zu entlocken vermochte, bereits in Beacon vergossen hatte.

Eines Montagmorgens, eine gute Woche nach ihrer Entlassung aus Beacon, als sie gerade mit Hilfe einiger Museumsbilder eine Art heiter-gelassenen Zustand erreicht hatte, erhielt sie einen Briefumschlag, so steif und weiß wie ein frisch gestärkter Hemdkragen. Darin steckten eine Einladung zum Lunch im Le Cirque am kommenden Freitag und fünf nagelneue Hundertdollarscheine.

Falls die fünf Scheine sicherstellen sollten, dass sie der Einladung folgte, war das völlig überflüssig: Das Le Cirque ist eins der besten New Yorker Restaurants, und Eve hatte noch nie dort gegessen, es sich aber schon oft gewünscht. Die Einladung, auf elfenbeinfarbenem Bütten, war in einer eleganten Handschrift abgefasst, und Eve hätte sie vermutlich auch dann angenommen, wenn ihr nichts weiter beigelegen hätte als eine U-Bahn-Marke. Einen Moment lang erwog sie, ob die Einladung vielleicht von einem Journalisten stammte – ihre jüngsten Erfahrungen hatten sie gelehrt, Journalisten mit derselben instinktiven Abneigung zu begegnen wie einst den Inspektoren des New Yorker Gesundheitsamtes –, verwarf es dann aber als zu unwahrscheinlich: Welcher Journalist könnte sich das Le Cirque leisten, geschweige denn ein Fünfhundertdollar-«Hallo»? Aber was konnte dieser Typ von einer wie ihr wollen?

Als der bewusste Tag endlich da war, hatte Eve sich bei der Vermutung eingependelt, ein Agent oder Produzent wolle vielleicht einen Film über ihr Leben machen. Keinen richtigen Film. Nur so ein billiges Machwerk fürs Kabelfernsehen. Sie fand das selbst ganz schön unwahrscheinlich, aber was konnte es sonst sein? Eve wählte ihre Kleidung sorgfältig: ein schlichtes schwarzes Kleid von Saks Fifth Avenue und ein Paar Tanino-Crisci-Pumps, das letzte Geburtstagsgeschenk von Brad. Zum Glück war sein Geschmack in Sachen Schuhe immer besser gewesen als in Sachen Frauen. Sie komplettierte ihr Outfit mit dem Pelzmantel ihrer Mutter, da es ein kalter Tag war, und einer Handtasche von Fein & Klein, die sie letztes Jahr im Ausverkauf erstanden hatte. Da ihr ein Taxi dann doch zu teuer war, ging sie zu Fuß zur Grand Army Plaza – sollte sie jemand überfallen wollen, würde sie damit schon fertig werden –, nahm die Up-Town-Expressbahn bis zur 60th Street, mäanderte von da die Madison Avenue hinauf und dachte darüber nach, ob sie die fünfhundert Dollar sparen oder ausgeben sollte.

Das Le Cirque in der 65th Street war so prunkvoll, wie Eve es erwartet hatte – die Sorte Restaurant, wo man für das luxuriöse Ambiente und dafür, dass man sagen konnte, man sei dort gewesen, genauso viel zahlte wie für das Essen und den Wein. Nach einem Abstecher in die Damentoilette, um noch etwas Puder aufzulegen, erklärte Eve dem Ober, sie sei Mr. Clarencos Gast, und er geleitete sie mit den steten Bewegungen eines Kamera-Dollys zu einem Tisch an einem mächtigen Marmorkamin, in dem ein Scheit von den Ausmaßen des A-Train ruhig vor sich hin brannte, und reichte ihr eine Speisekarte, so groß wie das Fenster.

Eve setzte sich auf eine hochlehnige, mit lila Mohair bezogene Sitzbank und studierte die Kassettendecke, die getäfelten Wände, die vergoldeten Kronleuchter und die etwas steif wirkenden Porträts. Falls der Unbekannte wollte, dass sie beeindruckt war, hatte es funktioniert: So etwas Schönes hatte sie nicht mehr erlebt, seit sie ihrem ehebrecherischen Gatten das Schlüsselbein gebrochen hatte. Unaufgefordert brachte der Ober eine Flasche 85er Krug und goss ihr eine lange Champagnerflöte mit der perlend goldenen Flüssigkeit voll.

«Mit Empfehlung von Mr. Clarenco», murmelte er. «Er verspätet sich nur um ein paar Minuten.»

Eve nickte, trank ihren Champagner und betrachtete die anderen Gäste, überwiegend Wall-Street-Typen und Damen aus der Modebranche, die in ihren maßgeschneiderten Kostümen wirkten, als seien sie mit Holly Golightly alt geworden. Dann stand plötzlich ein dezent nach Cologne duftender, hoch gewachsener, gut aussehender blonder Mann von Ende vierzig an ihrem Tisch, schüttelte dem Ober die Hand, ließ gleichzeitig den Blick kurz durch den Raum schweifen und lächelte dann Eve an, mit Zähnen, so weiß wie das Damasttischtuch und vermutlich so teuer wie der Breitling-Chronometer an seinem leicht gebräunten Handgelenk. Der Händedruck war fest und unkompliziert: Brad hatte den ersten Händedruck immer dazu benutzt, einen seiner dämlichen Zaubertricks vorzuführen – vor allem bei Frauen, die meist entzückt reagiert hatten.

«Danke, dass Sie gekommen sind», sagte er, stellte einen Aktenkoffer ab, knöpfte sein zweireihiges blaues Brioni-Nadelstreifenjackett auf und glättete seine dunkellila Krawatte, ehe er sich setzte. Eve befand, dass Clarenco aussah wie die ältere und vermutlich soigniertere Version eines Schauspielers, dessen Name ihr gerade nicht einfiel. Er war kein Journalist, so viel war offensichtlich, und für einen Filmproduzenten oder Fernsehmenschen wirkte er zu konservativ.

«Danke, dass Sie mich hergebeten haben, Mr. Clarenco», sagte Eve, «obwohl ich immer noch rätsele, warum.»

Mit einem leisen Augenzwinkern sagte er: «Sparen Sie sich die Mühe. Weil Sie doch nicht draufkommen werden. Genießen Sie einfach nur Ihren Champagner. Und, bitte, nennen Sie mich Bob.» Ein Auge auf dem Ober, setzte er hinzu: «Haben Sie sich schon entschieden, was Sie essen möchten?»

«Ja, habe ich. Ich nehme die Foie Gras, das Dorschfilet mit Preiselbeerbohnen und die geschmorte Kalbshachse.»

«Ach, eine Frau, die weiß, was sie will. Das schätze ich fast so sehr wie eine Frau mit einem gesunden Appetit. Die meisten Frauen, mit denen ich lunche – bulimische Neurotikerinnen in der Mehrzahl –, ordern zwei Vorspeisen und ein Glas Perrier. Übrigens, die Fotos werden Ihnen wirklich nicht gerecht. Ich habe jemand wesentlich weniger Kultiviertes erwartet.»

«Danke», sagte sie brav und kam zu dem Schluss, dass das, was er von ihr wollte, irgendetwas mit der jüngsten Wende ihres Ehelebens zu tun haben musste.

Clarenco gab dem Ober die Speisekarte zurück. «Ich nehme dasselbe wie die Dame», sagte er, als sei es ihm einerlei. «Wird interessant sein, was eine Küchenchefin zur Küche des Hauses sagt. Ich komme hierher, weil es für mich günstig liegt, nicht weil ich ein Gourmet wäre.»

«Na ja, ich weiß nicht, ob ich mich als so was Pompöses bezeichnen würde. Bei ‹Küchenchef› denke ich immer an kleine Männer mit riesigen Kochmützen.»

Clarenco lachte über ihren Scherz. «Ich weiß, was Sie meinen. Sie glauben gar nicht, wie viele Küchenchefs ich im Lauf der Jahre gefeuert habe.»

Eve fragte sich, ob er vielleicht einfach ein reicher Mann war, der eine Köchin suchte. Vielleicht wollte er ja ein Restaurant eröffnen. Das schien ihr plausibler als alle bisherigen Theorien.

«Wenn ich in New York bin, esse ich am liebsten immer hier. Wahrscheinlich ist es einfach nur Faulheit oder vielleicht auch mangelnde Phantasie. Hier kennt man mich. Das gefällt mir. Aber ich habe von Ihrem Restaurant gelesen. *La Lanterna*, richtig? Im *New York Magazine*.»

Eve sagte achselzuckend: «Sie müssen ein gutes Gedächtnis haben. Das ist eine ganze Weile her.»

Der Sommelier kam mit der Weinkarte. Clarenco beäugte sie etwa so enthusiastisch, als handelte es sich um irgendwelche Geschäftsabrechnungen, und sah dann Eve an. «Vom Essen verstehen Sie was», sagte er und reichte ihr die Karte, «mal sehen, wie es mit Wein steht. Suchen Sie eine Flasche Roten und eine Flasche Weißen aus. Was immer Sie möchten.»

«Was soll das sein? Eine Art Test?»

«Wenn Sie so wollen.»

Also wollte er wohl doch ein Restaurant eröffnen, dachte Eve, nahm die Speisekarte und ging sie durch.

«Bei den Preisen», sagte sie, «wundert es einen, dass Leute Banken überfallen, wo sie doch einfach in die Gastronomie gehen könnten.»

«Vielleicht wäre Ihnen ja wohler, wenn ich Ihnen ein Limit setze? Ja? Das ist besser. Okay, wählen Sie zwei Flaschen, einen Roten und einen Weißen, für insgesamt nicht mehr als tausend Dollar.»

«Tausend Dollar?»

Er grinste ob ihrer keineswegs ausgeräumten Verwirrung, zupfte sich die makellosen Umschlagmanschetten zurecht und wedelte mit der Hand in Richtung Weinkarte. «Nur zu», drängte er sie.

Eve wollte protestieren: Der Gedanke, tausend Dollar für zwei Flaschen Wein auszugeben, erschien ihr regelrecht obszön. Aber dann sagte sie sich, dass das ja vielleicht nur ein Test war und er den Wein gar nicht wirklich bestellen würde. Sie tat, wie ihr geheißen, und wählte zwei Flaschen aus: einen 85er Château Y'quem für knapp sechshundert Dollar, der ihrer Meinung nach gut zu der Foie Gras passen würde, und einen 95er Sassicaia Marchesi zu knapp vierhundert Dollar – sie hatte einmal im Barbetta, New Yorks ältestem italienischem Restaurant, den 98er probiert und für ziemlich gut befunden, und da 95 für Toskana-Weine ein gutes Jahr gewesen war, war dieser hier vermutlich herausragend.

Zu ihrer Überraschung nickte Clarenco dem Sommelier bestätigend zu.

Eve schüttelte den Kopf und grinste reuig.

«Irgendein Problem?», fragte Clarenco.

«Ein Problem nicht. Aber so wie ich mich jetzt fühle, müssen Sie drauf gefasst sein, dass ich Ihnen auf die Toilette folge, nur für den Fall, dass Sie vorhaben, mich auf der Rechnung sitzen zu lassen.»

«Ich sagte doch schon, man kennt mich hier. Ach, übrigens, was war das noch mal für ein Rotwein?»

«Sassicaia Marchesi Incisa della Rochetta», sagte Eve mit ihrer besten italienischen Aussprache. «Ein Toskana-Wein. Einer der besten. Wollten Sie mit mir über Wein reden, Mr. Clarenco, oder noch über etwas anderes?»

«Bob.» Er befingerte nachdenklich sein kantiges Kinn, und Eve sah, dass er besser manikürt war als sie: Seine Fingernägel waren perfekte kleine Perlmuttquadrate.

«Okay, Bob», sagte Eve vorsichtig. «Aber meinen Sie, wir könnten jetzt vielleicht zur Sache kommen? Ich bin doch ziemlich gespannt, worum es eigentlich geht, und es beruhigt mich nicht gerade, dass ich eben für über neunhundert Dollar Wein bestellt habe.»

«Zur Sache kommen?» Clarenco grinste und sah sich um, als erwartete er, jemanden beim Mithören zu ertappen – eine Bewegung, wie sie De Niro in Filmen machte. Guckt ihr auch her? «Teufel nochmal, nein. Ich möchte, dass Sie in der richtigen Gemütsverfassung sind, wenn ich Ihnen meinen geschäftlichen Vorschlag unterbreite.» Er zuckte die Achseln, wobei sein 4000-Dollar-Brioni-Anzug mit einem seidigen Geräusch über das englische Baumwollhemd glitt. «Ich habe beträchtliche Mühen auf mich genommen, um dieses Treffen zu arrangieren, und das Mindeste, was Sie für die fünfhundert Dollar, die ich Ihnen geschickt habe, tun können, ist, mich eine Weile bei Laune zu halten.» Er grinste und richtete dezent einen Finger mit einem goldenen Siegelring auf sie. «Aber da ich bereits alles über Sie weiß, will ich Ihnen etwas über mich erzählen.»

Eve runzelte die Stirn und wollte ihn gerade ins Verhör nehmen, was er denn alles über sie wisse, als der Sommelier mit dem

Y'quem erschien und ihr als derjenigen, die den Wein geordert hatte, die Farce des Probierens oblag. Dann kam die Foie Gras, und als sie auch diese probiert hatten, war Clarenco bereits bei dem Thema, das ihn am meisten zu interessieren schien: seiner Person.

«Ich habe ein Sicherheitsunternehmen», erklärte er mit Bostoner Akzent. «Unser Hauptgeschäft ist elektronische Sicherheit, für Internethandel, Online-Banking et cetera. Aber wir machen auch die handfesten Sachen, Bodyguards, Überwachungsanlagen, Nato-Draht und dergleichen. Wie Sie sich vielleicht denken können, ist das Internetzeug unser größter Geschäftssektor. Und es war auch mal der profitabelste, aber ich brauche Ihnen wohl nicht zu sagen, dass alle Unternehmen in diesem Bereich ein extremes Auf und Ab hinter sich haben.

Vor zwei, drei Jahren betrug mein persönliches Vermögen noch fast eine Milliarde Dollar. Dann kam im Frühjahr 2000 der High-Tech-Crash, gefolgt vom World-Trade-Center-Crash, wenn ich das mal so ausdrücken darf, wonach mir nur noch ein Bruchteil dessen blieb. Kurz darauf ließ sich meine Frau von mir scheiden, was ebenfalls sehr teuer war, und jetzt bin ich mehr oder minder pleite. Mein Haus steht zum Verkauf. Und mein Apartment gleich über die Straße ebenfalls. Wenn ich alles verkaufen würde, hätte ich vielleicht noch fünfzehn oder zwanzig Millionen. Erzähle ich Ihnen das, weil ich möchte, dass Sie mich bemitleiden? Nein, ich erzähle es Ihnen, Eve, weil ich es für wichtig halte, dass Sie meine Motive verstehen. Und dafür müssen Sie verstehen, wer und was ich bin.»

Er hielt inne, um dem Nektararoma des Y'quem hinterherzuschmecken. «Sie hatten Recht», sagte er. «Er passt wirklich gut zu der Foie Gras, was? Eine ausgezeichnete Wahl.»

«Ich glaube nicht, dass es Ihre finanzielle Situation bessert, wenn Sie über tausend Dollar für ein Mittagessen ausgeben», bemerkte Eve.

«Vergessen Sie das, ja?», schmunzelte er. «Ich will Ihnen etwas erklären, was Geld betrifft. Das, was ich das Pizzaprinzip nenne. Was kostet eine Pizza, die Sie beim Bringdienst bestellen? Zwölf Dollar? Dreizehn?»

Eve nickte, ein wenig überrascht, dass er das wusste. Sie konnte sich irgendwie nicht vorstellen, dass Clarenco bei Domino Pizza bestellte.

«Also, nehmen wir mal für den Moment an, dass der Durchschnittsamerikaner etwa fünfundzwanzigtausend Dollar im Jahr verdient. Eine Zwölfdollarpizza stellt etwa ein Zweitausendstel dieses Jahresverdienstes dar. Der Präsident der Vereinigten Staaten verdient vierhunderttausend Dollar jährlich, und ein Zweitausendstel davon sind zweihundert Dollar. Ich habe bis vor kurzem über fünf Millionen Dollar im Jahr gemacht, und ein Zweitausendstel wären in diesem Fall etwas über zweitausendfünfhundert Dollar. Und Errol Laurenson, der ganz weit oben auf der *Forbes*-Liste steht und über fünfzig Milliarden Dollar schwer ist, bringt, um es bildhaft auszudrücken, rund fünfhundert Millionen Dollar jährlich nach Hause, und ein Zweitausendstel dieser Art Einkommen sind zweihundertfünfzigtausend Dollar.

Sie brauchen sich also am Ende dieses reizenden Lunchs, wenn ich die Rechnung übernehme, nur zu sagen, dass das für mich nichts weiter war als eine Pizza.»

«Ich werde versuchen, dran zu denken», sagte Eve.

«Als F. Scott Fitzgerald sagte, die Reichen seien anders», fuhr er fort, «hatte er Recht, wenn auch nicht in dem Sinn, wie er es meinte. Nicht, weil sie sich für etwas Besseres hielten. Nein, es ist einfach nur so, dass sie, was Geld angeht, gar nicht nachzudenken brauchen. Wenn sie etwas wollen, kaufen sie es sich. Instant-Befriedigung. Errol Laurenson braucht auf den Kauf, na, sagen wir mal, eines Ferrari nicht mehr Gedanken zu verschwenden als der Durchschnittsamerikaner auf das Bestellen einer Pizza. Was vermutlich erklärt, warum Laurenson so viele Ferraris besitzt. Nämlich mindestens ein Dutzend. Insofern sind die Reichen anders. In jeder sonstigen Hinsicht sind sie genau wie alle anderen.»

Clarenco streichelte seine Krawatte wie eine Schoßkatze und lehnte sich zurück, damit der Ober die leeren Teller wegnehmen und den nächsten Gang servieren konnte, führte aber das Gespräch – das Eve eher als Monolog empfand – munter weiter.

«Ja, seit Gatsby hat sich wirklich einiges geändert», sagte er jetzt. «In den zwanziger Jahren war Gatsby eine Ausnahmegestalt und vermutlich besonders verwundbar, weil er sein Geld selbst machte, statt es wie Tom und Daisy Buchanan einfach zu erben. Doch heutzutage kann es jeder schaffen, reich zu werden. Sehen Sie sich an, Eve. Sie könnten leicht als reiche Frau durchgehen. Diese Schuhe, diese Ohrringe, diese Handtasche. Gucken Sie mich an. Ich war ein adoptiertes Kind. Das heißt, ich habe mir gesagt, ich kann verflixt nochmal werden, wer und was immer ich werden will. Also habe ich mich selbst erfunden.»

Eve nickte und fragte sich, warum er sich, wenn er sich wirklich «selbst erfunden» hatte, nicht einen benutzerfreundlicheren Namen als Clarenco ausgesucht hatte.

«Und ich tu's immer noch, wenn ich ehrlich bin. Und da kommen Sie ins Spiel. Das ist der Punkt, wo Sie mir helfen können.»

«Ich?» Eve lachte. «Bob, da Sie angeblich alles über mich wissen, müssten Sie doch auch wissen, dass ich kaum in der Lage bin, irgendjemandem zu helfen. Ich kann mir ja kaum selbst helfen. Ich wüsste nicht, was ich für jemanden wie Sie tun könnte.»

«Ich werde es Ihnen sagen.»

Doch für Eves skeptische, zirkongeschmückte Ohren machte Clarenco noch immer keinerlei Anstalten, auf den Punkt zu kommen. Er war es offensichtlich gewohnt, stundenlang zu reden, ohne unterbrochen zu werden – in Konferenzräumen von der Form und Größe des Oklahoma-Panhandle, vor andächtig lauschenden Ameisenvölkern von Managern und Juristen.

«Als die Aktien um siebenundachtzig Prozent ihres Höchstwerts fielen, wurde mir klar, dass ein Gutteil der Verluste hausgemacht war. Wir waren lange Zeit überbewertet gewesen, und ich hatte nicht so gehedged, wie ich es hätte tun sollen. Zum Glück war ich wenigstens so vorausschauend gewesen, vor dem letzten Crash Firmenanteile im Wert von vierzig Millionen an eine Bank zu verkaufen. Ich bin vor sechs Monaten als Direktor des Unternehmens zurückgetreten, obwohl ich immer noch der größte Aktionär bin. Nachdem meine Frau bei der Scheidung die Hälfte von allem eingesackt hat, habe ich befunden, dass ich entweder klein beigeben und mich mit dem, was ich noch habe, bescheiden kann, oder aber ich kann versuchen, das Ruder herumzureißen und die Verluste wieder hereinzuholen. Was natürlich im Moment nicht so leicht ist. Bis sich die Märkte insgesamt erholt haben und die Perspektiven für High-Tech-Aktien wieder rosiger werden, sind Firmen wie meine nur ein Nährboden für Misstrauen. Also ignoriere ich momentan die Aktien weitgehend. Der Markt ist nicht da, wo ich mich zu sanieren hoffe.»

Eve versuchte, ein aufmerksames Gesicht zu machen, aber Bob Clarenco klang jetzt immer mehr wie so viele ältere Offiziere, die sie bei der Army getroffen hatte: brummig, unerschütterlich bis zur Unbelehrbarkeit, befehlsgewohnt auf eine Art und Weise, die schon ans Herrische grenzte. Sie ertappte sich dabei, wie sie ein Gähnen unterdrückte und sich fragte, ob Clarenco wohl attraktiv genug war, um mit ihm ins Bett zu gehen – nur für den Fall, dass das Gespräch darauf hinauslief. Wovon sie irgendwie überzeugt war. Dieses Ding, von wegen sein können, wer immer er sein wollte – das hieß doch wahrscheinlich einfach nur, dass er den Hang hatte, fremde Frauen anzuschreiben und zu bestechen, mit ihm ins Bett zu gehen. Und der Grund, warum er ihr erzählte, wie viel Geld er hatte? Um sie wissen zu lassen, dass er nicht von ihr erwartete, für die fünfhundert Dollar mit ihm zu schlafen. Dafür gedachte er sie extra zu bezahlen. Na ja, in Ordnung. Er *war* attraktiv. Vielleicht mochte er ja keine professionellen Nutten. Außerdem brauchte sie das Geld, und die drei Monate in Beacon hatten sie in solchen Dingen etwas weniger skrupulös gemacht. Vor allem aber brauchte sie den Sex. Doch als Eve gerade darüber nachdachte, wie viel sie verlangen sollte – sie hatte eine ziemlich gute Figur und wusste, dass sie attraktiv war, warum also nicht? – und sich fragte, ob das der Weg war, wie Frauen in diese Szene gerieten, kam Bob Clarenco auf spektakuläre Weise zur Sache.

Zuerst dachte Eve, sie müsse sich verhört haben. Oder sei vielleicht ein bisschen betrunken. Lächelnd – denn wenn er wirklich gesagt hatte, was sie da eben zu hören geglaubt hatte, dann musste es ein Scherz gewesen sein – legte sie Messer und Gabel hin, biss sich auf die Unterlippe und sagte dann:

«Verzeihung, haben Sie eben wirklich gesagt, was ich gehört zu haben glaube?»

«Ich sagte, ich hätte die Absicht, das Geld wieder reinzuholen, indem ich ein Verbrechen begehe, Eve.»

Eve nickte vage. «Das war's, was ich gehört habe.» Sie grinste. «Na ja, ist ja Ihre Beerdigung. Nur dass ich Ihnen raten würde, das Beste aus dem zu machen, was Sie haben. Schließlich ist man mit zehn, zwanzig Millionen, oder was Sie da vorhin genannt haben, nicht gerade pleite. Nicht nach meinen Maßstäben.»

«Und ich will, dass Sie mir helfen.»

«Ich soll Ihnen helfen?» Eve schüttelte den Kopf. «Mr. Clarenco, Bob, es stimmt zwar, dass ich gerade aus dem Gefängnis komme, aber –»

«Nicht irgendein Verbrechen, verstehen Sie. Was ich vorhabe, ist wirklich etwas Besonderes. Etwas Außergewöhnliches. Etwas –» Sein Blick wurde träumerisch, als dächte er an einen ganz besonderen Ort, an dem er jetzt gern wäre.

Eve seufzte. Er war verrückt. Aber wenigstens hatte sie die fünfhundert Dollar. Und selbst wenn er verrückt war, hatte sie immerhin ihren Lunch genossen. Vielleicht würde sie ja trotzdem mit ihm schlafen, einfach nur um der Sache willen. Um es sich nicht mit ihm zu verderben, sagte sie nur: «Ist das Ihr Ernst?»

«Nie war mir etwas ernster.»

Er *war* verrückt. Eve spürte, wie ein prustendes Lachen ihr Lächeln verdrängte, und als sich das Lachen wieder gelegt hatte und das Lächeln restauriert war, sagte sie kopfschüttelnd: «Hören Sie, Mr. Clarenco, ich mag Sie, wirklich. Und glauben Sie mir, es gefällt mir hier. Sehr. Ich dachte, Sie würden mir sagen, dass Sie mich als Köchin für ein neues Restaurant wollen. Oder dass Sie meinen Körper wollen. Ich dachte, Sie wollten mich verführen. Und das hat auch geklappt. Sie sind ein sehr attraktiver Mann. Aber sehen Sie, da liegt ein Irrtum vor. Sie irren sich, Mr. Clarenco. Bob. Entgegen dem, was Sie vielleicht in der *New York Post* gelesen haben, bin ich keine Kriminelle. Ich komme gerade aus dem Gefängnis, ja, aber das war ein Ehestreit, der außer Kontrolle geriet. Das macht mich noch lange nicht zu einer Bankräuberin. Und ich habe auch nicht die Absicht, wieder ins Gefängnis zu gehen. Jeder Tag dort war wie so eine Art Jerry-Springer-Show, ‹Verbrechen zahlt sich nicht aus.›»

Sie holte tief Luft, prustete wieder los und setzte dann hinzu: «Sagen Sie, dass Sie das nicht ernst meinen.»

Ihr Lachen schien ihn nicht weiter zu irritieren. Er hatte immer noch dieses coole Lächeln im Gesicht, und ihr ging auf, dass der Schauspieler, an den er sie erinnerte, Michael Douglas war. Die herabgezogenen Mundwinkel, die gekrümmte Nase, die ausgeprägten Wangenknochen – so ausgeprägt, dass man meinte, er sollte sie besser mit Arnika einreiben – und das zynische, geradezu mokante Lächeln. Ganz offensichtlich hatte er ihre Reaktion antizipiert.

Clarenco bückte sich nach der Aktenmappe, entnahm ihr einen großen, dicken weißen Umschlag und legte ihn zwischen ihnen auf die Sitzbank. Er ließ die Hand auf dem Umschlag, obwohl er sie eigentlich auf ihren Schenkel legen wollte. Dass er sich von dieser Frau angezogen fühlte, war etwas, das er nicht antizipiert hatte. Sie war stark und hübsch, praktisch und handfest, aber auf eine Art, die sie in Clarencos Augen nur noch attraktiver machte – wie ein undomestiziertes Geschöpf mit Blut statt Botox in den Adern.

«Freut mich, dass Sie mich attraktiv finden. Ich hatte es irgendwie gehofft. Aber erliegen Sie bitte keinen Moment dem Irrtum, ich hielte Sie für eine Kriminelle. Das tue ich keineswegs. Jedenfalls nicht für eine Berufsverbrecherin. Aber Sie haben ansonsten alle Qualitäten, die ich suche. Wissen Sie, nachdem ich das in der Presse gelesen hatte, habe ich gewisse Nachforschungen angestellt. Für jemanden, der ein Sicherheitsunternehmen hat, ist das ein Leichtes. Offenbar haben Sie wirklich, wie in der Zeitung stand, ein Team von Männern befehligt, hinter feindlichen Linien, am Golf. Und sich selbst haben Sie zweifellos auch im Griff. Sie haben ein Psychologie-Diplom. Vor allem aber sind Sie Köchin. Eine ziemlich gute sogar, wenn man dem *New York Magazine* glauben darf.»

Der Sommelier kam jetzt mit dem Sassicaia, den Clarenco selbst probierte. Er nickte billigend. «Von Wein verstehen Sie eindeutig auch was.» Er wartete, dass der Sommelier ihnen einschenkte, und als sie wieder allein waren, setzte er hinzu. «Das alles qualifiziert Sie in einmaliger Weise für das, was ich vorhabe.»

«Was haben Sie denn vor – einen Überfall auf ein Restaurant?», sagte Eve grinsend. «Oder auf den nächsten Deli?» Sie probierte den Wein und fand ihn noch besser, als sie gedacht hatte. Aber vierhundert Dollar wert? Wohl kaum.

«Darf ich offen sein?», fragte er.

Eve zuckte die Achseln. «Mir ist in unserem bisherigen Gespräch kein Mangel an Offenheit aufgefallen.»

«Brad, Ihr Mann, ist weg, bei Lorraine. Damit ist Ihre Existenzgrundlage ebenfalls weg. Von Ihrem Zuhause ganz zu schweigen. Sie sind jetzt wegen tätlichen Angriffs auf einen Polizeibeamten vorbestraft, was es Ihnen schwer machen dürfte, einen neuen Job zu finden. Ganz abgesehen von dem Zivilgerichtsurteil. Sie wohnen bei Ihrer Mutter. Ihre derzeitigen Perspektiven sind nicht gerade rosig. Also scheint mir doch, dass Sie nicht allzu viel zu verlieren haben. Wenn Sie es sich gründlicher überlegen, werden Sie sicher zu der Einsicht kommen, dass ich Ihr Geist aus der Flasche bin, Eve.»

Eve fühlte, wie ihr Lächeln erlosch und eine Träne in ihren Augenwinkel trat. Sie tupfte sie mit dem Großsegel von Serviette weg und versuchte, dem Ärger, der in ihr aufstieg, ein Bein zu stellen, ehe er bis auf ihre Zunge gelangte.

«Sie sind sehr gut informiert, Bob, das muss ich Ihnen lassen.»

Die Ober kamen mit den Kalbshachsen, die sie wie Hobby-Zauberkünstler unter den silbernen Speiseglocken zum Vorschein brachten. Brad hatte so was in Restaurants immer gefallen, aber Eve nicht. Sie reizte es nur zum Lachen. Weil sie merkte, dass sie ein bisschen beschwipst war, trank sie ein ganzes Glas Wasser, nicht ahnend, dass der berauschende Effekt des Alkohols durch den Inhalt des Umschlags noch verdoppelt werden sollte. Als die Ober weg waren, legte ihr Clarenco den Umschlag auf den Schoß.

Eve zögerte, weil sie irgendwie ahnte, dass sie der Versuchung, die er enthielt, nicht widerstehen können würde. Einen Moment lang wollte sie ihn sogar zurückgeben und gehen. Doch in einem hatte Clarenco Recht. Ihre Lage war aussichtslos.

«Das ist nicht fair», sagte sie leise. «Ich bin nicht die, für die Sie mich halten.»

«Ich kann Ihnen helfen, Eve.»

«Sie klingen wie die Schlange im Garten Eden, Bob.»

«Machen Sie den Umschlag auf.»

Eve seufzte und knabberte an ihrer Unterlippe. Sie hatte in der Tat nichts zu verlieren, und so knibbelte sie die Klappe auf und warf einen Blick in den Umschlag. Beim Anblick der sorgsam gebündelten Hunderter, Stapel an Stapel wie lauter nagelneue Kartenspiele, setzte ihr Herz einen Schlag aus.

«Gott im Himmel», hauchte sie.

«Ein kleines Zeichen meines Vertrauens», sagte er. «Nehmen Sie's als Anzahlung.»

«Wie viele Pizzen sind das?»

«Das sind zehntausend Dollar», sagte er.

«Zehntausend?» Eve atmete zittrig aus. «Mann, wenn Sie ein Mädchen zum Essen ausführen, lassen Sie sich wirklich nicht lumpen, Bob. Wen muss ich umbringen, um das behalten zu dürfen?» Sie war schon am Kopfschütteln.

«Umgebracht wird niemand.»

Eve hörte kaum zu.

«Am Golf habe ich eine Gruppe Humm-Vees befehligt, die mit überschweren MGs ausgerüstet waren. Auf dem Weg nach Kuwait habe ich mehrmals mit diesem MG auf irakische Stellungen gefeuert. Diese Dinger sind höllisch. Die Geschosse durchschlagen glatt eine Backsteinwand.» Was ein überschweres MG mit einem Menschen machen konnte, würde sie nie vergessen. Ihr war noch tagelang schlecht gewesen. «So was mache ich nie wieder. Nicht für alles Geld der Welt. Ich bin kein Killer.»

«Immer mit der Ruhe. Niemand will, dass Sie jemanden töten. Ich bin kein Terrorist. Lassen Sie mich von vornherein klarstellen, dass ein entscheidendes Moment dieses Projekts die gewaltlose Durchführung ist. Nicht weil ich Idealist oder Pazifist wäre. Nein. Das ist eine reine Business-Entscheidung. Das sage ich Ihnen, Eve, damit Sie wissen, wie ernst es mir ist. Der Erfolg dieses Vorhabens steht und fällt damit, dass niemand, ich wiederhole, niemand, dabei zu Tode kommt. Waffen werden nötig sein, um bestimmte Ziele zu realisieren, und aus eben diesem Grund will ich so wenig Testosteron wie möglich im Spiel haben. Und deshalb will ich, dass Sie das Team, das ich zusammengestellt habe, führen. Ich glaube, dass eine Frau als

Leiterin einer solchen Operation weniger draufgängerisch ist als ein Mann. Nicht so schießwütig, eher bereit, ihren Grips zu benutzen. Geben Sie einem Mann, und sei er noch so intelligent, eine Maschinenpistole, und Sie laufen Gefahr, dass er sich in Bruce Willis verwandelt. Alle Männer drehen irgendwie durch, sobald sie eine Waffe in der Hand haben. Ist vielleicht so ein Pionierding. Aber ich will bei diesem Projekt keinen Macho-Quatsch. Für mich sind Mut und Männlichkeitswahn zwei Paar Stiefel.»

Eve nickte, hielt sich das bauchige Weinglas an die Nase, ließ das Bouquet auf sich wirken und nutzte es als Stimulans für die Erinnerung an das erste und einzige Mal, das sie und Brad in Italien gewesen waren. Ihre Flitterwochen hatten sie in Florenz verbracht, oder genauer gesagt, in Fiesole, ein paar Meilen außerhalb. Alles war so teuer gewesen, und Eve sehnte sich danach, noch einmal dorthin zurückzukehren, mit genügend Geld in der Tasche. Sie wollte noch einmal die Uffizien besichtigen, aber diesmal allein oder mit jemandem, der sich mehr für die Gemälde interessierte als für die einheimischen Mädchen und der keine Witze über die Größe des Schwanzes von Michelangelos David machte.

«Ich weiß nicht», sagte sie. «Ich weiß wirklich nicht.»

«Niemandem passiert etwas», wiederholte er. «Ja, unterm Strich ist es eigentlich gar kein richtiges Verbrechen. Genau genommen, könnte man es eher als Schwindel bezeichnen.»

«Und wenn wir erwischt werden?»

«Ich will Sie nicht anlügen, Eve. Wenn wir erwischt würden, hätte das überaus gravierende Folgen. Aber mein Plan ist gut. Ich habe bereits ein professionelles Team zusammengestellt. Und ich glaube, dass wir alle Chancen haben, unbeschadet davonzukommen. Aber ich brauche Sie, Eve.» Er nahm ihre Hand und küsste sie inbrünstig. «Jetzt, wo ich Sie kennen gelernt habe, erst recht. Ja, ich kann mir nicht vorstellen, wie ich es ohne Sie schaffen sollte.»

Während er ihre Hand küsste, sah Eve auf den Umschlag, der immer noch auf ihrem Schoß lag, und sie spürte, wie die geradezu radioaktive Aura seines Inhalts ihr Fleisch durchdrang und sie mit der tödlichen Versuchung infizierte. Oder war das nur er? Sie wusste nicht, was sie denken sollte. Einen Moment lang dachte sie an Jesu Versuchung in der Wüste und befand, dass die Wüste ein ziemlich günstiger Ort war, um der Versuchung zu widerstehen. Im Le Cirque, mit zehntausend Dollar auf dem Schoß und einem gut aussehenden Mann, der einem die Hand küsste, war die Versuchung schon wesentlich unwiderstehlicher. Und das hier war nur ein kleines Zeichen des Vertrauens.

«Sie sprachen von einer Anzahlung», sagte sie und entzog ihm sachte ihre Hand. «Was würde ich kriegen, wenn ich ja sagen würde?»

«Ihr Honorar wären eine Million Dollar», sagte Clarenco. «Ein neuer Pass. Und ein Erster-Klasse-Ticket, wohin Sie wollen.»

Eve schluckte den Wein, den sie im Mund hatte. «Was könnte man mit einer Million Dollar alles machen», hauchte sie.

«Nicht viel.»

Eve nickte. Es konnte ja nichts schaden, sich anzuhören, was er vorzuschlagen hatte.

«Erzählen Sie mir doch mal, worum es geht.»

Clarenco senkte die Stimme und erklärte ihr seinen Plan. Es gab da Teile, die sie nicht ganz verstand, aber sobald er ihr alles dargelegt hatte, erkannte sie, dass es ohne Weiteres klappen konnte. Gleichzeitig erkannte sie aber auch, dass er sich etwas vormachte, was die Gewalt anging. Vielleicht ließ es sich ja durchführen, ohne dass jemand erschossen wurde, aber damit das Ganze wirklich funktionierte, musste es nach Gewalt aussehen. Und jemandem zu drohen, ihn zu erschießen – war das nicht fast so schlimm, wie es wirklich zu tun? Könnte sie damit leben? Andererseits, was war die Alternative? Er hatte

Recht. Ihre Chancen, einen Job zu finden, waren gleich null. Sie hatte kein Geld und kein richtiges Zuhause. Was wurde aus Frauen wie ihr? Vor wenigen Minuten erst hatte sie erwogen, für Geld mit jemandem ins Bett zu gehen. Erstaunlich, was ein paar Monate in Beacon mit einem ehrlichen Menschen machen konnten.

Sie nickte nachdenklich. «Das ist clever», gab sie zu. «Aber was hätte ich dabei zu tun?»

«Für den Moment nur eins. Ich möchte, dass Sie eine Catering-Firma aufmachen. Sich einen Namen ausdenken, ein paar Menüangebote, eine hochtrabende Unternehmensphilosophie, wenn Sie möchten. Und das Ganze dann von ein paar Grafikern zu einem handlichen Werbepaket zusammenstellen lassen. Es soll nach was aussehen, also sparen Sie nicht an den Kosten. Nehmen Sie richtige Food-Fotografen et cetera. Ich stelle das Geld und vor allem Ihr Personal. Ich glaube nicht, dass da jemand dabei ist, der eine Serviette falten oder ein Omelett wenden kann, also möchte ich, dass Sie die Leute persönlich schulen. Sie können dafür mein Haus in den Hamptons benutzen.»

«Verstehe.»

«Dann sind Sie also dabei?»

«Hätten Sie was dagegen, dass ich es erst mal überschlafe?»

«Keineswegs. Aber ich habe eine bessere Idee. Mein Apartment im Carlyle ist gleich über die Straße. Warum überschlafen wir's nicht gemeinsam?»

ZEHN TAGE später fuhr Eve mit dem Zug von Penn Station nach East Hampton und von da mit dem Taxi zu Bob Clarencos Haus in der Nähe von Wainscott. Eve dachte, dass das ein ganz schön abwegiger Ort war, um ein Team von Leuten dafür zu trainieren, ein Schwerverbrechen zu begehen. Wie sie auch immer wieder dachte, wie abwegig es war, dass ausgerechnet sie dieses Training durchführen sollte. Aber schließlich hätte sie sich ja auch nie vorstellen können, im Gefängnis zu landen. Sie hatte immer gedacht, Brad mit einer anderen Frau zu erwischen und geschieden zu werden, wäre das Schlimmste, was ihr passieren könnte, aber das Schicksal hatte ihr noch Schlimmeres beschieden, in Gestalt zweier rüpeliger Polizisten und mehrerer Monate Beacon. Was ihr alles zusammen Grund genug hätte sein sollen, das Geld zurückzugeben und sich schleunigst aus dieser Sache herauszuziehen. Aber das war jetzt nicht mehr so leicht. Zum einen war sie mit Clarenco im Bett gewesen, mehrfach – ein lustvolles, wenngleich etwas klinisches Erlebnis –, und zum anderen hatte sich herausgestellt, dass ihre Mutter krank war. Während Eve in Beacon gesessen hatte, hatten die Ärzte ihrer Mutter eröffnet, dass sie an einer Nierennekrose litt und noch vor Ende des Jahres auf die Dialyse angewiesen sein würde. Klar, ihre Mutter war krankenversichert. Aber wovon sollte sie leben, wenn sie, was unausweichlich schien, ihren Job aufgeben musste?

Clarencos «Haus», das zum Verkauf stand, war ein versteckt liegender Gebäudekomplex auf einem mehrere Morgen großen Parkgrundstück, mit Blick auf den Georgica Pond. Es gab da ein Haupthaus, ein Gästehaus, einen Hallenpool mit Außenbecken, zwei Tennisplätze, eine Sporthalle und ein Privatkino. Um die Wende neunzehntes/zwanzigstes Jahrhundert erbaut, weiß getüncht und von weiten Rasenflächen mit Tausenden von Narzissen umgeben, wirkte das Anwesen eher wie der Alterssitz eines amerikanischen Präsidenten – Eisenhower oder Reagan, die schon während ihrer Amtszeit wie Pensionäre ausgesehen hatten – denn wie das Haus eines Mannes, der das perfekte Verbrechen plante.

Die Obumex-Küche, entworfen von dem englischen Architekten John Pawson, war Eves absoluter Lieblingsraum: Die minimalistisch-kühle Einrichtung erfüllte sie beim Kochen mit einem köstlichen Gefühl der Ruhe, und gleichzeitig war alles in Reichweite. Es gab hier zwei riesige Traulsen-Gefrierschränke, drei Spülmaschinen und vier Mikrowellen, vor allem aber einen Viking, für Eve der Rolls-Royce unter den Kochherden.

Den ersten Tag in Wainscott verbrachte sie damit, beim lokalen Supermarkt Lebensmittel zu bestellen und sich mit der Unterbringung von Tischwäsche, Geschirr, Gläsern und Tafelsilber vertraut zu machen. Alles war von erstklassiger Qualität und genau das, was Eve selbst ausgesucht hätte: die Tischwäsche irisch, das Geschirr Wedgewood, die Gläser von Steuben und das Silber englisches Sheffield. Den antiken Mahagonitisch für achtzehn Personen zu decken war ein Vergnügen, wenn das Resultat aussah wie eine Szene aus einem Merchant-Ivory-Film. Eve hatte immer schon einer solchen Tafel vorsitzen wollen, wenn sie auch gut ohne den Dale-Chihuly-Glaslüster hätte leben können, der wie ein bizarres rosa Insekt darüber hing.

Eve liebte Filme. Thriller mochte sie nicht so, hatte aber genügend gesehen, um zu wissen, dass es, wenn das geplante Verbrechen ein raffiniertes «Ding» war, stets eine Sequenz gab, in der der Held sein Team bis zur Perfektion drillte, damit es die Operation mit atemberaubender Präzision durchführen konnte. Es galt zu lernen, sich an einem Trapezkabel von einer Palastdecke herabzulassen oder einen mit Goldbarren beladenen Mini in einen fahrenden Kastenwagen zu manövrieren. Und irgendwie fühlte es sich nicht richtig an, dass sie ihrem Team beibringen sollte, Salate zuzubereiten und zu servieren, Weinflaschen zu öffnen und den Gast probieren zu lassen, Eier zu pochieren, kurz, all das, was man vom Personal von Top Table – diesen Namen für die Catering-Firma hatte Clarenco schließlich abgesegnet – erwarten konnte. Michael Caine würde wohl kaum verstehen, wieso ein bewaffneter Gangster in der Lage sein musste, eine Speisekarte zu erläutern.

Sie verbrachte einen köstlichen Abend allein, indem sie so tat, als gehörte das Haus ihr: Sie machte sich einen Ceasar Salad, öffnete eine Flasche Arrowwood Chardonnay und suchte sich aus Clarencos riesiger Filmothek eine DVD aus, ehe sie im Lake Superior unter den Badewannen ein Bad nahm und sich dann in ein Bett legte, das mit seinen gotisch anmutenden Bettpfostenaufsätzen wie ein kleiner, aber äußerst gemütlicher deutscher Dom wirkte.

Am nächsten Morgen traf ein Minibus aus New York ein, mit neun Fahrgästen – sieben Männern und zwei Frauen. Eve empfing sie in der mächtigen Eingangshalle wie die Hausherrin in einem Südstaatenepos und wies sie an, nach oben zu gehen, sich je ein Zimmer auszusuchen – es gab deren neun, sie selbst wohnte im Gästehaus – und sich in dreißig Minuten im Salon einzufinden. Die Blicke, die sie wechselten, bekräftigten Eves immer noch virulenten Verdacht, dass sie sich übernommen hatte oder aber das Ganze ein verrückter Traum war, aus dem sie gleich erwachen würde.

Als Eve beobachtete, wie die Neuankömmlinge ihr Gepäck einsammelten und mit großen Augen die geschwungene Treppe hinaufstiegen, fand sie, dass sie mit ein, zwei Ausnahmen für Catering-Angestellte viel zu fit und gesund wirkten. «Der Himmel hat uns das gute Fleisch geschickt», sagte das Sprichwort, «aber der Teufel die Köche.» Eve jedoch dachte, dass diese angeblichen Caterer aussahen, als hätte sie Gold's Gym geschickt. Was sie nicht weiter erstaunte, da sie sehr wohl wusste, wer diese Leute und welcher Art ihre speziellen Fähigkeiten waren: Bis auf Andrew Hogarth, der aus der Filmbranche kam, waren sie alle Bodyguards oder Exsoldaten oder auch beides. Eve hoffte, dass ihr das von Clarenco zusammengestellte Team keine Probleme machen würde, aber dafür war es wichtig, gleich klarzustellen, wer hier das Kommando hatte. Beim Militär hatte Eve oft Briefings mit so genannten Schaltplänen durchgeführt: Organisationscharts, die mittels Kästchen und Pfeilen zeigten, wie sich der Einzelne in die gesamte Operationsstruktur einfügte, und als die Teammitglieder, wie ihnen geheißen, in den Salon kamen, stand dort Eve, ein leises Flattern im Magen und einen Zeigestock in der Hand, vor einem Diagramm, bereit zu erklären, wer wer war.

«Willkommen in Wainscott», sagte sie. «Ich hoffe, Sie hatten eine angenehme Reise. Während Sie hier sind, erwarte ich, dass Sie das Haus und alles darin respektvoll behandeln. Es stört mich nicht, wenn Sie ab und zu fluchen, aber das F-Wort will ich nicht hören, wenn es ein anderes Wort auch tut. Also benutzen Sie es sparsam, jedenfalls in meiner Gegenwart. Wenn jemand von Ihnen irgendwelche Beschwerden hat, sagen Sie es mir ins Gesicht, aber meckern Sie nicht hinter meinem Rücken herum. Ich hasse untergründige Unzufriedenheit.»

Sie merkte, wie ihr Selbstvertrauen in dem Maße wuchs, wie sich Teile ihres alten Militär-Ichs in ihre Persönlichkeit zurückschlichen.

«Ich heiße Eve Merlini und war Captain der 24. Infanteriedivision. Ich war am Golf und habe, wie etliche von Ihnen, einiges an Action miterlebt. Und ich bin, wie den Aufmerksameren unter Ihnen sicher nicht entgangen sein wird, eine Frau.»

«Und wie», murmelte jemand.

«Nach meinem Abschied von der Army bin ich Chefköchin geworden und habe mein eigenes Restaurant betrieben. Ein Restaurant in New York ist wie eine Kampfeinheit bei der Army – eine ziemlich harte Sache. Es kann heiß hergehen. Es kann eine Menge Stress geben. Es kann sogar gewaltsam zugehen. Mein Job ist es, Sie einer Grundausbildung darin zu unterziehen, was es heißt, in einem Restaurant zu arbeiten. Während Sie hier sind, werde ich Ihnen alles über Essenszubereitung und Servieren beibringen. Ich erwarte, dass Sie meine Befehle befolgen, als wäre ich Ihr Kasernenhofschleifer. Falls Sie nicht schon über gute Umgangsformen verfügen, werden Sie sie erlernen, und wenn Sie von diesen zwei Wochen sonst nichts mitnehmen sollten, dann doch auf jeden Fall einen geschärften Sinn für die feineren Dinge des Lebens.

Um keine Zeit zu verschwenden, werde ich Sie jetzt anhand

dieses Diagramms aufrufen und Ihnen Ihre Funktion im Gesamtkontext unserer Mission erläutern. Ich möchte Sie bitten, sich jeweils zu erheben und uns mitzuteilen, ob Sie bereits irgendwelche Erfahrungen in der Speisenzubereitung oder im Servieren haben.»

Eve zeigte auf das Diagramm.

«Sergeant Bill King, ehemals 101. Luftlandedivision und bis vor kurzem als Türsteher in einem Nachtclub in San Francisco tätig. Bill wird mein Vizekommandeur sein. Ich glaube, hier sind noch weitere Leute aus der 101., die Bill schon kennen, aber wenn Sie sich bitte trotzdem erheben würden, Bill?»

King stand auf. Er war ein hoch gewachsener, distinguiert aussehender Schwarzer mit kurzem Bart, rasiertem Schädel, schwarzen Jeans und schlichtem grauem Polohemd; er hatte bereits das vage Gefühl, Eve Merlini – oder eine Person, die ihr sehr ähnlich war – aus dem Golfkrieg zu kennen. Fast so groß wie er selbst, hatte sie mit ihren Mount-Rushmore-Wangenknochen und den durchdringenden, blaubeerfarbenen Augen so eine herausfordernde Nicht-mit-mir-Aura. Kurz, sie war für King die perfekte S-M-Domina, bis hin zu den Lederhosen und den hochhackigen Schuhen. Er nickte erst Eve zu, dann dem übrigen Team.

«Wie Mrs. Merlini schon sagte, war ich bis vor fünf Jahren bei den Black Berets.» Er sah einen Moment lang versonnen auf seine blitzblanken Schuhe. «Das Zivilleben hat mir bislang nicht allzu viel Gutes gebracht. Ich war eine Weile Fastfood-Koch in einem Diner in Yuba City, Kalifornien, wo ich herkomme. Als Junge habe ich für die dortigen Pflaumenfarmer Pflaumen gepflückt. Hab wohl mehr gegessen als gepflückt. Aber Essen hat mir immer schon viel bedeutet. Und mal ganz abgesehen von dem Job, für den wir vorgesehen sind, freue ich mich auf diese zwei Wochen. Ich wollte immer schon mehr über Essen wissen und über Wein und wie man das alles richtig macht.»

Er setzte sich hin. Eve machte sich eine Notiz und zeigte dann wieder auf das Diagramm. «Der Nächste in der Befehlskette ist Corporal Nick Pennac. Nick ist einer unserer Computer- und Elektronikexperten. Er war beim Telekommunikationsdienst des Verteidigungsministeriums in St. Louis.»

Pennac erhob sich verlegen, nahm eine beinahe unsichtbare Brille mit Titangestell ab und lächelte. «Ich war nie ein großer Koch», sagte er und kratzte sich die lange, gnomenhafte Nase – Eve fand, dass er aussah, wie aus einem Tolkien-Roman entsprungen. Seine Augenbrauen trafen sich in der Mitte, und sein dickes, dunkles, elastisches Haar sah aus wie ein Bild in einem Frisiersalon. Er trug rehbraune Chinos, ein kariertes Ralph-Lauren-Hemd und eine braune Cordjacke. Das gab ihm etwas Akademisches, aber Eve konnte sehen, dass er auch körperlich fit war. «Aber als ich auf dem College war, habe ich eine Zeit lang in einem Restaurant bedient, um mir das Geld für einen neuen Computer zu verdienen.»

«Welche Art Restaurant?», fragte Eve.

«Taco Bell», sagte Pennac. «Ich mache auch ziemlich gute Margaritas, falls das für irgendwas gut ist.»

«Danke, ich werde es im Kopf behalten.»

Ann Choy war eine chinesisch aussehende Frau mit kurzem dunklem Haar, die Eve als Expertin für elektronische Kommunikation vom 82. Fernmeldebataillon der 18. Luftlandedivision vorstellte. Choy erklärte ihren Zuhörern, sie sei nur Halbchinesin – in einem Ton, als könnte die andere, europäische Hälfte daran Anstoß nehmen –, verstehe aber dennoch ganz gut mit dem Wok umzugehen. «Vielleicht nicht gut genug fürs Tse Yang», maß sie sich an einem der besten New Yorker China-Restaurants, «aber für die meisten Leute.» Tatsächlich hatte sie auch viel von einer Mexikanerin oder Nicaraguanerin. Sie lächelte nur ganz selten, nicht zuletzt, weil ihre Zähne sehr schief waren, fast als hätte sie mal eine Faust ins Gesicht gekriegt. Trotzdem sah sie gut aus in ihrer maßgeschneiderten weißen Jacke, der schwarz-weiß karierten Hose und den Designer-Sandalen, und Eve dachte, dass sie immerhin schon ein bisschen wie eine Küchenkraft gekleidet war.

Die Nächste war Samantha Heinichen. Sie war Krankenschwester im Army-Krankenhaus in Grafenwöhr, Deutschland, gewesen, sah aber eher aus wie eine Bodybuilderin.

«Kochen kann ich nicht», sagte sie mit einem dumpfen Akzent – sie war Tschechin. «Jedenfalls nicht so wie meine Mutter. Immerhin habe ich mal in einer Bar gearbeitet, Drinks serviert, aber das war eine Oben-ohne-Bar, und die Gäste hat es nicht sonderlich interessiert, ob ich ihnen die Drinks von rechts oder von links hingestellt habe, solange sie nur einen guten Blick auf meine Titten hatten.»

Nach Samantha Heinichen kamen Clayton Bird, Andrej Busiek, Jerry Whalin und Doug Powers. Bird war Native American und wohl der bestaussehende Mann, der Eve je begegnet war; nach seinem Abschied von den Black Berets war er Bodyguard bei Madonna gewesen. Sagte er. Andrej Busiek und Jerry Whalin waren ebenfalls Ex-Black-Berets und, wie es schien, auch Exsträflinge: Jerry Whalin war Taxifahrer in New York und angezogen wie Travis Bickle: dunkle Levis, kariertes Westernhemd, Cowboystiefel und eine abgewetzte beige Army-Jacke. Bird, Busiek, Whalin und Powers hatten keinerlei nennenswerte Catering-Erfahrung.

Als Letzter erhob sich Andrew Hogarth, der viele Jahre in Hollywood in der Filmindustrie tätig gewesen war. Er war gut zehn Jahre älter als die anderen, mit silbergrauem Haar und ledriger Haut, und zog beim Reden den Bauch ein, um nicht die Verachtung seiner Kollegen auf sich zu ziehen.

«Wie die Chefin schon gesagt hat, ist es mein Job, aus einigen von Ihnen Filmstars zu machen. Nach dem, was ich bisher gesehen habe, dürfte das nicht allzu schwer sein.» Er patschte sich auf den Bauch. «Im Gegensatz zu mir scheinen Sie ja alle ziemlich gut in Form. Ich habe immer schon viel vom Essen gehalten. Aber mehr noch habe ich vom Wein gehalten. Ehe ich bankrott ging, hatte ich einen Keller mit über tausend Flaschen. Und zwar richtig guten Tropfen. Also, falls Sie einen Sommelier brauchen, würde ich mich in aller Bescheidenheit dafür empfehlen.»

Eve ließ ihren Blick über dieses buntscheckige Team schweifen. Es war, dachte sie, wie die Mannschaft der Pequod, als sie in See stach, um sich auf die Suche nach dem weißen Wal zu machen. Und kaum dass ihr dieser Vergleich in den Sinn gekommen war, fand sich auch schon ein Starbuck, der ihre Autorität infrage stellte.

«Bei allem Respekt, Ma'am», sagte Andrej Busiek. «Sie sehen nicht gerade aus wie jemand, der es bringt, jemand anderem eine Waffe an den Kopf zu setzen und dabei so auszusehen, als ob er den Mumm zum Abdrücken hätte.»

Busiek lächelte freundlich und sah dann seinen Kumpel Whalin an, der guckte, als teilte er diese Meinung, und zurücknickte. «Ich will ja an Sie glauben, Ma'am, will ich wirklich. Aber Sie sehen nun mal nicht aus wie die Sorte Feuer spuckendes Weibsstück, das so eine Nummer durchziehen könnte.»

Sie nickte und erkannte, dass sie das hier im Keim ersticken musste. Busieks Lächeln war jetzt schon nicht mehr freundlich, sondern an der Grenze zum Unverschämten.

«Das Äußere kann täuschen», sagte sie. «Das sollten Sie doch wissen, Soldat.»

«Sie sehen nicht aus, als würden Sie sich nur tarnen», sagte er. «Ma'am.» Dieses letzte Ma'am klang schon regelrecht sarkastisch. Er zuckte die Achseln. «Vielleicht waren Sie ja Offizier, aber das macht Sie noch nicht zum Kämpfer. Das ist es, glaub ich, was ich meine. Ohne Sie beleidigen zu wollen.»

«Wir können ja gleich mal rübergehen, einen Blick in die Sporthalle werfen», sagte sie. «Vielleicht kann ich dort ja einige Ihrer Fragen klären.» Sie führte das Team über eine kalksteingeflieste Loggia, die auf einen Innenhof hinausging, zu dem Sportkomplex im hinteren Teil des Anwesens.

«Guckt euch das an, Leute», sagte Bill King staunend und sah sich in dem Raum voller glänzender Cybex-Geräte um. Durch das breite Fenster wirkte das Wasser in dem olympiatauglichen Pool so blau und unbewegt wie Eves Augen, die auch dann noch regungslos blieben, als sie die Stöckelschuhe abstreifte, Uhr und Ringe auf eine Bank legte und mitten auf eine grasgrüne Gummimatte trat.

«So, Mr. Busiek», sagte sie ruhig. «Dann wollen wir mal sehen, was einen Kämpfer ausmacht, ja?»

«Das ist ein Scherz.»

Eve zog ihre weiße Bluse und ihre Lederjeans aus, sodass sie ihm nur in Unterhemd und Schlüpfer gegenüberstand. Jemand pfiff anerkennend. Das störte sie nicht weiter. Sie hatte eine gute Figur, und es war ihr ziemlich egal, wer das sehen konnte. Außerdem war sie innerlich mit Busiek beschäftigt.

«Sehe ich aus, als ob ich scherze?»

«Wohl nicht», sagte Busiek verlegen. Jetzt, da er Eve in Unterwäsche vor sich hatte, merkte er, dass sie kräftiger und athletischer war, als er gedacht hatte: nicht gerade Chyna, die Catcherin, aber drahtig und sichtlich zäh, wie eine Tänzerin. Sie sah ihm in die Augen, und einen Moment lang war Busiek schon weniger selbstsicher. Er setzte sich auf eine Bank, zog die Timberland-Stiefel aus und betrat dann die Matte. Zu seinem Erstaunen verbeugte sie sich leicht vor ihm, und allmählich dämmerte ihm, dass diese Frau womöglich doch eine Kampfausbildung hatte. Er war sich sicher, dass er sie bezwingen konnte. Black Berets waren nicht darauf trainiert, an ihrem eigenen kämpferischen Können zu zweifeln, schon gar nicht, wenn der Gegner weiblich war.

Die anderen scharten sich um die Matte, weil sie spürten, dass diese Demonstration nicht nur an Busiek, sondern an sie alle gerichtet war. Whalin und Powers waren bereits dabei, ihren Kumpel anzufeuern. Sie hatten beide nicht viel für Offiziere übrig, egal, ob männlich oder weiblich. Alle anderen jedoch hofften, dass Eve beweisen konnte, aus welchem Holz sie geschnitzt war, wenn ihr auch niemand große Chancen einräumte, den Zweikampf zu gewinnen.

Busiek war kleiner als Eve, aber sein Oberkörper und seine Arme wirkten sehr kräftig – so kräftig, dass die Beine im Vergleich geradezu dünn erschienen. Sein dunkles Haar war kurz, aber er hatte einen Hickock-Schnauzer, und Eve schoss der Gedanke durch den Kopf, ob er womöglich schwul war. Sie war sich nicht sicher, ob sie ihn bezwingen konnte, aber das war auch nicht annähernd so wichtig wie zu beweisen, dass sie sich im Griff hatte, und wenn das bedeutete, eine Tracht Prügel zu kassieren, dann war das eben so. Eve glaubte nicht, es mit einem Ex-Black-Beret aufnehmen zu können, ohne hinterher ein paar blaue Flecken vorzuweisen zu haben.

Busiek hüpfte lockerungshalber ein wenig auf den Zehenspitzen und fragte sich, ob er sie zuerst angreifen lassen sollte. Er dachte, wenn er sie erst mal auf der Matte hatte, könnte er sie in den Armschlüssel oder vielleicht auch in einen Würgegriff nehmen und dadurch zur Aufgabe zwingen. So konnte er klarstellen, was Sache war, ohne ihr allzu weh zu tun.

Eve hatte keine solchen Skrupel. Während Busiek sich noch aufwärmte, plante sie bereits ihren Angriff mit einem simplen Aikido-Griff. Sie streckte ihm die Hand hin wie zu einem Begrüßungshandschlag, in der Hoffnung, dass er sie stattdessen am Handgelenk packen würde. Fast schon zu ihrer Überraschung tat er genau dies, und was folgte, war eine Sache von Sekunden. Als Busiek sie zu sich zog, legte sie rasch die Linke auf seinen Handrücken, hielt seine Hand eisern fest, drehte ihre Rechte im Uhrzeigersinn über sein Handgelenk und auf ihn zu. Das war, wie sie wusste, ein äußerst schmerzhafter Drehgriff, bei dem ihm sofort die Knie einknickten. Busiek jaulte auf wie ein Hund, dem jemand auf den Schwanz tritt. Indem sie die Drehbewegung fortsetzte, verdrehte sie seinen ganzen Arm und drückte ihn bodenwärts, und als sein Körper unweigerlich nachfolgte, versetzte sie ihm mit dem Spann einen kurzen, klatschenden

Tritt gegen die Brust, was ihn eher ärgern als schmerzen sollte. Sie hätte ihm problemlos auch noch gegen die Kehle treten, den Arm auskugeln oder das Handgelenk brechen können, aber sie ließ ihn los, trat, das Johlen und Klatschen des Teams ignorierend, zurück und wartete auf seine nächste Aktion.

«Wie mache ich mich so weit?», fragte sie fast freundlich.

«Fragen Sie das gleich nochmal», sagte Busiek und rieb sich das Schlüsselbein. Sauer ob der – von ihm so wahrgenommenen – Heftigkeit des Tritts, erhob er sich, und da er die Tatsache, dass sie ihm den Rücken kehrte, als Überheblichkeit statt als Falle deutete, packte er sie mit der rechten Hand an der Schulter, riss sie herum und holte gleichzeitig mit der Linken zu einem Schwinger aus, der Eve, hätte er sie getroffen, mit Sicherheit einigen Schaden zugefügt hätte. Doch noch ehe er zuschlagen konnte, hatte Eve seinen rechten Ärmel gepackt und ihn leicht auf die Nase geboxt – obwohl sie ihm gut und gern die Augäpfel hätte eindrücken können. Dann ließ sie sich auf ein Knie fallen und quetschte ihm einen Moment lang schmerzhaft die Eier, ehe sie seinen rechten Arm im Bogen herabriss und ihm die rechte Faust kräftig in die Kniekehle donnerte. Da sich sein rechtes Bein plötzlich ein gutes Stück oberhalb seines rechten Arms befand, knallte Busiek auf die Matte, wo ihm Eve lediglich pantomimisch einen tödlichen Handkantenschlag gegen den schlecht rasierten Hals versetzte. Wieder trat Eve zurück, und diesmal wusste sie, dass sie Zeit hatte, die zweite Runde Applaus entgegenzunehmen.

Busiek griff sich an die Nase, und als er Blut an seinen Fingern fand, bestand seine prompte Antwort darin, wie ein russischer Soldat beim Wachwechsel vor dem Leninmausoleum am Roten Platz das gestreckte Bein hochzureißen und nach ihrem Kopf zu treten, wobei ihr jeder dieser Tritte den Kiefer hätte brechen können.

Eve wich jedes Mal ein paar Zentimeter aus, bis sie sich zutraute, für ihren Gegenangriff Höhe und Geschwindigkeit der

Tritte zu antizipieren. Schließlich fing sie sein Bein mit gekreuzten Hangelenken ab, riss es noch weiter hoch, trat gegen sein anderes Bein und versetzte ihm, als er mit Wucht auf der Matte gelandet war, einen *Kiai*, dem nur wenige Joule fehlten, um ihm die Rippen zu brechen. Busiek schnappte hörbar nach Luft und blieb diesmal ein paar Sekunden länger liegen.

Als er sich schließlich weit genug erholt hatte, um sich zu erheben, verbeugte er sich tief vor Eve und lächelte sie dann an.

«Ma'am», sagte er. «Wenn Sie so gut kochen, wie Sie kämpfen, dann kann ich nur sagen, ich freue mich auf das heutige Abendessen.»

«Danke», sagte sie. «Keine Lust auf weitere Klärungsprozesse, nehme ich an?»

«Das Einzige, worauf ich Lust hab, kann ich vor all den Leuten hier nicht beim Namen nennen.»

Bill King beobachtete, wie sie wieder in ihre Lederjeans fuhr, und sah dann Nick Pennac an. «Ist sie nicht Klasse? Mann, von der lass ich mich jederzeit vermöbeln. Verdammt, wenn ich gewusst hätte, dass sie ihm so eine Behandlung zukommen lässt, hätte ich sie selbst rausgefordert.»

King lachte dabei, aber Pennac merkte, dass er es halb ernst meinte. Pennac ging es bei diesem Job nur um die eine Million Dollar, die man ihm als Anteil versprochen hatte, aber jetzt begriff er, dass manche hier auch Spaß an dem Unternehmen selbst haben wollten.

«Klasse, was?»

Pennac nickte lächelnd zurück, immerhin froh, dass Eve diese Kerle zu nehmen wusste. Das war sicher gut – brachte ihn dem großen Zahltag näher. Das war für Pennac alles, was zählte. Nicht dass er reich werden wollte, dafür war eine Million heutzutage wohl kaum genug. Er wollte nur nicht mehr arm sein. Und jetzt, wo er kurz davor stand, ein Verbrechen zu begehen, merkte er, dass er die Psychologie des Verbrechens schon um einiges besser verstand – er sagte sich nämlich, was für ihn galt, gelte sicher auch für alle anderen. Niemand raubte Banken aus oder entführte Menschen, um reich zu werden. Alle wollten nur eins: ein besseres Leben.

Ja, so einfach war das.

NACH DEN zwei Wochen in Wainscott kehrten Eve und ihr Team nach Manhattan zurück, um in Clarencos Firmenräumen in der 62nd Street ein Dinner zuzubereiten. Den Essraum neben der Poggenpohl-Küche dominierten ein riesiger Tisch und ein paar extravagante Glaskunstwerke, wie sie auch das Esszimmer von Wainscott geschmückt hatten. Ganz offensichtlich hatte Clarenco eine Schwäche für Dale Chihuly. Der Tisch war für fünfundzwanzig Personen gedeckt – etwa so viele, wie auch in Cloudcroft sein würden – und Clarenco war gespannt, ob Eves Bemühungen, aus dem bunten Haufen ein Catering-Team zu schmieden, erfolgreich gewesen waren. Um auf Nummer sicher zu gehen, hatte Eve ein italienisches Menu gewählt, bestehend aus Gerichten, die es in ihrem Restaurant gegeben hatte.

Alles ging gut, bis ein Gast mit Sonderwünschen kam.

«Er will keine Suppe und auch keine Tagliatelle», meldete Clayton Bird in der Küche. «Was er will, außer eine Faust in die Fresse und ein Messer ins Herz, sind Eier Benedikt.»

«Wissen Sie noch, was ich Ihnen erklärt habe? Der Gast hat immer Recht, auch wenn er ein arroganter Pinsel ist. Es ist meine Schuld. Ich hätte Sie darauf vorbereiten müssen, dass Leute mit Sonderwünschen kommen», sagte Eve, die gerade ein Tablett mit Suppen inspizierte. «Das ist wie mit Polo. Keiner weiß warum, aber je reicher die Leute sind, desto mehr stehen sie auf dieses Spiel. Diese Typen sagen sich, dass es ihr Job ist, Bilanzen zu studieren, aber nicht Speisekarten.» Sie sah zu Ann Choy hinüber, die gerade Vorbereitungen dafür traf, zwanzig Portionen Kabeljau zu braten. «Wie steht's, Ann? Können Sie Eier Benedikt machen?»

Noch ehe Eve ausgeredet hatte, gab Ann bereits ein paar Eigelb in einen Mixer, als Ausgangsbasis für eine Hollandaise. «Klar», sagte sie, stellte den Mixer an und erwärmte dann etwas Zitronensaft und Weißweinessig in einem kleinen Kupfertöpfchen. «Ich hab ja sonst nichts zu tun.»

«Jetzt sehen Sie, warum Kochen eine Kunst ist», sagte Eve. «Es braucht wahres Können, aus einer Pampe aus Eiern und Butter etwas zu machen, das appetitlich aussieht. Und das alles nur, weil irgendeinem Kerl gerade eingefallen ist, dass er das jetzt gern hätte.»

Aber sie hätte schreien können, als sie entdeckte, dass der Kerl mit dem Sonderwunsch Bob Clarenco selbst war. Und sie brauchte mehrere Minuten, um zu kapieren, dass er sie und ihr Team hatte testen wollen. Na ja, sagte sie sich, Milliardäre waren wahrscheinlich noch eigener. Davon abgesehen, verlief das Dinner bestens, und als der letzte Gast gegangen war und das Team fertig aufgeräumt hatte, gratulierte sie den Leuten zu ihrer Leistung.

«Das haben Sie wirklich gut gemacht», sagte sie, zu erschöpft, um mehr herauszubringen. «Ich bin stolz auf Sie alle.»

«Ich glaub's nicht, dass keiner was gesagt hat», brummelte Bill King. «Nicht ein einziges Kompliment an die Küchenchefin.»

«Die beiden größten Komplimente, die sie einem machen können», erklärte Eve, «sind zu essen, was man gekocht hat, und dann anstandslos die Rechnung zu bezahlen. Wenn Sie auf Komplimente aus sind, sollten Sie lieber Schauspieler werden.»

Als Eve sich zwei, drei Tage später wieder im Le Cirque mit Clarenco traf, um den Stand der Dinge zu erörtern, erfuhr sie, dass Calvin Wallenberg persönlich an jenem Abend unter den Dinnergästen gewesen war.

«Er war da? Und Sie haben mir nichts gesagt?» Eve trug eins von den neuen Outfits, die sie sich für Cloudcroft gekauft hatte – einen weißen Ralph-Lauren-Hosenanzug und Tod-Slipper.

«Ich bin wirklich beeindruckt, was Sie in wenigen Wochen zustande gebracht haben.»

«Das war harte Arbeit», sagte Eve.

«Die Eier Benedikt waren mit die besten, die ich je gegessen habe.»

«Freut mich, dass Sie Ihnen geschmeckt haben. Eine Weile hätten die Leute in der Küche Sie am liebsten umgebracht.»

«Hat mir auch Leid getan, Ihnen einen solchen Knüppel zwischen die Beine zu werfen, aber ich musste nun mal Ihr Können testen, und als Sonderwunsch Eier Benedikt zu verlangen, schien mir da nicht die schlechteste Möglichkeit. Außerdem ist das Wallenbergs Lieblingsgericht. Er war regelrecht neidisch, als er's gesehen hat.»

«Welcher war Wallenberg?»

«Er saß neben mir. Glatze, etwa fünfundsechzig. Leicht blasierten Zug um den Mund, enthaltsam in allen Dingen – er hat nicht viel gegessen. Grauer Anzug, Clubkrawatte.»

«Ich glaube, ich erinnere mich. So ein kleiner Mann, der irgendwie orientalisch aussieht?»

«Genau. Vor dreißig Jahren war dieser kleine Mann mit den schönsten Schauspielerinnen und Models von New York zugange, eine Art von Dreckarbeit, die er jetzt mir überlässt. Wallenberg pflegt die Austerität. Er tut gern so, als ob er zum alten New Yorker Geldadel gehört und sich nicht groß um das schmutzige Geschäft kümmert, mit seiner Bank Profit zu machen. Aber in Wahrheit hat er nur ein bisschen mehr Zeit gehabt als andere, sich das Blut von den Händen zu waschen. Sein Vater Harry hatte die Finger in so ziemlich allen Geschäftszweigen, die man aufzählen könnte – Öl, Film, Bankwesen, Immobilien – und auch in etlichen, die man besser nicht aufzählt. Er war ein guter Freund von Meyer Lansky. Heute ist Cal Wallenberg einer der größten Deal-Broker überhaupt. An der Wall Street nennt man ihn den Kuppler, und wenn es um eine Elefantenhochzeit zweier Konzerne geht, kann man ziemlich sicher sein, dass Cal Wallenberg mit im Spiel ist. Immerhin ist er der einzige Investmentberater, den Leute wie George Shapira oder Murray Drennan in Anspruch nehmen, und das spricht für sich. In den sechziger Jahren war er Mitglied des so genannten «Kollektivs», das einfach nur eine Gruppe von Leuten war, die die Romane und die so genannte Philosophie von Ayn Rand bewunderten.»

«Von der ist doch *Der Ursprung*, oder?»

«Er kannte sie ziemlich gut. Eine Weile galt er als ihr Protegé. Vielleicht war es ja mehr als nur mütterliche Freundschaft, wer weiß? Jedenfalls hält sich Wallenberg immer noch weitgehend an ihre Philosophie.»

«Ich habe das Buch mal angelesen. War viel zu lang.»

«Kommunistenhass. Glaube an das Laisser-faire. Marktfundamentalismus. Abneigung gegen das Zentralbankwesen.»

«Ziemliches Problem für einen Investmentbanker.»

«Tatsächlich ist das Zentralbankwesen nicht das Einzige, wofür Wallenberg nicht viel übrig hat. Für einen Investmentbanker hat er eine ungewöhnlich schlechte Meinung von seinem eigenen Berufsstand. Vor allem vom Bereich Unternehmensfusionen und -käufe, in dem er bevorzugt tätig ist. Einmal hat er *Fortune* erklärt, seine Katze könnte auch Investmentbanker werden. Von Katzen hat er eine sehr hohe Meinung. Ich hoffe, Sie sind nicht allergisch gegen Katzen. In Cloudcroft wimmelt es von den Viechern.»

«Ich mag Katzen.»

«Haben Sie auch Rands anderes Buch gelesen? *Wer ist John Galt?*»

«Nein, das schien mir noch länger und noch schwerer verdaulich als *Der Ursprung*.»

«Schwer verdaulich. Das ist gut. Aber Sie sollten es trotzdem lesen. Schon allein, um Wallenberg besser kennen zu lernen. Er hat ihr bei den Recherchen für dieses Buch geholfen. Darin geht es viel um Schwerindustrie, und es ist auch vehement gewerkschaftsfeindlich. Dieses Buch betrachtet Wallenberg als seines, nicht zuletzt, weil der Held des Romans, ein gewisser John Galt – Entrepreneur, allseits entwickelter Renaissancemensch und natürlich auch ein großer Frauenheld –, eine Figur ist, die sich Wallenberg zum Vorbild genommen hat.

In diesem Buch kommt ein Haus namens Galt's Gulch vor, das ganz dem reinen Laisser-faire-Kapitalismus geweiht ist. Das inspirierte Wallenberg, sich das Haus in New Mexico zuzulegen und dort diese jährliche Zusammenkunft der reichsten Männer der Welt zu organisieren. Die meisten Milliardäre, die nach Cloudcroft kommen, um Deals zu machen und Golf zu spielen, ahnen nicht, dass sie Wallenbergs private Ayn Rand-Phantasie ausleben.»

«Wozu?», fragte Eve. «Was springt für ihn dabei heraus? Noch mehr Geld?»

«Wallenberg ist mehr an Macht und Einfluss interessiert als an Geld», sagte Clarenco. «Geld hat er in Hülle und Fülle. Was nicht heißt, dass er nicht gern noch mehr macht. Aber vor allem will er mitmischen. Er will Beziehungen haben. Und dann ist da das Haus in Cloudcroft. Seit dreißig Jahren ist es das Wichtigste in seinem Leben. Und alles, was Sie je darüber gehört oder gelesen haben, dürfte stimmen. Warten Sie, bis Sie dieses Anwesen sehen. Es wird Sie umhauen, das garantiere ich Ihnen. Es ist New Mexicos Antwort auf San Simeon.»

Er hielt inne, um etwas Wein zu trinken, und ein Lächeln breitete sich langsam über sein attraktives Gesicht. Ein Lächeln, das Eve zu kennen meinte.

Clarenco sah auf die Uhr. Sie wusste, was er jetzt sagen würde.

«Also, heute Nachmittag bin ich frei, falls Sie, na ja, Sie wissen schon.»

«Ich glaube nicht, Bob. Meiner Mutter geht es nicht gut. Ich gehe wohl besser nach Hause.»

«Kein Problem», sagte Clarenco und nickte dem Ober zu.

«Ich habe darüber nachgedacht. Vielleicht sollten wir's von

jetzt an bei der geschäftlichen Ebene belassen», sagte sie. «Ich möchte nicht abgelenkt sein, wenn wir in Cloudcroft sind.»

«Da könnten Sie Recht haben», sagte er achselzuckend. «Tja, was soll ich sagen? War nett.» Doch innerlich spürte er bereits den Verlust.

EVE KANNTE Hearst Castle nicht, das in San Simeon, Nordkalifornien, gelegene Anwesen des legendären Zeitungszaren, das nach dessen Tod im Jahr 1951 per Schenkung an den Staat Kalifornien gefallen war und jetzt als historisches Monument die größte Touristenattraktion der Gegend darstellte. Aber sie hatte natürlich *Citizen Kane* gesehen und Xanadu, das fiktive Haus an der Golfküste Floridas, das der Regisseur, Orson Welles, Hearsts realem Haus nachgebildet hatte. Es war aber eine Weile her, dass sie den Film gesehen hatte, und sie erinnerte sich nur noch an ein finster-romantisch aussehendes Haus, riesig, grandios, überwältigend, ein Wahnsinnsort, vollgepfropft mit erlesenen Dingen, aber irgendwie auch ein Ort der Enttäuschung und Traurigkeit. Darin hatte Xanadu etwas mit Welles selbst gemein.

Als Eve das inmitten von Kiefernwald an einem der höchsten Punkte der Sacramento Mountains gelegene Cloudcroft sah, war ihre erste Assoziation weder Xanadu noch San Simeon, sondern das Overlook Hotel aus Stanley Kubricks Film *The Shining*. Es wirkte weltentrückt, zu groß für einen einzigen Mann und auf den ersten Blick ein wenig abweisend. Erst als Eve das Haus besser kennen lernte, begann sie es wirklich zu bewundern.

Fast dreitausend Meter über dem Meeresspiegel auf fünfzig Hektar Land – dem größten Privatgrundstück im Lincoln National Forest – gelegen, bot Cloudcroft einen spektakulären Blick auf das Tularosa Valley. Bei klarem Wetter und vom Observatoriumsturm aus, der die Mitte des stumpfwinkligen Baus krönte, konnte Eve nach Nordwesten über die Wüste bis zum fünfundfünfzig Meilen entfernten Trinity-Gelände blicken, wo am 16. Juli 1945 die erste Atombombe der Welt gezündet worden war. Siebzig Meilen nach Osten, jenseits des Mescalero-Apachen-Reservats, lag das Städtchen Roswell, das Mekka der UFO-Enthusiasten und verschwörungstheoriegläubigen *Akte-X*-Fans. Zehn Meilen ein Gebirgssträßchen in südwestlicher Richtung hinunter, war Alamogordo zu beiden Seiten eines staubigen Highways hingewürfelt wie lauter Schuhschachteln, kaum ansehnlicher als die Gebäudeattrappen, die dem nahe gelegenen Lenkwaffenerprobungsgelände von White Sands und dem Luftwaffenstützpunkt Holloman zu Zielübungen dienten.

Alamogordo war überhaupt nicht so, wie es sich Eve, die noch nie in New Mexico gewesen war, vorgestellt hatte. In ihrem Kopf war es freundlicher gewesen, nicht ganz so wie ein einziges riesiges Drive-Thru-McDonalds. Sie nannte es Armageddon, weil es aussah wie eine Stadt, die man errichtet hatte, nachdem etwas Schreckliches passiert war. Andererseits war Cloudcroft mit seinen Marmorböden, Latilla-Decken, remisengroßen Kaminen, Schlosstüren und Palastfenstern für Eve das größte und schönste Haus, das sie je gesehen hatte. Das größte und schönste und in mancherlei Hinsicht auch das verrückteste.

Ursprünglich 1899 als Quartier für lokale Silberminenarbeiter errichtet, war das Haus in den dreißiger Jahren durch einen Neubau ersetzt worden. Ganz aus Mammutbaumholz und einheimischem Stein, war Cloudcroft bis ins kleinste Detail ein handwerkliches Meisterstück. Äußerlich galt es als eins der schönsten Art & Crafts-Häuser Nordamerikas, und das üppige Art-Deco-Interieur stammte von demselben Architekten, der auch die berühmte Ahwanee Lodge im Yosemite-Nationalpark entworfen hatte. Was erklärte, warum das Haus Eve an Kubricks Overlook-Hotel erinnert hatte. Modell für das

Overlook war die Ahwanee-Lodge gewesen. Es gab dreißig Gästesuiten, jede in einem anderen ethnischen Stil eingerichtet. Zu den Annehmlichkeiten des Hauses gehörten ein Satellitenkommunikations- und Businesscenter, ein Kinosaal mit fünfzig Plätzen und THX-Sound-System, eine Bowlingbahn, vier Tennisplätze, zwei Swimmingpools, einer drinnen, einer draußen, ein Solariums- und Fitnesskomplex, eine beheizte Garage mit Platz für vierzig Autos und Snowmobile, ein Observatorium, ein privater Skilift an einer anspruchsvollen Roten Piste und ein Golfplatz, Calvin Wallenbergs ganzer Stolz und größte Freude und für die meisten seiner Gäste eine der Hauptattraktionen: Mit fast dreitausend Meter über dem Meer zählte der 68-Par-Platz zu den höchstgelegenen der Welt.

Cal Wallenbergs Kunst- und Antiquitätensammlung war beeindruckend, aber nicht unmäßig: Im Keller von Cloudcroft gab es keine ungeöffneten Kisten mit Schätzen aus aller Welt. Eve stellte mit Freude fest, dass Wallenberg ihre Leidenschaft für die Maler der Hudson-River-Schule teilte und mehrere Meisterstücke von Thomas Cole und Samuel F. B. Morse besaß. Die Bronzen von Frederick Remington und die Gemälde von Albert Bierstadt, der den amerikanischen Westen statt des Nordostens gemalt hatte, stellten jeweils eine der größten in Privatbesitz befindlichen Sammlungen dar.

Was Eve weniger gefiel, war Wallenbergs offenkundige Atombombenbegeisterung. Im ganzen Haus hingen gerahmte Fotos von Atompilzen, viele davon auf dem nahen Trinity-Gelände aufgenommen. Und wenig übrig hatte sie auch für das mit Trinitit – jenem einzigartigen jadegrünen Gestein, das sich gebildet hatte, als die Hitze der ersten Atombombe den Wüstensand schmolz – besetzte silberne Epergné, das Wallenberg mitten auf seinem riesigen Esstisch stehen hatte. Dieser silberne Tafelaufsatz, so erklärte er ihr, gebe nicht mehr radioaktive Strahlung ab, als man auf jedem Langstreckenflug absorbiere, aber das beruhigte Eve nicht sonderlich, und sie fasste das Ding lieber nicht an. Im Keller gab es sogar einen Atombunker, der auf dem Höhepunkt des Kalten Krieges erbaut worden war.

Außerdem hegte Wallenberg eine große Liebe zu Katzen. Es gab etliche im Haus, und fast immer saß eine auf dem Schoß des Hausherrn, sodass Eve, wenn sie diesen ansah, an Dr. Strangelove oder einen Schurken aus einem Bond-Film denken musste. Wallenberg war jedoch ausnehmend höflich zu ihr und besonders erfreut, als er entdeckte, dass sie *Wer ist John Galt?* las. Er fragte sie, was sie von dem Buch halte.

Tatsache war, dass Eve den Roman ziemlich langatmig fand und nicht verstand, warum so viel Aufhebens davon gemacht wurde: Bisher hatte sie den Eindruck, dass das Buch den Leser animierte, sich für etwas Besseres zu halten, und Eve hielt sich nicht für besser als irgendjemand sonst. Nicht mal als Brad. Sie hätte Brad eine Menge vorwerfen können, aber sie wusste, dass er trotz seiner Weibergeschichten im Grund seines Herzens ein braver, gesetzestreuer Bürger war. Was sie von sich kaum behaupten konnte.

«Ich denke, das Buch ist was für Leute, die viel über sich nachdenken», sagte sie. «Die glauben, dass sie selbst das Wichtigste sind und nicht Regierungen oder andere Leute oder was.» Sie zuckte die Achseln. «So bin ich nicht. Ich weiß nicht, ich schätze, jeder tut, was er tun muss, aber jeder weiß doch auch, dass der Einzelne nichts ist im Vergleich zum ganzen Land.»

«Und was meinen Sie, was passieren würde», bezog sich Wallenberg auf eins der Themen des Buches, «wenn die Leute, die auf dieser Welt die Dinge bewegen, tatsächlich in den Streik treten würden?»

«Warum sollten sie?»

Wallenberg bremste sich, um nicht zu viel zu sagen. Jetzt, da viele seiner Gäste schon auf dem Weg hierher waren, beschäftigte ihn dieses Thema nahezu pausenlos. Sie waren ja nicht nur zum Golfen eingeladen. Hinter den Einladungen nach Cloudcroft steckte auch ein ernster politischer Zweck. Er sagte: «Na ja, aus all den Gründen, die in dem Buch stehen. Um den Motor der Welt für einen Moment anzuhalten. Ich meine, haben Sie mal drüber nachgedacht, was mit den Märkten der Welt passieren würde, wenn die reichsten Männer der Welt ihre Arbeit nicht mehr täten? Haben Sie eine Ahnung, wie der Rest der Welt auf so etwas reagieren würde?»

Eve lächelte leise in sich hinein, erklärte, dass sie keine Ahnung habe, was dann passieren würde, und dachte gleichzeitig, dass sich in nicht mehr ganz zweiundsiebzig Stunden einige von Ayn Rands abstruseren Fragen ein Stück weit beantworten würden.

2. DAS WOCHENENDE NAHT

Laut *Forbes*, dem selbst ernannten «capitalist business tool», gab es auf der Welt 538 Milliardäre. Ihr Gesamtvermögen belief sich auf 1,73 Billionen Dollar – mehr als das Bruttosozialprodukt Frankreichs –, und ihr Durchschnittsalter lag bei zweiundsechzig. 32 Milliardäre waren nicht älter als vierzig. Der jüngste, gerade mal 29, hatte sein Verlagsimperium von seinem Vater geerbt. Der älteste, ein brasilianischer Medienkönig, war sechsundneunzig. 68 Milliardäre waren unverheiratet. Mindestens zwei waren homosexuell. 26 waren College-Abbrecher, 159 Selfmademen. Nur 37 waren Frauen, und diese hatten ihr Vermögen allesamt von ihren Vätern oder Ehemännern geerbt. Die reichste Frau der Welt, eine Hedge-Fonds-Managerin, war 9 Milliarden Dollar schwer.

«Verdammte Scheisse!»

Das Letzte, wofür George Shapira der Nachwelt in Erinnerung bleiben wollte, waren seine Milliarden. Er war jetzt siebzig und hatte beschlossen, dass der größte Teil seines riesigen Vermögens an die Shapira-Stiftung gehen sollte, wenn er und seine Frau Irina einmal nicht mehr waren. Als Vorstandsvorsitzender und Chefstratege von $uperposition – dem vielfach verschachtelten Hedge-Fonds, den er managte – war Shapira immer noch an den Finanzmärkten tätig, aber was ihn am meisten interessierte, waren sein philanthropisches Werk – und sein schriftstellerisches. Im Vorjahr hatte Shapira ein Buch veröffentlicht. Unter dem Titel *A New Philosophy of Capital* hatte Shapira für eine neue Aufklärung im Kapitalismus plädiert. Harschere Kritiken hatten auf das Gleichnis vom reichen Dives und vom armen Lazarus aus dem Lukasevangelium verwiesen, generösere Rezensenten Shapiras Thesen – dass nämlich die Kapitalisten bald den einzig unabhängigen und wahrhaft reformerischen Stimulus für bürokratisch-bornierte und ideologisch bankrotte Politiker darstellen würden – ein gewisses Verdienst beigemessen. Doch das alles – Stiftung, Philosophie, Buch – war eitle Mühe, das sah er jetzt mit einer Klarheit, die selbst den Propheten Daniel erstaunt hätte.

Denn George Shapira war überzeugt, dass er jetzt sterben musste. Die alten Weiber, die zu sagen pflegten, der Blitz schlage nie zweimal an derselben Stelle ein, waren offensichtlich noch nie bei Gewitter von Singapur abgeflogen.

«Verdammte Scheiße», wiederholte er. Während die beiden Piloten mit den Bedienungselementen des Gulfstream-V-Businessjets kämpften, presste sich Shapira tief in seinen Kalbsledersitz, schloss die Augen, umklammerte die Kante des Vogelaugenahorntischs vor sich und ignorierte das Sony-Viao-Notebook, das Sekunden zuvor auf den handgeknüpften Teppich geknallt war. Neunzehn Minuten nach dem Start vom Changi International Airport, als der Jet gerade eine Flughöhe von fünfundvierzigtausend Fuß erreicht hatte, war er vom Blitz getroffen worden, und zwar nicht einmal, sondern zweimal, was nicht nur drei der vier elektrischen Systeme lahm gelegt hatte, sondern auch die Höhenrudertrimmung, wodurch die Maschine zu steil stieg. Minuten später kam es zum Strömungsabriss um die Tragflächen, der Stall-Alarm ertönte, und die Maschine sackte ab wie ein Schiff, das mit dem Heck voran untergeht.

«Verdammte Scheiße, das ist das Ende.»

Flugzeugabsturz: König der Finanzmarktspekulanten tot würden die Zeitungen melden. Das war nur recht und billig:

Sein $uperposition-Fonds war der erfolgsreichste Investmentfonds aller Zeiten. Und natürlich würden sie über die spektakulären Profite schreiben, die er durch Spekulation gegen diverse Währungen erzielt hatte und für die er jetzt berühmt-berüchtigt war. Aber würden sie die Stiftung und die in seinem Buch niedergelegten Gedanken ebenso erwähnenswert finden wie seine Privatinsel vor der Andaman-Küste Südthailands, das 60-Millionen-Dollar-Haus in Bel Air, den 70-Meter-Camper & Nicholson-Schoner mit seinen fünfzig Mann Besatzung und die neunundzwanzig Milliarden Dollar, die er laut *Forbes* besaß? (In Wirklichkeit waren es dreißig.) Unwahrscheinlich.

«Verdammte Scheiße, tun Sie was», drängte er den Piloten. «Machen Sie schon.»

Während ihm Herz und Mageninhalt die Kehle emporstiegen, wurde George Shapira klar, dass in den Augen der Welt nichts von dem, was ihm wirklich lieb und teuer war, mit der Tatsache mithalten konnte, dass er an einem einzigen Tag des Jahres 1997 eine Milliarde Dollar Profit gemacht hatte, als er mit Spekulationsgeschäften den thailändischen Bath und den malaysischen Ringgit attackiert hatte und sich dann herausstellte, dass die Dollarbindung der beiden Währungen aufgegeben werden musste. Das war es, was für die Leute zählte. Nicht nur die Summe, sondern die scheinbare Leichtigkeit, mit der dieser Riesengewinn erzielt worden war. Dass er dieses Geld an einem einzigen Tag gemacht hatte, war sogar noch wichtiger als der Betrag selbst. Die Leute liebten Storys vom schnellen Geld. Genau wie Storys von enormen Lotteriegewinnen. Niemand wollte etwas über den Burschen hören, der dreißig Jahre gearbeitet hatte, um die restlichen neunundzwanzig Milliarden zu machen. Eine Milliarde an einem Tag – das beschäftigte die Phantasie der Menschen.

Shapira beugte sich vor und kotzte ausgiebig auf den Schoß des vor ihm sitzenden Mannes, seines Geldmanagers Dick Stanley, während die Maschine wild hin und her taumelte. Stanley bemerkte es kaum, weil er ganz damit beschäftigt war, ein Gebet zu wem oder was auch immer zu schreien. Shapira hielt kurz inne, kotzte dann erneut und musste gleichzeitig daran denken, wie er der Park-Avenue-Therapeutin, bei der er vor ein paar Monaten gewesen war, seine mühelose Art, Geld zu machen, beschrieben hatte, was diese Frau, eine attraktive Engländerin namens Flusfeder, ungemein zu interessieren schien.

«Ich bin wie jemand, der bis oben hin mit Geld voll gefressen ist», hatte er Dr. Flusfeder erklärt. «Ich speie das grüne Zeug kiloweise aus, in jeder einzelnen Vorstandsetage an der Wall Street. So wie dieses Mädchen in *Der Exorzist*.»

«Sie meinen Linda Blair?»

«Den Namen weiß ich nicht mehr.»

«Sie hat die Regan gespielt. So hieß die Figur.»

«Wie immer sie hieß, heraus kam jedenfalls durch die Gegend fliegende grüne Kotze. Literweise. Wie Erbsensuppe. Tja, so fühle ich mich. Ich bin so voll gestopft mit Geld, dass ich es einfach wieder auskotze.»

«In dem Film geht es um Besessenheit. Um Dämonen. Sehen Sie sich als vom Geld besessen, so wie Regan vom Teufel besessen ist? Sehen Sie das Geld als Dämon? Als bösen Geist?»

Shapira hatte die Frage erwogen, wie er bei anderer Gelegenheit eine Investition erwogen hätte. «Das ist wohl möglich», hatte er, wenn auch zögernd, zugegeben.

«Was natürlich die Frage des Exorzismus aufwirft.»

«Welche Frage?»

«Meinen Sie, Sie möchten, dass der Dämon des Geldes aus Ihnen weicht?»

«Ich hätte gern noch einen anderen Lebenssinn als einfach nur Geld. Ich habe das Gefühl, dass das Geld mein wahres Ich auf dem Blatt meines Lebens marginalisiert. Man wird davon vereinnahmt. Ja, man wird sogar davon besessen. Aber nein, verlieren möchte ich mein Geld nicht. Ich wäre nicht gern arm, wenn Sie das meinen.»

«Regan oder der Teufel in ihr benutzt ihr Erbrochenes als Waffe, als Insult gegen einen Priester und seinen Gott. Meinen Sie, dass Sie Ihr Geld auch auf diese Weise benutzen? Sehen Sie es als einen Insult gegen Gott?»

«Könnte schon sein.»

«Das ist wirklich faszinierend.»

Faszinierend!

In Gegenwart des großen Geldes waren die Leute immer so komisch. Fast als träfen sie einen Filmstar. Shapira machte sich keine Illusionen über seine Person. An ihm als solchem war nichts Interessantes – nein, es war das Geld, mit dem sie zusammen sein wollten, und es war auch das Geld, das sie berühren wollten, als ob dadurch etwas von seiner Kraft auf sie überginge, so wie einst die Kranken und Skrofulösen Könige berührt hatten, um Heilung zu erlangen. Und wenn Geld nichts weiter war als Kotze, dann wollten die Leute auch bekotzt werden. Ordentlich voll gekotzt, so wie Dick Stanley auf dem Sitz vor ihm.

Faszinierend!

Das Geld war der neue Superstar, und je mehr Geld es war und je leichter erlangt, desto mehr Aufmerksamkeit wurde ihm zuteil. Von den Zeitungen vermeldet, von den Business-Magazinen quantifiziert und von den Illustrierten trivialisiert, wurden der Superreichtum und seine Accessoires – die Privatinseln, die riesigen Häuser, die opulenten Wagen, die luxuriösen Boote, die Business-Jets – mit atemloser, gieriger Faszination verschlungen wie exotischste Pornographie.

«Höre, o Israel, Jehova, dein Gott …»

Noch während der gottlose Shapira sein Gehirn nach einem letzten Gebet durchforstete, schien sich die Maschine zu fangen, und kurz darauf ging die Cockpit-Tür auf und einer der Piloten kam, schweißgebadet, als hätte er einen wilden Mustang zu bändigen gehabt, in die Passagierkabine gewankt, um sich zu vergewissern, dass sein Arbeitgeber weder einem Herzinfarkt erlegen war noch sich den Schädel eingeschlagen hatte, als die Maschine eine Dreihundertsechzig-Grad-Rolle vollzogen hatte.

«Alles in Ordnung, Gentlemen?», fragte er atemlos.

Shapira nickte, während Stanley lediglich grunzte und sich mit einer Serviette abzuwischen begann.

«Was zum Teufel war denn los?», fragte Shapira.

«Wir sind zweimal vom Blitz getroffen worden. Wir landen unverzüglich», sagte der Pilot, schon wieder auf dem Weg ins Cockpit. «In Sepang.»

Shapira sagte nichts. Er hatte keine Ahnung, wo Sepang lag. Und es war ihm auch egal, wo sie landeten, solange sie nur heil wieder herunterkamen. Doch es wäre ihm wohl etwas weniger egal gewesen, wenn er gewusst hätte, dass Sepang der neue internationale Flughafen von Malaysia war. Denn anders als in Thailand oder Singapur herrschte in Malaysia ein korruptes und autoritäres Regime, und 1997 hatte die damals von Dr. Mahatir Mohammed geführte Regierungspartei mehrere westliche Hedge-Fonds-Manager, darunter auch George Shapira, öffentlich beschuldigt, die malaysische Währungskrise verursacht zu haben, und sie als Verbrecher bezeichnet.

Shapiras Probleme in der Luft mochten ausgestanden sein. Aber seine Probleme am Boden sollten erst beginnen.

MIT KABELBANDBREITE, dachte Rupert Sterne, war es ein bisschen wie mit Geld: Man konnte gar nicht genug davon haben. Die neuen Hochgeschwindigkeits-Faseroptikkabel und -Signalrelais, die seine Firma *C-Squared* entwickelte, konnten jetzt schon Daten mit Lichtgeschwindigkeit 5500 Meilen durch ein Netzwerk schicken, ohne elektrische Regeneration. Sterne selbst hielt fünfundsechzig Patente im Bereich der optischen Signalerzeugung, und drei weitere waren beantragt. Damit war *C-Squared* führend auf der Jagd nach dem Heiligen Gral der unbegrenzten Bandbreite und dem, was Sterne selbst in einem *Forbes*-Interview «das Telekommunikationskontinuum» genannt hatte. Sternes Vision von einer Welt der Echtzeitkommunikation beinhaltete, dass sich binnen zehn Jahren das Konzept der Zeit selbst verändern würde. «Das TTC», hatte er *Forbes* erklärt, «wird uns erlauben, mit Personen auf einem Fernsehschirm so mühelos zu sprechen, wie wir es mit realen Personen tun.» Die meisten Kommentatoren meinten, dass er die Möglichkeiten dieser neuen Technologie kaum überschätzte, und weit blickende Investoren, die nach langfristigen Anlagen anstelle von Boom & Bust-Internetaktien suchten, waren scharenweise bei *C-Squared* eingestiegen. Die Wall Street liebte Rupert Sterne. Keine vier Jahre nach der Erstemission zu fünfunddreißig Dollar pro Stück gehörten die Aktien jetzt mit einem Kurs von einhundertsechs Dollar zu den heißesten an der NASDAQ. Mit einer Marktkapitalisierung von 45 Milliarden Dollar – mehr als die von General Motors – war *C-Squared* eins der am schnellsten wachsenden Unternehmen in den USA und der zweiundvierzigjährige Sterne einer der reichsten Männer der Welt, mit einem Privatvermögen, das auf etwa achtzehn Milliarden Dollar geschätzt wurde.

Rupert Sterne hatte allen Grund, glücklich zu sein. Er wurde nicht nur jede Minute um achtzehnhundert Dollar reicher, sondern war außerdem im Begriff zu heiraten, ein wunderbares Mädchen namens Sheryl, das eine Mitarbeiterin von *C-Squared* war. Heiraten war für Rupert Sterne, wie für die meisten Menschen, ein Grund zum Feiern, und so war in seinem Haus in Maui ein großer Hochzeitsempfang geplant, sobald er von Calvin Wallenbergs viertägigem Retreat in New Mexico zurück war. Doch Heiraten war auch eine geschäftliche Angelegenheit, die Besprechungen mit einem ganzen Team von Anwälten und Finanzfachleuten erforderte, da ein Fehlschlag in Form einer Scheidung gravierende finanzielle Auswirkungen haben konnte, die Sterne natürlich vermeiden wollte. Deshalb war ein zehnseitiger Ehevertrag aufgesetzt worden, den Sterne jetzt gerade in der Vorstandsetage des *C-Squared*-Hauptsitzes in Orlando, Florida, noch einmal mit seinen Rechtsberatern durchgehen sollte.

Sterne, der es genoss, seine Anwälte zu demütigen, hatte den Vertrag überflogen und dann beiseite geworfen, weil er keine Lust hatte, sich mit den ganzen komplizierten Klauseln abzugeben. Wobei er nichts gegen das Juristen-Chinesisch hatte: Das Letzte, was er wollte, war ein simpel formuliertes Dokument, das Sheryl gleich verstehen würde. Sein gesamtes Vorgehen in dieser Sache würde sich auf Vernebelungs- und Überraschungstaktik gründen.

«Würde mir jemand die Mühsal ersparen, dieses Ding durchzulesen?», fragte er in die Luft über seinem blond gelockten Haupt, fast, als könnte er es nicht ertragen, diese Leute mit ihren korrekten Anzügen und professionellen Mienen direkt anzusehen. «Würde mir jemand sagen, was mich diese romantische Geste maximal kosten kann?»

Er war ein hoch gewachsener, gut aussehender Mann – unfairerweise, wie viele der Anwesenden fanden: Fast zwanzig Milliarden Dollar zu besitzen war doch wohl Schicksalsgunst genug, aber der Herr und der beste plastische Chirurg von Beverly Hills hatten es für richtig befunden, ihm auch noch das Gesicht und die Statur eines griechischen Gottes dazuzugeben.

«Sie haben das Recht, die Zahlungen einzustellen, wenn der Fonds zwei Millionen Dollar umfasst», sagte Milo Warner. «Das Haus dazugerechnet, sind Sie bei maximal zehn Millionen Dollar.»

«Zehn Millionen?» Sterne nickte, errechnete, dass das nur ein Zweitausendstel seines derzeitigen Vermögens war, griff zum Füllfederhalter und unterschrieb. «Dann ist das ja wohl ein Fehler, den ich mir leisten kann», sagte er grinsend. Und alle grinsten zurück, wie immer, wenn ihr wichtigster Klient einen Scherz machte.

«Rupert?» Milo Warner, einer der Partner der Anwaltskanzlei – ein korpulenter, träge wirkender, krötenartiger Mann –, sagte: «Darf ich fragen, wann Sie Sheryl bitten wollen, den Vertrag zu unterschreiben?»

«Kurz vor der Hochzeit.»

«Meinen Sie mit ‹kurz vor› am Tag vorher, ein paar Stunden oder ein paar Minuten vorher?»

«Ein, zwei Stunden vorher. Es gibt ja schließlich für die Braut vor der Hochzeit genug anderes zu tun, nicht wahr?»

Er setzte hinzu: «Sheryls Vater war Anwalt. Womit ich nichts gegen das alte Schlitzohr sagen will. Ich denke, sie kann ihn das Ding ja immer noch durchlesen lassen, wenn sie meint, dass sie Rat braucht. Aber ich mache das Ganze ja nicht, um sie um irgendetwas zu bescheißen. Ich will nur nicht, dass eine Horde von Anwaltsarschlöchern noch mehr Geld an mir verdient als ohnehin schon.»

Sternes Anwälte lächelten nervös angesichts der unverhohlenen Verachtung ihres Arbeitgebers für ihren Berufsstand. Dass Sheryl das Verhalten ihres Bräutigams womöglich als Verachtung ihrer Person empfinden könnte, war für diese Beraterrunde kein Thema: Das Mädchen ging schließlich eine Partnerschaft mit achtzehn Milliarden Dollar ein, und da war keiner unter ihnen, der nicht dachte, dass sie da eine ziemlich gute Partie machte, mit oder ohne Ehevertrag. Wie Rupert das angehen wollte, war seine Sache. Dennoch empfand es Milo Warner als seine Pflicht, das Undenkbare anzusprechen.

«Angenommen, sie verweigert die Unterschrift?», sagte er und rückte seine fettfingerspeckige Brille zurecht. «Angenommen, sie wirft einen Blick auf das Dokument und bläst die ganze Sache ab?»

Sterne lachte. «Milo, eins müssen Sie über Sheryl wissen. Sie ist katholisch. Ich für mein Teil glaube so wenig an Gott, wie ich an Staatsanleihen glaube. Das Letzte, was Sheryl will, ist ein uneheliches Kind.» Er hatte ihnen gegenüber noch nie erwähnt, dass Sheryl schwanger war, und nicht wenige Anwesende waren doch etwas schockiert, dass Rupert sich nicht scheute, sein ungeborenes Kind als Element seiner Verhandlungsstrategie zu benutzen. «Sagte ich das noch nicht? Ja. Sie ist im fünften Monat.»

«Na ja, dann, Glückwunsch», sagte Milo.

Sterne ignorierte das beifällige Gemurmel der Übrigen und fuhr fort: «Also wird sie keinesfalls irgendwas abblasen wollen. Sie will ja schließlich nicht riskieren, dass, wenn sie dann irgendwann zum Altar schreitet, die Leute denken, der Empfang fände im Entbindungsheim statt. Außerdem hat sie über fünfhundert Gäste eingeladen. Also wird sie natürlich unterschreiben. Sie wird vielleicht nicht glücklich damit sein. Aber unterschreiben wird sie. Sie wird es tun, weil ihr gar nichts anderes übrig bleibt. Okay, jetzt zu dieser anderen Sache. Haben unsere indischen Anwälte den Kauf dieses Gebäudes in Bombay abgewickelt?»

«Ja», sagte Milo Warner. «Der Anruf kam heute Morgen.»

«Großartig. Dann können wir ja jetzt unser indisches TTC in größerem Maßstab aufziehen. Bisher hatten wir erst hundert Desktop-PCs im Kontinuum. Jetzt können wir anfangen, mit ein paar tausend zu experimentieren.»

Das indische Telekommunikationskontinuum war Rupert Sternes ehrgeizigstes und geheimstes Projekt. Der Grundgedanke war, dass *C-Squared*, sobald ein Kontinuum von fünftausend PCs zwischen den USA und Indien existierte, seinen Verwaltungssitz in Jacksonville schließen und die ganze Büroarbeit nach Indien verlagern würde. Es war eine einfache Rechnung: Fünftausend amerikanische Büroangestellte mit einer Vierzig-Stunden-Woche kosteten *C-Squared* rund einhundertfünfundzwanzig Millionen Dollar jährlich. Fünftausend indische Büroangestellte mit einer Sechzig-Stunden-Woche hingegen würden das Unternehmen noch nicht mal ein Zehntel dieses Betrags kosten – schlappe fünfzehn Millionen im Jahr. Diese kolossale Ersparnis sprach in Rupert Sternes Augen für sich.

Allerdings war ihm klar, dass die Entlassung von fünftausend amerikanischen Arbeitskräften politisch ein heißes Eisen war und äußerst geschickter Handhabung bedurfte. Doch was sollte man machen? Geschäft war Geschäft, keine Wohltätigkeitsaktion – obgleich sich auch Wohltätigkeitsaktionen heutzutage oft als Geschäft erwiesen. Der Fortschritt ließ sich nun mal nicht aufhalten.

Rupert Sterne rechnete damit, eines Tages der unpopulärste Mann Amerikas zu sein – aber auch der reichste.

NACH DER Landung in Sepang, dem internationalen Flughafen von Kuala Lumpur, beschloss George Shapira, nicht darauf zu warten, dass ein Techniker vom Gulfstream-Service-Center in Singapur kam, sondern selbst mit der nächsten Maschine nach Changi zu fliegen. Er wollte so schnell wie möglich aus Malaysia heraus. Auch wenn Dr. Mahatir inzwischen von Dr. Pasar abgelöst worden war, war doch immer noch dasselbe abscheuliche Regime am Ruder.

Von Changi konnte er einen United-Airlines-Flug nach Los Angeles nehmen, um von dort mit seinem zweiten Business-Jet, einer Gulfstream IV, die vor allem seine Frau und seine Familie benutzten, zu Calvin Wallenbergs Wochenende in New Mexico zu fliegen.

Zunächst ging alles nach Plan, doch als er und Dick Stanley, der jetzt einen anderen Anzug trug, gerade auf dem Weg zur Abflug-Lounge waren, wurden die beiden von Zivilbeamten der königlich-malaysischen Polizei verhaftet und per Auto ins dreißig Meilen weiter nördlich gelegene Kuala Lumpur gebracht.

Dort, in einem alten britischen Kolonialbau am Dataran Merdeka, wurden sie von mehreren Regierungsbeamten befragt, ehe Shapira schließlich offiziell angeklagt wurde, im Juli 1997 bei Spekulationsgeschäften gegen den malaysischen Ringgit einen finanziellen Vorteil mit dem Mittel der Täuschung erlangt und damit gegen das malaysische Gesetz verstoßen zu haben.

«Was heißt das in normalem Englisch?», fragte Shapira sein Hauptgegenüber, Dr. Aziz, der im Innenministerium tätig war.

«Es ist schlicht und einfach Betrug», erklärte Dr. Aziz mit einem Hauch von Bedauern in der Stimme.

«Das ist ja absurd», sagte Shapira. «Wenn da etwas kriminell war, dann war es die Höhe der Kredite, die Ihre Regierung von westlichen Investmentbanken bekommen hat. Die haben die Korruption hier bei Ihnen genährt. Die Krise haben Sie selbst erzeugt. Wenn ich nicht gegen Ihre Währung spekuliert hätte, hätte es jemand anders getan.»

«Und dann säße jetzt vielleicht jemand anders an Ihrer Stelle hier, Mister Shapira», sagte Dr. Aziz, nahm seine leicht getönte Brille ab und putzte sie sorgfältig mit seiner Krawatte.

Shapira sah Stanley an. Der zuckte die Achseln.

«Das ist der größte Quatsch, den ich je gehört habe», sagte Stanley. «Aber was kann man von so einer Gummirepublik schon anderes erwarten?»

«Und was passiert jetzt?», fragte Shapira.

«Ihr Pass wird beschlagnahmt, und Sie werden bis zu Ihrer Gerichtsverhandlung in Malaysia bleiben.»

«Und wie lange wird das dauern?»

Dr. Aziz seufzte. «Ich denke, Sie sollten mit mindestens einem Jahr rechnen, bis die Staatsanwaltschaft die Prozessvorbereitungen abgeschlossen hat.»

«Ein Jahr?» Shapira stand auf. Allmählich erkannte er den Ernst der Lage. Die konnten hier mit ihm machen, was sie wollten. Selbst wenn sich das amerikanische Außenministerium einschaltete, konnte er ohne weiteres noch Wochen, wenn nicht gar Monate hier festgenagelt sein. «So lange kann ich nicht hier bleiben. Ich verlange, den amerikanischen Botschafter zu sprechen.»

Dr. Aziz zuckte die Achseln. «Alles zu seiner Zeit. Zuerst

kommen Sie vor ein Polizeigericht, wo über die Frage der Kaution entschieden wird.»

«Was *würde* mir denn helfen?», fragte er leise und setzte sich wieder hin.

«Ich bin nicht Ihr Rechtsbeistand, Mr. Shapira.»

«Ich rede nicht vom Recht. Ich rede von einer pragmatischen Lösung.»

«Ah, ich verstehe. Pragmatische Lösungen sind immer gut, nicht wahr? Nun ja, ich gebe zu, dass ich eine Möglichkeit sehe, wie sich die ganze Angelegenheit vielleicht einfach umgehen ließe.»

«Und was wäre das, Dr. Aziz?»

«Es ist wohl bekannt, dass Sie ein sehr karitativer Mensch sind, Mr. Shapira. Ich glaube, es war in *Fortune*, wo ich gelesen habe, dass Sie Ihren berühmten Stiftungen jährlich vierhundert Millionen Dollar geben. Was zweifellos auch steuerlich sehr günstig ist, da Sie ja aus diesen Stiftungsgeldern immerhin einen gewissen Gewinn ziehen, verglichen damit, einfach nur dem Finanzamt einen Scheck auszustellen. Diese ganze Großmut und Wohltätigkeit, ja, ich kann mir gut vorstellen, was Ihnen das bringt.»

Als er sah, dass Shapira gegen diese zynische Interpretation seines philanthropischen Engagements Einspruch erheben wollte, hob der Ministerialbeamte die Hand und fuhr fort:

«Unser Premierminister, Dr. Pasar, ist ebenfalls ein überaus karitativer Mensch. Das ist einer der Gründe, weshalb ihn das malaysische Volk so sehr liebt. Wenn Sie vielleicht eine Spende für eine der wohltätigen Organisationen des Herrn Premierministers –»

«Die zweifelsohne von einem Mitglied seiner Familie geleitet werden», warf Stanley ein.

«– könnte es sein, dass diese äußerst ernste Betrugsangelegenheit einfach übersehen wird. Sollte das passieren, würde ich meinen, dass Sie mit an Sicherheit grenzender Wahrscheinlichkeit Ihren Pass zurückerhalten würden und schon bald darauf das Land wieder verlassen dürften.»

«Wie viel?», knurrte Shapira.

«Für Dr. Pasars Wohltätigkeitsorganisation? Ich denke, fünfzig Millionen Dollar wären angemessen.»

«Fünfzig Millionen?» Shapira war empört. Ein kleines Schmiergeld war eine Sache, ein kleines Vermögen eine ganz andere.

«Ach, ich bitte Sie, Mr. Shapira. Das sind doch zwei oder drei Wocheneinkommen für einen Mann wie Sie. Und ich finde, es ist sehr wenig, verglichen mit dem, was Sie mit Ihrer Spekulation gegen den Ringgit erzielt haben. Eine Milliarde Dollar, richtig? Das malaysische Volk ist nicht rachsüchtig. Es ist nicht nachtragend. Dennoch glaube ich nicht, dass es sich auf weniger einließe, als Sie einer Ihrer überaus schätzenswerten Stiftungen geben würden.»

«Ich brauche ein, zwei Tage, um eine solche Summe aufzutreiben.»

«George. Sie werden diesem Gauner doch kein Geld geben», protestierte Stanley.

«Mir bleibt nichts anderes übrig», sagte Shapira. «In der Zeit, die es dauert, bis ich auch nur vor einem erstinstanzlichen Gericht stehe, verliere ich auch ohne weiteres fünfzig Millionen.»

«Ich verstehe jetzt, wie Sie geworden sind, was Sie sind, Mister Shapira», sagte Dr. Aziz. «Sie sind Realist. Das ist gut. Für Sie. Und für uns. Im Ritz Carlton ist bereits eine Suite für Sie reserviert. Sie sind unser Gast.»

«Sehr aufmerksam», sagte Shapira.

«Besichtigen Sie die Sehenswürdigkeiten. Genießen Sie Ihren Aufenthalt. Gehen Sie ein wenig einkaufen. Kaufen Sie ein paar Mitbringsel für Ihre Frau. Geben Sie ein bisschen Geld aus.»

«Nein danke», sagte Shapira. «Dieser Trip war so schon teuer genug.»

ENDE 1999/ANFANG 2000 war der Aktienmarkt die neue Religion. Seit dem Boom der zwanziger Jahre, der dem großen Crash von 1929 vorangegangen war, hatten sich nicht mehr so viele Gläubige in den gläsernen Kathedralen der Wall Street versammelt, um dem schnellen Geld eine Kerze zu entzünden. Einst hatten reuige Sünder den Beichtstuhl betreten, um dort von einem Priester die Sakramente zu empfangen, anonym, durch ein Gitter. Am Ende des Jahrtausends hingegen schalteten sie ihre Computer ein und mailten ihren Online-Brokern. Auch nach der Implosion der Dotcom-Blase und der allgemeinen Marktdepression, die auf die Zerstörung des World Trade Center folgte, handelten Privatanleger, die die Profi-Börsianer so lange ignoriert hatten, weiterhin täglich per Mausklick mit Aktien. Der Gral des schnellen Geldes hatte seinen lockenden Glanz keineswegs eingebüßt. Unter Insidern galt der lange Bull-Run von Aktien als vorbei, und dennoch hielt sich bei Millionen Amerikanern hartnäckig der Glaube, dass die Schnell-reich-durch-neues-Wachstum-Aktien irgendwo dort draußen waren und nur darauf warteten, gefunden zu werden, wie Goldnuggets in den Back Hills von Dakota. Das war zum Teil einfach normale menschliche Habgier, aber es war auch Ausdruck einer Easy-Money-Mentalität, die weiter im Land grassierte. Es war nicht schwer, weitere Beispiele für diesen krankhaften Zeitgeist zu finden. Quiz-Shows versprachen jedem, der läppische fünfzehn Fragen beantworten konnte, eine Million Dollar. Weitere Millionen wurden demjenigen verheißen, der in der Lage war, sechs Zahlen aus neunundvierzig herauszupicken. Bücher beschrieben, wie es auch der Durchschnittsmensch zum Milliardär bringen konnte, wenn er nur finanziell ein paar Dinge anders machte. Und trotz der Internet-Epidemie, die so viele Opfer gefordert hatte, und der perfiden Angriffe islamistischer Terroristen auf die Vereinigten Staaten gab es zu Beginn des Jahres 2003 nur wenige Investoren, die gegen die Easy-Money-Seuche immunisiert schienen. Analysten, die zur Vorsicht mahnten, wurden wieder ignoriert. Die einzige Regel war, dass der Markt die Regeln machte. Marktfundamentalismus war der herrschende Glaube, und es galt als Häresie, den Vorrang der Marktwerte vor allen politischen und sozialen Werten infrage zu stellen. Produkte und nicht Ideen, Profite und nicht Propheten, galten als Schlüssel zur Erholung der Märkte.

Eine der strahlendsten und reichsten Lichtgestalten im neuen Utopia des Marktes war Scott Jordan. Er war Harvardabsolvent, einundzwanzig Milliarden Dollar schwer und für viele Leute – Investoren wie Kunden – fast schon eine Art Gott. Sein Gen-Patentierungs- und DNA-Profiling-Unternehmen GENE-I-USA machte Gewinne von achthundert Millionen Dollar jährlich, und Gewinnerwartungen von über fünfzehn Milliarden für die nächsten zwanzig Jahre hatten den Kurswert der GENE-I-USA-Aktien seit dem IPO auf das Fünffache emporgetrieben. Mit sechs Wohnsitzen, fünf Yachten, zwei Jets, einunddreißig Autos, einem U-Boot, sechs friedlich koexistierenden Geliebten oder «Ehefrauchen», sechs Rennpferden, acht Kindern und diversen akademischen Ehren hätte Jordan wohl etwas zufriedener mit sich sein können, als er es war, zumindest aber ein bisschen gelassener, was das Geld und den Markt anging. Alles lief ja so gut für diesen modernen Sardanapulus.

Und doch war es so, dass das Geld und die Verpflichtungen, die er den Aktionären gegenüber hatte, Jordan zunehmend belasteten. Seinen Reichtum zu managen, statt ihn einfach nur zu genießen, war zu einer Vollzeit-Beschäftigung geworden. Geschäftlich erfolgreich zu sein war nicht mehr nur eine Sache von Jahresabschlüssen und Jahresergebnissen. Er und sein Unternehmen mussten ackern wie die Zirkuspferde, um jedes Quartal mit ihren Zahlen zu bestehen.

Scott Jordan war müde. Er freute sich richtig auf Calvin Wallenbergs viertägiges Retreat in New Mexico, auch wenn das hieß, sich mit einem Haufen langweiliger Milliardäre abzugeben. Es war schwer gewesen, sich für diese vier Tage freizumachen, und Jordan beneidete die Milliardäre von einst. Ungeheuer reich zu sein war nicht mehr die lebenslange Vergnügungsreise, die es einmal gewesen war. Im einundzwanzigsten Jahrhundert war Geld zu haben ein Fulltimejob.

In letzter Zeit sah er sich mehr und mehr als einen modernen Gatsby, nicht in einem irgendwie glamourösen Sinn, sondern eher wegen des Gefühls, kein wirklich erfülltes Leben zu leben. Es war schwer, einen amerikanischen Traum zu haben, wenn man jede kleine Caprice, aber auch jeden noch so großen Wunsch sofort realisieren konnte. Vielleicht war das ja auch Gatsbys Dilemma gewesen. Das war der Aspekt des Superreichseins, den die Leute einfach nicht kapierten: Es war in mancherlei Hinsicht seltsam lähmend. Was hatte das alles für einen Sinn? Wenn Scott Jordan einen amerikanischen Traum hatte, dann war dieser nicht zukunftsgerichtet, sondern eher ein Lamento um das unwiederbringlich Verlorene.

Und dazu gehörte noch mehr, als ihm bisher klar gewesen war. War nicht eins seiner einträglichsten Bio-Tech-Produkte das Programm 6°?

Ursprünglich für polizeiliche Zwecke entwickelt, war 6° – benannt nach *Six Degrees*, dem Broadway-Hit von John Guare – ein Bio-Computerprogramm, das dem Benutzer Zugriff auf eine weltweite DNA-Datenbank gewährte und es ihm ermöglichte, binnen Minuten Abstammungslinien zurückzuverfolgen. 6° vermochte den geographischen Ursprung des Benutzers herauszufinden, die familiale Streuung nachzuzeichnen und sogar anzugeben, mit welchen lebenden oder verstorbenen Berühmtheiten der Benutzer verwandt war. Für 500 Dollar erwarb der Heimgenealoge ein simples DNA-Profiling-Programm, welches das Profil des Benutzers in Form einer Codenummer erstellte. Wenn der Benutzer dann Zugang zum GENE-I-USA-Zentralcomputer in Boston erlangt hatte, erhielt er die gewünschte Information binnen Minuten. 6° war eins der meistverkauften

Computerprogramme aller Zeiten. Doch Scott Jordan erinnerte es nur daran, wer er wirklich war. Beziehungsweise nicht war.

Scott Jordans berühmtester Verwandter war laut 6° Franz Stangl, der Kommandant des Vernichtungslagers Treblinka in Polen. Für Scott Jordan kam die Erkenntnis zu spät, dass es vorteilhafter sein kann, nicht zu wissen, wer man ist. Da war man nun Jahrgangsbester in Harvard gewesen, mit einem IQ von 174, über dem von neunzig Prozent der Bevölkerung, und dann stellte sich plötzlich heraus, dass man, wenn auch entfernt, mit einem Kriegsverbrecher verwandt war. Das war Scott Jordans dunkelstes Geheimnis – nicht zuletzt, weil er der Spender des Intelligenz-Gens war, an dem sein Unternehmen die Patentrechte hielt und das inzwischen eine halbe Million Elternpaare in aller Welt ihren im Embryonalstadium befindlichen Kindern für jeweils zweitausend Dollar hatten einpflanzen lassen. Es schien ihm unwahrscheinlich, dass diese Leute über die Verwandtschaftsverhältnisse des Genspenders glücklicher wären als er selbst.

Jordan beendete sein Work-out im firmeneigenen 200-Quadratmeter-Fitnessraum, fuhr mit dem Lift hinauf in den zehnten Stock des Unternehmenssitzes in Cambridge und fand in seinem großzügigen Eckbüro mit dem imposanten Blick auf den Charles River und das Massachusetts Institute of Technology, dem Jordan eine neue Genforschungsfakultät für hundert Millionen Dollar gestiftet hatte, seinen CFO Peter Godwin, der auf ein wenig Face-Time wartete.

«Hey, Peter», sagte Jordan, nahm eine Flasche Gletscherwasser aus dem Kühlschrank und setzte sich in seinen Herman-Miller-Bürosessel. Er zeigte mit dem Finger auf Godwin und sagte: «Optionsabrechnung», um zu signalisieren, dass er sich über den Zweck des Gesprächs im Klaren war.

Godwin, der wusste, dass sein milliardenschwerer Boss Zahlen hasste, versuchte es simpel zu machen. «Ich würde unsere Mitarbeiteroptionen gern hedgen.»

Jordan lächelte. «Hätscheln? Ich wusste gar nicht, dass Sie so eine fürsorgliche Seite haben.»

Godwin lächelte freundlich. «Nein, Scott, ich spreche von der Absicherung durch Derivate.»

«Schon gut, Peter. Ich weiß, was ein Hedge-Fonds ist. Jedenfalls im Prinzip. War nur ein Scherz.»

Godwin nickte geduldig und beschloss, dennoch nicht zu sehr ins Detail zu gehen. «Okay, Sie wissen, dass wir die Optionskosten von unserem zu versteuernden Ergebnis abziehen dürfen? Nicht aber von dem Ergebnis, das wir unseren Investoren deklarieren.»

Jordan nickte zurück.

«Wir werden unsere Aktien zurückkaufen, sobald diese Optionen ausgeübt werden. Was natürlich gut für den Kurs unserer Aktien ist. Erhöhte Nachfrage, Sie wissen ja. Aber wir sichern uns gleichzeitig ab, indem wir Call-Optionen von der First Boston Credit Suisse kaufen, was uns das Recht gibt, von der Bank so und so viele Aktien bis zu einem bestimmten Datum zu einem bestimmten Preis zu beziehen. Mit anderen Worten, die werden uns die Aktien liefern, die wir brauchen, um diese Optionen einzulösen, aber zu einem Preis, der sehr wahrscheinlich weit unter dem tatsächlichen Marktwert dieser Aktien liegen wird.»

«Natürlich nur, wenn wir davon ausgehen, dass unsere Aktien steigen», wandte Jordan ein.

«Selbst bei einem Bärenmarkt wüsste ich nicht, wie unsere Aktien erheblich sinken sollten. Wir sind nicht wie diese Computerfritzen. Die haben nichts Neues zu verkaufen. Aber die Wall Street weiß, dass Sie ein neues Produkt in Planung haben. Für diese Leute sind Sie doch Ihr Gewicht in Diamanten wert.»

«Ich glaube dennoch, dass unser Aktienpreis zu hoch ist. Damit komme ich mir vor wie eine verdammte Tulpenzwiebel.»

Godwin versuchte, ein beruhigendes Gesicht zu machen.

«Alle großen Unternehmen machen das. Sehen Sie's mal so. Nehmen wir mal an, nächstes Jahr, wenn wir unseren ersten Milliardenumsatz verkünden, üben unsere sämtlichen Mitarbeiter ihre Optionen aus. Und nehmen wir weiterhin an, unser Aktienpreis liegt weit über dem Basispreis dieser Kaufoptionen. Zwanzig Prozent. Ja, nehmen wir an, er liegt zwanzig Prozent über dem jetzigen Preis. Keine ungerechtfertigte Annahme, wenn wir das bisherige Jahreswachstum zugrunde legen. Das wären zweihundert Millionen Dollar Profit, nur durch diese Call-Optionen.» Godwin lächelte. «Wir kassieren, indem wir Aktien ausgeben und alle Beschäftigten dieses Unternehmens glücklich machen.»

Jordan trank etwas Gletscherwasser und trat an das hohe Glasfenster. Der Fluss lag wunderschön und friedlich in der Morgensonne – ein idealer Tag zum Rudern, vielleicht konnte die Firma ja ein Bootshaus stiften. Das klang lohnender als Godwins Vorschlag.

«Ich will Ihnen was sagen, Peter, ich kann Derivate nicht leiden, weil ich nicht glaube, dass man Risiken messen und beziffern kann. Viele Firmen fallen mit so was rein und stehen dann in einem kürzeren Hemd da, als sie sich's gedacht haben. Aber wenn Sie das für eine gute Idee halten –»

«Oh, ja, das tue ich.»

«Dann machen wir's. Aber vertun Sie sich ja nicht, Peter. Vertun Sie sich ja nicht.»

WENN ES zwei Dinge gab, die George Shapira von seinem Vater geerbt hatte, dann waren das sein Überlebenstalent und seine instinktive Abneigung gegen jede Form von Totalitarismus. Malaysia mochte ja Wahlen und ein Parlament haben, aber in George Shapiras Augen unterschied es sich nicht groß von Mugabes Zimbabwe, dem Burma des SPDC oder dem Nordkorea Kim Jong Ils, und ganz egal, was er Dr. Aziz gesagt hatte

– er gedachte nicht, dem Regime des Pasar Mohammed fünfzig Millionen Dollar in den Rachen zu werfen, unter gar keinen Umständen.

Gleich nachdem sie im Ritz Carlton eingecheckt hatten, rief Shapira seine Bank in Zürich an und veranlasste den elektronischen SWIFT-Transfer des Geldes, eine Prozedur, die, wie er wusste, mindestens vierundzwanzig Stunden dauern würde. Das tat er für die malaysische Geheimpolizei, die höchstwahrscheinlich jedes Gespräch, das er in der ihnen zugewiesenen Suite führte, abhörte. Ja, er hoffte sogar, dass sie mithörten, damit die Malaysier sich sicher wähnten, er tue, was sie wollten. Und sobald er erfahren hatte, dass der Gulfstream-Techniker vom Service-Center in Singapur die Reparatur an den elektrischen Anlagen des Business-Jets abgeschlossen hatte, bedeutete er Dick Stanley, sich neben ihn zu setzen, und tippte in seinen Laptop:

«NICHT REDEN. DAS ZIMMER IST BESTIMMT VERWANZT. FAHREN SIE ZUM FLUGHAFEN, UND FLIEGEN SIE OHNE MICH NACH SINGAPUR. SIE STEHEN NICHT UNTER ARREST. SOBALD SIE IN DER LUFT SIND, RUFEN SIE DIE BANK AN UND STOPPEN DEN ELEKTRONISCHEN TRANSFER. ICH GEDENKE DAS LAND VIA AUTOBAHNBRÜCKE ÜBER DIE STRASSE VON JAHORE ZU VERLASSEN. WIR TREFFEN UNS IM 4 SEASONS.»

Als er Stanleys besorgtes Stirnrunzeln sah, fügte Shapira hinzu: «KEINE BANGE. HABE DOPPELTE STAATSBÜRGERSCHAFT. SIE HABEN MIR NUR MEINEN AMERIKANISCHEN PASS ABGENOMMEN. DEN ENGLISCHEN HABE ICH NOCH.»

Stanley drehte den Laptop zu sich und tippte als Antwort: «KLINGT GEFÄHRLICH. SIE KÖNNTEN IM GEFÄNGNIS LANDEN. SIND SIE SICH SICHER?»

Shapira nickte und tippte: «DR. AZIZ HAT UNS DOCH GERATEN, DIE SEHENSWÜRDIGKEITEN ZU BESICH-

TIGEN, ODER? BIS DIE MERKEN, WAS LOS IST, BIN ICH SCHON IN SINGAPUR. NIE UND NIMMER GEBE ICH DIESEN HUNDESÖHNEN FÜNFZIG MILLIONEN DOLLAR.»

Dick Stanley kannte Shapira gut genug, um zu wissen, dass es sinnlos war, ihn von seinem Vorhaben abbringen zu wollen. Wenn sich George Shapira für etwas entschied, dann blieb er dabei. Stanley tippte: «VIEL GLÜCK, GEORGE.» Dann zückte er seine Brieftasche und gab Shapira seine sämtlichen Dollars. Laut sagte er: «Wenn Sie einkaufen gehen, nehmen Sie lieber noch ein bisschen Geld mit, für den Fall, dass Sie was finden, was Ihnen gefällt.»

Shapira nahm das Geld, drückte die dargebotene Hand und nickte dann seinem Geldmanager zu.

«Gute Reise, Dick», flüsterte er.

«Ihnen auch, George.»

Dreißig Minuten später stand Shapira vor dem Eingangsportal des Ritz Carlton und wartete auf ein Taxi. Er fuhr nur bis zum Nachtmarkt in der Petaling Street, für den Fall, dass er verfolgt wurde. Würden sie ihn beschatten? Nicht unwahrscheinlich. Aber wo sollte er denn hin wollen? Für die malaysische Polizei hatte er doch keinen Pass mehr. Dennoch beschloss Shapira, nichts zu riskieren und vom schlimmsten Fall auszugehen. Außerdem war er es gewohnt, seine Spuren zu verwischen. Also spazierte er eine Zeit lang einfach nur auf dem Nachtmarkt herum und genoss trotz seiner misslichen Lage und der hohen Luftfeuchtigkeit die Bilder und Gerüche. Nach und nach versuchte er, in der Menge unterzutauchen, indem er zuerst seinen Mantel wegwarf, dann, nachdem er ein Garfield-T-Shirt erstanden hatte, auch das Turnbull & Asher-Hemd, das er getragen hatte, und die zugehörige Krawatte.

Vom Markt ging er zum Bahnhof, einem von den Briten errichteten grünlichen Bau im maurischen Stil, wo er die Kühle eines klimatisierten Wartesaals genoss. Er hatte eigentlich vor dem Bahnhof ein Taxi nach Johor nehmen wollen, doch als er sah, dass gleich ein Zug dorthin fuhr, nahm er das als gutes Omen und kaufte sich eine Fahrkarte. Er war immer gut damit gefahren, seiner Intuition zu vertrauen. Rationale Analysen brachten einen nur so und so weit, ab da musste man seinen Instinkten folgen. Und Instinkt brauchte man, um in den Größenordnungen zu kaufen und zu verkaufen, wie es Shapira tat. Nachdem er sich mit Essen und Wasser für die achtstündige Fahrt verproviantiert und sich auch noch einen Reiseführer zugelegt hatte, um wie ein normaler Tourist zu wirken, bestieg Shapira den KTM-Zug und versuchte sich zu entspannen. Er fand das Ganze jetzt fast schon vergnüglich.

NACHDEM Errol Laurensons Geschäftspartner Charles Poynder mit nur sechsundvierzig Jahren an Krebs gestorben war, hatte der vierundvierzigjährige Milliardär beschlossen, alles dafür zu tun, dass ihm das nie passierte. Er war ohnehin schon Gesundheitsfanatiker gewesen, aber Poynders früher Tod veranlasste Laurenson, sich mit einer völlig neuen Dimension von Gesundheitsvorsorge zu befassen. Nachdem er mehrere unorthodoxe Mediziner und Heilpraktiker konsultiert hatte, kaufte Laurenson schließlich ein Schweizer Biotech-Forschungsunternehmen in Zürich, die Dorian-Forschungsgruppe. Die DFG war eins der ersten Unternehmen gewesen, die das Biological Terrain Analysis System – BTA – zu Diagnosezwecken einsetzten. Bei trend- und gesundheitsbewussten Hollywoodstars längst populär, bestand BTA in einer Computeranalyse von Blut-, Urin- und Speichelproben, auf deren Grundlage dann bestimmte Ernährungsprogramme, Vitamin- und Mineralstoff-Ergänzungspräparate, homöopathische Produkte und Kräuter empfohlen wurden.

Nach dem Kauf der DFG hatte Laurenson Millionen in die Firma gepumpt, um diese zur weltweit fortschrittlichsten Einrichtung für Frühdiagnostik und Prävention zu machen, und dank seiner Vision und seines Geldes bot die DFG schon bald den Superreichen dieser Welt ein halbjährliches Screening-Verfahren an, das manche Kommentatoren mit dem rigorosen System von Inspektion, Wartung und Überholung verglichen, dem Formel-1-Rennwagen und private Business-Jets unterlagen.

Also flog Laurenson jetzt zweimal im Jahr nach Zürich, um sich ein Wochenende lang Untersuchungen und Behandlungsmaßnahmen zu unterziehen, die größtenteils auf der Annahme basierten, dass die Biochemie – Aminosäuren, Enzyme und Körperflüssigkeiten – den Schlüssel zu Gesundheit und Heilung darstellten. Und wenn Laurenson dann von Zürich zurückflog, wusste er alles über seinen Körper, vom pH-Wert seines Blutes bis zu den Redox-Werten seines Urins. Es war nicht weiter überraschend, dass ein britisches Boulevardblatt über Laurensons Fünfzigtausend-Dollar-Wochenende berichtete und ihn dabei als «Acht-Milliarden-Dollar-Mann» apostrophierte.

Das Einzige, was Laurenson an diesem Etikett störte, war die Zahl: Seines Erachtens besaß er achtmal so viel.

Sobald der Boing-737-Business-Jet von Zürich gestartet war, nahm Laurenson ein Bad und machte sich bettfertig. In nicht einmal zwölf Stunden würde er in Alamogordo landen, ganz in der Nähe von Calvin Wallenbergs berühmtem Cloudcroft.

Führend unter den Software-Produkten, die ihn reich gemacht hatten, war *Moneypenny*. *Moneypenny* war *der* Nachfolger von *Windows*. In knapp zwei Jahren hatte *Moneypenny* *Windows* verdrängt und war jetzt die Nummer eins unter den Computerprogrammen der Welt. Nach der berühmten Sekretärin in den – zu Errol Laurensons Lieblingslektüre zählenden – James-Bond-Romanen benannt, war *Moneypenny* ein hundertprozentig akkurates, stimmgesteuertes Sekretariatsprogramm für den PC, das Anrufe tätigte und entgegennahm, Diktate aufnahm, Termine machte, Korrespondenz erledigte und das Online-Finanzmanagement übernahm. Man konnte dem

Programm Sigourney Weavers oder George Clooneys Stimme geben und es sich so einrichten, dass es einem Lebensmittel orderte, Tische reservierte und nicht nur an Geburtstage dachte, sondern auch gleich noch das passende Geschenk bestellte. Es gab sogar eine Nachhakfunktion, um säumigen Schuldnern Beine zu machen. Kurz, *Moneypenny* konnte alles, was eine gute Sekretärin konnte, außer einem auf dem Schoß zu sitzen und um eine Gehaltserhöhung zu bitten. Millionenfach in aller Welt verkauft – allein in Großbritannien waren fünf Millionen Stück abgesetzt worden – war das Programm der Grundstein von Errol Laurensons Reichtum, und Fabriken in Schottland, Taiwan, Mexiko und Tschechien konnten die Nachfrage kaum befriedigen.

Von der Hardware, die Delphus entwickelt hatte, war nichts so wichtig für die Zukunft des Unternehmens wie der Add-Visor, ein stimmgesteuerter, mit *Moneypenny* betriebener Nachfolger des Laptops und des Palm. Er wurde, ähnlich dem Sonnenschild eines Gebrauchtwagenhändlers, um den Kopf getragen und bestand in einem Plasmabildschirm, auf den ein zigarettenpackungsgroßer Computer, den man in der Brusttasche trug, mittels eines Infrarot-Signals Daten beamte. Ursprünglich für das US-Militär entwickelt, war der AV in einer «verbesserten» Jedermann-Version auf den Markt gebracht worden und zumindest in der Anfangsphase auf enorme Nachfrage durch Personengruppen gestoßen, die die Hände für andere Dinge brauchten als für die Bedienung eines Computers – von Polizisten bis hin zu Chirurgen. Doch der AV krankte an Funktionsproblemen. Medienberichte über die mangelnde Zuverlässigkeit des AV in Afghanistan – laut einem Fachmagazin für den Computerhandel hatte ein Militärsprecher erklärt, Laurenson habe Uncle Sam eine Idee verkauft, kein Produkt, und der Add-Visor, der gegenwärtig von Soldaten im Feld benutzt werde, habe seit seinem Ankauf durch das Militär bereits siebenunddreißig Nachbesserungen hinter sich – hatten zu steilen

Absatzrückgängen geführt, da Kunden lieber auf die mackenfreie Version des AV warten wollten, die Gerüchten zufolge noch mindestens sechs Monate brauchte. Was alles zusammen bewirkte, dass die Gewinnentwicklung im ersten Quartal des laufenden Geschäftsjahrs um etliche Millionen hinter den Erwartungen zurückgeblieben war.

Als jetzt sein eigener AV piepsend den Eingang einer E-Mail meldete, blickte Laurenson zu dem kleinen blauen Bildschirm empor und sah, dass die Nachricht von Jefferson Burr kam, dem Vize-Finanzchef von Delphus. Es waren die Zahlen, an denen Burr das ganze letzte Wochenende gesessen hatte. Für den Zwischenbericht, den Laurenson am Freitagabend abgeben würde.

Laurenson setzte sich aufs Bett, öffnete die E-Mail per Voice-Befehl und überflog die Zahlen. Beim Lesen spürte er, wie das warme Strahlen der Gesundheit aus seinem BTA-behandelten Körper wich.

Laut Jefferson Burrs Zahlen hatte Delphus mit einem Ergebniswachstum von vierzig Prozent gerechnet, während es in Wirklichkeit nicht einmal zwanzig Prozent sein würden. Folglich würde Delphus am Freitag einen dramatischen Gewinneinbruch bekannt geben müssen. Kurzum, das Unternehmen lief Gefahr, finanziell auszubluten, und Burr riet Laurenson, unverzüglich ein Umstrukturierungs- und Kostensenkungsprogramm einzuleiten.

Laurenson schüttelte müde den Kopf und verlor für einen Moment das Bild auf seinem AV, da einer der Hauptfunktionsfehler der Hardware immer noch darin bestand, dass plötzliche Kopfbewegungen des Trägers einen Bildverlust von zehn, zwanzig, ja sogar dreißig Sekunden bewirkten: Kein gravierendes Problem, wenn man nicht gerade Chirurg oder Soldat war und binnen Sekundenbruchteilen Entscheidungen fällen musste. Er schlug sich an den Kopf, um das AV-Programm neu zu starten, und studierte dann abermals die Zahlen.

Selbst ein egomaner Optimist wie Laurenson konnte erkennen, dass Burr nicht übertrieben hatte, was die Probleme anging. Delphus würde eine Menge Leute in Verkauf und Marketing entlassen müssen – womöglich bis zu zehn Prozent der Beschäftigten – und zwar so schnell wie möglich. Vermutlich noch heute Nachmittag. Er begann, eine Antwort in das centmünzengroße Mikrophon des AV zu diktieren.

«Diktatmodus. Betreff Antwort E-Mail von Jefferson Burr. Textmodus. Lieber Jeff, Komma, danke für die Zahlen, Punkt. Liest sich wie Stephen King, Punkt. Ein echter Horror-Schocker, Punkt. Selbst unter der Annahme, Komma, dass das Ihre pessimistischsten Zahlen sind – Gedankenstrich – was wohl Ihr Job ist – Gedankenstrich – stimme ich Ihnen zu, Komma, dass wir sofort die Kosten senken müssen, Punkt. Das heißt Personalabbau in Marketing und Verkauf, Komma, nicht aber in der Produktentwicklung, Punkt. Jemand muss uns ja wieder aus diesem Loch herausbringen, Punkt. Falls das hart erscheint, Komma, bedenken Sie, Komma, dass die meisten dieser Leute Aktienoptionen haben, Komma, die sie mir verdanken, Punkt. Man könnte also sagen, Komma, ich schütze nur ihr eigenes Investment in Delphus, Punkt. Noch eins, Punkt. Sommerfest streichen, Punkt. Textende. Vorlesen Antwort E-Mail.»

Moneypenny wiederholte den Text der E-Mail, und als Laurenson damit zufrieden war, gab er den Befehl zum Abschicken. Er hasste es, Mitarbeiter zu verlieren: Vor ein paar Wochen erst hatte er auf der jährlichen Sales Conference erklärt, das größte Kapital des Unternehmens seien die Menschen, die dort arbeiteten. Natürlich hatten er und alle, die es hörten, gewusst, dass es gelogen war. Alle – die Märkte, die Delphus-Beschäftigten, die Banken, die Medien und Errol Laurensen – wussten, dass das größte Kapital des Unternehmens nicht dessen Beschäftigte waren, ja nicht einmal seine Produkte, sondern das Software-Genie Errol Laurenson selbst.

Der Milliardär wechselte vom Diktatmodus in den Kreativmodus und begann ein paar passende Phrasen für die Presseerklärung zu diktieren, die am Montag herausgehen würde: «Wachstumsmäßig der Konkurrenz noch immer voraus», und «erster Gewinneinbruch unserer Geschichte». Laurenson verzog das Gesicht. Computerprogramme zu schreiben war ein Kinderspiel, verglichen damit, vor der Presse zu Kreuze zu kriechen.

LAUT DEM Reiseführer, den Shapira am Bahnhof von Kuala Lumpur gekauft hatte, gab es viele gute Gründe, Johor zu besuchen. Die Wälder des Endau-Rompin-Park beherbergten viele seltene und sehenswerte Tierarten wie etwa den Orang-Utan und den Sumatra-Tiger, während das Küstenörtchen Descru bei Wassersportlern sehr beliebt war. Shapira dachte, dass für ihn die Autobahnbrücke nach Singapur das Tollste an Johor sein würde. Und natürlich würde ihm der Abschied von Malaysia noch durch das Wissen versüßt werden, dass er nicht nur fünfzig Millionen Dollar sparte, sondern auch Dr. Pasar ein Schnippchen schlug. Das Einzige, was er jetzt an der Sache mit dem malaysischen Ringgit 1997 bereute, war, dass dieses Bravourstückchen der Währungsspekulation nicht gleich auch noch das ganze abscheuliche Regime zu Fall gebracht hatte.

Während der achtstündigen Nachtfahrt lag er auf seiner Liegewagenpritsche und schlief auch eine Weile, aber die meiste Zeit war er viel zu nervös, um irgendetwas anderes zu tun, als aus dem Fenster zu starren. An welchem Punkt würde die Geheimpolizei es leid sein, seine Voice-Mail abzuhören, und zu seiner Suite marschieren? Wie lange noch, bis sie das Bitte-nicht-stören-Schild an der Türklinke ignorieren und den Vogel ausgeflogen finden würden? Bestimmt war er noch bis zum Vormittag sicher, und dann würde er die Brücke bereits hinter sich haben.

Schließlich fuhr der Zug in Johor Baru ein. Shapira stieg aus, ging zum Hallenausgang, um draußen ein Taxi zu nehmen, und bemühte sich, geradewegs durch die Beamten der königlich-malaysischen Polizei, die neben der Tür lehnten, hindurchzugucken. An ihren harten, forschenden Gesichtern, ihren gut gebügelten Uniformen und der Art, wie sie da lehnten, war etwas, das ihn an die deutsche SA erinnerte. Er war erst sechs gewesen, als sein Vater die Familie aus Wien herausgeschmuggelt hatte, und konnte sich kaum daran erinnern, wie sie den Nazis mehrfach knapp entkommen waren. Es war schon nervenaufreibend genug, allein auf der Flucht zu sein, wie musste es da erst gewesen sein, so etwas mit einer Frau und vier Kindern zu machen?

Shapira fand ein Taxi mit einem lächelnden, muskulösen Chinesen am Steuer, wedelte mit einer Handvoll US-Dollar und wies den Mann an, ihn nach Singapur zu fahren.

Tatsächlich gab es zwei Autobahnbrücken über die Straße von Jahore, und beide verstopften lange Schlangen von Jahorern, die der höheren Löhne und besseren Einkaufsmöglichkeiten wegen nach Singapur strebten. Am Schlagbaum hielt Shapira der ihm endlos erscheinenden Musterung durch den Beamten stand, nahm sogar – unaufgefordert – die Sonnenbrille ab, damit ihn der Mann besser sehen konnte, und bekam schließlich seinen Pass zurück. Der Wagen kroch zentimeterweise vorwärts. Shapira musste zwar noch durch die singapurische Einreisekontrolle auf der anderen Seite der verstopften Brücke, aber die größte Hürde hatte er genommen. Er war frei.

Dreißig Minuten später saß Shapira in einer Suite im Four Seasons und schilderte Dick Stanley seine Reise. Das Beste an seiner ganzen Flucht war die Entdeckung, dass die malaysischen Behörden eine Stunde vor seiner Ankunft in Singapur die Nachricht von seiner Verhaftung an die lokalen Presseagenturen gegeben hatten. Normalerweise war Shapira ein sehr zurückgezogener Mensch, der kaum je mit der Presse sprach, aber die Chance, Dr. Pasars Regierung bloßzustellen, konnte er sich doch nicht entgehen lassen, und sobald er geduscht und sich rasiert und umgezogen hatte, berief Shapira seinerseits eine Pressekonferenz ein, um die genauen Umstände seiner Festnahme und darauf folgenden Flucht zu erläutern und so das malaysische Regime in eine peinliche Situation zu bringen. Ferner erklärte er, er werde der oppositionellen malaysischen Volkspartei, der stärksten von nicht weniger als achtzehn Parteien, die Veränderungen im Land forderten, zehn Millionen Dollar spenden.

Am Nachmittag, nachdem er über eine Stunde zu den Journalisten gesprochen hatte, bestieg George Shapira seinen Jet und machte sich auf die Reise nach New Mexico.

SEINE KOSTBARSTEN Nuklearsouvenirs hatte Calvin Wallenberg auf dem Walnuss-Partnerschreibtisch in seinem museumsgroßen Arbeitszimmer gruppiert. Es waren kleine Stücke von gelbem Uranium – roh und bearbeitet – und Graphit, die meisten in dickes Acryl eingegossen, etliche Filter zum Separieren spaltbaren Materials sowie maßstabsgetreue Modelle von Fat Man und Little Boy. Ein Füllfederhalter und eine Brille, die einst Albert Einstein gehört hatten, ruhten neben Robert Oppenheimers Pfeifenständer und einem Exemplar der Bhagavad-Gita, das er handschriftlich mit seinem Namen versehen hatte. Eine Sonnenbrille, die Edward Teller bei der Trinity-Explosion getragen hatte, ruhte neben einem Stück Schweißschutzglas, mit dem Richard Feynman seine Augen vor dem sonnenhellen Atomblitz geschützt hatte. Ein Bleilot von Bord der Enola Gay und ein paar grüne Pfropfen, die von der auf Hiroshima abgeworfenen Bombe Little Boy stammten und verhindert hatten, dass diese versehentlich an Bord der Enola Gay detonierte, waren neben einem Bombenzielgerät und einem signierten Foto der zwölfköpfigen Enola-Gay-Besatzung arrangiert. Aber das beeindruckendste Souvenir war ein verkohltes Buch mit japanischen Kinderversen, auf dem man die hellere Silhouette einer Kinderhand erkannte.

Wallenberg besaß jede Menge Antiquitäten und Kunstschätze, aber nichts davon interessierte ihn so sehr wie Atombomben-Memorabilien. Oft fragten ihn Leute, warum er sich so gern mit solchen Dingen umgab, und da Wallenberg ein äußerst verschlossener Mann war, antwortete er kaum je wahrheitsgemäß. Jetzt jedoch, da seine Assistentin Fiona Lovatt ihn danach fragte, merkte er plötzlich, dass er den Wunsch hatte, sich ihr anzuvertrauen, vielleicht um sie zu beeindrucken, und da wurde ihm klar, dass er sie sehr lieb gewonnen hatte. Sicher, er begehrte sie schon lange, aber das hier war etwas anderes, Stärkeres. Sie hatten sich getroffen, um die letzten Vorbereitungen für die unmittelbar bevorstehende Ankunft seiner Gäste durchzusprechen.

«Sie arbeiten schon so lange für mich und haben mich das noch nie gefragt», sagte Wallenberg. «Wieso jetzt?»

«Ich hatte nie das Gefühl, dass es mir zustand, danach zu fragen», sagte Fiona.

«Das gefällt mir», sagte Wallenberg. «Genau wie es mir gefällt, dass Sie jetzt meinen, danach fragen zu können. Demnach sind wir jetzt wohl Freunde, was?»

«Das hoffe ich sehr», sagte Fiona, die in Wahrheit auf mehr als nur Freundschaft hoffte. Fast zwei Jahre hoffte sie jetzt schon, die nächste Mrs. Wallenberg zu werden, so wie eine Schauspielerin wohl hoffen würde, eine wichtige Rolle in einem Film oder Theaterstück zu ergattern. In ihrem Kopf war dieser Vergleich durchaus präsent, und wenn sie sich jetzt dagegen wehrte, dann nur, weil ihre Gefühle für Wallenberg sich verändert hatten. Während sie ihn vorher gewollt hatte, weil er reich war, wollte sie ihn jetzt, weil sie ihn liebte. Jedenfalls sagte sie sich das. Die aus England stammende Fiona war in Bristol auf der Schauspielakademie gewesen und hatte es immer schon ein bisschen schwer gefunden, sich im Klaren darüber zu sein, wo eine Rolle aufhörte und das wirkliche Leben begann.

«Tja, ich will Ihnen erzählen, warum ich dieses Zeug sammle», sagte er. «Wobei ich das nicht jedem erzählen würde.» Er erhob sich aus seinem thronartigen Schreibtischsessel, kam um den Schreibtisch herum, hockte sich auf die Kante und nahm ein paar von seinen Atomzeitalterschätzen in die Hand.

«Ich war sieben, als die erste Bombe auf dem Trinity-Gelände gezündet wurde. Damals, am 16. Juli 1945, waren wir hier. Mein Dad, der viele Freunde beim Militär hatte, wurde vorgewarnt, dass etwas passieren würde, und wir blieben die ganze Nacht auf und beobachteten vom Observatoriumsturm aus die Wüste. Wobei wir sowieso nicht viel geschlafen hätten. In ganz New Mexico regnete es in jener Nacht Bindfäden. Ein fürchterliches Gewitter.

Gegen vier Uhr morgens bekam Dad einen Anruf vom Gouverneur, der ihm erklärte, der Schuss – so nannten sie den Test – sei auf fünf Uhr dreißig angesetzt, und wir sollten dafür sorgen, dass das Haus gut gesichert war. Sie fürchteten, wenn die Leute mitkriegten, was geschehen war, würde es zu Unruhen kommen, die die Verhängung des Kriegsrechts erfordern würden. Also ging mein Dad im ganzen Haus herum und schloss Türen ab, und meine Mom weckte die Bediensteten – damals arbeiteten hier noch viel mehr Leute als jetzt – und hieß sie Kaffee machen. Ich bin sicher, meine Mom hatte Angst, dass etwas Schlimmes passieren würde. Aber mein Vater war freudig erregt. Er erklärte mir immer wieder, die Welt verändere sich zwar ständig, aber dass sie es vor unseren Augen tue, sei doch sehr selten. Daran muss ich bis heute denken.»

Wallenberg zeigte zur Zimmerdecke empor.

«Um fünf Uhr gingen wir rauf in den Turm und guckten nach Nordwesten, wo wir um Punkt fünf Uhr dreißig einen unglaublich grellen Blitz sahen, der etwa zwei Sekunden anhielt. Von unserem Standort aus sah es aus wie ein extrem starker Fotoblitz. In siebzig Meilen Entfernung.

Tja, ich sage Ihnen, Fiona, das hat mein Leben verändert. Ich dachte, wenn wir lernen, uns selbst auszulöschen, machen wir Gott den Job streitig.

In der Bibel steht, dass Saulus auf der Straße nach Damaskus ein blendendes Licht sah und dadurch zum Christentum bekehrt wurde. Ich schätze, mir ging es in der Wüste von New Mexico ebenso.»

Er nahm das Stück Schweißschutzglas, mit dem Feynman seine Augen gegen das blendende Licht der Trinity-Explosion geschützt hatte. «Man könnte sagen, das hier sind meine Ikonen. Die heiligen Reliquien eines neuen Zeitalters.»

«Eine interessante Geschichte», sagte Fiona, nahm Wallenbergs ledrige Hand und drückte sie zärtlich. «Danke, dass Sie sie mir erzählt haben.»

Er war mehr als doppelt so alt wie sie, aber Fiona war sich ganz sicher, dass sie nicht nur sein Geld attraktiv fand. Außerdem hatte sie sich immer schon zu älteren Männern hingezogen gefühlt. Sie mochte deren rücksichtsvolle, höfliche Art und kluge Konversation, aber ganz besonders mochte sie Wallenbergs Macht. Wenn er in seinem riesigen Büro in Cloudcroft saß, dachte sie oft, dass er wie ein Präsident wirkte. Nur dass er wahrscheinlich noch mächtiger war als ein Präsident. Er schien jeden zu kennen, der jemand war: Sein Adressbuch las sich wie der internationale Who's Who, und, was noch wichtiger war, alle, die nach Cloudcroft kamen, behandelten ihn, so reich und mächtig sie auch selbst sein mochten, stets mit Respekt. Manchmal schien «Respekt» ein zu schwaches Wort, um zu beschreiben, wie Wallenberg behandelt wurde; es gab Situationen, da er der oberste Herr der gesamten geballten Unternehmensmacht an der Wall Street zu sein schien, wie – ihr fiel kein anderer Mann der Neuzeit ein, mit dem sie ihren Chef vergleichen konnte – wie ein Howard Hughes.

Als Wallenberg Fionas schmale Hand die seine drücken fühlte, erfasste ihn eine Welle der Lust, und er sagte sich, es könnte ja vielleicht doch sein, dass sie sich zu ihm hingezogen fühlte. Doch um auf keinen Fall ihre Arbeitsbeziehung durch einen plumpen Annäherungsversuch zu trüben, ging er wieder hinter den Schreibtisch und nahm die Gästeliste, die sie gerade hatten durchgehen wollen, als sie ihn nach den Bombenartefakten gefragt hatte.

«Okay», sagte er. «Haben Sie heute Morgen den Flughafen angerufen? Haben Sie zusätzliche Treibstoffvorräte angelegt?»

«Ich habe vor einer guten Stunde mit Ed gesprochen, und es ist alles bereit: Treibstoff, das Empfangszelt, Gangways, alles.»

Wallenberg nickte. «Und haben alle die Anfluginformationen bekommen?»

«Mit der Einladung», sagte Fiona. «Eliot Massinger fliegt selbst.»

«Die F-15?»

Fiona nickte.

«Ach, das würde ich gern sehen.»

«Sie können seine Ankunft wahrscheinlich im Fernsehen verfolgen. Die Fernsehteams sind schon dort.»

«Die vergeuden auch keine Zeit, was? Wie steht's mit der Security?»

«Mr. Clarencos Leute sind vor Ort. Und ich habe gestern Abend mit dem Sheriff's Department von Otero County gesprochen. Sie schicken heute Nachmittag einen Streifenwagen zum Flughafen. Aber genau wie letztes Jahr rechnet man höchstens mit ein paar Neugierigen.»

«Das hoffe ich auch», sagte Wallenberg. «Aber nach dem, was George Shapira passiert ist – na ja, das zeigt wohl nur, was einem alles passieren kann. Erinnern Sie mich dran, nie nach Malaysia zu fliegen.»

«Ich habe mit seiner Familie in Kalifornien gesprochen. Mister Shapira geht es gut. Und er ist auf dem Weg hierher. Aber er wird als Letzter eintreffen.»

«Wir sollten ihn besser nicht in der Thai-Suite unterbringen. Er hat wahrscheinlich erst mal genug von Asien.»

Fiona konsultierte ihren Laptop. «Nein, Mr. Shapira ist in der England-Suite. In der Thai-Suite ist Mr. Volovsky. Erinnern

Sie sich? Sie wollten ihn möglichst weit von Mr. Laurenson weg haben.»

«Der ist in der Afrika-Suite, richtig?»

Fiona nickte. «Neben Eliot Massinger, der die Japan-Suite hat.»

«Ja, richtig. Die hat er ja immer. Er hat den Burschen, der diesen Raum ausgestattet hat, sein ganzes Haus in Kalifornien einrichten lassen.»

Fiona lächelte höflich. Wallenberg versäumte nie, dieses Faktum zu erwähnen. Vergaß er einfach, dass er das jedes Mal sagte? Oder wollte er, dass sie den Raum und die Ausstattung bewunderte? Doch wie immer sagte sie nur lächelnd: «Ein sehr hübscher Raum.»

Wie hätte sie Eliot Massinger und die Japan-Suite vergessen können? Letztes Jahr war sie während des ganzen Wochenend-Retreats damit beschäftigt gewesen, ihn sich vom Leib zu halten, und mit seinen einsfünfundneunzig und seinen gut zwei Zentnern Lebendgewicht war dieser Mann ungefähr so leicht zu bändigen wie eine hungrige Anakonda. Massinger war einer von diesen Milliardären, die es gewohnt waren, genau das zu kriegen, was sie wollten, und zwar genau dann, wenn sie es wollten. Fiona unterdrückte ein Gähnen: Wallenberg sprach immer noch von der Japan-Suite.

Fiona nickte höflich, wartete, bis das Japan-Thema beendet war, und fragte Wallenberg dann wegen der Rede, die er am nächsten Abend beim Dinner vor seinen hochkarätigen Gästen halten wollte. Er würde ihnen nicht nur erklären, inwiefern die Demokratie in Amerika versagt hatte, sondern auch, dass die Gründerväter sie gar nie gewollt hatten. Er glaubte an die Oligarchie, wenn ihn auch der Mann auf der Straße – fälschlich, wie es sein unseliges Privileg war – als Faschisten bezeichnet hätte. Was Fiona im Grund nicht weiter störte. Eine Frau, die auf der Suche nach einem reichen Ehemann ist, wird bei einem Mann jeden Mangel übersehen, nur einen nicht: den Mangel an Geld.

Wallenberg sprach in seinen Desktop-PC und holte seine Rede auf den Flatscreen.

«Die Rede ist gut», sagte er. Er lupfte eine samtpfotige Besucherin seines Büros auf seinen Schoß. «Obwohl ich natürlich immer noch daran herumfeile.» Er befahl *Moneypenny*, seine Rede einmal auszudrucken, und ging dann um den Schreibtisch herum zum Drucker, der bereits die ersten Blätter ausspie. «Aber lesen Sie selbst, und sagen Sie mir, was Sie davon halten.»

«Natürlich», sagte Fiona und ließ sich nicht anmerken, dass sie die Rede schon mehrfach gelesen hatte. «Sehr gern.» Sie entflocht ihre Beine, als Wallenberg um den Schreibtisch herumkam, um ihr den Ausdruck zu geben, und stand auf. «Dann wären wir wohl so weit fertig, oder?»

Wallenberg reichte ihr seine Rede, blieb aber vor ihr stehen, hin und her gerissen, ob er versuchen sollte, sie zu küssen, was er mehr als irgendetwas anderes auf der Welt wollte, oder ob er versuchen sollte, ihr Verhältnis auf der professionellen Ebene zu belassen und zu vergessen, dass allabendlich vor dem Einschlafen seine letzten Gedanken Fiona galten. Da er doppelt so alt war wie sie, sagte er sich, dass er vernünftig sein musste, dass sie jemanden in ihrem Alter brauchte. Kurz, er wollte sich nicht zum Narren machen.

Als Fiona die Rede entgegennahm, ließ sie ihre Finger die seinen streifen, und als er sich abwandte, fragte sie sich, ob ihm wohl erst eine Wand auf den Kopf fallen musste, damit er merkte, dass sie ihn anziehend fand. Sie bedankte sich dafür, dass er ihr seine Zeit geopfert hatte, und verließ sein Arbeitszimmer mit dem Gefühl, dass sie seine Schüchternheit frontal attackieren musste; erst wenn sie ihn dazu gebracht hatte, den ersten Schritt zu tun, konnte sie seine Ehescheu angehen. Wobei sie's ihm nicht verdenken konnte, dass er so misstrauisch war. Wallenbergs zweite Frau, Susan, die sich 1987 von ihm hatte scheiden lassen, war mit zwei Milliarden Dollar davonspaziert und würde, laut *Forbes*, wohl auch den Rest erben, sollte sie ihren Exmann überleben.

«Ich mag ja Milliardär sein», sagte Wallenberg gern, «aber eins kann ich mir nicht leisten: eine neue Ehefrau.»

Mit der Zeit, hoffte Fiona, würde sie diese Bedenken schon zerstreuen.

3. FREITAG

Eve Merlini war vorher noch nie einem Milliardär begegnet. Einst war La Lanterna, das italienische Restaurant, das sie und ihr Mann Brad geführt hatten, von Robert De Niro frequentiert worden, aber so reich der auch sein mochte, für einen Milliardär hielt Eve ihn nicht. Es gab Filmstar-Reichtum und Rockefeller-Reichtum. Wenn Brad sich mehr fürs Geschäft interessiert hätte als für billige Zaubertricks – wenn er sich mehr darum gekümmert hätte als um die Bedienungen –, dann gäbe es das Restaurant jetzt vielleicht noch, und Eve wäre noch mit Brad verheiratet. Wobei sie weniger ihn vermisste als das, was er für sie bedeutet hatte: ein Zuhause, einen Ehemann und die Möglichkeit, Kinder zu bekommen. Eve hatte sich so sehr Kinder gewünscht, aber das war jetzt wohl unwahrscheinlich, angesichts dessen, worauf sie sich eingelassen hatte. Ihr war immer noch nicht wohler dabei, auch jetzt nicht, da sie sich in Cloudcroft, Calvin Wallenbergs legendärem Haus in New Mexico, befand und sich darauf vorbereitete, einundzwanzig der laut *Forbes*-Liste vierhundert reichsten Männer der Welt zu bekochen, und so wie sie sich einst in der Küche verkrochen und zu ignorieren versucht hatte, was Brad mit dieser oder jener Bedienung anstellte, bemühte sie sich jetzt, Clarencos restlichen Plan beiseite zu schieben und sich ganz auf ihre Kochkunst zu konzentrieren.

Es gab in Cloudcroft bereits einen Koch, aber dieser beherrschte, laut Wallenbergs persönlicher Assistentin Fiona Lovatt, nur ein sehr begrenztes Speisenrepertoire, das die paradox schlichten Vorlieben seines superreichen Arbeitgebers widerspiegelte, und für seine berühmten «Retreats» zog es der Milliardär fast immer vor, sein gesamtes Personal in einen Kurzurlaub zu schicken und einen Catering-Service aus New York oder Kalifornien anzuheuern, der mit so verwöhnten Gaumen und so speziellen Diätwünschen, wie sie diese Gästeschar mitbrachte, vertraut war.

Fiona, die bereits mehrere dieser jährlichen Retreats gemanagt hatte, war immer froh, wenn sie Benito Canova, den sie insgeheim für einen der schlechtesten Köche auf Gottes Erdboden hielt, von hinten sah.

Wie der Rest der kleinen Cloudcroft-Crew machten auch Benito und seine Frau Ann, die als Haushälterin fungierte, fünf Tage Urlaub. Sie wollten wie üblich Anns Schwester in dem nahe gelegenen Städtchen Truth or Consequences besuchen. Doch ehe er Cloudcroft verließ, zeigte Benito Eve und deren Team noch die Küchen und warnte sie alle vor der lokalen Fauna.

«Passen Sie ja auf, dass Sie draußen keinen Müll rumliegen lassen», sagte Benito und trug für diese naiven New Yorker ein bisschen dicker auf. «Und achten Sie um Himmels willen drauf, dass die Müllcontainer richtig zu sind, sonst spazieren hier nämlich Bären herum und machen nichts als Ärger.»

Erst vierundzwanzig Stunden später entdeckte Eve, dass die Bären, die sie sich als mächtige Grizzlys vorgestellt hatte, nicht größer als Hunde und außerdem schwarz waren. Vom Gemüt her unterschieden sie sich nicht groß von etlichen der Milliardäre, die sie hier in Cloudcroft kennen lernen sollte – Wallenberg eingeschlossen –, denn sie waren scheu, nach außen hin sanftmütig und fast ausschließlich nachtaktiv. Irgendwie mochte sie die Bären.

Am Freitagmorgen fuhr Eve zum Flughafen, um Sandwichs hinzubringen und eine Kiste Hummer sowie ein paar eigens aus New Orleans eingeflogene Seebarben abzuholen.

Etwa eine Meile abseits des Highway 54, am Ende eines Wüstensträßchens, lag der Flughafen von Alamogordo am Rand einer kahlen Ebene, jenseits derer die Sacramento Mountains das weite Panorama dominierten wie ein anrollender Stein-Tsunami. Das Flughafengebäude sah aus wie eine aus Fertigelementen errichtete Bürobaracke, und nichts deutete darauf hin, dass es irgendetwas mit Luftverkehr zu tun hatte. Von den drei Schildern «ALAMOGORDO», «REGIONAL» und «AIRPORT», die einst über dem Eingang angebracht gewesen waren, fehlte das dritte – vermutlich von einem Sturm weggeblasen, obwohl das von den drei Personen, die auf dem Flughafen arbeiteten, niemand mit Sicherheit sagen konnte. An normalen Tagen verkehrten hier nur ein paar kleinere Maschinen – hauptsächlich Cessnas von und nach El Paso oder Albuquerque – und es gab keine Flugsicherung. Üblicherweise war der Flughafen eins der ruhigsten Fleckchen von Alamogordo, einer desolat wirkenden Stadt, die den Luftwaffenstützpunkt Holloman beherbergte. Aber heute war kein normaler Tag. Auf dem sonst völlig verlassenen Parkplatz drängten sich Neugierige und Fernsehteams von KOB, KASA, KOAT und KRQE, und vom wolkenlosen, saphirblauen Himmel kam bereits das Geräusch des ersten nahenden Business-Jets.

Nach ihren Erledigungen blieb Eve noch ein bisschen, weil sie mitkriegen wollte, wie Fiona die ersten Gäste begrüßte. Gemeinsam warteten die beiden Frauen in einem bewachten klimatisierten Empfangszelt nahe der Landebahn, das Fiona und die Fahrer der Mietlimousinen vor der heißen Sonne und den Fernsehteams schützen sollte. Eve rückte ihre Sonnenbrille zurecht und sah zu der Boeing 737 empor, die jetzt im Landeanflug war. «Wer ist das?», fragte sie.

«Murray Drennan. Risikoarbitrageur. Hedge-Fonds-Manager. Siebzehn Milliarden schwer.»

«Siebzehn Milliarden», wiederholte Eve grinsend. «Wow.»

«Eins habe ich bei Mr. Wallenberg gelernt: dass es mit Geld

so ist wie mit Sex. Wenn man nicht genug hat, denkt man die ganze Zeit daran. Hat man aber genug, ist es gar nicht so wichtig. Die meisten von diesen Männern beschäftigen sich gar nicht damit, wie viel Geld sie eigentlich haben. Es ist nämlich schlicht und einfach so: Wenn man weiß, wie viel Geld man hat, hat man gewöhnlich nicht viel.»

Eve nickte. Sie wusste genau, wie viel Geld sie hatte, bis auf den letzten Cent.

Die Boeing 737 setzte auf und raste durch die heiße, flimmernde Luft auf der wüstengesäumten Landebahn; ohne jedes farbige Logo wirkte der weiße Jet wie ein verirrter Flugkörper vom Lenkwaffenerprobungsgelände White Sands oder wie ein Versuch, den Geschwindigkeitsrekord zu Lande zu brechen. Sobald er geparkt hatte, stieg Fiona in einen schwarzen Stretch-Lincoln, und dieser kroch hinter der motorisierten Gangway her, die zu dem Jet manövriert wurde.

Gleich darauf hielt beim Empfangszelt ein schwarzes Humm-Vee, die Achtzigtausend-Dollar-Version jenes Fahrzeugs, in dem Eve in Kuwait mehr oder minder gelebt hatte. Ein mittelgroßer Mann in schwarzem Anzug, weißem Hemd und schwarzer Krawatte stieg aus. Er nickte den beiden Security-Leuten kurz zu, ergriff dann den Ausweis, den Eve um den Hals trug, und musterte erst das Foto, dann ihr Gesicht mit einer Unverschämtheit, die Eve zum Lachen reizte. Aber sie streckte ihm nur die Hand hin und lächelte höflich.

«Hallo. Ich bin Eve Merlini. Ich leite Top Table, die Catering-Firma.»

Er hatte etwas Unerweichlich-Monolithisches, dieser Mann, der sie immer noch fixierte. Sein Gesicht war lebendig und maskenhaft zugleich. Das Dominierende war die Nase, die so breit wie lang war und Eve an eine wohlgeratene Pastinake erinnerte. Serien von Furchen und Wülsten gaben Stirn und Wangen etwas von einem Landschaftsrelief, und die Grimmigkeit des Mundes wurde noch dadurch gesteigert, dass die mürrisch vorgeschobene Unterlippe, die aussah wie von einem Bienenstich geschwollen, die Oberlippe nahezu verdeckte. Das dunkle Haar war kurz rasiert, und die Ohren sprangen aus dem Schädel hervor wie steinerne Ungeheuer. Die Stimme, undeutlich, schleppend und für Eves Ohren fast ausländisch klingend, war auch nicht freundlicher.

«Ferguson», sagte er auf eine Art, dass Eve dachte, es handle sich um eine Obszönität, bis ihr aufging, dass er Schotte war. Der Händedruck war mechanisch und feucht. «Security-Chef. Hab schon von Mr. Clarenco von Ihnen gehört. In der Küche scheinen Sie ja wirklich ein Ass zu sein. Was mich auf die Frage bringt, was Sie hier machen?»

«Sie meinen, am Flughafen? Das ist leicht zu erklären. Ich bin hier, um Fisch abzuholen, der aus New Orleans eingeflogen wurde.» Sie zeigte auf ein paar Styroporbehälter, die vor der Klimaanlage des Zelts standen. «Gibt nun mal nicht viel frischen Fisch hier in New Mexico.»

Fergusons Unterlippe wurde noch mürrischer. «Ich kann dieses ganze Schickimicki-Zeug nicht ausstehen. Da lob ich mir doch die Army. Ein ordentliches gebratenes Frühstück. Jede Menge Fritten. Jede Menge Kohlehydrate.»

«Ich habe auch Sandwichs für Sie und Ihre Leute mitgebracht», sagte Eve, die der Schotte, der kleiner war als sie, nicht im mindesten einzuschüchtern vermochte. «Sandwichs essen Sie doch, oder?»

Ferguson sah sich im Zelt um und entdeckte eine Riesenplatte Sandwichs, die Eve vorhin auf den Tisch gestellt hatte.

«Klar esse ich Sandwichs.»

«Die sind köstlich, Ma'am», sagte einer von den Wachleuten, der Ballard hieß. «Danke, dass Sie an uns gedacht haben.»

«Lassen Sie sich's schmecken», sagte Eve und hob einen Behälter mit Fisch vom Boden hoch.

Sie versuchte, nicht dran zu denken, aber der Eindruck, den Ferguson hinterlassen hatte, war schwer zu verdrängen: Wenn es jemanden gab, der nicht so aussah, als würde er Cloudcroft kampflos übergeben, dann war es Graham Ferguson. Schon sein bloßer Anblick erfüllte sie mit düsteren Vorahnungen.

DAS NACHRICHTENTEAM von KOBTV, das zu NBC gehörte, war in aller Frühe von Albuquerque losgefahren – zweihundertzwanzig Meilen den Interstate 25 runter, dann den Highway 380 nach Westen, am Lenkwaffenerprobungsgelände White Sands vorbei. TV-Producer John Elder, der aus Miami stammte, konnte nie durchs Tularosa Valley fahren, nach Alamogordo oder Roswell, ohne an die Bombe denken zu müssen. Das Trinity-Gelände auf der Westseite der Sierra Oscura war militärisches Sperrgebiet. Aber kurz vor dem fünfzigsten Jahrestag des Atombombentests, im Jahr 1995, war Elder dort gewesen, um etwas Archivmaterial über das kleine Lavamonument, das an die erste Atomexplosion erinnert, zu drehen. Nur wieder in der Nähe dieses Ortes zu sein machte ihn schon ganz beklommen, und sooft er auf der Fahrt zum Alamogordo Airport zum Horizont guckte, rechnete er schon halb damit, eine der Wolken über den Oscura Mountains Pilzform annehmen zu sehen.

In Carrizozo, dem Nest, wo sie hielten, um Kaffee zu trinken und zu tanken, bekannte er sich zu seiner ortsbedingten Bombenparanoia.

«Wussten Sie schon, dass einer der Physiker beim Manhattan-Projekt, Enrico Fermi, mit den anderen Physikern gewettet hat, ob die erste Bombe die Atmosphäre entzünden würde?», fragte er, ohne groß mit einer Antwort zu rechnen, da er insgeheim dachte, dass Maria Montoya nicht die hellste aller Reporterinnen war, sondern nur die bestaussehende.

Maria Montoya, die nur halb so dumm war, wie Elder glaubte, guckte durchs Restaurantfenster zu der Zapfsäule hinaus, wo das dritte Mitglied des Teams, Warren Meisler, gerade den

Ü-Wagen auftankte, und nickte unbestimmt, da sie sich von etwas, das dreißig Jahre vor ihrer Geburt passiert war, nicht sonderlich betroffen fühlte. Sie fand, dass Elder ein ziemlich komischer Typ war, und wenn er sich nicht so gut mit Flugzeugen ausgekannt hätte – startende und landende Flugzeuge zu beobachten war sein Hobby, was Maria für einen Grenzfall von Autismus hielt –, hätte sie sich vermutlich gewünscht, diesen Auftrag mit einem anderen Producer erledigen zu können. Was allerdings kein aussichtsreicher Wunsch gewesen wäre. Die Ankunft von Calvin Wallenbergs Milliardärsgästen auf dem Flughafen von Alamogordo war immer John Elders Job: Seine Spezialkenntnisse hatten ihn zum Luftfahrtexperten des Senders gemacht, was hieß, dass er über alles berichtete, was irgendwie mit Fliegen zu tun hatte, von Flugzeugabstürzen bis hin zu Truppenverlegungen auf dem Luftweg.

Als sie ihren Kaffee ausgetrunken hatten, gingen sie hinaus, fanden Warren Meisler, den Kameramann, der mehr auf Zigaretten als auf Kaffee stand, bereits im Wagen vor, fuhren weiter und kamen um kurz vor neun am Alamogordo Airport an.

Aber es war schon fast zwölf, als endlich der erste Jet am Horizont auftauchte. Mit Hilfe eines Flugfunkempfängers und einer *JP Airline Fleet*-CD-ROM in seinem Laptop, identifizierte ihn Elder rasch als Murray Drennans Boeing 737.

«Und was ist da die Story?», fragte Maria.

«Es ist der meistverkaufte Verkehrs-Jet der Welt.»

«Nicht das Flugzeug. Drennan.»

Elder blätterte in einem *Forbes*-Heft. Es war die jährliche Nummer mit der Liste der vierhundert reichsten Menschen Amerikas, und Elder stellte fest, dass Drennan in der Gesamtwertung auf Platz sieben rangierte und außerdem unter der Rubrik «Money Movers» vorkam.

«Hedge-Fonds-Manager», sagte er, während er Drennans Biographie überflog. «König des Leveraged Buyout. Aktien derzeit auf dem niedrigsten Stand seit Mai 1997. Spendete letztes

Jahr drei nicht näher genannten karitativen Organisationen insgesamt einhundertfünfzig Millionen Dollar. Managt drei Billionen Dollar Anlagevermögen in über fünfhundert Fonds. Single seit 1992. Im Visier der Boulevardpresse, seit er in Beverly Hills mit Courtney Love gesichtet wurde.»

«Na, das ist doch was», sagte Maria. «Warren, halten Sie auf die Flugzeugtür, für den Fall, dass Courtney in der Maschine ist.»

«Der siebtreichste Mann der Welt», sagte Elder, «und sie interessiert sich für eine blöde Schauspielerin.»

«Wie ich im Wagen schon sagte», sagte Warren. «Es ist alles so total banal. Ein paar Milliardäre kommen übers Wochenende zu einem anderen Milliardär. Na und?»

«Das Na-und ist, dass es wegen der Größenordnung von Reichtum, die sich hier konzentriert, so etwas wie einen G-7-Gipfel darstellt», sagte Maria, was ihr einen verdutzten Blick von John Elder eintrug.

Vielleicht war sie ja doch nicht so dumm, sagte er sich, auch wenn es heutzutage G 8 hieß.

Maria wollte gerade noch etwas über Globalisierung und Machteliten sagen, als sie aus dem Augenwinkel mehrere Vans drüben auf dem Parkplatz halten sah. Ihnen entstiegen etwa ein Dutzend ungepflegt wirkende junge Leute mit Transparenten. Sie formierten sich rasch zu einer lautstarken Mini-Demonstration. Es war nicht Seattle oder Göteborg, dachte sie, aber immerhin. «Wunderbar», sagte sie. «Sieht aus, als kriegten wir doch noch eine richtige Story.»

Doch John Elder interessierte es mehr, durch ein Fernglas den nächsten Ankömmling am Himmel zu beobachten: einen F15 Eagle Fighter, ganz schwarz, mit einer amerikanischen Flagge am Rumpf und darunter der Aufschrift: *These Colours don't run*.

«Das ist ja wohl das ultimative Spielzeug für den Mann, der schon alles hat», sagte Elder.

«Sie meinen, das ist ein Privat-Jet?», schrie Maria.

Die F15 betätigte ihre charakteristische Bremsklappe, bog von der Landebahn ab und rollte auf die Boeing 737 zu. Bis auf die Demonstranten, die sich jetzt unter den wachsamen Augen zweier Beamter des Sheriff's Department am Tor gruppiert hatten, klatschten und pfiffen die Zuschauer hinterm Maschendrahtzaun jetzt so begeistert, als sei Tom Cruise persönlich von einer erfolgreichen Top-Gun-Mission zurückgekehrt.

«Das», sagte Elder, als der Düsenlärm schließlich verstummt war, «ist Eliot Massinger. Der Medienmogul.»

Maria nickte. Von Eliot Massinger hatte jeder schon gehört. Als CEO und Mehrheitsaktionär von Vistacom besaß er eine Hotel-Casino-Kette in Las Vegas, diverse Sportteams, einen Fernsehsender, eine Plattenfirma und ein Dutzend Zeitungen. Am berühmtesten war Massinger wohl für seine Reality-Shows wie *B-Girl* und *Death Row*.

«Mann, das muss ja der absolute Kick sein», sagte Elder. «Von Nordkalifornien im eigenen Kampfjet hierher zu fliegen. Das ist die Kunst, diesen anderen schwerreichen Jungs eine Nasenlänge voraus zu sein.»

Ein verächtliches Schnauben entrang sich Marias perfekt geformten Nüstern. Sie sagte: «Wenn man so viel Geld hat, ist es wohl schwer, auf dem Boden zu bleiben.» Da sie befand, dass der Kameramann jetzt wohl genug Material von Massingers teurem Spielzeug im Kasten hatte, fasste sie ihn am Arm. «Kommen Sie», sagte sie. «Wir reden mit den Demonstranten.»

Von den beiden Beamten des Sheriff's Department aufmerksamst beobachtet, wurde das Demonstrantenhäuflein etwas leiser, als es das Fernsehteam nahen sah, um dann ganz zu verstummen, als es Maria Montoya erkannte. Eine gewisse Cele beantwortete Marias Fragen ohne jeden Anflug der verlegenen Sprachlosigkeit oder naiven Stammelei, die ihre männlichen Mitstreiter angesichts der genuinen Schönheit der Fernsehjournalistin urplötzlich zu überfallen schien.

«Hallo», sagte Maria. «Seid ihr hier aus der Gegend?»

«Ist doch nicht wichtig, wo wir herkommen», erklärte Cele mit einer Militanz, die viele ihrer Genossen überraschte. «Wichtig ist doch nur, wo wir hinsteuern. Nämlich in die Katastrophe, wenn es uns nicht gelingt, vorher noch, na ja, den Busfahrer zu wechseln, verstehen Sie? Weil nämlich die Globalisierung und die Art obszöner Konsum, die uns heute hier vorgeführt wird, die größte Bedrohung für die Zukunft der Erde darstellen.»

«Werden Sie versuchen, Calvin Wallenbergs Party zu stören?», fragte Maria.

«Wir sind hier, weil sich hier die ganzen Verbrecher an einem Ort versammeln. Es war keine Zeit mehr, so was wie die direkte Aktion zu organisieren, die es in anderen Gegenden der Welt gegeben hat, zum Beispiel in Seattle und in Schweden. Aber wir finden es trotzdem wichtig, heute hier zu sein und uns auf friedliche Art und Weise Gehör zu verschaffen.»

«Warum halten Sie diese Leute für Verbrecher?»

«Es kann doch nicht rechtens sein, dass sich so viel Geld in den Händen so weniger konzentriert», sagte Cele. «Es ist doch obszön, dass das Vermögen von jemandem wie Eliot Massinger größer ist als das Bruttosozialprodukt von Rumänien.»

«Aber viele von diesen Leuten sind große Philanthropen. John Beilby Porteus hat letztes Jahr eine Milliarde Dollar für die Behandlung von AIDS-Kranken in Afrika gespendet. George Shapira stiftet jedes Jahr ein paar hundert Millionen Dollar. Was sagen Sie dazu?»

«Ich sage, das ist nur Gewissensberuhigung. Damit diese Typen eine bessere Meinung von sich haben können. Und vor allem, damit wir eine bessere Meinung von ihnen haben. In der Hälfte aller Fälle sind diese guten Werke einfach nur ein Mittel, Steuern zu sparen. John Beilby Porteus hat eine Milliarde Dollar gespendet? Na und? Das ist etwa ein Drittel von dem, was sechsundfünfzig Milliarden Dollar an reinen Bankzinsen bringen. Eine Spende von einer Million Dollar, das klingt nach einem Haufen Geld, bis man sich mal überlegt, wie viel Geld dieser Mann hat. Porteus könnte die nächsten hundert Jahre eine Million Dollar täglich weggeben und hätte doch immer noch fast zwei Milliarden übrig.»

Maria hörte sich einen überraschten Ausruf tun. «Eine Million Dollar täglich», wiederholte sie für die Zuschauer zu Hause. «Die nächsten hundert Jahre. Und immer noch zwei Milliarden übrig. Das ist eine beindruckende Rechnung.»

«Also, kommen Sie mir nicht damit, dass manche von diesen Typen große Philanthropen sind. Sie sind Raubritter, die nur etwas von dem zurückgeben, was sie uns allen in Form von Profiten und Sweatshop-Löhnen gestohlen haben.»

Ein lautes Donnergrollen, als ob ein riesiges Ölfass die Berge herunterkullerte, dröhnte vom Horizont her über das Strauchland rings um den Flughafen, und als Cele und Maria aufblickten, sahen sie einen weiteren Jet im Anflug auf Alamogordo.

«Die Situation», sagte Cele, «ist mit der im vorrevolutionären Russland vergleichbar, weil sich der gesamte Reichtum in den Händen einiger weniger Leute konzentriert. Ein Prozent der Bevölkerung besitzen über dreißig Prozent des gesamten Vermögens in den Vereinigten Staaten. Wenn Sie mich fragen, sollte man die ganzen Forbes 400 an die Wand stellen und, was weiß ich, erschießen oder was.»

Diese Worte sollten Cele MacBrazel noch verfolgen.

«Wunderbar», sagte Maria, die solche Erwägungen herzlich wenig kümmerten. «Vielen Dank. Sie waren großartig.»

EVE BLIEB noch im Empfangszelt, um die Landung der F15 zu verfolgen, und als sie gerade zu ihrem Auto gehen wollte, fragte Fiona, die immer noch ihr Clipboard an sich presste wie einen hölzernen Brustpanzer, ob es ihr etwas ausmachen würde, in der Limousine nach Cloudcroft zurückzufahren, mit Eliot Massinger.

«Warum kann er nicht allein fahren?»

«Eve, der Mann ist Multimilliardär. Der kann sich nicht mal allein eine Tasse Kaffee machen.»

«Er ist doch allein hierher geflogen. Soll er doch mit dem Fahrer reden, wenn er Gesellschaft möchte.»

«Er hat mich gebeten mitzufahren. Er möchte Gesellschaft. Und er ist es gewöhnt zu kriegen, was er möchte. Ich bitte Sie, tun Sie es mir zuliebe.»

«Ich habe gerade mein Auto mit Fisch voll gepackt. Der muss schleunigst irgendwohin, wo es kalt ist. Außerdem bin ich nicht gerade dafür angezogen, einem Milliardär um den Bart zu gehen.»

«Unsinn. Sie sehen toll aus. Außerdem ist er auch nicht gerade hyperkorrekt gekleidet. Er ist noch im Fliegeranzug. Bitte, Eve.»

«Warum kann ich ihn nicht im Explorer mitnehmen?»

«Weil Ferguson das nicht zulässt. Der Explorer hat nicht mal kugelsichere Scheiben. Die Limousine ist gepanzert.»

«Das ist ein Witz.»

«Leider nein. Man kann heutzutage nicht vorsichtig genug sein. Und jetzt, wo diese Demonstranten hier aufgekreuzt sind, schon gar nicht. Hören Sie, Massinger hat nur Handgepäck. Ich lasse Ballard Ihren Fisch in den Kofferraum der Limousine umladen. Er riecht doch nicht, oder?»

«Noch nicht.»

«Gut. Jemand von den Sicherheitsleuten kann den Explorer ja später hochbringen.»

«Okay, okay, schon überredet.»

«Danke, Eve. Ich weiß es zu schätzen. Noch eins. Passen Sie auf. Der Mann hat mehr Arme als die Göttin Kali und ist genauso gefährlich.»

«Oh, verstehe. Der Typ wird Annäherungsversuche machen, meinen Sie das?»

«Ich sage nur, es könnte sein.»

«Vielen Dank, Fiona.»

«Wie Sie damit umgehen, ist Ihre Sache. Aber denken Sie dran, dieser Mann sucht keine Frau zum Heiraten.»

«Gut. Weil ich nämlich mit Sicherheit keinen Mann zum Heiraten suche.»

Eve ging zum Explorer, die Lebensmittel holen, die sie in Alamogordo gekauft hatte, während Ballard, der die Limousine fahren sollte, ihren Fisch in den Kofferraum umlud. Auf dem Asphalt herrschten fünfunddreißig Grad, und es war eine Erholung, auf den Rücksitz der kühlschrankartig temperierten Limousine zu schlüpfen, neben Massinger, der so groß war wie ein Baseballspieler und auch so von sich eingenommen.

«Hallo», sagte er und streckte ihr eine Hand von der Größe eines Tennisrackets hin. «Ich bin Eliot Massinger, aber das wissen Sie vermutlich schon.»

Eve fand ihn ziemlich attraktiv, gedachte es sich aber auf keinen Fall anmerken zu lassen.

«Eve Merlini», sagte sie und drückte ihm, ohne ihn groß anzugucken, kurz die Hand, während Ballard die Limousine durchs Flughafentor steuerte. «Was ist das da? Ihr Fan-Club?»

Als die Demonstranten den langen, schwarzen Wagen sahen, drängten sie sich an den beiden Beamten vorbei und stürmten zornig brüllend auf die Limousine zu; ein Ei knallte an die Seitenscheibe, und dann hämmerte ein Protestschild aufs Wagendach, doch zuvor hatten es Massingers scharfe Augen noch entziffert.

«Die Reichen *sind* anders. Sie haben kein Gewissen», las er ab.

«Ich schätze mal, sie brauchen keins», sagte Eve. «Nicht, solange sie Platin-Kreditkarten und gepanzerte Autos haben.»

«Ach, das ist doch alles Quatsch», sagte er, während die Limousine beschleunigte und dem lärmenden Haufen in Richtung Alamogordo entfloh. Doch Eve merkte, dass ihn ihre Bemerkung amüsierte.

«Wie? Sie glauben nicht, dass Sie ein ganz klein wenig anders sind, Mr. Massinger?»

«Nein, ich wollte sagen –»

«Ich weiß, was Sie sagen wollten. Ich wollte Sie nur necken. Tut mir Leid. Und es tut mir auch Leid, dass Sie so unfreundlich empfangen wurden. Fiona wird außer sich sein, dass so etwas passieren konnte und auch noch ausgerechnet Ihnen.»

Massingers Augen verengten sich, als er den Hauch von Sarkasmus bemerkte, der in ihrem Atem lag wie Knoblauchgeruch. Er grinste gutmütig. «Hat Sie Ihnen irgendwas über mich erzählt?»

«Nur, dass ich Sie behandeln soll wie einen hungrigen Wolf», sagte sie und lächelte zurück. Komisch, dachte sie, wie sich ihre Befangenheit ihm gegenüber in eine Serie cool vorgebrachter Beleidigungen übersetzte. Nicht, dass sie Angst vor irgendwelchen Annäherungsversuchen hatte. Damit wurde sie schon fertig. Aber was sagte man zu einem Mann, dem man in nicht mal mehr achtundvierzig Stunden eine Pistole an den Kopf zu setzen gedachte? Ihr Smalltalk fühlte sich an, als gehörte er auf einen Objektträger, unter ein Mikroskop.

«Da hat sie allerdings Recht. Und nach dem, was letztes Jahr war, sollte ich mich wohl bei ihr entschuldigen. Ich war wohl ein bisschen betrunken, und, na ja, Sie wissen ja, wie es zu so was kommt.»

«Erzählen Sie.»

«Na ja, Fiona ist sehr attraktiv. Ein wunderbarer Mensch. Eine fantastische Assistentin. Soll ich noch dies tun? Soll ich noch das tun? Ist alles in Ordnung? Sie müssten doch wissen, wie sie ist. Sie ist die Sorte Frau, die jedem Bedürfnis zuvorkommt.»

«Nur dem einen nicht.»

Massinger gluckste vergnügt. «War dumm von mir, ich weiß. Ich habe wohl einfach die Signale missdeutet.»

«Für einen F15-Piloten könnte das gefährlich sein», sagte

sie. «Fast so gefährlich, wie ohne Bodyguard zu reisen», setzte sie hinzu. «Es wundert mich, dass Sie ganz allein unterwegs sind.»

«Glauben Sie mir, es ist nicht sehr wahrscheinlich, in einer F15 gekidnappt zu werden. Außer man ist irgendwo über dem Irak. Das ist einer der Gründe, warum ich das Ding fliege. Das und die Tatsache, dass ich einer der besten Piloten bin, die ich kenne. Außerdem stellt Cal Wallenberg bei seinen Meetings hier immer jede Menge Security. Ich meine, Ihr Freund da vorn passt doch auf mich auf.» Er zeigte auf Ballards Osterinselstatuenhinterkopf. «Und Sie sind ja auch noch da.»

«Ich kümmere mich um das innere Wohl der Leute, nicht um das äußere. Ich bin die Köchin.»

«Wunderbar. Dann können Sie mir ja sagen, was es zum Lunch gibt. Ich bin am Verhungern.»

Die Limousine bog von der Flughafenstraße auf die Nordspur des Highway 54 ab. Für jemanden, der Cloudcroft noch nie gesehen hatte, war diese erste Bekanntschaft mit der Gegend nicht sonderlich ermutigend. Alamogordo ist eine Hochburg des ungezügelten Junk-Kommerzes, eine nicht enden wollende Aneinanderreihung von Tankstellen, Möbel-Discounts, staubigen Motels, exotischen Kirchen, Mietwagenagenturen, Fastfood-Restaurants, Automatenläden, Kreditbüros, Mini-Markets und Shopping-Malls, und diese scheinbar endlose Parade von niedrigen Betonbauten und schmutzigen Neonreklamen wirkt dadurch noch schäbiger und spießiger, dass sie in eine der grandiosesten Landschaften der USA eingebettet ist. Rings um diese provisorisch wirkenden, bonbonfarbenen Bauten erheben sich Berge von solcher Imposanz, dass sie in jedem anderen Land heilig wären. Alamogordo ist schon qua Existenz eine städteplanerische Verirrung, etwa so, als fände man ein McDonald's neben dem Taj Mahal oder einen Wal Mart im Amun-Ra-Tempel von Karnak.

Hinter Alamogordo bog der Wagen rechts ab und steuerte

auf die Berge zu. Schon nach ein, zwei Meilen war die Stadt fast spurlos verschwunden, und sie folgten einem immer steiler und kurviger werdenden Bergsträßchen, bis schließlich, nach einem Felstunnel, die unschöne Erinnerung jäh dadurch ausgelöscht wurde, dass sich der Blick auf das Tularosa-Tal auftat, das für Eves kinogeschulte Augen wie die Kulisse eines John-Ford-Films aussah. Es fehlten nur ein paar Tafelberge und die Rauchzeichen eines indianischen Fährtenlesers.

«Sie sehen gar nicht wie eine Köchin aus», bemerkte Massinger.

«Wie hat denn eine Köchin auszusehen?»

«Keine Ahnung. Dick, würde ich sagen. Verbrennungen an den Armen. Schlechte Haut. Ich wette, Sie waren nicht immer schon Köchin. Wenn ich mal davon ausgehe, dass Sie überhaupt eine sind und kein weiblicher Bodyguard. Ich hatte schon weibliche Bodyguards, wissen Sie?»

«Das glaube ich wohl», sagte Eve trocken und rang um Gelassenheit angesichts dieses – ja, was war es? Misstrauen? Ein weiterer Annäherungsversuch? Was?

«Ist heutzutage nichts Ungewöhnliches. Und schließlich sind Sie ziemlich gut in Form.»

Sie zeigte ihm eine Verbrennung vom Backofen an ihrem linken Unterarm, dann noch eine am rechten. «Vielleicht muss ich ja was für meine Form tun, bei all den leckeren Sachen, die ich esse.»

Massinger schüttelte den Kopf. «Nein, es ist noch was anderes. Sie haben so was Sehniges, Zähes.»

«Glauben Sie mir, Köchinnen müssen ganz schön zäh sein.»

Er tippte sich an den Schädel. «Nein, es ist was anderes. Hier oben.»

Eve versuchte, gelassen zu gucken. Wenn Massinger bei ihr schon fand, dass sie nicht wie eine Köchin wirkte, was würde er dann von Bill King, Samantha Heinichen und den anderen halten? Sie fragte sich, ob noch mehr von Wallenbergs Gästen so scharfblickend waren. Sie war bis jetzt noch gar nicht auf die Idee gekommen, dass er es vielleicht deshalb zum Selfmade-Millionär gebracht hatte, weil er ein höchst cleverer Bursche war. Also beschloss sie, um ihn abzuwimmeln, offen zu ihm zu sein – jedenfalls ein Stück weit.

«Ich mache Karate», sagte sie. «Vielleicht kommt es ja daher.»

«Wusste ich doch», sagte Massinger triumphierend. «Da kenne ich mich doch aus. Ist ja toll. Also, ich bin *Shodan* – Schwarzgurt, erster Dan. Vielleicht sollten wir mal in Cals Sporthalle zusammen trainieren, während ich hier bin.»

«Das wird nicht gehen, weil ich in der Küche zu tun habe. Ich kann mir nicht denken, dass ich hier viel Freizeit haben werde.»

«Quatsch. Zeit, ein paar *Kata* zu trainieren, hat man immer. Außerdem bin ich aus der Übung. Sie würden mich vermutlich besiegen.»

Kein sonderlich überzeugender Bluff, dachte sie: Massinger verstrahlte aus jeder Pore Gesundheit und Fitness. Die Zähne im wohlgebräunten, glatten Gesicht leuchteten wie Halogen, die Fingernägel glänzten wie poliertes Schildpatt und selbst die Haare auf der muskulösen Brust, die der Reißverschluss seines Fliegeranzugs entblößte, schienen sorgsam gepflegt, und wenn ihr das nicht plötzlich als eine so unbedeutende Summe erschienen wäre, hätte sie sich wohl gesagt, dass er aussah wie eine Million Dollar. Massinger musste mindestens fünfzig sein, hätte aber für wesentlich jünger durchgehen können. Eve dachte, ein Bild auf dem Dachboden zu haben wie Dorian Gray war eine Sache, sechsunddreißig Milliarden Dollar zu besitzen eine ganz andere.

Sie fühlte, wie ihre Ohren knackten, als sie sich dem winzigen Dörfchen Cloudcroft näherten, und fragte sich, ob das nur an der Höhe lag oder ebenfalls an ihm.

Eine Goldmine und ein Freudenhaus hätten in dem Westernkulissen-Örtchen nicht weiter deplatziert gewirkt. Mit Ausnahme der Nivison-Bibliothek und der Schule waren die Häuser vorwiegend aus Holz; es gab sogar einen Boardwalk, und abgesehen von den allgegenwärtigen Geländewagen und vielleicht noch dem Fehlen eines Korrals und eines Mietstalls, schien die Hauptstraße Eve der perfekte Ort für einen Showdown zwischen zwei Revolverhelden.

Im Winter wimmelte es hier von Skilangläufern, und im Ort gab es mehrere kleine Hotels; das beste war die Lodge. Hier waren das zusätzliche Sicherheitspersonal und das Top-Table-Team untergebracht. Bis auf Eve. Auf Bob Clarencos Vorschlag hin hatte Wallenberg sie im Dienstbotentrakt des Hauses einquartiert. Wobei für Eve an diesen Räumlichkeiten – sie hatte ein Schlafzimmer, ein Bad, einen Salon und eine Kitchenette – überhaupt nichts Minderwertiges war. Im Gegenteil, ihr erschienen sie besser als das düstere Schuhschachtelapartment, das sie und Brad in New York bewohnt hatten und das er jetzt mit Lorraine teilte. War er glücklich mit ihr? War sie seine blöden Zaubertricks schon leid? Eve hoffte es.

Mitten im Ort bog Ballard rechts ab und fuhr zum Wald hinauf. Am Ende eines langen Waldsträßchens öffnete sich ein elektronisches Tor in dem Fünf-Meter-Zaun um Wallenbergs Grundstück geräuschlos vor dem Lincoln, den Ballard daraufhin vorsichtig ins Gesichtsfeld einer Überwachungskamera kriechen ließ, um auf den Durchlass durch ein zweites, noch höheres Tor in einem Elektrozaun zu warten. Näher beim Haus waren die Sicherheitsvorrichtungen, die von einem topmodernen Kontrollzentrum im Westflügel aus gesteuert wurden, so gut wie unsichtbar, aber beim Passieren der beiden Tore kam Eve sich vor wie Dorothy, die in das Schloss des Zauberers von Oz zu gelangen versucht.

«Pass dabei?», witzelte Massinger, als läge es ihm völlig fern, in seinem pseudo-japanischen Acht-Millionen-Dollar-Haus im exklusiven San Franciscoer Vorort Hillsborough ein Dutzend

Sicherheitsleute zu beschäftigen und eine geladene Glock Automatic in seiner ledernen Reisetasche mit sich herumzutragen.

BIS AUF George Shapira, der nach seiner nunmehr durch die Medien gehenden Flucht aus Malaysia noch im Flieger aus Singapur saß, waren bis sechzehn Uhr an diesem Freitagnachmittag sämtliche Millionärsgäste in Cloudcroft eingetroffen. Sechs Frühankömmlinge – Rupert Sterne, Scott Jordan, Errol Laurenson, Nash Paine, Jimmy Gatz und Tom Lieberman – gingen direkt auf den Golfplatz und schafften es, noch vor dem Tee um siebzehn Uhr alle achtzehn Löcher zu spielen. Andere – Jim Hysek, Eliot Massinger, Rudolph Miller, Ford Sarmenington und Don Volovsky – verbrachten den Nachmittag mit Cal Wallenberg im Weinkeller, wo sie Zigarren rauchten und ein paar erlesene Weine – vor allem Zinfandels und Cabernet Sauvignons – kosteten, die von Wallenbergs Weingut im Tularosa Valley, etwa fünfzehn Meilen nördlich von Alamogordo, stammten. Steve Vassall Fox und Gurmit Mehta spielten drei Sätze Tennis und gingen dann in das römisch inspirierte Dampfbad, das eine ganze Steinbruchausbeute an weißem Marmor barg. Unterdessen lief in der riesigen Bibliothek zwischen John Beilby Porteus III, Henry Martin, Allan Scott und Bob Clarenco eine Bridge-Partie um Zehntausende von Dollars.

Joe Jacobson und Murray Drennan hingegen verbrachten einen weniger angenehmen Nachmittag, jeder in seiner Luxussuite, das Telefon am Ohr und gleichzeitig die Echtzeit-Indices, die in einem Band über den unteren Rand der Chicago-Board-Options-Exchange-Website glitten wie vergrößert dargestellte Erreger im menschlichen Blutkreislauf, genauestens im Blick.

Die CBOT war die größte Terminbörse der Welt, wo über einundfünfzig Prozent des US-Optionshandels und einundneunzig Prozent des gesamten Index-Optionshandels abgewickelt wurden.

Jacobson und Drennan, beide Hedge-Fonds-Manager, reagierten auf die Nachricht, dass vier große Investmentbanken – Saloman, Lehman, Morgan Stanley Dean Witter und Credit Suisse First Boston – für mehrere Millionen Dollar einwöchige Put-Optionen gekauft hatten, die faktisch Wetten darauf darstellten, dass der S&P 100 Index, Eurodollar, Bonds und einzelne Aktien allesamt fallen würden. So viel bärische Aktivität gegen den ersten zaghaften Bull-Run seit der World-Center-Depression 2001, der jetzt schon zwei, drei Monate anhielt, war den meisten Analysten unerklärlich, und unter Tradern herrschte, wie Jacobson und Drennan berichtet wurde, die Ansicht, dass das nicht mehr war als eine «irrationale Schwankung» und der Markt bis zum Montag wieder zur Ruhe gekommen sein würde. Wenn nicht, drohten den Hedge-Fonds, die die beiden Männer managten, Verluste in zweistelliger Millionenhöhe.

Versuche der beiden Hedge-Fonds-Manager, die Gründe für diesen plötzlichen Bärenmarkt – noch dazu solchen Ausmaßes – in Erfahrung zu bringen, schlugen fehl. Maulwürfe und Insider bei den vier verantwortlichen Banken berichteten lediglich, dass das «Give-up» bei Goldman Sachs sei. Was hieß, dass Goldman die Zahlung der Optionsprämien abwickelte, und eventuell darauf hindeutete, dass nur ein einziger Kunde der Bank gegen den Trend spekulierte. Aber wer?

Als Chicago geschlossen hatte und Jacobson und Drennan endlich zu den übrigen formell gekleideten Gästen in der prächtigen Bibliothek stoßen konnten, um vor dem Essen noch einen Drink zu nehmen, steckten die beiden vor dem palladianischen George-III-Kamin die Köpfe zusammen, um die Situation zu erörtern.

Der gut aussehende sechzigjährige Drennan, der verblüffende Ähnlichkeit mit dem Schauspieler Anthony Quinn hatte, war Anfang der achtziger Jahre eng mit Michael Milken und Ivan Boesky befreundet gewesen, und hie und da wurde gemunkelt, er sei nur knapp der gerichtlichen Verfolgung wegen Wertpapierbetrugs und Insider-Geschäften entgangen, als seine beiden Arbitrageurskollegen ins Gefängnis gewandert waren. Jacobson war älter als Drennan, sah aber trotz seiner Glatze jünger aus. Der leidenschaftliche Zigarrenraucher und begeisterte Golfer war einst George Shapiras Geschäftspartner gewesen, misstraute ihm jetzt aber zutiefst, und so war der immer noch abwesende Shapira für Jacobson der wahrscheinlichste Urheber des jähen Bärenmarkts in Chicago.

«Warum ist das Schlitzohr nicht hier?», fragte Jacobson Drennan. «Das muss man sich doch fragen. Er wusste ja, dass wir hier sind. Und wenn Sie mich fragen, hat er das Ganze extra für dieses Wochenende geplant, weil klar war, dass wir da nicht im Büro sein würden. Ich sag's Ihnen ganz offen, Murray, ich hatte einen beschissenen Nachmittag, wo ich doch eigentlich golfen wollte.»

Drennan, der nicht so überzeugt war, dass Shapira hinter der Sache steckte, rieb sich nachdenklich das Kinn. «Mal langsam, Joe», sagte er leise, ein Auge auf Wallenberg, der ebenso wie Fiona zwischen den Gästen umherwanderte. «Wir wissen doch, warum George nicht hier ist. Die Malaysier haben ihn verhaftet. Ihm Geld abpressen wollen. Das heißt für mich, dass wir in Zukunft vorsichtiger sein müssen, wo wir hingehen. Schon schlimm genug, dass einen diese Globalisierungsgegner Spießruten laufen lassen, so wie heute Nachmittag am Flughafen, auch ohne dass man noch dazu hinterhältige juristische Machenschaften fürchten muss. Die Malaysier haben gesagt, auf die Idee hat sie die Geschichte mit General Pinochet gebracht. Wissen Sie noch? Die Briten haben Pinochet über ein Jahr in Gewahrsam gehalten, während sie ein spanisches Auslieferungsersuchen prüften. Ich weiß nicht, was gewisse asiatische oder auch osteuropäische Länder davon abhalten sollte, es mit dem gleichen Trick zu versuchen. Ich glaube, George kann von Glück sagen, dass er auf diese Weise davongekommen ist. Der

Nächste von uns, und das könnten Sie oder ich sein, hat vielleicht nicht so viel Glück.»

«Finden Sie nicht, dass er vielleicht ein bisschen zu viel Glück gehabt hat? Kommt es Ihnen nicht auch ein bisschen seltsam vor, dass er den malaysischen Behörden so einfach entwischt ist? Doch selbst wenn es stimmt, heißt das noch nicht, dass er diesen kleinen Coup nicht schon länger geplant haben kann.»

«Aber seit dieser LTCM-Sache hasst Shapira doch Goldman Sachs. Und warum sollte er den Markt kippen wollen?»

«Vielleicht weiß er ja etwas, was wir nicht wissen.»

«Was denn?»

«Keine Ahnung.»

Murray Drennan sah sich wieder nach Wallenberg um: Er sprach gerade mit Errol Laurenson und lachte, als hätte er keinerlei Sorgen. Dabei würde er durch einen Bärenmarkt doch genauso viel Geld verlieren wie jeder im Raum. Oder etwa nicht?

«Ich würde eher auf Wallenberg tippen», sagte Drennan.

«Cal?»

«Wer könnte eher gegen den Trend spekulieren als er? Niemand kennt doch so viele Leute im Finanzministerium wie Cal Wallenberg. Vielleicht hat er ja etwas erfahren. Und redet Cal nicht immer schon die New Economy schlecht? Wer spricht denn immer von ‹Zwanziger-Jahre-Phantasien› und solchen Sachen? Er war doch immer schon bearish. Sogar in den Neunzigern, als der Bullenmarkt gar nicht mehr zu bremsen war, hat er Vorsicht gepredigt wie ein Polizeifeuerwerker. Wenn Sie meinen, jemand könnte unsere kleine Landpartie für irgendeinen finanziellen Coup nutzen, dann würde ich sagen, Wallenberg ist da ein viel plausiblerer Kandidat als George Shapira. Das Wochenende hier war doch Cals Idee, oder nicht? Und das Ganze wäre doch genau die Sorte Streich, die ihn amüsieren würde. Überlegen Sie doch mal, Joe. Er lädt uns alle hierher ein, tut alles, damit wir uns wohl fühlen, und versucht gleichzeitig, den Markt gegen uns zu drehen.»

«Ich sage ja nicht, dass Sie falsch liegen», räumte Jacobson ein. «Wenn Sie Recht haben, dann hat dieser Kerl einen teuflischen Humor. Aber ich hatte immer das Gefühl, dass Cal sich mehr für Macht interessiert als für Geld.»

«Macht und Geld? Das sind doch zwei Zitzen am Bauch derselben Sau, Joe. Nein, Cal will die Leute nur glauben machen, dass ihm Geld nichts bedeutet. Wissen Sie, jedes Jahr sagt er mir das Gleiche: dass er dieses Wochenende hier veranstaltet, damit er ein paar Leute findet, die bereit sind, es auf dem Golfplatz mit ihm aufzunehmen. Aber das ist alles Quatsch. In Wahrheit hält er sich für Dolly Levi. Er ist ein Kuppler. Letztes Jahr? Die Zwanzig-Milliarden-Fusion von Chicago PSS und Minnesota Bruin? Die hat Wallenberg eingefädelt, als Nash Paine und Jim Hysek hier waren, lange bevor das Geschäft auch nur in den Dunstkreis seiner Bank kam. Zeit genug für den Kuppler, sich in die Verbindung einzukaufen und jede Menge Provision zu kassieren. Und jetzt ist er wieder dabei. Ich rieche doch, dass hier irgendein Deal in der Luft liegt.»

Jacobson zündete sich eine Cohiba an und hörte Murray Drennan geduldig zu. An dem, was er sagte, war nicht viel Neues, aber Jacobson hielt sich an den Grundsatz, dass man nicht viel erfuhr, wenn man viel redete. Es schien ihm allerdings klar, dass Murray Drennan Wallenberg nach seinen eigenen apolitischen Maßstäben beurteilte. Tatsächlich war Geld für Wallenberg nur ein Abfallprodukt seines Tuns. Allianzen, Einfluss, Übereinkünfte, Pakte, Ehrenschulden und moralische Verpflichtungen anderer – das war die Sorte Vermögen, an der Wallenberg am meisten lag, und darin erschien er Jacobson wie ein europäischer Staatsmann des neunzehnten Jahrhunderts, der ein diplomatisches Netz von Nichtangriffspakten und Bündnisverträgen knüpfte. Außerdem war sich Jacobson sicher, dass Wallenberg selbst irgendwelche politischen Ziele hatte, die er seinen Gästen irgendwann in naher Zukunft – vielleicht schon im Lauf dieses Wochenendes – offenbaren würde. Und es war doch unwahrscheinlich, dass Wallenberg gleichzeitig eine seismische Verschiebung an den Märkten herbeizuführen suchte.

«Ich habe jedenfalls beschlossen, schon am Sonntag nach New York zurückzufliegen.»

«Ich auch.»

Fonds-Management der Größenordnung, in der es Drennan und Jacobson betrieben, erforderte hundertprozentige Konzentration. Den Blick auch nur eine Sekunde vom Ball zu wenden war immer gefährlich.

AUCH DER letzte Gast war nun in Cloudcroft eingetroffen – soeben wurde George Shapira von Fiona in die stilvolle, mahagoniglänzende England-Suite geleitet – und ein Zauber schien sich über das Haus zu legen, ein Zauber von solcher Macht, dass es war, als wäre man Zeuge einer Kettenreaktion, ausgelöst durch eine kritische Masse an Einfluss, Privilegien, Wohlhabenheit, Macht und Geld, vor allem aber an Letzterem. Die besondere Physik von Männern, die es ganz nach oben geschafft hatten, strahlte aus jedem Teint und raschelte in jedem tadellos sitzenden Exempel exklusiver Savile-Row-Schneiderkunst. Es war schwer vorstellbar, welches Transmutationslabor diese Supermänner aus denselben Grundelementen geschaffen hatte, aus denen alle Menschen bestanden. Sie hatten wohlklingende Stimmen und wohlgeformte Gesichter, und jedes dieser Gesichter, jede glatte Stirn und jede sonnengebräunte, sorglose Miene trug das unverkennbare Mal großen Reichtums. Reichtum erfüllte die Luft von Cloudcroft. Reichtum sprach aus den weichen, schwielenlosen Händen, die aus seidenen Manschetten ragten und elegante viktorianische Champagnerflöten mit bestem Krug hielten. Reichtum glänzte auf jedem Satin-Smokingrevers, jeder goldenen Uhr, jedem Brillantmanschettenknopf und jedem handgenähten John-Lobb-Schuh. Reichtum duftete aus jedem Schwaden Kubazigarrenrauch, der zur Decke emporstieg wie einer von einem Dutzend Dschinns, die nur der Befehle ihrer Herren harrten. Reichtum materialisierte sich in jeder Burgunder- und jeder Bordeauxflasche, jedem Messer, jeder Gabel und jedem Teller. Reichtum ließ die Muskeln spielen, zuckte mit den unbeschwerten Schultern, warf das parfümierte Haupt in den Nacken, öffnete den gierigen Mund und lachte sein Lachen, das so satt dröhnte wie ein teurer Wagen. Reichtum leckte sich die glatten, gepflegten Lippen und freute sich auf ein gutes Essen in einem Esszimmer, das den einen oder anderen Diktator vor Neid hätte erblassen lassen.

Das Esszimmer war einer der beeindruckendsten Räume von Cloudcroft und schien aus dem Palast eines mexikanischen Kaisers hierher versetzt. Auf den Kalksteinfliesen standen zwei lange Refektoriumstische. Der eine war für dreiundzwanzig Personen gedeckt, obwohl auch dreißig problemlos daran Platz gefunden hätten, der andere, der zum Anrichten diente, stand an einer riesigen Wand mit einem Fresko von Diego Rivera.

George Shapira begab sich als Letzter an seinen Platz in dem Kreuzworträtsel aus schwarzen Jacken und weißen Hemden. Man begrüßte ihn mit anhaltendem Applaus, den er mit einem breiten, verlegenen Grinsen und einem Siegeszeichen à la Churchill entgegennahm. Er sagte: «Am Flughafen war so ein Jüngelchen mit einem Schild, ‹Die Reichen sind anders›, und ich dachte, du hast ja so Recht. Statt unten zu sein und getreten zu werden, ist man oben, wo auf einen geschossen wird.»

Er tat Eve Leid. Sie fand, er hatte ein gütiges Gesicht, das sie an ihren Großvater erinnerte, und es war ein Jammer, dass ihm so bald schon etwas Unangenehmes widerfahren würde.

Das Essen verlief aus Eves Sicht prima, wenn auch das Risotto für ihren Geschmack ein bisschen zu sehr *al dente* war. Ein gutes Risotto brauchte Zeit und jede Menge Luft: Ann hatte es einfach nicht genügend gerührt. Aber das Wichtigste war, dass ihre Leute das Dinner überstanden hatten, ohne dass Wallenberg oder einem seiner Gäste ihre Unerfahrenheit aufgefallen war. Das entnahm sie, als sie ein letztes Mal ins Esszimmer ging, dem stummen Nicken Bob Clarencos, der immer noch an dem riesigen Esstisch saß, in der Hand eine Zigarre und vor sich einen Schwenker mit altem Cognac. Und das bestätigte auch Eliot Massinger, der Eves Blick auffing und lächelnd ein Glas Sauternes in ihre Richtung erhob, als wollte er einen Toast auf ihr kulinarisches Können ausbringen. Wallenberg, der sich erhoben hatte und mit einem Teelöffel an ein Glas schlug, als wollte er eine Rede halten, beachtete sie gar nicht, und nachdem sie sich vergewissert hatte, dass alles zur allseitigen Zufriedenheit verlaufen war, zog sie sich gleich wieder zurück, total erschöpft von der ganzen Anstrengung. Dreiundzwanzig Personen waren nichts im Vergleich zu den fünfzig oder sechzig, die sie und Brad manchmal im Restaurant bewältigt hatten; was sie so fertig gemacht hatte, war das Adrenalin, das die Angst vor dem Bevorstehenden durch ihre Adern jagte. Sie wollte nur noch ins Bett fallen. Aber irgendetwas an Wallenbergs Worten hielt sie davon ab, die Tür hinter sich zuzumachen, und statt sofort wieder in die Küche hinunterzugehen, um zu prüfen, ob alles gespült und weggeräumt war, blieb sie stehen und horchte.

«Gentlemen», sagte Wallenberg, «wenn die Wahlen im Millenniumsjahr etwas bewiesen haben, dann nicht nur, dass das Volk unfähig ist, eine Entscheidung zu treffen, sondern auch, dass der demokratische Prozess selbst in diesem Land versagt hat. Wie sonst soll man es werten, wenn die Welt verwundert zusieht, wie die beiden politischen Rivalen und ihre Juristenteams die Sache vor Gericht ausfechten wie ein paar Schwachköpfe in *Judge Judy*? Deshalb sage ich heute Abend hier in dieser Runde: Die Demokratie in Amerika ist am Ende. Und sie ist es erst recht angesichts der Angriffe islamischer Fundamentalisten auf die Vereinigten Staaten. Aber die Demokratie hätte in diesem Land gar nie eingeführt werden sollen. Bevor Sie jetzt ‹John Birch› schreien, lassen Sie mich genau erklären, wie ich das meine.

Es wird allgemein davon ausgegangen, dass der Unabhängigkeitskrieg gegen die Diktatur der britischen Kolonialherren von freiheitlich und demokratisch gesinnten Männern geführt wurde. Das entspricht jedoch keineswegs der Wahrheit. Als sich sechs Jahre nach Cornwallis' Kapitulation die Gründer der amerikanischen Republik versammelten, um über die neue Verfassung zu beraten, waren sie der einhelligen Meinung, dass unter allen Staatsformen diejenige, die sie am entschiedensten vermeiden wollten, die Demokratie war.

George Washington mag es ja abgelehnt haben, der erste amerikanische König zu werden, aber deshalb wollte er noch lange nicht das gesamte Volk als Souverän sehen. Ja, Washington betrachtete die Demokratie, in der alle Macht vom Volk ausgeht, als, ich zitiere, ‹die schlechteste und gemeinste Staatsform› und als keinesfalls geeignet für die Gesellschaft, die ihm vorschwebte.

Washington wollte, dass die Leute zwar wählen können sollten, nicht aber den Präsidenten bestimmen. Folglich ersannen Madison und Hamilton ein System, das gewährleisten sollte, dass die letzte Entscheidung in den Händen einer Oligarchie, also einer herrschenden Gruppe, läge. Diese Gruppe sollte aus unabhängigen, tugendhaften und verdienten Männern bestehen, die kein öffentliches Amt innehatten und reich genug waren, um unbestechlich zu sein.

Jeder Staat sollte eine bestimmte Anzahl so genannter Wahlmänner erhalten, entsprechend der Zahl seiner Senatoren. Und dieses ‹Kollegium› von Wahlmännern sollte den Präsidenten auswählen, ohne politische Parteien und ohne bundesweiten Wahlkampf. Das Volk sollte für eine Partei stimmen können, aber den Präsidenten würden die Wahlmänner bestimmen. Ja, sie sollten sogar, wenn sie es wollten, das Votum des Volkes ignorieren und den Mann wählen können, der ihrer Meinung nach der geeignetste für diesen Job war.

Es ist aber nicht so gekommen, und heute ist nichts mehr übrig vom eigentlichen Zweck des Wahlmännerkollegiums, der da war, dass sich das Amt den Mann suchen sollte und nicht der Mann das Amt. Ergo, könnte man sagen, kriegen wir immer den Präsidenten, den wir verdienen, und nie den Präsidenten, den wir brauchen.

Warum erteile ich Ihnen hier eine Geschichtslektion? Weil ich inzwischen der festen Überzeugung bin, dass die Männer hier in diesem Raum und noch ein paar weitere dort draußen, die heute nicht hier sein können, eine neue Oligarchie im Platon'schen Sinne darstellen. Unser Reichtum, der Einfluss, den wir ausüben, die Unternehmen, die wir kontrollieren, die Menschen, die wir beschäftigen, das alles macht uns unbestreitbar zu einer solchen. Erwarten Sie nicht, dass die Parteien Politik machen. Heute machen die Märkte die Politik. Und wir dominieren die Märkte.

Sie wissen ja, wie es war: Sobald sich Angehörige einer bestimmten Gruppe der Tatsache bewusst wurden, dass sie kraft ihrer Arbeit eine gewisse kollektive Macht ausüben konnten, organisierten sie sich. Nun schlage ich natürlich in keiner Weise vor, dass wir eine Milliardärsgewerkschaft gründen sollen. Aber ich schlage sehr wohl vor, dass wir uns organisieren sollen. Dass wir ein inoffizielles Wahlmännergremium bilden sollten, von der Art, wie es Hamilton, Madison und selbst George Washington vorschwebte. Und daran, Gentlemen, ist nichts Unamerikanisches.

Aber wie ich sehe, haben einige von Ihnen bereits Fragen, George Shapira?»

«Es gibt doch Gesetze gegen das, was Sie da vorschlagen, Cal. Kartelle und Monopole sind verboten. Herrgott, es könnte sogar unter Hochverrat fallen.»

«Wir besitzen doch die Juristen, George. Wir besitzen die

Meinungsmacher – die Zeitungen, die Fernsehsender. Wenn man das gesamte Geld hier in diesem Raum zusammenzählt, hat man das Bruttosozialprodukt eines mittelgroßen europäischen Landes. Italiens oder Griechenlands. Versuchen die Leute, ihr Land auf die Weise zu zerschlagen, wie sie es mit einigen unserer größeren Unternehmen versuchen? Teufel nochmal, nein. Länder haben eine Stimme im internationalen Zusammenhang, eine Armee. Sie haben echte Macht. Wir könnten genauso viel Macht haben. Vielleicht sogar mehr.

Sehen Sie sich doch an, was Ross Perot vor ein paar Jahren gemacht hat. Er hat verhindert, dass George Bush senior wieder gewählt wurde. Das konnte ein einzelner Mann erreichen. Damals war Ross dreieinhalb Milliarden Dollar schwer. Aber hier ist heute Abend etwa fünfzig bis sechzig Mal so viel Geld versammelt. Was könnten wir nicht erreichen, wenn wir beschließen würden, an einem Strang zu ziehen? Don, Sie sehen aus, als wollten Sie etwas sagen.»

Eve spähte durch den Ritz zwischen den Türangeln und sah einen adretten kleinen Mann, der aussah wie der Sänger Paul Simon, aufstehen. Der einzige Schwule hier in Cloudcroft, Don Volovsky, war ein skrupelloser Impresario, der seine Karriere in einer Agentur begonnen und dann 1980 Volo Records gegründet hatte. Nachdem er durch den Verkauf der Firma an CBS ein Vermögen gemacht hatte, stieg er bei Paramount Pictures ein, wo er ein höchst erfolgreicher Produzent war, ehe er dann 1990 sein gesamtes Geld in Internetaktien steckte – und so vorausschauend war, diese Aktien kurz vor dem NASDAQ-Crash im Jahr 2000 wieder zu verkaufen. Inzwischen hatte er, zusammen mit dem Produzenten Cary Davies und dem legendären Regisseur Charles Chappell, das CarCharoDon-Filmstudio gegründet.

«Zunächst mal», sagte er grinsend. «Bin ich der Einzige, dem das Ganze hier vorkommt wie die Szene aus *Der Pate*, wo sich die Oberhäupter der ganzen Familien treffen? Aber Scherz beiseite, wie sollten wir uns denn je organisieren? Viele von uns sind geschäftliche Konkurrenten. Errol und ich zum Beispiel. Ist nicht despektierlich gemeint, Errol, und ich hoffe, Sie verzeihen mir, dass ich Ihren Namen in diesem Zusammenhang nenne. Aber ich halte Errol für ein Arschloch. Und Errol mich umgekehrt auch.»

«Allerdings», sagte Laurenson.

«Da müsste schon was ziemlich Außergewöhnliches passieren, um uns beide so zusammenzubringen, wie Sie gesagt haben, Cal.»

«Kann man wohl sagen», brummte Laurenson nickend.

«Und wir sind da nicht die Einzigen. Joe und George mögen einander ungefähr so wie die Krätze.»

Jacobson und Shapira sahen sich an und versuchten, so zu tun, als seien sie über etwas so Vulgäres wie eine Fehde erhaben.

«Das gehört zu den Dingen, die wir hoffentlich miteinander bereden können», sagte Wallenberg. «Im Lauf des Wochenendes.»

«Aber was wollen Sie denn durch einen solchen Zusammenschluss erreichen?», fragte Shapira.

«Wie ich schon sagte», sagte Wallenberg geduldig. «Wenn wir den Präsidenten wählen würden, hätten wir vielleicht endlich mal einen, der eher für dieses Amt taugt.»

«Aber wie sollen wir das anstellen?», fragte Shapira weiter. «Läuft Ihr Vorschlag darauf hinaus, dass wir einfach allen Politikern unsere Meinung oktroyieren sollen?»

«Mein Vorschlag läuft darauf hinaus, dass wir einen Präsidenten aus unserer Mitte bestimmen sollten.»

«Sie zum Beispiel?», sagte Shapira.

«Nicht unbedingt. Im Gegenteil, wenn ich jemanden nominieren sollte, würde ich sagen, John Porteus hat alle Qualitäten, um einen guten Präsidenten abzugeben. Was meinen Sie, John?»

John Beilby Porteus III beugte sich vor und legte die Zigarre weg. Er hatte in letzter Zeit zu fast gar nichts eine Meinung, weil er ganz mit einem von der Bundesstaatsanwaltschaft angestrengten Prozess beschäftigt war, der seinen Software-Konzern White Sphinx zu zerschlagen drohte. Natürlich, überlegte er, stimmte etwas nicht mit einem Land, das bereit war, die Zerschlagung eines Unternehmens zu dulden, das einen seiner wichtigsten Exportartikel produzierte, und das alles nur um eines überholten sportsmännischen Konzepts von Business-Fairplay willen. Ziel von Konkurrenten war doch nicht die Erhaltung der Konkurrenz, sondern die Vormacht, und wenn man einen Konkurrenten in Flammen stehen sah, reichte man ihm keinen Feuerlöscher, sondern kippte ihm einen Eimer Benzin über den Kopf. Die Politiker hatten doch keine Ahnung, wie die moderne Geschäftswelt funktionierte. Also hatte Wallenberg vielleicht Recht: Vielleicht war es ja wirklich an der Zeit, etwas anderes zu probieren. Er sah kurz zu Errol Laurenson hinüber, sicher, dass er, Porteus, der Letzte war, den dieser auf dem Präsidentensessel sehen wollte – ausgenommen Don Volovsky. Volovsky war ein Tier. Dann sagte er:

«Danke, Cal. Ob ich einen guten Präsidenten abgeben würde, weiß ich nicht. Aber ich finde, Sie haben Recht. Es ist Zeit, dass wir jemanden wählen, der etwas von Geschäftsdingen versteht, jemanden, der zu reich ist, um krumme Sachen zu machen, und zu clever, um sich erwischen zu lassen. Jemanden, der eine Rede halten kann, ohne dass es klingt, als hätte er so was noch nie gemacht, und der seinen Schwanz in der Hose lassen kann, wenn eine Dame im Raum ist. Jemanden, dem klar ist, dass der Anschein, den die Dinge erwecken, beinahe so wichtig ist wie deren wahrer Stand …»

An diesem Punkt befand Eve, dass sie genug gehört hatte. Sie verließ ihren Horchposten hinter der Tür und ging wieder in die Küche. Zum ersten Mal, seit sie in Cloudcroft war, hatte sie das Gefühl, dass das, was passieren würde, doch irgendwie gerecht war. Zumindest kurzfristig betrachtet. Vielleicht würde es ja wirklich ganz gut tun, die Angst auf diesen glatten, wohlgenährten, selbstzufriedenen Gesichtern zu sehen. Es war eine Sache, Amerikas reichsten Unternehmern mit dem Tod zu drohen. Aber es war eine ganz andere Sache, eine Männerclique zu bedrohen, die das Für und Wider eines Verfassungsbruchs diskutierte.

In der Küche hatten Busiek und Bird die Spülmaschinen bestückt und waren jetzt gerade dabei, die Arbeitsflächen zu wischen. Die Hintertür war offen, und ein paar Leute standen draußen, um zu rauchen und nach der Hitze der Herde und Backöfen ein wenig frische, kühle Luft zu schnappen. Frische Luft, dachte Eve, war auch das, was sie jetzt brauchte, nach der Zigarrenraucherverschwörung dort oben. Sie ging nach draußen, sah zu den Sternen empor und streckte die erschöpften Glieder.

«Das ist ja mehr oder minder gut gelaufen», sagte sie. Zu erschöpft, um viel mehr von sich zu geben, entschuldigte sie sich und zog sich in ihr kleines Apartment zurück.

Sie goss sich ein Glas von Wallenbergs köstlichem Tularosa Valley Zinfandel ein – irgendwie brachte sie es nicht über sich, einen von den wirklich guten Weinen zu klauen – und ließ sich ein Bad ein. Sie war bereits nackt und wollte gerade in die Wanne steigen, als es plötzlich an ihrer Apartmenttür klopfte. Eve fluchte laut, drehte die Hähne zu und fuhr in einen Bademantel. Draußen stand Bob Clarenco und sah sich nervös um. Er trat rasch ein und schloss dic Tür hinter sich.

«Ich finde, es ist ziemlich gut gelaufen», sagte er. «Wallenberg hat nichts über das Essen gesagt, was ein gutes Zeichen ist. Und Laurenson hat was drüber gesagt, was ebenfalls gut ist.»

Eve nickte. «Ich habe mitgekriegt, was Wallenberg da gesagt hat», erklärte sie. «Von wegen der Übernahme der Regierungsgewalt.»

«Das haben Sie mitgekriegt?»

«Ich habe an der Tür gehorcht. Volovsky lag nicht ganz richtig. Es war nicht *Der Pate*, sondern eher einer von diesen Sechziger-Jahre-Schwarzweißfilmen, *Sieben Tage im Mai*.»

«Ich weiß. Ich habe mir im Geist Notizen für die Website gemacht. Aber machen Sie sich jetzt deswegen keine Gedanken. Ich bin auch nicht nur hier, um Ihnen Komplimente wegen Ihrer Kochkunst zu machen.»

«Weshalb dann?»

«Ist alles bereit?» Er strich sich das blonde Haar aus der Stirn, und ihr fiel auf, dass er heftig schwitzte.

«Ja. Bob, stimmt was nicht? Sie sind ja ganz schön am Schwitzen.»

«Zu viel getrunken, weiter nichts. Aber es ist etwas dazwischengekommen. Sehen Sie, ich habe nicht mit einem vorzeitigen Abwärtstrend am Markt gerechnet. Ein paar Gäste – Drennan, Jacobson, Shapira und Mehta – wollen früher abreisen. Gleich Sonntag früh. Ich möchte, dass wir das Ganze um vierundzwanzig Stunden vorziehen.»

«Morgen Abend?»

Clarenco nickte. «Sehen Sie da ein Problem?»

«Nein, mir fällt keins ein. Im Gegenteil, ich fände es sogar besser, es hinter uns zu bringen. Ich bin ziemlich mit den Nerven runter. Und fix und fertig von der ganzen Kocherei.»

Es klopfte an der Tür – leise, fast schon verstohlen.

«Erwarten Sie jemanden?», flüsterte Clarenco.

Eve schüttelte den Kopf und schob Clarenco ins Bad; sie sah sich prüfend im Zimmer um und ging dann aufmachen.

Es war Eliot Massinger, noch immer im Smoking und mit demselben Raubtiergrinsen wie im Wagen. «Störe ich bei irgendwas?», fragte er und linste über ihre Schulter. «Ich könnte schwören, dass ich Stimmen gehört habe.»

«Das war nur das Radio», sagte Eve. «Und jetzt wollte ich gerade baden.»

Massinger zog eine Flasche Cristal-Champagner und zwei Gläser hinter seinem Rücken hervor wie ein Zauberer ein Kaninchen aus dem Zylinder. Er zwängte sich an ihr vorbei in das kleine Wohnzimmer und sagte: «Prima. Ich gucke zu.»

«Den Teufel werden Sie», sagte Eve und versuchte vergebens, ihn wieder zur Tür zu schieben. «Hören Sie, Mr. Massinger, ich fühle mich sehr geschmeichelt. Wirklich. Aber ich bin seit sechs Uhr auf den Beinen und kann nicht mehr.»

Es stimmte. Sie fühlte sich geschmeichelt. Der einzige Mensch, der ihr seit Beacon Avancen gemacht hatte, war Clarenco, und das hatte nicht viel Schmeichelhaftes. Er hatte nur deshalb mit ihr geschlafen, weil sie – betrunken und nach den Monaten im Gefängnis etwas ausgehungert danach, sich von jemand anderem als einer anderen Frau begehrt zu fühlen – signalisiert hatte, dass sie es zulassen würde. Es hätte nicht passieren dürfen. Clarenco war zu egoistisch, zu sehr mit seinen eigenen Plänen beschäftigt, um ein aufmerksamer Liebhaber zu sein. Doch im Gegensatz zu Clarenco schien Massinger sie wirklich zu mögen. Und mehr noch, sie fand Massinger attraktiv. Sehr attraktiv. Seit der Rückfahrt von Alamogordo war er ständig in ihrem Hinterkopf. In jeder Situation, die nicht die bevorstehende Durchführung eines Verbrechens beinhaltet hätte – von dem Französische-Liebeskomödien-Versatzstück des Mannes im Bad ganz zu schweigen –, hätte sie es drauf ankommen lassen.

«Wenn es Ihnen nichts ausmacht, wäre ich jetzt lieber allein.»

«Oh, es macht mir aber was aus. Sehr viel sogar. Wissen Sie, ich treffe nicht oft Frauen wie Sie. Bei den meisten, denen ich nahe genug komme, um ihnen in die Augen zu gucken, sehe ich dort nur mein eigenes Spiegelbild, lauter kleine Dollarzeichen, wie im Comic. Aber Sie sind anders. Wenn ich Ihnen in die Augen gucke, sehe ich nur Sie.»

In der Annahme, ihn am ehesten abwimmeln zu können, indem sie ihn, wie früher im Restaurant den Weinhändler mit seiner Rechnung, auf später vertröstete, erklärte sie:

«Morgen Abend. Ich komme in Ihre Suite, so gegen Mitternacht.»

«Versprochen?»

«Versprochen.»

«Ich kann es kaum erwarten», sagte er.

«Aber ziehen Sie diesen Fliegeranzug an», sagte sie und schob ihn hinaus. «Der steht Ihnen besser.» Dann schloss sie die Tür und seufzte erleichtert.

«Wer war das?», fragte Clarenco, als er aus dem Bad kam.

«Eliot Massinger», sagte Eve, als wäre es ihr völlig gleichgültig. «Er ist scharf auf mich.»

Clarenco guckte säuerlich, und als sie spürte, dass er sie ermahnen wollte, fuhr sie fort:

«Ich weiß, ich weiß, aber ich kann doch nichts anderes tun, als ihn zu vertrösten. Und um Ihrer Frage zuvorzukommen, ich habe ihn in keiner Weise ermutigt. Letztes Jahr war es Fiona Lovatt, der er an die Wäsche wollte, dieses Jahr bin ich es. Er will nur seine Trefferquote halten, weiter nichts.»

«Wo waren wir?»

«Ich wollte gerade baden.»

Er pflückte sich ein paar Katzenhaare von der Smokinghose und seufzte. «Wenn es Ihnen nichts ausmacht, würde ich gern den Plan noch einmal durchgehen. Nur um sicherzustellen, dass jeder weiß, was er zu tun hat.»

«Klar, Bob. Wie Sie meinen.»

Eve lächelte stoisch, setzte sich neben Clarenco und zupfte ein paar weitere Katzenhaare von seinem Armani-Smoking, während er ihr missmutig die Kernpunkte des Plans darlegte. Sie begriff rasch, dass ihn ihr kriminelles Vorhaben unter Stress setzte.

«Bob», sagte sie schließlich, nahm seine Hand und drückte sie aufmunternd. «Ich will Ihnen sagen, was Sie meiner Meinung nach tun sollten. Spielen Sie morgen eine Runde Golf. Versuchen Sie sich abzulenken. Es ist ein guter Plan. Sie haben ein ausgezeichnetes Team zusammengestellt. Es wird schon alles klappen.»

Clarenco nickte. «Sie haben Recht», sagte er. «Ich mache mir zu viele Gedanken. Es ist nur so, dass alles, was ich habe, in diesem Unternehmen steckt. Wenn irgendwas schief geht, bin ich am Ende, Eve. Erledigt. Angeschissen.»

Als sie die Tür hinter ihm zumachte, war sie zu müde zum Baden. Stattdessen ging sie in die Küche, und als sie dort alles dunkel und verlassen fand, rief sie Bill King in der *Lodge* an und erklärte ihm, die Sache sei um vierundzwanzig Stunden vorgezogen worden, und er möge den Leuten sagen, sie sollten schon am Morgen auschecken. Dann fiel sie endlich ins Bett, knipste das Licht aus und seufzte tief. Ihr letzter Gedanke vor dem Einschlafen war, dass, wenn es schief ging, das Spiel aus war und sie und die anderen vermutlich tot sein würden. Angeschissener konnte man ja wohl kaum sein.

4. SAMSTAG

Eve fuhr mir dem Pfannenheber unter die Spiegeleier in der Kupferpfanne und löste sie vorsichtig von dem heißen Metall wie eine Riesenbriefmarke, die sie für ihren Lieblingsneffen aufheben wollte. Das gesamte Team war seit halb sechs auf, hatte die Zimmer in der Lodge schon einen Tag früher geräumt und machte jetzt seit sieben Uhr Frühstück für die Golfer, von denen die ersten vier bereits um acht Uhr an den Abschlag wollten. Es war ein herrlicher Morgen zum Golfen, und durchs Küchenfenster sah Eve auf einen der Mountain-Bluegrass-Fairways hinab, der noch von Morgentau glitzerte.

Gegen neun, als das letzte Frühstück längst bereitet war, ging Eve in das riesige Esszimmer, um abräumen zu helfen. Die letzten vier Golfer, darunter auch Eliot Massinger, waren gerade bei den letzten Schlucken Kaffee. Eve tat, als registrierte sie weder das Tischgespräch noch die Zwinkersignale, die Massingers Laseraugen in ihre Richtung entsandten, und begann, die viktorianischen Gläser, die Wallenberg für den Orangensaft benutzte, auf einem Silbertablett zusammenzustellen. Die sachte gegeneinander klirrenden Gläser klangen wie ein Glockenspiel, und die leisen, silberhellen Töne wirkten wie das Echo der moralischen Überlegungen, die am Tisch kollidierten.

«Ich habe beschlossen, den Vereinten Nationen eine Milliarde Dollar zu spenden», erklärte der Medien-Tycoon Jim Hysek. «Ich werde es an die Presse geben, sobald ich wieder in Atlanta bin.»

«Mir scheint, Sie versuchen nur, Schuldgefühle wegen Ihres Reichtums zu beschwichtigen», sagte Massinger. «Ich finde, Sie sollten Ihr Geld behalten. Wir wissen doch nicht, ob sich der Bärenmarkt wieder gibt. Da sollte man festhalten, was man hat. Sich wappnen. Wenn Sie etwas für Ihr seelisches Wohlbefinden tun möchten, dann gehen Sie zum Friseur oder in die Kirche oder geben Sie das Zigarrerauchen auf. Oder besser noch, investieren Sie in Ihr eigenes Unternehmen und schaffen Sie mehr Arbeitsplätze, damit es den Leuten besser geht.»

«Nein, Jim hat Recht», sagte Ford Sarmenington. «Ich denke auch schön länger darüber nach, der Gesellschaft etwas zurückzugeben. Was ist falsch daran, etwas zurückzugeben?»

«Herrgott, ich wollte, Leute wie Sie würden diesen Ausdruck nicht benutzen. Ich hasse ihn. Ich hasse ihn deshalb, weil er impliziert, dass wir der Gesellschaft irgendwann etwas weggenommen haben. Und das stimmt einfach nicht. Diese ganze Idee des Zurückgebens ist doch nichts als selbst auferlegter Marxismus. Freiwillige Umverteilung des Reichtums.»

«Aber Sie glauben doch wohl an Philanthropie, Eliot», wandte Sarmenington ein.

«Den Teufel tue ich. Wenn Sie mich fragen, ist Philanthropie das moderne Äquivalent zu den Ablassbriefen, die die Reichen einst von katholischen Priestern kauften, um ihre Schuld gutzumachen. Man erwarb einen Ablassbrief und musste dann ein paar hundert Jahre weniger im Fegefeuer schmoren.»

«Ich für mein Teil spende gern Geld», gestand Don Volovsky. «Aber ich mache mir keine Illusionen, warum ich es tue. Es ist ein reines PR-Ding. Wenn die Leute sehen, wie ich der Aids-Forschung eine Million Dollar spende, halten sie mich vielleicht doch nicht für einen ganz so miesen, kleinen Scheißkerl.»

«Also, das bezweifle ich sehr», sagte Massinger lachend. «Ich sage ja nur, dass man sein überschüssiges Geld besser in den Bau von Fabriken stecken sollte als in irgendwelche wohltätigen Projekte. Eine Fabrik ist die beste Form der Wohltätigkeit, die ich kenne. Es ist die einzige Form der Wohltätigkeit, die dauerhaft etwas bringt. Wenn Sie etwas für die Dritte Welt tun möchten, dann bauen Sie eine Fabrik in einem Land, wo man Fabriken braucht. Wo die Leute Arbeitsplätze brauchen. Südamerika. Südafrika. Indien. Geben Sie einem Mann einen Arbeitsplatz, und Sie geben ihm Selbstachtung. Das leisten die Vereinten Nationen nicht.»

«Erzählen Sie das mal Jimmy Glatz», sagte Volovsky. «Der hat eine Fabrik in Kolumbien gebaut, um seine Sportartikel-, Schuh- und Kleidungsproduktion dorthin zu verlagern, und jetzt werden seine Läden von den Anti-Sweatshop-Gruppen boykottiert. Seine Schaufenster müssen immer als Erste dran glauben, wenn irgendwo Rabatz ist, so wie in Genua. Dem armen Kerl blieb nur der jämmerliche Versuch, sein Image aufzupolieren, indem er als Gast bei Frasier auftrat. Er ist da auch sehr sensibel. Er glaubt wirklich, dass es die Medien auf ihn abgesehen haben.»

«Hat Cal nicht gesagt, die Medien gehören uns?», bemerkte Sarmenington.

«Ebendeshalb haben es die Medien ja auf ihn abgesehen», sagte Massinger schmunzelnd.

Eve nahm ihr Gläsertablett und ging in die Küche. Ihr Abgang schien die letzten vier Golfer zu animieren, ebenfalls zur Tat zu schreiten, und ein, zwei Minuten später sah Eve die Golf-Carts den Weg zum ersten Tee hinunterschnurren wie zwei entflohene Küchengeräte.

Bill King und Ann Choy waren bereits bei der Zubereitung des Mittagessens. Andrej Busiek und Clayton Bird putzten Gemüse. Andy Hogarth war im Keller damit beschäftigt, Wein auszuwählen und zu dekantieren. Und da Eve beim Frühstückmachen den Löwenanteil geleistet hatte, beschloss sie, sich Nick Pennac und Doug Powers für einen kurzen Spaziergang anzuschließen.

Nach dem Rivera-Wandbild im Esszimmer gefiel Eve hier

in Cloudcroft der Garten am besten, und sooft sie die Rasenflächen, die hohen Zypressen und die Nelkenbeete entlang der Wege auch sah, staunte sie doch jedes Mal wieder, dass das hier ein Garten in New Mexico war und nicht im Vatikan oder in der Alhambra. Eve und die beiden Männer waren noch nicht sehr weit gekommen, als sie bei einer Baumgruppe einen Mann Kunstschnee auf dem Boden verteilen sahen, während ein zweiter, an einen Stapel Schlitten gelehnt, geduldig zusah. Ein Stück weiter stand eine hoch gewachsene, gut aussehende, bebrillte Frau in Jeans und einer abgewetzten Strickjacke und verfolgte das Ganze mit kritischem Blick. Ihr Gesicht war robust, aber blass, und ihr langes, ungekämmtes Haar vermittelte den Eindruck, dass sie nicht viel Zeit für Schönheitspflege hatte. Eve, die eine begeisterte Frauenzeitschriftenleserin war, fühlte, wie ihr Herz schneller schlug, als sie in der Frau Cadence Kiam, die Fotografin von Vanity Fair, erkannte.

«Das schauen wir uns mal genauer an», sagte Eve und ging auf Cadence Kiam und deren Assistenten zu.

Aus der Nähe verstand sie plötzlich das fotografische Konzept, das da umgesetzt wurde, und Nick Pennac ging ebenfalls ein Licht auf.

«Ach, jetzt kapier ich's», sagte er nickend. «Gute Idee eigentlich.»

«Stört Sie's, wenn wir ein bisschen zugucken?», fragte Eve Cadence Kiam, die eine überdimensionale, schwer aussehende Nikon hielt.

Kiam drehte sich um und sah Eve und deren Begleiter an. «Nicht im Geringsten», sagte sie, als sei es ihr erst mit Verspätung eingefallen.

«Auf jeden Schlitten ist das Wort ‹Rosebud› aufgemalt», erklärte Pennac gerade Powers. «So hieß der Schlitten von Charles Foster Kane in dem Film *Citizen Kane*. Mit Orson Welles. Größter Film aller Zeiten. Der Schlitten ist der Schlüssel zu allem.»

«Arbeiten Sie für Mr. Wallenberg?», fragte Kiam Eve.

«Gewissermaßen. Ich führe die Catering-Firma. Die Jungs hier arbeiten bei mir. Als Kellner. Werden Sie auch mit zu Mittag essen? Oder zu Abend?» Hinter ihrer scheinbaren Freundlichkeit verbarg sich die Absicht herauszubekommen, ob Kiam und ihre beiden Assistenten von dem, was jetzt bald geschehen würde, auch betroffen sein würden.

«Danke, aber ich glaube, wir sind zu beschäftigt mit Aufbauen, um zu Mittag zu essen. Und nach dem Shooting fahren die Jungs wieder runter in ihr Hotel. Aber ich bleibe noch zum Abendessen. Ich hoffe, dass ich ein paar informelle Aufnahmen machen kann.»

Pennac erklärte immer noch Powers den Film. «Der Schlitten ist so eine Art Allegorie oder erweiterte Metapher», sagte er. «Auf einer Ebene ist er buchstäblich ein Vehikel, um die Story vorwärts zu bringen. Wer ist Rosebud? Da ist dieser Journalist, der glaubt, wenn er das rauskriegt, wird er vielleicht kapieren, wer dieser Kane wirklich ist. Auf einer anderen Ebene ist der Schlitten das Symbol der entschwundenen Jugend, der verlorenen Unschuld. Kane macht nämlich einen Haufen Geld, wird so was wie ein Milliardär, okay? Und er wird korrupt. Es ist, als ob sein Schlitten nicht mehr fährt. Als ob er total vergessen wird. Und am Ende wird er in ein Feuer geworfen, das wie das Höllenfeuer aussieht. Weil dort wohl Charlie Kane selbst landen wird. Wie all diese reichen Kerle, schätz ich mal.»

Powers guckte eher verständnislos, aber Cadence Kiam lächelte. «Hey, Sie wissen ja mehr über diesen Shoot als ich.»

«Ich hab mal einen Kurs in Drehbuchschreiben gemacht», erklärte er. «Hey, womit fotografieren Sie da? Digital?»

Kiam nickte. «Wir wollen im Labor noch eine Glaskugel hinzufügen, damit das Ganze so aussieht wie diese Glaskugelszene am Ende des Films», sagte sie.

Pennac nickte. «Tolle Idee.»

Eve und die beiden Männer gingen zum Haus zurück.

«Das Foto, das sie machen wird, könnten wir doch benutzen», schlug Pennac vor. «Das Milliardärsteamfoto.»

«Sie meinen, für die Website?», fragte Eve.

«Warum nicht? Wär doch ein Jammer, ein Foto von Cadence Kiam nicht zu benutzen. Und bei dem da erst recht. Klingt doch, als würd's ein Wahnsinnsfoto. Die Medien werden begeistert sein.»

«Gute Idee.»

Der Personalspeiseraum war ein großes, fensterloses Gelass im Souterrain, neben der Küche. Die zehn Zentimeter dicke, massive Eichentür ließ sich von außen abschließen, und eine Tür in der gegenüberliegenden Wand führte in Waschraum und Toilette. In dieser unfreundlichen Umgebung aßen die meisten der zwölf Sicherheitsleute, die in Cloudcroft beschäftigt waren, gemeinsam mit Eve und ihrem Team um sechs Uhr zu Abend, zwei Stunden bevor Wallenberg und dessen Gästen das Dinner serviert wurde. Das Verhältnis zwischen Security und Catering war ganz gut, zumindest, wenn Ferguson nicht da war, aber der Schotte war nicht der einzige Grund, weshalb Eve von Anfang an darauf geachtet hatte, die Sicherheitsleute an einem eigenen Tisch zu platzieren. Dass sie Ferguson nicht leiden konnte und ihm misstraute, hatte wenig zu sagen, verglichen damit, dass die Verköstigung der Security-Leute an einem separaten Tisch es erleichtern würde, ihnen die Droge zu verabreichen.

Als ehemalige Army-Anästhesieschwester kannte sich Samantha Heinichen bestens mit Schmerz- und Beruhigungsmitteln aus, und die Droge, für die sie sich entschieden hatte, war ein Antihistaminikum namens Diphenylhydramin. Sie hatte reichlich Erfahrung mit der Verabreichung dieser Droge unter dem Markennamen Benadryl.

Während Sam den roten Saft in drei Krüge Grapefruitsaft für

den Security-Tisch abmaß, erklärte sie Eve, wie diese Massensedierung ablaufen würde.

«Das wird sie für eine Weile ausschalten. Aber nicht lange. Der Saft ist schwach, verglichen mit der intravenösen Verabreichung. Also werde ich, sobald sie weggetreten sind, jedem eine Spritze mit einer Dosis von fünfzig Milligramm geben, was etwa sechs Stunden wirken sollte. Danach geht es nur noch ums Nachspritzen. Das einzige Problem ist, dass man nicht ohne Risiko mehr als vierhundert Milligramm verabreichen kann, das heißt, nach acht Spritzen ist Schluss. Wir können nur hoffen, dass die Speiseraumtür genügt, um sie uns vom Hals zu halten.»

Eve nickte, während sie rechnete. «Acht Spritzen. Macht achtundvierzig Stunden.»

Während Pennac und Powers den Sicherheitsleuten den mit der Droge versetzten Saft kredenzten, brachte Eve ein Tablett ins Sicherheitskontrollzentrum im Westflügel, wo Ferguson und ein zweiter Mann namens Reed den größten Teil ihrer Zeit verbrachten. Eve hatte ihnen eigens *Fish and Chips* gemacht, in der Hoffnung, dass der Schotte dem nicht widerstehen könnte.

Das Kontrollzentrum war eine verkleinerte Ausgabe des Nasa-Kontrollzentrums in Cape Kennedy, mit einem guten Dutzend Überwachungsmonitore, die eine ganze Wand einnahmen und an das Facettenauge einer Stubenfliege erinnerten, sowie einem großen IBM-Zentralcomputer, der mit einer Festung aus Bildschirmen, Joysticks, Kipphebelschaltern, Tastaturen und Telefonen in der Mitte des Raums verkabelt war. Aus den Unterlagen, die ihr Bob Clarenco gegeben hatte, wusste Eve, dass sich jedes Icon auf dem Computerbildschirm auf eine Überwachungskamera, einen Bewegungsmelder, ein vorverstärktes Mikrophon, einen Stolperdraht, einen Erschütterungsmelder, einen Infrarotdetektor, einen Stößelschalter, einen scharfen Hund, eine Lichtschranke, einen Sektor des Elektrozauns, die Elektrotore, eine Fensterfolie oder einen Druckmelder bezog.

Cloudcroft hätte vielleicht noch besser gesichert sein können, aber nur, wenn man die Mühe und die Kosten auf sich genommen hätte, das Grundstück von der Nationalgarde umstellen zu lassen.

Eve tat, als sähe sie den Online-Pornofilm nicht, der auf einem der Plasmabildschirme lief, und stellte das Tablett auf dem Tisch ab, neben einer Heckler & Koch M5. Die MP war eine eindringliche Erinnerung an den Ernst des Unterfangens, auf das sie, Clarenco und die Übrigen sich eingelassen hatten.

«Was ist das?», fragte Ferguson.

«Abendessen», erklärte Eve sachlich.

«Essen ist im Kontrollzentrum verboten», sagte Ferguson und beäugte das köstlich riechende Mahl wie ein hungriger Hund. «Wegen der Computer.»

Der Appetit des Sicherheitschefs hätte kaum offensichtlicher sein können. «Nicht mein Problem», sagte Eve und nahm das Tablett wieder auf.

«Aber unter den Umständen», sagte er. «Wo Sie sich schon mal die Mühe gemacht haben. Vielleicht könnten wir ja die Regel ein bisschen lockern. Nur dieses eine Mal.»

«Ganz recht», sagte Reed. «Mann, sieht das gut aus. Vielen Dank, Eve.»

«Ja», sagte Ferguson, der sich jetzt endlich auf seine Manieren besann. «Danke.»

Eve lächelte und goss zwei Gläser Saft ein. Sie konnte es kaum erwarten, den Schotten ausgeschaltet zu sehen. Sie sagte: «Ich komme dann das Tablett wieder holen», und überließ die beiden ihrem Schicksal.

Als sie etwa zehn Minuten später wieder in den Speiseraum kam, hatte das Benadryl schon Wirkung gezeigt: Männer in verschiedenen Posen der Kampfunfähigkeit am Boden, einige völlig weggetreten, andere groggy zwischen zerschellten Tellern und verstreutem Essen sitzend, manche an einem Stuhl oder an der Tischkante festgeklammert. Ein Mann stand mit bloßem

Oberkörper da, weil er sich in seiner drogeninduzierten Verwirrung das Hemd ausgezogen hatte und sich jetzt damit die Stirn wischte. Er schwankte wie ein Baum kurz vor dem Umstürzen.

«Vielleicht hätte ich doch Temazepan nehmen sollen», sagte Sam und verzog das Gesicht. «Benadryl ist manchmal ein bisschen unberechenbar.» Sie rannte in den Speiseraum und fing den Mann gerade noch im Fallen auf.

King und Busiek folgten ihr und begannen, die Bewusstlosen auseinander zu ziehen.

«Wie wollen Sie sie haben?», fragte King.

«Stabile Seitenlage», sagte Sam und öffnete ihre Medikamententasche. «Falls sie im Schlaf erbrechen.»

Von der Tür aus, wo sie aufzupassen hatte, ob Wallenberg oder einer der Gäste zufällig den Gang entlangkam, was unwahrscheinlich war, beobachtete Eve, wie Sam den Männern Benadryl spritzte. Ab und zu sah Eve auf die Uhr.

Sam schien ihre Gedanken zu lesen. «Die beiden im Kontrollzentrum müssten jetzt auch weggetreten sein», sagte sie. «Nehmen Sie zwei Fertigspritzen und verabreichen Sie ihnen das Zeug selbst, wenn Sie die Sache beschleunigen wollen. Ich komme nach, sobald ich hier fertig bin.»

«Soll ich mitkommen, Ma'am?», fragte Busiek.

Eve nahm zwei Spritzen aus Sams Tasche, steckte sie in ihre Blusentasche und sah sich um. «Wo ist Nick?»

«Oben in der Bibliothek», sagte Busiek. «Drinks servieren, mit Hogarth.»

«Schicken Sie ihn ins Kontrollzentrum», sagte Eve. «Und lösen Sie ihn mit den Drinks ab.»

«Ja, Ma'am.»

Eve ging wieder in den Westflügel. Sie wusste, dass die Japan-Suite in diesem Trakt lag, hatte aber vergessen, dass Eliot Massinger dort logierte, und auf halbem Weg traf sie auf den Milliardär, der gerade aus seiner Tür kam. Als er Eve sah, hellte sich sein Gesicht auf, als hätte er soeben einen Diamanten auf dem Fußboden entdeckt. Eve stöhnte innerlich, versuchte aber erfreut zu wirken. In Leinenjackett, Polohemd, Jeans und Turnschuhen hatte er außer der Armbanduhr und dem Lächeln nichts an sich, was darauf schließen ließ, dass er reich war.

«Gerade habe ich an Sie gedacht», sagte er und entblößte die makellosesten Zähne, die für Geld zu haben waren.

«Ach, ja? Ich habe auch gerade an Sie gedacht. Ich habe mich gefragt, wie Sie das machen, nur mit einer Sporttasche hier anzukommen und doch jedes Mal, wenn ich Sie sehe, etwas anderes anzuhaben und sogar Golfschläger mit sich herumzutragen.»

«Ich habe mein Gepäck vor ein paar Tagen vorausgeschickt», sagte er grinsend.

Eve nickte. Klar, jetzt, wo er es erklärt hatte.

«Ich habe schrankkofferweise Zeug in meinem Zimmer», sagte er. «Ich bin gern für alles gerüstet.»

«Das sollten Sie auch sein.»

«Ich habe Ihr Versprechen nicht vergessen.»

«Das meinte ich ja.»

«Wären Sie beleidigt, wenn ich sagen würde, ich kann es kaum erwarten, dass dieses Abendessen vorbei ist?»

«Unter diesen Umständen, nein.»

Massinger nickte. «Was gibt's denn?»

Sie erläuterte ihm das Menü.

«Bei ein paar Sachen habe ich keine Ahnung, was es ist», gestand er.

«Deshalb gibt es sie ja. Wenigstens eine Möglichkeit, wie Leute wie ich Leute wie Sie in Verlegenheit bringen können.»

«Klingt logisch.»

Sie retirierte langsam flurabwärts. Er sah ihr ein wenig verdrossen hinterher.

«Gucken Sie nicht so finster», sagte sie. «Wir sehen uns um Mitternacht.»

Er stand immer noch da.

«Gehen Sie», sagte sie. «In der Bibliothek warten sie schon auf Sie.»

Eve holte tief Luft und ging dann weiter in Richtung Kontrollzentrum.

Sie blieb einen Moment vor der Tür stehen, öffnete diese dann vorsichtig. Zu ihrer Erleichterung lag Ferguson auf dem Boden. Sein Gesicht wirkte in ohnmächtigem Zustand noch brutaler und hatte mit dem aufgeklappten Mund und der herausguckenden Zunge etwas von einem abgetrennten und aufgespießten Kopf. Als sich ihre Angst ein Stück weit gelegt hatte, betrat sie den Raum und begriff erst zu spät, was ihre Augen soeben ihrem Gehirn gemeldet hatten: dass nur eins der Saftgläser auf dem Tablett leer war. Was etwas mit dem Klicken an ihrem rechten Ohr zu tun haben musste. Eine Synapse später identifizierte sie das Geräusch als das einer Selbstladepistole, die entsichert wurde.

Sie hätte erstarren können und dann vielleicht die Begrüßungsworte vernommen, die Reeds hellwacher Mund zu artikulieren im Begriff war und die vielleicht auch die Erklärung beinhaltet hätten, dass er als Diabetiker zuckerhaltige Getränke mied und zum Essen grundsätzlich nur Mineralwasser trank. Doch stattdessen reagierte Eve blitzartig und heftig, indem sie den rechten Stiefelhacken hochkatapultierte und Reed genau in die Hoden rammte. Da Reed einen Kopf kleiner war als sie, hatte der Hacken keinen weiten Weg zurücklegen und traf sein Ziel mit der vollen Kraft ihrer trainierten Wadenmuskeln. Es war die reflexartige Standardreaktion auf einen Angriff von hinten, und sie hatte den *Kata* oft genug im *Dojo* geübt, um ihre gesamte Körperkraft hineinzulegen.

Eve wirbelte herum, sah in Reeds verzerrtes Gesicht und drückte mit gekreuzten Handgelenken die Pistole über ihre Kopfhöhe, ehe sie die Hand, die die Waffe hielt, im Bogen nach rechts unten drehte. Das alles kostete sie keinen einzigen Gedanken. Es geschah automatisch. Und sie blieb dabei ganz gelassen, denn ein angespannter Muskel lässt sich nicht so schnell bewegen wie ein entspannter. Mit einer raschen Körperdrehung bog sie Reed den Arm auf den Rücken und duckte sich weg, als er mit dem freien Arm hinter sich drosch. Noch immer entspannt, behielt sie die Hand mit der Waffe fest im Griff und bog sie energisch zum Gelenk hin. Aufjaulend ließ Reed die Waffe fallen und drosch wieder blindlings hinter sich. Diesmal schwang Eve den rechten Arm über seine Brust und hinter seinen Kopf, sodass sie seinen ganzen Körper auf ihrem Knie zu balancieren schien. Die Muskeln jetzt für den entscheidenden Schlag angespannt, holte Eve mit der Faust aus, als wollte sie ihm in die Magengrube dreschen, legte dann ihre ganze Kraft in den Unterarm und donnerte die Faust genau in Reeds schutzlos dargebotenen Genitalbereich.

Reed schnappte nach Luft, und als sie ihn losließ, fiel er zu Boden und krümmte sich vor Schmerz.

Eve trat einen Schritt zurück, atmete tief durch, strich sich das Haar aus dem Gesicht und bückte sich dann, um ihn genauer zu inspizieren und ihm eventuell zu helfen. Doch sie konnte nicht viel anderes tun, als die Tür des Kontrollzentrums zu schließen und zu hoffen, dass niemand etwas gehört hatte. Einen Moment lang erwog sie, Reed eine der Schlafspritzen in die Schulter zu verpassen, um seinen Schmerz abzustellen, aber er zappelte immer noch zu heftig herum. Und so war sie erleichtert, als endlich Sam in der Tür stand.

«Was ist mit ihm?», fragte sie.

«Er hatte eine Pistole», erklärte Eve. «Ich fürchte, ich musste ziemlich fest zuschlagen.»

«Offensichtlich», sagte Sam. «Haben Sie die Spritzen noch?»

Eve nickte.

«Okay, ich versuche, ihn festzuhalten, und Sie spritzen. So, wie er aussieht, tun wir ihm nur einen Gefallen.»

Als ein paar Sekunden später der Spritzenkolben eine Dosis Benadryl direkt in seine Blutbahn presste, wurde Reed endlich ruhig, als hätte jemand in seinem Körper den Strom abgeschaltet.

«Erinnern Sie mich, dass ich ja nie Ihren Geburtstag vergesse», bemerkte Sam, als sie sich Reed genauer ansah. «Für seine Hoden kann ich nicht garantieren, aber ich glaube, er wird's überstehen.»

Eve nickte, froh, dass sie Reed nicht ernstlicher verletzt hatte.

«Wir warten bis nach dem Essen, um die beiden zu den übrigen Security-Leuten runterzubringen», sagte sie.

Pennac kam herein, noch immer in seinem Kellner-Outfit. Die beiden Männer am Boden beachtete er kaum. Er rieb sich verzückt die Hände, setzte sich ans Kontrollpult und studierte die Computerbildschirme. «Gutes Gefühl, das ganze Zeug hier zu sehen», sagte er grinsend, während seine Finger über die Tastatur flogen.

Sam erhob sich und sah über Pennacs Schulter auf den Bildschirm und die ganzen Sicherheits-Icons. «Irgendwelche Maschinengewehre vorhanden?», fragte sie. «Für den Fall, dass sie's per Fallschirm versuchen.»

«Da sind zu viele Bäume für eine richtige Luftlandeoperation», erklärte Eve.

«Wir haben ferngesteuerte MG-Nester, scharfe Hunde, Infrarotkameras, Erschütterungsmelder, vorverstärkte Mikros.» Pennac betätigte versuchsweise ein paar Schalter.

«Können Sie mit dieser Anlage umgehen?», fragte Eve.

«Ich werde ein paar Stunden brauchen, um mich mit allem vertraut zu machen», sagte er und holte ein Bild des Einfahrtstors auf einen der größeren Flachbildschirme an der Wand. «Aber klar kann ich damit umgehen. Es ist genauso, wie Clarenco gesagt hat. Der Mann, der auf diesem Stuhl hier sitzt, kann alles sehen und hören, was außerhalb des Hauses vor sich geht, und ein paar Dinge auffahren, die ein ungebetener Gast, und wenn er Gott selbst wäre, nie und nimmer vorhersehen kann. Ich habe alles, außer einem brennenden Dornbusch und einer Heuschreckenplage.»

Eve sah auf ihre Armbanduhr. «Müsste jeden Moment so weit sein», sagte sie. «Ich gehe wohl besser mal einen Blick in die Bibliothek werfen.»

«Ist dort drinnen keine Überwachungskamera?», fragte Sam.

«Nein», sagte Pennac. «Das Innere des Hauses wird nicht überwacht. Offenbar wollte Mr. Wallenberg nicht, dass seine Sicherheitsleute ihm dabei zugucken, wie er ein Buch liest. Ich schätze, sie sind immer davon ausgegangen, dass die Gefahr von außen kommt und nicht von innen.» Er tippte abermals auf der Tastatur herum. «Aber wie Gordon Gekko immer gesagt hat, wenn man nicht Insider ist, ist man gar nichts.»

CADENCE KIAM legte die Kamera weg und nahm einen Schluck Wasser aus dem Glas, das ihr Fiona Lovatt reichte. Das mit dem Gruppenfoto war gut gelaufen, obwohl es anfangs eine etwas heikle Phase gegeben hatte, weil es einigen von Wallenbergs Gästen doch nicht ganz geheuer gewesen war, mit einem demagogischen, machiavellistischen, wenn auch fiktiven Millionär verglichen zu werden, den Orson Welles als Inbild des amerikanischen Faschismus angelegt hatte.

Aber schließlich hatte Kiam das gewünschte Foto gekriegt, und ihre einzige Sorge war, ob die Redaktion von *Vanity Fair* womöglich bekritteln würde, dass sämtliche Milliardäre auf dem Bild fürs Golfen gekleidet waren statt fürs Schlittenfahren. Doch der Tag war anstrengender gewesen, als sie gedacht hatte. Sie saß zwar noch hier, die Kamera in der Hand, weil sie auf ein paar interessante Schnappschüsse hoffte, aber sie wünschte sich nur, bei ihren beiden Assistenten in der Lodge zu sein, noch rasch etwas essen, baden und dann früh schlafen gehen zu können.

Kiam gähnte wie ein Gorilla, der vor einem Rivalen mit seinem Gebiss protzt, und blinzelte vehement. Ihr charakteristischer Fotostil – überbeleuchtet, mit einer Kombination von Stroboskoplicht und indirektem Licht – führte meistens dazu, dass sie sich am Ende eines langen Arbeitstages die Augen rieb. Aber das jetzt war anders: Wenn sie nicht gewusst hätte, dass es nicht sein konnte, hätte sie gedacht, sie wäre genauso betrunken wie Joe Jacobson, der bereits auf dem Teppich kniete.

«Ich glaube nicht, dass Sie jetzt noch fotografieren sollten», sagte Fiona. «Ein paar Gäste sehen aus, als hätten sie schon etwas zu viel Champagner getrunken.»

«Soll mir recht sein», sagte Kiam, legte die Kamera weg, lehnte sich auf dem Sofa zurück und machte die Augen zu.

Fiona guckte sich nach Wallenberg um, und als sie ihn am Ende der Bibliothek mit Steve Vassall Fox, Massinger und Laurenson reden sah, stöckelte sie etwas unsicher hinüber, um ihm Gesellschaft zu leisten.

«Wir wollen erfolgreich sein», sagte Massinger gerade. «Aber wir wollen es moralisch rechtfertigen können, unseren Lohn einzustreichen. Gucken Sie uns doch an. Wir betreiben Dinge, bei denen es um Riesenmengen Geld geht, aber wir kleiden uns wie jeder andere Amerikaner, als müssten wir uns selbst und aller Welt beweisen, dass wir nicht der Habgier und dem Materialismus erlegen sind.»

«Ganz Ihrer Meinung», gähnte Laurenson. «Nicht von Pappe, Ihr Golfplatz, Cal. Kein Wunder, dass Sie Elektrobuggys haben. Ich mag mir gar nicht vorstellen, wie ich mich jetzt fühlen würde, wenn ich das alles zu Fuß gemacht hätte.»

Wallenberg setzte sich erschöpft hin. «Wir können doch nicht alle zur selben Zeit müde werden», murmelte er.

Laurenson ließ sich neben ihm auf den Boden nieder, als ginge es immer noch um das Gruppenbild. Einen Moment lang dachte er, er sei im Begriff, seinem Expartner Charles Poynder ins Jenseits zu folgen, und die Ironie reizte ihn zum Lachen. Er. Einen Herzinfarkt, wo er doch so viel Geld für seine Gesundheit ausgegeben hatte. Wenn er das hier, was immer es war, überstand, würde er Thorsten Danne von der Züricher DGF-Klinik feuern. So was hatte ihm nicht zu passieren. Noch während er sich auf den Seidenteppich legte und die Augen schloss, fragte sich Laurenson, wen er noch für seine missliche Lage verantwortlich machen könnte.

EVE LIESS den Blick durch eine Bibliothek schweifen, die wie eine Szene aus demselben Science-Fiction-Film wirkte, der vorhin im Personalspeiseraum gelaufen war. Die meisten Milliardäre waren in Sesseln oder auf Sofas eingeschlafen, aber ein, zwei lagen auf dem Fußboden, was die lebensgroße Seward-Johnson-Bronze eines Mannes, der ein Buch aus einem Regal nahm, noch bizarrer erscheinen ließ – als ob die rätselhafte Seuche, die im Raum um sich gegriffen hatte, ihn nur gelähmt statt bewusstlos gemacht hätte.

Phase eins der Operation hatte begonnen. Mittels einer Trage aus Wallenbergs wohlausgestattetem Erste-Hilfe-Raum schleppten Bird und Whalin bereits den ersten Milliardär in seine Suite zurück. Tom Lieberman war ein Hüne von über zwei Zentnern, und Bird fragte sich laut, warum man die Milliardäre nicht nach dem Essen hatte betäuben können, wenn sie wieder auf ihren Zimmern gewesen wären.

«Dann hätten wir nicht sicher sein können, dass wirklich alle das Mittel zu sich genommen haben», erklärte Sam, die sich gerade eine bewusstlose Fiona Lovatt über die Schulter hievte. «Außerdem ist es im Allgemeinen ratsam, Betäubungsmittel nicht auf vollen Magen zu verabreichen, wegen der Erbrechensgefahr. Also machen Sie einfach weiter und hören Sie auf, sich zu beklagen.»

«Mein Gott», brummte Clarenco, an Sam adressiert. «Die sehen ja alle aus wie tot.»

«Sie sind bewusstlos», sagte Sam spitz. «Ich kenne den Unterschied, also nur keine Aufregung. Und außerdem, was dachten Sie denn, wie sie aussehen würden?»

«Sagen Sie mir einfach nur, dass sie es alle heil überstehen.»

Sam klatschte fest auf Fionas Hinterteil. «Klar überstehen sie's. Nicht wahr, Süße?»

«Die meine ich nicht», sagte Clarenco. «Sie ist mir ziemlich egal.»

«Mir aber nicht. Die Kleine ist doch einfach zum Anbeißen.»

Als Sam Fiona hinaustrug, sah Clarenco Eve an. «Sollte meine Vermutung richtig sein?», fragte er.

«Was fragen Sie mich das? Sie haben sie doch ausgesucht. Hören Sie, Bob, bis jetzt scheint sie doch genau zu wissen, was sie tut, oder?» Eve deutete mit einer Handbewegung auf die Männer am Boden, wie Maleficent am Hof König Stefans in *The Sleeping Beauty*. «Das wird schon wieder. So war es doch geplant. Es wird immer ein bisschen nach Jonestown aussehen, wenn man dreiundzwanzig Menschen betäubt. Und jetzt können Sie entweder tragen helfen oder sich einen Drink machen und mit der Grübelei aufhören. Aber wenn Sie sich einen Drink machen, passen Sie auf, dass Sie nichts aus dem untersten Fach des Barschranks nehmen, weil da die ganzen Flaschen stehen, die mit dem Mittel versetzt sind. Ohne Sie können wir Phase eins streichen.»

Clarenco nickte, als hätten ihn Eves Worte zur Besinnung gebracht. «Sie haben Recht», sagte er und versuchte zu lächeln. «Ich brauche einen Drink.»

Mit nur einer Trage dauerte es fast drei Stunden, alle in ihre Zimmer oder Suiten zu bringen. Bird und Whalin wechselten sich mit Busiek und Powers an der Trage ab, während sich Pennac und Ann Choy weiter mit den Sicherheitssystemen im

Kontrollzentrum, aber auch mit der Luft- und Wasserfilteranlage, den Telekommunikationseinrichtungen und dem Generator vertraut machten. Gegen dreiundzwanzig Uhr servierten King und Hogarth ein spätes Abendessen, bestehend aus Bier und Sandwichs.

Clarenco blieb bei Eve und Sam, um den nächsten Schritt von Phase eins einzuleiten. Das, was er immer scherzhaft das «große Abräumen» genannt hatte.

Das medizinaltechnisch avancierte Verfahren, das ursprünglich aus der Anästhesie stammte, war bei jedem Milliardär gleich. Nachdem Sam eine Kanüle in die Armvene gelegt hatte, verband sie sie mit einem Gerät von der Größe eines Personal Organizer, das an einem Tropfständer hing. Das Gerät, das wiederum an eine große Tropfflasche mit dem Sedativum angeschlossen war, war ein Diprifusor, eine computergesteuerte Infusionspumpe. Diese Pumpe ermöglichte es dem Anästhesisten, die Verabreichungsrate eines Medikaments zu titrieren und so die gewünschte klinische Wirkung beim jeweiligen Patienten zu erzielen, gleichzeitig jedoch unerwünschte und möglicherweise toxische Nebenwirkungen zu minimieren.

«Ich habe bereits jeden Diprifusor mit Alter, Gewicht und Vitalzeichen des jeweiligen Patienten programmiert. Die Software sorgt dafür, dass automatisch die richtige Menge Propofol – das ist der Tranquilizer, den wir all unseren Milliardären geben – verabreicht wird, um die festgelegte Konzentration im Blut zu erzielen und aufrechtzuerhalten.»

Begonnen hatten sie mit John Beilby Porteus in der Persischen Suite, einem üppig ausgestatteten, kühl wirkenden Raum, der Eve an einen alten Sindbad-Film erinnerte. Porteus selbst lag friedlich schlafend auf einem riesigen Messingbett mit einer weißen, persischen Hochzeitsdecke. Sam nahm ihm die Brille ab und legte sie auf die Teetruhe. Porteus mochte ja seine Vorbehalte haben, für das Amt zu kandidieren, das Wallenbergs Milliardärskabale kontrollieren sollte, aber äußerlich war er wie dafür gemacht. Mit der hohen Stirn, dem gewellten Silberhaar, den weißen Augenbrauen und dem eher strengen Mund erinnerte Porteus die Leute oft an das Bild von Andy Jackson auf dem Zwanzigdollarschein.

«Wir können sie weit gehend unbeobachtet lassen», sagte Samantha. «Wir wissen ja, dass der Diprifusor die Sedierung übernimmt. Sie sind keine Gefahr für uns und, was noch wichtiger ist, auch keine Gefahr für sich selbst. Es gibt kein wirksameres Mittel zur Ruhigstellung als Propofol. Und man kann die Sedierung fortsetzen, solange Wirkstoff in der Pumpe ist.»

Sam sah auf die Uhr und stellte den Timer am Diprifusor ein.

«Aber eins verstehe ich nicht», gestand Eve. «Wie wollen Sie sie denn zum Reden bringen, wenn sie betäubt sind.»

«Eine Allgemeinnarkose ist immer eine dynamische Balance zwischen der hypnotischen und der analgetischen Wirkung. Wir verabreichen keine Analgetika. Nur Propofol. Und der Diprifusor ermöglicht es uns, den Patienten per Knopfdruck in eins von fünf Sedationsstadien zu versetzen. Das wichtigste für unsere unmittelbaren Zwecke ist das hypnotische oder amnestische Stadium. Das ist der leichteste Sedationsgrad und bedeutet, dass der Patient sich aufsetzen und Fragen wahrheitsgemäß beantworten kann, ohne sich jemals daran zu erinnern.»

«Ist das nicht wunderbar?», sagte Clarenco grinsend. «Wie ein Wahrheitsserum ohne Nebenwirkungen.»

«Als Anästhesieschwester war ich dem militärischen Nachrichtendienst zugeordnet», sagte Sam, während sie einen Katheter legte. «Heutzutage werden Verhöre im Feld – mit gefangenen irakischen Piloten und dergleichen – meistens mit Hilfe des Diprifusors geführt.»

«Und sie werden sich nie dran erinnern», sagte Clarenco und rieb sich erregt die Hände. «Die einundzwanzig reichsten Männer der Welt werden uns alles verraten. Ihre sämtlichen Geschäftsgeheimnisse. Geplante Übernahmen, mögliche Fusionen, neue Produktlinien. Haben Sie eine Vorstellung, was so was wert sein kann? Und die Jungs werden keine Ahnung haben, dass sie's getan haben. Das wird für sie das verlorene Wochenende schlechthin sein.»

MONDLICHT BOHRTE sich durch die dunklen Gänge und Vorräume von Cloudcroft wie der Projektorstrahl durch ein leeres Kino und beleuchtete gelegentlich Eve auf ihrem Weg durchs Haus, an den riesigen Erdgeschossfenstern vorbei und durch die Steinflure, wo ihre Schritte hallten. Die unnatürliche Stille des Hauses summte ihr in den Ohren wie ein Tinnitus, und ein eigenartiges Gefühl der Ruhe, wie unmittelbar vor einem Sturm, schien ihr zu gebieten, einen Moment stehen zu bleiben und das stumme Bild, das sie jetzt in einer Fensterscheibe sah, zu betrachten.

Noch nie hatte sie sich so lebendig gefühlt wie in diesem Moment. Sie hatte eine Entscheidung gefällt, auf Gedeih und Verderb, und diese Entscheidung definierte jetzt, wer sie war und wer sie sein würde – als ob sie einen knallroten Lippenstift genommen und damit die Konturen ihres Spiegelbilds nachgezogen hätte. Es war Mitternacht, und Eve war auf dem Weg zu Eliot Massingers Suite: Sie versuchte stets ihre Versprechen zu halten.

Sie öffnete die Tür und erblickte so etwas wie eine Sterbeszene aus einem japanischen Film: die Lackmöbel, die Hokusai-Drucke und, in scharfem Hell-Dunkel-Kontrast, Eliot Massinger auf einem Riesenfuton. Neben ihm knieten Bob Clarenco und Sam Heinichen.

Als sie sich dem dicken Kokon aus weißleinenen Laken näherte, der ihn umhüllte, fühlte Eve, wie seine lüsternen Augen ihren Körper entkleideten und wie einen Lolli ableckten.

«Da ist sie ja», grölte Massinger, dessen Denken von seiner drogeninduzierten Hilflosigkeit völlig dissoziiert schien. «Das

Mädel, das ich heute Nacht kriegen werde. Nein, wirklich, ist alles arrangiert. Sagen Sie's ihm, Eve.»

«Ich bin ja hier, oder nicht?», sagte Eve und versuchte, nicht verlegen zu gucken.

«Yessir, der knackigste Arsch, den ich je außerhalb der Eisbahn gesehen habe.» Er wandte sich mit einem lüsternen Grinsen zu Bob Clarenco. «Hey, Bob? Schon mal gemerkt, dass Schlittschuhläuferinnen die hübschesten Hintern der Welt haben?»

«Jetzt, wo Sie's sagen», sagte Clarenco und nickte, als könnte er Massingers Beobachtung bestätigen. «Ja, da mögen Sie Recht haben.»

Als Sam Eves amüsierten und gleichzeitig verdutzten Gesichtsausdruck sah, sagte sie: «Der Hang zu sexuellen Anzüglichkeiten, ja, selbst ein mildes Tourette-Syndrom, sind im hypnotischen Stadium völlig normal, wenn man Propofol gibt.»

«Und ob», verfolgte Massinger lachend sein Thema weiter. «Man spricht nicht umsonst von Eislauffiguren, glauben Sie mir. Manche von diesen Eislaufmädels sind gebaut wie der Porsche 911 Turbo. Jede Menge Power im Heck. Sagen Sie mal, Eve-Schätzchen, laufen Sie Schlittschuh?»

«Soll schon vorgekommen sein», sagte Eve. Und dann zu Sam: «Kaum zu glauben, dass er sediert ist. Wirkt eher wie betrunken.»

Sam sah auf den Diprifusor. «Momentan hat er etwa 1,5 Nanogramm Propofol pro Milliliter Blut. Von mir aus kann's losgehen, Mr. Clarenco.»

Clarenco hatte eine Digital-Videokamera auf einem Stativ am Fußende des Betts aufgebaut.

Er knipste einen Spot und ein Stereomikrophon an, die an der Kamera befestigt waren, und nachdem er Bild und Ton auf dem zigarettenpackungsgroßen Display überprüft hatte, drückte er den Aufnahmeknopf.

Clarenco räusperte sich mehrmals, als glaubte er, einen ganzen Froschteich im Hals zu haben, und bog dann das Mikrophon zu sich.

«Interview eins», sagte er. «Befragter: Eliot Massinger. Okay, fangen wir mit ein paar leichteren Fragen an.» Auf der Futonkante sitzend, konsultierte er ein Clipboard auf seinem Schoß.

«Eliot? Stimmt es, dass Sie beim Heeres-Nachrichtendienst waren, ehe Sie Geschäftsmann wurden?»

«Nein, das stimmt nicht ganz. Ich war beim Marine-Nachrichtendienst. Ich war Captain. In Vietnam. Da habe ich fliegen gelernt.»

«Und stimmt es, dass Sie enge Verbindungen zur CIA haben?»

«Ja, das stimmt. Hin und wieder wollten sie jemanden bezahlen, ohne dass man's zu ihnen zurückverfolgen konnte. Senator Tennyson Travell zum Beispiel. Erinnern Sie sich an den? Na, jedenfalls, ich habe dann dafür gesorgt, dass Leute wie Senator Travell in einem meiner Kasinos gewannen.»

«Und was haben Sie dafür gekriegt?»

«Ach, alles Mögliche. Hauptsächlich geschäftliche Informationen.»

«Sie meinen so was wie Industriespionage?»

«Klar doch, Bob. Letztes Jahr zum Beispiel. Der Kauf von Cray Asta Cable? Da hatte ich genaueste Informationen. Alles dank der Jungs von der NSA. Sie wissen schon, Satellitenüberwachung von Geschäftsbesprechungen und so. Ist ja heutzutage die einzige Möglichkeit, die Nase vorn zu haben. Um so viel Geld zu machen wie ich, muss man gut Freund mit der NSA sein.»

«Klingt logisch. Also, dann. Planen Sie in nächster Zukunft irgendwelche Übernahmen?»

«Das ist geheim, Bob.»

«Erzählen Sie mir's doch trotzdem.»

«Na gut. Vielleicht mache ich einen Deal, während ich hier

bin. Und dann habe ich natürlich vor, Super-Visor zu kaufen. Unter anderem.»

«Das ist doch das Konkurrenzprodukt zum Delphus Add-Visor, oder? Errol Laurensons Produkt. Dann wollen Sie also einen Angriff auf den Marktführer in diesem Bereich unternehmen?»

«Der wird nicht mehr lange Marktführer sein. Das US-Militär will den AV noch dieses Jahr ausmustern. Sie haben den Super-Visor bereits getestet, und er gefällt ihnen wesentlich besser. Natürlich ahnt Laurenson noch nichts davon. Und Super-Visor auch nicht. Deshalb kaufe ich sie ja. Mein Wort drauf, der AV ist erledigt.»

«Gut zu wissen, Eliot», sagte Clarenco ruhig. «Wie steht die Super-Visor-Aktie momentan?»

«Bei zwanzig Dollar etwa. Wir gehen davon aus, dass sie das Drei- wenn nicht gar Vierfache wert sein wird, sobald es publik wird. Sie sollten auch ein paar kaufen.»

«Mag sein. Ja, vielleicht mache ich das wirklich.»

«Ich dürfte es Ihnen ja nicht sagen, Bob, aber wo Sie schon dabei sind, kaufen Sie auch noch ein paar Angelpin Incorporated. Die machen Nanotechnologie-Festplatten, okay? Sie haben ein Verfahren gefunden, etwa stecknadelkopfgroße Computerfestplatten zu machen, aus Abalone-Muscheln. Kleine Festplatten werden der nächste High-Tech-Boom. Und Angelpin ist da um Längen voraus. Ich habe selbst gerade einen Batzen Aktien gekauft. Heimlich, natürlich.»

Clarenco grinste Sam an. «Das ist einfach unglaublich. Ich kriege alles aus ihm heraus. Das ist ja wie die Comstock Lode.»

Eve sah und hörte eine Weile zu, auch fasziniert, vor allem aber schockiert von dem, was da vor sich ging. Vergewaltigung war wohl das passende Wort, aber es war die Form von Vergewaltigung, bei der das Opfer zur willenlosen Marionette gemacht und dazu gebracht wurde, so zu tun, als sei es einverstanden. Was einen widerwärtigen Geschmack in ihrem Mund hinterließ. Ihn so an diesem Gerät hängen zu sehen, erinnerte sie an ihre Mutter, die für den Rest ihres Lebens auf die Dialyse angewiesen sein würde, und sie hatte Mitleid mit Eliot Massinger. Er mochte ja ein Gangster sein, aber da Eve gerade im Begriff war, selbst kriminell zu werden, konnte sie ihm das kaum vorwerfen.

5. SONNTAG

Der silberne Ferrari 550 Barchetta tauchte aus der unterirdischen Höhle der Cloudcroft-Garage auf und suchte den knallblauen Horizont ab wie ein außerirdisches Raumschiff, das aus irgendeinem Grund zu weit westlich von Roswell und dem Rest der übellaunig grollenden Flotte gelandet war. Vom gebieterischen Donnern des V12-Motors aus dem Haus gerufen, ging Eve zu dem offenen Wagen und sah Bob Clarenco am Steuer sitzen.

Die Hand am Überrollbügel, beugte sie sich in den Ferrari und musterte Clarenco und das Päckchen, das auf dem cremefarbenen Leder des Beifahrersitzes lag.

«Entschuldigen Sie, Bob, aber dürfte ich fragen, was Sie vorhaben?»

«Ich fahre nach Alamogordo», sagte er und legte die Hand auf das Päckchen. «Das hier in den Briefkasten werfen.»

«Und was ist das?»

«Unsere Versicherungspolice. Die ganzen Interviews von heute Nacht, auf ein paar DVDs. Damit wir, falls Phase zwo schief gehen sollte, immer noch etwas haben, was uns einen ordentlichen Zahltag garantiert. Das Zeug ist eine Video-Goldmine.»

Eve nickte. «Den Eindruck hatte ich auch», gab sie zu. «Und deshalb frage ich mich, was Sie eigentlich davon abhalten sollte, sich damit auf und davon zu machen. Wenn Sie erst mal durchs Tor sind, sehen wir Sie womöglich nie wieder. Und Phase zwo ist vielleicht nur ein Ablenkungsmanöver.»

Clarenco nahm die Sonnenbrille ab und nickte. «Berechtigtes Argument. Dann ist es wohl das Beste, Sie kommen mit.»

Eve öffnete die Ferrari-Tür. «Sieht so aus.»

«Und ich dachte, Sie vertrauen mir.»

«‹Vertrauen›», sagte Eve und nahm vor dem Einsteigen das Päckchen – es war an eine Firma auf Grand Cayman adressiert – vom Sitz, «ist nur ein Wort auf dem Dollarschein genau wie ‹Gott› und ‹Washington›.»

Clarenco hielt vor dem Sicherheitstor und sah zu der Überwachungskamera empor, die sich ihm zuwandte wie das Auge auf dem zitierten Dollarschein. Dann kam über die Sprechanlage Pennacs Stimme, die auch nicht menschlicher klang.

«Dürfte ich fragen, wo Sie beide hinwollen?»

«Ich will etwas in den Briefkasten werfen», erklärte Clarenco. «Das, woran Sam und ich die halbe Nacht gearbeitet haben. Unsere Versicherungspolice.»

Das Tor blieb zu und die Sprechanlage stumm, was Eve sich damit erklärte, dass Pennac und Ann Choy Clarenco ebenso misstrauten wie sie. Sie beugte sich über Clarencos Schoß hinweg und schrie in die Sprechanlage: «Nick? Ann? Ist schon gut. Ich fahre mit und behalte ihn im Auge.»

Nach einer kurzen Schweigepause Anns Stimme: «Ja, aber wer behält Sie im Auge?»

Clarenco sah Eve an. «Die Dame hat nicht Unrecht. Hören Sie, Ann, ich fahre wieder in die Garage, dann können wir den Bus nehmen und alle zusammen nach Alamogordo fahren. Wie klingt das?»

Sie warteten einen Augenblick, ehe sich schließlich zuerst das innere Tor öffnete und dann auch das äußere. Clarenco trat aufs Gas, und der silberne Ferrari schoss durch die Tore und den Waldweg entlang, springend und bockend wie ein unzugerittener Hengst, der in den Rodeoring stürmt.

Clarenco raste im selben Tempo durchs Dorf, und gleich hinter dem Krankenhaus nahm er die steil abfallende Bergstraße auf eine Art, dass Eve dachte, er wolle sich dafür rächen, dass sie darauf bestanden hatte, ihn bei einer scheinbar so banalen Erledigung zu begleiten. Er überholte die wenigen Autos, die zu dieser frühen Stunde unterwegs waren, ignorierte Verkehrsschilder und erreichte über achtzig Meilen. Die normalerweise fünfzehnminütige Fahrt dauerte nur sieben Minuten, und Eve fühlte sich wie in der schlimmsten Kotzmühle von Coney Island. Aber sie überspielte die Angst, die auch dann noch nicht nachließ, als Clarenco an einer Kreuzung kurz vor Alamogordo hielt und das Päckchen in den Briefkasten steckte. Ihr war nur zu klar, dass sie die Rückfahrt noch vor sich hatte.

«Wie viel sind diese Dinger wert?», fragte sie in der Hoffnung, ihn ablenken zu können, indem sie ein Thema anschnitt, das ihm am Herzen lag: seine eigene Bereicherung.

«Unbezahlbar», sagte er und grinste bei dem Gedanken. «Eve, diese DVDs sind so was wie der Stein von Rosetta der Insider-Geschäfte. Der Schlüssel zu allem.»

Da sie nicht genau wusste, was der Stein von Rosetta war, nickte Eve unbestimmt. Irgendwas Ägyptisches, dachte sie. Wenn das alles vorbei war, würde sie mehr lesen und mehr von der Welt sehen. So viel stand fest.

«Wissen Sie, für einen lausigen, stinkenden Ganoven sind Sie ein ganz schön gebildeter Mensch.»

Das schien Clarenco zu amüsieren. Er ließ den Ferrari wieder an und gab Gas, dass Sand und Schotter gegen den Briefkasten spritzten, als die riesigen Reifen genug Reibungswiderstand suchten, um die Drehkraft, die ihnen der Motor verlieh, in Schub umzusetzen. Clarenco grinste wie ein Verrückter und rief ihr zu: «Noch nicht gewusst? Ein Ganove zu sein ist für einen gebildeten Menschen der größte Spaß.»

ALS EVE und Clarenco nach Cloudcroft zurückkehrten, bereitete das Team gerade den Live-Auftritt vor. Die Website mit den zahlreichen Forderungen der Geiselnehmer und nunmehr auch Cadence Kiams Milliardärsgruppenfoto stand bereits im Netz; den Text der Seite hatte Clarenco selbst verfasst, und Eve dachte, dass er einen ganz passablen Radikalen abgegeben hätte. Jetzt galt es nur noch, die Webcam zu aktivieren und per E-Mail mit den verschiedenen Nachrichtenagenturen Kontakt aufzunehmen. Die Fenster in Wallenbergs wohlgeschütztem Haus waren aus kugelsicherem Armortex, und es schien unwahrscheinlich, dass irgendwelche Tac-Team-Scharfschützen auf diesem Weg jemanden erschießen konnten, aber Eve hatte dennoch angeordnet, dass alle leichte Schutzwesten anlegen sollten, nur für den Fall, dass die Polizei beschließen sollte, ein Scharfschützengewehr, Kaliber 50, wie etwa die Barrett oder die McMillan 88 einzusetzen. Sie wollte nicht, dass jemand wegen mangelnder Schutzvorkehrungen zu Schaden kam.

Eine Atmosphäre gespannter Erwartung, vermischt mit der Angst, wie wohl in diesen Zeiten, zwei Jahre nach den Terrorangriffen islamischer Fundamentalisten auf die Vereinigten Staaten und deren Institutionen, die Behörden auf die gewaltsame Gefangennahme der reichsten Männer des Landes reagieren würden, erfüllte Cloudcroft wie eine Übelkeit erregende Kombination verschiedener Rasierwasser. Gekühlte Lüftchen wehrten im Haus der Julihitze, vermochten aber wenig gegen den Schweiß auf den angespannten Stirnen und die nervöse Beklemmung.

Bill King, dem eine Cohiba Esplendido aus Wallenbergs Humidor-Zimmer aus dem Gesicht ragte wie eine Kanone aus einem Panzerturm, bellte Warnungen und gab unartikulierte Laute des Ansporns von sich, als stünde er an der Seitenlinie eines Footballfelds.

Andy Hogarth, der den Morgen und einen Teil des gestrigen Abends damit verbracht hatte, einen mit Fesselvorrichtungen ausgerüsteten Stuhl vor der Webcam aufzustellen, prüfte durch den Sucher, ob die Matratze, die er hinter dem Stuhl platziert hatte, auf dem Schirm seines Sony Vayo Laptops zu sehen sein würde. Das Videobild war scharf und fließend, allemal gut genug für den Effekt, den Hogarth erzielen wollte, doch je näher der Zeitpunkt rückte, da Eve Pennac befehlen würde, die E-Mails an die Zeitungen, Radio- und Fernsehsender abzuschicken, desto unruhiger wurde Hogarth beim Gedanken an das, was dann entfesselt würde. Er atmete schwer oder ballte die Faust, und wenn er saß, wippte sein Bein, als hätte er Parkinson. Eve legte ihm beruhigend die Hand auf die Schulter.

«Ganz locker», sagte sie und begann, die Klettbandverschlüsse ihrer Weste zuzumachen.

«Sind Sie bereit?», fragte Clarenco.

Hogarth lächelte tapfer.

«Bereiter geht's nicht», sagte er und bedeutete Clarenco, vor der Webcam Platz zu nehmen.

Clarenco setzte sich und ließ sich von dem anderen Mann festbinden.

«Sagen Sie's, wenn der Strick zu fest ist.»

«Nein, ist prima, danke. Machen Sie's nur so, dass es echt aussieht.»

Als Hogarth Clarenco festgebunden hatte, zog er ein Kästchen mit Bühnenschminke hervor und zauberte einen recht überzeugend aussehenden Bluterguss auf Clarencos rechtes Jochbein. Als er mit der Live-Wirkung zufrieden war, trat er zurück, um die Szene auf seinem Laptop zu überprüfen, und nach ein, zwei Minuten sagte er kopfschüttelnd: «Nein, so geht das nicht. Selbst mit dem Bluterguss sehen Sie aus, als ginge es Ihnen viel zu gut.»

Eve stimmte ihm zu.

«Mr. Clarenco?», sagte sie. «Meinen Sie, Sie könnten etwas ängstlicher gucken? Als ob wir Ihnen wirklich drohen würden, Sie zu erschießen. Im Moment sehen Sie aus, als ob die erste Klasse voll wäre und Sie in der Economy Class sitzen müssten.»

Clarencos Brauen zogen sich noch mehr zusammen, aber darin schienen sich seine schauspielerischen Fähigkeiten auch schon zu erschöpfen.

Eve trat zu Hogarth an den Laptop und schüttelte den Kopf. «Wut, ja. Aber Todesangst? Nein.»

Sie ging zu Clarenco, zerzauste ihm das Haar und hielt dann kurz inne, wie eine Avantgarde-Bildhauerin, die ihr Werk begutachtet, ehe sie einen Ärmel seines maßgeschneiderten Hemds packte und bis an sein gefesseltes Handgelenk herabfetzte.

«Hey!» schrie der Multimillionär überrascht auf. «Das war ein gutes Hemd.»

Eve begutachtete bereits sein Gesicht auf dem Laptop. «Ja, so ist es viel besser», sagte sie und musste schon fast lachen, weil Clarenco jetzt so sichtlich verstört aussah.

«Perfekt», sagte Hogarth.

Eve nahm das schnurlose Telefon und rief Pennac im Sicherheitskontrollzentrum an. «Haben Sie das Bild von Mr. Clarenco?», fragte sie.

«Ja», sagte er. «So gefällt er mir schon viel besser.»

«Dann wären wir wohl so weit.» Sie sah fragend zu Clarenco hinüber, weil sie wusste, dass er mithörte. «Bob?»

Noch immer sauer wegen des Hemds, nickte Clarenco verdrossen zurück.

«Also stellen Sie ihn auf die Website», wies Eve Pennac an. «Und schicken Sie die E-Mails ab.»

Von: Architekten der Internetwelt

An: Die Medien der Welt

Cc: Die Regierung der Vereinigten Staaten

Betr.: Feindliche Übernahme in Cloudcroft, New Mexico

F.: Was ist besser, als in ein Fortune-500-Unternehmen zu investieren?

A.: Alle Fortune-500-Bosse in Geiselhaft zu nehmen.
Na ja, vielleicht nicht alle. Aber was wir hier haben, ist schon mal ganz gut: die Crème de la Crème der laut Forbes-Liste vierhundert reichsten Menschen der USA. Einundzwanzig von ihnen, genauer gesagt. Wir halten diese Männer im Haus des Multimilliardärs Calvin Wallenberg in Cloudcroft bei Alamogordo, New Mexico, gefangen. Geschäft ist Krieg, heißt es. Tja, soeben haben diese Macher und Beweger die wahre Bedeutung dieses Spruchs erfahren. Wir sind bestens bewaffnet. Wir sind bestens geschützt. Wir werden nicht zögern, diese Männer zu töten, wenn unsere Forderungen nicht erfüllt werden. Um mehr über diese Forderungen zu erfahren, gehen Sie auf unsere Website www.leverage.net.

www.leverage.net
Hübsches Bild, was? Es wurde erst gestern von der Vanity-Fair-Fotografin Cadence Kiam gemacht und erscheint exklusiv und kostenlos auf dieser Website. Falls Sie allerdings beschließen sollten, es in Ihrer Zeitung oder Zeitschrift oder im Fernsehen zu verwenden, wahren Sie bitte die Urheberrechte der armen Cadence, die das Pech hatte, gerade hier zu sein, als wir kamen, und die jetzt mit uns allen Mr. Wallenbergs Gastfreundschaft genießt.

Das Foto zeigt einundzwanzig Männer, die zu den reichsten Menschen Amerikas gehören und die wir hier in Calvin Wallenbergs abgelegenem Berg-Domizil in New Mexico gefangen halten. (Für die Anfahrtsbeschreibung zu Wallenbergs Haus in Cloudcroft bei Alamogordo bitte hier klicken.) Diese einundzwanzig Männer sind: Calvin Wallenberg, John Beilby Porteus III, Errol Laurenson, Eliot Massinger, Scott Jordan, Murray Drennan, George Shapira, Rupert Sterne, Nash Paine, Tom Lieberman, Jim Hysek, Rudolph Miller, Ford Sarmenington, Don Volovsky, Steve Vassall Fox, Gurmit Mehta, Allan Scott, Henry Martin, Joe Jacobson und James Gatz. Zusammen sind sie über dreihundert Milliarden Dollar schwer.

Neben unseren Milliardären und Cadence Kiam halten wir noch eine Anzahl weiterer Personen gefangen. Unter diesen befindet sich ein weiterer reicher Mann namens Bob Clarenco. Nach den Maßstäben der oben genannten Männer ist er allerdings nur ein kleiner Fisch – bloß Multimillionär, im Gegensatz zu all diesen Multimilliardären. Deshalb durfte er auch nicht mit aufs Gruppenfoto. Damit sich Mr. Clarenco nicht ganz so unwichtig fühlt, haben wir beschlossen, ihn mit unserer Live-Webcam zu zeigen. Bitte bedenken Sie, dass es sich hier um eine echte Geiselnahme handelt, nicht um eine gestellte, daher sind diese Bilder für Minderjährige nicht geeignet. (Um die Webcam-Bilder sehen zu können, brauchen Sie einen Browser, der Cookies annimmt. Falls Sie einen Browser benutzen, der Cookies annimmt, stellen Sie sicher, dass diese nicht deaktiviert sind. Clicken Sie auf Geisel-Cam, um Bob Clarenco jetzt zu sehen. Die Seite wird im Sekundentakt aktualisiert.)

Alle Geiseln sind wohlauf und werden gut behandelt, ausgenommen vielleicht Mr. Clarenco, aber urteilen Sie selbst. Wir werden sie jedoch allesamt unverzüglich hinrichten, sobald jemand dieses Gebäude zu stürmen versucht. Wir sind bestens bewaffnet und durch die umfassenden Sicherheitsvorkehrungen, die Mr. Wallenberg für seine Person für unerlässlich hält, bestens geschützt.

Ehe Sie anfangen, diese Leute zu bemitleiden, denken Sie bitte über folgende Frage nach: Wenn Sie den US-amerikanischen Mindestlohn verdienen würden, wie lange bräuchten Sie dann, um Eliot Massingers 39 Milliarden zu verdienen? Im September 1997 (wobei es kein Zufall ist, dass es keine neueren Zahlen gibt – die Regierung will nicht, dass Sie erfahren, wie schlecht die meisten Menschen in diesem Land bezahlt werden) betrug der Mindestlohn 5,15 Dollar pro Stunde. Auch jetzt, sechs Jahre später, dürfte er nicht viel höher sein. Wenn Sie also kontinuierlich rund um die Uhr arbeiten würden, sieben Tage die Woche, und wenn Sie jeden Cent, den Sie verdienen, sparen würden (ohne Steuerabzug – wie bei Mr. Massinger, der, da er seinen Firmensitz offshore hat, keine Steuern zahlt), müssten Sie 872 865 Jahre arbeiten, um das zu verdienen, was er derzeit besitzt. Wenn Sie so zimperlich wären, nur vierzig Stunden die Woche zu arbeiten, bräuchten Sie 3 666 035 Jahre, um so reich zu werden, wie er es ist. Jetzt wird er Ihnen vermutlich schon weniger Leid tun. Und er ist noch nicht mal der reichste Mann hier in Cloudcroft. John Porteus ist schätzungsweise 56 Milliarden Dollar schwer, aber, hey, wir haben die Rechnung für Massinger angestellt, ehe wir das wussten.

Und was machen diese ganzen Milliardäre überhaupt hier bei Calvin Wallenberg?

Wallenbergs jährliches, viertägiges Retreat ist nur für die reichsten Amerikaner bestimmt. Inspiriert von Bohemian Grove, einem zweiwöchigen Retreat für die Reichen und Mächtigen, das alljährlich in Sonoma County, Nordkalifornien, stattfindet (für weitere Informationen über Bohemian Grove hier klicken), veranstaltet Wallenberg seit fünfzehn Jahren ein eigenes kleineres Treffen für eine noch erlesenere Gästeschar. Es heißt, Bohemian Grove gefalle ihm wegen der Yale-geprägten, homosexuellen Untertöne nicht, aber ebenso wahrscheinlich ist, dass ihm Bohemian Grove, wo sich ein paar hundert Mitglieder der amerikanischen Machtelite treffen, einfach nicht exklusiv genug war. Es mag sogar sein, dass er à la *Wer ist John Galt?* (klicken Sie auf den Link und erfahren Sie bei Amazon.com mehr über diesen Roman von Ayn Rand) die Phantasie hegt, dass sich die *Forbes* 400 organisieren und die demokratischen Werte der USA aushebeln. Uns würde das nicht überraschen.

Was auch immer der Grund sein mag, Tatsache bleibt: Wenn sich extrem reiche und mächtige Leute heimlich treffen, geschieht das garantiert nicht zum Wohl des kleinen Mannes. Die Männer, die sich hier in Cloudcroft versammelt haben, gehören zu den reichsten in ganz Amerika und werden mit jeder Minute noch reicher. John Porteus beispielsweise nimmt pro Minute Schwindel erregende 5000 Dollar ein, was pro Stunde über 300 000 Dollar macht. Jetzt wird auch er Ihnen bestimmt schon weniger Leid tun.

Lassen Sie sich nicht täuschen, die Männer auf diesem Bild mögen wie Mitglieder Ihres örtlichen Golfclubs aussehen, aber sie benehmen sich nicht so. Diese verschworene und verschwiegene Bruderschaft des obszönen Reichtums ist mächtig genug, um über wichtige Dinge – Preise, Inflation, Zinssätze, Arbeitsplätze – zu bestimmen, ohne sich an die normalen demokratischen Institutionen zu halten. Inwiefern? Insofern, als sie das Bankwesen, die Geldmenge und die Märkte kontrollieren. Und während sie immer noch reicher und mächtiger werden, werden die Armen immer ärmer. Laut den Vereinten Nationen wird die Kluft zwischen Arm und Reich immer größer. Wenn wir daran etwas ändern wollen, müssen wir jetzt handeln! Bevor es zu spät ist! Und verzweifelte Situationen erfordern verzweifelte Mittel! Daher unsere jetzige Aktion.

Was wollen wir erreichen? In der Welthandelsorganisation bestimmen nicht demokratisch gewählte Leute die Politik, die dann von gewählten Regierungen umgesetzt wird: Politik in Sachen Umwelt, soziale Programme, Arbeitsplätze, Gesundheit und Drittweltschulden. Die von der WTO zuwege gebrachten Handelsabkommen verleihen jedoch den transnationalen Konzernen, deren oberste Richtschnur der Profit der Aktionäre ist, nur noch mehr Macht. WTO könnte auch für Weltkonzerne tyrannisieren Ohnmächtige stehen. Für jeden Dollar, der an Entwicklungshilfe in die Dritte Welt geht, kommen neun Dollar an Zinszahlungen zurück.

Vor dieser Aktion haben wir uns zusammen mit anderen Aktivisten an globalen Aktionstagen beteiligt, wo es darum ging, gegen die WTO (oder den G8-Zusammenschluss der führenden Industrienationen) zu protestieren und Information darüber zu verbreiten, welche Gefahr WTO, Globalisierung und ungezügelter Kapitalismus für die Demokratie, die soziale Gerechtigkeit und die Menschenrechte darstellen. Im November 1999 trafen sich 50000 Aktivisten in Seattle und zogen in einer militanten, aber dennoch friedlichen Protestdemonstration durch diese traditionsreiche Gewerkschaftsstadt. Und das war nur der Anfang! Seit Seattle gab es weitere globalisierungskritische Proteste in London, Barcelona, Göteborg und schließlich in Genua, wo ein Demonstrant, der mit nichts Gefährlicherem als einem Feuerlöscher bewaffnet war, von einem italienischen Polizisten aus nächster Nähe erschossen wurde. Bei jedem dieser Proteste offenbart der Kapitalismus sein wahres Wesen, das brutal und repressiv ist.

Business und Kapitalismus haben der Demokratie, der sozialen Gerechtigkeit und den sozialen Institutionen den Krieg erklärt. Wir glauben, dass es an der Zeit ist, unsererseits Business und Kapitalismus den Krieg zu erklären. Um Thomas Jefferson zu zitieren: «Wann immer feindliche Aggression ... den Rekurs auf das Mittel des Krieges erzwingt, müssen wir unsere Pflicht tun und der Welt beweisen, dass wir rechtschaffene Freunde und mutige Feinde sind.» Diese Aktion hier in Cloudcroft ist nur der erste Schuss des bevorstehenden Kampfes. Und wie beim Panzerkreuzer Aurora zu Beginn der Oktoberrevolution wird dies, um es mit Emerson zu sagen, «ein Schuss sein, der rings um die Welt vernommen werden wird.»

Wir fordern nichts Geringeres als die Auflösung der WTO. Den totalen Schuldenerlass für die Dritte Welt. Die gesetzliche Vierzig-Stunden-Woche und einen Mindeststundenlohn von zehn Dollar. Und das Ende der Kuba-Blockade. Die Kennzeichnung aller gentechnisch veränderten Lebensmittel. Die Ratifizierung des Kyoto-Protokolls über die Reduktion der Treibhausgase. Wenn diese Forderungen nicht erfüllt werden, wird dies schwerwiegendste Folgen für die hier versammelten Kapitäne des Kapitalismus haben, genau wie jedweder Versuch der Agenten des amerikanischen Faschismus – Polizei, FBI, Nationalgarde –, diese erbärmlichen Kerle zu befreien. Wir haben euch gewarnt. Die erste Geisel stirbt morgen früh um Punkt acht Uhr, wenn diese Forderungen nicht erfüllt werden.

IM KOBTV-GEBÄUDE in Albuquerque beendete John Elder gerade das Editing eines Nachrichtenbeitrags. Als das getan war, checkte er die E-Mail der Nachrichtenredaktion, für den Fall, dass irgendetwas Berichtenswertes dabei war. Womit er an einem Sonntag nicht rechnete. Sonntags herrschte in Albuquerque sogar bei den Grillen Stille.

Zuerst hielt er die E-Mail der selbst ernannten Architekten der Internetwelt für einen Hoax. Doch als er Cadence Kiams Foto sah und dann das Webcam-Bild von Bob Clarenco anklickte, änderte er seine Meinung. Vor sich hatte er ein etwa zehn mal zwölf Zentimeter großes Bild, ein bisschen wie die leicht unscharfen, bläulichen Fotos, die seine Frau immer im Urlaub von ihm machte und auf denen er aussah wie ein gesuchter Verbrecher. Elder hatte kaum Erfahrung mit Webcam-Bildern, die er ausschließlich mit Internetpornographie assoziierte, und fand es zunächst einfach nur faszinierend, ein Live-Bild von jemandem zu sehen, der an einen Stuhl gefesselt war und von unsichtbaren Verbrechern mit Pistolen bedroht wurde. Doch als er dieses Stadium überwunden und den Text auf der Website gelesen hatte, begriff er, dass das womöglich eine ganz große Story war. Vielleicht sogar die größte Inlandsstory seit der Zerstörung des World Trade Center 2001. Und im Moment war es seine Story. Wer wäre geeigneter, diese Sache zu übernehmen, als er? Hatte er nicht schon den Bericht über die Ankunft dieser Milliardäre auf dem White Sands Airport von Alamogordo gemacht? Zuerst rief er den Nachrichtenredakteur Richard Tait an und erzählte ihm von der Story.

Dann rief er zu Hause an und hinterließ seiner Frau, die gerade in der Messe in San Felipe de Neri – der ältesten Kirche von Albuquerque – war, dass sie ihn nicht vor Sonntagmittag zurückerwarten solle. Eine Stunde später saß er bereits wieder mit Warren Meisler und Maria Montoya im Ü-Wagen, auf dem Weg nach Alamogordo.

Auf der Fahrt hörte Elder schweigend zu, wie Maria Montoya erklärte, eine solche Story würde doch bestimmt von Millionen Menschen in den gesamten Staaten verfolgt werden und das sei ihre große Chance, den Sender auf sich aufmerksam zu machen. Er brachte es nicht übers Herz oder hatte nicht den Mumm, ihr zu sagen, dass Tait bereits mit NBC in New York telefoniert hatte und man dort zu dem Schluss gekommen war, die geeignetste Person, um vor der Kamera über eine Situation zu berichten, die morgen bei Börsenöffnung – immer vorausgesetzt, sie hielt so lange an – zweifellos eine gewisse Panik auslösen würde, sei Dolores Milliano, Anchorwoman des viel gepriesenen CNBC-Magazins «The Long and the Short» (Sendezeit 21–22 Uhr Ostküstenzeit), das sich vor allem mit den jüngsten Entwicklungen an der Wall Street befasste.

Außer bei CNBC kamen Millianos punktgenau-investigative Beiträge über Finanzthemen auch zur besten Sendezeit bei NBC, und sie selbst war häufiger Gast bei «Today» und «Oprah». Ferner war sie Autorin mehrerer Finanzratgeber-Bestseller bei McGraw Hill, darunter *Das Geschäftliche ist persönlich* (1996), *Gier ist göttlich* (1997), *Geld ausgeben oder reich werden?* (1998), *Day-Trading für Hartgesottene* (1999), *Der Gordon Gekko von nebenan* (2000) und *Wie Ihr Kind Millionär wird* (2000). Dolores Milliano, auch Millionen-Dolores genannt, war das Glamour-Girl des Finanzjournalismus, und die Mischung aus tollem Aussehen, warmer Ausstrahlung vor der Kamera, Geschäftssinn und der Gabe, Dinge verständlich zu erklären, hatte sie reich gemacht und ihr ein großes Landhaus in Mount Kisko, nicht weit von Manhattan, beschert.

Als der Anruf aus den NBC-Studios in Secaucus, New Jersey, kam, schrieb Milliano gerade für ihre – in über einem Dutzend Zeitungen erscheinende – Kolumne «Das liebe Geld» ein paar erhellende Sätze zum Bärenmarkt am Freitag in Chicago. Nachdem sie die Website aufgesucht hatte, erklärte sie sich bereit, alles stehen und liegen zu lassen und nach New Mexico zu fliegen. Doch erst ihr habgieriger und prinzipienloser Agent Moses Bishop machte ihr klar, dass da womöglich auch ein Buch drin war, vielleicht sogar ein ganz wichtiges.

«Die Sache könnte sich eine Weile hinziehen», sagte er. «In dem Fall würde sie sich mit Sicherheit sehr negativ auf die Märkte auswirken. Ich habe mit ein paar Jungs von Saloman Smith Barney gesprochen, und die scheißen sich jetzt schon in die Hose.»

«Das ist ein so genannter Informationsschock», erklärte Milliano. «Führt zu erhöhter Volatilität. Aber über ein Buch zu sprechen, erscheint mir doch etwas verfrüht, Mose.»

«Ein Haufen Milliardäre, die mit der Knarre bedroht werden? Glauben Sie mir, das ist ein Buch. Und mit Ihrem Profil, Dolores, sind Sie doch prädestiniert dafür. Die Reporterin des Satans. Wie in dem Film mit Kirk Douglas.»

«Vor meiner Zeit», sagte Milliano.

«Macht nichts. Hören Sie, das könnte die Chance sein, auf die wir gewartet haben. Der große Durchbruch. Unser Vertrag mit McGraw ist abgelaufen, und ich finde, wir sollten mal hören, was andere Verlage von einem solchen Milliano-Buch halten.»

«Ein Buch können doch auch andere drüber schreiben.»

«Klar können sie das, aber sie verkaufen sich nicht so wie Sie, meine Liebe. Sie sind nun mal *der* Name auf diesem Gebiet. Sie sind leicht zu promoten. Hören Sie, wollen Sie nicht mal gucken, ob Sie im Flieger dort runter ein Exposé zustande bringen? Einer meiner Freunde bei Saloman sagt, wenn sie diesen Mann morgen früh erschießen, haben wir womöglich den SuperGAU an den Märkten.»

«Da könnten Sie Recht haben, Mose. Nach dem Kurseinbruch am Freitag in Chicago könnte das das große Beben sein.»

«Und wenn es das große Beben ist, müssen Sie im Epizentrum sein. Natürlich kann jeder Trottel von emeritiertem Harvard-Ökonomen ein Buch über das Ganze schreiben, wenn es vorbei ist. Aber nicht jeder kann zu einem Teil der Story werden, während sie noch läuft. Diesen Vorteil bietet Ihnen das Fernsehen. Sie brauchen nur Ihr hübsches Gesicht zum Synonym dessen zu machen, was dort unten passiert. Alles andere regle ich.»

«Okay, okay, schon überredet. Ich mache ein Exposé.»

Sie verschickte ihre Kolumne per E-Mail und rief dann ihren NBC-Producer an, um ihm zu sagen, sie werde hinfliegen. Als Nächstes rief sie Acacio, ihren Lieblings-Haarstylisten aus Louis Licaris Salon an der Fifth Avenue, unter seiner Privatnummer an und fragte ihn, was er von einem Gratistrip nach New Mexico mit allen Spesen halte. Neunzig Minuten später trafen sie sich am Flughafen, und um zwei Uhr Ostküstenzeit saßen sie und Acacio im Flieger nach Albuquerque.

SERGEANT THOMAS Zander von der New Mexico State Police hatte sein ganzes Leben in Albuquerque verbracht, und seit seine Familie in New Mexico war, war sie eng mit der State Police verbunden. Sein Vater Frank war 1948 in den Polizeidienst getreten und hatte es zum Captain gebracht, und sein Großvater Earl – ursprünglich Harley-Davidson-Händler – war 1933 zur ersten Motorrad-Einheit New Mexicos gegangen und hatte von 1945 bis zu seinem Tod durch einen außerdienstlichen Verkehrsunfall 1950 als Polizeichef amtiert. Zanders Frau war Bürokraft im Gerichtsgebäude von Bernalillo County. Sie waren kinderlos und investierten ihr ganzes verfügbares Geld in ihr Hobby – sie hatten jeder eine Harley – oder in Aktien.

Wie für viele Leute in Albuquerque war auch für Zander der Glaube an den Aktienmarkt fast schon zur zweiten Natur geworden. Fast jeder hier erinnerte sich, wie Bill Gates 1975 in Albuquerque Microsoft gegründet hatte, und ein, zwei Einheimische schworen, einen Haufen Geld gemacht zu haben, weil sie auf Bill Gates gesetzt hatten, noch ehe der 1979 seine Firma nach Bellevue im Staat Washington verlegte. Andere, so auch Zander, hatten Jeff Bezos gekannt, den Gründer von Amazon, und etliche Leute hatten mit diesen Aktien richtig abgesahnt. Zander selbst hatte sein Investment von zehntausend Dollar verdoppelt und dann verkauft, nur um mit ansehen zu müssen, wie die Aktien auf 139 Dollar kletterten, womit er, hätte er seine bis zum richtigen Zeitpunkt gehalten, über sechzigtausend Dollar Profit gemacht hätte. Danach hatte Zander ein paar Bücher über Aktiengeschäfte erstanden und sich geschworen, in Zukunft etwas mehr Geduld zu haben. Die nächste Firma, in die er investiert hatte, war ein Datenbank-Software-Hersteller in dem Städtchen Truth or Consequences gewesen, was ihm eine Menge Geld gebracht hatte, als dieser Laden von Delphus übernommen wurde. Da er nicht recht gewusst hatte, was jetzt tun, hatte Zander einen Großteil seines Gewinns bei Delphus reinvestiert. Um diese Zeit hatte er sich auch einen PC gekauft, ein Online-Tradingkonto bei Charles Schwab eröffnet und begonnen, gleich fünfzig oder hundert Aktien von Firmen zu kaufen, die ihm gefielen. Nicht nur der Reichtum war inzwischen demokratisiert, sondern auch die Mittel, ihn zu erlangen. Im Lauf der Jahre hatte er immer weiter bei Delphus investiert, und faktisch war Errol Laurensons Unternehmen jetzt seine Alterssicherung. Zu einem bestimmten Zeitpunkt hatte er nicht weniger als dreihundertfünfundsiebzigtausend Dollar in Delphus-Aktien stecken gehabt. Natürlich waren die Aktien seither etwas gefallen – wegen des High-Tech-Crashs und dann wegen dieses Angriffs auf das WTC –, aber die meisten Experten bei der Finanzpresse und bei CNBC schienen der Meinung, dass man bei Aktien wie denen von Delphus langfristig denken müsse. Also hatte er sie gehalten.

Sergeant Zander war Detective mit normalen polizeilichen Aufgaben, aber er war auch beim Tactical Team, dem Sondereinsatzkommando der New Mexico State Police. Wie jeder beim Tac Team hatte Sergeant Zander seine Ausrüstung immer im Kofferraum, und oft war er weit von Albuquerque entfernt, wenn der Tac-Team-Pager, den er neben seiner Dienstmarke und seiner Glock Automatic am Gürtel trug, signalisierte, dass er in einer Situation gebraucht wurde, wo ein robustes Eingreifen für nötig erachtet wurde.

Manchmal schwieg der Pager tagelang. Dann wieder piepte er in einer Woche drei, vier Mal los. Zander hielt sich gewissenhaft in Form, aber die Tac-Team-Einsätze waren anstrengend, und jetzt, mit 49, nach achtundzwanzig Dienstjahren, dachte er allmählich an den Ruhestand. Nicht, dass er so ausgesehen hätte, als wäre er reif für den Schaukelstuhl. Er hatte volles schwarzes Haar, und wenn er es kurz hielt, war das einzig sichtbare Grau das in seinem Schnauzer. Aber er wusste, inwendig war da jede Menge Grau. In den letzten Jahren war er ein paar Mal nur knapp davongekommen, und einmal hatte er danach sogar psychologische Betreuung gebraucht. Es war erst ein paar Wochen her, dass ein anderer Tac-Team-Beamter, Bill Sanchez, eine Kugel abgekriegt hatte, die für Zander bestimmt gewesen war. So ziemlich das Einzige, was ihn in solchen Zeiten aufrecht hielt, waren die Antidepressiva, die er heimlich nahm, seine Soft-Tail-Harley, der Gedanke an das hübsche Pölsterchen, das er sich im Lauf der Jahre geschaffen hatte, und die Visionen von dem, was er und Janine damit machen würden, wenn er endlich im Ruhestand war.

An diesem Sonntagmorgen war Zander in einer Ermittlungssache – eine Serie von Banküberfällen – unten in Ruidoso, etwa hundert Kilometer südöstlich von Albuquerque, als der Tac-Team-Pager lospiepte. Er ging zu einem Münzfernsprecher im Supermarkt und rief den Sondereinsatzleiter, Lieutenant Bob Everard, an.

Als Everard ihm die Situation geschildert hatte, war Zander ganz übel, und alles, was er denken konnte, während er die zwanzig Meilen südwärts nach Cloudcroft fuhr, war, dass Errol Laurenson nichts passieren durfte. Wenn ihm etwas passierte, konnte das für Delphus und für Zanders Portfolio nur die totale Katastrophe sein. Was auch immer langfristig aus Laurenson wurde, die Märkte würden morgen früh bei Börsenöffnung mit Sicherheit negativ auf diese Nachricht reagieren. Immer vorausgesetzt, es ging so lange. Doch sobald Sergeant Zander Cal Wallenbergs Haus sah – oder jedenfalls die beiden Riesenzäune, die es umgaben, da das Haus selbst von der Straße aus nicht sichtbar war – begriff er, wie lange sich die Belagerung eines solchen Ortes hinziehen konnte. Nachdem er nicht weit vom Tor geparkt hatte, begann er, unter den Augen des Sheriffs von Cloudcroft, sein Waldtarnzeug anzuziehen.

Sheriff Baker lächelte breit. «Beschissene Art, den Sonntag zu verbringen, was?», sagte sie fröhlich. «Aber danke, dass Sie hier raufgekommen sind.» Etwas betreten setzte sie hinzu: «Ich hab nur irgendwie gedacht, Sie wären mehr.»

Mehr Sheriff Baker war hingegen kaum denkbar. Sie sah aus wie Cagney und Lacey, in eine kleine Polizeiuniform gezwängt.

«Der Rest des Teams ist unterwegs», erklärte er. «Ich war mehr oder weniger in der Gegend, als der Ruf kam.» Er stieg aus seinen Jeans und in die Tarnhose. «Wissen Sie etwas über die Anlage dieses Hauses?»

«Klar. Das Ding ist wie Fort Knox: bewaffnete Sicherheitsleute, Überwachungskameras überall und vermutlich noch einiges mehr, wovon ich nichts weiß. Sehen Sie den inneren Zaun da? Der steht unter Strom. Ist der Hauptgrund, warum es noch einen äußeren Zaun gibt. Mr. Wallenberg nimmt's sehr ernst mit seiner persönlichen Sicherheit.»

«Offenbar nicht ernst genug. Haben Sie versucht, mit den Geiselnehmern Kontakt aufzunehmen?»

«Klar hab ich das. Hab ein paar Mal angerufen. Den Sprechanlagenknopf am Tor gedrückt. Aber da meldet sich keiner. Sie wissen aber, dass ich hier bin. Ich hab gesehen, wie sich die Überwachungskamera zu mir gedreht hat.»

Bemüht, sich auf den Job und nicht auf sein Portfolio zu konzentrieren, legte Zander seine kugelsichere Weste an, nahm sein M16-Sturmgewehr und das Fernglas und näherte sich dem Tor. Jenseits der beiden Zäune war nicht viel zu sehen: nur ein steil ansteigender Hang mit dichtem Baumbestand, aber von einem Haus keine Spur. Das Anwesen wirkte so zurückgezogen wie eine Muräne und war vermutlich auch ebenso ungastlich. Auch wenn die meisten Leute das nicht wussten, war die Hauptaufgabe eines Tac Teams nicht der Angriff, sondern die Eindämmung der Situation, aber außer einem Banktresor war kaum etwas denkbar, das von sich aus schon abgeschotteter gewirkt hätte.

«Ich nehme an, der Zaun geht ums ganze Gelände», sagte er.

«Ringsrum.»

«Wie groß, würden Sie sagen, ist das Grundstück?»

«Weiß ich nicht genau. Irgendwo da drin liegt ein ganzer Golfplatz. Und wenn man den Gerüchten glauben kann, auch ein Atombunker.»

In einem Geländewagen waren jetzt zwei weitere Tac-Team-Mitglieder eingetroffen, beide aus Las Cruces, nahe der Grenze zu Texas, und kurz darauf tauchte auch das erste Fernsehteam auf, von KOBTV.

«Haben ja nicht lange gebraucht», bemerkte Baker.

«Wenn irgendwo ein Tropfen Blut im Wasser ist, finden die garantiert hin. Und wenn erst mal eins da ist, kommen normalerweise jede Menge andere gleich hinterher. Wir müssen sie ans untere Ende der Straße runterschicken. Ich wäre für eine Polizeikette drunten am Haupthighway.»

Was er sagte, klang einigermaßen richtig. Aber in Wirklichkeit dachte Zander nur daran, wie wohl die Marktmacher auf

Fernsehbilder von Tac-Team-Beamten reagieren würden, die Wallenbergs Haus umstellten. Je weniger sie erst mal zu sehen kriegten, desto besser. Von der Webcam, die auf Bob Clarenco gerichtet war, hatte ihm niemand etwas gesagt.

«Halten Sie das wirklich für nötig?»

«Ich fürchte, ja. Aber es ist auch zu ihrem eigenen Schutz, verstehen Sie? In Waco wären ein paar Journalisten beinah von den Polizeikräften erschossen worden, weil die dachten, sie gehörten zu Koreshs Leuten.»

«Waco? Ich habe ein paar Bücher drüber gelesen, was da abgelaufen ist. Mann, das war echt schrecklich. Sie meinen, das hier kann genauso schlimm werden?»

«Keineswegs», sagte Zander, der es bereits bereute, Waco erwähnt zu haben. «Ist nur eine Vorsichtsmaßnahme. Mehr sage ich gar nicht, Sheriff. Wir wollen doch vorsichtig sein.»

«Oh, klar doch.»

Ein weiteres Fernsehteam erschien, und Sheriff Baker watschelte hin, um die Leute wegzuschicken. Er hoffte, sie würde so schlau sein, nicht das Wort «Waco» vor den Journalisten fallen zu lassen, nur um sie auf die andere Seite der Absperrung zu kriegen. Das Letzte, was die Wall Street in Zusammenhang mit der Situation hier in Cloudcroft hören durfte, war der Verweis auf die neunzigtägige Belagerung eines ähnlich dimensionierten, ähnlich gut gesicherten Anwesens in Arkansas, die mit dem Tod von über achtzig Menschen geendet hatte.

IM KOMFORTABEL klimatisierten Sicherheitskontrollzentrum verfolgte Eve auf einem der Überwachungsmonitore, wie sich das Tac Team vor dem Haupttor versammelte. Sie beobachtete, wie die Beamten hinter ihren Autos in ihr Tarnzeug schlüpften wie eine Horde Männer, die auf die Jagd gehen wollte. Am frühen Nachmittag waren bereits fünfzig bis sechzig Beamte um das Grundstück verteilt, und indem Eve über die

Sprechanlage, deren Mikrophon Pennac angelassen hatte, die Gespräche mithörte, erfuhr sie, dass es sogar zwei Tac Teams waren – eins von der New Mexico State Police, das andere von der Polizei von Albuquerque –, und dazu noch der weibliche Sheriff von Cloudcroft mit mehreren Deputys und der Sheriff von Otero County mit einigen seiner Leute. Soldaten der Neunundvierzigsten Sanitätsgruppe vom Luftwaffenstützpunkt Halloran errichteten Sanitätszelte.

Im Kontrollzentrum hörten Eve und ein paar von ihren Leuten genau zu, wie der Einsatzleiter, Lieutenant Everard, seine Leute in vier Teams aufteilte: Sturmteam, Sprengteam, Scharfschützenteam und Minder-tödliche-Einsatzmittel-Team. Ehe er sich bei der 101. Luftlandedivision verpflichtet hatte, war Bill King bei der Nationalgarde gewesen, und er wusste einiges über den Operationsmodus von Tac Teams. Während er den Befehlen des Einsatzleiters lauschte, erläuterte er den anderen, was da passierte.

«Lassen Sie sich durch das, was Sie da hören, nicht einschüchtern», erklärte er. «Die Funktionen werden immer gleich am Anfang verteilt. Dass es jetzt ein Sturmteam und ein Sprengteam gibt, heißt nicht, dass sie noch vor dem Abendessen stürmen wollen. Sobald sie vor Ort sind, müssen sie erst mal die Situation erkunden und die Machbarkeit eines Angriffs sondieren.»

«Und die Scharfschützen?», fragte Eve.

«Die sind vor allem Beobachter», sagte King. «Nur weil sie eine Remington 700 Police Special mit Zielfernrohr mit sich herumtragen, gehen die Leute immer davon aus, dass sie versuchen werden, jemanden abzuknallen. Aber meistens gucken sie nur durch ihre Feldstecher und versuchen rauszukriegen, was zum Teufel da vor sich geht. Wobei sie von da unten nicht viel erkennen können.»

«Und minder tödliche Einsatzmittel?», fragte sie. «Was ist das?»

«Blendgranaten, Gas, Spray», sagte King verächtlich. «Solches Zeug.»

«Na ja, hier drin werden sie uns nichts anhaben können», sagte Ann Choy. «Die Klimaanlage fürs Haus hat eigene Reinigungsfilter. Genau wie die Wasserversorgung. Und mit den Panzerglasfenstern, dem Generator und dem ganzen Zeug draußen im Garten ist das hier wohl so ziemlich der beste Ort, um sich zu verschanzen.»

«Sie hat Recht», sagte King. «Also gibt's keinen Grund, sich von der Trachtengruppe da draußen ins Bockshorn jagen zu lassen. Glauben Sie mir, die werden erst mal einfach nur warten. Jedenfalls, bis wir ‹sie zur Aktion zwingen.›» Er zeigte auf das Webcam-Bild von Bob Clarenco auf einem der Bildschirme. «Morgen früh um acht werden sie vielleicht was unternehmen, aber vorher nicht.»

Eve fuhr zusammen, als das Telefon wieder klingelte. Da sie wusste, dass es diesmal ein ausgebildeter Verhandlungsspezialist des Tac Teams war und nicht nur der örtliche Sheriff, nahm sie ab.

«Hallo», sagte sie vorsichtig und beobachtete, wie ein hoch gewachsener Mann mit einem Zuhälterbärtchen und einem Handy am Ohr bedeutungsvoll aufs Tor zumarschierte.

«Hier ist Tom Zander von der New Mexico State Police», sagte er. «Spreche ich mit jemandem von den Architekten der Internetwelt?»

«Tun Sie. Aber Sie können mich Bette nennen.» Bette hieß ihre Mutter.

«Bette, okay. Sind Sie Kinofan, Bette?»

«Kommt ganz auf den Film an.»

«Und steht über diesem Film hier Ihr Name, oder gibt's da jemand anderen, mit dem ich reden sollte?»

«Nein, Sie können mit mir reden.»

«Gut. Ich rede lieber mit Frauen.»

«Ach, ja?» Ein Charmeur. Noch so ein Brad, dachte sie.

«Klar.»

«Weil Sie meinen, mit Frauen verhandelt sich's leichter?»

«Eigentlich nur, weil ich einfach lieber mit Frauen rede», sagte Zander. Aber tatsächlich war der Schwerpunkt bei Krisenverhandlungen sowieso nicht, wie die Leute immer dachten, das Reden, sondern das Zuhören. Schon jetzt lautete Zanders persönliche Einschätzung, dass diese Frau viel zu freundlich klang, was hieß, dass sie vermutlich keine Angst hatte, und er wusste instinktiv, dass das keine einfache Verhandlungssituation werden würde.

«Hören Sie, Bette, Sie klingen wie eine ganz vernünftige Frau. Um ganz ehrlich zu sein, ich hatte jemand Unzugänglicheren erwartet, nach dem, was ich auf Ihrer Website gelesen habe. Was ich übrigens mit Vergnügen getan habe. Ich habe sie erst vor ein paar Minuten studiert. Und ich habe ausgerechnet, wie lange ich arbeiten müsste, um so ein Eliot-Massinger-Vermögen zu machen. Etwa vierhundertsechsunddreißigtausend Jahre.»

«Vielleicht können Sie ja ein paar Überstunden machen, während Sie hier sind. Sich die Chance erarbeiten, auch auf die *Forbes*-Liste zu kommen.»

«Ach, so lange wird es hoffentlich nicht gehen. Apropos, wie geht es Mr. Massinger und den anderen?»

«Denen geht's allen prima.»

«Es geht ihnen prima? Das ist gut. Wäre es möglich, dass ich mit einem von ihnen sprechen könnte? Nur um mich selbst davon zu überzeugen? Ich muss Sie das fragen, tut mir Leid, aber Sie wissen ja, wie es ist. Ich wüsste das wirklich sehr zu schätzen.»

«Dafür ist ja die Webcam da. Damit Sie das jederzeit überprüfen können.»

«Die Webcam, natürlich. Aber wenn ich vielleicht doch kurz einen von den anderen am Telefon sprechen könnte?»

«Wissen Sie denn nicht? Ein Bild sagt mehr als tausend Worte. Aber ich werde sehen, was sich machen lässt.»

«Tatsächlich? Danke, Bette. Ach übrigens, wussten Sie schon, dass ein Tac-Team-Einsatz im Durchschnitt nur zwei Stunden dauert?»

«Ach, ja?»

«Ja. Also hätte ich da einen kleinen Vorschlag zu machen. Und Sie brauchen nicht ja oder nein zu sagen, sondern einfach nur drüber nachzudenken. Aber Tatsache ist, Sie haben bereits jede Menge Publicity. Das Dorf ist schon voll mit Fernsehteams. Sie und Ihre Leute da drinnen sind schon berühmt. Also, wenn es darum geht, würde ich sagen, wir können jetzt alle wieder nach Hause gehen. Ich kann Ihnen versprechen, jeder halbwegs tüchtige Anwalt kann das so regeln, dass Sie in ein paar Tagen wieder daheim sind. Ich meine, es ist doch niemandem etwas passiert, oder?»

«Ich sagte doch schon, es geht ihnen allen prima.» Sie musste zugeben, Zander war gut, auch wenn er sie an Brad erinnerte. Seine ruhige, bedächtige Stimme war ihr jetzt schon ziemlich sympathisch. Ihm zuzuhören gab ihr schon fast das beruhigende Gefühl, dass alles gut gehen würde.

«Wenn es allen prima geht, erleichtert mich das sehr. Mein Portfolio hat in letzter Zeit ganz schön gelitten, durch diesen ganzen High-Tech-Crash und dann noch den Angriff auf das World Trade Center. Das Letzte, was ich jetzt brauchen kann, ist eine neue Börsenpanik. Es ist natürlich kein tolles Portfolio, nach den Maßstäben der Leute dort drinnen bei Ihnen, aber für mich und meine Frau ist es doch ein hübsches Pölsterchen, für nach meinem Abschied von den Maul-Marines.»

«Maul-Marines?»

«Ja, so nennen die anderen Jungs die Krisenverhandlungsteams. Also, Bette, was ist? Wären Sie und Ihre Leute vielleicht bereit, Ihr Werk als getan zu betrachten und rauszukommen, damit wir alle noch was vom Sonntag haben?»

«Ich fürchte, das geht nicht, Tom.»

«Geht nicht? Ach, das ist aber schade. Okay, hören Sie, wir

haben die Telefongesellschaft veranlasst, eine stehende Leitung zwischen Ihnen und uns zu schalten. Sie brauchen nur den Hörer abzunehmen, um mit mir zu reden, okay? Sie werden mir doch sicher zustimmen, dass in einer solchen Situation Kommunikation das Wichtigste ist, wenn wir alle heil da herauskommen wollen? Und das werden wir, da bin ich mir ganz sicher, jetzt, wo ich Sie gesprochen habe, Bette.»

«Tom?»

«Ja, Bette?»

«Sie haben doch unsere Website gesehen. Wir meinen, was wir sagen. Wenn unsere Forderungen nicht erfüllt werden, hat das schwerwiegendste Folgen. Sie haben Zeit bis morgen früh, acht Uhr Ortszeit, um positiv auf unsere veröffentlichten Forderungen zu reagieren, andernfalls ... Ich hoffe, Sie haben verstanden, Tom. Wir spielen hier kein Spielchen.»

«Hat ja niemand gesagt, dass Sie Spielchen spielen, Bette. Glauben Sie mir, wir nehmen Sie sehr ernst. Um das zu merken, brauchen Sie ja nur auf Ihre Überwachungsmonitore zu gucken.»

«Ich mag ja eine Frau sein. Aber die Pistole in meiner Hand weiß das nicht. Und ich kann durchaus einen Abzug betätigen, ohne mir die Nägel zu ruinieren. War nett, mit Ihnen zu reden, Tom, aber jetzt muss ich gehen. Und nur zu Ihrer Information. Alle Gerüchte über dieses Anwesen stimmen. Es gibt hier einen Atombunker. Dort halten wir die Geiseln gefangen. Im Fall eines Erstürmungsversuchs gehe ich selbst dort rein, mache die Tür zu und fange an zu schießen.»

Eve zitterte, als sie das Gespräch abrupt beendete. Schon der bloße Gedanke, unschuldigen Menschen mit dem Tod zu drohen, war ihr schrecklich und hinterließ einen üblen Geschmack in ihrem Mund. Aber es gab keine andere Möglichkeit, die Polizei dazu zu bringen, sie ernst zu nehmen. Sie seufzte, erschöpft von der Nervenanspannung, und versuchte, die Hände hinterm Kopf verschränkt, ihre Nackenmuskeln zu dehnen.

«Gut gemacht», sagte King, der das gesamte Telefongespräch per Raumton verfolgt hatte.

«Wäre vielleicht einfacher, wenn dieser Polizist nicht so verdammt einsichtig klingen würde», sagte sie und dachte mit einem bitteren Lächeln an die beiden Uniformierten, die im Restaurant aufgekreuzt waren, als sie gerade ihren Mann vermöbelt hatte, und die ihr grob gekommen waren. «Warum gerät man nie an so einen Bullen, wenn man wegen irgendwas angehalten wird?»

«Er hat keine andere Wahl», sagte King grinsend. «Im Moment haben Sie alle Trümpfe in der Hand. Er würde so ziemlich alles sagen – sogar, dass er sie heiraten will –, nur damit Sie glauben, Sie könnten ihm trauen.»

Ann Choy sah zu Eve herüber und sagte mit ihrem schiefen kleinen Grinsen: «Hm, ist das nicht typisch Mann?»

DREISSIG MINUTEN später tauchte der erste Hubschrauber auf, kreiste in etwa 25 Meter Höhe über Haus und Gelände wie ein durchgegangener Rasenmäher und verwandelte die Fahne, die wie ein feuchtes Geschirrtuch von dem Mast vor der Eingangstür gehangen hatte, in einen geblähten Spinnaker.

Eve sah himmelwärts. «Ist wohl Zeit, dass wir unsere minder-tödlichen Einsatzmittel zur Anwendung bringen», sagte sie zu Bill King. Sie nahmen jeder ein Hochleistungs-Luftgewehr mit Zielfernrohr und gingen hinauf in den Turm.

Das Turmobservatorium lag direkt über Wallenbergs Arbeitszimmer. Es war fast ganz aus Glas und wurde von einem 90-Zentimeter-Dobsinian-Teleskop dominiert, das aussah wie die Kanone für die Zirkusnummer mit der menschlichen Kanonenkugel.

Eve und King, beide maskiert, betätigten den elektrischen Öffnungsmechanismus der Dachluke, gingen unterm Teleskop in Stellung und zielten mit ihren Gewehren auf den Hubschrauber. Noch auf hundert Meter betrug die Wucht einer Kaliber Zwanzig-Neunzig-Grain-Flachkopf-Luftgewehrkugel dreizehn Joule, und auf unter dreißig Meter waren es über fünfundzwanzig Joule – allemal genug, um die Plastikkanzel des Hubschraubers zu durchschlagen und den Insassen eine unangenehme Überraschung zu bereiten.

«Das sollte ihnen ein Denkzettel sein», sagte Eve, während sie den Hubschrauber davontaumeln sahen wie eine halb erschlagene Hornisse.

«Hoffentlich glauben sie jetzt, dass wir's ernst meinen», sagte King. «David Koresh hätte ihnen ein paar richtige Kugeln verpasst. Sobald sie denken, wir sind nicht bereit, aufs Ganze zu gehen, sind wir erledigt.»

«Bei dem Motorenlärm? Die wissen doch nicht, ob es ein Luftgewehr war oder ein richtiges Gewehr kleinen Kalibers», sagte Eve. «Die wissen nur, dass sie von irgendwas getroffen worden sind. Außerdem, gucken Sie sich doch an, was aus Koresh geworden ist.»

Sie kehrten ins Kontrollzentrum zurück, wo Pennac Eve gelassen mitteilte, dass sie Besuch hatten. «Als Sie gerade draußen waren, ging einer der Erschütterungsmelder auf dem Golfplatz los, gleich diesseits des Zauns.» Er zeigte auf einen Überwachungsmonitor, wo in einem Gebüsch nahe dem siebten Loch ein Grüppchen von vier getarnten Männern zu erahnen war.

«Die muss der Hubschrauber abgesetzt haben», sagte King. «Sie wollen uns austesten. Feststellen, was unsere Verteidigungsmittel sind. Rausfinden, ob wir wissen, was wir tun.»

«Wissen sie, dass wir wissen, dass sie da sind?», fragte Eve.

Pennac schüttelte den Kopf. «Die Erschütterungsmelder sind rein passiv. Sie geben keinerlei Signal von sich.»

«Was machen wir jetzt?», fragte Ann Choy.

«Die Hunde auf sie hetzen», griente King. «Das machen wir jetzt.»

Im Zwinger hinterm Haus befanden sich sechs unkastrierte Schäferhundrüden, jeder etwa fünfundachtzig Pfund schwer und von frühester Jugend an darauf abgerichtet, Eindringlinge aufzuspüren und anzufallen. Eine besondere Raffinesse war das Funkhalsband, das jeder Hund trug, sodass man mittels eines hohen Signaltons die ganze Meute an eine bestimmte Stelle des Grundstücks schicken, aber auch zurückpfeifen und wieder in den Zwinger zurückbeordern konnte.

«Nein, noch nicht», sagte Eve. «Auf jedem Green ist doch ein Lautsprecher, oder?»

Pennac nickte.

«Den bei den Tac-Team-Leuten. Schalten Sie ihn bitte an, Nick.»

Pennac betätigte den Schalter und wartete mit verschränkten Armen ab, was Eve zu verkünden hatte.

«An die vier Tac-Team-Leute, die sich beim siebten Green des Golfplatzes im Gebüsch verstecken», sagte sie. «Gentlemen, Sie haben Ihre Platzgebühr nicht bezahlt, und ich muss Sie daher bitten, den Platz sofort zu verlassen. Sie haben zehn Minuten, um sich zum Haupttor zu begeben. Gehen Sie nördlich um den See herum und dann bergauf, durch den Wald. Sollten Sie nach Ablauf dieser Zeit immer noch auf dem Grundstück sein, werden die Wachhunde losgelassen. Ich wiederhole, wenn Sie in zehn Minuten noch auf dem Grundstück sind, werden scharfe Hunde losgelassen. Außerdem könnte Ihre Anwesenheit die Sicherheit und Unbeschadetheit einer Geisel gefährden.»

Eve nickte Pennac zu. Er stellte den Lautsprecher ab und sagte: «Ob sie wohl dran gedachten haben, Spritzflaschen mitzunehmen?»

«Darum geht es nicht», sagte sie. «Sie wissen jetzt, dass wir sie ertappt haben. Also ist das Überraschungsmoment flöten. Außerdem wollen sie sicher die Geiseln nicht gefährden.»

Pennac betätigte den Kipphebel, der die Kamera am siebten Green steuerte, und zoomte auf die vier Männer im Gebüsch. «Sie rühren sich nicht», sagte er.

«Sie warten auf Befehle vom Einsatzleiter», sagte King.

«Dann werden wir ihm eine kleine Entscheidungshilfe geben», sagte Eve. Sie verließ das Kontrollzentrum und ging durch den Flur in das footballplatzgroße Wohnzimmer, wo inmitten vielfältiger Sitzarrangements Bob Clarenco, an einen Stuhl gefesselt, vor der Webcam saß.

«Was ist?», fragte Hogarth.

Eve nahm einen Skizzenblock und einen Magic Marker und fing an zu schreiben. «Da ist ein kleiner Tac-Team-Trupp auf dem Gelände», erklärte sie. «Vermutlich, um unsere Verteidigungsmittel auszutesten. Wir glauben, dass sie vom Hubschrauber abgesprungen sind.»

«Na und? Lassen Sie die Hunde los», sagte Clarenco.

«Ich denke, nein», sagte Eve. «Noch nicht.» Als sie mit Schreiben fertig war, zog sie die Glock aus dem Hüftholster und warf das Magazin aus. Dann setzte sie eine Gummi-Clintonmaske auf und trat vor die Webcam. Nachdem sie Clarenco den Block auf den Schoß gestellt hatte, presste sie ihm die Pistolenmündung an die Wange.

«Himmel», flüsterte er. «Ist das Ding geladen?»

«Natürlich nicht. Und jetzt hören Sie in Dreiteufelsnamen auf zu reden und gucken Sie, als ob Sie um Ihr Leben fürchten.»

LIEUTENANT BOB Everard, über zwei Zentner schwer, mit Bizepsen wie Backkartoffeln und so kurzem Haar, dass es wie aufgemalt aussah, hasste Hunde, und der Gedanke, einen oder gar mehrere zu töten, bereitete dem Sondereinsatzleiter weiter keine Probleme. Wenn da überhaupt Hunde auf dem Gelände waren. Ihm war die Idee gekommen, dass die Geiselnehmer ja vielleicht nur blufften; schließlich gab es am Zaun keine Schilder, die vor Wachhunden warnten. Aber andererseits, warum sollte Wallenberg keine Wachhunde haben? Immerhin hatte er doch sonst alle Mittel eingesetzt, um sich zu schützen. Und wenn da Hunde waren, würde man sowieso früher oder später mit ihnen zu tun kriegen. Aber ohne Spritzflaschen mit Formaldehyd oder gar Blausäure müssten die Männer dort hinterm Zaun versuchen, die Hunde mit dem Gewehr zu erschießen, und mehrere scharfe Hunde, die ein Tempo von über fünfundzwanzig Meilen drauf hatten, waren womöglich nicht so leicht zu erschießen. Die Hundestaffel der NMSP hatte einen Deutschen Schäferhund namens Nero, der es mit zwei Kugeln, Kaliber .45, in der Brust noch geschafft hatte, den Kerl, der seinen Hundeführer attackiert hatte, von den Beinen zu holen. Everard debattierte noch mit sich, als ihn Tom Zander zu dem Polizei-Van hinüberrief, der zwei Computer zur Überwachung der Webcam-Bilder sowie ein ganzes Discount-Sortiment an Telefonen und Aufzeichnungsgeräten beherbergte.

Die Aussage der Pistole an Clarencos Kopf war unmissverständlich, aber Everard beugte sich dennoch an den Bildschirm heran, um das Schild auf Clarencos Schoß genauer zu studieren. Da stand: ZIEHEN SIE IHR TEAM SOFORT ZURÜCK, ODER CLARENCO STIRBT.

Everard fluchte und beorderte dann, wie ihm befohlen, das Sturmteam per Sprechfunk zum Tor zurück.

Mit zusammengekniffenen Augen musterte er das kleine Webcam-Bild ein weiteres Mal. «Sieht aus, als wär's eine Frau, die Clarenco die Waffe an den Kopf hält», bemerkte er. «Vielleicht die, mit der Sie gesprochen haben. Schwer zu erkennen auf diesem Bild, aber mir scheint, sie trägt einen Ehering.»

Zander zuckte die Achseln. «Auch Kriminelle heiraten.»

Everards Handy klingelte. Es war der Hubschrauberpilot, der ihm mitteilte, sie seien unter Beschuss geraten; die Kanzel des Hubschraubers sei getroffen worden, an mehreren Stellen, aber von der Größe der Einschusslöcher her sehe es aus, als ob die Schützen Hochleistungsluftgewehre benutzt hätten.

«Luftgewehre?»

«Hey, ich beschwer mich nicht drüber», sagte der Pilot.

Everard beendete das Gespräch, gab die Neuigkeit an Zander weiter und sah wieder auf das Webcam-Bild. «Sieht das für Sie aus wie eine echte Pistole?», fragte er.

«Wir sind hier in Amerika, Bob», sagte Zander. «Ich gehe grundsätzlich davon aus, dass alle Pistolen echt sind. Selbst die gelben mit Wasser drin. Ich sage mir, dass ich auf diese Weise vielleicht länger lebe.»

Everards Handy klingelte wieder. Er gab ein paar Grunzlaute von sich und steckte das Handy dann wieder in die Tasche seiner Schutzweste. «Der Supervisor ist auf dem Weg von Santa Fe hierher», erklärte er Zander. «Um die Sache zu übernehmen.»

«Logisch, dass Dillon herkommt. Nichts gegen Sie, Bob, aber das hier ist eine richtig große Sache mit viel Öffentlichkeit. Es sind bestimmt schon ein Dutzend Fernsehteams im Ort.»

«Das brauchen Sie mir nicht zu erzählen. Und raten Sie mal, wer mitkommt?»

Zander zuckte die Achseln.

«Gouverneur Nixon.»

«Rambo kommt persönlich her?»

«Hat Dillon mir gerade gesagt.»

«Das hat uns gerade noch gefehlt.»

Der Gouverneur von New Mexico, Ted Nixon, Ex-WWF-Wrestler und bekannt für seine direkte Art zu reden und zu handeln, war ein begeisterter Triathlet, Base-Jumper, Bergsteiger und Survivalist. Und – nach Meinung mancher Leute – ein ultrarechter Spinner. Berühmt war die Geschichte, wie er auf einen Indianer losgegangen war, der ihm am Portal des Gouverneurspalasts eine Töpferarbeit hatte aufschwatzen wollen, und ein andermal hatte er eine aus dem achtzehnten Jahrhundert stammende Holzstatue des Heiligen Franziskus in der St.-Francis-Kathedrale von Santa Fe als «Kitsch» bezeichnet.

«Hoffentlich können wir das FBI da raushalten», brummelte Everard.

«Kommt wohl drauf an, wie man Anti-Terror-Einsatz definiert», sagte Zander. «Aber angesichts der Forderungen dieser Geiselnehmer würde ich sagen, es wird ganz schön schwer für uns werden, die Sache allein zu handhaben. Die wollen sicher irgendwann hier raus. Über die Staatsgrenze. Außer Landes wahrscheinlich. Dann ist es sowieso Sache des FBI.»

«Mag sein, aber wir werden möglichst lange die Hand drauf halten. Wenn wir nur eine Ahnung hätten, wer diese Kerle sind. Verdammt, es muss doch jemanden geben, der weiß, wer sie sind und wo sie herkommen.»

«Da waren Demonstranten am Flughafen von Alamogordo, als Mr. Wallenbergs Gäste angekommen sind», mischte sich Sheriff Baker ein. «Ich hab's im Fernsehen gesehen. Ich meine mich zu erinnern, dass da auf KOB eine junge Frau interviewt wurde, die gesagt hat, sie findet, Leute, die so reich sind wie diese Typen, gehören erschossen.»

«Das hat sie gesagt?»

«Wäre vielleicht eine Idee, sie ausfindig zu machen. Vielleicht kann Ihnen Grady Hicks ja was über Sie sagen.» Sie zeigte auf einen jungen Deputy mit einer Oakley-Wraparound-Sonnenbrille, der an der Haube eines Streifenwagens der Otero- County-Police lehnte. «Da drüben steht er.»

Grady Hicks war am Morgen der Demonstration am Flughafen im Einsatz gewesen und erinnerte sich an die Drohung und auch an den Namen der jungen Frau, die sie geäußert hatte: Cele MacBrazel.

«Die waren alle Studenten von der New Mexico State University in Las Cruces. Ich habe ein Weilchen mit ihnen geredet. Sie waren irgendwie enttäuscht, dass sie nicht mehr Studenten für den Protest hatten mobilisieren können. Es ging um das übliche Zeug. Globalisierung, die WTO, die Großkonzerne und so. Ehrlich gesagt, Sir, mir kamen sie ganz schön radikal vor.»

«Radikal genug, um irgendwas mit dieser Geiselnahme zu tun zu haben?»

«Ich weiß nicht. Aber nach Columbine – weiß doch keiner, wozu die jungen Leute fähig sind, oder?»

Everard ging zum Van zurück und wandte sich an den Beamten, der für die technische Seite der Tac-Team-Ermittlungen zuständig war, Ernesto Sandoval.

«Ernie? Setzen Sie sich mit der State Police in Las Cruces in Verbindung. Stellen Sie fest, was die über eine gewisse Cele MacBrazel rausfinden können, Studentin an der dortigen Universität. Ach, ja, irgendwelche Erfolge wegen dem ISP, der die Website hostet?»

«Also, ehrlich gesagt, so was – eine Website zurückzuverfolgen – ist ein Job fürs FBI.»

«Dachte mir schon, dass Sie das sagen.» Everard fluchte und trat mit dem Kampfstiefel gegen den Reifen des Van. «Rufen Sie das FBI-Büro in Albuquerque an und setzen Sie sie ins Bild.»

MIT 15 000 Studenten und einem fünfundzwanzig Quadratkilometer großen Campus war die New Mexico State University in Las Cruces eine der größten Universitäten der Welt.

Eine kursorische Durchsicht ihrer Studentenakte durch die Polizeistelle der Universität ergab, dass MacBrazel eine begeisterte Sportschützin war, Mitglied des örtlichen Picacho-Schützenvereins, des Sportschützenverbands von New Mexico und des Damenteams der Universität. Das Waffengesetz von New Mexico ist eins der laxesten in den Vereinigten Staaten: Zum Erwerben und Tragen einer Schusswaffe braucht man keine Genehmigung; es gibt weder eine Registrierung von Schusswaffen noch irgendeine Form von Waffenbesitzschein. Obwohl auf dem Campus Schusswaffen verboten waren, konnte man wohl doch davon ausgehen, dass Cele bewaffnet war.

Doch weit belastender in den Augen der Polizei – die mit Schusswaffenkontrolle nichts am Hut hatte – war die Entdeckung, dass Cele am 1. Dezember 1999 in Seattle festgenommen worden war, während der Protestaktionen gegen die WTO. Angesichts des globalisierungskritischen Inhalts der Geiselnehmer-Website beschloss die Polizei von Las Cruces, Cele MacBrazel festzunehmen.

Garcia Hall war das größte Studentenwohnheim auf dem Campus. Ganz aus rosa Stein und chilirotem Stahl, war es vom Baustil her postmodern, was hieß, dass es nur halbfertig wirkte, so als sei die Baufirma vor Fertigstellung des Objekts Pleite gegangen.

Mit kugelsicheren Westen und M16-Sturmgewehren ausgerüstet und von Beamten der Universitätspolizei unterstützt, betrat ein Team von acht NMSP-Beamten das Gebäude. Zwei Beamte bezogen auf der Galerie vor Cele MacBrazels Zimmer Stellung, während zwei andere die Terrasse unter ihrem Fenster besetzten. Währenddessen brachte die Universitätspolizei alle Studenten, die sie im Gebäude antraf, nach draußen und in Sicherheit. Nachdem noch je ein Beamter in den beiden Nachbarzimmern postiert worden war, machten sich zwei weitere Beamte vor Cele MacBrazels Tür bereit, ins Zimmer einzudringen.

Wie die meisten Menschen in New Mexico verfolgte Cele MacBrazel an diesem Nachmittag die Ereignisse in Cloudcroft am Fernseher; doch im Unterschied zu den meisten anderen Zuschauern applaudierte sie im Stillen dem Mut und der Hartnäckigkeit der Aktivisten, die Wallenberg und seine Gäste gefangen hielten.

Als sie vor ihrer Tür ein Geräusch zu hören glaubte, nahm sie den Joint aus dem Mund, um ihn aus dem Fenster zu werfen. Die Tür war abgeschlossen und die Ritze mit einem feuchten Handtuch verstopft, aber Cele tat gut daran, vorsichtig zu sein: Das Wohnheim war ein drogenfreier Bereich, wo selbst Tabak und Alkohol verboten waren, von Marihuana ganz zu schweigen. Als ihr aufging, dass es kein Geräusch gewesen war, das sie draußen vor der Tür gehört hatte, sondern vielmehr die totale

Abwesenheit aller normalen Geräusche studentischen Lebens, sprang Cele auf. Selbst die Vögel in den Bäumen vor ihrem Fenster sangen nicht mehr.

Ihr erster Gedanke war, dass sich jemand von ihren Freunden irgendeinen Jux machte. Im nächsten Moment wurde die Tür eingetreten, und zwei bewaffnete Männer stürmten herein und befahlen ihr laut und mit vorgehaltener Waffe, sich auf den Boden zu legen, Hände hinterm Kopf.

Als sie da lag und der Polizist ihr Handschellen angelegt und sie zu schreien aufgehört hatte, sagte sie sich, dass das doch eine ganz schön übertriebene Reaktion auf einen kleinen Joint war.

DER BÜRGERMEISTER von Cloudcroft, Bozo Molesworth, trat aus dem Holzbau mit Blechdach, der das Bürgermeisteramt des Ortes war, und ging runter zum Highway 82. Drüben auf der anderen Straßenseite standen mindestens ein Dutzend Fernseh- und Radioteams geduldig diesseits einer Polizeikette, die das Bergsträßchen, das zum Tor von Calvin Wallenbergs Anwesen hinaufführte, abriegelte.

Und es kamen immer mehr.

Noch während er die Szenerie betrachtete, kroch ein weiterer weißer ABC-Kleinbus mit einer Satellitenschüssel auf dem Dach langsam den Berg herauf, was aussah, als schleppte jemand ein Riesengrammophon an, um den hiesigen Indianern Schellackplatten von Enrico Caruso vorzuspielen. Es war fünf Uhr an einem warmen Sonntagnachmittag, und im Ort war ein Betrieb wie am Unabhängigkeitstag.

Molesworth überquerte den Highway, um sich im Mountain-Top-Kiosk Zigaretten zu kaufen, und musste, nachdem er über eine Viertelstunde angestanden hatte, mit Erstaunen feststellen, dass seine gewohnte Sorte ausverkauft war. Als er, mit einer Fernsehzeitung als einzigem Lohn für seine Geduld, wieder hinaustrat, traf er Howard White, den Inhaber von Zauberwald-Immobilien, der ihm mitteilte, dass er ebenfalls geöffnet habe.

«Um diese Jahreszeit», sagte White, «ist es normalerweise an der Immobilienfront total ruhig. Aber jetzt, wenn ich mich so umgucke – ich kann mir nicht helfen, ich habe das Gefühl, diese Sache wird so langsam ein unverhoffter Segen für Cloudcroft.»

Und Molesworth musste ihm beipflichten. «Die Lodge ist so voll wie an Weihnachten», erklärte er White. «Und die Aspen Rose, das Crofting, die Cabins, das Summit und das Alta Vista genauso. Es sind hauptsächlich Medienleute. Und Geld ist kein Thema. Selbst die Zweihundertfünfzig-Dollar-Suite in der Lodge ist belegt.»

White nahm seinen Stetson ab, kratzte sich am Kopf und senkte die Stimme. «Ich sage das wirklich ungern, und ich will bestimmt nicht, dass Wallenberg was passiert – du meine Güte, das Dorf war ja halb tot, bevor er kam – aber irgendwie hoffe ich doch, dass das wenigstens ein, zwei Tage dauert.»

«Ich habe mit dem Polizeibeamten gesprochen, der die Sache hier unter sich hat. Ich glaube, sie werden es ganz ruhig angehen. Nichts provozieren, verstehen Sie?» Molesworth lachte. «Um ganz ehrlich zu sein, Howard, was mit meinem Portfolio passiert, macht mir etwas mehr Sorgen als das, was da oben bei Wallenberg passiert.»

«Ich wusste ja gar nicht, dass Sie auch das Börsenspiel spielen, Bozo. Ich tu's auch.»

«Ach, ich bin nur Day-Trader. Ein paar hundert Aktien hier und dort. Kleinkram.»

«Ich auch. Ich habe Schwab schon gemailt, sie sollen meine Aktien abstoßen, sobald morgen früh die Börse aufmacht.»

«Meinen Sie, es wird so schlimm?»

«Also, wenn sie, was Gott verhüten möge, diesen Burschen da vor der Webcam hinrichten, dann gibt es einen Kurssturz. Und dann will ich den Massen voraus sein. Die Computer wickeln die Verkäufe nämlich in der Reihenfolge ab, in der die elektronischen Aufträge eingehen. Und morgen ist es vielleicht nicht mehr so einfach, ins Netz zu kommen. Wenn sich alle gleichzeitig durch die Tür quetschen wollen, verstehen Sie? Wie Schweine im Koben. Ich schätze, ich werde Verluste hinnehmen müssen, aber nicht so viel, wie es werden könnte, wenn ich mit dem Verkaufen warten müsste.»

«So hab ich's noch gar nicht gesehen», gestand Molesworth.

«So muss man's aber sehen. Eben hat so ein Typ auf CNBC gesagt, diese Freunde von Wallenberg beeinflussen den Markt nicht nur. Sie sind der Markt. Wenn denen was passiert, springt die ganze verdammte Lok aus den Schienen. Es heißt, es könnte schlimmer werden als 2001.»

«Aber, wissen Sie, Howard, ich glaube nicht, dass irgendwelche von meinen Aktien überbewertet sind.»

«Meinen Sie, das hat irgendwas mit dem realen Wert zu tun? Bozo, bei einer Stampede werden auch die gesunden Tiere tot getrampelt, oder?»

«Da haben Sie wohl Recht, Howard», sagte Molesworth und dachte, dass Howard White mehr wie ein Farmer denn wie ein Immobilienhai redete. «Vielleicht gehe ich jetzt besser nach Hause und gleich auf E-Trade.»

Molesworth ging zu seinem Amtsgebäude zurück und musste feststellen, dass sein Allrad-Dodge inzwischen von dem ABC-Satellitenwagen, den er den Berg hatte heraufkommen sehen, eingekeilt war. Im Wagen war niemand, und laut fluchend überquerte Molesworth erneut den Highway, um das zugehörige Team zu suchen.

BOB CLARENCO hatte sich eine Pause von der Webcam gestattet, um auf die Toilette zu gehen und etwas zu essen und zu trinken. So lange postierte Andy Hogarth ein Schild auf Clarencos Lehnstuhl: BLEIBEN SIE DRAN, BIN GLEICH WIEDER DA.

Eve folgte Clarenco den Flur hinunter. Er gähnte und streckte sich, als hätte er gerade einen Langstreckenflug hinter sich. Sie konnte nicht umhin, seine Ausdauer zu bewundern. Fast neun Stunden war er an den Stuhl gefesselt gewesen. Sie fand, dass er sich besser schlug, als sie gedacht hatte. «Wie geht es Ihnen?», fragte sie.

Clarenco gähnte wieder, rollte den Kopf und zuckte dabei immer wieder zusammen. «Wir hätten einen Chiropraktiker mitnehmen sollen. Ich fühle mich beschissen.»

«Vielleicht sollten wir eine der Geiseln an Ihrer Stelle hinsetzen. Massinger oder Laurenson, wenigstens bis morgen früh. Dann könnten Sie sich ein bisschen ausruhen.»

«Sie können mir glauben, das hab ich mir auch schon überlegt. Aber das Problem ist, ich will nicht, dass die Aufmerksamkeit nachlässt, verstehen Sie? Vorausgesetzt, ich sterbe nicht an einer Embolie, müssten wir bis morgen früh ein ganz schönes Publikum haben.»

Nachdem Clarenco auf der Toilette gewesen war, gingen sie in die Küche hinunter, und Eve machte ihm ein Sandwich, das er aß, während er zum Hauptflur des Gästetrakts hinüberging, um nach dem Befinden der immer noch sedierten Geiseln zu sehen.

Sam hatte sich eine kleine Schwesternstation eingerichtet: Auf einem Louis-XV-Tisch stand der Laptop, auf dem sie die elektronischen Signale der einzelnen Diprifusoren koordinierte. Der Fußboden rings um den Tisch war voller Kartons mit Katheterbeuteln, Medikamenten, Fertigspritzen und Mineralwasserflaschen.

«Alles in Ordnung?», fragte Clarenco. «Alle am Leben?»

Sam nickte.

«Ford Sarmenington? Ist er okay?»

«Klar», sagte Sam. Sie zeigte auf den Bildschirm. «Jedes Fenster steht für einen Patienten. Ich muss nur auf das jeweilige Fenster klicken, um seine Vitalzeichen zu überprüfen.» Sie zuckte die Achseln. «Der Computer sagt mir, wann ich irgendwas tun muss.»

«Trotzdem würde ich sie mir gern selbst angucken.»

«Sie brauchen sich da nicht einzuschalten», erklärte ihm Sam. «Es geht ihnen allen prächtig.»

«Hey», sagte Clarenco jetzt lauter und gereizt. «Mal davon abgesehen, dass ich Bewegung gebrauchen kann, will ich mich nur zu meiner eigenen Beruhigung vergewissern, dass es allen gut geht. Okay? Immerhin habe ich ein gewisses Interesse an diesen Männern. Wenn denen was passiert, frühstücken wir morgen früh alle im Gefängnis von Los Lunas.»

Sam ertrug die Chefvisite mit schmallippigem Lächeln und duldsamem Seufzen, wenn sie auch ein, zwei Mal, an Eve adressiert, die Augen verdrehte. In der Griechenland-Suite erklärte er Sam, Mehta scheine ein wenig kühl, und deckte ihn zu.

«Ich laufe mir so schon die Hacken ab», erwiderte Sam. «Ich bin hier ganz allein und hätte wirklich jemanden gebraucht, der mir assistiert.»

«Hören Sie», sagte Clarenco und stach mit dem Zeigefinger in die Luft. «Wir stehen hier alle ziemlich unter Stress. Und es wird noch schlimmer, glauben Sie mir. Sie sind müde? Sie müssen sich motivieren? Dann denken Sie einfach an das Geld. Und daran, dass wir es uns alle verdienen müssen. Das hier ist keine medizinische Einrichtung. Das hier ist keine Erholungsfreizeit. Das hier ist nicht Spiel und Spaß. Das hier ist der illegale Weg zum Reichtum. Wenn Sie reich werden wollen, müssen Sie den Arsch hochkriegen und etwas dafür tun.»

«Da haben Sie wahrscheinlich Recht», räumte Sam ein.

«Sie wissen, dass ich Recht habe. Und jetzt erzählen Sie mir was über die Security-Leute drunten im Personalspeiseraum.»

«Ich habe eben nach ihnen geguckt. Ihnen das Mittel nachgespritzt. Genug, um sie bis morgen früh ruhig zu stellen.»

«Okay.» Clarenco sah auf die Uhr. «Dann gehe ich jetzt wohl mal wieder zu meinem Publikum.»

Eve folgte ihm zur Webcam zurück.

«Schon was von den Feds?», fragte er.

«Bis jetzt nicht. Der Verhandler ist vom Tac Team der State Police.»

«Ist vermutlich noch zu früh für die Feds. Würde mich aber nicht wundern, wenn ihr Geiselbefreiungsteam schon unterwegs wäre. Also wird die State Police wahrscheinlich irgendwas unternehmen wollen, ehe sie hier sind. Glauben Sie nicht, die würden nicht versuchen, noch eine Gruppe aufs Grundstück zu schleusen. Sie werden alles dransetzen, mehr Information zu kriegen, als Sie ihnen auf der Website und am Telefon geben.»

«Der Verhandler wollte eine Geisel am Telefon sprechen. Vielleicht wäre das jetzt ein guter Moment, solange Sie nicht vor der Kamera sitzen. Sie könnten ihm sagen, wir hätten Ihnen die anderen Geiseln gezeigt, und sie seien alle wohlauf. Das würde auch erklären, warum Sie über eine Stunde weg waren.»

«Gute Idee.» Clarenco nickte.

«Aber wir sollten dafür sorgen, dass es auch echt wirkt, okay?»

«Sie meinen, ich soll schauspielern?»

«Vielleicht sollten Sie, ehe Sie telefonieren, ein paar Mal die Treppe rauf- und runterrennen. Wenn die hören, dass Sie außer Atem sind, halten sie es vielleicht für Stress. Vielleicht benutzen sie ja sogar einen Sonargraphen, um hinterher Ihre Stimme zu analysieren.»

Clarenco nickte und rannte dann los, die Treppe hinauf. Er atmete schwer, als Eve ihm schließlich das Telefon reichte.

«Okay?»

Er nickte, und sie drückte die Anruftaste.

«ANSCHEINEND HAT sie uns gerade im Fernsehen verfolgt, als sie festgenommen wurde», erklärte Zander Everard. «Bis jetzt hat sie noch nichts gesagt, nur abgestritten, irgendwas damit zu tun zu haben. Aber auf ihrem Schreibtisch haben sie einen Notizblock gefunden, der einen Zusammenhang herstellen könnte. Radikales Zeug, von wegen Solidarität mit den Geiselnehmern.»

Lieutenant Everard hörte Zander kaum zu. Sein Blick war auf den Wagen der Otero-County-Police gerichtet, der soeben Commander Dillon, seinen Tac-Team-Supervisor, und Gouverneur Nixon vom Alamogordo Airport heraufgebracht hatte. Mit Entsetzen sah er, dass Nixon, ein bulliger Mann mit rasiertem Schädel, mächtigem Schnurrbart und einem Zahnstocher im Mund, eine kugelsichere Weste und einen Revolver um die Hüfte trug.

«Was glaubt dieser Mensch, was das hier ist? Ein verflixter Film?»

Zander drehte sich um und lächelte leise, als er den Gouverneur sah. Er wollte gerade etwas sagen, als plötzlich das Geiseltelefon hinten im Van zu klingeln begann, und selbst Nixon hörte auf zu reden, als Zander dem Aufnahmetechniker Ernie Sandoval mit einem Nicken bedeutete, das Band laufen zu lassen, und mit einem gelassenen Hallo den Anruf entgegennahm.

«Hier ist Bob Clarenco», sagte eine atemlose Stimme.

Sandoval hörte bereits per Kopfhörer mit, und als Everard, Dillon und Gouverneur Nixon an den Van herantraten, reichte er jedem von ihnen ebenfalls einen.

«Schön, Sie zu hören, Mister Clarenco. Hier ist Sergeant Zander von der New Mexico State Police. Wir haben uns schon gefragt, wo Sie abgeblieben sind. Wie geht es Ihnen, Sir?»

«An den Umständen gemessen, geht es mir wohl ganz gut. Allen Übrigen auch. Sie haben mich zu den anderen geführt. Und zur Toilette. Und ein bisschen Wasser trinken.» Er seufzte. «Hören Sie, Sergeant, diese Leute sind bestens bewaffnet, und ich fürchte, sie meinen es todernst. Ich glaube, die bringen uns wirklich um, wenn Sie nicht auf ihre Forderungen eingehen. Oder wenn Ihre Leute versuchen, das Haus hier zu stürmen. Übrigens, ich kenne dieses Anwesen. Ich war selbst an der Planung der Sicherheitssysteme beteiligt. Sie würden es nicht schaffen – jedenfalls nicht schnell genug, um uns zu befreien, bevor sie uns, äh, töten. Das hier ist das reinste Fort Knox.»

«Keine Angst, Sir, wir finden einen Weg. Der Gouverneur ist hier. Wir haben Sie bald draußen.»

«Das reicht», sagte eine Frauenstimme. Und dann: «Hier ist Bette. Sind Sie jetzt zufrieden?»

«Zufrieden? Ja, sicher. Bette, ich möchte nur, dass alle da lebend rauskommen, okay? Sie auch, Bette. Und Ihre Freunde ebenfalls.»

«Was ist mit unseren Forderungen, Sergeant?»

«Wir arbeiten dran, Bette. Der Gouverneur ist hier.»

«Der Gouverneur? Ist das Ihr Ernst? Hören Sie, Sie haben doch unsere Website gesehen. Was in aller Welt soll das? Hier geht es doch nicht um einen Disput in der Profi-Wrestling-Szene. Dieser Idiot von Gouverneur kann das hier doch nicht lösen. Meinen Sie, er kann die Kuba-Blockade aufheben? Oder der Dritten Welt die Schulden erlassen? Sie enttäuschen mich, Sergeant. Ich dachte, ich hätte es mit einem intelligenten Menschen zu tun. Aber langsam kommen mir Zweifel. Das hier ist kein Scherz. Die Frist läuft. Sie haben keine zwölf Stunden mehr.»

«Zwölf Stunden. Verstehe. Okay. Wir tun, was wir können, Bette. Aber Sie müssen Geduld haben.»

«Kommen Sie mir nicht mit Geduld. Das ist es ja gerade. Unsere Geduld ist am Ende. Deshalb sind wir ja hier und tun, was wir tun, und sind notfalls bereit, für unsere Überzeugung zu sterben. Hören Sie, wenn wir das nächste Mal miteinander sprechen, haben Sie irgendeine Reaktion der Regierungsstellen, oder hier drinnen fließt Blut.»

«Immer mit der Ruhe, Bette. Wir haben mit dem Justizministerium gesprochen. Und sie sind dran. Aber legen wir doch die Karten auf den Tisch, und seien wir doch ehrlich miteinander. Vieles, was da auf Ihrer Website steht, spricht mir ja aus dem Herzen. Vierzig-Stunden-Woche klingt toll. Und glauben Sie mir, zehn Dollar die Stunde könnte meine Frau auch gebrauchen. Und zufällig bin ich auch der Meinung, dass wir die Kuba-Blockade aufheben sollten.»

Zander sah, wie sich die Augen des Gouverneurs grimmig verengten, als die Rede von der Aufhebung der Kuba-Blockade war. Rasch guckte Zander weg.

«Aber wir wissen doch beide, dass es dauert, solche Dinge zu klären. Heute ist Sonntag. Zwölf Stunden bis Ablauf der ersten Frist reichen nicht. Wir brauchen mindestens vierundzwanzig Stunden, um in diesen Fragen eine richtige Antwort zu kriegen. Möglichst noch länger. Sagen wir, bis Dienstagmorgen um acht. Dann besteht eine reelle Chance–»

«Die Deadline steht», sagte die Frau und legte auf. Zander starrte frustriert aufs Telefon und seufzte dann.

Gouverneur Nixon riss sich den Kopfhörer herunter. «Dieses Miststück», knurrte er.

Zander sah Nixon an. «Was soll ich dem Miststück sagen, wenn es wieder anruft, Herr Gouverneur?»

«Ich habe noch von Santa Fe aus mit dem Staatssekretär im Justizministerium gesprochen, und er hat gesagt, er spricht mit dem Justizminister, sobald er seiner habhaft wird. Natürlich habe ich nicht das Privileg zu wissen, ob es der Justizminister für angemessen halten wird, das Weiße Haus zu informieren, aber wir wissen doch sowieso, dass der Präsident auf keine dieser Forderungen eingehen wird.»

«Das kann ich ihnen ja wohl kaum sagen», sagte Zander.

Alle wandten sich dem Computerbildschirm zu, als maskierte Geiselnehmer Bob Clarenco wieder auf den Stuhl vor der Webcam setzten.

«Und was machen wir jetzt?», fragte Nixon.

«Ich glaube, es bleibt uns wohl nichts anderes übrig, als weiter zu verhandeln», sagte Lieutenant Everard. «Sie haben doch gehört, was Bob Clarenco gesagt hat. Das Anwesen ist extrem gut gesichert. Wenn sie wirklich eine oder mehrere Geiseln töten wollen, glaube ich nicht, dass wir das verhindern könnten, selbst wenn wir eine ganze Division bewaffneter Beamter zur Verfügung hätten.»

Nixon sah Commander Dillon an, als verlangte er eine zweite Meinung.

Der Tac-Team-Supervisor wirkte so ruhig wie immer. So ruhig, dass Zander schon fast dachte, er höre gar nicht zu. Auch das war typisch für ihn. Einen Kopf kleiner als die meisten seiner Männer, schaffte er es, eine gebieterische Präsenz auszustrahlen, ohne dass viel mehr von ihm kam als ein Augenbrauenzucken oder ein Nicken seines stahlgrauen Hauptes. Er sagte: «Ich bin gerade erst hier angekommen, Herr Gouverneur. Aber ich kenne Sergeant Zander und Lieutenant Everard lange genug, um sagen zu können, wenn das ihre Einschätzung ist, ist es auch meine.»

Nixon legte die Hand an den Griff seiner Sig Sauer Automatic. «Dann werden wir also einfach nur herumstehen und warten, dass etwas passiert?»

«Ehrlich gesagt, Sir, so läuft das im Allgemeinen. Eine taktische Lösung kommt für mich in diesem Stadium des Spiels nicht infrage.»

«Das nennen Sie ein Spiel, Commander?»

«Es funktioniert nun mal wie ein Spiel. Eins, das jede Menge Geduld erfordert. Und jede Menge Nachdenken, ehe man einen Zug macht. Was wir im Moment am dringendsten brauchen, ist Information über unsere Gegner. Wenn wir die haben, haben wir auch eine Vorstellung, wie sie das Spiel am ehesten angehen werden. Hoffen wir mal, dass wir etwas aus dieser Studentin herauskriegen, die in Las Cruces verhaftet wurde. Einstweilen haben wir das FBI gebeten, zu gucken, was sie von der Website her über die Geiselnehmer in Erfahrung bringen können. Der Server muss ja gewisse Informationen über sie haben. Websites sind nicht kostenlos. Jemand muss dafür an den Server zahlen. Außerdem habe ich das Bureau ersucht festzustellen, was Mr. Clarencos New Yorker Firma eventuell an Information über die Sicherheitsanlagen auf diesem Anwesen beisteuern kann. Wenn wir das alles haben, können wir über einen möglichen Zug unsererseits nachdenken. Bis dahin müssen wir warten. Sie zur friedlichen Aufgabe zu überreden versuchen. Nach dem, was mir Lieutenant Everard telefonisch mitgeteilt hat, haben wir hier kaum Druckmittel in der Hand. Aktives Zuhören ist unsere beste Waffe, Sir.»

«Und das soll ich dem Justizminister sagen? Wir hören den Dreckskerlen zu? Commander, das hier ist nicht irgendein durchgeknallter Kerl, der ein McDonald's-Restaurant in seine Gewalt gebracht hat, weil er seinen Job verloren hat und seine Frau auf und davon ist, weil er nach seiner Prostatakrebsoperation impotent ist. Muss ich Sie dran erinnern, dass die Männer in diesem Haus die Säulen der amerikanischen Wirtschaft sind? Wenn sie umkommen, könnte das ganze Land arbeitslos werden. Sie eingeschlossen.»

Dillon sah ihn an, als wären sie Gegner im Wrestling-Ring, nur dass Nixon einen guten Kopf größer war als Dillon und etwa fünfundsiebzig Pfund schwerer.

«Das ist mir sehr wohl bewusst, Herr Gouverneur», sagte Dillon geduldig. «Aber auch wenn sie sonst jemand wären, würde ich dennoch dazu raten, die Sache ruhig anzugehen. Ich habe dem Tac Team in Waco angehört, Sir, als ich noch beim ATF war. Es war nicht meine Entscheidung, Sir, aber wir hätten da niemals reingehen dürfen. Wir hätten warten müssen. Und abermals warten. Während der ersten paar Minuten des Erstürmungsversuchs wurden vier meiner Kollegen getötet. Und sechzehn Mann verletzt. Dann erschien das FBI. Sie schafften es, durch Verhandeln – ich wiederhole, Verhandeln – fünfunddreißig Menschen freizukriegen, ehe – na, raten Sie mal – ehe sie die Geduld verloren. Sie pumpten Tränengas in das Davidianer-

Anwesen, schafften es, das ganze Ding in Flammen aufgehen zu lassen, mit dem Ergebnis, dass über achtzig Menschen umkamen. Und nach dem, was ich bisher gesehen und gehört habe, ist dieses Anwesen hier besser gesichert als Waco. Und solange ich diese Operation leite, wird es keinen Erstürmungsversuch geben, es sei denn, ich komme zu dem Schluss, dass unterm Strich dabei die Wahrscheinlichkeit, die Geiseln zu retten, größer ist, als wenn wir hier draußen bleiben und warten.»

Gouverneur Nixon nahm die Hand vom Perlmuttgriff seiner Automatic, strich sich über den polierten Schädel, gab sich fürs Erste geschlagen und guckte weg, als bestünde, wenn er dem Tac-Team-Commander noch eine Sekunde länger in die Augen sehen müsste, die Gefahr, dass er ihn hochhob und per Body-Slam auf den Asphalt klatschte. «Okay, Commander. Wie Sie meinen, es ist Ihre Entscheidung. Hoffen wir nur, dass sie richtig ist.»

DOLORES MILLIANO und ihr Friseur Acacio kamen um kurz nach acht am selben Abend in Cloudcroft an. Dankbar entfloh sie dem Jalapeno-Cheese-Nachos-Mief des Taxis, das sie vom Flughafen hergebracht hatte, und musterte den kleinen Ort mit stillem Abscheu.

«Und mir kam Alamogordo schon wie ein gottverlassenes Nest vor», sagte sie. «Das hier ist ja wohl wirklich der Arsch der Welt.»

Acacio, der trotz seines Namens Engländer war, ließ seinen weltmüdesten Blick über Cloudcroft schweifen. «Ich finde es ganz niedlich. Wie Aspen ohne die teuren Läden, die teuren Autos, die Pelzmäntel, die netten Restaurants und die ganzen Banken.» Er grinste, genoss Millianos Unbehagen. «Oh, sehen Sie mal, da, ein Türkisladen. Ich liebe Türkis.»

«Ich nehme an, dass ist das hiesige Tiffany's», sagte sie und ging auf einen Trailerpark von Ü-Wagen zu, den sie vor der

Schule erblickt hatte. Mit einem leisen Überraschungslaut konstatierte Milliano, dass einer der Wagen einem japanischen Fernsehteam gehörte, und zog daraus den Schluss, dass diese Story bereits um die Welt ging. Ein Blick auf ihre goldene Cartier sagte ihr, dass die japanischen Börsen seit mindestens einer Stunde geöffnet hatten.

Ein Gespräch mit den japanischen Journalisten ergab, dass der Nikkei bereits um hundert Punkte gefallen war und immer weiter fiel, und zum ersten Mal seit dem Anruf von Saul Mendelssohn, ihrem NBC-Producer, dachte Milliano an ihr eigenes Portfolio.

Sie besaß zwei Millionen Dollar in Aktien, eine Million weniger als vor dem High-Tech-Crash und der nachfolgenden Depression 2001/02. Noch so einen Verlust konnte sie nicht verkraften, dachte sie. Wenn sie ihren Lesern noch in die Augen gucken können wollte. Kriegten sie die Geiseln da raus, würde letztlich wohl alles gut ausgehen, wenn auch der Markt zwischendurch zweifellos etwas holpern würde. Aber wenn sie sie nicht rauskriegten, wenn die Geiseln umkamen, dann konnte das der größte Crash aller Zeiten werden – schlimmer als 87, schlimmer als 29. Und dann könnte ein Buch-Megaseller die einzige Möglichkeit sein, ihr Geld wieder hereinzuholen. Wobei sie ja nicht ihr gesamtes Geld in Aktien stecken hatte, sondern nur einen großen Teil. Natürlich konnte sie ihren Broker, Kyle Liebermann bei Bear Stearns, telefonisch beauftragen, ihr Portfolio zu verkaufen, sobald die Wall Street morgen früh aufmachte, aber wenn bis dahin die Geiseln frei waren und die Kurse wieder hochschnellten, würde sie sich in den Hintern beißen, weil sie die Nerven verloren hatte.

Acacio fand den NBC-Wagen und winkte sie herüber.

Das KOBTV-Team sah sie an, als hielte sie einen Oscar in Händen.

«Wow», sagte Warren Meisler. «Millionen-Dolores.»

Sie lächelte höflich, ergriff Meislers dargebotene Hand und

versuchte, ihren Ekel ob des schlaffen Händedrucks und der kalten, feuchten Handfläche zu verbergen. «Ich bin der Kameramann», sagte er. «Das sind John Elder, der Producer, und Maria Montoya, unsere Nachrichtenreporterin.»

«Freut mich, Sie kennen zu lernen», sagte Milliano und entblößte die teuren Jacketkronen, die sie sich vor der Arbeit mit einem auf «Lächelcoaching» spezialisierten New Yorker Image-Berater hatte machen lassen.

John Elder erschien Milliano nicht minder abstoßend als sein Penner von Kameramann und genauso schmierig. Ein riesiger, vesuvartiger Furunkel an seinem Hals, direkt überm Hemdkragen, bot nur vorübergehende Ablenkung von dem Toupet, das wie die Baskenmütze eines Franzosen auf dem ansonsten kahlen Schädel saß. Das Mädchen mit dem Puppengesicht konnte sich offenbar nicht entscheiden, ob es sich geschmeichelt fühlen sollte, eine der berühmtesten Frauen des Nachrichtenjournalismus kennen zu lernen, oder ob es enttäuscht sein sollte, weil es ins zweite Glied zurückbeordert worden war.

«Ach, ja, das hier ist mein Friseur, Acacio.»

Acacio klimperte mit den Fingern, formte ein stummes Hallo und guckte dann rasch weg, weil ihn ganz offensichtlich irgendetwas belustigte. Milliano nahm an, dass es Elders Toupet war.

«Wir haben uns gerade auf die Zweiundzwanzig-Uhr-Sendung vorbereitet», erklärte Elder, reichte Milliano das Skript und sah ihr über die Schulter, während sie las.

«Was ist das hier?», fragte sie und zeigte auf einen verdächtigen roten Klecks auf einer der Ecken des Blatts. «Sieht aus wie Blut.»

«Nein, das ist Chili-Soße», sagte Meisler. «Wir haben gerade zu Abend gegessen.»

«Im Ort gibt es ein ganz gutes Speiselokal», ergänzte Elder. «Nennt sich Cloudcroft-Inn. Wenn Sie was essen wollen, sollten Sie lieber bald hingehen. Dort ist es so krachvoll von Polizisten und Journalisten, dass dem Laden bestimmt das Essen ausgeht.»

Milliano hatte das Skript jetzt durchgelesen. «Hm, das sollte auch mit rein, finden Sie nicht? Im Moment steht da ja herzlich wenig drin. Das meiste weiß ja selbst ich, und ich habe die letzten vier Stunden im Flieger gesessen. Was hört man denn sonst so?»

Elder dachte kurz nach. «Sheriff Baker hat gesagt, sie hofft, dass das Ganze bis morgen früh vorbei ist.»

«Na ja, irgendwie glaube ich nicht, dass Sheriff Bakers Hoffnungen die Märkte beruhigen werden. Der Nikkei lag bei Eröffnung schon zweihundert Punkte unter dem Stand vom Freitag.»

Elder sah auf seine unmögliche goldene Uhr, als wollte er ausrechnen, wie spät es in Tokio war.

«Das war vor über einer Stunde. Was hat sie sonst noch gesagt. Diese Baker?»

«Inoffiziell hat sie uns gebeten, vorsichtig zu sein, was wir berichten und wie wir's tun», sagte Elder. «Sie sagte, die Medien seien mit schuld dran gewesen, dass der Erstürmungsversuch bei den Branch-Davidianern schief lief, damals in Waco, Texas.»

Dolores Millianos Herz setzte einen Schlag aus. «Sie hat Waco erwähnt? Hat sie das alles Ihnen persönlich gesagt? Oder noch einem Haufen anderer Leute?»

«Mir persönlich. Wir waren als Erste hier.»

«Und hat sie's seither nochmal erwähnt? Waco, meine ich?»

«Nicht, dass ich wüsste.»

«Wie viele Sondereinsatzkräfte sind denn hier oben?»

«Zwei komplette Teams. Sechzig, siebzig Mann vielleicht. Aus dem ganzen Staat. Es geht das Gerücht, dass noch ein drittes Team vom FBI unterwegs ist.»

Milliano warf einen Blick auf das Skript. «Das steht hier aber auch nicht drin.»

«Ist wie gesagt nur ein Gerücht.»

«Woher?»

«Warren hat einen Polizisten im Cloudcroft-Inn davon reden hören.»

«Scheint aber doch ein bisschen mehr als nur ein Gerücht zu sein, wenn es von einem Polizisten stammt.»

«Na ja, er hat ja nicht mit mir geredet», sagte Meisler.

«Ein Grund mehr, ihm zu glauben, oder nicht?»

«So könnte man's wohl sehen», räumte Elder ein. Allmählich fühlte er sich ein bisschen provinziell und unfähig, angesichts dieser offenkundigen journalistischen Finesse.

Dolores Milliano schenkte Maria Montoya, deren Kurzbiographie sie im Flugzeug gelesen hatte, ein warmes Lächeln. «Waren Sie nicht mal bei ABC? KVUE-ABC 24 in Austin, Texas?»

Marias Gesicht leuchtete auf wie ein Weihnachtsbaum. «Ja, war ich.»

«Sie kamen mir doch gleich bekannt vor», log Milliano. Und um der authentischen Wirkung willen setzte sie hinzu: «Ich habe Freunde in Austin. An der Universität.»

«Ach, wirklich?» Maria sonnte sich immer noch im warmen Glanz der Tatsache, dass jemand so Berühmtes wie Dolores Milliano – eine Kollegin, die sie schon so lange bewunderte – sie kannte.

«Wir beide werden uns prächtig verstehen», log Milliano jetzt flüssig. «Ich habe gerade heute Morgen mit Saul Mendelssohn von NBC gesprochen, und er sagte, sie hätten schon ein Auge auf Sie geworfen, für einen Job im Sender.»

«Ehrlich?»

«Ein intelligentes Mädchen wie Sie? Klar, warum nicht?»

«Hey, das ist ja toll, Miss Milliano.»

«Nennen Sie mich Dolores. Also, wir werden es so machen: Ich übernehme die Zehn-Uhr-Sendung. Und das *Today*-Magazin morgen Vormittag. Und vermutlich auch die Fünf-Uhrdreißig-Sendung. Alles andere machen Sie. Sprich, die Kurznachrichten morgen früh. Und die am Vormittag. Und natürlich das ganze KOBTV-Zeug. Das ist Ihre große Chance, in New York Eindruck zu machen. Denen zu zeigen, was Sie können.»

Marias Lächeln wurde noch breiter. Keine Jacketkronen. Kein Coaching. Die reine Unschuld.

«Oh, danke, Miss Milliano.»

«Okay, wo kann ich meinen Laptop einstöpseln? Ich muss das Skript umschreiben.»

WALLENBERGS ARBEITSZIMMER im Turm mit den Panoramafenstern nach allen vier Seiten war ein ziemlich guter Ort, um das Gelände per Fernglas zu überwachen. Das Teleskop im Observatorium, wohin vom Arbeitszimmer eine Wendeltreppe hinaufführte, war gänzlich ungeeignet, um etwas anderes als die Sterne zu beobachten, und da der Raum fast nur aus Glas bestand, hätte Eve sich dort oben etwas zu exponiert gefühlt und als leichte Beute für eventuelle Scharfschützen. Vom Arbeitszimmer aus konnte sie, ohne selbst gesehen zu werden, bis zum dritten Green – dem Big-Rock-Loch – gucken, das zugleich auf dem Rückweg das zwölfte war. Die Sonne war hinter den Bäumen verschwunden, und der Himmel, oben tiefblau und unten grau, wirkte wie die Haut eines Riesenhais. In einem Baum beim Haus schmetterte ein Vogel ein heiteres Sommerlied in die schläfrig-schwere Abendluft, unberührt vom Drama des Tages, der sich jetzt dem Ende zuneigte. Und tatsächlich schien es kaum möglich, dass das Grundstück von siebzig bis achtzig Polizisten umstellt sein sollte. Selbst bei offenem Fenster war fast nichts vom Geschehen jenseits des Zauns zu hören.

Eve wollte, dass das alles vorbei und sie selbst in Italien wäre. Von dort würde sie ihrer Mutter Geld schicken. Oder noch besser, sie würde es einem Anwalt schicken, damit er es ihrer Mutter gab, nur für den Fall, dass sie ihr bis dahin auf den Fersen waren. Aber Italien schien so weit weg, obwohl sie, wenn alles so lief, wie es Clarenco geplant hatte, schon nächstes Wochenende dort sein konnte. Sie würde nach Florenz gehen und die Sachen machen, die sie schon hatte machen wollen, als sie das erste Mal mit Brad dort gewesen war. Zum Beispiel noch einmal die Uffizien besuchen.

«Wo in dem Führer steht denn, dass man dort nur einmal hingehen darf?», hatte sie damals gefragt.

«Auf gar keinen Fall geh ich da nochmal hin. Ich will nur hier am Hotelpool liegen. Ein bisschen Sonne abkriegen. Relaxen. Außerdem haben wir zwei Stunden angestanden, nur um dort reinzukommen.»

«Können wir nicht früh aufstehen und die Ersten sein, wenn die Uffizien aufmachen?»

«Ich bin im Urlaub. Ich will zum Nichtstun nicht früh aufstehen. Ich will frühstücken, Liebe machen, schwimmen, essen, Liebe machen, Wein trinken, shoppen gehen, Liebe machen … Was ist denn so Besonderes an einem Haufen alter Bilder?»

«Gab es denn da gar keins, das dir gefallen hat?»

Brad dachte kurz nach und grinste dann. «Das mit der Geburt der Venus. Von Botticelli. Sieht toll aus, die Frau. Bisschen wie Uma Thurman, mit dem ganzen vielen Haar.»

«Hätte ich mir denken können, dass du dir ein Aktbild aussuchst.»

Brad zuckte die Achseln. «Warum nicht? Ich reagiere nur so, wie der Maler wollte, dass ich reagieren soll.» Er lachte heiser. «Du weißt doch, was das war, oder? Dieses Bild und andere in der Art. Ein Typ wie dieser Medici lässt Botticelli rufen und sagt, ich will ein Bild von einer tollen Frau, aber nackt. Porno, das war es. Damit er's angucken und sich aufgeilen konnte. Sie haben nur gesagt, es sei irgendein klassisches Sujet, damit sich die Leute nicht so aufregten.»

«Ich will's nicht hören», hatte sie gesagt. «Du schaffst es, mir diese Dinge zu verderben, weißt du das?»

Aber das Allerschlimmste war: Eve hatte den leisen Verdacht, dass Brad vielleicht einfach Recht gehabt hatte. Dass Frauenkörper wirklich nicht Michelangelos Stärke gewesen waren und die Geburt der Venus tatsächlich als erotisches Stimulans gemeint war. Nur die Art, wie er es ausdrückte, ließ das alles so vulgär und gemein klingen. Im Moment stand er ihr ganz plastisch vor Augen. Nur zu leicht konnte sie sich vorstellen, wie er in einem Café auf der großen Piazza vor den Uffizien saß. Und Kaffee trank. Und über die Hitze und die vielen japanischen Touristen meckerte.

Sie konnte schon fast eine dieser Zigarren riechen, die ihm sein Trauzeuge, ein beschränkter Army-Lieutenant namens Axel, zur Hochzeit geschenkt hatte.

«Sie sind da draußen», sagte Bill King.

Eve versuchte, den Schrecken, den er ihr eingejagt hatte, zu überspielen. «Wie lange sind Sie schon hier?»

«Zwei, drei Minuten», sagte er und zündete sich die bereits nicht mehr wegzudenkende Zigarre wieder an. «Die Dinger werde ich vermissen, wenn die Show hier vorbei ist.» Seine Riesenpranke streichelte zärtlich den Humidor aus wunderschön poliertem Holz, der auf Wallenbergs Schreibtisch stand.

«Wofür werden Sie Ihren Anteil ausgeben?», fragte sie ihn. «Wenn alles klappt.»

Zufrieden rauchte King seine Zigarre an. «Sie werden lachen. Aber irgendwie hab ich mir gedacht, ich würde gern richtig kochen lernen. Vielleicht eines Tages selbst ein Restaurant aufmachen. Da sehen Sie, was Sie bewirkt haben.»

«Wie schön, Bill. Das freut mich.» Und sie umarmte ihn herzlich.

Er sagte: «Ich dachte, das sollten Sie wissen. Ich habe CNBC geguckt. Der Nikkei ist über anderthalb Prozent runtergegangen. London eröffnet in fünf, sechs Stunden. Die schnallen sich dort auch schon mal an.»

«Sieht aus, als hätten wir wirklich weltweite Aufmerksamkeit. Meinen Sie, dass sie heute Nacht etwas unternehmen werden?»

«Glaube ich nicht. Aber wir werden umschichtig Wache schieben, für alle Fälle. Nein, ich würde auf morgen Nacht tippen. Bis dahin sind sie stärker unter Druck, was zu unternehmen. Jetzt werden sie erst mal das Beste hoffen.» King nahm eins der maßstabsgetreuen Modelle der ersten Atombombe von Wallenbergs Schreibtisch und ließ es in der Hand hüpfen wie einen Apfel. «So einen Schreibtisch wollte ich immer schon», murmelte er. «Was würden Sie machen? Wenn Sie sie wären.»

«Sie brauchen immer noch einen Trupp diesseits des Zauns. Aber das Problem ist: Wie sollen sie ihn hier reinkriegen, ohne dass wir es merken? Sie wissen ja schon, dass wir sie am Boden aufspüren. Ich an ihrer Stelle würde versuchen, ein paar Männer in die Bäume zu bugsieren. Drauf setzen, dass es schwer ist, Detektoren in einem Baum anzubringen. Und ich schätze, sie bräuchten eine Hebebühne oder einen Feuerwehrwagen mit ausfahrbarer Leiter, um die Männer über den Zaun zu bekommen, ohne dass sie den Boden berühren. Das würde ich machen.»

«Soll ich die Hunde rauslassen?»

«Warum nicht? Da wären sie erst mal beschäftigt, wenn sie wirklich rüberkämen. Ich wollte im Dunkeln keinen scharfen Hund ausschalten müssen. Sie?»

«Bewahre. Um so ein Biest aufzuhalten, braucht man ein ganz schön gutes Auge, von der ruhigen Hand ganz zu schweigen.» King legte das Little-Boy-Modell weg und trat an eins der Fenster. «Nein, Ma'am, das ist keine Mission für jemanden mit einem schwachen Herzen.»

«Außerdem wüssten wir, wenn die Hunde nicht zurückkämen, dass etwas passiert ist, oder?»

«Ich geh sie gleich rauslassen.»

Eve machte das Fenster zu, verriegelte es und folgte dann King nach unten, um sich in der Küche ein Sandwich zu machen. Beim Essen guckte sie mit Clayton Bird und Adrej Busiek die Fernsehnachrichten.

Das Geiseldrama in Cloudcroft kam gleich als Erstes. Sie brachten Cadence Kiams Gruppenfoto von der Website und auch das Webcam-Bild von Bob Clarenco. Es kamen Bilder von der Tokioer Börse in hellem Chaos und eine Kurve, die zeigte, dass der Nikkei jetzt bereits um zweieinhalb Prozentpunkte gefallen war. Außerdem sah man den Justizminister aus einer Kirche in Maryland kommen, wo er gepredigt hatte, und irgendwelche Plattitüden äußern, von wegen, dafür beten, dass alle Geiseln unversehrt freikämen. Doch was Eve am meisten interessierte, war der Live-Bericht aus Cloudcroft.

Eve stellte den Ton lauter, weil sie lieber verfolgen wollte, was Dolores Milliano zu sagen hatte, als Clayton Bird erklären zu hören, was er am liebsten mit dieser Frau machen würde.

«Obwohl keine zehn Stunden mehr bleiben, bis die Geiselnehmer womöglich ihre Drohung, Mr. Clarenco zu töten, wahr machen, erklärt die Polizei noch immer, man sei nach wie vor zuversichtlich, dass sich eine friedliche Lösung finden lasse und man die Geiselnehmer überreden könne, sich kampflos zu ergeben. Unter vier Augen allerdings gestehen einige Polizeibeamte, die Situation hier in Cloudcroft habe das Potenzial zu einem neuen Waco. Niemand hier hat vergessen, wie 1993 das FBI die Davidianer und ihren Anführer David Koresh fünfzig Tage lang in deren Anwesen in Mount Carmel belagerte – was mit dem Tod von über achtzig Menschen endete.

Seit ich heute Abend hier angekommen bin, habe ich erfahren, dass Calvin Wallenbergs Besitz allenfalls noch besser gesichert ist als Mount Carmel, mit eigener Wasserversorgung und eigenem Generator, ganz abgesehen von der hochmodernen Sicherheitstechnologie, zu der unter anderem ein Elektrozaun rings um das Gelände gehört. Außerdem sind die Geiselnehmer, mehreren Aussagen zufolge, schwer bewaffnet und mit Lebensmittelvorräten für mehrere Wochen versehen. Es ist wohl mehr als wahrscheinlich, dass sie sich durch die Nachrichten von der Börsenpanik, die in Japan bereits eingesetzt hat, in ihren antikapitalistischen Ansichten noch bestärkt fühlen werden.

Aber ich muss sagen, das Seltsamste am ganzen Geschehen hier sind die unglaublichen Auswirkungen dieses Geiseldramas auf den Ort Cloudcroft. Noch vor zwölf Stunden ein verschlafenes kleines Gebirgsdorf in New Mexico, wo Leute im Sommer zum Mountain-Biken und im Winter zum Langlaufen hinkommen, wirkt Cloudcroft jetzt wie ein einziger Jahrmarkt. Sämtliche Hotels sind belegt, und Polizisten schlafen im Schulhaus auf dem Fußboden. Einigen Restaurants ist sogar bereits das Essen ausgegangen. Im Moment dürften die Geiselnehmer wohl die am komfortabelsten untergebrachten Menschen im ganzen Ort sein, da sie sämtliche Annehmlichkeiten des Wallenberg'schen Luxusanwesens genießen können.»

«Glaub doch das nicht», sagte Eve, während Dolores Milliano ihren Bericht beendete und Tom Brokaw im Studiointerview Steve Forbes, den Verleger und Chefredakteur von *Forbes*, über die ökonomische Bedeutung der einundzwanzig Milliardäre – der Crème de la Crème des exklusivsten Clubs der USA, der *Forbes* 400 – auszufragen begann.

«Ich glaube, man kann die Bedeutung dieser Männer gar nicht überschätzen», sagte Forbes. «Nicht nur im Kontext der amerikanischen Wirtschaft, sondern für die gesamte Weltwirtschaft. Die einundzwanzig Geiseln in Cloudcroft sind gewissermaßen der Maschinenraum des modernen Kapitalismus und Unternehmertums. Ihre Position auf der *Forbes*-Liste spiegelt nicht nur die Geldsummen, die sie besitzen, sondern vor allem ihre Tüchtigkeit als Geschäftsleute und somit auch den Wohlstand, den sie für andere produzieren. All diese Männer sind wichtige Arbeitgeber oder Menschen, die es anderen ermöglichen, Geschäfte zu betreiben. Im Nachhinein muss man, glaube ich, infrage stellen, ob es klug war, so viele von ihnen zur selben Zeit am selben Ort zu versammeln. Konfuzius sagt, ‹Lege nie all deine Eier in einen Korb, aber wenn du's tust, dann lass um Himmels willen den Korb nicht fallen›.»

«Was meinen Sie, wie die Märkte morgen reagieren werden, Steve?»

«Nun, Märkte rund um die Welt reagieren ja bereits, Tom. Ich denke, die meisten Leute an der Wall Street teilen wohl meine Meinung, dass die Polizeikräfte vor Ort sicher wissen, was sie tun, und dass es ihnen wahrscheinlich gelingen wird, die Situation auf dem Verhandlungsweg zu einem friedlichen Ende zu bringen. Allerdings könnte man sagen, dass das eine sehr rationale Reaktion ist. Und dass das Problem ja gerade ist, dass die Märkte nicht immer so rational reagieren. Und um den großen Ökonomen John Maynard Keynes zu zitieren, ‹Die Irrationalität der Märkte kann länger anhalten als die eigene Solvenz›. Also denke ich, dass wir zumindest kurzfristig vor einer weiteren Periode großer Volatilität stehen, die durchaus katastrophale Folgen für viele Menschen haben könnte, die bereits glaubten, den langen Bärenmarkt von 2001 und 2002 überstanden zu haben.»

«Was würden Sie also Menschen raten, die Geld in Aktien investiert haben, Steve?»

«Morgen werden wir es zweifellos mit einer ganzen Wagenladung Bären zu tun haben. Vielleicht sogar mit mehreren Wagenladungen nacheinander. Aber allgemein ausgedrückt, wenn man den Wagen kommen sieht, ist es zu spät. Mein Rat an die Anleger wäre derselbe, den ich auch den Geiseln geben würde: Versuchen Sie, ruhig zu bleiben und die Sache auszusitzen.»

«Noch eins, Steve. Stimmt es, dass Sie auch zu Cal Wallenbergs Wochenend-Retreat eingeladen waren?»

«Dazu kann ich nichts sagen, Tom. Ich spreche nie über Freunde.»

«Steve Forbes, vielen Dank für dieses Gespräch.»

DIE MEISTEN Leute kamen wegen des Kongresszentrums nach Albuquerque. Murray Shaar hingegen musste in dieser Stadt leben. Das von Bergen und Wüste umgebene Albuquerque erinnerte Murray Shaar vor allem an die Fotos von Hiroshima und Nagasaki, die er im hiesigen Atommuseum gesehen hatte. Unrühmlich. Flach. Gesichtslos. Tot.

Das FBI-Gebäude, Silver und 4th Street, war genauso anonym wie der Rest der City, ein grauer, vielstöckiger Betonklotz, der auch die Büros der Gas- und Elektrizitätsgesellschaft beherbergte und wo nichts – kein Schild, kein Name – darauf hindeutete, dass dies das FBI-Hauptquartier von New Mexico war. Die Erklärung war simpel: Timothy McVeigh. Besucher musste Murray Shaar gewöhnlich auf den Snack-Attack-Coffeeshop um die Ecke, gleich beim mexikanischen Konsulat, verweisen. Dort war der Kaffee sowieso besser.

Shaar war der Special Agent in Charge – SAC – der Abteilung HQ des FBI in New Mexico. Der eher schwermütige, dunkle, pferdegesichtige Mann war seinen Kollegen gegenüber zu kritisch, um sonderlich beliebt zu sein, und am wenigsten konnte ihn sein Stellvertreter, ASAC Paul Morley, leiden. Keiner von beiden musste normalerweise sonntags arbeiten, aber die Ereignisse in Cloudcroft hatten das Wochenende zahlloser FBI-Beamter in ganz Amerika jäh beschnitten.

In New York waren FBI-Beamte bereits in Bob Clarencos und Cal Wallenbergs Firmenräumen auf der Suche nach Information über die Anlage des Hauses in Cloudcroft und die dort in Betrieb befindlichen Sicherheitssysteme. Doch bisher hatten sie nichts gefunden, was irgendwie hilfreich schien. Wallenberg war zu vorsichtig, um Information über sein Haus in seinem New Yorker Büro zu lagern, und Clarenco hatte natürlich die Unterlagen über sämtliche Personen, die etwas mit dem Security-Team oder dem Catering-Service zu tun hatten, vorsichtshalber vernichtet.

In Washington bereitete sich der Direktor des FBI darauf

vor, dem Justizminister Bericht zu erstatten, der sich wiederum darauf vorbereitete, mit dem Präsidenten zu sprechen.

In Las Cruces verhörten FBI-Beamte Cele MacBrazel und drei ihrer Freunde, die inzwischen ebenfalls verhaftet worden waren. Alle vier beteuerten ihre Unschuld.

In Kalifornien, Connecticut, Florida, Idaho, Illinois, Massachusetts, Nevada, Texas und im Staat Washington suchten weitere Agenten die Häuser und Familien der Geiseln auf, stellten Fragen, forschten nach Hinweisen und spendeten, so gut sie konnten, Trost.

In Albuquerque saßen Murray Shaar, Paul Morley und zwei ihrer Recherche-Spezialisten – Bill Loeffen und Doug Feldman – mit dem Computer-Nerd des Hauses zusammen und diskutierten über die leverage.net-Website, die den Bildschirm des Computer-Nerds einnahm. Der Nerd versuchte seinen vier Kollegen zu erklären, wie Internethosting funktionierte.

«Im Allgemeinen ist es unmöglich, einen Host geographisch zu lokalisieren, wenn man seine IP-Adresse hat», sagte er. «Es gibt keinen zwingenden Zusammenhang zwischen einer IP-Adresse und deren geographischem Ort. Und es gibt keinen verlässlichen Trick, diesen trotzdem herauszukriegen.»

Murray Shaar stöhnte. «Na, toll», sagte er. «Einfach großartig.»

«Ich sagte, im Allgemeinen», fuhr Bennet, ein schlecht ernährter, anämischer Mensch, der einige Nuancen heller war als die anderen, fort. Er drückte eine Taste und holte eine Weltkarte auf den Schirm. «Das ist eine Traceroute-Karte. Diese hier ist ein kommerzieller Service, um Probleme mit Internetverbindungen zu analysieren, aber es ist mehr oder minder das gleiche System, das auch die CIA benutzt. Sie zeigt die Route, die das Paket nimmt, und die Namen der verschiedenen Router.»

«Was für ein Paket?», fragte Morley.

Bennet sah ihn mit kaum verhohlener Verachtung an. «Ein elektronisches Datenpaket», sagte er und tippte wieder los.

«Okay, wir geben unsere Host-URL ein und überlassen die Arbeit dem Computer. TTL – Wow, sechzig Sekunden.»

«Ist das schnell?»

«Nein, das ist total langsam. Kein Wunder. Sind auch über hundert Hops.»

«Was ist ein Hop?»

«Das sollte eigentlich aus der Karte klar werden», sagte der Nerd. «Selbst euch.»

Der Bildschirm zeigte jetzt ein wildes Zickzack von Verbindungslinien, von Albuquerque über eine Menge anderer Orte schließlich nach Charkov.

«Wo zum Teufel ist Charkov?», fragte Morley.

«In der Ukraine», sagte Shaar. «Gleich neben Russland.»

«Die Geiselnehmer benutzen eine Website von einem Host in der Ukraine», sagte der Nerd. «Der Host-Server nennt sich Yet-Link. Bin gespannt, ob wir eine Adresse finden.» Der Nerd tippte wieder los und gelangte auf die IANA-Website. «Die Einrichtung zur Vergabe von Internetadressen», erklärte er und tippte weiter. «Da haben wir's ja. Yet-Link. Kontakt in technischen Fragen: Viktor Kronsteen, Styetslink, Apartment 74, 45/2 Prospeikt Liet Oktyabrya, Kiev, U.A.. E-Mail, vk@ua.net. Kontakt in administrativen Fragen; Tatiana Romanova, selbe Adresse.»

«Gute Arbeit, Nerd», sagte Shaar.

«Immer mit eingerechnet, dass sich das Ganze als Schlag ins Wasser entpuppen könnte», bemerkte der Nerd. Als ihn die anderen ansahen, sagte er nur achselzuckend: «Ihr seid die Ermittler, nicht ich. Ich bin nur ein Computer-Freak.»

«Komm schon, Nerd, spuck's aus», sagte Shaar, der merkte, dass Bennet bereits etwas kapiert hatte, was sich ihm entzog.

«Es ist nur so, dass Viktor Kronsteen und Tatiana Romanova zwei Figuren aus *Liebesgrüße aus Moskau* sind.» Er hielt kurz inne. «Ihr wisst doch? Dem Buch von Ian Fleming?»

«James Bond?», sagte Shaar.

Der Nerd nickte.

«Sehr witzig», sagte Morley.

«Diese Leute scheinen ihre Spuren wirklich sehr gründlich verwischt zu haben», bemerkte der Nerd. «Braucht Zeit, so eine Paket-Route aufzubauen.»

«Einer von den jungen Leuten, die sie in Las Cruces verhaftet haben», sagte Loeffen. «Der hat Software-Design studiert. Vielleicht war er's ja.»

«Vielleicht», stimmte ihm der Nerd zu.

«Also, Fazit?», fragte Shaar.

«Fazit: Selbst wenn wir diese Website schließen wollten, könnten wir's nicht.»

«Das heißt, wenn sie morgen früh um acht wirklich beschließen, Clarenco das Gehirn wegzupusten–»

«Können wir nicht verhindern, dass die Welt zuguckt.»

«Sie brauchen nur diese kleinen Fenster auf dem Bildschirm zu beobachten.» Sam deutete auf ihren Laptop. «Sämtliche Diprifusoren werden von hier aus überwacht. Es wird sofort Alarm gegeben, wenn einer der Männer weniger Propofol kriegt, als er bekommen sollte.»

Eve wollte Sam für zwei Stunden ablösen, damit sie ein bisschen schlafen konnte: Sam war offensichtlich erschöpft.

«Cal Wallenberg ist der Einzige, der nicht von diesem Laptop überwacht wird. Sein Zimmer ist zu weit weg, um von hier aus ein Signal zu kriegen. Gucken Sie einfach irgendwann in den nächsten beiden Stunden mal nach ihm.»

«Okay. Wir sehen uns in zwei Stunden wieder.»

Sam zögerte; ihre Augen zuckten hin und her wie bei einem schuldbewussten Roboter, und sie begann, an einem Fingernagel zu kauen.

«Gibt es ein Problem?», fragte Eve.

«Nein. Jedenfalls noch nicht.»

«Aber es wird eins geben.»

«Eve, ich weiß nicht, wie, aber irgendwie ist mir eine ganze Packung Propofol abhanden gekommen. Ich habe überall gesucht, aber –» Sam zuckte die Achseln und schüttelte den Kopf. «Ich versteh's einfach nicht. Ich habe alle Packungen in die Speisekammer gelegt, als ich hier angekommen bin.»

Eve nickte gelassen. «Wann geht uns das Zeug aus?»

«Morgen Mittag. Sie werden am Nachmittag aufwachen.»

«Dann müssen wir einen sicheren Ort finden, wo wir sie hinbringen können.»

«Was ist mit dem Bunker?»

«Der ist zu klein für einundzwanzig Personen.»

«Und die Bibliothek? Die hat nur zwei Türen, beide abschließbar. Und es gibt sogar eine kleine Toilette hinter einem falschen Bücherregal neben dem Kamin. Wir können ja eine Wache draußen postieren. Das müsste doch gehen.»

«Mir fällt sonst auch nichts ein», gestand Eve. «Wir müssen wohl die Bibliothek nehmen. Was ist mit den Security-Leuten? Ist von dem Zeug, das die kriegen, noch genug da?»

«Benadryl? Ja, davon ist noch jede Menge da.»

«Warum geben wir dann den Geiseln nicht auch Benadryl?»

«Weil das nicht gut ist. Nicht nach dem Propofol. Ich mixe solche Wirkstoffe nicht gern. Ein paar von diesen Männern sind über sechzig oder sogar in den Siebzigern. Außerdem habe ich schon genug damit zu tun, den Security-Leuten die Spritzen zu geben. Noch mehr Stress, und ich mache bestimmt einen Fehler. Gebe am Ende einem von den Milliardären die doppelte Dosis und bringe ihn womöglich um. Und dann?»

«Gutes Argument. Hören Sie, vielleicht taucht das Propofol ja wieder auf. Es bringt nichts, sich jetzt den Kopf darüber zu zerbrechen. Sie brauchen erst mal ein bisschen Schlaf. Es wird schon gut gehen.»

Sam nickte. «Danke.»

Als Sam weg war, setzte sich Eve in den französischen Sessel an dem Louis-XV-Tisch, schloss einen Moment die Augen und gähnte. Sie freute sich selbst darauf, eine Runde zu schlafen, auch wenn das noch zwei Stunden hin war. Allein mit ihren Gedanken und mit nichts als einer kleinen Art-déco-Lampe gegen das Dunkel des Flurs, versuchte Eve vergeblich, ihre Angst beiseite zu schieben. Wenn das Tac Team jetzt einen Angriff startete? Wenn sie mit einem gepanzerten Mannschaftswagen das Tor durchbrachen und bis ans Haus fuhren? Clarencos Plan basierte zu so großen Teilen auf Bluff. Wenn sie nun die Karten sehen wollten? Eve würde niemanden erschießen, schon gar nicht eine unbewaffnete Geisel. Aber für die Jungs von der 101. Luftlandedivision würde sie da nicht die Hand ins Feuer legen.

Sie schüttelte den Kopf und streckte sich. Es würde leichter werden, wenn sie dem Verhandler ihre wahren Forderungen nannten. Wenn sie das Geld verlangten. Das würde die Behörden bestimmt beruhigen. Selbst in den Mengen, die sie forderten, war Lösegeld leichter zu beschaffen als die Aufhebung der Kuba-Blockade oder der Schuldenerlass für die Dritte Welt.

Eve stand auf und ging um den Tisch herum, um sich wach zu halten. Eine Weile starrte sie ein Bild an der Wand an, eine Landschaft, die aussah wie hier in der Gegend gemalt. Dann ging sie in Wallenbergs Schlafzimmer, um nach ihm zu sehen. Es war ein schlichter Raum, der ihr sehr gefiel. Die Wände waren mit Fichtenholz und einheimischem Stein verkleidet, und da hingen noch mehr Bilder von der Sorte, die sie schon im Flur gesehen hatte. Den Boden bedeckten indianische Webteppiche, und in einem fast schon lachhaft riesigen Bett mit Stammholzpfosten lag Wallenberg und schlief wie Dornröschen. Tüchtig wie immer, hatte Sam am Fußende eines jeden Betts ein Patientenblatt angebracht. Eve sah auf das von Wallenberg und erkannte, dass Sam Puls- und Blutdruckwerte eingetragen hatte. Als sie Wallenberg so friedlich schlafen sah, wurde sie selbst noch müder, und um wach zu bleiben beschloss sie, nach den anderen zu sehen. Auch nach denen, die nicht an den automatischen Injektionspumpen hingen. Und als sie in Fiona Lovatts Zimmer kam, machte sie eine überraschende Entdeckung.

Fiona Lovatt lag im Benadryl-Schlaf auf ihrem Bett, aber in einem Sessel neben dem Bett saß, als hätte sie Krankenwache halten wollen, Samantha Heinichen, ebenfalls schlafend. Im ersten Moment war Eve schockiert und hätte vielleicht etwas gesagt, wenn Sam noch wach gewesen wäre. Dabei hatte die Szene gar nichts Anstößiges. Also ging sie wieder und machte die Tür hinter sich zu.

Die Entdeckung, dass Sam ganz offensichtlich gewisse Gefühle für Fiona hegte, schien Eves eigene romantische Regungen anzustacheln und lenkte ihre Schritte zu Eliot Massingers Suite. Kopf und Schultern des Milliardärs waren seitwärts vom Kopfkissen gerutscht, und er erinnerte Eve an die Abbildung eines Gemäldes, die sie einmal gesehen hatte, Marat, der französische Revolutionär, tot in seiner Badewanne.

Im Hinausgehen sah Eve wohl zum hundertsten Mal an diesem Tag auf die Uhr. Dreiundzwanzig Uhr dreißig. In neunzig Minuten würde sie zwei Stunden schlafen können, und vielleicht würde sie dann im Traum Eliot Massinger treffen. Das war das Schöne an Träumen: Dort war alles möglich.

DAS STÄDTCHEN Hot Springs war nach den heilkräftigen Mineralquellen benannt worden, zu denen angeblich Geronimo seine Krieger geführt hatte, damit sie ihre Kampfeswunden baden konnten.

1950 hatte der Fernseh-Showmaster Ralph Edwards verkündet, wenn sich eine Stadt bereit fände, sich nach dem Titel seiner Show umzubenennen, werde er die Sendung zum zehnjährigen Jubiläum dort machen und so dafür sorgen, dass der Ort bekannt würde. Und so wurde Hot Springs zu Truth or Consequences, im Staat New Mexico besser bekannt als «T or C».

Mit ihrem Mann Benito besuchte Ann zweimal jährlich ihre

Schwester Marj in T or C. Bei schönem Wetter fuhren sie in den Percha Dam State Park und setzten sich einfach unter eine Pappel. Daher war es schon zweiundzwanzig Uhr, als Ann und Benito erstmals in den Fernsehnachrichten sahen, dass Mr. Wallenberg und seine Gäste als Geiseln festgehalten wurden. Benito rief Sheriff Baker in Cloudcroft an, und diese sprach mit Commander Dillon, der einen Hubschrauber schickte, um die Canovas auf der großen Wiese vor dem Gasthaus im Elephant's Butte Lake State Park einzusammeln. Und um dreiundzwanzig Uhr fünfzehn saßen die beiden mit Commander Dillon, Lieutenant Everard und einem Polizeizeichner namens Melvyn im Cloudcroft Inn und halfen der Polizei, den Grundriss des Hauses aufzuzeichnen, einschließlich der Positionen des Generators, des Sicherheitskontrollzentrums und des Atombunkers, in dem nach Meinung der Polizei die Geiseln festgehalten wurden.

Benito glaubte das keine Sekunde.

«In den Bunker passen gar nicht so viele Leute.»

«Wer hat sonst noch dort im Haus gearbeitet?»

«Außer Miss Lovatt, zwei, drei Frauen aus dem Ort, die zum Putzen kommen, den Platzwarten vom Golfplatz und den Gärtnern sind da normalerweise nur meine Frau und ich, um Mister Wallenberg zu versorgen.»

«Und wo stecken diese anderen? Warum haben sie sich nicht gemeldet?»

«Mister Wallenberg bezahlt uns um diese Jahreszeit immer einen kurzen Urlaub. Er hat eine kleine Hazienda in Mexiko. Die meisten gehen dorthin. Da ist es sehr ruhig. Kein Fernsehen. Kein Telefon. Die wissen wahrscheinlich noch gar nicht, was passiert ist. Mister Wallenberg hat nicht gern so viele von seinen eigenen Leuten da, wenn er das Retreat-Wochenende für seine Freunde macht. Dann lässt er lieber irgendwelche schicken Caterer aus New York kommen. Was uns nur recht ist. Ich hab's einmal selbst gemacht, und das war kein großer Erfolg. Ich koche keine schicken Sachen.

Wenn Sie mich fragen, stecken am ehesten diese Caterer hinter dem Ganzen. Ich habe mein Leben lang in der Küche gearbeitet, und mit der Zeit merkt man schon vom Sehen, wer was taugt und wer nicht. Manche von diesen Leuten aus New York – also, die schienen schon was von ihrem Job zu verstehen. Aber für mich sahen sie eher aus wie diese Security-Typen. Was ich sagen will, ist, sie waren alle ganz schön gut in Form. Als ob sie immer trainieren würden. Und sie waren auch braun. Köche und Kellner sehen meistens eher so aus wie ich: Fett. Blass, wenn es Weiße sind. Zwei von denen waren Frauen. Die eine sah richtig gut aus. Sie war die Chefin. Erin, glaube ich, hieß sie. Sie war nett. Nein, vielleicht doch nicht Erin. Evelyn vielleicht. Jedenfalls haben sie einen Haufen Zeug mitgebracht. Jede Menge Taschen und Kartons.

Und jetzt denk ich mir – weil es doch im Fernsehen hieß, sie sind schwer bewaffnet –, dass vielleicht in einigen Taschen und Kartons Schusswaffen waren und Munition. Aber auch wenn nicht, Mr. Wallenberg hat jede Menge Schusswaffen im Haus. Er hat eine eigene Waffenkammer. Sieht aus wie *The Alamo* da drin. Jedenfalls, was ich sagen will, ist, diese Leute haben auf jeden Fall Waffen zur Verfügung. Und wie gesagt, sie sahen aus, als würden sie sich mit Schusswaffen auskennen.»

«Können Sie diese Frau beschreiben? Diese Erin oder Evelyn?»

«Groß. Jede Menge braunes Haar. Blaue Augen. Nettes Lächeln. Gut aussehend, aber dabei drahtig. Schlank, aber nicht dürr. New Yorker Akzent. Nervös. Von den anderen hab ich nicht so viel mitgekriegt, bevor wir nach T or C gefahren sind. Mehr können Sie vielleicht von Shannon Reynolds erfahren, in der Lodge. Da haben sie nämlich gewohnt.»

Commander Dillon, der sich das alles angehört hatte, sah von seinem Notizbuch auf. «Sie meinen, sie haben nicht im Haus gewohnt?»

«Hab ich das nicht erklärt? Die ganzen Catering-Leute waren

in der Lodge einquartiert. Und die Sicherheitsleute in der Hütte. Das ist die Hütte auf dem Grundstück. Aber diese Evelyn, oder vielleicht war's doch Erin, also, die hat unser kleines Apartment gekriegt. Wir haben nämlich jetzt ein eigenes Haus in Tularosa, deshalb übernachten wir nicht oft in dem Apartment.»

«Wo ist diese Lodge?», fragte Dillon.

«Etwa fünf Minuten von hier», antwortete Sheriff Baker.

Dillon dankte den Canovas, die erklärten, sie seien in ihrem Haus in Tularosa, falls die Polizei sie noch mal sprechen wolle. Er ließ sie von einem Polizeiwagen nach Hause bringen. Dann gingen er und Everard mit Sheriff Baker zur Lodge.

Im Dunkeln konnte Dillon über die Lodge von außen nicht viel mehr sagen, als dass sie für New Mexicoer Verhältnisse ziemlich alt wirkte. Innen war das Hotel eher gemütlich als vornehm, mit einem großen Kamin, einem ausgestopften Bären und einem proppenvollen Restaurant, aus dem Klaviermusik hervorplätscherte wie Wasser aus einem Bergquell.

Sheriff Baker erklärte dem Geschäftsführer den Zweck ihres Besuchs, und der Mann bat sie in das Büro hinter dem Empfangstresen und schloss die Tür. Voll schlechten Gewissens, weil er nicht selbst mit den Informationen zu ihnen gekommen war, brachte er das Anmelderegister gleich mit.

«Sie haben gestern Morgen ausgecheckt», sagte er. «Ganz früh. So um sechs. Ich war mir, ehrlich gesagt, nicht sicher, ob sie wirklich von hier abgereist sind.»

«Was soll das, Fred?», fragte Sheriff Baker. «Warum sind Sie damit nicht zu uns gekommen?»

«Na ja, erstens mal hatten wir so viel zu tun. Gucken Sie doch mal ins Restaurant. Wir sind voll bis auf den letzten Platz. Es ist Sonntagabend, und alles ist voll. Wie an Weihnachten. Und wie gesagt, sie haben ja ausgecheckt. Ich war mir nur nicht sicher, ob sie die Gegend wirklich verlassen hatten.»

Dillon inspizierte das Register. Bei allen Namen, auf die ihn der Geschäftsführer hingewiesen hatte, stand dieselbe Adresse:

«c/o Top Table, 228 Forteenth Avenue, New York, 10013». Es war schon eine Weile her, dass er das letzte Mal in Big Apple gewesen war, aber er war sich doch ziemlich sicher, dass die Fourteenth Avenue – wenn es sie denn gäbe – so ziemlich in der Mitte des Hudson liegen müsste. Einige der Namen – R. Harper, D. Bailey, S. Pippen, K. Collins, B. Urlacher, A. Karpotsev, W. Blackman – wirkten nicht minder dubios. Vor allem S. Pippen.

«Könnten wir bitte ihre Zimmer sehen?»

«Wir sind bis unters Dach voll. Die Zimmer sind alle belegt. Kaum, dass die Sache passiert war, kamen Fernsehleute und Journalisten aus den ganzen Staaten zu uns.»

«Dann sind die Zimmer bereits geputzt worden?»

«Sobald sie weg waren.»

«Wie haben sie bezahlt?»

«Bar.»

«Muss doch ein ganz hübsches Sümmchen gewesen sein.»

«Fast fünftausend Dollar.»

«Kam Ihnen das nicht ein bisschen seltsam vor?»

«Ein bisschen schon. Aber noch nicht verdächtig. Wie Madonna sagt: ‹Der Bursche mit dem kalten, harten Baren ist immer der Richtige.›»

«Das kenne ich gar nicht», sagte Sheriff Baker stirnrunzelnd.

«*Material Girl*», sagte der Geschäftsführer, der ein großer Madonna-Fan war.

«Wie haben sie sich benommen? Haben sie irgendwelche Schwierigkeiten gemacht?»

«Nein, Sir, keinerlei Schwierigkeiten. Sie waren sehr höflich. Sauber. Ruhig. Wie wir die Gäste am liebsten haben. Sie waren, ehrlich gesagt, gar nicht viel hier. Mr. Wallenberg muss sie ganz schön auf Trab gehalten haben.»

«Haben Sie mit ihnen geredet? Worüber haben sie denn so gesprochen?»

Der Geschäftsführer zuckte die Achseln. «Das Übliche. Sport. Was in der Zeitung stand. Solches Zeug. Nichts Radikales, falls Sie das meinen.»

«Meine ich.»

Der Geschäftsführer schüttelte den Kopf. «Sind die meiste Zeit unter sich geblieben.» In dem Moment guckte eine Frau mit verschränkten Armen zur Tür herein, und der Geschäftsführer schien erleichtert, als könnte sie ihm aus der Bredouille helfen.

«Shannon? Die Polizei möchte was über diese Leute wissen, die bei Mr. Wallenberg gearbeitet haben. Hast du mit denen geredet?»

Die Arme immer noch vor der Brust verschränkt, kam Shannon Reynolds ins Büro und setzte sich auf die Schreibtischkante. Sie war eine Frau in den Fünfzigern, mit kurzem blondem Haar. Sie trug zehenfreie Sandalen und roch vage nach Mottenkugeln. «Nicht viel», sagte sie. «Hier und da mal ein Wort. Einer von ihnen hat haufenweise hausgemachtes Fudge im Hotelshop gekauft. Und ein anderer eine Mütze im Sportshop.»

«Eine Mütze?», fragte Dillon. «Was für eine Mütze?»

«Ach, na ja, so eine Baseball-Kappe.»

«Welches Team?»

«Gar kein Team. Eine ganz normale Nike-Kappe.»

Dillon zog die Augenbrauen zusammen. «Mit einem Nike-Logo?»

«Ist da was komisch dran?»

«Sehr wahrscheinlich stecken die Leute, die hier bei Ihnen gewohnt haben, hinter dieser ganzen Sache. Und auf ihrer Website behaupten die Geiselnehmer, Globalisierungsgegner zu sein, und ich hatte immer den Eindruck, dass die Leute, die gegen die Globalisierung sind, auch gegen Nike sind.»

Shannon lächelte. «Damals in den Sechzigern war ich selbst ein bisschen radikal. Bin hierher gekommen, weil ich aus der Stadt weg wollte. Hab damals in San Francisco gewohnt. Irgendwie interessieren mich solche Sachen immer noch. Also, für mich sehen diese Radikalen von heute meistens ganz ähnlich aus wie die Leute damals, achtundsechzig. Lange Haare, Dreadlocks, jede Menge Piercings und Tattoos, und ein Bad könnten die meisten auch vertragen. Aber die Leute, die hier übernachtet haben, die sahen überhaupt nicht so aus. Und die haben alle gebadet. Das weiß ich, weil ich die Bäder sauber mache. Wenn das Radikale sind, fresse ich einen Besen.»

«Ich nehme an, hier im Hotel gibt es keine Überwachungskameras?»

Der Geschäftsführer schüttelte den Kopf.

«Wären Sie bereit, mit einem Polizeizeichner zusammenzuarbeiten, damit wir möglichst Bilder von diesen Leuten kriegen?»

«Klar», sagte Shannon. «Aber ich kann Ihnen noch was sagen. Ich weiß nicht, ob es was zu bedeuten hat, aber einmal hab ich bei einem von denen angeklopft. Um zu gucken, ob ich das Zimmer machen kann. Und der Mann da drin – ein Schwarzer, deshalb ist mir das aufgefallen – na ja, der trug Gummihandschuhe. Sie wissen schon, solche fleischfarbenen? Wie ein Chirurg.» Sie zuckte die Achseln. «Hierher kommen ja alle möglichen Leute. Was sie machen, ist ihre Sache. Aber komisch kam es mir schon vor. Ich hatte es bis eben ganz vergessen.»

Draußen vor dem Hotel sagte Dillon zu Everard und Sheriff Baker: «Ich hatte eigentlich vor, das Hotel zuzumachen und die Spurensicherung den ganzen Laden durchkämmen zu lassen. Bis sie dann das mit den Gummihandschuhen gesagt hat.»

«Und vergessen Sie nicht, dass alle Zimmer geputzt worden sind», sagte Sheriff Baker. «Ich kenne Shannon. Die ist wirklich gründlich.»

«Außerdem sind die Zimmer jetzt wieder belegt», sagte Everard. «Eventuelle Spuren sind bestimmt längst vernichtet oder nichts mehr wert.»

«Aber wir wissen doch immer noch nicht sicher, ob sie's

wirklich sind», sagte Sheriff Baker. «Wieso nicht die Security-Leute? Vielleicht hat Wallenberg sie ja wirklich alle gekannt, wie Benito Canova sagt. Aber andererseits könnten sie das Ganze natürlich schon länger geplant und sich sein Vertrauen erschlichen haben.»

«Diese Theorie hat nur einen Schwachpunkt, Sheriff», sagte Dillon. «Der Anführer oder jedenfalls die Person, die die Verhandlungen führt, ist eine Frau. Und wenn ich mich recht erinnere, war bei den Sicherheitsleuten keine Frau. Es muss einfach eine von der Catering-Firma sein. Aber eins steht fest. Wer auch immer hinter der Sache steckt, gut geplant war das Ganze jedenfalls.»

«Und was jetzt?», fragte Everard.

«Sie beide gehen jetzt erst mal zwei, drei Stunden schlafen», sagte Dillon. «Dann bin ich dran. Ich habe das Gefühl, das wird morgen ein langer Tag.»

«Ich hoffe, Sie haben es auf dem Schulfußboden einigermaßen bequem.»

«Keine Sorge, Sheriff», sagte Everard. «Eins ist immerhin sicher. Bequem hin oder her, ich werde garantiert besser schlafen als Bob Clarenco.»

«Glauben Sie, er weiß es?», fragte Sheriff Baker. «Dass sie mit seiner Hinrichtung drohen?»

«Um seinetwillen hoffe ich, dass er's nicht weiß.»

6. MONTAG

In ihrer Streichholzschachtel von Suite in der Lodge verbrachte Dolores Milliano eine unruhige Nacht – wegen Acacio, der auf dem Sofa schnarchte, wegen des Lärms der Hubschrauber, die immer wieder über Cloudcroft hinwegdonnerten, und wegen der Spannung, was der kommende Tag bringen würde.

Um halb fünf, als bereits das erste Morgenlicht durch die viel zu dünnen und, wie Milliano fand, scheußlich gemusterten Vorhänge drang, wälzte sie sich aus dem Bett und ging in den Spucknapf von Bad, wo sie duschte und dann in den ebenfalls viel zu dünnen Hotelbademantel schlüpfte.

Noch immer in seinen Boxershorts, aber jetzt, wo er wach war, weit weniger aufdringlich, stand Acacio schon mit Kamm und Spray bereit wie die Statue eines ägyptischen Pharaos, der die Zwillingssymbole seiner Macht umklammert. Er hatte einen Stuhl vor den Fernseher gerückt, der bereits, wenn auch flimmerig, auf KOBTV eingestellt war.

«Wenn das hier eine Suite ist, möchte ich nicht wissen, wie die verflixten Zimmer sind», erklärte er. «Es gibt nicht mal eine Mini-Bar. Können Sie sich so was vorstellen? Eine Suite ohne Mini-Bar? Das ist wie ein Lokus ohne Klopapier. Laut Zimmeraushang machen sie das, um einen zu ermuntern, in die Bar zu gehen und Bekanntschaften zu schließen.»

«Ich hätte gedacht, das würde Sie reizen», bemerkte Milliano, während sie sich in den Stuhl setzte, der sich ächzend drehte. «Ich meine gestern Abend dort mindestens zwei Männer mit

Cowboyhüten gesehen zu haben. Es wirkte, als müsste jemand wie Sie sich dort sofort zu Hause fühlen.»

«Sitzen Sie still, und sagen Sie mir, welchen Sender Sie wollen.»

«Der Sender ist okay, aber der Ton ist ein bisschen dürftig.»

«Das gilt auch für Ihr Haar.» Acacio beugte sich über ihren Kopf hinweg und drückte eine Taste an dem Fernseher von den Dimensionen einer Packung Cornflakes. «Wenn das nur auch so einfach wäre.»

Maria Montoya erschien auf der gestreiften Mattscheibe, und ihr müdes Osmond-Gesicht bemühte sich, die Sorte Ernst zur Schau zu tragen, die eine so wichtige Story verlangte. Es war, dachte Milliano, als sollte Britney Spears die Mimi in *La Bohème* singen.

«Es sind jetzt nur noch drei Stunden, bis die von den Terroristen gesetzte Frist abläuft», berichtete Montoya atemlos.

«Wer zum Teufel sagt denn, dass es Terroristen sind?», brummelte Milliano.

«Es ist ungewiss, ob sie Bob Clarenco, den Security-Tycoon, hinzurichten gedenken oder eine der anderen Geiseln. Doch seit Beginn des Geiseldramas ist Mr. Clarenco, an einen Stuhl gefesselt, auf der Website der Terroristen zu sehen. Polizeibeamte bestätigten, dass ihm derzeit ihre größte Sorge gilt. Vor etwa einer Stunde wurde die Webcam für circa dreißig Minuten abgeschaltet, und man dachte schon, dass womöglich eine der anderen Geiseln Mr. Clarencos Platz einnehmen würde. Doch jetzt ist die Webcam wieder an, und Mr. Clarenco trägt nunmehr, was ein schlechtes Zeichen sein könnte, eine schwarze Augenbinde.

Inzwischen hat der Gouverneur von New Mexico, Ted Nixon, das Kriegsrecht über das Dörfchen Cloudcroft verhängt. Und im Lauf der Nacht sind über zweihundert Mann der State Police sowie Panzer und gepanzerte Mannschaftswagen eingetroffen. Noch ist die State Police von New Mexico hier zuständig, aber es besteht der starke Verdacht, dass die Bundesregierung nicht vorhat, den Geiselnehmern irgendwelche Zugeständnisse zu machen, und dass bereits ein Geiselbefreiungsteam des FBI in der Gegend zusammengezogen wurde und einen Rettungseinsatz probt. Maria Montoya aus Cloudcroft, ich gebe zurück ins Studio ...»

«War ja ganz schön was los heute Nacht», sagte Milliano und zuckte zusammen, als Acacio an einer Strähne ihres Haars herumtoupierte, als versuchte er, Feuer zu schlagen.

Als ihr Haar endlich fertig war, zog Milliano sich an und ging zu Fuß die kleine Straße ins Ortszentrum hinunter, wo der Lärm von mobilen Generatoren, Hubschraubern und Lastwagen sowie lautes Geschrei und plärrende Funkgeräte das Dorf in einen Rummelplatz verwandelten. Das Geschrei kam von etwa zweihundert Demonstranten, die sich vor dem Cloudcroft Inn, gegenüber der Polizeiabsperrung, am Highway versammelt hatten, um Transparente zu schwenken und «Tod der NWO» zu brüllen. Das war wohl, vermutete Milliano, ein Ableger der W.T.O. oder des I.M.F. oder sonst irgendeiner einmischungswütigen Finanz-Institution, die den Unmut der Öffentlichkeit auf sich zog. Selbst ihr fiel es schwer, sich all diese neuen Organisationen und ihre nichtssagenden Abkürzungen zu merken.

Sie fand Elder, Meisler und Maria Montoya in der Nähe der Absperrung, inmitten eines Schwarms von vierzig, fünfzig Fernsehleuten. Wie fast alle hier wirkte das KOBTV-Team sehr erschöpft.

«Hi», sagte Milliano munter. «Wie geht's?»

«Müde», sagte Warren Meisler.

«Hey, ich habe Ihren Beitrag vorhin gesehen», erklärte sie Maria Montoya. «War gut. Aber sagen Sie mal, seit wann bezeichnen wir die Geiselnehmer als Terroristen?»

«Das war die Polizei», sagte Elder. «Sie haben kurz nach Mitternacht angefangen, das Wort zu benutzen.»

«Haben Sie eine Ahnung, warum?»

Elder zuckte die Achseln.

«Zur Hölle mit der Neuen Weltordnung!»

Milliano zog ihn beiseite und senkte die Stimme. «Aber das könnte doch einfach heißen, dass das FBI die Sache bereits übernommen hat. Ich meine, Terrorismus ist doch deren Aufgabenbereich, oder nicht?» Elder guckte skeptisch. «Was ich sagen will, ist, wenn die Polizei ein Wort wie Terrorismus benutzt, ist das doch so, als würde sie das FBI einladen, das Kommando zu übernehmen, falls es das nicht schon längst getan hat. Meinen Sie nicht?»

Elder nickte vage; er war zu müde, um ihr zu widersprechen. Es war Jahre her, dass er das letzte Mal eine Nacht durchgemacht hatte.

«Wallenberg gleich Bilderberg!» rief ein anderer Demonstrant.

Dolores Milliano runzelte die Stirn und musterte die Menge auf der anderen Straßenseite genauer. Es waren Weiße, mit langen Rauschebärten und Cowboyhüten – eher wie Biker oder Hell's Angels denn wie Öko-Krieger. Manche trugen sogar Nazi-Insignien.

«Was sind das für welche?»

«White Supremacists, Arische Bruderschaft oder irgend so ein Schwachsinn. Anscheinend sind sie extra aus Temple, Texas, hierher gekommen. Sind die ganze Nacht gefahren. Über siebenhundertfünfzig Meilen.»

«Haben Sie mit ihnen gesprochen?»

«Kurz. Gerade lange genug, um rauszufinden, was sie mit Neuer Weltordnung meinen.»

«Und was ist das?»

«Nur ein anderer Ausdruck für jüdische Weltverschwörung», sagte Elder gähnend. «Der übliche Blödsinn, von wegen, dass die Juden die Welt übernehmen wollen.»

«Denkt an Ruby Ridge», brüllte einer der Demonstranten. «FBI – Mörder!»

«Klingt, als wären sie für die Bösen», bemerkte Milliano.

«Gibt dem Ganzen einen makaberen Touch, was?», feixte Warren Meisler.

«Wissen Sie», sagte sie. «Ich glaube nun mal, es gibt zwei Möglichkeiten, mit Antisemiten umzugehen. Man kann sie ignorieren und hoffen, dass sie verschwinden. Oder man kann sich anhören, was sie zu sagen haben, und ihnen genug Leine geben, dass sie sich selbst dran aufhängen. Ich habe noch nie einen Rassisten getroffen, der sich nicht wie ein Idiot angehört hätte. Jedenfalls finde ich, wir sollten versuchen, diese Spinner zu interviewen. Sind Sie einverstanden, Warren?»

Warren Meisler war zwar, wie Milliano vermutet hatte, Jude, dachte aber, ihn würde wohl nichts aufregen können, was diese Horde Demonstranten zu sagen hatte. Er stand zu Antisemiten etwa so wie zu Leuten, die behaupteten, von Außerirdischen entführt worden zu sein.

«Klar», sagte er. «Warum nicht?»

Maria ging ins Hotel zurück, zu müde, um sich noch um irgendetwas zu kümmern. Milliano, Meisler und John Elder überquerten den Highway, um mit den Demonstranten zu reden, zu denen immer noch weitere stießen.

«Hey», sagte einer, der – mit Cowboyhut, Lederweste, kragenlosem Hemd und langem schwarzem Bart – Milliano an ein Foto von Jeb Stuart erinnerte, das kurz vor dessen Tod bei Yellow Tavern aufgenommen worden war. Sie dachte, dass das wohl auch der Look war, den er anstrebte, und dass ihn der Vergleich entzückt hätte. «Da ist Million Dolores.»

«Ich wollte, ich hätte einen Dollar für jedes Mal, dass ich das gehört habe, Cowboy. Dann würde es vielleicht sogar stimmen.»

Meisler sagte: «Okay, Kamera läuft.»

«Warum sind Sie alle hier?»

«Um Amerika dran zu erinnern, dass sich genau hier, in Cloudcroft, das bestätigt, was viele Leute in diesem Land schon immer vermutet haben. Dass es eine winzige Elite gibt, die die Welt beherrscht. Eine Eine-Welt-Finanzordnung.»

«Eine Eine-Welt-Finanzordnung? Was meinen Sie damit?»

«Diese kleine Elite wird manchmal auch die Bilderberg-Gruppe genannt. Das meinen wir, wenn wir sagen, Wallenberg gleich Bilderberg. Die Bilderberg-Gruppe ist eine Clique von internationalen Bankern, internationalen Finanziers und internationalen Arschlöchern. Das sind die Leute, die die amerikanische Außenpolitik bestimmen. Nicht unsere Regierung.»

«Und Sie meinen, Wallenbergs Gäste gehören alle zu dieser Gruppe?»

«Genau. Das sind die Leute, die Kinder im Mutterleib umbringen wollen und das Recht eines jeden Amerikaners, eine Waffe zu tragen, beschneiden wollen.» Die Leute um Jeb klatschten jetzt, also fuhr er, mit den Spucketropfen im Bart wie ein geifernder Irrer wirkend, noch lauter fort: «Das sind die Leute, die dem kleinen Mann an den Finanzmärkten das Geld stehlen.»

«Das ist wohl nur eine Sichtweise», sagte Milliano achselzuckend. «Aber damit ich das richtig verstehe: Sie sind aufseiten der Geiselnehmer?»

«Voll und ganz», sagte Jeb resolut.

«Heißt das, es kümmert Sie nicht, ob dort oben jemand getötet wird? Ist es so?»

«Es ist ja nicht irgendjemand. Hier geht's doch um einen von der Elite. Um einen von der NWO.»

Ein weiterer Bärtiger beugte sich an sie heran, und vor dem starken Bier- und Schweißgeruch, der jäh in ihre empfindsamen New Yorker Nasenlöcher drang, wich sie ein Stück zurück. Der Bart dieser Kreatur war nur noch länger und buschiger: ein Original-James-Longstreet-Bart. Der Mann sagte: «Uns kümmert's nicht, wenn sie die ganze verdammte Synagoge des Satans ausrotten, die sich dort oben getroffen hat.»

«Synagoge des Satans? Sie meinen Juden, oder? Sind Sie denn alle Antisemiten?»

«Die Synagoge des Satans ist auch ein Ausdruck aus der Offenbarung», sagte Longstreet. «Kapitel zwo, Vers neun. Aber es sind ja nicht nur die Juden. Es sind auch die Freimaurer. Und die Elite-Katholen auch. Die Illuminaten.»

«Und was haben Sie gegen das FBI? Gehört das auch zu dieser Synagoge?»

«Das FBI», sagte Jeb Stuart, «ist ein Werkzeug der zionistisch okkupierten Regierung.»

Milliano sah auf eins der Protestplakate. *Zionist Occupied Government*, das also bedeutete ZOG. Sie hatte sich schon gefragt, was der Exkönig von Albanien mit der Sache zu tun hatte. Sie zuckte zurück, als Jeb wütend in Richtung andere Highwayseite und Polizeiabsperrung fuchtelte.

«Okay. Ich würde ja gern sagen, es war mir ein Vergnügen, mit Ihnen zu plaudern. Aber das war es nicht. Sie könnten einem Angst machen, wenn Sie nicht so offenkundig verrückt klingen würden. Für die meisten Leute in diesem Land ist Verschwörung nur ein Wort aus den Geschichtsbüchern, in Zusammenhang mit JFK, oder aus *Akte-X*. Aber für Sie hier ist Verschwörungstheorie eine Lebensweise. Die Welt ist ein wesentlich simpler funktionierender Ort, als Sie es sich vorstellen. Ein besserer Ort.» Dolores Milliano hob die Stimme, weil einige Demonstranten zu grölen und zu buhen begannen. «Ich lehne alles ab, was Sie sagen, aber ich bin froh, in einem Land zu leben, wo Verrückte wie Sie solche Dinge sagen können.»

«Sie sprechen nicht für die Amerikaner», polterte Jeb. «Sie sprechen für die jüdisch beherrschten Medien, die das hier bestimmt nicht senden werden.»

«Ich will Ihnen was sagen», sagte Milliano, die sich jetzt fragte, was in aller Welt sie dazu getrieben hatte, vor diesem sichtlich gefährlichen Redneck so unverblümt zu reden. «Ich werde dafür sorgen, dass der Sender haargenau das bringt, was Sie gesagt haben, ungeschnitten, wenn Sie versprechen, dass Sie mich und mein Team in Ruhe lassen, solange wir hier sind.»

«Wir sind nicht ihretwegen hier, Lady», fauchte Longstreet.

«Nein, aber Sie wissen schon, was ich meine. Keine Drohanrufe, keine Beschädigung unseres Wagens, nichts dergleichen. Und Sie haben mein Wort drauf, dass Sie Ihre Sendezeit kriegen. Wir werden das amerikanische Volk entscheiden lassen, wer hier lügt. Ich oder Sie – die Partisanen der Paranoia. Abgemacht?»

Jeb sah Longstreet an und nickte dann feierlich. «Sie haben Mumm, Dolores. Dass muss ich Ihnen lassen.»

«Ist das abgemacht?»

«Okay, Miss Milliano, abgemacht. Wir werden Sie nicht belästigen.»

«Gut gemacht», sagte Warren Meisler, als sie über den Highway zurückgingen. «Ich dachte schon, wir könnten uns mit Salman Rushdie zusammentun.»

«Noch ist die Sache nicht gelaufen», sagte Milliano. «Es kann immer noch Ärger geben, falls der Sender nicht mitmacht. Und Sie wissen ja, wie diese Rednecks sind, wenn man sich nicht an Deals hält. Ach, übrigens, wissen Sie, ob es hier im Ort eine Videothek gibt? Ich möchte ein Video ausleihen.»

Meisler schüttelte den Kopf. «In Alamogordo gibt's eine. Was suchen Sie denn? *Geburt einer Nation*?»

«Nein, *Reporter des Satans*, mit Kirk Douglas.»

«Das passt», sagte Meisler. «Sie haben ein hübsches Grübchen im Kinn.»

ALS SIE das Telefon hörte, stürzte Eve den Flur hinunter, dorthin, wo sie es hatte stehen lassen, als sie auf die Toilette gegangen war. Ihr Herz pochte: Schon seit dem Aufwachen hatte sie Angst, die Regierung könnte tatsächlich auf die albernen Forderungen auf der leverage.net-Website eingehen.

Auf dem Weg zum Telefon sah sie sich plötzlich einer fremden Person gegenüber, die eine kugelsichere Weste und eine Waffe trug. Sie waren sich so nah, dass Eve nach ihrer eigenen Waffe griff und dann verdutzt innehielt. Es war ihr eigenes Abbild in dem hohen Spiegel am Ende des Flurs, der diesen doppelt so lang wirken ließ. Und es schockierte sie, dass sie tatsächlich wie eine zu allem entschlossene Kriminelle aussah. Bonnie Parker, Patti Hearst – keine von beiden hatte so ausgesehen, als könnte sie es an Skrupellosigkeit mit dieser Frau aufnehmen, die Eve kaum wieder erkannte. Konnte das wirklich die Frau sein, die in einem kleinen Village-Restaurant in Manhattan italienische Gerichte gekocht hatte? Die einst Kinder hatte haben wollen? Die eine Mutter hatte, der ein Leben mit der Dialyse drohte? Die reisen wollte? Das schien so gut wie ausgeschlossen. Der Anblick ihrer selbst, mit der Waffe in der Hand, grimmig vorgeschobenem Kinn und entschlossener Miene, stählte sie ein wenig, als sie abnahm.

«Hallo.»

«Bette, hier ist Tom Zander. Stimmt irgendwas nicht? Nur weil es so lange gedauert hat, bis Sie ans Telefon gekommen sind.»

«Und? Was haben Sie beschlossen?», überging sie seine Frage.

«Der Präsident bespricht sich noch mit seinem Kabinett.»

«Wir machen hier keine Witze.»

«Klar, ich weiß, dass Sie keine Witze machen. Jeder weiß das. Aber wir brauchen ein bisschen mehr Zeit.»

Eve sah auf ihre Armbanduhr: sechs Uhr fünfundfünfzig. Ein wunderbarer Morgen. Außerstande, eine plastischere Formulierung für das zu finden, was um acht Uhr geschehen würde, sagte Eve: «Sie haben nur noch fünfundsechzig Minuten, bis wir unsere Drohung wahr machen. Ist es das, was Sie wollen?»

«Niemand will, dass irgendjemandem etwas passiert, Bette. Das wissen Sie doch.»

«Klingt aber nicht so», sagte sie. «Sonst würden Sie doch nicht Ihre Zeit damit verschwenden, eine Fristverlängerung zu verlangen.»

Zander holte tief Luft. «Bette, bitte», sagte er ruhig. «Ich flehe Sie an. Ich brauche noch weitere vierundzwanzig Stunden.»

«Klar», sagte Eve. «Sie können noch mal vierundzwanzig Stunden haben, nach acht Uhr. Nur werden Sie sich dann fragen, wieso zuerst jemand sterben musste, ehe Sie uns endlich ernst genommen haben.»

«Bette, hören Sie. Hier draußen sind etwa zweihundert Mann von der State Police. Panzerfahrzeuge, Panzer, alles.»

«Ich habe die Fernsehnachrichten gesehen.»

«Wie können Sie dann sagen, wir würden Sie nicht ernst nehmen?»

«Weil Ihr Ziel Eindämmung der Situation ist, nicht Verhandeln. Sie glauben, nur weil wir nirgends hinkönnen, könnten Sie die Sache einfach aussitzen. Warten, solange es eben sein muss, und uns zermürben. Ich will Ihnen was sagen, Tom, uns soll Ihre Strategie recht sein. Wir haben jede Menge Nahrungsmittel und Wasser. Mr. Wallenberg ist ein äußerst großzügiger und aufmerksamer Gastgeber. Wir könnten es wochenlang hier drinnen aushalten. Aber ich sehe nicht, wie es länger als einundzwanzig Tage dauern sollte. Dann gehen uns nämlich die Milliardäre aus. Irgendwie glaube ich nicht, dass ‹die *Forbes* 379› genauso gut klingt, Sie?»

«Dass Sie Bob Clarenco ermorden, beseitigt die Probleme der Welt auch nicht, Bette.»

«Lesen Sie die Website. Rufen Sie mich vor acht noch mal an, wenn Sie was Neues haben, ansonsten gucken Sie die Webcam-Bilder, oder Sie verpassen die Show.»

Eve legte auf, und Zander starrte wütend auf sein Telefon. Er wollte es schon auf den Boden feuern, fasste sich dann aber wieder. Er nahm seine Tarnmütze ab und guckte in die immer noch erwartungsvollen Gesichter um ihn herum: Commander Dillon, Everard, der Gouverneur und jetzt noch ein Typ vom FBI in Albuquerque, der Shaar hieß. Sie hatten überhaupt nicht zugehört. Er sagte kopfschüttelnd: «Nichts drin.»

«Vielleicht sollte ich mal mit ihnen reden», schlug der Gouverneur vor.

«Das halte ich für keine gute Idee», sagte Shaar. «In solchen Situationen lässt man am besten nur speziell ausgebildete Leute verhandeln. Ich bin sicher, Sergeant Zander hat in diesen Dingen viel Erfahrung. Sie könnten etwas sagen, was die Lage nur weiter zuspitzt.»

«Vielleicht fehlt hier ja genau das», sagte Nixon. «Wir gehen diesen Schweinen um den Bart, bis sie denken, sie könnten mit den Leuten in diesem Staat umspringen, wie es ihnen passt. Sagen Sie ihnen, dass sie mindestens dreißig Jahre kriegen werden. Das wird sie zur Besinnung bringen, verdammt nochmal.»

Special Agent Shaar presste die Lippen zusammen, um dem Gouverneur gegenüber nicht ausfällig zu werden, und schüttelte entschieden den Kopf.

«Überlassen Sie das den Profis, Sir. Das ist mein Rat.»

Nixon schnaubte wie ein wütendes Pferd, verließ den Polizei-Van und stapfte davon. Shaar, Dillon, Everard und Zander wechselten gequälte Blicke.

«Was jetzt?», fragte Shaar.

Dillon zuckte die Achseln. «Ich schätze, wir werden sie zwingen, die Karten auf den Tisch zu legen», sagte er.

Zander wurde ein wenig flau. Er entschuldigte sich, ging zu den mobilen Toiletten und rief von seinem Privat-Handy seine Frau zu Hause in Albuquerque an. Allmählich sah es schlecht aus. Er hatte in seiner Dienstzeit viele Verhandlungen geführt, aber so schwierig wie das hier war wohl noch nichts gewesen. Er hörte immer wieder Bettes Stimme, so hart und cool, als sei es dieser Frau völlig egal, ob Clarenco sterben musste oder nicht.

«Hallo, Schatz, ich bin's.»

«Hallo, ich hab gerade an dich gedacht.»

«Was machst du?»

«Die Belagerung im Fernsehen gucken. Wie sieht's aus?»

«Nicht gut, Schatz. Nicht gut. Janine, Schatz, bist du im Netz zu Charles Schwab durchgekommen?»

«Ich hab's den ganzen Morgen immer wieder versucht, aber es geht nicht, ich komme nicht durch. Vielleicht ist ja irgendwas mit der Website.»

«Sei nicht so blöd», fauchte er. Wie konnte sie immer noch so technophobisch sein und keine Ahnung haben, wie das Internet funktionierte? «Das ist ja wohl das Dümmste –»

«Reiß mir nicht den Kopf ab, ist doch nicht meine Schuld, dass das dämliche Ding nicht funktioniert.»

Zander versuchte sich wieder zu fassen. «Entschuldige, Schatz. Hör zu, versuch mal, eins zu verstehen. Wenn man sich nicht einloggen kann, liegt das an der schieren Menge des Datenverkehrs von Leuten, die genau dasselbe wollen wie man selbst. Alle versuchen sich gleichzeitig durch die Tür zu quetschen, um ihre Aktien zu verkaufen.» Er sah auf die Uhr. «Die New Yorker Börse öffnet in einer halben Stunde. Hast du zufällig mitgekriegt, was sich an der Londoner Börse tut?»

«Auf CNBC haben sie gesagt, der britische Aktienindex, dieser Footside –»

«Footsie, Schatz. Er heißt Footsie.»

«Er sei über dreihundert Punkte runtergegangen. Die japanische Börse hat mit fast fünf Prozent weniger geschlossen.»

«Guter Gott.»

«Tom? Verlieren wir jetzt unser Geld?»

«Ich weiß nicht, Schatz. Ich schätze, in einer Stunde oder so wird sich das genauer absehen lassen. Aber was mir im Moment am meisten Angst macht, ist, dass die Anleger in Panik geraten, obwohl noch gar nichts passiert ist. Wenn diese Irren hier tatsächlich dabei bleiben und diesen Mann vor der Webcam hinrichten, dann kann alles passieren. Der totale Börsen-GAU. Vielleicht sogar ein neuer Schwarzer Montag.»

«Was soll ich machen? Soll ich weiter versuchen, zu Schwab durchzukommen?»

«Nein, das ist wohl Zeitverschwendung, solange nicht klar ist, was um acht passiert. Wenn sie diesen Mann nicht hinrichten, wird sich der Markt vermutlich wieder etwas erholen. Und wenn sie's tun, dann würdest du doch nur Schleuderpreise erzielen, wenn du durchkämst. Also wartest du wohl besser ein Weilchen. Eins steht jedenfalls fest. Wenn wir dann nicht verkaufen können, wird alles erst mal viel schlimmer, bevor es irgendwann wieder besser wird. Wenn sie Clarenco töten, könnte das heißen, dass ich den Ruhestand noch eine Weile hinausschieben muss, Schatz. Führt kein Weg drum herum. Kann sein, dass wir die nächsten paar Tage ganz schön gerupft werden.»

EVE WOLLTE Zeugen für das, was jetzt geschehen würde: Zeugen, die dann Bob Clarencos Platz einnehmen würden. Sie wollte zwei Männer, die stark genug waren, um den physischen Stress der Extremsituation, der sie ausgesetzt sein würden, zu verkraften. Das Letzte, was sie wollte, war jemand, der womöglich einen Herzinfarkt kriegen würde wie etwa Ford Sarmenington. Deshalb hatte Eve Eliot Massinger und Errol Laurenson ausgesucht, und schon lange vor dem Telefonat mit Zander hatte Sam den beiden Männern Handschellen angelegt und die Sedierung abgebrochen.

«Wie lange, bis sie klar im Kopf sind?», fragte Eve Sam.

«Um sieben Uhr fünfundvierzig werden sie so weit sein», erklärte Sam. «Vielleicht noch ein bisschen wacklig auf den Beinen, aber ansonsten bereit.»

«Wacklig ist gut», sagte Eve. «Nicht, dass sie auf dumme Ideen kommen. Uns oder sich etwas tun.»

Errol Laurenson fühlte sich, als hätte er hundert Jahre geschlafen. Im ersten Moment glaubte er sich wieder in Zürich, in der Dorian-Klinik, wo zu einer der Behandlungsmaßnahmen auch ein medikamentös herbeigeführter Vierundzwanzig-Stunden-Schlaf gehörte, während das Ärzteteam kleinere schönheitschirurgische Eingriffe vornahm. Doch der Irrtum klärte sich auf, als er die kühlen Segeltuchwände der Afrika-Suite, den kreisenden Deckenventilator und die Korbmöbel wieder erkannte und nach dem Add Visor auf dem Nachttisch greifen wollte, denn da merkte er, dass seine Hände an Ketten gefesselt waren, die unter das Holzbett führten. Wütend und erschrocken setzte er sich auf und sah sich zwei Männern – der eine schwarz, der andere weiß – mit kugelsicheren Westen und Sturmgewehren gegenüber. Der Weiße kam ihm irgendwie bekannt vor. Doch der Schwarze – ein Danny-Glover-Typ mit einem Schnauzbart und einer dicken Zigarre im grinsenden Mund – übernahm das Reden.

«Guten Morgen», sagte er mit grimmiger Bonhomie. «Na, wie geht's uns denn heute, Mr. Laurenson?»

«Was zum Teufel geht hier vor? Und wer zum Teufel sind Sie? Warum bin ich in Handschellen?»

Der Schwarze setzte sich auf die Bettkante, machte ein fast schon väterlich-betroffenes Gesicht – wie Ärzte manchmal, wenn sie schlechte Nachrichten zu übermitteln hatten. Er sagte: «Sie sind fünfzig Milliarden Dollar schwer. Und Sie sind's gewöhnt, dass die Leute springen, wenn Sie sagen, spring, und dass Ihnen alles in den Arsch geblasen wird. Das versteh ich ja. Wenn ich Sie wäre, wäre ich wahrscheinlich genauso. Aber das Problem, Mr. Laurenson, ist, dass Ihr Arsch jetzt in einer anderen Umgebung ist. Verstehen Sie, was ich meine? Sie sind jetzt in meinem Revier, deswegen, weil ich und mein Kollege hier diese M16-Gewehre haben. Also, es läuft darauf raus: Wenn Sie jemanden mit einem Gewehr sehen, tun Sie, als wär er noch reicher als Sie, machen Sie, was man Ihnen sagt, und zwar sofort. So büßen Sie keinen von den teuren Zähnen ein, die Sie da haben, und ich werde nicht eines Tages meinen Enkeln erzählen, wie ich mal gezwungen war, dem reichsten Mann der Welt meinen Stiefel in den Arsch zu rammen. Also, Mr. Laurenson, alles klar?»

«Alles klar.»

«Gut. Okay, wir machen jetzt einen kleinen Spaziergang. Damit Sie die Beine ein bisschen bewegen können.»

Die beiden Männer lösten seine Hände von der Kette, schlossen sie mit Handschellen zusammen und fassten ihn dann an den Armen, weil er noch unsicher auf den Beinen war. Obwohl von dem Diprifusor nichts mehr zu sehen war, begriff Laurenson, dass er betäubt worden war. Das Letzte, woran er sich erinnerte, war, wie er in Wallenbergs Bibliothek gesessen und mit Eliot Massinger geredet hatte. Und außerdem hatte er einen seltsamen Geschmack im Mund, und da war ein Pflaster in seiner Armbeuge, die sich unter dem festen Griff seiner Bewacher eindeutig empfindlich anfühlte.

Sie führten ihn aus der Afrika-Suite, den Flur entlang und in das große Wohnzimmer, wo ein Mann mit einer Augenbinde an einen Esszimmerstuhl gefesselt war, vor einer kleinen Stativ-Kamera, die mit einem Computer verkabelt war. Es war Bob Clarenco. Laurenson hörte sich instinktiv sagen: «Halten Sie durch, Bob.»

«Wer ist da?»

Laurenson sah seine beiden Bewacher an, weil er nicht wusste, ob sie ihn schlagen würden, wenn er noch etwas sagte. Doch dann beschloss er, es zu riskieren, und sagte: «Ich bin's, Errol.»

Jetzt kamen noch mehr Leute: eine Frau, die er wieder erkannte – die Chefin der Catering-Firma –, der Weinkellner und dann Eliot Massinger, wie er selbst in Handschellen und von zwei weiteren bewaffneten Männern halb gestützt, halb festgehalten.

«Bob, ich bin's, Eliot. Sind Sie okay?»

«Sie sagen, sie bringen mich um, Eliot. Stimmt das?»

«Niemand bringt Sie um, Bob. Das lasse ich nicht zu. Wenn sie Ihnen auch nur ein Haar krümmen, werde ich den Rest meines Lebens und meines Geldes darauf verwenden, sie aufzuspüren.»

An der Körpersprache der Leute um ihn herum glaubte Laurenson ablesen zu können, dass die Frau das Kommando hatte. Alle Bewaffneten guckten sie fragend an. Aber sie schien gerade am Telefon mit jemandem zu streiten, er konnte nur nichts verstehen.

«Bitte», flehte Clarenco. «Sag mir doch jemand, was jetzt passiert.»

«Alles wird gut, Bob», sagte Laurenson, aber der Weinkellner hatte jetzt eine Gummimaske aufgesetzt und überprüfte einen kleinen Revolver – er sah aus wie ein kurzläufiger Zweiunddreißiger Police Special – mit solcher Sorgfalt, als wollte er auf keinen Fall danebenschießen. Dann trat er vor die Kamera, die Waffe jedoch zu Boden gerichtet, als gälte es, ein Duell auszutragen. Und plötzlich hatte Laurenson das Gefühl, sein Magen sei ein paar Etagen tiefer gerutscht. Es sah wirklich so aus, als meinten sie's ernst. Sie würden Bob Clarenco kaltblütig erschießen. «Um Himmels willen», murmelte er. «Das können Sie doch nicht tun.»

Die Frau stand außerhalb des Kamerablickfelds, aber doch so nah bei Clarenco, dass er das Telefonat mitgehört haben musste, und als sie das Gespräch beendete, begann er um sein Leben zu flehen.

«Bitte», jammerte er. «Ich will nicht sterben.» Er warf Kopf und Schultern hin und her wie ein gefangenes Tier, als spürte er, was gleich geschehen würde. «Ich will leben. Oh, Gott. Oh, Gott. Ich werde nie wieder irgendwas sehen. Oh, Gott.» Clarenco warf weiter den Kopf hin und her, als wollte er sagen, dass er nicht sterben wollte, und gleichzeitig verhindern, dass ihm jemand die Pistole an die Schläfe setzte.

Dampf stieg von seinem Schoß auf, und Laurensons Brust wurde bedrohlich eng, als ihm aufging, dass Clarenco sich in die Hose gepisst hatte. «Oh, mein Gott», stieß er hervor und fragte sich, ob er wohl der Nächste war. Er stellte eine verrückte Rechnung an: War er nicht zwei-, dreihundert Mal so reich wie

Bob Clarenco? War er deshalb nicht wichtiger für diese Leute? Wenn sie Bob Clarenco erschossen, was konnte es ihnen dann bringen, ihn auch noch zu erschießen? Aber das Ganze war bestimmt nur Show. Bluff für die Kamera. Zeigten sie es im Internet? Wenn ja, wo zum Teufel blieb dann das FBI? Wo blieben die Polizisten, die diesem Albtraum ein Ende machten?

Bob Clarenco saß jetzt in Embryonalstellung auf seinem Stuhl, jedenfalls, soweit es ihm die Fesseln erlaubten.

Noch immer im Griff der beiden Bewaffneten, beugte Laurenson sich vor und würgte.

Der Maskierte sah die Frau an, die wortlos nickte. Und langsam hob er den Arm mit der nickelsilbernen Pistole. Sie funkelte wie ein winziger Stern in dem Sonnenlicht, das jetzt zum Panoramafenster hereinfiel.

«Um Himmels willen», sagte Laurenson wieder. «Nicht.»

«Zu spät», sagte die Frau. «Sie haben ihre Chance gehabt. Das ist die Schuld der Regierung. Die wollten keinen Deal machen.»

«Was haben die denn damit zu tun?», sagte Massinger. «Ich mache einen Deal mit Ihnen. Wie viel wollen Sie?»

Die Frau drehte sich weg, als könnte sie es nicht mit ansehen.

Der Maskierte presste die Pistolenmündung auf den schwarzen Stoff der Augenbinde, und aus irgendeinem Grund hörte Clarenco auf, den Kopf zu schütteln, so als hätte er sich plötzlich mit dem Sterben abgefunden. Er begann, das Vaterunser herzusagen, und dann wurde der Silberstern in der Hand des Maskierten zur Supernova. Ein kurzer Blitz und ein lauter Knall, der in Massingers Ohren weitersang wie ein Altosopran, dann ein starker Korditgeruch und seine eigene Stimme, entsetzt und empört, während sein Gehirn noch einmal abspulte, was seine Augen nur flüchtig gesehen hatten: Wie die Wucht des Geschosses Clarenco seitwärts vom Stuhl schleuderte, auf die Matratze, die vermutlich seine Schlafstätte gewesen war, und wie seine Sturzbahn von einer Blutfontäne markiert wurde, die nur knapp die Hand des Schützen verfehlte und dann noch mehrere Sekunden unter der Augenbinde hervorsprudelte wie Old Faithful.

«Ihr Schweine», schrie Massinger. «Ihr miesen Schweine.»

Der Vollstrecker packte die nunmehr blutgetränkte Matratze an einem Griff und schleifte sie samt dem Leichnam weg, was eine Blutspur auf dem polierten Marmorboden hinterließ und Massinger daran erinnerte, wie bei einem Stierkampf, den er in Nîmes gesehen hatte, der Kadaver des Stiers schmählich am Schwanz aus der Arena geschleift worden war.

Bob Clarenco war tot, sagte er sich. Getötet wie jener Stier. Würde er der Nächste sein? Er hatte alles Geld der Welt, und jetzt nützte es ihm gar nichts. Aber das konnte nicht sein. Es musste bei dem Ganzen doch um Geld gehen. Worum sonst? Und wenn es nur um Geld ging, was war dann das Problem? Er und die anderen hier hatten doch jede Menge Geld. War es wirklich möglich, dass das FBI sich weigerte, diesen Leuten etwas zu geben, was so reichlich vorhanden war wie Geld?

GOUVERNEUR NIXON, Commander Dillon, Special Agent Shaar, Lieutenant Everard und Sergeant Tom Zander verfolgten – wie Millionen Amerikaner, die an diesem Morgen die leverage.net-Website besucht hatten – stumm vor Schock die Webcam-Bilder. Das Schweigen hielt auch dann noch an, als Clarencos Leichnam bereits aus dem Blickfeld der Kamera geschleift worden war. Ein paar Minuten später erst durchbrach das Klingeln des Verhandlungstelefons die Stille.

Zander atmete ein paar Mal tief durch und versuchte, seine Empörung zu zügeln. Das war das Schwerste an diesem Job. «Warum»-Fragen zu vermeiden war entscheidend für die Aufrechterhaltung des Dialogs, denn sie klangen nach Verhör. Was nicht hieß, dass er nicht zeigen durfte, was er fühlte. Aber nur auf nicht provozierende Art oder durch beredtes Schweigen. Er ließ das Telefon klingeln.

«Wollen Sie nicht drangehen?», fragte Nixon.

Zander schüttelte den Kopf.

Das Telefon hörte auf zu klingeln.

Und fing gleich darauf wieder an.

«Tom, Sie sollten wohl besser drangehen», sagte Dillon und zeigte auf den Laptop. «Sehen Sie.»

Errol Laurenson stand vor der Webcam, ein Telefon am Ohr.

Zander nahm rasch ab. «Mister Laurenson? Hallo, hier ist Sergeant Zander. Ich bin der Verhandlungsspezialist der New Mexico State Police. Wie geht es Ihnen, Sir?»

«Ich kann nicht viel sagen. Nicht, dass sie mich nicht lassen würden. Ich weiß nur nicht, was ich sagen soll, nach dem, was ich gerade gesehen habe. Ich nehme an, Sie haben es über die Webcam mitgekriegt.» Er seufzte zittrig.

«Wir haben es gesehen, Sir. Wir tun, was wir können, um Sie alle da rauszuholen, Sir.»

«Hören Sie, sie haben mir nicht gesagt, was sie wollen. Aber sie meinen es eindeutig ernst. Sie haben Bob Clarenco erschossen, gnadenlos. Ich soll Ihnen sagen, dass Eliot Massinger und ich die Nächsten sind, wenn Sie nicht genau das tun, was sie wollen. Ist das klar?» Laurensons Stimme wurde jetzt erregter. «Geben Sie Ihnen doch, was sie wollen, Herrgott nochmal. Unser Leben steht auf dem Spiel. Ich glaube, sie wollen uns alle umbringen, wenn Sie nicht auf ihre Forderungen eingehen.»

«Wir tun, was wir können –»

Plötzlich verschwand Laurenson aus dem Kamerablickfeld.

«Sergeant Tom.» Das war jetzt wieder die Frauenstimme. Bette. Zander drehte sich rasch von Nixon weg, der über Kopfhörer mithörte und laut fluchte.

«Bette? Was soll ich sagen? Ich bin enttäuscht. Ich dachte, wir hätten so was wie ein Vertrauensverhältnis aufgebaut. Ich versuche doch ebenso, Ihnen zu helfen, wie den Geiseln. Versprechen Sie mir, dass Sie keine weiteren Geiseln mehr töten, bitte.»

«Sie wissen, dass ich das nicht versprechen kann. Aber ich kann uns allen das Leben leichter machen.»

«Ach, und wie?»

«Indem ich Ihnen neue Forderungen nenne.»

«Neue Forderungen?», wiederholte er ungläubig, aber geduldig und unterdrückte den Drang, sie ein brutales Miststück zu nennen. «Hm, das klingt, na ja – konstruktiv. Also, was wollen Sie?»

«Geld natürlich.» Eve hätte fast erleichtert aufgeseufzt, weil sie der Polizei jetzt endlich etwas nennen konnte, das wesentlich leichter zu erfüllen war. Je schneller sie das Geld auftrieben, desto eher würde das Ganze vorbei sein und desto eher würde sie aus Cloudcroft herauskommen.

«Geld», sagte er. «Aha.»

«Wir wollen eine Milliarde Dollar in bar, hinterlegt in Errol Laurensons Boeing 737. Dafür kriegen Sie elf Geiseln. Die restlichen zehn Milliardäre kommen mit uns ins Flugzeug und werden unversehrt freigelassen, wenn wir unser Flugziel erreicht haben.»

«Eine Milliarde Dollar. Wenn es darum geht, Bette, kann ich mich des Gedankens nicht erwehren, dass Bob Clarenco umsonst gestorben ist.»

«Er ist gestorben, um etwas klar zu machen.»

«Nämlich?»

«Das wir nicht bluffen. Dass wir sie alle töten werden, wenn Sie uns reinlegen wollen. Jetzt haben wir ja nichts mehr zu verlieren. Ob wir einen töten oder alle ändert nichts an der Strafe, die uns droht, falls wir erwischt werden. Und der einzige Grund, weshalb wir erwischt würden, wäre, dass uns die Munition ausgeht.»

«Sie wollten von Anfang an eine Geisel töten.»

«Stimmt.»

«Sie mussten nur jemanden nehmen, der nicht auf der *Forbes*-Liste steht. Der aber trotzdem reich genug war, dass die Leute vor dem Fernseher blieben.»

«Die Rechnung ist einfach, Tom. Ein Multimillionär ist weniger Kapital in unserer Hand als ein Multimilliardär und deshalb leichter zu opfern. Aber Sie haben das Wesentliche kapiert. Sie sehen also, was auch immer ab jetzt passiert, wir haben nichts zu verlieren und alles zu gewinnen.»

«Tja, eine Milliarde Dollar ist wohl ein ganz hübsches Sümmchen im Jackpot.»

«Sie sagen es, Tom. Aber keine gekennzeichneten Scheine, keine Farbbomben, keine elektronische Markierung. Wir werden das Geld sehr sorgfältig kontrollieren, bevor wir Alamogordo verlassen.»

«So ein Betrag dürfte für diese Männer kein Problem sein.»

«In Anbetracht der Umstände finden wir, dass wir sehr mäßig sind. Massinger oder Laurenson könnte diese Summe allein zahlen und würde es nicht mal merken. Genauere Anweisungen geben wir Ihnen, wenn es so weit ist. Jetzt sollten Sie sich erst mal auf zwei Dinge konzentrieren: das Geld zu beschaffen und Ihrerseits eine Website einzurichten, exklusiv für uns.»

«Wofür das?»

«Damit Sie ein paar Webcams im Flugzeug installieren können. So können wir kontrollieren, ob das Geld da ist und Sie keine Überraschungen für uns planen. Wir wollen fünf Webcams. Eine im Cockpit, durch die Cockpitscheibe gerichtet, je eine auf jeder Seite der Passagierkabine, mit Blick auf die Startbahn, eine mit Blick in die Passagierkabine und eine natürlich auf das Geld gerichtet. Die Bordcomputer der Maschine sind auf die Website downzuloaden, damit wir die Treibstoffvorräte und so weiter sehen können. Sie haben vierundzwanzig Stunden. Wenn dann kein Geld und keine Website da sind, wird es hier drinnen wieder hässlich zugehen. Um Sie bei der Stange zu halten, werden Laurenson und Massinger so lange hier vor unserer Webcam zu Gast sein. Und Sie wissen ja, was ihnen zustößt, wenn Sie uns verarschen wollen.»

«Niemand will Sie verarschen, Bette.»

«Gut. Tun Sie genau, was wir sagen, und alle kommen hier heil raus.»

«Ja», sagte Zander ohne große Überzeugungskraft: Er war immer noch zu aufgebracht wegen Bob Clarencos Schicksal, um ernsthaft zu versuchen, sie auf Abmachungen festzulegen. «Wie Sie sagen, Bette. Ganz wie Sie sagen.»

MARKTANALYSTEN UND Börsenexperten waren sich ausnahmslos einig, dass die Kurse am Montagmorgen abstürzen würden. Die Frage war nur, wie weit und zu welchem Preis für die Anleger und die gesamte Wirtschaft.

Als das Chicago Board of Trade, die weltweit führende Futures-Börse, um 7 Uhr 30 CST eröffnet hatte, war der Major-Market-Index um vierzehn Punkte gefallen, was gleichbedeutend mit einem Rückgang des Dow um siebzig Zähler war – Reaktion nicht nur auf die bereits sichtbar gewordene Aktienbaisse in Japan und London, sondern auch auf den Bärenmarkt, der sich am Freitag aus dem Nichts heraus eingestellt hatte. In der Anfangsphase des Parketthandels, ehe Bob Clarenco um 8 Uhr erschossen wurde, verzeichneten die meisten großen Unternehmen Minuspositionen, was bedeutete, dass sie S&P-Kontrakte verkauften und dann zu niedrigeren Preisen zurückkauften, um diese Minuspositionen auszugleichen. Die Rallye in Chicago dauerte etwa eine Stunde, bis dann um 9 Uhr 30 EST die New Yorker Börse eröffnete, wobei Hunderte von Aktien noch nicht im Handel waren und die Kursmakler – vor allem bei den Aktien der Unternehmen, deren Vorstände direkt von den Ereignissen in Cloudcroft betroffen waren – weitere dreißig Minuten Wartezeit genehmigten, ehe die Eröffnungskurse festgestellt wurden. Doch um 10 Uhr 15 hatten, in den Turbulenzen, die auf Clarencos Ermordung folgten, viele Aktien immer noch nicht eröffnet, und in Chicago wuchs die Angst, dass sie überhaupt nicht eröffnen würden. In New York hatte man gehofft, klarere Indikatoren für die Marktentwicklung zu bekommen, um die Volatilität im Rahmen halten zu können und nicht die langfristigen Anleger zu verschrecken, die vielleicht zur Beruhigung des Marktes beitragen würden. In Chicago sah man es nicht so, und um 10 Uhr 30 EST lag der S&P-Futures-Index bereits mehr als fünfunddreißig Zähler unter dem Schlussstand vom Freitag.

An diesem schlimmsten Vormittag am Chicago Board of Trade (CBOT) seit dem Schwarzen Montag im Oktober 1987 ging es hitzig zu. Auf den gut zweihundert Metern elektronischer Anzeigetafeln überwogen die roten Buchstaben und Zahlen das Grün, das für gute Nachrichten stand. Die fünfzigtausend Meilen Elektro- und Datenkabel – ausreichend für die Versorgung einer 200 000-Seelen-Stadt –, die sämtliche Computermonitore verbanden, liefen heiß. Heiß wie die 4500 Terminals auf dem Trading-Floor. Heiß wie die Gesichter der dreitausend Männer und Frauen, die sich auf dem Parkett drängten, die Hände emporgereckt, als schrien sie um Hilfe – wie die verlorenen Seelen auf einer Gustave-Doré-Illustration zu Dantes *Inferno*. Die Hitze war regelrecht greifbar und auch auf der Besuchergalerie entlang der Nordwand des Saals, zwanzig Meter über dem Parkett, noch zu sehen, flimmernd wie eine Fata Morgana. Heiß wie die Maschinerie der riesigen Klimaanlage, die auch mitten im Chicagoer Winter die Überhitzung des Parketts verhindern sollte. Alle schwitzten, die Marketmaker, die Broker, die Klienten, die Risk-Controller, die Banken, die Öffentlichkeit. Und die Medien heizten ihnen noch weiter ein.

Um die Mittagszeit hatte sich ein Grüppchen Fernsehreporter vor dem CBOT auf dem Granitgehweg der LaSalle Street postiert, um Händler – leicht erkennbar an den bonbonfarbenen Trading-Jackets – während der Zigarettenpausen zu fragen, ob es so schlimm stehe wie am Schwarzen Montag.

«Es ist die Hölle da drin», berichtete ein fix und fertig aussehender Händler. «Die Ausübungspreise sind schon überholt, wenn sie festgesetzt werden. Bleiben Sie hier. Sie werden heute wohl eine ganze Menge Leute untergehen sehen.»

In New York war es genauso. Ü-Wagen bezogen vor der Federal Hall – bei der George-Washington-Statue und gegenüber der Börse – dieselben Positionen wie damals, am Schwarzen Montag. Die Besuchergalerie wurde für die Öffentlichkeit gesperrt, als die Schlange derer, die sehen wollten, wie die Börse mit der Krise umging, bis zur Ecke Broadway, gegenüber der Trinity Church, reichte. Und selbst ins neogotische Innere der Kirche drang ein Fernsehteam ein, als das – falsche – Gerücht aufkam, Leute in Trading-Jackets der New Yorker Börse beteten während der Mittagspause dort drinnen. Mehr Glück hatte ein CNBC-Team: Es filmte eine Rangelei zwischen einem Chauffeur, dessen Mercedes vor dem Goldman-Sachs-Hauptsitz in der Broad Street parkte, und einem geschichtsbewussten Aktivisten, der hergekommen war, um seiner Schadenfreude freien Lauf zu lassen. Ausgelöst worden war der Streit dadurch, dass der Aktivist wiederholt ein Schild auf die Haube des Wagens stellte: «Für $ 1000 zu verkaufen. Brauche Bargeld. Habe alles an der Börse verloren.» (Ein ähnliches Schild war am Tag nach dem Großen Crash von 1929 auf der Motorhaube eines Rolls-Royce Silver Cloud fotografiert worden.) Um kurz nach ein Uhr EST verbot die Polizei jede Art von provozierenden Transparenten oder Schildern, nachdem ein verärgerter Klient in die Geschäftsräume von Morgan Stanley Dean Witter am Times Square marschiert war und mit einer Neun-Millimeter-Automatic auf den Broker Dave Sechstein geschossen hatte. Sechstein hatte überlebt, aber nur knapp.

Um zwei Uhr EST berief der Finanzminister, der zufällig gerade in New York weilte und noch nichts von den neuen

Forderungen der Geiselnehmer wusste, im Zentralbankgebäude eine Pressekonferenz ein, um die Märkte zu beruhigen, so wie es Robert Rubin, vormals Investmentbanker bei Goldman Sachs, im Oktober 1997 getan hatte. Zu diesem Zeitpunkt war der DOW bereits um über dreihundertsiebzig Punkte gefallen. Das Problem war nur, dass der Finanzminister, der aus der Industrie kam, nicht viel über die Mechanismen der Wall Street wusste und noch weniger über die Futures-Märkte – der S&P-500-Futures-Index lag fast 62 Punkte unter dem Schlussstand vom Freitag, was einem Sturz des Dow um 400 Punkte entsprach. Man war sich allgemein einig, dass der Finanzminister mehr seiner Beziehungen als seines Faktenwissens wegen für dieses Amt gekürt worden war, und seine Äußerungen beruhigten die Wall Street nicht gerade, was die Situation in Cloudcroft anging.

Der Minister befummelte nervös sein aluminiumfarbenes Schläfenhaar, versuchte aber zu lächeln und entspannt dreinzuschauen. Da ihm jedoch Rubins Investmentbanker-Routine fehlte, wirkte er nur unsicher und altbacken, wie der CEO einer angeschlagenen Firma, der sich vergeblich der räuberischen Attacken eines aalglatten New Yorker Risikoarbitrageurs zu erwehren versucht.

«Wir meinen, dass jetzt alle tief durchatmen und sich bewusst machen sollten, wo wir hier sind», erklärte er der versammelten Presse. «Die tragischen Ereignisse in Cloudcroft, New Mexico, sind ein Ausnahmegeschehen, das sollten wir uns doch alle vor Augen halten. Wir haben gerade eine Rezession überwunden. Die Fundamente der amerikanischen Wirtschaft sind überaus tragfähig. Fallende Aktienkurse rühren nicht an diese Fundamente. Sie sind, in diesem Fall mehr denn je, Symptom, nicht Ursache.»

So weit, so gut. Aber dann:

«Die von dem Geiseldrama direkt betroffenen Firmen sind allesamt solide Unternehmen. Ich habe den Vormittag damit verbracht, mit einigen höchst renommierten Vertretern der internationalen Finanzwelt zu reden, und wir waren uns alle einig, dass wir nicht mehr in den Zeiten Ludwigs XIV. leben. Heute gibt es keinen einzelnen Menschen, der sagen könnte: ‹Das Unternehmen bin ich.› Niemand ist unentbehrlich. Und wir waren uns ferner einig, dass unter diesen Unternehmen kein einziges ist, das nicht überleben würde, egal, was in Cloudcroft geschieht.»

Das gefiel der Wall Street gar nicht. Viele Analysten waren ganz anderer Meinung, was die Entbehrlichkeit der Geiseln anging. Es war klar, was der Minister sagen wollte, aber die Implikation war, dass die Regierung keine Ahnung hatte, wie sie mit der Situation umgehen sollte, und dass es daher sein konnte, dass die Geiseln umkamen. Und nichts gefällt der Wall Street so wenig wie Unentschiedenheit. Das war schon schlimm genug, aber es kam noch schlimmer:

«Wissen Sie, ich bin ja nicht vom Kürbislaster gefallen. Und diese Administration wird sich nicht von einer Horde ökonomischer Anarchisten zu neuen politischen Handlungsweisen treiben lassen. Wir werden nicht zulassen, dass jemand eine Finanzkrise auslöst, indem er amerikanischen Wirtschaftsführern eine Pistole an die Schläfe setzt, so wenig wie wir dies dem islamischen Terrorismus gestattet haben. Wenn wir je in eine neue Finanzkrise geraten sollten, dann wahrscheinlich deshalb, weil die Kredite über das Maß vertretbarer Investitionen hinausgehen.»

Binnen Minuten hatten Finanzanalysten aufs genaueste untersucht, was der Finanzminister da – vor allem mit der Bemerkung über die Kredite – gesagt hatte, und befunden, dass die Regierung offenbar vorhatte, irgendwann demnächst die Kredite zu drosseln und die Zinsen zu erhöhen. Und statt die Ängste der Wall Street zu beschwichtigen, hatten die Äußerungen des Ministers die Situation nur verschlimmert. Im Lauf des Nachmittags, der auf die Pressekonferenz folgte, musste die

New Yorker Börse dreimal den Parketthandel unterbrechen, weil die Aktienkurse als Reaktion auf Panikverkäufe rasant abstürzten. Und bei Börsenschluss war der Dow Jones für dreißig Industrieaktien um volle 712 Punkte gefallen.

Es war der größte Punkteverlust, der je an einem einzigen Tag eingetreten war, aber das entsprach dennoch nur einem Rückgang um 6,5 Prozent, bezogen auf den gesamten Markt, was lediglich der dreizehnt steilste prozentuale Absturz war: im Oktober 1997 hatte der Markt an nur einem Tag 7,2 Prozent verloren.

Da die Situation in Cloudcroft festgefahren schien – in Absprache mit dem FBI hatte die NMSP, um keine Trittbrettfahrer zu ermutigen, die neue Lösegeldforderung der Geiselnehmer nicht publik gemacht – und zwei der reichsten und wichtigsten Geschäftsleute der Welt an Stühle gefesselt und mit Waffen bedroht vor einer Webcam saßen, sichtbar für die ganze Welt, soweit sie Zugang zum Internet hatte, versprach der Börsendienstag auch nicht besser zu werden als der Montag.

ERROL LAURENSON wusste nicht, was an den Finanzmärkten los war, konnte es sich aber denken. Bob Clarencos Erschießung, live per Webcam, konnte wohl kaum überschäumenden Optimismus hervorgerufen haben. Und das noch zusätzlich zu dem Einbruch bei den Derivaten am Freitag und der Gewinnwarnungsbombe, die er selbst am Freitagabend gelegt hatte. Da war es nicht schwer, sich vorzustellen, was an der Wall Street ablief. Und nicht nur dort, auch in Tokio, London, Frankfurt, Hongkong. Überall würden jetzt die Kurse purzeln. Und je länger die erste Liga der *Forbes* 400 in Geiselhaft gehalten wurden, desto schlimmer würde es werden: so schlimm wie 1987 oder sogar noch schlimmer, wenn es die ganze Woche anhielt. Das Problem war, dass so viele von diesen Erstligaspielern eben dieses waren: Stars. Sie waren die Unternehmen. Sicher, die

Unternehmen würden auch ohne sie überleben, aber in welcher Verfassung? Managementfehler passierten nur zu leicht, wenn die Stars fehlten. Einen Star zu verlieren konnte ein Unternehmen um zehn Jahre zurückwerfen.

Eins war Laurenson schon seit '87 klar. Nahost, Südostasien, Kuba, Korea – diese so genannten Gefahrenherde kümmerten doch keinen mehr. Der Ausgangspunkt für globales Chaos? Der größte Gefahrenherd der Welt? Das war Amerikas Vorgarten. Die Wall Street. Zum Teufel mit Amerikas Hinterhof – Kuba, Panama, Grenada. Das waren doch nur Orte, wo Onkel Sam mit seinem Kriegsspielzeug spielen konnte. Aber die Wall Street. Teufel noch mal, die war der Gefahrenherd Nummer eins. Das Epizentrum eines jeden weltweiten Erdbebens. Das hatte Osama Bin Laden ja hinlänglich bewiesen.

Schade nur, dass er es nicht sehen und vor allem nicht nutzen konnte. Diese Aktienoptionen, die er seinen Mitarbeitern gewährt hatte. Die hätte er jetzt für fast nichts zurückkaufen können. Würde Jefferson Burr, der Vize-Finanzchef von Delphus – Finanzvorstand war Laurenson selbst –, würde er, konnte er einfach hingehen und Aktienoptionen aufkaufen, ohne dass er, Laurenson, es anordnete? Unwahrscheinlich, also würde die Chance wohl ungenutzt bleiben. Im Moment machte sich Burr sicherlich viel zu viele Sorgen um ihn, um vernünftig denken zu können. Wenn er je hier herauskam, würde er einen Modus festlegen müssen, wie in solchen Situationen zu verfahren war: Angenommen, er wurde krank? Das schien zwar auch unwahrscheinlich, angesichts der ganzen Gesundheitsvorsorge, die er sich gegönnt hatte. Aber anscheinend starben ja dauernd gesunde Leute, und sei es nur, um ihren Ärzten eins auszuwischen.

Natürlich gab es unter seinen Beschäftigten welche – die zehn Prozent, die am Freitag entlassen worden waren –, die ihm trotz ihrer Aktienoptionen nur das Schlimmste wünschten, vor allem, wenn sie ihre Optionen schon eingelöst hatten. Na ja, das konnte er ihnen wohl kaum verübeln. Und es ließ sich auch nicht leugnen, dass viele seiner Konkurrenten ihn am liebsten tot sehen würden. Und vielleicht würden sie sogar zusehen können, wie es passierte, per Internet. Was angesichts seiner geschäftlichen Verflechtungen mit der Internet-Industrie schon eine ziemliche Ironie war.

«ICH HABE es Ihnen noch gar nicht gesagt», sagte Eve, «aber Sie sind wirklich ein toller Schauspieler, Bob.»

Bob Clarenco lächelte bescheiden. «Finden Sie?»

«Das war eine oscarreife Leistung.»

«Ich glaube, es war hauptsächlich Andys Verdienst, dass es so realistisch aussah.»

«Spezialeffekte sind nur die halbe Miete», sagte Hogarth. «Eve hat Recht. Der Rest ist schauspielerisches Können. Und in die Hose zu pissen, das war einfach ein Geniestreich. Perfektes Method-Acting. Wie De Niro.»

«Ist mir einfach so eingefallen. Ich dachte, wenn das jetzt Wirklichkeit wäre, würde ich mir in die Hose pissen. Und als mir das aufgegangen ist, hab ich's auch gleich gemacht.»

«Ich habe Ihren Auftritt auf Video aufgezeichnet», sagte Hogarth. «Damit Sie selbst beurteilen können, wie Sie waren.»

«Ach, ja? Das ist ja toll.»

Sie waren in Clarencos Wildwest-Suite mit den blank gebohnerten Eichendielen, indianischen Webteppichen, spanischen Ledermöbeln, handkolorierten Daguerreotypien und Fred-Remington-Bronzen nebst dekorativem Sattel- und Gewehrständer. Das Einzige, was die authentische Wirkung noch hätte steigern können, wären ein paar Pfeile in den knorrigen Holzbalken gewesen.

Hogarth fand Videogerät und Fernseher hinter einem abklappbaren Bild von Pionieren, die über die Prärie zogen, ein Gemälde von Alfred Bierstadt, und schob eine Kassette ein.

Clarenco verfolgte seine eigene Vorstellung so kritisch, wie nur je ein Schauspieler frühmorgendliche Probeaufnahmen betrachtet hatte.

Clarenco grinste, als er das Blut aus seiner Schläfe bersten sah. «Das sieht so echt aus. Wie haben Sie das gemacht, Andy?»

«Beim Abdrücken habe ich gleichzeitig einen kleinen Sender in meiner Hosentasche aktiviert, der eine winzige Sprengkapsel unter der Augenbinde gezündet hat. Die hat das Ende eines unter Überdruck stehenden Plastikschläuchleins abgesprengt, das unter Ihrem Haar und Ihrem Hemd zu einem Beutel mit Blut führte, der auf Ihrem Rücken befestigt war. Ich musste nur auf den Knopf drücken, und schon spritzte das Blut.»

«Das Wichtigste», sagte Eve, «ist, dass es Laurenson und Massinger überzeugt hat. Und die standen nur sechs, sieben Meter weg.»

«War richtig rührend, wie Massinger Ihnen mein Leben abkaufen wollte. Ich wusste gar nicht, dass er mich so mag. Ach, übrigens, wie sah es denn durch die Webcam aus?»

«Das habe ich auch aufgezeichnet.»

Als sie die abgehackteren Webcam-Aufnahmen guckten, sagte Clarenco: «Glauben Sie, die bringen das im Fernsehen?»

«Das stellt sie vor ein echtes Problem», erklärte Hogarth. «Da die Webcam nicht kontinuierlich filmt, sind die Aufnahmen nicht ganz so schockierend. Und es sind schließlich wichtige Nachrichtenbilder, die man bereits auf verschiedenen Websites sehen kann. Aber andererseits ist es für die ja Ihr Todesmoment, und aus rechtlichen Gründen werden sie sicher Ihre Angehörigen nicht aufregen wollen. Wenn sie es senden, könnten sie eine Schmerzensgeldklage wegen Nervenschocks am Hals haben.»

«Da ist doch nur meine Exfrau. Die will es bestimmt sehen. Und nochmal sehen. Sie will es sicher auf Video aufnehmen und in ihre Nachttischschublade tun. Und es an Weihnachten nochmal gucken.»

Hogarth grinste. «Ich mache mich jetzt wohl besser an die Beseitigung Ihrer Leiche», sagte er.

«Je eher, desto besser.» Clarenco warf ihm das Video zu. «Vergessen Sie das hier nicht.»

Hogarth ging in den Keller hinunter.

Calvin Wallenberg war sehr vorsichtig mit der Abfallentsorgung, seit er einmal dahinter gekommen war, dass der Müll seiner New Yorker Firmenräume regelmäßig von einem seiner Konkurrenten gestohlen wurde. In den meisten seiner Häuser und Firmenniederlassungen waren kleine Hausmüllverbrennungsanlagen installiert, damit so etwas nicht wieder passierte. Die Anlage in Cloudcroft stammte von Infratech und war die größte, weshalb dafür eine Sonderbetriebserlaubnis des Staates New Mexico nötig gewesen war. Die Anlage war perfekt für Clarencos Zwecke, die da waren, spurlos zu verschwinden, sobald die Sache in Cloudcroft zu einem positiven Ende gebracht worden war.

Von einer Medizinalbedarfshandlung war ein männliches Skelett erworben worden; dieses und den Karton, in dem es gelegen hatte, platzierte Hogarth jetzt getrennt in dem Verbrennungsofen, der seit Beginn des Wochenendes auf vollen Touren lief. Diverse Kleidungsstücke, die Clarenco gehörten, wanderten ebenfalls in den Ofen, darunter auch die nunmehr blutbefleckten Sachen, die er bei der Scheinhinrichtung getragen hatte. Selbst sein Breitling-Chronometer flog hinein, bis auf eine Hälfte des Alligatorlederarmbands. Diese legte Hogarth auf den Boden und kickte sie dann in die Gegend. Aus einem Plastikbeutel, den er in der Tasche gehabt hatte, verstreute er mehrere Haare von Clarenco auf dem Fußboden. Als Nächstes wurde ein winziges Fetzchen von einem Turnbull & Asser-Hemd, wie es Clarenco vor der Webcam getragen hatte, mit Blut, das diesem zuvor abgenommen worden war, getränkt und dann auf eine scharfe Ecke des Verbrennungsofens gespießt, als hätte sich das Hemd bei der Beseitigung des Leichnams dort verfangen. Aus einer Spritze wurden noch ein paar Blutstropfen auf dem Fußboden verteilt. Und zuletzt verbrannte Hogarth die nunmehr blutgetränkte Matratze.

Als das alles getan war, blickte er sich um und versuchte, die Szenerie mit den Augen eines Kriminaltechnikers zu sehen, der nach Spuren eines Mordes suchte, und als er sich sicher war, dass er nichts vergessen hatte, ging Hogarth wieder nach oben zu den anderen, zufrieden, dass sein Job hier in Cloudcroft im Wesentlichen beendet war. Jetzt galt es nur noch, die Sache gemeinsam mit den anderen auszusitzen.

Bob Clarenco vermutete, dass Laurenson und Massinger der Polizei sagen würden, die Mörder hätten seinen Leichnam zur Verbrennungsanlage hinuntergeschafft und beseitigt. Bei einer kriminaltechnischen Untersuchung des Müllverbrennungsraums würden Haare, das Blut auf dem Hemdfetzchen und ein Stück seines schweißgetränkten Uhrarmbands gefunden werden. Die Analyse des Ofeninhalts selbst würde Spuren menschlicher Knochen und vielleicht auch noch eine geschmolzene Uhr erbringen. Und für den Fall, dass das alles noch nicht reichte, gedachte Clarenco in letzter Minute vor der heiß ersehnten Flucht – aber nicht früher, wegen der Zerstörungsgefahr – einen Zahn hinzuzufügen, den er sich eigens von einem Zahnarzt in Mexiko hatte ziehen lassen. Es sollte kein Zweifel daran bestehen, dass er tot war. Sobald er aus Cloudcroft weg war, würde er nach Tschechien fliegen, um sich dort von einem plastischen Chirurgen ein neues Gesicht verpassen zu lassen. Er hatte sich sowieso liften lassen wollen, und ein paar unangenehme Wochen waren doch ein geringer Preis für das Geld, das er dann sein Eigen nennen würde.

Den Montag verbrachte Clarenco überwiegend damit zuzuhören, wie Eve mit dem Polizeiverhandler die Details der Lösegeldübergabe besprach, oder über Kabel Bloomberg TV zu gucken, während er gleichzeitig auf seinem Laptop die Börsen-Websites studierte: New York, Chicago. Wo auch immer er guckte, floss ein steter Strom von Rot über den unteren Bildschirmrand, als ob die Märkte bluteten. Die Echtzeit-Indices waren im Keller. Der S&P 500, der S&P 100, der Dow Jones Industrials, der NASDAQ 100, der CBOE Mini NDX, sie alle standen so tief, wie es Clarenco seit fünfzehn Jahren nicht mehr gesehen hatte, und die Volatilitäts-Indices waren um mehr als sechs Punkte gestiegen. Die Tages-Charts fielen ins Bodenlose, wie von einem boshaften Karikaturisten gezeichnet. Ab und zu schnappte Clarenco nach Luft, wenn er sah, was mit Eurodollar-Optionen oder Bond-Indices passierte. Und manchmal lachte er laut, wenn die Echtzeit-Ticker-Fenster, die Laufbänder und neuesten Nachrichtenschlagzeilen die Story eines Finanzdesasters erzählten, so eloquent wie jeder Expertenklugscheißer mit Harvard-Akzent, Fliege und roten Hosenträgern.

«Sie genießen das richtig, was?», bemerkte Eve.

«Wie den erlesensten Tropfen. Solange man an der Randlinie steht, hat es immer etwas Faszinierendes, einen Marktkrater zu bestaunen.»

«Es geht Ihnen nicht nur ums Geld, stimmt's?», fragte sie weiter. «Es geht auch um Rache. Rache an den Märkten, weil sie Ihre Firma zerstört haben.»

«Sie haben mich durchschaut, was?» Clarenco grinste. «Es hat mich zwanzig Jahre gekostet, meine Firma aufzubauen, und keine zwanzig Tage, sie so gut wie ausgelöscht zu sehen. Aber es sind nicht nur die Märkte, denen ich eins auswischen will. Das ist nur die halbe Story. Es sind auch die Banken. Banken, die mir hätten Geld leihen können, haben einfach weggeguckt.» Er zuckte die Achseln. «Die Märkte, das war nichts Persönliches. Aber die Banken. Ich kannte ja viele von diesen Typen. Hielt sie für Freunde. Wallenberg hat mir Geld geliehen. Aber um welchen Preis? Er kontrolliert jetzt die Firma. Ich arbeite für ihn. Wie finden Sie das?»

«Ich glaube, es ist besser, wenn Sie jetzt eine Zeit lang hier in Ihrer Suite bleiben. Wir müssen die übrigen Milliardäre in die Bibliothek bringen. Wir wollen doch nicht, dass Sie jemand sieht, wo Sie sich doch in Rauch aufgelöst haben, oder?»

«Ich kapiere immer noch nicht, wie Sam das mit dem Betäubungsmittel verpatzen konnte. Sonst wäre das jetzt kein Problem.» Er zuckte die Achseln. «Aber okay, ich bleibe hier drinnen. Für mein Amüsement ist ja gesorgt.»

Durch Hexerei wiederbelebten Leichnamen gleich, wurden die zum Teil noch von der langen Sedierung geschwächten Milliardäre nacheinander in die Bibliothek gebracht, wo sie zuletzt bei Bewusstsein gewesen waren. Etliche von ihnen hatten das Gefühl, dass sie den Raum überhaupt nicht verlassen hatten, dass immer noch Freitag war und sich nichts Bedeutsames ereignet hatte.

Sie saßen in der Bibliothek herum und debattierten darüber, was die Geiselnehmer wohl wollen konnten. Und erst als Bill King einen Fernseher in die Bibliothek brachte – Eve hatte Mitleid mit den Männern gehabt und es für das Beste gehalten, sie zu informieren, was lief – erfuhren sie den angeblichen Zweck ihrer Gefangennahme.

«Armer Bob», sagte Wallenberg.

«Nichts da armer Bob», sagte Tom Lieberman. «Wenn Sie mich fragen, ist es seine gottverdammte Schuld, dass wir in dieser Klemme sitzen. Bobs Security-Firma sollte uns doch genau vor so etwas schützen. Das hier ist sein Versagen. Herrgott, kein Wunder, dass seine Firma eingegangen ist. Es überrascht mich, dass Sie ihn immer noch beschäftigen, Cal.»

«Ich würde sagen, er hat doch einen ganz schön hohen Preis für seinen Pfusch bezahlt, oder?», bemerkte Nash Paine.

«Geschickter Zug, das mit der Webcam», sagte Don Volovsky. «Das zieht Publikum. Wissen Sie, das Ganze würde einen tollen Film ergeben.»

«Reden Sie doch mal mit dem Weibsstück, das hier das Kommando hat», höhnte James Gatz. «Vielleicht können Sie sie ja überreden, Ihnen die Rechte an Ihrer Story zu verkaufen, Sie elender Geier.»

Volovsky nahm die Beleidigung grinsend hin. «Mache ich vielleicht auch.»

«Sie sagen nicht, was wirklich passiert», erklärte George Shapira und zeigte auf den Fernseher. «Sie sagen nicht, was hier wirklich läuft. Was die Polizei und das FBI machen. Sie reden nur über die Auswirkungen auf die Märkte.»

«Erinnern Sie mich bloß nicht daran», stöhnte Scott Jordan. «Ich bin letzte Woche eine ziemlich hohe Position am Futures-Markt eingegangen. Das hier könnte mich am Ende eine Menge kosten.»

«Nicht so viel wie Bob Clarenco», sagte Paine.

«Worauf ich hinauswill», fuhr Shapira fort, «ist: Die Regierung wird doch keinesfalls auf irgendwelche von diesen Forderungen eingehen. Wir wissen das. Die Regierung weiß es. Und ich bin mir sicher, die Kidnapper wissen es auch. Und dennoch scheinen sie nicht besonders beunruhigt.»

«Vielleicht lassen sie sich ja auf einen Kompromiss ein», tippte Ford Sarmenington. «Die Regierung könnte doch leicht ein paar Drittweltschulden streichen. Und sogar das Gen-Food kennzeichnen. Ich für mein Teil hätte gegen beides nichts.»

«Diese Leute machen bislang nicht gerade den Eindruck, als wären sie der kompromissbereite Typ», sagte Rudolph Miller. «Eins haben sie doch ganz klar gezeigt: dass sie bereit sind zu töten, um zu kriegen, was sie wollen.»

«Stimmt», sagte Steve Vassall Fox. «Im Moment bin ich sehr froh, dass ich nicht Errol Laurenson oder Eliot Massinger bin.»

«Sehen Sie sich doch mal um», sagte Wallenberg. «Wir haben Drinks, Snacks, gute Zigarren, Bücher, bequeme Sessel, ein Bad und einen Fernseher. Alles in allem haben wir es doch eigentlich ganz behaglich.»

Den Blick auf CNBC und die immer düsterer werdende Story von finanziellem Niedergang und Panik geheftet, sagte Jordan: «Unbehaglicher könnte mir kaum sein, Cal. Dagegen hilft eine gute Zigarre auch nichts.»

«Da haben Sie natürlich Recht», sagte Wallenberg. Er stand auf und räusperte sich. «Meine Herren, ich muss mich bei Ihnen allen entschuldigen.»

«Was wird das?», spottete Volovsky. «Noch eine Rede?»

«Lassen Sie ihn doch einfach reden», sagte Gatz.

«Ich wollte nur sagen, wie Leid es mir tut, dass ich Sie alle in diese Situation gebracht habe. Das ist mir alles schrecklich unangenehm. Wirklich.»

«Ist doch nicht Ihre Schuld, Cal», sagte Gatz. «Offen gestanden, ich hätte umkehren sollen, als ich diese jungen Leute am Flughafen gesehen habe. Ich hatte da nämlich schon so ein ungutes Gefühl.» Er zündete sich eine von Wallenbergs Zigarren an. «Aber es ist doch eine komische Sache. Mit diesen Leuten dort am Flughafen. Und den Leuten, die uns hier gefangen halten. Es wirkt nicht so, als hätten sie viel gemeinsam. Ich meine, die Geiselnehmer scheinen mir nicht der Typ, der sich für dieses ganze WTO-Zeug interessiert. Ich habe schon eine ganze Menge von diesen Öko-Arschlöchern erlebt. Bei jeder großen Demo sind es immer meine Schaufenster, die eingeschmissen werden, nur wegen des hartnäckigen, aber irrigen Glaubens, dass ich in Asien Kinderarbeiter ausbeute.»

«Tun Sie doch auch, oder?», sagte Volovsky.

«Ohne mich würden diese Kinder gar kein Geld verdienen», antwortete Gatz defensiv. «Was finden Sie besser? Wenn sie verhungern? Oder wenn sie für das arbeiten, was wir ihnen bezahlen können?»

«Achtzehn Cent die Stunde dafür, dass sie Jeans nähen, die Sie für dreißig Dollar verkaufen? Blödsinn.»

«Das bringt doch nichts», stöhnte Shapira.

«Was ich sagen will», fuhr Gatz fort und funkelte dabei Volovsky grimmig an, «ist, dass diese Leute einfach nicht wie Radikale aussehen.»

«Wie Caterer aber auch nicht», sagte Drennan.

«Ja, sie wirken eher wie Militärs denn wie Köchinnen oder Kellner», sagte Porteus.

«Aber am Catering war doch nichts auszusetzen», sagte Wallenberg. «Ich dachte, das Abendessen am Freitag war ausgezeichnet. Stimmt das nicht?»

«Das Risotto hätte besser sein können», sagte Volovsky achselzuckend. «Wo Sie schon fragen.»

«Vielleicht stecken sie ja mit den Security-Leuten unter einer Decke», spekulierte Porteus.

«Das glaube ich nicht. Zum einen habe ich keinen von meinen Security-Leuten mitmachen sehen. Nicht einen. Und zum anderen sind die meisten Security-Leute schon eine ganze Weile bei mir. Ich habe gelernt, ihnen mein Leben anzuvertrauen.»

«Vielleicht sind diese Leute ja gegen unseren Staat», fuhr Porteus fort. «So wie Timothy McVeigh und die Nord-Michigan-Miliz. White Supremacists. Wie die Kerle, die Dolores Milliano im Fernsehen interviewt hat. Die, die gegen die Neue Weltordnung demonstrieren. Die denken, wir seien eine geheime Elite, die vorhat, die Regierung zu übernehmen.»

«Sind wir das denn nicht?», fragte Shapira. «Hat uns unser Gastgeber nicht genau das zu Beginn dieses Wochenendes vorgeschlagen? Eine neue Oligarchie? Vielleicht haben diese Leute da draußen ja Recht.» Er hob resigniert die Hände. «Aber vielleicht haben ja auch Sie Recht, Cal. Ich weiß es nicht. Das Einzige, was ich sicher weiß, ist, dass ich jetzt schon zum zweiten Mal in dieser Woche als Geisel festgehalten werde. Und ich kann Ihnen sagen, langsam stinkt es mir gewaltig.»

Wallenberg quittierte Shapiras Bemerkung mit einem Nicken. Dann sah er Don Volovsky an. «Don, Sie haben mir am Freitag eine Frage gestellt.»

«Ach, ja?»

«Sie haben mich gefragt, wie Männer wie wir sich je gegenseitig weit genug vertrauen sollten, um sich zu organisieren. Sie sagten, es müsse schon etwas Ungewöhnliches passieren, um uns alle auf die Art und Weise zusammenzubringen, wie ich es vorgeschlagen habe. Als eine erlesene Oligarchie von gleichgesinnten Wahlmännern.»

«Ich erinnere mich. Aber nur vage.»

«Tja, vielleicht ist das hier ja das ungewöhnliche Geschehen», sagte Wallenberg und zündete sich eine Zigarre an. «Und wenn wir jetzt erst mal kurzfristig alle zusammenhalten würden, fiele uns vielleicht eine Möglichkeit ein, aus dieser Situation herauszukommen.»

«Vielleicht.»

«Was wir brauchen, ist Führung», sagte Porteus. «Führung durch Ideen. Und ich habe keine.»

«Wer sollte denn eine haben?», fragte Volovsky. «Sie haben Waffen. Und wir nicht. Sie sind bereit, uns zu töten, um ihre Ziele zu erreichen. Ende des Think-Tanks.»

DEN GRÖSSTEN Teil des Tages fühlte sich Sergeant Zander wie im Anfangsstadium einer Lebensmittelvergiftung, denn er hatte ein dumpfes Rumoren im Magen, das an seiner Energie zehrte und seine Redelust dämpfte. Sobald die Geiselnehmer von Lösegeld und einem Fluchtjet gesprochen hatten, war der Fall in die Zuständigkeit des FBI übergegangen. Doch das FBI überließ Zander weiterhin die Aufgabe des Verhandelns, weil es befand, dass Kontinuität das Beste war. Alle führten Zanders Wortkargheit darauf zurück, dass er enttäuscht war, weil er den Geiselnehmern nicht hatte ausreden können, Clarenco zu töten. Doch die Wahrheit war – wie Zander wusste –, dass er seinen Job nicht mehr optimal machte. Er war aufgewühlt wegen der Clarenco-Sache, das stimmte, aber noch aufgewühlter war er wegen der verheerenden Folgen für sein eigenes Portfolio.

Ab und zu rief ihn seine Frau Janine auf seinem privaten Handy an, um ihm den jüngsten Dow-Stand mitzuteilen. Als er nach Börsenschluss erfuhr, dass der Markt um sechseinhalb Prozent nachgegeben hatte, rechnete er aus, dass ihn dieser Tag bereits dreißigtausend Dollar gekostet hatte.

Nachdem die Kurse so weit gefallen waren, sagte sich Zander, konnte es durchaus sein, dass sie sich morgen wieder erholen würden. Aber wie wahrscheinlich war das, wenn bis dahin die Situation in Cloudcroft immer noch nicht gelöst war? Welcher Käufer würde dann überzeugt sein, dass der Markt am Montag die Talsohle erreicht hatte? Wie wahrscheinlich war irgendeine Art von Rallye, solange Eliot Massinger und Errol Laurenson per Webcam auf der leverage.net-Website zu sehen waren und die Hinrichtungsdrohung über ihnen schwebte? Eine potenzielle Markterholung würde vermutlich nur vom Typus «tote Katze» sein. Konnte er es sich leisten, am Dienstag noch einmal dreißigtausend Dollar zu verlieren? Und angenommen, es wäre noch mehr? Angenommen, der Dienstag würde noch schlimmer als der Montag?

Tatsache war, dass Zander in den Plänen der Geiselnehmer wenig Grund zu Optimismus sah. Einen Jet voller Geld und die Hälfte der Geiseln? Das Geiselbefreiungsteam des FBI stellte garantiert jetzt schon Machbarkeitsstudien für eine Erstürmung des Flugzeugs an. Doch wie Dillon und Everard hatte auch Zander seine Zweifel an einer solchen Operation. Er war alt genug, um sich an das Schicksal der israelischen Olympiateilnehmer zu erinnern, 1972 in München. Sämtliche Geiseln und die meisten der palästinensischen Geiselnehmer waren bei einem fehlgeschlagenen Befreiungsversuch der deutschen Polizei auf dem Rollfeld des Münchner Flughafens umgekommen. Zander dachte, dass die Geiselnehmer hier irgendein Ass im Ärmel haben mussten, das ihre Sicherheit garantieren sollte. Und er hatte den Verdacht, dass er herausfinden würde, was das war, sobald er Bette anrief, um ihr zu sagen, die eine Milliarde Dollar sei jetzt in der Maschine und per Webcam auf einer sicheren FBI-Website zu besichtigen.

«Bette? Ich bin's, Tom Zander. Das Geld ist im Jet, und Sie können das überprüfen. Hier ist die Adresse der Website.»

Eve wiederholte sorgfältig die Adresse. Dann sagte sie: «Okay, Tom, ich sage Ihnen jetzt, was Sie tun sollen. Ich will, dass Sie selbst hinfahren. Und wenn Sie direkt bei dem Geld sind, rufen Sie mich an. Okay?»

Zander sah Murray Shaar, der über Kopfhörer mithörte, fragend an. Die Logistikeinheit des FBI hatte den ganzen Tag damit zugebracht, in Errol Laurensons Boeing 737 Webcams zu installieren und eine Milliarde Dollar in bar von der Notenbank in Dallas an Bord zu schaffen. Was als Nächstes in der Maschine passierte, war Shaars Angelegenheit. Der FBI-Mann nickte ihm zu.

«Okay», sagte Zander.

Zander wartete, dass sie auflegte, und als sie es getan hatte, wartete er, dass Murray Shaar etwas sagte.

«Was soll das alles?», fragte Shaar.

«Ich nehme an, sie will über die Kamera sehen, wie ich mit dem Geld hantiere. Nur um sicherzugehen, dass es mir nicht ins Gesicht explodiert und mich mit Farbe markiert oder so was.» Er hielt einen Moment inne. «Das wird es doch nicht tun, oder?»

Shaar schüttelte den Kopf. «Das Geld ist okay», sagte er. «Aber nehmen Sie besser Nebenstraßen zum Flughafen. Nicht, dass die Presse Ihnen folgt und dahinter kommt, was läuft. Abgesehen von dem Sicherheitsproblem, das es darstellt, eine Milliarde Dollar im Frachtraum eines Flugzeugs zu haben, müssen wir bedenken, wie das wirken würde. Die Leute könnten den falschen Schluss ziehen: dass wir bereit sind, Deals mit Terroristen zu machen.»

Zander fragte nicht, was Shaars letzter Satz bedeutete. Er wollte nicht wissen, was das FBI vorhatte.

Am Flughafen von Alamogordo waren zu ihrer Erleichterung keine Presseleute zu sehen, nur ein paar Mann vom Geiselbefreiungsteam und von der Logistik-Einheit. Und so stiegen sie in den Frachtraum der Maschine, wo unter dem wachsamen Zyklopenauge einer der Webcams ein großer, grüner Kubus aus Geld lagerte, der etwa die Größe eines Kleinlasters hatte und aussah wie eine geometrische Skulptur aus einem Museum für moderne Kunst.

«So viel Geld habe ich noch nie gesehen», sagte Zander.

«Für die Burschen droben in Cloudcroft fällt das nicht weiter ins Gewicht», bemerkte Everard. «Porteus hat wie viel?» Fünfzig, sechzig Milliarden? Wieso geben die Geiselgangster sich da eigentlich mit einer zufrieden?»

«Gucken Sie sich doch mal an, wie viel Platz die braucht. Sie haben wahrscheinlich ausgerechnet, wie viel Geld dieser Jet hier fasst. Und danach die Summe festgelegt. Wahrscheinlich haben sie deshalb überhaupt Laurensons Jet ausgesucht. Der ist der größte.» Zander sah den Kommandeur der Logistikeinheit, Pete Muffley, an und zeigte auf die Webcam. «Sind wir online?»

Muffley nickte.

«Dann sollte ich sie wohl anrufen.» Er trat vor die Webcam, wählte auf seinem Handy die Nummer des NMSP-Busses und wurde von dort ins Haus durchgestellt.

«Bette, hier ist Tom.» Er starrte ins Objektiv und widerstand der Versuchung zu winken. «Sehen Sie's?»

«Ja», sagte sie. «Nehmen Sie die Kamera ab und zeigen Sie mir sämtliche Ecken und Winkel des Frachtraums, die Sie sehen können.»

Zander tat, wie ihm geheißen.

«Nehmen Sie jetzt die ersten zehn Notenbündel und legen Sie sie beiseite.»

Wieder tat Zander, was sie gesagt hatte.

«Das nächste Bündel. Auspacken.»

Er entfernte, wie ihm befohlen, die Banderole eines Bündels Hunderter.

«Nehmen Sie einen aus der Mitte raus und zeigen Sie mir das Bild von Franklin. Jetzt die Independence Hall auf der Rückseite. Okay, jetzt die Nummer ablesen.»

«AB39820030», sagte Zander.

«Danke. Prima Kameraführung. Während wir jetzt diese Nummer auf ihre Echtheit prüfen, gehen Sie in die Passagierkabine. Ich will mich überzeugen, dass die Kameras dort genauso funktionieren wie die für das Geld.»

Er und Everard stiegen aus dem Frachtraum und die Gangway hinauf, und als sie in der Passagierkabine waren, befahl Eve Zander, wieder eine der Kameras zu nehmen und dahin und dorthin zu richten. Zander gehorchte, ohne viel mehr zu denken, als dass dieses Riesenflugzeug nur für die Bequemlichkeit eines einzigen Mannes da war. Wunderschöne Ledersitze, so groß wie sein Fernsehsessel zu Hause, Teppichboden, so hochflorig, dass man eine Machete brauchte, um durchzukommen, glänzendes Holz, wie ein gigantischer Rolls-Royce. So also fühlte es sich an, superreich zu sein.

«Es wird Sie freuen, dass die Seriennummer dieser Hunderter okay ist.»

«Wir wollen nichts weiter als die Geiseln lebend zurückhaben. Alles im Flugzeug ist genau so, wie Sie es wollten.»

«Klar», sagte sie, nicht sonderlich überzeugt. «Okay, gehen Sie ins Cockpit.»

Zander ging ins Cockpit und schwenkte auch dort die Kamera hin und her, bis seine Verhandlungspartnerin zufrieden gestellt war.

«Gut, jetzt werden Sie den Transponder ausbauen.»

«Was ist ein Transponder?»

«Ein Gerät, das ein digitales Signal empfangen und senden kann. Damit könnten Sie verfolgen, wo wir hinfliegen.»

«Okay, ich gehe das gleich an.»

«Und natürlich werden wir die Maschine auf Wanzen filzen. Von unerwünschten Passagieren ganz zu schweigen. Wir sind mit einer optischen Nase ausgerüstet. Sie wissen ja sicher, was das ist. Eins von diesen Geräten, die menschlichen Atem aufspüren. Wenn irgendwelche Cops oder FBI-Leute an Bord sind, finden wir sie. Okay, jetzt sage ich Ihnen, wie es ablaufen wird. In Mr. Wallenbergs Garage steht ein Bus. Damit werden wir zum Flughafen fahren. Die Hälfte der Geiseln werden ein elektronisches Armband tragen, das mit einer Ladung Plastiksprengstoff und einem Zünder verbunden ist. Bitte informieren Sie Ihre Scharfschützen, dass diese Armbänder sofort von meinen Leuten aktiviert werden, falls Sie irgendeinen Befreiungsversuch unternehmen, wenn wir am Flughafen sind. Und Sie sollten auch bedenken, dass die Sprengsätze, selbst wenn Sie alle meine Männer töten könnten, bevor sie sie zünden können, dennoch hochgehen, sobald sie jemand ohne den entsprechenden Code zu entfernen versucht.»

«Sie scheinen ja wirklich an alles gedacht zu haben.»

«Es spricht manches dafür. Wir werden fünf Geiseln freilassen, sobald wir aus dem Bus steigen. Und weitere fünf, wenn sich das Flugzeug als okay erweist. Die restlichen werden freigelassen, wenn wir an unserem Flugziel sind.»

«Und wann soll das alles passieren?»

«Das werden wir Sie wissen lassen.»

«Warum nicht jetzt gleich? Wie Sie sehen, ist das Geld bereit. Je eher die Sache vorbei ist, desto besser, meinen Sie nicht?»

«Sie werden ein paar Stunden brauchen, um den Transponder auszubauen. Wenn das erledigt ist, sprechen wir weiter.»

Und sie legte auf.

Zander fand Everard auf dem Bett in Laurensons Schlafkabine, ein Glas Scotch auf der Brust seiner Splitterweste und eine Zigarre in der Hand. «Nehmen Sie sich einen Drink, Tom», sagte er und starrte an die Decke. «Und dann sagen Sie mir, was das Miststück jetzt will.» Als er Zander zögern sah, setzte er hinzu: «Los doch, trinken Sie was. Wann haben Sie die letzte Pause gemacht?»

Zander brauchte keine weitere Aufforderung. Er öffnete den Mahagoni-Barschrank und machte sich ein Glas Jack Daniel's on the Rocks. Everard setzte sich auf und erhob sich vom Bett. Zander sagte: «Ein Jammer, dass keiner von uns beiden fliegen kann. Dann wären wir vielleicht richtig reich.» Und dann: «Ob sie wohl lange genug leben werden, um das Geld auszugeben?»

«Wer? Die Geiselnehmer? Vielleicht haben sie ja vor, es für gute Zwecke zu spenden.»

«Vielleicht sollte ich einen Bettelbrief auf Laurensons Kopfkissen hinterlassen. Wissen Sie, in solchen Momenten wünschte ich, Gott hätte mich nicht als ehrlichen Menschen erschaffen.»

«Ich will Ihnen was sagen, Tom. Niemand macht so viel Geld wie Errol Laurenson, indem er ein ehrlicher Mensch ist. Gucken Sie sich doch mal die letzte Generation der Superreichen in diesem Land an. Leute wie Joe Kennedy und William Randolph Hearst. Das waren Ganoven, die an ihr Geld kamen, indem sie gnadenlos über andere hinwegtrampelten. Die Kerle in Cloudcroft sind wahrscheinlich genauso, nur dass wir's noch nicht wissen. Glauben Sie mir, ich würde keine Träne vergießen, wenn sie beschließen sollten, Laurenson die Schädeldecke wegzupusten. Niemand würde eine Träne vergießen, außer vielleicht seine Familie. Der Tod ist das einzig wahrhaft Demokratische in diesem Land. Ein Milliardär, der an Krebs stirbt, ist nicht besser dran als ein Habenichts, der an Krebs stirbt. Er kriegt vielleicht ein besseres Bett. Eine hübschere Krankenschwester und so was. Aber wenn man abgetreten ist, ist das scheißegal.»

«Ich werde versuchen, dran zu denken, wenn ich die erste Million habe.» Zander trank den letzten Rest Jack Daniel's aus Laurensons Glas.

«Wir sollten jetzt zurückfahren. Je länger wir weg sind, desto mehr fürchte ich, dass diese verrückten Feds unsere Abwesenheit nutzen, um einen Erstürmungsversuch zu starten. Das Letzte, was wir wollen, ist doch ein Blutbad während unseres Einsatzes.»

«Glauben Sie wirklich, dass sie das tun werden?»

«Nein. Ist ja nicht nötig. Jetzt, wo die Geiselnehmer gesagt haben, dass sie in dieses Flugzeug wollen. Wenn wir sie erst mal hier drinnen eingepfercht haben, sieht die Sache schon ganz anders aus. Dem wird das Geiselbefreiungsteam bestimmt nicht widerstehen können. Elektronische Armbänder hin oder her.»

«SIE WOLLEN vermutlich zuschlagen, sobald sie uns im Flugzeug haben.» Bill King zündete sich eine weitere Cohiba an und hielt sie beim Anrauchen senkrecht, als arbeitete er mit einem Farbzerstäuber. «Die Maschine mit Lastwagen oder normalen Autos umstellen, damit wir nicht wegkönnen. Dann werden Sie wieder anfangen zu verhandeln. Auf gar keinen Fall werden sie uns abfliegen lassen, mit einer Milliarde Dollar und zehn Geiseln. Nie und nimmer. Die elektronischen Armbänder ändern auch nichts dran, dass das der heikle Teil ist.»

«So sehe ich es auch», stimmte ihm Eve zu. «Sie werden sich sagen, egal, was für Sprengsätze wir an den Geiseln befestigt haben, damit kommen sie schon klar. Oder aber wir bluffen nur.»

Sie waren alle, inklusive Bob Clarenco, im Sicherheitskontrollzentrum und überwachten immer noch die FBI-Webcams in Errol Laurensons Flugzeug. Nick Pennac klickte wie ein Fernsehproducer von einer Kamera zur anderen, kehrte aber immer wieder zu der zurück, die das Geld zeigte – diesen Riesenhaufen Geld, der aussah wie eine Palette mit Hilfsgütern, die darauf warteten, aus dem Heck einer Hercules über irgendeinem afrikanischen Katastrophengebiet abgeworfen zu werden.

«Sie werden uns abriegeln und wieder belagern, nur diesmal

mit wesentlich besseren Erfolgschancen, wegen der begrenzten Nahrungs- und Wasservorräte an Bord. Nach ein paar Tagen werden sie die Maschine vermutlich stürmen. Blendgranaten. CS-Gas. Und da kommen dann die Geiseln um. So läuft das normalerweise. Irgendein Arschloch von der Polizei denkt immer, es kann eine tollkühne Geiselbefreiungsaktion durchziehen. Und warum? Wegen der inhärenten Schwächen des üblichen Geiselnahmeszenarios: Wir müssen das Lösegeld an uns bringen, und wir müssen wegkommen.» King schüttelte den Kopf. «Ich sag's ehrlich, das war immer der Teil des Plans, der mir am meisten Angst gemacht hat.»

«Keine Bange, Bill», sagte Eve. «Das haben wir alles bedacht.» Sie zeigte auf das Geld auf dem Bildschirm. «Sehen Sie es sich noch mal genau an, meine Damen und Herren. Eine Milliarde Dollar in bar. Wer würde nicht alles tun, um so einen Haufen Geld an sich zu bringen? Wer würde dafür nicht jedes Risiko eingehen? Aber dieses Geld wird uns und, was noch wichtiger ist, auch unseren Geiseln das Leben retten. Denn näher werden wir ihm nie kommen.»

DAS GEISELBEFREIUNGSTEAM des FBI gehörte zur Taktischen Unterstützungsgruppe, die wiederum Teil der Krisenreaktionsgruppe war und seit 1982 existierte. Das in Quantico, Virginia, stationierte Geiselbefreiungsteam konnte vom FBI-Direktor binnen vier Stunden an jedweden Ort entsandt werden, um Personen zu befreien, die von einer feindlichen Macht, sei sie terroristischer oder krimineller Art, widerrechtlich festgehalten wurden.

Die einundneunzig Agenten des Teams, von denen viele in Waco dabei gewesen waren – obwohl der Vorsitzende des Untersuchungsausschusses, Senator John Danforth, im Juli 2000 zu dem Befund gekommen war, dass das Geiselbefreiungsteam während der gesamten Belagerung des Branch-Davidianer-Anwesens aus den richtigen Motiven gehandelt hatte, verfolgte doch viele dieser Agenten noch immer das, was Danforth die «dunklen Fragen» genannt hatte – diese einundneunzig Mann also waren schon seit dem späten Sonntagabend in New Mexico. Der Vizedirektor der Krisenreaktionsgruppe, Sterling Ripper, ein Schwarzer mit der Statur und den Bewegungen eines Football-Spielers, hatte den Special Agent in Charge des Geiselbefreiungsteams, Alonso Sidonia – der einst Special Agent in Charge der FBI-Abteilung in El Paso gewesen war und sich in der Gegend sehr gut auskannte – angewiesen, mit seinen Leuten in Alamogordo zu bleiben, bis ihr unmittelbares Eingreifen in Cloudcroft nötig wäre. Also hatte das Geiselbefreiungsteam die Sonntagnacht im Holiday Inn Express am White Sands Boulevard, dem Nord-Süd-Highway durch Alamogordo, verbracht.

Alonso Sidonia war in Cuidad Juarez, Mexico, geboren, aber in Odessa, Texas, aufgewachsen. Er war ein kleiner, zäh wirkender, aber sehr gepflegter Mann, mit Augen, so dunkel und tief liegend, dass es von weitem aussah, als trüge er eine Sonnenbrille. Derzeit lebte er in einem Bungalow in Fairfax, einem grünen Vorort von Washington, auf der Westseite des Potomac und ungefähr fünfundzwanzig Meilen nördlich seiner Arbeitsstätte in Quantico. Der Blick aus dem Hotelzimmerfenster weckte in Sidonia keinerlei Heimweh. Auf einem Schild gegenüber stand, Jesus ist Herr über Alamogordo, was bei dem gefallenen Katholiken Sidonia nur den Gedanken provozierte, dass Jesus, wenn dem wirklich so war, einen ungemein schlechten Geschmack bewiesen hatte.

Sobald die Geiselnehmer Bob Clarenco getötet und einen Fluchtjet ab Alamogordo gefordert hatten, wies Ripper Sidonia an, sich mit seinen Leuten am Flughafen auf einen Erstürmungsversuch vorzubereiten. Sidonia und sein ASAC, T. J. «Viet» Cong, ein drahtiger Chinese mit George-Michael-Bart, der wie der Bösewicht in einem Bruce-Lee-Film aussah, verbrachten den größten Teil des Montags mit der Postierung ihrer Leute und der strategischen Planung des Angriffs.

«Diesmal können wir uns keinen Fehler leisten, T. J.», erklärte Sidonia Cong und wiederholte nahezu wörtlich, was ihm Ripper erklärt hatte, was wiederum genau das war, was der FBI-Direktor Ripper erklärt hatte. «Das ist unsere große Chance, das Gespenst von Waco zu bannen. Die amerikanische Öffentlichkeit wird hart über uns urteilen, wenn durch unser Handeln irgendwelche Geiseln ums Leben kommen. Wenn wir das hier machen, müssen wir's richtig machen.»

Doch die Anlage des Flughafens von Alamogordo kam einer Operation, wie sie sich Sidonia und seine Vorgesetzten vorstellten, nicht gerade entgegen. Das Flughafengebäude war nur einstöckig, und es gab keinen Kontroll-Tower. Der höchstgelegene Punkt für einen Scharfschützen schien eine der privaten Boeings 737 zu sein, die etwa fünfzig Meter vom Gebäude parkten. Zwischen dem Rollfeld und den Sacramento Mountains etwa zwei Meilen weiter östlich gab es nichts als Sand, niedrige Strauchvegetation und hier und da ein Javelina – eine in der Wüstenlandschaft New Mexicos beheimatete Wildschweinart.

Im schwarzen Tac-Team-Kampfanzug gingen Sidonia und Cong bei vierzig Grad auf dem Rollfeld auf und ab und studierten wenig optimistisch das karge Panorama.

«Nicht gerade viel Deckung», brummte Sidonia.

«Sie könnten ein paar Scharfschützen in den Sträuchern da drüben postieren», schlug Cong vor. «Eingegraben und getarnt.»

Sidonia nickte und notierte es auf dem Stellungsplan. «Vielleicht zwei, drei Leute auf dem Dach vom Flughafengebäude. Und das wäre schon ein Gedränge. Ich habe ja schon Tankstellen gesehen, die größer sind.»

«Nicht der tollste Flughafen, was?»

Cong zeigte auf die Maschinen auf der anderen Seite des Rollfelds. «Wir könnten bei einer oder zweien von den Boeings ein paar Fenster rausnehmen. Zwei, drei Mann? Bis jetzt sehe ich nicht, wie wir hier mehr als ein Dutzend Leute verdeckt postieren sollen. Wenn sie bei Nacht kommen, haben wir natürlich den Vorteil der Dunkelheit.»

«Sie auch.»

«Aber tagsüber? Verdammt, man kann ja nach fast allen Seiten meilenweit gucken. Wie wär's mit ein paar Mann im Flugzeug selbst? In einer 737 muss es doch irgendwas geben, wo man ein paar Leute verstecken kann.»

«Wir müssen mit Boeing reden. Vielleicht fällt denen ja was ein. Irgendwas, wo die Terroristen nicht draufkommen.»

Die beiden Männer gingen, an den Privatjets vorbei, zwei-, dreihundert Meter nach Süden, bis sie zu einigen Hangars kamen. Sidonia schüttelte den Kopf. «Zu weit weg.»

Cong zeigte auf einen langen weißen Segelflugzeuganhänger mit Heckflosse. «In dem Ding da könnte man bestimmt ein Dutzend Leute verstecken. Wenn man es in der Nähe von Laurensons Jet parkt. Wie so eine Art trojanisches Pferd.»

«Ich wüsste nicht, was dagegen spräche. Wir könnten ihn vielleicht ein bisschen umbauen. Eine Tür reinmachen, damit man schneller rauskommt. Wäre allerdings nicht sehr komfortabel. Stellen Sie sich vor, wie heiß es da drin erst sein muss. Vor allem mit Schutzweste und Helm.» Sidonia zündete sich eine Zigarette an und schüttelte den Kopf. «Aber ich sehe keine Alternative. Wie nah, glauben Sie, kann man das Ding parken, ohne sie misstrauisch zu machen?»

«Nicht unter fünfzig Meter. Ist aber für einen Scharfschützen nah genug.»

«Da fällt mir was ein. Sagen Sie dem Krisenmanagementteam, ich will, dass Fotos sämtlicher Geiseln an unsere Leute verteilt werden. Sie müssen diese Gesichter besser kennen als ihre eigene Mutter. Bevor wir irgendeine Operation in die Wege leiten, will ich, dass das abgeprüft wird. Wer auch nur ein Gesicht nicht erkennt, ist draußen.»

Die Logistikeinheit hatte das Lösegeld am frühen Nachmittag aus Dallas eingeflogen und verlud es in die 737, während die Webcams installiert wurden. In der Zwischenzeit hatten Boeing-Ingenieure von Everett Fields in Seattle der Logistikeinheit mitgeteilt, dass die Firma Aviation Concepts in Dallas – die das Innere der Maschine nach Laurensons Wünschen gestaltet hatte – erklärt habe, die Flugzeugtreppe sei wegen einer Funktionsstörung vorübergehend ausgebaut worden und man könne doch vielleicht diesen Leerraum nutzen, um FBI-Leute zu verstecken. Dieser Plan wurde jedoch auf Eis gelegt, nachdem Zander und Everard, als sie zum Flughafen kamen, um Geld und Webcams zu inspizieren, der Logistikeinheit mitgeteilt hatten, dass die Geiselnehmer behaupteten, im Besitz von Wanzendetektoren und einer optischen Nase zu sein – eines Kreuzreaktionssensors, der unter einer Million Gerüchen einen bestimmten ausmachen konnte und von der Grenzpolizei an der Grenze zu Mexiko häufig benutzt wurde, um illegale Einwanderer in Lastwagen aufzuspüren.

Aber was im Hinblick auf die gesamte Geiselbefreiungsoperation noch wichtiger war: Zander erklärte Sidonia, Cong und Muffley, dass die Geiseln elektronische Armbänder mit Sprengsätzen tragen würden und dass jeder Versuch, ein solches Armband ohne den korrekten digitalen Code zu entfernen, eine für den Träger tödliche Explosion verursachen würde.

«Die bluffen doch», sagte Cong.

«Wie kommen Sie darauf?», fragte Zander. «Bis jetzt scheinen sie doch ganz schön raffiniert.»

Muffley, der Kommandeur der Logistikeinheit, sagte, er halte eine solche Bombe für relativ leicht herstellbar. «Aber sie könnte schwer zu entschärfen sein. Ich frage besser mal beim Bomben-Datenzentrum des FBI nach, wie die das sehen. Und bei der Ausbildungsstätte für Sprengkörperentschärfung in Huntsville, Alabama.»

Beim Verlassen des Flugzeugs hatte Zander die beiden

Scharfschützen auf dem Dach des Flughafengebäudes bemerkt, und jetzt registrierten seine scharfen Augen das Funkeln einer Zielfernrohrlinse im Gesträuch östlich von ihnen. Er sagte: «Ich meine, ich würde erst mal wesentlich mehr über die elektronischen Armbänder wissen wollen, ehe irgendjemand anfängt, die Kerle abzuschießen.»

«Oh, natürlich», sagte Sidonia in einem Ton, dem Zander entnahm, dass er anderer Meinung war.

Zander musterte ihn und versuchte, die Persönlichkeit dieses Mannes zu taxieren, fast als wäre Sidonia ein bewaffneter Verbrecher, mit dem er verhandeln musste, um eine potenziell gewaltsame Situation zu einem friedlichen Ende zu bringen.

«Mal im Ernst», sagte Zander. «Sie werden doch sicher neue Verhandlungen aufnehmen, wenn Sie sie erst mal alle in dem Flugzeug haben? Wenn Sie sie umstellt haben, mit ein paar anderen Privatjets und Lastwagen oder womit auch immer, dann können sie doch nicht weg. Und Sie können von einer ganz anderen Position der Stärke aus verhandeln. Denen gehen doch bald das Wasser und die Nahrungsmittel aus.»

«Ich weiß, wie man Verhandlungen führt, Sergeant», insistierte Sidonia.

Aber Zander blieb hartnäckig. Er konnte sich nicht vorstellen, wie sich sein Portfolio erholen sollte, wenn die Geiseln – Amerikas mächtigste Geschäftsleute – tot auf dem Rollfeld des Flughafens von Alamogordo lagen.

«Die Frau, mit der ich gesprochen habe. Bette, so nenne ich sie. Die ist nicht dumm. Die gehen doch davon aus, dass wir hier irgendetwas versuchen werden. Deshalb wollten sie ja die Webcams. Und sie haben schon einmal getötet. Sie werden bestimmt nicht zögern, weiter zu töten.»

«Das hier ist jetzt Sache des FBI, Sergeant. Wenn die Terroristen erst mal hier sind, können Sie alles Weitere uns überlassen.»

«Heißt das, ich soll nicht mehr weiterverhandeln?»

«Wir setzen unseren eigenen Verhandlungsspezialisten ein. Wir glauben, eine neue Herangehensweise –»

«Wen?»

«Jemanden von der CNU.»

«Ach? Ich kenne von meiner Ausbildung her viele Verhandlungsspezialisten an der CNU. Wen setzen Sie denn ein?»

«Mandrake.»

«Clifford Mandrake? Den Mann, der an HOBAS gearbeitet hat?»

HOBAS war das Hostage Barricade Database System des FBI, in dem über zweitausend Fälle von Geiselnahme ausgewertet waren.

«Genau.»

«Dreihundertvierzig Verhandler in sechsundfünfzig Dienststellen, und Sie holen einen Akademiker?» Zander schüttelte den Kopf.

Sidonia zögerte: Er hatte nicht vor, länger als nötig unklare Verhältnisse zu dulden. «Wie ich schon sagte, Sergeant, sobald sie hier sind, können Sie alles Weitere uns überlassen. Habe ich mich klar ausgedrückt?»

«Absolut klar.» Zander nickte widerstrebend. Er wollte noch etwas sagen, aber Everard unterbrach ihn.

«Lassen Sie's, Tom. Kommen Sie, wir fahren nach Cloudcroft zurück.»

«Gute Idee», sagte Cong.

Zander ging in Richtung Auto, gefolgt von Everard. Doch auf halbem Weg drehte er sich abrupt um und sagte: «Vermurksen Sie's bloß nicht wieder, so wie in Waco.» Dann ging er zu seinem Wagen und stieg ein.

«Arschloch», murmelte Sidonia. «Hoffentlich habe ich, bevor das hier zu Ende ist, noch Gelegenheit, ihm eins auf die Schnauze zu geben.» Er zündete sich eine weitere Zigarette an, ohne Rücksicht auf die allgegenwärtigen Schilder, die besagten, dass Rauchen hier streng verboten und Flugbenzin extrem leicht entzündbar sei. «Warum haben wir eigentlich Mandrake genommen? Er ist wirklich ein Akademiker.»

«Es war Sonntag. Er war der Einzige, den wir binnen vier Stunden auftreiben konnten.»

«Hoffen wir, dass wir ihn nicht brauchen. Wenn ich eins noch mehr hasse als Polizisten, dann sind das Wissenschaftler, die Polizisten spielen.»

BILL KING nahm die Zigarre aus dem Mund und spuckte ein Tabakfetzchen auf den Fußboden. Er hatte seinen Zigarrenschneider verloren und versucht, das Ende der Zigarre mit dem Daumennagel einzuritzen, und jetzt war das Deckblatt zerfleddert. «Sagen Sie das nochmal?», sagte er.

«Wir benutzen das Lösegeld nur als Ablenkungsmanöver», erklärte Eve. «Vielleicht das größte Ablenkungsmanöver aller Zeiten. Niemand wird damit rechnen, dass wir eine Milliarde Dollar in einem Privatjet einfach stehen und liegen lassen. Aber genau das werden wir tun. Aus den bereits genannten Gründen. Verstehen Sie, es ging überhaupt nie um das Lösegeld.»

«Nein?», sagte Pennac. «Würden Sie mir dann vielleicht erklären, worum es ging? Und bitte sagen Sie nicht, Sie haben Anzeigenplatz auf unserer Website verkauft.»

King leckte das Zigarrenende in Form wie ein Eis am Stiel und sagte: «Ich dachte ja schon, dass hier irgendwas Komisches abgeht. Mal davon abgesehen, dass ich eine Million Dollar kriegen sollte, das Lösegeld aber tausend Mal so viel war. Da hab ich mir gesagt, okay, ich habe mit diesen Leuten einen Deal. Und sie haben ja auch beträchtliche Kosten. Aber das Verrückte war, dass Sie immer so cool waren, was das Lösegeld anging. Als ob die Risiken Sie gar nicht beunruhigen würden.»

«Bitte erzählen Sie mir nicht, es ging nur um die Information, die wir aus ihnen rausgeholt haben, als sie alle sediert waren», sagte Sam. «Bitte nicht.»

«Langsam hab ich ein richtig ungutes Gefühl», sagte Clayton Bird.

«Ich auch», sagte Ann Choy.

«Ich steh auf Bargeld», sagte Busiek. «Für einen wie mich ist Cash der richtige Lohn. Das ist was, was ich begreife.»

«Haben Sie einfach ein wenig Geduld», sagte Eve. «Wir wollten es Ihnen nicht früher sagen, weil wir dachten, das jetzt wäre der Punkt, an dem Sie's am besten verstehen. Wenn Sie selbst sehen können, was vor sich geht.»

Andy Hogarth schüttelte den Kopf. «Also, ich hab im Moment nicht das Gefühl, besonders viel zu verstehen.»

«Im Film», sagte King, «wird der Coup den Mittätern immer erklärt, bevor sie ihn ausführen. Ist so eine Art Konvention, verstehen Sie? Aber ich bin sehr gespannt, was wir hier eigentlich machen, Ma'am. Ich muss Ihnen allerdings sagen, es sollte schon was verdammt Überzeugendes sein, damit es das schlägt, womit ich gerechnet habe. Nämlich eine Million Dollar in bar.»

Bob Clarenco sah Eve an. Ihm hatte dieser Teil des Plans immer Sorgen gemacht, aber sie hatte darauf beharrt. *Sie werden es einfach nicht verstehen, ehe sie es nicht mit eigenen Augen im Fernsehen sehen*, hatte sie ihm in New York erklärt. *Es wäre, als ob wir ihnen erzählen würden, Sie kennen die Lotto-Gewinnzahlen der nächsten Woche. Das würden sie Ihnen einfach nicht abnehmen*. Clarenco hatte seine Zweifel gehabt. *Aber Sie haben es doch verstanden? Warum sollten es dann die anderen nicht auch verstehen*? Doch Eve war hartnäckig geblieben. *Na gut*, hatte er gesagt, *aber angenommen, sie verstehen es immer noch nicht, wenn ich's ihnen erklärt habe*? Eve hatte gelacht. *Tja, hoffen wir mal, dass Sie ein guter Lehrer sind, Bob*. Das hoffte Eve auch jetzt, als sie Bob Clarenco ansah. Denn wenn er es ihnen nicht begreiflich machen konnte, dann würde es sehr unangenehm werden.

Clarenco fuhr sich durchs blonde Haar und grinste nervös.

«Zunächst einmal möchte ich mich bei Ihnen allen dafür entschuldigen, dass ich Sie in diesem Punkt so lange im Dunkeln gelassen habe.» Er ging zu dem Stuhl am Kontrollpult. «Nick, dürfte ich mich bitte einen Moment hierhin setzen?»

«Wehe, das bringt's nicht», sagte Pennac und räumte den Stuhl.

Bob Clarenco setzte sich hin und zog die Tastatur heran. Er schloss die eigens eingerichtete FBI-Seite und gab eine andere Web-Adresse ein.

Ein, zwei Sekunden später guckten sie alle auf eine blauweiße Website mit einer Menge Zahlen und durchlaufenden Wörtern, die aussahen wie eine Mini-Version des Times Square. Und Clarenco breitete die Arme aus wie jemand, der Besuch in seinem Haus willkommen heißt.

«Meine Damen und Herren! Willkommen am Chicago Board Options Exchange. Der weltgrößten Terminbörse. Über diese Börse laufen über einundfünfzig Prozent des gesamten Optionshandels in den USA. Wenn Sie den Film *Die Glücksritter* mit Eddie Murphy gesehen haben, dann wissen Sie, wie es dort aussieht. Eine Menge Jungs in bonbonfarbenen Trading-Jackets brüllen Kauf- und Verkaufsgebote und fuchteln mit den Händen wie eine Horde Buchmacher auf der Rennbahn. Was gar nicht so weit von dem entfernt ist, was an dieser Börse abläuft. Denken Sie sich diesen Ort als ein riesiges Spielcasino, wo die Leute auf zukünftige Geschehnisse wetten. Nur dass sie nicht auf ein Pferd oder auf eine bestimmte Zahl am Spieltisch setzen, sondern auf das, was am Aktienmarkt passieren wird. Oder am Geldmarkt. Oder am Bond-Markt. Oder wo auch immer. Sie wetten auf alles, was mit Finanzen zu tun hat.

Und glauben Sie mir, mehr ist da wirklich nicht dran. Oh, ja, natürlich, die Broker und Trader versuchen es komplizierter hinzustellen, um sich von ordinären Spielern abzugrenzen, damit sie Frau und Kindern in die Augen gucken können, wenn sie abends heimkommen. Sie haben sogar beeindruckende Systeme, um die Kursentwicklung zu berechnen. Aber das ist nichts anderes, als einen Rennführer zu benutzen. Sie sind trotzdem nichts als Spieler. Spieler im großen Stil zum Teil. Im richtig großen Stil.

Wenn man also glaubt, dass der Markt für Katzen und Hunde anzieht, dann wettet man darauf und kauft eine Call-Option. Glaubt man aber, dass es mit dem Katzen- und Hundemarkt bergab geht, dann wettet man darauf, indem man eine Put-Option kauft. Man wartet den vereinbarten Zeitraum ab – manchmal ein halbes Jahr, manchmal aber auch nur fünf Tage – und guckt am Ende, was passiert ist. Und wenn man richtig gelegen hat, kassiert man. Und wenn man falsch gelegen hat, verliert man. Aber was diese Art Wetten so attraktiv macht, ist der Leverage, die Hebelwirkung, die dabei erreicht wird. Leverage bedeutet einfach nur das Verhältnis von Risiko zu möglichem Gewinn. Sie müssen wissen, Optionen kosten sehr wenig im Vergleich zu dem potenziellen Gewinn, den man damit machen kann. Mit anderen Worten, im Unterschied zur Rennbahn und zum Casino muss man hier nicht viel einsetzen, um viel zu gewinnen.

Letzten Freitag nun habe ich substanzielle Beträge darauf gesetzt, dass die Kurse in den nächsten fünf Tagen fallen würden. Ich habe mehrere Millionen Put-Optionen für ein ganzes Sortiment Aktien gekauft, und – raten Sie, was passiert ist? Die Kurse sind gefallen. Sie sind sogar schon in dem Moment gefallen, als ich gekauft habe, aber das ist eine andere Geschichte und hat mit der Menge der Optionen zu tun, die ich erworben habe. Seither sind, wie Sie zweifellos mitgekriegt haben, dank meines vorzeitigen Ablebens und der immer noch bestehenden Drohung gegen unsere Milliardärsfreunde, die Kurse regelrecht abgestürzt. Was heißt, dass wir bereits beträchtlich im Geld sind. Aber morgen irgendwann, wenn wir die Kurse noch weiter runtergetrieben haben, werden wir eine Kehrtwende machen und gegen den derzeitigen Bären-Run des Marktes unseren eigenen Bull-Run erzeugen. Mein Partner in Chicago – der das ist, was die Trader einen Antizykliker nennen – wird darauf wetten, dass es in den nächsten fünf Tagen mit dem Markt wieder aufwärts geht, sprich, er wird unseren Brokern Anweisung geben, Call-Optionen zu kaufen. Und wieder werden wir dank des Leverage-Effekts spektakuläre Profite machen können, wenn wir wie geplant sämtliche Geiseln unversehrt freilassen und die Kurse wieder steil emporschießen.»

«Und wie viel kommt dabei rum, Mann?», fragte King.

«Nun ja, Sie müssen eins bedenken. Wir tragen hier alle das gleiche Risiko, was Leib und Leben angeht. Wenn ich erwischt werde, komme ich ebenso ins Gefängnis wie Sie. Oder wenn es ganz schlimm kommt, lasse ich vielleicht sogar mein Leben genau wie Sie. Aber das finanzielle Risiko trage ich allein. Die ganzen Investitionen in dieses Geiselnahme-Unternehmen und natürlich die Kosten für den Kauf dieser Optionen. Sie wollen Zahlen? Okay, mein Freund, die sollen Sie haben. Letzten Freitag habe ich für fünfzehn Millionen Put-Optionen auf alle möglichen Aktien gekauft, für einen Optionspreis von zehn Dollar pro Stück. Macht ein und eine halbe Million Optionen. Bislang habe ich pro Option einen Gewinn von fünfzehn Dollar gemacht, und mein Fonds steht momentan bei rund zweiundzwanzig Millionen Dollar. Sagen wir mal, ich kaufe für zweiundzwanzig Millionen Call-Optionen à zehn Dollar, dann macht das zwei und eine halbe Million Optionen. Nur dass sich in diesem Fall der Markt so spektakulär erholen wird, dass ich pro Option über hundert Dollar kriegen werde. Das bedeutet diesmal neunzig Dollar Gewinn pro Option. Was sich insgesamt auf etwa zweihundertfünfundzwanzig Millionen Dollar belaufen dürfte.»

«Klingt aber anders als eine Milliarde cash», wandte Busiek ein.

«Stimmt, aber dafür ist es sozusagen der Spatz in der Hand. Es springt weniger dabei heraus. Aber es ist auch viel weniger riskant. Das Geld geht auf ein Konto auf Grand Cayman, wo sich jeder von Ihnen schon in wenigen Tagen eine Million abholen kann. Plus dem neuen Pass wie vereinbart. Wenn ich die Kosten für dieses Unternehmen, die beträchtlich waren, und Ihre sämtlichen Anteile abziehe, bleibt mir ein Profit von etwa einhundertfünfundachtzig Millionen Dollar.»

Busiek pfiff durch die Zähne.

«Das ist wesentlich mehr, als Sie kriegen, zugegeben. Aber wie gesagt, ich habe ja auch wesentlich mehr zu verlieren.»

«Mal angenommen, wir beschließen, uns doch die eine Milliarde zu holen?», sagte Sam. «Und Ihnen Ihre Optionen zu lassen?»

«Tja, vielleicht haben Sie nicht richtig zugehört, Sam. Sobald Sie in diesem Flugzeug sind, werden die Sie umstellen, auf den Deal pfeifen. Dabei gehen Sie alle drauf. Und vermutlich auch noch etliche Geiseln. Was für die Märkte katastrophale Folgen hätte. Ich würde das ganze Geld verlieren, das ich auf einen Bullenmarkt setzen werde. Was wirklich ein Jammer wäre, weil mein Plan das Einzige ist, womit sie nicht rechnen. Wer hat schon mal von einem Kidnapping gehört, wo die Kidnapper nicht versucht haben, das Lösegeld an sich zu bringen? Das ist es doch, was diesen Plan so gut wie narrensicher macht.»

«So gut wie?», sagte Sam.

Clarenco grinste. «Trotz allem, was ich gesagt habe, könnten Sie ja immer noch so dämlich sein, das Bargeld zu wollen.»

King lachte. «Sie sind ein gerissener Hund, das muss ich Ihnen lassen.» Er zündete sich die Zigarre wieder an. «Ich sehe da nur ein Problem an Ihrem Plan, Mr. Clarenco. Wenn wir nicht mit dem Bus zum Flughafen fahren, um diesen Jet zu nehmen, wie zum Teufel sollen wir dann hier rauskommen? Falls Sie's noch nicht gemerkt haben, dieses verdammte Haus ist von FBI, Nationalgarde, State Police und weiß der Himmel wem noch umstellt.»

«Ich habe mich schon gefragt, wann Sie draufkommen. Genau das ist meine Versicherungspolice. Es ist der Grund, warum ich freimütig zugebe, wie viel für mich bei der Sache rausspringt. Und warum ich nicht mitkommen werde, falls Sie sich doch dafür entscheiden, es auf das Bargeld anzulegen. Sie müssen wissen, es gibt noch einen Weg hier heraus. Und den kenne nur ich. Nicht mal Wallenberg weiß davon. Jedenfalls nichts Genaues. Sie könnten ihn vielleicht finden. Wenn Sie genug Zeit hätten. Ich habe selbst eine ganze Weile gebraucht. Eigentlich bin ich mehr oder minder zufällig drüber gestolpert. Aber Zeit haben wir jetzt nun mal nicht.»

Clarenco erhob sich vom Kontrollpult. «Sie haben wohl die Wahl, meine Damen und Herren. Sie können es auf die Milliarde anlegen, mit allen zugehörigen Risiken. Wer weiß, vielleicht haben Sie ja Glück. Aber das bezweifle ich. Oder Sie können mir folgen und darauf vertrauen, dass ich Sie hier herausbringe. Überlegen Sie sich's. Einen Anteil an einer Milliarde Dollar, den Sie nie werden ausgeben können, weil Sie nicht mehr am Leben sind. Oder eine garantierte Million pro Nase. Mit einer Million leben, oder tot auf Ihrem Anteil dieser Milliarde liegen bleiben. Darauf läuft es letztlich hinaus. Nur dass noch eins hinzukommt. Konsens ist ein armseliger Ersatz für qualifizierte Führung. Wenn Sie sich dafür entscheiden, es auf die Milliarde anzulegen, dann trennen Sie sich von Eve und mir. Und dann können Sie selbst sehen, wie Sie klarkommen.»

«Mal angenommen, wir fordern einen höheren Anteil?», fragte Pennac. «Wieso nicht fünf Millionen pro Nase? Da bleibt doch für Sie immer noch genug übrig.»

«Ach, mein Freund, Sie glauben doch nicht, Geschäft hätte was mit Vertrauen zu tun?» Clarenco grinste sadistisch. «Würden Sie mir vertrauen, wenn ich sagen würde, ich gebe Ihnen fünf Millionen statt einer, sobald wir auf Grand Cayman sind? Warum nicht zehn Millionen? Oder zwanzig? Klar könnte ich das sagen. Ich könnte hier und jetzt sagen, okay, Nick, Sie kriegen jeder fünf Millionen. Weil Sie mich drum gebeten haben und weil Sie so ein netter Kerl sind. Und Sie würden drauf vertrauen müssen, dass ich es wirklich tue. Was hieße, dass Sie ein Idiot wären. Denn wenn Sie erst mal auf Grand Cayman wären, würden Sie trotzdem nur eine Million kriegen. Und was wollen Sie dann machen? Mich umbringen? Zur Polizei gehen? Das glaube ich kaum. Sie wären ein kompletter Trottel, und ich habe Sie nicht für dieses Unternehmen ausgewählt, weil ich Sie für einen kompletten Trottel halte. Geschäft hat nichts mit Vertrauen zu tun. Wenn dem so wäre, gäbe es kein Vertragsrecht. Dann gäbe es nicht so verdammt viele Firmenjuristen. Unternehmen, die sich auf Vertrauen gründen, bestehen nicht lange. Geschäft kennt keine Skrupel. Ich werde Ihnen keine fünf Millionen pro Nase geben, weil ich Ihnen keine fünf Millionen pro Nase geben will. Ich werde Ihnen eine Million pro Nase geben, weil ich es gesagt habe. Wenn Ihnen das als Entgelt nicht genügt, Ihr Pech. Entweder meine Regeln oder das Glücksspiel am Flughafen von Alamogordo.»

Bill King lachte dröhnend. «Ich kapiere nicht, wie Sie je Ihr Vermögen verlieren konnten, Mr. Clarenco», sagte er. «Der Teufel soll mich holen, wenn Sie nicht das skrupelloseste Schlitzohr sind, das mir je begegnet ist. Und wenn das nicht der gewiefteste Plan ist, den ich je gehört habe.» Er zuckte die Achseln, sah dann die anderen an. «Er hat echt an alles gedacht. Ich sehe nicht, dass wir eine andere Wahl haben.»

Eve wartete kurz, bis sie Nick Pennac und Ann Choy nicken sah. Dann sagte sie: «Ist das die allgemeine Meinung?»

«Ja», kam es im Chor.

Nur Sam blieb verdächtig stumm.

«Gut», sagte Clarenco. «Dann sollten wir jetzt die Ruhe bewahren und das hier hinter uns bringen.»

Eve seufzte erleichtert auf und folgte Clarenco nach draußen.

Als sie ihn eingeholt hatte, sagte sie: «In New York klang das mit den Optionen aber komplizierter.»

«Ach, ja? Ich habe wohl inzwischen an meinem Einführungsvortrag gefeilt. Vielleicht sollte ich ein Buch drüber schreiben. *Derivate für Dumme*. Natürlich ist es in Wirklichkeit nicht so einfach, wie ich es dargestellt habe. Aber ich dachte, die Black-Scholes-Formel ist vielleicht doch ein bisschen hochgegriffen.»

«Wenn Sie ihnen die Formel vorgeführt hätten, hätten sie Sie vermutlich umgebracht.»

«Ach, die können mich gar nicht umbringen. Haben Sie's denn nicht im Fernsehen gesehen? Ich bin doch schon tot.»

DOLORES MILLIANO versuchte, nicht daran zu denken, was mit ihrem Portfolio passierte. Aber es war wie ein Knoten in der Brust, den sie verzweifelt zu ignorieren versuchte. Was half, war das stete Bemühen, neue Aspekte der Story zu finden, auf die die anderen Journalisten nicht gekommen waren. Sie war die Erste, die das mit den Canovas herausfand und die beiden in ihrem Haus in Tularosa interviewte. Ergo erfuhr sie auch als erste Journalistin von Benito Canovas Theorie, dass die Caterer hinter der Geiselnahme steckten, was sie veranlasste, den Geschäftsführer ihres Hotels, der Lodge, zu befragen, was das denn für Leute gewesen seien, wobei sich zu ihrem Schrecken herausstellte, dass einer der mutmaßlichen Täter unmittelbar vor ihr in ihrem Hotelzimmer gewohnt hatte.

Und sie war auch die erste Journalistin, die Murray Drennans Privatpiloten interviewte, der im Days Inn Motel in Alamogordo wohnte. Der Pilot, der Philip Maupassant hieß, lieferte ihr ein paar farbige Hintergrundinformationen zu Wallenbergs Wochenend-Retreats und sagte, Mister Drennan habe – wie wohl auch ein, zwei andere Gäste – wegen des Börsengeschehens vom Freitag schon einen Tag früher nach New York zurückfliegen wollen. Doch das Interessanteste war, dass er nach Beendigung des Interviews erklärte, seiner Meinung nach habe das FBI drüben am Flughafen irgendwas vor.

«Ich wollte heute, so um die Mittagszeit, was aus Mister Drennans Flugzeug holen, aber ein paar hundert Meter vor dem Flughafen, auf der Straße, die vom Highway 54 abgeht, haben mich ein paar Feds angehalten und zurückgeschickt. Sie sagten, der Flughafen sei bis auf weiteres geschlossen. Als ich gefragt habe, warum, sagten sie, darüber könnten sie leider keine Auskunft geben. Aber sie waren bis an die Zähne bewaffnet.»

Draußen im Wagen rief Elder den NBC-Hubschrauber an, der bisher auf dem Flughafen von Alamogordo gestartet und gelandet war, und man bestätigte ihm, was Maupassant gesagt hatte.

«Der gesamte zivile Luftverkehr wird nach Roswell und Las Cruces umgeleitet», erklärte Elder Dolores Milliano.

«Wenn es einen Deal gegeben hat», sinnierte sie, «könnte es sein, dass sie die Geiseln von dort ausfliegen wollen. Wir sollten sicherheitshalber ein zweites Team dort haben. Das darf uns doch nicht durch die Lappen gehen. Ich meine, damals in München lief doch die eigentliche Story nicht im olympischen Dorf ab, sondern auf dem Flughafen, oder?»

«Deprimierender Gedanke», sagte Elder. «Aber wie sollen wir ein Team auf den Flughafen kriegen? Die Straße ist doch gesperrt.»

Dolores Milliano hatte bereits eine aufgeschlagene Landkarte auf dem Schoß. «Hier. Rings um den Flughafen ist nichts als Wüste. Berge. Der Oliver Lee Memorial State Park. Mit einem Geländewagen käme ein Team bestimmt nah genug heran. Es könnte vielleicht eine Kamera am Rand der Wüste aufbauen. Mit einem starken Teleobjektiv würden sie wahrscheinlich alles mitkriegen.»

«Wenn dort überhaupt was läuft», wandte Elder ein, war aber doch einverstanden, NBC anzurufen und ein zweites Team aus El Paso anzufordern.

Als sie wieder in Cloudcroft waren, interviewte Milliano den Bürgermeister, Bozo Molesworth, der, nachdem er seine Aktien mit fast viertausend Dollar Verlust verkauft hatte, das Ganze von der positiven Seite zu sehen versuchte: Immerhin kam Geld in den Ort. Er selbst war stiller Teilhaber eines Sportgeschäfts, das florierte wie noch nie. An einem einzigen Nachmittag waren acht Mountain-Bikes weggegangen, was wohl wenigstens einen Teil seiner Verluste wettmachen würde.

Im Interview versuchte Molesworth, betroffen zu klingen, aber schon nach kurzer Zeit gestand er lächelnd, der plötzliche Betrieb im Ort sei schon so etwas wie ein unerwarteter Segen.

«Hier ist ja außerhalb der Wintersaison nicht viel los», erklärte er. «Abgesehen von Mr. Wallenbergs Wochenenden. Die locken immer ein paar Leute an. Vor allem Journalisten, die der Gedanke fasziniert, dass sich so viel Reichtum in einem kleinen Ort konzentriert. Aber in Wirklichkeit gibt's da nicht viel zu sehen, und sie bleiben meistens nicht lange. Der Flughafen ist der beste Ort, um sie ankommen zu sehen, die ganzen Privatjets und alles. Aber wenn sie erst mal durchs Tor des Anwesens sind, dann kriegen wir normalerweise nichts mehr von ihnen mit. Sie gehen ja nicht aus, essen oder was. Aber das jetzt – na ja, das ist das größte Ereignis seit der Haustierparade im Dezember. Dafür kommen immer eine Menge Leute aus ganz Otero County hierher.»

«Das glaube ich gern. Aber was sagen Sie zu den Behauptungen, die Leute hier würden durch überhöhte Preise Profit aus dem Geiseldrama schlagen?»

«Die Leute müssen doch leben. Wie gesagt, hier ist ja außer im Winter nicht viel los. Die meisten Geschäfte in Cloudcroft kommen gerade mal so über die Runden. Wir haben eben erst sechs Millionen Dollar für die hiesige Schule ausgegeben, und es fehlt immer noch an Computern und dergleichen.»

«Schon, aber vier Dollar für eine Tasse Kaffee?»

«Ich weiß, das klingt teuer. Aber wir müssen an unsere Kinder hier in den Bergen denken. Wenn diese Sache vorbei ist – was hoffentlich bald der Fall sein wird –, dann wird dieser

Ort wieder das, was er war: ein ruhiges, friedliches Dörfchen, wo nicht viel los ist.»

«Dann ist das Ganze für Sie also nur eine Sache, die Geld bringt?»

«Ganz und gar nicht. So ziemlich jeder hier in Cloudcroft betet für Mister Wallenberg. Die Schule, von der ich gerade gesprochen habe, die hätten wir ohne seine Hilfe gar nicht bauen können. Er hat eine Viertelmillion dafür hingelegt, ehe irgendjemand auch nur einen Cent gegeben hat.»

«Dann ist er also großzügig?»

«Ach, Sie wissen ja gar nicht, wie großzügig. Dieser Ort hat nur noch vor sich hingesiecht, bis sein Daddy kam. Ohne ihn –»

Noch im Reden begriff Molesworth plötzlich etwas, das er bisher gar nicht bedacht hatte: Wie wichtig Calvin Wallenberg für die Zukunft des Ortes war. Warum wurde ihm das jetzt erst klar? Er nahm den Hut ab und schüttelte langsam den Kopf. Der Mann war nicht nur wichtig. Er war unentbehrlich.

«Ist was?», fragte Milliano.

«Sie reden, als ob wir hier alle auf Teufel komm raus Profit aus der Situation schlagen würden. Aber wahrscheinlich hat noch keiner von Ihnen gefragt, was aus Cloudcroft würde, wenn – Gott behüte – Cal Wallenberg was passieren würde. Es geht hier nämlich nicht nur um das Leben von Mister Wallenberg und seinen Gästen. Ohne ihn könnten wir auch nicht überleben. Es gibt kein Geschäft hier im Ort, das nicht Mr. Wallenberg als seinen besten Kunden ansieht. Er ist der größte Arbeitgeber, der wichtigste Konsument und der großzügigste und sozial denkendste Mensch in Cloudcroft. Diese Sache bedroht das ganze Dorf. Wenn Sie also das nächste Mal drauf und dran sind, sich über die vier Dollar für eine Tasse Kaffee zu beschweren, denken Sie dran: Wenn er stirbt, dann stirbt auch Cloudcroft.»

FÜNFZEHNHUNDERT MEILEN von Cloudcroft entfernt, in Chicago, saß Joel Reichmann in der luxuriösen Author's Suite im sechsundvierzigsten Stock des Four Seasons vor dem Fernseher und trank eine Flasche Roederer auf das, was die Kommentatoren in den CNBC-Abendnachrichten als «Schwarzer Montag II: Das China-Syndrom» bezeichneten. Der Leverage seines Investments war phantastisch gewesen, und er hätte über die bescheidenen Summen, die Bob Clarenco seinen Mitverschwörern in New Mexico genannt hatte, nur gelacht, wenn er auch dessen Vorsicht verstanden hätte. Selbst in Chicago musste man vorsichtig sein. Deshalb hatte er auch schon ein paar Wochen hier verbracht, um Bankern um den Bart zu gehen, Broker zu treffen und generell an seinem Profil zu arbeiten.

«Kenne deinen Kunden», sagten die Trader. Joel Reichmann hatte alles darangesetzt, als jemand gekannt zu werden, mit dem man getrost Geschäfte machen konnte, und nicht etwa als potenzieller Geldwäscher. Deshalb hatte Reichmann unter seinem eigenen Namen firmiert. Es gab immer noch eine Menge Leute, die ihn von der Wall Street her kannten. Reichmann war lange Investmentbanker bei Mansfield Shier gewesen – und zwar ein ziemlich erfolgreicher, bis das Haus von Wallenberg übernommen worden war und Reichmann seinen Job verloren hatte, um dann feststellen zu müssen, dass er mit siebenundvierzig zu alt war, um einen neuen zu finden.

Er war aus seiner Laufbahn bei Mansfield Shier mit zehn Millionen herausgekommen, die größtenteils in seinem Apartment und in seiner Altersvorsorge steckten. Wahrlich kein Reichtum, aber auch nicht übel. Und wenn er siebenundfünfzig statt siebenundvierzig gewesen wäre, hätte er sich vielleicht zur Ruhe gesetzt. Seit langem geschieden, hätte er von seinen Ruhestandsbezügen ganz gut leben können. Doch siebenundvierzig war viel zu jung, um aufzugeben. Also hatte er vergeblich nach einem neuen Job gesucht. Je mehr Ablehnung er erfahren hatte, desto verächtlicher hatte er seinem alten Tätigkeitsbereich gegenübergestanden. Er hatte den Eindruck gewonnen, dass das Geld und seine Märkte einfach dumm waren und zwar von jeher. Klar, es gab viele intelligente Leute, die mit Geld arbeiteten, aber das hieß nicht, dass die Märkte intelligent waren. Einst hatten die Leute Tulpenzwiebeln und Bubble-Aktien gekauft, und jetzt kauften sie Junk-Bonds und Internetaktien. Ja, Joel Reichmann hatte das Gefühl, dass die Leute bereit waren, mit so ziemlich allem zu spekulieren: PEZ-Automaten, Lotterielosen, Beanie-Babys, Kelly-Bags – und weiß Gott, womit noch.

Das Einzige, wofür es keinen Markt zu geben schien, waren siebenundvierzigjährige Investmentbanker, die einem Downsizing zum Opfer gefallen waren.

Nachdem ihm klar geworden war, dass er keinen Job mehr finden würde, hatte Reichmann eine Zeit lang erwogen, ein Buch zu schreiben. So wie Peter Lynch oder Dolores Milliano, mit einem dieser fetzigen Geldmachtitel wie *Jesus liebt Millionäre*. Aber er merkte schnell, dass ihn die Instant-Patentlösungen der meisten Business-Ratgeber nicht interessierten. Je länger er sich damit befasste, desto fester war er davon überzeugt, dass jeder Idiot so etwas schreiben konnte und es darum auch jeder Idiot schließlich tat. Und allmählich kam er zu dem Schluss, dass das Buch, das er schreiben wollte, ein Roman war. Ein Finanz-Thriller, das schien ihm das Unterfangen, für das er in besonderer Weise qualifiziert war.

Dann kam ihm die Romanidee eines Finanz-Coups am Futures-Markt, und als er den Plot schon fix und fertig stehen hatte, erzählte zufällig eines Tages beim Lunch Bob Clarenco davon. Der rief ihn prompt am nächsten Tag an, um zu sagen, der Plot sei so gut, dass er nicht einsehe, warum sie ihn nicht real umsetzen sollten. Und nach mehreren Tagen Bedenkzeit stimmte er zu. Wenn an der Wall Street jeder nur auf das nächste IPO lauerte und nichts weiter im Kopf hatte, als schnelles Geld zu machen – ein- und wieder auszusteigen und den Kleinanleger im Regen stehen zu lassen –, dann sah Reichmann nicht ein, warum er und Bob nicht das allerschnellste Geld machen sollten. Seit Monaten sagten ihm die Leute, dass er keine Zukunft mehr habe. Okay, jetzt hatte er eben begriffen, dass er sich eine Zukunft in Gestalt von Futures kaufen konnte, genau wie alles andere.

Also verflüssigte Reichmann sein gesamtes Kapital – einschließlich seiner Alterssicherung – und begründete zusammen mit Bob Clarenco jenen speziellen, hochaggressiv-dynamischen Hedge-Fonds, der ihnen beiden wieder das richtig große Geld bringen sollte. Bob hatte immer viel Zeit für Joel Reichmann gehabt. Reichmann hatte ihm beim Börsengang seines Sicherheitsunternehmens geholfen, und wenn Clarenco nur auf ihn gehört und einen «Collar» – ein maßgeschneidertes Optionspaket als Schutz gegen jedweden Wertverlust seiner eigenen Firmenanteile – gekauft hätte, dann wäre er jetzt immer noch Milliardär gewesen, und der Hedge-Fonds namens Principia hätte nie das helle Licht von Grand Cayman erblickt.

Als sie schließlich aktionsbereit waren, rief Reichmann seinen alten Freund Marty Grabel an, der bei Goldman Sachs arbeitete, und lud ihn zum Lunch in Frances Tavern in New York ein. Wiewohl etwas besorgt, Reichmann könnte ihn um Hilfe bei der Jobsuche bitten wollen, konnte Grabel die Einladung doch nicht gut abschlagen, da Frances Tavern in der Pearl Street liegt, nur um die Ecke vom Goldman-Hauptsitz. Daher war er erleichtert und erfreut, als ihm Reichmann von der jüngsten positiven Wende seines Lebens erzählte: dass er jetzt einen neuen Hedge-Fonds namens Principia manage. Und noch erfreuter war Grabel, als sich herausstellte, dass Goldman Sachs das «Give-up» des neuen Hedge-Fonds übernehmen solle. Grabel erklärte sich dazu gern bereit, und als ihm Reichmann erklärte, um die Street und die unerfreuliche letzte Zeit hinter sich zu lassen, wolle er seine Geschäfte am Chicago Board of Trade tätigen, erbot sich Grabel, ihn mit den dortigen Goldman-Leuten bekannt zu machen.

Um einen vertrauenswürdigen Eindruck zu machen, mietete sich Reichmann für einen Monat ein Haus in Glencoe, einen typischen Midwestern-Landsitz mit Originalholztäfelung, heraldischen Motiven, antiken Möbeln und reichlich Personal – kurz, eins jener Anwesen, die aussahen, als hätte sie wie im *Zauberer von Oz* ein Wirbelsturm in den englischen Cotswolds angesogen und am Ufer des Michigan-Sees wieder ausgespuckt.

Ein, zwei Wochen nach ihrem Lunch in New York kam Grabel nach Chicago und brachte zwei Goldman-Leute – Phil Troy und Jack Shine – zum Lunch mit in das Haus in Glencoe. Am nächsten Tag besuchte Reichmann Troy, Shine und Grabel in der Goldman-Niederlassung im Sears-Tower, und anschließend gingen sie zum Lunch ins Everest, vierzig Stockwerke über der Chicagoer Börse, im elitären La Salle Club. In der Woche darauf deponierte die Bank auf Grand Cayman im Namen von Principia zwanzig Millionen Dollar bei Goldman Sachs. Das war Reichmanns und Clarencos gesamtes Geld.

In den nächsten zwei, drei Wochen tätigte Reichmann ein paar kleinere Optionsgeschäfte, um sich als Trader zu etablieren. Er bewies dabei einen guten Riecher, und der Principia-Fonds wuchs um weitere drei- bis vierhunderttausend Dollar an. Gleichzeitig traf er sich in dem Haus in Glencoe mit anderen Bankern und leitete jeweils den Kauf einer bestimmten Sorte Optionen in die Wege. Saloman erklärte er, er sei an Einzelaktienoptionen interessiert; Lehmann sagte er, er wolle S&P-500-Optionen kaufen; Paine Webber teilte er mit, er plane den Kauf von Nasdaq-100-Optionen; bei MSDW fühlte er wegen S&P-100-Optionen vor, bei CSFB wegen Eurodollar-Optionen, und die Bank of America informierte er, dass er Bond-Indices zu kaufen gedenke. Das Gespräch mit George Glickstein von Lehmann, das im fünfundzwanzigsten Stock des Bankhauses in der La Salle Street stattfand, war ziemlich repräsentativ und verlief in etwa so:

«Mr. Glickstein, man hat mir geraten, mich an Sie zu wenden. Ich möchte S&P-500-Optionen kaufen. Und zwar eine ganze Menge. Für zehn Millionen Dollar. Vielleicht auch mehr. Meinen Sie, Lehmann könnte ein Geschäft dieses Umfangs übernehmen?»

«Soll die Zahlung über unser Haus erfolgen?»

«Nein, über Goldman. Kennen Sie Jack Shine?»

«Natürlich kenne ich Jack.»

«Er wird das Give-up übernehmen.»

«Dürfte ich fragen, welcher Art Ihre Geschäftstätigkeit ist, Mr. Reichmann?»

«Aber gewiss doch. Ich manage einen neuen Hedge-Fonds namens Principia. Mit Sitz auf Grand Cayman. Davor war ich bei Mansfield Shier in New York. Dort war ich über zwanzig Jahre tätig.»

Glickstein nickte. «Ich kenne Mansfield Shier.»

«Nach der Übernahme durch Wallenberg habe ich beschlossen, mich zu verändern. Also habe ich Principia gegründet.»

«Tja, ich sehe da so weit keine Probleme.»

«Noch eins. Sie werden feststellen, dass ich so eine Art Antizykliker bin. Ich handle oft gegen den Markt.»

«Damit kann ich leben, wenn Sie's können», sagte Glickstein grinsend, da er an die Provision von drei Millionen oder mehr für die Neukundenwerbung dachte.

Am Ende dieser Woche war Reichmann Kunde bei sechs verschiedenen Banken. Der Eindruck, den er hinterlassen hatte, war der eines Mannes von untadeligem Geschmack. Die Bilder an den Wänden, etwa die Perugino-Madonna, waren allesamt Reproduktionen, aber wer merkte das schon? Bei Goldman Sachs hatte man Referenzen über ihn eingeholt. Das Geld war bereits eingegangen und kurzfristig abrufbar. Es waren alle Weichen dafür gestellt, dass er für über zwanzig Millionen Dollar Optionen kaufen konnte.

Am Donnerstag vor dem Freitag, an dem Wallenbergs Gäste

in Cloudcroft ankommen würden, rief Reichmann die Banken nacheinander an und gab Anweisung, Put-Optionen zu kaufen – jeweils fünfzehn- bis zwanzigtausend Kontrakte. Am Freitag kaufte er weiter Put-Optionen, aber in größeren Mengen, sodass unter dem Druck seiner Käufe der gesamte Markt ins Rutschen geriet. Und so war Reichmann schon im Geld, noch ehe Wallenbergs Gäste mit Golfspielen fertig waren, was hieß, dass Goldman faktisch gar nicht für die Optionen zu zahlen brauchte. Bei einem Leverage von über zwei zu eins hatte es Joel Reichmann geschafft, Optionen im Wert von fünfzehn Millionen Dollar für nicht mal acht Millionen zu kaufen.

Doch zwei zu eins war nichts im Vergleich zu dem Leverage, der bei Börsenschluss am Montagabend erreicht war. Jetzt, da Reichmann in seiner Author's Suite – das Haus in Glencoe hatte er inzwischen aufgegeben – saß, Roederer trank und ein paar erste Berechnungen auf Basis der im Fernsehen erscheinenden Preise anstellte, sah der Leverage geradezu phantastisch aus.

Ein Beispiel: Am Freitag noch waren Aktien von C-Squared – Rupert Sternes Telekommunikationsunternehmen – für 100 Dollar pro Stück gehandelt worden. Reichmann hatte 10 000 Put 95 mit einer Laufzeit von einer Woche à 6,25 Dollar gekauft. Bei Börsenschluss am Montag waren die C-Squared-Aktien um 12 Dollar auf 88 Dollar gefallen, was hieß, dass diese Puts zu 6,25 Dollar – die sich jeweils auf 100 Aktien bezogen – nunmehr unglaubliche 700 Dollar wert waren. Da er 10 000 Put 95 für lediglich 62 500 Dollar erworben hatte, bedeutete dieser Leverage pro Put – sprich 100 Aktien –, dass Reichmanns 62 500 Dollar-Anlage jetzt über sechs Millionen Dollar wert war.

Reichmann stieß ein lautes Freudengeheul aus, als er überschlug, dass der Principia-Fonds bereits jetzt, da der Plan erst zur Hälfte realisiert war, einen Wert von über 150 Millionen Dollar hatte. Wenn er denselben Leverage erreichte, indem er morgen früh, noch ehe die Geiseln in Cloudcroft freigelassen waren, seinen Bank-Tradern Anweisung gab, Call-Optionen zu kaufen, dann würden die Profite astronomisch sein.

Im Ganzen vielleicht eineinhalb Milliarden Dollar.

«Großer Gott», sagte er laut, als er die Zahlen noch einmal durchging. «Eineinhalb Milliarden Dollar. Und die Hälfte davon gehört mir. Das sind siebenhundertfünfzig Millionen.» Hysterisch lachend stand er auf. «Siebenhundertfünfzig Millionen.»

Die Melodie dieser Zahl wiederholte sich in seinem Kopf wie ein Sample auf dem Turntable eines DJ.

«Siebenhundertfünfzig Millionen.»

Was konnte man mit einer solchen Summe nicht alles machen? Eine Welt des Luxus und der Privilegien tat sich vor seinem inneren Auge auf, und er sah sich das Leben eines ganzen Irlands voller Rileys leben. Schicke Londoner Townhouses, Prachtvillen in Südfrankreich, Siebzig-Meter-Motoryachten, bemannt mit vollbusigen Blondinen, Gulfstream-Jets und irgendwann vielleicht – Jane Austens universeller Wahrheit folgend – eine Ehefrau.

Reichmann trank noch etwas Champagner und orderte beim Zimmerservice etwas zu essen. Er nahm ein wenig Suppe und ein Steak zu sich, gönnte sich ein Bad in dem überdimensionalen Marmorbad, checkte die leverage.net-Webcam auf irgendwelche vereinbarten Codezeichen und ging dann schließlich, nachdem er ein ganzes Legebatteriepotenzial an ungelegten Eiern ein paar hundert Mal durchgezählt hatte, zu Bett. Joel Reichmann wollte am nächsten Morgen früh auf sein.

NACHDEM IHR Bob Clarenco damals in New York erklärt hatte, dass das Lösegeld nur ein Ablenkungsmanöver sein, der eigentliche Coup aber am Chicago Board of Trade stattfinden würde, hatte Eve mehr darüber wissen wollen, wie der Futures-Markt funktionierte. Also hatte sie bei Amazon ein ganzes

Bücherpaket bestellt, unter anderem Scott Slutskys *Masters of the Universe*, Neal Weintraubs *Trading Chicago Style* und Leo Melameds *Escape to the Futures*. Und nachdem sie einiges über Derivate gelernt hatte, war sie wieder zu Clarenco gegangen und hatte ihn gefragt, ob sie nicht vielleicht die eine Million, die er ihr – im Erfolgsfall – zahlen wollte, auch im Principia-Hedge-Fonds anlegen könnte.

Clarenco hatte sie angelächelt, auf eine Art, dass sie sich ganz klein gefühlt hatte. «Ich fürchte nein. Ich bezahle Sie ja von dem Profit, den ich aus dieser Investition zu ziehen gedenke. Nicht aus Kapital, dass ich jetzt zur Verfügung hätte. Das brauche ich alles, um meinen Endgewinn zu maximieren.»

Doch Eve hatte sich nicht abwimmeln lassen.

«Okay, aber was ist mit den Zehntausend, die Sie mir bei unserem ersten Treffen gegeben haben? Ich habe nur ein paar Hundert davon ausgegeben. Dieses Geld könnten Sie doch für mich in dem Hedge-Fonds anlegen.»

«Sie wollen unbedingt auch ein Stück vom Kuchen, was?», hatte er grinsend gesagt.

«Ich erkenne doch eine gute Anlagemöglichkeit. Beim Margin-Buying spricht alles dafür, dass der Leverage ganz schön hoch sein wird, was hohe Renditen für ein geringes Investment verspricht. Vor allem bei einem Gamma wie Ihrem.»

«Gamma?» Clarenco grinste immer noch. «Sie verstehen was von Gamma? Jetzt bin ich aber wirklich beeindruckt.»

«Ich lese. Ist das so ungewöhnlich?»

«Nicht im Geringsten. Ich habe Sie nur richtig eingeschätzt, das ist alles. Deshalb lächle ich. Ich hab's gern, wenn ich Leute richtig einschätze. Sie sind clever.»

«Dann nehmen Sie also meine Zehntausend?»

«Klar doch. Wenn alles klappt, könnte die Rendite am Ende viel höher sein als Ihr Honorar.»

«Das war ja meine Überlegung. Wir suchen doch noch einen Namen für unsere Website? Ich habe mir gedacht, leverage.net wäre doch ein guter Name. Darum geht es doch, oder? Eine feindliche Übernahme Wallenbergs und seiner Gäste?»

«Das ist gut. Warum nicht? Es könnte die Phantasie der amerikanischen Öffentlichkeit beschäftigen. Noch irgendwelche klugen Ideen?»

«Nur noch die Lösung unseres Kommunikationsproblems.»

Laut Clarenco würden alle E-Mails, Faxe und Telefonate über Wallenbergs Anschlüsse in Cloudcroft von der Echelon-Station der Nationalen Sicherheitsbehörde in Sugar Grove in den Appalachen abgefangen werden. Deshalb hatte Clarenco befunden, dass es zu riskant wäre, auf diesem Weg mit seinem Partner in Chicago zu kommunizieren: Selbst verschlüsselte Botschaften würden den potenten Satelliten und Computern des globalen elektronischen Abhörsystems Echelon nicht standhalten können.

«Es ist so simpel, dass Sie sich fragen werden, wieso Sie nicht selbst draufgekommen sind. Sie benutzen einfach die Webcam, um Ihrem Partner in Chicago codierte Botschaften zukommen zu lassen. Indem Sie zum Beispiel, wenn Sie nicht dort sitzen, ein Schild auf den Stuhl stellen, «Bin Mittag essen» oder so was, was dann heißt, dass alles okay ist. Sie können im Grund alles nehmen, solange Sie vorher vereinbaren, was es heißt. Sie könnten sogar Laurenson auf die eine Seite des Webcam-Bilds setzen, wenn Sie bearish investieren wollen, und auf die andere, wenn Sie bullish sein wollen.» Eve hielt kurz inne. «Na? Was sagen Sie?»

«Sie haben Recht. Wieso bin ich da nicht selbst draufgekommen? Noch mehr kluge Ideen?»

«Sagen Sie dem Rest des Teams nicht, dass es nicht um das Geld geht, ehe wir dort sind.»

Jetzt, da sie mit angehört hatte, wie Bob Clarenco dem Team den wahren Zweck ihres Unternehmens erklärte, fand sie, dass es ziemlich gut gelaufen war und dass sie es ihm alle abgenommen hatten, außer ihr selbst. Er musste doch wesentlich mehr

Geld machen, als er gesagt hatte. Aber wie viel? Je länger sie darüber nachdachte, desto überzeugter war sie, dass es über eine Milliarde sein musste. Sie musste daran denken, wie er damals in New York, bei ihrem ersten Treffen im Le Cirque, gesagt hatte, eine Milliarde zu haben fühle sich eben zehnmal besser an, als hundert Millionen zu haben. Von der Rache abgesehen, musste der Grund, warum er das alles tat, schlicht der sein, dass er wieder Milliardär werden wollte. Der Betrag von 185 Millionen, den er dem Team genannt hatte, war in Wirklichkeit mal fünf zu nehmen. Mindestens.

Gleichzeitig verstand sie aber auch, warum er es für ratsam gehalten hatte, die Summe auf diese Weise herunterzuspielen. Ihr selbst war es eigentlich egal, wie viel für ihn dabei heraussprang. Solange nur sie und die Übrigen bekamen, was vereinbart war. Und das war das Gute daran, wenn er eine Milliarde statt der genannten Millionensumme machte: Sie konnte sich kaum vorstellen, dass er das Team um ein bisschen Kleingeld bescheißen würde. Wie hatte er das noch mal im Le Cirque genannt? Das Pizza-Prinzip. Das war's. Wenn er selbst eine Milliarde in der Tasche hatte, war das Auszahlen des Teams für ihn so, als würde er jedem eine Pizza spendieren.

Das brachte sie auf eine Idee. Eine kleine Geste, um die allgemeine Moral aufrechtzuerhalten. Eine Beschäftigung, die sie von der Frage ablenken würde, was die Polizei dort draußen wohl vorhatte.

Eve ging hinunter in die Küche und stellte die Backöfen auf 220 Grad, um sie eine halbe Stunde lang vorzuheizen. Dann entnahm sie dem Kühlschrank den Brotteig, den sie kurz nach ihrer Ankunft in Cloudcroft bereitet hatte: Ihr Brotteiggeheimnis war ein Spritzer Trüffelöl, aber wenn sie gleich einen speziellen Pizzateig gemacht hätte, hätte sie auch noch ein wenig Parmesan darunter geknetet. Sie ließ den Teig vor dem Ausrollen auf Zimmertemperatur kommen und begann in der Zwischenzeit mit der Zubereitung der Sauce: Zwiebeln, Kapern, Rindergehacktes, Knoblauch, enthäutete Tomaten, Tomatenmark, Olivenöl – eine Pizza ohne eine gute Sauce war wie ein Football-Team ohne Quarterback. Die Sauce war die Seele einer guten Pizza. Als die Sauce fertig war, rollte sie den Teig zu einem etwa zwei Meter mal eins zwanzig großen Rechteck aus, pinselte ihn mit Olivenöl ein und schnitt ihn in Sechzig-Zentimeter-Quadrate. Dann gab sie die Sauce darauf und anschließend den Belag: süßliche italienische Wurst, Parmesan, entkernte schwarze Oliven, Anchovis, Kapern, Steinpilze, Trüffelscheibchen und gehackte Zwiebeln und als Letztes und Wichtigstes den Mozzarella. Der Mozzarella war der Klebstoff, der die ganze Pizza zusammenhielt. Sie buk die Pizzen etwa zwanzig Minuten. Angelockt vom köstlichen Duft erschienen Sam, die erklärte, sie habe die immer noch sedierten Security-Leute überwacht, sowie Clayton Bird, der den Geruch im darüber liegenden Stockwerk erkannt hatte.

«Mann, riecht das gut», sagte er. «Ich wusste gar nicht, wie hungrig ich war, bis ich das gerochen habe.»

«Nichts hebt das Wohlbefinden so sehr wie eine gute Pizza», sagte Eve und schnitt die Sechzig-Zentimeter-Quadrate in Zwanzig-Zentimeter-Quadrate. Die Pizza zuzubereiten hatte schon fast genauso gut getan – vor allem das Ausrollen und Dehnen des Teigs mit bemehlten Händen. Der Akt des Brotbackens und der damit verbundene Geruch rührten an etwas Archaisches in Eve und erdeten sie. Es war, als wäre ein Teil von ihr, den die Nervosität und die Bangigkeit vor den nächsten vierundzwanzig Stunden zerrüttet hatten, dadurch wiederhergestellt worden. Kochen hatte für sie immer schon eine therapeutische Funktion gehabt – vor allem, wenn sie Brads Geschäker mit den Serviererinnen hatte ignorieren wollen. Aber das jetzt fühlte sich noch umfassender an. Irgendwie matriarchalisch. Führungsqualitäten hatten nicht nur mit Einfallsreichtum zu tun, es ging auch darum, die innersten Bedürfnisse der Menschen zu verstehen. Napoleon hatte das erkannt: Die Disziplin einer Armee geht durch den Magen. Aus diesem Grund lehnte Eve Sams Hilfsangebot ab und servierte die Pizza selbst, indem sie sie tablettweise durchs Haus trug, als leistete sie einen Akt der Buße.

Im Sicherheitskontrollzentrum empfing sie Bill King mit breitem Grinsen: «Hey, der Pizza-Service ist da», sagte er. «Mann, ich glaub's nicht. Pizza. Die beste Freundin der amerikanischen Hausfrau. Lady, einen Captain wie Sie hätten wir bei der 101. Luftlandedivision auch brauchen können. Ein Offizier, der mit den Männern isst, ist eine Sache, aber ein Offizier, der so was lecker Riechendes zu essen macht, ist eine ganz andere.» Er räumte ein Fleckchen auf dem Tisch frei und reichte Pennac und Ann Choy auch etwas von der Pizza.

«Wie steht's denn?», fragte sie und spähte auf die Monitore. Draußen wurde es bereits dunkel.

«Besser jetzt, wo ich das hier habe», sagte Ann.

«Hat sich da draußen irgendwas getan?»

«Vor einer Weile hatten wir einen Alarm», sagte Pennac. «Erwies sich aber als ein Bär, der sich bei den Mülltonnen rumgetrieben hat.»

«Wenn die diese Pizza riechen, kommen sie bestimmt wieder», sagte Ann.

«Die Feds werden uns jetzt nicht belästigen», erklärte King. «Nicht, wenn sie denken, wir fahren zum Flughafen.»

«Hoffentlich haben Sie Recht. Aber versuchen Sie trotzdem, wachsam zu bleiben.»

Sie ging weiter in die Wildwest-Suite, um Bob Clarenco ebenfalls Pizza zu bringen.

«Ich wusste doch, es gab einen Grund, warum ich Sie für diesen Job genommen habe», sagte er, während er gierig einen Bissen Teig und Mozarella von dem Pizzastück riss.

«Auf die Idee haben Sie mich gebracht. Ich musste an unser Gespräch damals in New York denken. Das Pizza-Prinzip?»

«Ich bin ein wahrer Adam Smith, was?»

«Manche Nationen scheinen mehr Reichtum anzuziehen als andere. Vielleicht sogar mehr, als den anderen klar ist.»

Seine Augen verengten sich. «Sie haben über das Geld nachgedacht, was?»

«Ihre Zahlen klangen einfach ein bisschen konservativ. Ich glaube, Sie haben Ihren persönlichen Profit um vier Fünftel unterschätzt. Mindestens.»

Clarenco aß weiter. Nach kurzem Schweigen sagte er: «Meine Güte, das ist wirklich eine gute Pizza. Haben Sie das unseren Freunden da draußen auch gesagt?»

«Nein. Weil ich nicht will, dass Sie nochmal erschossen werden. Aber diesmal wirklich.»

«Schön zu wissen, dass Ihnen an mir liegt.»

«Ich habe ein Investment in Ihrem Hedge-Fonds. Schon vergessen?»

Nach kurzem Zögern sagte er: «Tatsächlich haben Sie Recht. Der Principia-Fonds wird aller Voraussicht nach an diesem Unternehmen über eine Milliarde Dollar machen. Und ehe Sie auch nur daran denken, Ihren Freunden da draußen von diesem Gespräch hier zu erzählen, sollten Sie vielleicht bedenken, dass sich Ihr Anteil gut und gern auf fünfzehn Millionen belaufen kann.»

Eve rechnete nach und war sprachlos.

«Ganz recht. Fünfzehn Millionen Dollar. Sie werden eine reiche Frau sein. Jedenfalls nach Ihren Maßstäben.» Er grinste. «War ganz schön schlau von Ihnen, auf einer Beteiligung zu bestehen. Ins eigene Unternehmen zu investieren ist immer klug. Die meisten Leute kapieren das nicht. Aber Sie – Sie sind die geborene Geschäftsfrau, Eve. Das beweist nur, was ich immer schon sage. Manche Leute sind eben dafür gemacht, reich zu werden, und andere sind dafür gemacht, arm zu bleiben. Egal, wie tief die Tasse und wie schwarz der Kaffee ist, die Sahne steigt eben immer nach oben. Haben Sie sich schon überlegt, was Sie mit dem Geld machen wollen?»

Eve zuckte die Achseln, noch immer schockiert von der Summe, die er genannt hatte. «Shoppen? Was machen denn reiche Leute heutzutage sonst noch so?»

Um das Geld aus dem Kopf zu kriegen, ging sie wieder in die Küche, holte noch eine Ladung Pizza aus dem Ofen und brachte sie in die Bibliothek. «Irgendwelche Probleme?», fragte sie Jerry Whalin und Doug Powers, die dort Wache hatten. Die beiden schüttelten den Kopf und schlossen, nachdem sie sich bedient hatten, die Tür auf. Drinnen empfingen Cal Wallenberg und die übrigen Milliardäre Eve mit einer Mischung aus Feindseligkeit und Dankbarkeit.

«Wenn man schon gekidnappt wird», scherzte Don Volovsky, während er seine Pizza aß, «dann wohl am besten von Leuten, die kochen können. Das hier ist köstlich.»

«Erzählen Sie das Bob Clarenco», sagte Nash Paine.

Ohne auf ihre Fragen einzugehen, verließ Eve die Bibliothek wieder und holte noch Pizza für Andy Hogarth und die beiden Männer, die schon den ganzen Tag an zwei Stühle vor der Webcam gefesselt waren. Hogarth schob die Stühle aus dem Gesichtsfeld der Kamera, damit Eve die beiden füttern konnte.

Laurenson aß schweigend, zu müde zum Argumentieren und zu hungrig, um seinem Mund eine andere Beschäftigung als das Kauen zu gestatten. Eliot Massinger hingegen war zäher, und Eve nahm ihm jetzt ohne weiteres ab, dass er in Vietnam gewesen war: Zwischen den Bissen von der Pizza, die sie ihm an den Mund hielt, erklärte er, dass er sie durchschaut habe.

«Ich habe ferngesehen», sagte er und deutete mit einer Kopfbewegung auf den Apparat, der auf einem Tisch neben Andy Hogarth stand. «Die sagen, Sie sind eine Bande von Radikalen, militante Globalisierungsgegner und so weiter. Der übliche Quatsch. Aber das glaube ich keine Sekunde. Sie sind nicht der Typ. Ganz und gar nicht der Typ. Ich habe Ihre Einkaufstüte gesehen, wissen Sie noch? Im Wagen, auf der Fahrt vom Flughafen hierher. Sie kaufen Starbucks-Kaffee. Sie tragen eine

Nike-Sportarmbanduhr. Und ich habe Ihr Zimmer gesehen. Sie tragen im Bett ein Gap-T-Shirt. Und auf Ihrem Nachttisch lagen eine Nummer von *Forbes* und ein Roman von Ayn Rand.

Komisch, das mit Ayn Rand. Ich wusste gar nicht, dass Ihre Werke auch Leute ansprechen, die politisch links stehen. In diesem Buch gibt es eine Passage, wo eine der Figuren – ich glaube, es ist Francesco d'Anconia – eine lange Rede über das Wesen des Geldes hält. Wenn ich mich recht erinnere, sagt er, Geld sei nicht die Wurzel allen Übels, sondern die Wurzeln alles Guten. Das hat mich sehr beeindruckt, als ich es zum ersten Mal gelesen habe. Tja, als ich das und *Forbes* auf Ihrem Nachttisch gesehen habe, dachte ich, Sie sind vielleicht genauso am Geld interessiert wie ich. Was natürlich ein viel plausibleres Motiv für das ist, was Sie hier tun. Das kann ich verstehen. Ich kann sogar verstehen, warum Sie Bob Clarenco erschießen mussten. Und warum Sie gerade ihn ausgesucht haben.»

«Man redet nicht mit offenem Mund», sagte Eve und tat so, als ob sie der Klang seiner Stimme und die Nähe seines olivenölglänzenden Mundes nicht erregten. Wenn sie diesen Mund doch küssen könnte, statt ihn mit Pizza zu füttern.

«Bob hatte einen Haufen Geld verloren. Nach den Maßstäben der meisten hier war er arm. Ich glaube, Sie haben ihn getötet, weil Sie keine von den Gänsen töten wollten, die Ihnen goldene Eier legen sollen, wenn ich's mal so ausdrücken darf. Das Problem ist nur, dass wir letzten Endes alle umkommen werden, ob's Ihnen passt oder nicht.»

«Ach? Und wieso?»

«Hier geht's doch nicht um die Schulden der Dritten Welt oder was. Es geht um Geld. Also nehme ich an, dass Sie Lösegeld gefordert haben. Eine Milliarde Dollar in bar? Zwei? Was auch immer. Und einen Jet ab Alamogordo. Stehen ja schon etliche dort rum. Sie brauchen sich nur einen auszusuchen. Murray Drennans 737. Die von Errol. Vielleicht haben Sie ja sogar eine Möglichkeit ausgeknobelt, uns in die Maschine zu kriegen, ohne dass wir alle getötet werden. Ich weiß es nicht. Aber mir scheint das doch der schwächste Punkt Ihres gesamten Plans zu sein. Wissen Sie, was Sie hätten tun sollen?»

Eve schob Massinger den Rest Pizza in den Mund. «Was denn, Mr. Massinger?»

Er kaute einen Moment lang grimmig. «Gut, die Pizza. Ich würde Ihnen ja ein Trinkgeld geben, aber –» Er guckte über die Schulter auf seine gefesselten Hände. «Aber ich komme nicht an meine Brieftasche. Na, egal, ich wollte Ihnen ja sagen, was Sie hätten tun sollen. Sie hätten mich oder einen von den anderen das Geld elektronisch auf Ihr Konto transferieren lassen sollen. Ein Anruf hätte genügt. Und dann hätten Sie einen bereitstehenden Hubschrauber haben sollen, der Sie hier rausbringt. Rüber nach Mexiko, wo ein Jet auf Sie hätte warten sollen. Um Sie an einen Ort Ihrer Wahl zu bringen.»

«Meine Leute sind altmodisch», sagte Eve. «Sie bevorzugen Bargeld.»

«Das wird Ihnen den Hals brechen. Bargeld ist was für Schuh- und Fensterputzer, aber nicht für einen Deal dieser Größenordnung. Heute ist Geld doch nur noch eine Zahlenfolge, die von einem Computer zum anderen wandert. Bargeld ist schwerer umzusetzen als Kokain. Es erfordert immer eine Erklärung. Selbst die Schweizer stellen heutzutage Fragen.»

Eve erhob sich. «Ich genieße unsere kleinen Unterhaltungen jedes Mal. Danke. Ich werde mir merken, was Sie gesagt haben.»

«Ich muss aufs Klo.»

«Soll ich ihn hinbringen?», fragte Hogarth.

«Ich mache das schon.» Sie zog ihre Pistole und trat einen Schritt zurück, als Hogarth eine von Massingers Handschellen öffnete.

«Keine Tricks», sagte sie, während Massinger sich steif erhob. «Denken Sie dran, was Bob Clarenco widerfahren ist.»

«Das werde ich kaum vergessen.» Wie jemand mit zwei neuen

Beinprothesen entfernte er sich mühsam von seinem Stuhl und rieb sich das freie Handgelenk. Irgendetwas an seiner Haltung erinnerte sie an John Wayne. Vor der Toilettentür blieb er stehen und sah sie mit offenem Mund an.

«Moment mal», sagte er. «Ich bin ein Idiot. Da ist überhaupt nichts Altmodisches an Ihnen und Ihren Leuten. Die Website. Die Webcam. Diese Betäubungsmethode. Wobei ich immer noch nicht draufgekommen bin, warum Sie uns so lange unter dieses Zeug gesetzt haben, es sei denn, um uns aus der Schusslinie zu haben.»

«Warum halten Sie nicht einfach den Mund und gehen aufs Klo?»

Aber Massinger schwenkte den langen Zeigefinger und grinste pfiffig. «Oh, Sekunde mal. Jetzt hab ich's. Sie sind schön, wissen Sie das? Das Problem mit dem Bargeld? Das wissen Sie doch alles. Klar. Es geht überhaupt nicht um Bargeld. Es geht nicht mal um Lösegeld. Es geht um die Börse, stimmt's? Sie haben spekuliert, richtig? Das würde auch die Sache vom Freitag erklären. Das waren Sie. Am Futures-Markt. Sie haben in großem Umfang Puts gekauft und die Kurse runtergetrieben. Und ehe Sie uns freilassen, kaufen Sie im großen Stil Calls. Das ist es, stimmt's? Oh, wow, das muss ich Ihnen lassen, ein richtig guter Plan. Heißt aber, dass es noch eine Möglichkeit geben muss, hier rauszukommen. Einen Hubschrauber. Ich wette, Sie haben irgendwo auf dem Gelände einen stehen.»

Eve wurde zunehmend sauer auf Massinger: weil er ihren Plan durchschaut hatte und weil er nicht mehr Angst vor ihr hatte. Sie rammte ihm die Pistole in den Bauch.

Was die Chance war, die Massinger brauchte. Und noch während ihr wieder einfiel, dass er ja Karate konnte, setzte er schon zu einem Handkantenschlag auf ihr Handgelenk an.

Abzudrücken hätte nichts gebracht, selbst wenn sie's gewollt hätte: Die Waffe war noch gesichert, was er vielleicht wusste oder ahnte.

Instinktiv riss Eve den Arm ein paar Zentimeter herunter, was ihr vermutlich ein gebrochenes Handgelenk ersparte. Doch der Hieb traf sie immer noch mit solcher Wucht, dass ihr die Pistole aus der Hand fiel und ihr Handgelenk taub war wie von einem schwächeren Stromschlag. Und es war ein schmerzhafter Hinweis darauf, dass Massinger keineswegs so nett war, wie er wirkte.

Er guckte kurz auf die am Boden liegende Pistole, besann sich dann aber eines Besseren, zumindest, bis er mit Eve fertig war. Er ließ rasch einen Schwinger in Richtung ihres Gesichts folgen, doch sie war bereits einen Schritt zurückgewichen und hatte gleichzeitig die Arme gehoben, um den Schlag abzublocken, und während sie mit einer Drehung unter seinem Arm durchtauchte, packte sie sein Handgelenk, riss es kräftig nach unten und übte mit der Schulter Gegendruck auf seinen Arm, verzichtete aber darauf, ihm diesen ganz zu brechen. Massingers Schmerzensschrei riss jäh ab, als sie ihm den Ellbogen in den Bauch rammte und ihm dann mit dem rechten Bein das Standbein wegtrat. Sie verpasste ihm zermürbungshalber noch einen Tritt in die Rippen und warf sich dann, noch immer seinen Arm festhaltend, über ihn, um ihn in einen Würgegriff zu nehmen.

Jetzt, da sie Zeit hatte, Luft zu holen, schrie sie um Hilfe, und Andy Hogarth kam angerannt. Kurz darauf war Massinger wieder in Handschellen und rollte die schmerzende Schulter.

«Sind Sie okay?», fragte sie ihn keuchend.

Massinger lächelte wehmütig. «Sie sind viel besser, als Sie gesagt haben.»

«Das war dumm, Eliot. Ich hätte Sie verletzen können.»

«Nichts passiert. Aber ich musste es versuchen. Nach dem, was ihr Schweine mit Bob gemacht habt, musste ich's einfach versuchen.»

Als Dolores Milliano an diesem Abend in ihr Hotel zurückkam, schlief Acacio bereits auf dem Sofa. Sie war froh, dass er da war. Abgesehen davon, dass er sich um ihr Haar kümmerte, war ihr einfach wohler, wenn noch jemand im Zimmer war, jetzt, wo sie wusste, dass einer der Geiselnehmer vor ihr hier gewohnt hatte. Es war ein komisches Gefühl, in derselben Wanne zu baden wie ein Verbrecher, der formal noch immer auf freiem Fuß war – wenn auch von Polizei umstellt. Die Wahrscheinlichkeit, dass er noch einmal in die Lodge zurückkam, war natürlich sehr gering, aber dennoch, im Dunkeln war das alles äußerst unheimlich.

Nachdem sie gebadet hatte, sah sie in ihrem Schlafzimmer fern, und so erfuhr sie, dass die Polizei in Las Cruces Cele MacBrazel ohne Anklageerhebung freigelassen hatte. MacBrazel, die müde aussah, gab vor den Kameras des Lokalfernsehens eine Erklärung ab:

«Wieder einmal hat sich die Polizei dieses Landes als der wahre Feind der Demokratie entpuppt. Ich wurde verhaftet, weil ich mein Recht auf freie Meinungsäußerung wahrgenommen und gegen diejenigen demonstriert habe, die die Privilegien der Weißen in dieser Gesellschaft verteidigen. Obwohl ich bei der Festnahme keinen Widerstand geleistet habe, wurde ich von Polizeibeamten tätlich angegriffen und misshandelt, und man ist mit mir umgesprungen wie mit einer bewaffneten Schwerverbrecherin, was ich nicht bin. Dieses Verhalten sollte uns alle daran erinnern, dass eine der Hauptfunktionen der Polizei in Amerika darin besteht, Menschen zu diskriminieren und zu verfolgen, die gegen die Institutionen eintreten, deren Zweck es ist, die Weißen zu privilegieren und Farbige zu segregieren und zu diskriminieren. Ich werde Zivilklage wegen unrechtmäßiger Verhaftung erheben und Schmerzensgeld wegen eines durch das Verhalten der Polizei bedingten Nervenschocks fordern. Mehr habe ich nicht zu sagen.»

Dann stieg MacBrazel in den Wagen ihres Anwalts und wurde davonkutschiert. Während Milliano noch darüber nachdachte, was diese Freilassung zu bedeuten haben mochte, klingelte ihr Handy.

Es war ihr New Yorker Agent, Moses Bishop.

«Ich habe Ihr Exposé ein paar Verlagsmenschen gezeigt, und die meisten waren sehr angetan.»

«Das ist ja wunderbar.»

«Waco und Schwarzer Montag in einem. Das Konzept hat sie begeistert, wenn wir nur den Finanzkram ein bisschen runterfahren.»

Milliano biss sich auf die Lippe, erbittert ob Bishops Dummheit. Einen Deal zu machen war eine Sache, aber eine ganz andere Sache war es, einen Deal mit jemandem zu machen, der genau den Teil der Story beschneiden wollte, in dem sich ihre besondere Kompetenz ausdrückte. «Den Finanzkram runterfahren?», wiederholte sie ungläubig. «Was zum Teufel soll das heißen? Ich bin Finanzjournalistin, Herrgott nochmal. Das ist mein Beruf. Wie soll ich das runterfahren? Das ist doch, als würde man Simon Schama bitten, nicht so historisch an die Dinge heranzugehen.»

«Hören Sie, Dolores, die meinen doch nur, dass nicht so viele Zahlen vorkommen sollen. Dow Jones hinten und Dow Jones vorn. Wenn Leute ein Buch aufschlagen und nur Diagramme und Zahlen sehen, dann legen sie es wieder weg. So einfach ist das. Das meinen sie doch nur. Und ich bin da ganz ihrer Meinung. Es soll doch ein genreübergreifendes Buch sein, nicht wahr? Aber das wird es nicht, wenn es sich wie eine Bilanz liest. Das ist Ihre große Durchbruchschance, Dolores, da bin ich mir ganz sicher. Hören Sie, die haben ein paar Reportagen gesehen, die Sie dort unten gemacht haben, und sie halten Sie für die ideale Person, um darüber zu schreiben. Ein bisschen *Forbes*-400-Background über diese Männer, eine knappe, spannende Darstellung des Kidnapping – sie haben *Der Tod des Präsidenten* von William Manchester als Beispiel genannt, oder auch als

Muster, aber egal, unterm Strich gefällt ihnen das Konzept so gut, dass sie jetzt schon bereit sind, siebenhundertfünfzig zu bieten. Ich glaube, ehrlich gesagt, dass sie auch mehr zahlen, aber ich fand, Sie sollten das erst mal wissen.»

«Siebenhundertfünfzigtausend?», wiederholte Milliano. Das war etwas anderes. Dafür würde sie garantieren, dass es im ganzen Buch keine einzige Zahl und kein einziges Diagramm gab; nötigenfalls würde sie sogar die Seitenzahlen eliminieren.

«Mit dem üblichen Bestsellerbonus.»

«Das ist ja toll, Moses.»

«Wir sollten versuchen, einen Vertrag zu machen und dann mal sehen, was Hollywood sagt. Wir können nur hoffen, dass die Sache noch die ganze Woche weitergeht.»

«Warum ist das wichtig?»

«Je länger es geht, desto heißer die Story», sagte Bishop und legte auf.

Milliano kam nicht dazu, ihm von ihrem Verdacht zu erzählen, dass das FBI einen Deal mit den Geiselnehmern gemacht hatte. Wobei sie sich selbst nicht recht vorstellen konnte, wie das zugegangen sein sollte. Die Regierung würde doch niemals auf irgendeine von den Forderungen auf der leverage.net-Website eingehen. Aber vielleicht hatten sie sich ja stattdessen auf etwas anderes geeinigt. Geld zum Beispiel. Schon komisch, wie Geld einen in fast allen Fragen umzustimmen vermochte. Vielleicht war es ja von vornherein um Geld gegangen. Jetzt, wo Cele MacBrazel frei war, erschien ihr das sehr plausibel. Wenn die State Police MacBrazel so schnell wieder freigelassen hatte, mussten sie sich doch wohl sicher sein, dass sie nichts mit den Geiselnehmern zu tun hatte. Aber wie konnten sie sich da sicher sein, wenn die Geiselnehmer immer noch Dinge forderten, für die auch MacBrazel am Flughafen demonstriert hatte? Wie konnten sie wissen, dass MacBrazel unschuldig war, wenn nicht die Geiselnehmer insgeheim erklärt hatten, dass es ihnen gar nicht mehr um den Schuldenerlass für die Dritte Welt und die anderen Sachen ging? Je länger Milliano darüber nachdachte, desto sicherer war sie sich, dass sie sich auf Geld eingelassen haben mussten, und zwar sehr wahrscheinlich auf eine Menge Geld, und dass dieses Geld in einem der Privatjets deponiert werden sollte, die sie am Flughafen von Alamogordo hatte stehen sehen. Das erschien ihr alles absolut logisch. Bestimmt würden die Geiselnehmer versuchen, mit einigen Geiseln auf dem Luftweg zu flüchten, so wie damals in München.

Dolores Milliano setzte sich im Bett auf. Und wenn die Geiselnehmer noch in dieser Nacht das Anwesen verließen? War das NBC-Team aus El Paso schon am Flughafen in Stellung gegangen? Und würde es den Anstand haben, sie zu rufen, wenn sich etwas tat? Sie rief Elder an.

«Gut, dass Sie anrufen», sagte er. «Das Team aus El Paso hat mich nämlich gerade vom Flughafen aus angerufen. Laurensons 737 ist aufgetankt worden, und anscheinend werden auch gerade FBI-Agenten auf dem Flughafengelände postiert. Sieht aus, als hätten Sie Recht gehabt, Dolores. Was soll ich ihnen sagen?»

«Sagen Sie ihnen, sie sollen dableiben und aufpassen. Und wenn sich irgendwas tut, sollen sie mich sofort anrufen.»

Sie beendete das Gespräch und boxte dann vor Überschwang den Teddy auf ihrem Bett. Sie stellte den Fernseher wieder an, aber da kam nichts, was sie interessierte, und zu müde zum Schlafen, beschloss sie, den Kirk-Douglas-Film zu gucken, den Elder für sie bei Megamovie in Alamogordo ausgeliehen hatte. *Reporter des Satans*. Zu ihrer Überraschung fand sie ihn wesentlich interessanter, als sie erwartet hatte. Aber wie kam dieser Blödmann von Moses Bishop darauf, sie mit dem Nachrichtenreporter zu vergleichen, den Kirk Douglas spielte? Sollte das eine Beleidigung sein? Dieser Reporter war ein Oberschwein. So war sie doch nicht. Sie war doch eine Seele von Mensch. Und außerdem war dieser Reporter am Ende des Films tot, gestorben an einem Messerstich in den Bauch, den ihm Mrs. Mimosa verpasst hatte, die Frau des Typen, der in dem stillgelegten Stollen gefangen war. Der kam auch um. Dolores Milliano dachte, dass wohl das Einzige, das sie hier in Cloudcroft umzubringen drohte, das Essen war.

7. DONNERSTAG

Der Vorhang hob sich für einen weiteren Tag in Cloudcroft, das jetzt im Blickpunkt der ganzen Welt stand, da die Kurse in Japan und London den Sturzflug vom Vortag fortgesetzt hatten.

Um 6 Uhr Ostküstenzeit nahm der Präsident der Bundesnotenbank in seiner Wohnung im Washingtoner Watergate-Komplex sein Nachttischtelefon ab. Am anderen Ende war der Präsident der Vereinigten Staaten. Der Bankpräsident sprang aus dem Bett und zog die Vorhänge auf, in der Hoffnung, dass ihn das frühmorgendliche Licht, das sich im Potomac spiegelte, schneller wach machen würde.

«Mr. President», sagte er, während er sich eine Hornbrille ins verschlafene Hängebackengesicht schob und dann den Fernseher anmachte, um festzustellen, was sich an den Auslandsbörsen tat. «Wie geht es Ihnen, Sir?» Tokio war um sechzehn Prozent gefallen, der krasseste Sturz seit vierzig Jahren, und in London waren es dreizehn Prozent.

«Entschuldigen Sie die frühe Störung.»

«Macht nichts, Sir. Normalerweise wäre ich um die Zeit schon munter, aber ich habe noch bis spät in die Nacht mit den anderen Notenbankvorständen eine Erklärung aufgesetzt, die jetzt wohl schon draußen sein müsste.»

«Deshalb rufe ich ja an. Ich wollte mich vergewissern, dass ich das, was Sie da sagen, richtig verstehe.»

«Es ist die übliche Liquiditätsgeschichte, Sir.»

«Das ist eins von den Dingen, die man bei fallenden Kursen sagt, nicht wahr?»

«Jawohl, Mr. President. Sehen Sie, viele Leute werden jetzt ziemlich hohe Nachschüsse leisten müssen. Wir signalisieren den Banken lediglich, dass wir nicht vorhaben, den Geldhahn zuzudrehen. Die Theorie ist, dass die Banken, wenn sie das sehen, den Brokerhäusern und sonstigen Investmentunternehmen, die gestern schwere Verluste hinnehmen mussten, die Kredite erhöhen. Damit sie über Wasser bleiben, bis sich der Markt wieder erholt. Was er unverzüglich tun wird, wenn diese Sache erfolgreich beendet ist.»

«Aha, das ist gut. Ich will nicht, dass unsere Wirtschaft in eine Rezession gerät. Ich will, dass jede Firma, die das Potenzial dazu hat, in die Lage versetzt wird, sich über Wasser zu halten. Die wirtschaftliche Basis ist ja nach wie vor gesund. Wir wollen so viele Brokerhäuser wie möglich liquide halten.»

Der Fed-Präsident drehte sich um und sah seine Frau im Bett sitzen und eine Zigarette rauchen. Er hielt die Sprechmuschel zu und sagte: «Tu mir einen Gefallen, ja, Schatz? Lass mir ein Bad ein. Mein Rücken bringt mich um.»

In letzter Zeit hatte er einen großen Teil des Papierkrams in der Badewanne abgewickelt, um seine Rückenschmerzen zu lindern, die morgens immer am schlimmsten waren, ganz im Gegensatz zu seinen geistigen Kräften: Er pflegte immer zu sagen, dass sein IQ um sechs Uhr morgens zwanzig Punkte höher sei als um sechs Uhr abends. Aber, sagte er sich, der IQ des Präsidenten kam vermutlich gar nie über zwanzig hinaus. Als Notenbankpräsident hatte er ja ein paar dumme Präsidenten erlebt, aber der jetzige war mit Abstand der dümmste. Gegen ihn nahmen sich die anderen aus wie Wirtschaftsnobelpreisträger.

«Hören Sie, ich respektiere Sie sehr, als Menschen wie als Notenbankpräsidenten. Und ich möchte Ihre ehrliche Meinung hören. Diese Administration weiß Offenheit zu schätzen. Meinen Sie, ich sollte selbst eine Erklärung abgeben?»

Sämtliche Magengeschwüre des Notenbankpräsidenten rebellierten gleichzeitig. Er dachte an Herbert Hoovers desaströses verbales Handling des Crashs von 1929 und an Reagans nicht minder nonchalante Äußerungen zum Crash von 87 und zuckte zusammen.

«Um entschlossene Führung zu demonstrieren», fuhr der Präsident fort. «Die Amerikaner zu beruhigen, dass die Wirtschaft als solche nach wie vor gesund ist.»

Der Notenbankpräsident versuchte sich stirnrunzelnd zu erinnern, ob das vielleicht sogar Hoovers exakte Worte gewesen waren. «Ich weiß nicht, Sir ...»

«Ich glaube, dass fallende Kurse schlecht für Amerika sind. Das entspricht nicht dem Wesen unseres Landes. Vielleicht kann ich es ja durch ein paar affirmative Maßnahmen stoppen. Wir könnten etwas Geld ausgeben, die Regierung ein paar Aktien kaufen lassen, um den Leuten zu zeigen, dass wir zuversichtlich sind, was die Marktentwicklung angeht. Irgendetwas in der Art. Was meinen Sie?»

«Na ja, wo Sie mich fragen, Sir, ich meine, wenn Sie vor den Kongress treten würden, um über den aufgeblähten Bundeshaushalt und insbesondere den Verteidigungsetat zu reden, dann könnte das eventuell die Ruhe an den Märkten wiederherstellen.»

«Inwiefern?»

«Es ist so, Sir: Inflation ist die unvermeidliche Begleiterscheinung eines hohen Staatsdefizits. Und die Inflation lockt die Anleger weg von den Aktien und in die Bonds, da die Zinsen für Staatsanleihen hochgehen. Wenn wir die Ausgaben einschränken, verringern wir die Inflation, die Anleihen gehen runter, und die Anleger suchen wieder bessere Renditen an der Börse. Es ist eigentlich ganz einfach.»

Erst nach einer langen Pause sagte der Präsident: «Nochmal, bitte.»

AUCH VON ihren Kopfschmerzen abgesehen, merkte Eve schon beim Aufwachen, dass etwas nicht stimmte. Sie hatte sich kurz vor Mitternacht auf das große Ledersofa in Wallenbergs Arbeitszimmer gelegt, in der Erwartung, um kurz vor vier von Bill King geweckt zu werden, doch die Helligkeit draußen sagte ihr, dass es schon später sein musste. Ein rascher Blick auf ihre Armbanduhr ergab, dass es schon fast acht Uhr war. Sie sprang auf und griff nach dem Webgürtel, an dem das schnurlose Verhandlungstelefon und das Holster mit ihrer Pistole hingen. Aber Telefon und Pistole waren weg.

Sie ging zur Tür des Arbeitszimmers und fand sie von außen abgeschlossen. Offenbar war sie eine Gefangene. Hatte das Tac Team in der Nacht das Haus gestürmt? Konnte es wirklich sein, dass sie in diesem Fall nichts mitgekriegt hätte? In ihrem Kopf überschlugen sich die Möglichkeiten – hatte Bob Clarenco sie doch hintergangen? Hatten sich die Geiseln aus der Bibliothek befreit und das Haus übernommen? Hatte jemand die Tür versehentlich abgeschlossen? Eve stürzte ans Fenster, schnappte sich das Fernglas und suchte das Gelände ab. Alles schien normal, kein Polizist und kein Tac-Team-Beamter in Sicht. Die Blätter der Bäume flimmerten im sanften Wind, und irgendwo schrie ein Pfau um Hilfe. Wenn es denn ein Pfau war. Sie konnte sich nicht erinnern, ob Wallenberg Pfauen in seinem Park hielt.

Eve öffnete das Fenster und beugte sich hinaus. Sie sah hinab, stellte fest, dass es zu hoch zum Springen war, und da es in der Nähe kein Fallrohr gab, konnte sie auch schlecht runterklettern.

Sie drehte sich um und guckte kurz auf das Telefon auf Wallenbergs Schreibtisch. Sicher brauchte sie nur Nick oder Ann im Sicherheitskontrollzentrum anzurufen, um genau zu erfahren, was geschehen war. Aber wenn wirklich etwas schief gelaufen war, würde sie damit nicht erst recht Probleme auf sich ziehen? Eve setzte sich auf die Schreibtischkante und überlegte, und es dauerte nicht lange, bis ihr aufging, dass das Fernsehen es ihr bestimmt sagen würde, wenn sich irgendetwas Dramatisches ereignet hatte. Sie stellte also den Fernseher an und sah zu ihrer Erleichterung Dolores Milliano den Zuschauern der *Today Show* die frühmorgendliche Szenerie in Cloudcroft schildern. Es kam sogar ein Live-Webcam-Bild von Laurenson und Massinger. Für die Außenwelt zumindest war also in Sachen Geiseldrama noch alles beim Alten.

«Was zum Teufel geht hier vor?», seufzte sie.

Eve stellte den Fernseher ab und trat wieder ans Fenster, wo sie die frische Bergluft tief in ihre Lunge sog, ihr Kopfweh zu ignorieren versuchte und zu dem Schluss kam, dass es jedenfalls nicht so schlimm sein konnte, wie wenn das FBI bereits im Haus wäre. Da sie extremen Durst hatte, goss sie sich aus der Karaffe auf dem Schreibtisch ein Glas Wasser ein. Dann hörte sie einen Schlüssel im Türschloss und drehte sich gespannt um: Jetzt würde sich das Rätsel lösen.

Die Tür ging auf, und ein wütend aussehender Mann trat ein. Das Stahlbetongesicht mit der vorspringenden Stirn, den abgeplatteten Wangenknochen und dem grimmig-kantigen Kinn wirkte so funktional und unmenschlich wie eine Bauhaus-Fabrik: Es war Ferguson, Wallenbergs Sicherheitschef, und er hatte Eves Pistole – was sie zwangsläufig registrierte, denn das Ding war auf ihren Bauch gerichtet.

«Überrascht?», sagte er und entblößte gelbe Zähne, die zu regelmäßig wirkten, um echt zu sein.

«Hat jemand die Zwingertür offen gelassen, oder haben Sie sie einfach durchgenagt?»

Ferguson kam näher, wobei er grinste und ingrimmig nickte, als bejahte er ihre Frage. Als er so nah war, dass Eve seinen Kaffee- und Zigarettenatem und den scharfen Schweißgeruch seiner Kleider riechen konnte, transferierte Ferguson die Pistole aus der rechten Hand in die linke, und einen törichten Moment lang erwog Eve, auf ihn loszugehen. Sie hätte es vielleicht auch getan, wären da nicht seine Augen gewesen, die, mit ihrem

Amazonassystem aus roten Äderchen, nur den einen Gedanken zu kommunizieren schienen: Wie sehr er darauf brannte, ihr Schmerz zuzufügen. Also zögerte sie, und Ferguson verpasste ihr eine so heftige Ohrfeige, dass sie zu Boden ging und in ihrem rechten Ohr ein Klingeln war wie von einer Alarmanlage.

«Ich konnte Stand-up-Comedy noch nie leiden», sagte er.

Wenn ihre Wange nicht so gebrannt hätte, hätte Eve das vielleicht komisch gefunden. So aber rappelte sie sich nur hoch, ging stumm zu dem Handwaschbecken in Wallenbergs Toilettenkabinett, tränkte ein Handtuch mit kaltem Wasser und hielt es sich ans Gesicht. «Ich habe es zur Kenntnis genommen», sagte sie ruhig.

«Das hoffe ich um Ihretwillen, Werteste.»

«Ist das Clarencos Werk?»

«Clarenco?» Ferguson lachte. «Der ist im Atombunker eingebuchtet, mit Ihren übrigen Spezis. Aber Sie, Lady, Sie brauche ich.»

Er packte sie am Arm und bugsierte sie aus Wallenbergs Arbeitszimmer, hinunter ins Sicherheitskontrollzentrum, wo zwei weitere Security-Leute, die ebenfalls im Personalspeiseraum eingesperrt gewesen waren, bei Sam Heinichen standen. Sie waren alle drei bewaffnet, und Eve erriet sofort, dass Sam hinter diesem Verrat steckte. Sie musste in der Nacht die Verabreichung des Betäubungsmittels an die Sicherheitsleute abgebrochen haben. Die Frage war nur, wer noch alles mit drin steckte. Sie sah auf das Webcam-Bild von Massinger und Laurenson und sagte sich, dass mindestens ein Security-Mann die beiden bewachen musste. Aber wie viele waren es noch? Alle? Oder nur ein paar? Zu ihrer Überraschung gab ihr Sam selbst die Antwort.

«Tut mir Leid, Eve», sagte Sam, «aber ein Fünftel von einer Milliarde ist doch besser als eine Million. Oder sogar zwei.»

Ein Fünftel. Das hieß, dass sie nur zu fünft sein konnten. Mit fünfen war doch wesentlich leichter fertig zu werden als mit allen. Gegen fünf Personen hatten sie vielleicht immer noch eine gewisse Chance, das Ruder wieder herumzureißen.

«Jetzt wird mir alles klar», sagte Eve. «Das Propofol ist Ihnen gar nicht abhanden gekommen. Sie können die Geiseln ja wohl kaum in betäubtem Zustand zum Flughafen mitnehmen, um das Geld einzusacken.» Sie nickte, weil ihr noch mehr klar wurde. «Sie hatten das von Anfang an so geplant, stimmt's?»

«Langsam schnallen Sie's», sagte Sam.

«Hinsetzen», sagte Ferguson.

Eve setzte sich und wartete, was Ferguson zu sagen hatte, aber es war leicht zu erraten, wofür sie noch gebraucht wurde: Sie wusste als Einzige, was mit dem Polizeiverhandler vereinbart worden war. Sam hatte nicht mithören können, was Eve mit Zander wegen der angeblichen Lösegeldübergabe ausgehandelt hatte, weil sie damit beschäftigt gewesen war, die Geiseln und die Security-Leute ruhig zu stellen – oder jedenfalls so zu tun. Und Eve konnte sich vorstellen, was für ein Schock es für Sams Partner gewesen sein musste, zu erfahren, dass die Lösegeldsache nur als Ablenkungsmanöver dienen sollte. Kein Wunder, dass Ferguson so sauer dreingeschaut hatte. Eves Gehirn arbeitete fieberhaft, versuchte, die Situation einzuschätzen und Möglichkeiten zu eruieren. Wenn sie nur etwas Zeit schinden konnte, würde sie vielleicht einen Ausweg finden. Aber sie würde geschickt und überzeugend lügen müssen: Wenn Ferguson auch nur den Verdacht hatte, dass sie nicht die Wahrheit sagte, würde er sie garantiert umbringen.

«Es gibt da ein, zwei Dinge, die wir nicht wissen», sagte Ferguson fast schon höflich. «Und die nur Sie uns verraten können.»

«Sie bitten mich um Hilfe?» Eve lächelte kühl.

«Wir müssen wissen, welche Arrangements Sie mit dem Verhandler getroffen haben», erklärte Ferguson geduldig. «Wegen der Geldübergabe und der Fahrt zum Flughafen.»

«Was springt für mich dabei raus?», fragte sie.

«Sie bleiben immerhin schon mal am Leben», zischte Ferguson durch die zusammengebissenen Zähne.

«Und was noch?», fragte Eve lässig und ignorierte den Wolkenschatten, der Fergusons Gesicht jetzt wieder verdüstert hatte. «Hören Sie, Ferguson, Sie brauchen mich, um hier rauszukommen. Das haben Sie ja eben selbst zugegeben. Ich will doch nur sagen, dass es keinen Grund gibt, warum Sie mich nicht mitnehmen sollten. Selbst für einen Geizkragen wie Sie sollte doch ein Sechstel von einer Milliarde Dollar ein verkraftbarer Preis sein. Es stimmt doch, oder? Sie sind doch nur zu fünft?»

Ferguson sagte ein ganze Weile gar nichts, sah nur Sam und die beiden anderen an. Von den dreien schien niemand Eve widersprechen oder an dem Deal, den sie vorschlug, rütteln zu wollen. Eve erwartete, dass Ferguson irgendwelche Drohungen ausstoßen würde, aber schließlich war es Sam, die antwortete.

«Ich habe nichts dagegen, dass das Geld durch sechs statt durch fünf geht», sagte sie.

Eve jubelte innerlich. Also hatte sie Recht gehabt: Sie waren wirklich nur zu fünft.

«Ich auch nicht», sagte einer der anderen Männer. Es war Ballard, der Wachmann mit dem Osterinselstatuenkopf, der Eve und Eliot Massinger am Freitag vom Flughafen hierher gefahren hatte.

«Na gut», sagte Ferguson und zeigte mit einem plumpen Zeigefinger auf Eve. «Aber Sie sind auf Bewährung. Das heißt keine Waffe, und wir sperren Sie zu den Geiseln, bis wir fahren.»

Eve schwieg, als dächte sie darüber nach. Ihr Anteil an der einen Milliarde beliefe sich auf über einhundertfünfzig Millionen, etwa doppelt so viel, wie ihr Clarencos Hedge-Fonds bringen würde. Aber würde irgendjemand von ihnen an das Geld kommen? Sehr unwahrscheinlich. Die Feds würden garantiert am Flughafen eine Geiselbefreiungsaktion starten.

«Ist doch wesentlich mehr, als Clarenco Ihnen geben wollte», sagte Sam.

«Okay, ich bin dabei. Nur eins will ich noch wissen.»

«Was?»

«Geht es den anderen aus meinem Team gut?»

«Klar geht es ihnen gut», sagte Sam lächelnd. «Ich musste sie natürlich betäuben. Und Sie auch. Was meinen Sie, warum Sie so lange geschlafen haben?»

«Das erklärt jedenfalls meine Kopfschmerzen.»

«Das Mittel war im Kaffee und im Fruchtsaft. Sie sind alle heil und sicher im Bunker.»

«Also, verraten Sie uns, was Sie vereinbart haben», sagte Ferguson.

«Ich habe dem Verhandler gesagt, wir bringen die Geiseln morgen früh um acht raus», log sie.

«Morgen früh um acht? Aber das ist ja noch fast vierundzwanzig Stunden hin. Warum erst so spät? Das Geld ist doch schon im Flugzeug, und wenn man der FBI-Webcam trauen kann, ist die Maschine aufgetankt und startbereit.»

«Sie vergessen eins. Wir wollten ja nicht mit dem Flugzeug von hier weg. Wir wollten uns heute Nacht hier rausschleichen, im Schutz der Dunkelheit. Clarenco kennt einen geheimen Ausgang.»

«Wo ist der?»

«Da müssen Sie ihn fragen. Aber das ist doch auch egal, wenn Sie das Geld wollen. Wir haben nur der Polizei gesagt, wir würden morgen von hier verschwinden, um selbst einen Vorsprung zu haben. Wir haben das den Feds gegenüber damit begründet, dass sie erst den Transponder aus Laurensons Maschine ausbauen müssten.»

«Und was haben die Feds dazu gesagt? Ich meine, die wollten doch sicher auch, dass Sie vor morgen früh hier rauskommen.»

«Hören Sie, Ferguson, ich habe meine Hausaufgaben gemacht, was Verhandlungsspezialisten angeht. Die sind darauf getrimmt, Leute wie mich auf keinen Fall einzuschüchtern oder ihnen auch nur zu widersprechen. Wenn ich sage, ich will das und das, dann haben die zu sagen, sie werden versuchen, es so einzurichten. Und vergessen Sie nicht, Zweck der Webcams war ja angeblich, dass wir uns in Ruhe davon überzeugen können, dass in der Maschine alles in Ordnung ist. Ich habe ihm gesagt, wir würden die Webcam-Aufnahmen gucken und erst dann losfahren, wenn wir überzeugt wären, dass sie keine Tricks in petto haben.»

Ferguson seufzte gequält. «Erzählen Sie mir, was zwischen hier und dem Flughafen laufen sollte.»

Eve erklärte ihm die Sache mit den elektronischen Armbändern.

«Die es in Wirklichkeit gar nicht gibt», sagte er seufzend. «Richtig?»

Sie starrte Ferguson mit kaum verhohlener Verachtung an. Er hatte geglaubt, ein fix und fertig durchgeplantes Unternehmen an sich reißen zu können, das darin bestand, eine Milliarde Dollar abzukassieren, hatte dann aber feststellen müssen, dass das gar nicht beabsichtigt war. Wenn er nicht so ein Arschloch gewesen wäre, hätte er ihr fast Leid tun können.

«Es musste doch so klingen, als würden wir's ernst meinen. Es kann doch nicht so schwer sein, ein paar Attrappen zu basteln. Auf fünfzig Meter sehen die Polizisten doch nicht, ob die Bombenarmbänder echt sind oder nicht.»

«Und weiter?»

Eve sah auf die Uhr. «Nichts weiter. Ich habe ihm gesagt, ich würde ihm irgendwann heute Morgen weitere Instruktionen geben.»

«Zum Beispiel?»

«Unten in der Garage steht ein Reisebus. Ich wollte ihm sagen, dass wir den nehmen, um zum Flughafen zu fahren. Nur mit geschwärzten Fenstern, für den Fall, dass ihre Scharfschützen glauben, uns abknallen zu können. Und dass wir alle gleich gekleidet sein würden, aus demselben Grund.» Sie zuckte die Achseln. «War alles, was mir eingefallen ist.»

«Was meint ihr?», fragte Ferguson die anderen.

Ballard guckte skeptisch. «Könnte funktionieren», sagte er. «Weiß nicht. Aber in einem hat sie Recht, Ferguson. Am Flughafen wird es von Scharfschützen wimmeln. Schon wenn ich dran denke, sträuben sich mir die Haare. Wenn wir alle die gleichen Sachen anhaben, haben sie's schwerer, Geiseln und Geiselnehmer zu unterscheiden.»

«Hören Sie», sagte Eve. «Mal angenommen, sie glauben das mit den Bombenarmbändern. Dann könnte ich doch noch einen Zeitfaktor einbringen. Ich könnte ja sagen, wenn die Sprengsätze einmal scharf gemacht sind, gehen sie spätestens nach einer Stunde hoch. Ich habe ihnen schon gesagt, wenn sie uns erschießen, nehmen wir den Entschärfungscode mit in den Tod. Das erschwert ihnen einen Befreiungsversuch. Ich sage noch dazu, wenn wir nicht binnen einer Stunde in der Luft sind, gehen die ersten Armbänder hoch.» Sie hielt inne, fragte sich, ob sie irgendetwas von alldem wirklich würde durchziehen müssen. «Aber es gibt nur eine Möglichkeit, hundertprozentig sicherzustellen, dass sie uns das mit den Armbändern abnehmen.»

«Und das wäre?», fragte Ballard.

«Wir steigen unbewaffnet in den Bus.»

«Das ist natürlich ein Witz», sagte Ferguson und betätigte grimmig sein Zippo, um sich eine Zigarette anzuzünden.

«Nein, lassen Sie mich ausreden. Erstens sind wir an Waffen eindeutig als Geiselnehmer zu erkennen. Da könnten wir gleich eine Zielscheibe auf dem Rücken tragen. Und zweitens würde es, wenn wir Waffen trügen, aussehen, als vertrauten wir nicht auf unsere Bombenarmbänder.»

Ferguson schien immer noch nicht überzeugt.

«Sie sind kein Pokerspieler, was, Ferguson? Ein Bluff klappt nur dann, wenn man ihn bis ins Letzte durchzieht. Eine Waffe untergräbt nur den Respekt vor den Armbändern.»

«Nie und nimmer steige ich ohne Waffe in diesen Bus, Lady», knurrte Ferguson.

«Dann nehmen Sie eine Pistole mit. Tragen Sie sie unterm Jackett. Aber keine Gewehre. Außer, Sie wollen erschossen werden.»

«Sie hat Recht», sagte Sam. «Wenn wir aus dem Bus steigen, und alle sind gleich angezogen, und keiner trägt eine Waffe, wie sollen sie es da riskieren, auf jemanden zu schießen?»

«Könnte schon klappen», gab auch Ballard zu.

«Es klappt bestimmt», insistierte Eve.

Ferguson schüttelte den Kopf und sah Sam verbittert an. «So habe ich's mir nicht vorgestellt. Sie haben doch gesagt, es ist alles genau geplant. Keinerlei Probleme, haben Sie gesagt.» Er stand auf, fluchte laut und tigerte auf und ab wie ein werdender Vater. «Und jetzt stellt sich raus, wir müssen alles aus dem Ärmel schütteln. Das ist nur Scheißimprovisation, ist das doch.»

«Woher sollte ich denn wissen, dass sie von Anfang an einen anderen Plan hatten?», sagte Sam.

«Jetzt verstehe ich, warum Sie so wütend waren», sagte Eve. «Sie haben eine feindliche Übernahme vollzogen, und erst jetzt, wo Sie sich die Bücher der Firma richtig angucken können, stellen Sie fest, dass Sie eine Mogelpackung gekauft haben.»

«Eine Milliarde Dollar würde ich nicht gerade eine Mogelpackung nennen, Werteste», sagte Ferguson höhnisch.

«Mag sein. Aber Sie müssen für Ihr Geld arbeiten. Ein paar Risiken auf sich nehmen. So wie wir es getan haben.»

Fergusons Gesicht wurde noch grotesker. «Ihr ganzer Plan war doch nur ein Windei», sagte er. «Futures. Was zum Teufel bringt das? Diese Art Geld kann man nicht sehen. Das war viel zu sehr Vertrauenssache.»

«Ganz offensichtlich», sagte Eve mit einem viel sagenden Blick auf Sam.

«Außerdem hätte doch sowieso nur Clarenco richtig Geld gemacht, nicht Sie alle. Und auch was für ihn dabei rausgesprungen wäre, war immer noch weniger als eine Milliarde durch fünf.»

«Sechs», sagte Eve. «Aber wenn hier einer dasteht wie Rip Van Winkle, dann sind Sie das, nicht ich. Ich wette, Sie haben nicht mal einen Piloten dabei.»

Ferguson sah wieder Sam an. «Das ist Ihre verdammte Schuld», brüllte er und verpasste ihr einen kräftigen Schlag.

Sam starrte ihn hasserfüllt an. «Wagen Sie's nicht, mich nochmal zu schlagen», zischte sie.

«Macht aber nichts», sagte Eve begütigend. «Laurenson und Massinger sind beide ausgebildete Jet-Piloten. Es wäre nur vielleicht gut, ihnen ein bisschen Ruhe zu gönnen. Sie wieder zu den anderen in die Bibliothek zu sperren. Ich meine, falls Sie wollen, dass sie die Maschine fliegen. Außerdem habe ich dem Verhandler in gewisser Weise versprochen, die beiden heute Morgen vom heißen Stuhl zu nehmen.» Sie zuckte die Achseln. «Ist ja nur ein Vorschlag. Sie sind der Anführer, Ferguson. Sie treffen die Entscheidungen.»

Das war dem Schotten denn doch zu viel. Er stürzte sich auf Eve, umkrallte ihren Hals und würgte sie, bis ihn Ballard und der andere Mann wegzerrten.

«Wenn Sie mich umbringen, wer soll dann weiterverhandeln?», sagte sie hustend. «Das ist auch so ein Punkt in Sachen Krisenmanagement, von dem Sie nichts verstehen, Ferguson. Es beunruhigt sie, wenn Geiselnehmer den Verhandlungsführer wechseln. Provoziert sie zu übereilten Aktionen. Sie wollen am liebsten ein Kooperationsverhältnis zu einer Person aufbauen. Ich kann mir nicht vorstellen, wie das mit Ihnen laufen sollte. Es sei denn, die hätten einen scharfen Hund, der sprechen kann.»

«Mach dich nur weiter über mich lustig, du Miststück», fauchte er. «Wirst schon sehen, was du davon hast.»

«Immer mit der Ruhe, Mann», rief Ballard. «Beherrschen Sie sich. Sie hat Recht. Wir brauchen sie.»

Ferguson schüttelte seine menschliche Zwangsjacke ab, zündete sich eine neue Zigarette an, rauchte, als versuchte er mit jedem staubsaugerartigen Lungenzug seinen Atemorganen den maximalen Schaden zuzufügen, und brummelte durch die zusammengebissenen Zähne vor sich hin wie ein durchgedrehter Bauchredner. Nach einer Weile warf er Eve das Verhandlungstelefon hin. «Okay, rufen Sie an.»

«Lassen Sie Massinger und Laurenson losketten», insistierte sie. «Ich muss ihm ein Quidproquo geben.» Sie lächelte ihn vernichtend an. «Das heißt ‹etwas für etwas›, Ferguson.»

Ferguson nickte Ballard zu.

Eve lächelte in sich hinein, während sie sich darauf vorbereitete, mit dem Verhandler zu telefonieren: Sie brauchte einen Mann wie Massinger, jemanden, der sich im Griff hatte, wenn sie eine Chance haben sollten, Ferguson und die vier anderen zu überwältigen. Es blieben nur noch vierundzwanzig Stunden, um die Fahrt zum Flughafen und ein vom FBI angezetteltes Blutbad zu verhindern. Unter solchen Umständen würde sich der Markt wohl kaum erholen, und Eves Anteil an Clarencos riesigem Call-Fonds wäre womöglich aus dem Geld. Was allerdings nicht viel ausmachen würde, wenn sie sowieso tot auf dem Rollfeld des Flughafens lag. Das Handy-Display zeigte 8 Uhr 45, also 10 Uhr 45 EST. Das Chicago Board of Trade war seit über drei Stunden geöffnet. Inzwischen würde sich wohl, dank der Käufe durch Clarencos Partner, eine leichte Kurserholung abzeichnen. Irgendetwas musste sie doch tun können, um ihr Investment zu schützen. Aber was?

Sobald sie sah, wie Massinger und Laurenson, von Sam und Ferguson auf dem Bildschirm genauestens beobachtet, in die Bibliothek zurückgebracht wurden, drückte Eve die Ruftaste, die die Verbindung zu Zander herstellte.

«Hallo», sagte er. «Ich habe mir schon Sorgen um Sie gemacht. Das Geld ist seit sechzehn Stunden in der Maschine, und ich war langsam schon ein bisschen frustriert.»

«Vergessen Sie's jetzt.»

«Sind alle dort drinnen okay?»

«Alles bestens. Hören Sie zu, Tom. Morgen früh um acht Uhr …»

«Acht Uhr?»

«Sagte ich doch. Morgen früh um acht werden wir mit dem Bus von hier losfahren, wie ich's Ihnen erklärt habe. Die Fenster werden geschwärzt sein, damit Ihre Scharfschützen nicht wissen, wer wo sitzt …»

Zander wiederholte jede ihrer Anweisungen – eine Verhandlungstechnik namens «Spiegeln», die Interesse und Verständnis signalisieren sollte. Und als Eve ihm alles erklärt hatte, paraphrasierte er noch einmal ihre gesamten Instruktionen und fragte dann, ob Ford Sarmenington in Anbetracht seiner Herzkrankheit als einer der Ersten freigelassen werden könnte.

«Selbstverständlich.»

Nachdem sie das Gespräch beendet hatte, sagte Eve: «Okay, alles geregelt. Sie wollen, das Ford Sarmenington als einer der Ersten freigelassen wird. Er ist herzkrank.»

Sam fuhr alle Stacheln aus. «Meinen Sie, das hätte ich nicht bedacht? Das war immer schon Ihr Problem, Eve. Schon damals auf Long Island, in Clarencos Haus, haben Sie uns die ganze Zeit klein gemacht, uns beweisen wollen, dass Sie der große Zampano sind, Ihre Muskeln spielen lassen wie ein idiotischer Mann, sobald jemand Ihre Autorität infrage gestellt hat. Ich wette, es hat Sie richtig aufgegeilt, Busiek zusammenzuschlagen und allen zu zeigen, was für ein knallhartes Weibsbild Sie sind.»

Obwohl sich Sams Bitterkeit gegen sie kehrte, vermutete Eve, dass der eigentliche Grund ihres Ausbruchs die Tatsache war, dass Ferguson sie geschlagen hatte, und sie fragte sich, ob es vielleicht möglich war, die beiden noch weiter auseinander zu dividieren.

«Ich glaube, Sie nehmen einfach nur nicht gern Befehle entgegen, Sam. Aber vielleicht haben Sie ja auch Recht. Vielleicht tauge ich ja nicht besonders als Anführerin. Aber wenn ich es nicht gebracht habe, meine Liebe, dann gilt das für Sie erst recht. Und wie. Und wissen Sie warum? Weil Sie mich immer noch vor der Nase haben.»

Ferguson fasste Eve am Arm und bugsierte sie in Richtung Bibliothek. «Ab mit Ihnen», sagte er. «Ich finde, wir haben jetzt für eine Weile genug von Ihnen gehört.»

JOEL REICHMANN hätte eigentlich etwas heiterer zumute sein können. Der Kauf Hunderttausender Call-Optionen durch die Broker des von ihm beauftragten halben Dutzends Banken hatte bereits eine leichte Kurserholung bewirkt, sodass seine Optionen bereits im Geld waren. Das war nichts, verglichen mit dem Kursanstieg, der auf die Freilassung der Geiseln folgen würde, aber immerhin schon mal nicht schlecht: Viele Leute, die nicht wussten, was Reichmann wusste, hätten auf der Stelle das Geld genommen und sich absentiert, aber Reichmann war ja, jedenfalls theoretisch, für die gesamte Reise an Bord. Er hatte ja damit gerechnet, dass es nervenaufreibend sein würde, aber doch nicht so: Das hier war ja die reinste Agonie.

Dort im Fernsehen war Dolores Milliano, munter wie immer, und schilderte die unverändert fortdauernde Belagerung von Cloudcroft mit einer Gewandtheit und Sachkenntnis, die andere Leute zu beeindrucken schienen, denn obwohl alle Sender Teams nach Cloudcroft entsandt hatten, hatten NBC und Milliano – laut der heutigen *Chicago Sun-Times* – die höchsten Einschaltquoten. Der Fernsehkolumnist Phil Rosenthal schrieb, es ginge das Gerücht, Milliano habe bereits einen lukrativen Vertrag für ein Buch über Cloudcroft in Aussicht.

Was, verdammt nochmal, dachte Reichmann, wusste die denn darüber? Wenn jemandem ein Vertrag für ein Buch über die Ereignisse in Cloudcroft zustand, dann doch wohl ihm.

Aber das war es nicht, was Reichmann beunruhigte.

Viel mehr Sorgen machte ihm, dass da auf dem leeren Stuhl

vor der Webcam kein Schild stand. Clarenco und er hatten vereinbart, sobald niemand vor der Webcam säße, sollte ein Schild mit der sarkastischen Aufschrift BLEIBEN SIE DRAN, BIN GLEICH WIEDER DA auf dem Stuhl platziert werden, als Signal an Reichmann, dass alles in Ordnung war. Aber wo war das Schild geblieben? Hatten sie es einfach vergessen? Oder war irgendetwas schief gelaufen? Und wenn ja, was konnte das sein? Dass die Polizei das Haus gestürmt hatte, ohne dass es die Medien wussten, konnte er sich kaum vorstellen. Und aus den NBC-Hubschrauberaufnahmen vom Anwesen schien doch hervorzugehen, dass in Cloudcroft alles unverändert war.

Reichmann sagte sich, dass sie das Schild wohl vergessen haben mussten. Vielleicht hatten sie das Haus ja schon früher verlassen. Bei allem, was sie zu tun hatten, war das mit dem Schild wohl einfach untergegangen. Aber dennoch machte sich Reichmann Sorgen. Wie hätte er sich keine machen sollen? Er war wie jemand, der bei einer Zehner-Kombiwette schon neun Sieger richtig getippt hat und nur noch auf das letzte Rennen wartet. Er würde ein Vermögen gewinnen, wenn das letzte Pferd auch noch siegte, und eins verlieren, wenn nicht.

Er stellte den Fernseher ab und ging nervös in der Suite auf und ab, ohne das Vogelschau-Panorama des Michigan-Sees zu beachten, das, da der See so riesig war wie ein Meer, eher imposant als aufregend war. Tatsächlich hatte es nichts von der Schönheit der Seen, die er in der Schweiz gesehen hatte, als er kürzlich dort gewesen war, um Bankkonten für die Erträge des Principia-Fonds zu eröffnen. Der Michigan-See war einfach nur eine Wasserwüste, wie sie der alte Seemann in Coleridges Gedicht schilderte, nur dass dieser nordamerikanische Ozean von einem extrem stumpfen Grau war.

Was ihm zusetzte, war die Stille. Nicht die Hochflorteppichboden-Schallschutzfenster-Stille eines teuren Hotels, sondern die Stille, die damit einherging, der Partner zu sein, der die Sache allein durchstehen musste. Es war die Stille des Horchens und

Wartens – denn die ersehnte Nachricht, das wusste er, konnte nicht vor Ablauf weiterer vierundzwanzig Stunden kommen.

Reichmann setzte sich an seinen Laptop, loggte sich zum zwanzigsten Mal an diesem Vormittag ein und checkte vergebens seine E-Mail nach den Worten, die diese Stille durchbrechen würden, den Worten, die ihn an die Schwelle zu etwas ganz Neuem führen würden, die nicht nur eine Tür, sondern viele Türen zu ungeahnten Dingen öffnen würden.

Aber da war nichts. Nur eine Mail, die ihm billiges Viagra offerierte. Und in der Stille sagte er sich immer wieder: Du musst durchhalten.

Er nickte und trat an das umlaufende Panoramafenster. The Loop, das Viertel vier Meilen hinter ihm im Süden, wo die Chicagoer Museen und der Finanzdistrikt lagen, konnte er nicht sehen, aber dort handelten bereits, bewacht von einer Statue der römischen Korngöttin Ceres, Männer und Frauen mit dem, was seine Zukunft bestimmte.

NACH SEINEM Gespräch mit den beiden Männern vom Geiselbefreiungsteam des FBI war Tom Zander alles andere als optimistisch, was die Chancen der Geiseln betraf. Es war nur zu leicht vorstellbar, dass die Märkte völlig zusammenbrechen würden, wenn es zu irgendeiner Art von Massaker an den einundzwanzig Milliardären in Cloudcroft kam. Und dann würde sein ohnehin schon im Wert gesunkenes Portfolio womöglich gar nichts mehr wert sein. Widerstrebend beschloss Zander, seine Aktien abzustoßen, und sobald am Dienstag die Börse öffnete, ging seine Frau Janine auf die Charles-Schwab-Website und erteilte elektronisch den Auftrag, das gesamte Portfolio zu verkaufen – mit einem Verlust von fast vierzig Prozent dessen, was die Aktien noch am vergangenen Donnerstag wert gewesen waren.

Zander war völlig erschlagen vom Ausmaß seiner Verluste.

Und diese schienen noch schwerer zu ertragen, als im Lauf des Vormittags die Nachricht nach Cloudcroft durchdrang, die New Yorker Börse verzeichne eine geringfügige, von Chicago ausgehende Kurserholung: Irgendwer irgendwo teilte Zanders Pessimismus nicht. Statt zu verkaufen, kaufte da jemand, und ein paar Mal, wenn ihm gerade niemand über die Schulter sah, verließ er sogar die leverage.net-Website – wo es jetzt, da Massinger und Laurenson nicht mehr vor der Webcam saßen, sowieso nichts mehr zu sehen gab – und ging auf die Bloomberg-Seite, um die Kurserholung zu verfolgen.

Er traute seinen Augen kaum. Er hatte genau in dem Moment verkauft, als man hätte kaufen müssen. Irgendjemand hatte vermutlich eben jene Aktien gekauft, die er zu Schleuderpreisen abgestoßen hatte. Er war reingefallen. Was natürlich alles noch nicht hieß, dass der Aufwärtstrend anhalten würde: Sidonia und Cong würden das schon verhindern, da war er sich ziemlich sicher, aber zumindest hätte er doch zu einem etwas besseren Preis verkaufen können als zu dem, der ihm die vierzig Prozent Verlust eingetragen hatte.

Von Übelkeit geplagt, verfluchte Zander sich selbst, die Geiselnehmer, das FBI, die Börse, die Insider und sonstigen Trader; er verfluchte die Geiseln, unter denen wohl kaum einer war, der auch nach gigantischen Kursverlusten nicht immer noch vor Geld stinken würde – und zum ersten Mal, seit er in Cloudcroft war, ertappte sich Zander dabei, wie er den Geiseln das Schlimmste wünschte. Vor allem aber verfluchte er die Verfasser der Gier anheizenden Bücher – Leute wie Dolores Milliano und Peter Lynch –, die ihn überhaupt erst dazu gebracht hatten, sein Geld an der Börse aufs Spiel zu setzen.

NACH EINER ungemütlichen Nacht in einem Bibliotheksledersessel machte ein barfüßiger George Shapira auf dem Fußboden ein paar Yoga-Übungen, informierte sich im Fernsehen über die Börsenkurse und wandte sich dann wieder dem Buch zu, das er sich aus Wallenbergs Bücherregalen herausgesucht hatte.

Als er gerade wieder zu lesen begonnen hatte, ging die Tür der Bibliothek auf, und herein kamen Laurenson und Massinger, sichtlich müde und, in Massingers Fall, auch ein bisschen zerknitterter als sonst.

Sofort scharten sich alle um die beiden Männer, voller Fragen und bereit, die offensichtliche Aufhebung der Hinrichtungsdrohung als gutes Zeichen zu werten. Doch die beiden selbst waren da pessimistischer.

«Ist ein bisschen schwer, genau einzuschätzen, was da draußen läuft», erklärte Laurenson. «Eliot und ich sind verschiedener Meinung, was in den letzten paar Stunden passiert ist. Bis heute Morgen haben wir nur Leute gesehen, die zu den Caterern gehören. Und das Sagen hatte diese Frau.»

«Eve», sagte Massinger. «Sie heißt Eve.»

«Aber dann, heute Morgen, waren da ein paar Leute, die wir vorher nicht gesehen hatten, von der Security.»

«Scheint, als hätte ich Recht gehabt», sagte Porteus.

«Und da, Cal, sah es aus, als hätte Ihr Sicherheitschef das Kommando.»

«Ferguson? Das glaube ich nicht.»

«Stimmt aber, Cal», sagte Massinger.

«Dann nehmen Sie bitte meine Entschuldigung entgegen, John», sagte Wallenberg zu Porteus.

«Noch eine?», murmelte Volovsky.

«Ich glaube, diese Security-Leute haben von Anfang an mitgemacht», sagte Laurenson. «Aber Eliot sieht das anders.»

Massinger nickte. «Ich fürchte, mein Eindruck ist, dass da draußen eine Art interner *Coup d'état* stattgefunden hat», sagte er. «Dass da jetzt andere Leute das Kommando übernommen haben. Was für uns schlecht sein könnte.»

«Das stimmt aber nicht ganz», wandte Laurenson ein. «Da

ist immer noch eine Frau, die schon vorher mit dabei war. Die, die uns das Betäubungsmittel verabreicht hat.»

«Ich möchte nach wie vor wissen, warum sie das gemacht haben», sagte Ford Sarmenington.

«Sie ist immer noch dabei», insistierte Laurenson.

«Aber Sie müssen doch zugeben, dass wir alle anderen vorher nicht gesehen haben», sagte Massinger. «Das finde ich beunruhigend.»

«Na ja, ich sehe nicht, wie sich die Situation durch einen Managementwechsel noch verschlimmern sollte», sagte Volovsky.

Wallenberg schüttelte immer noch den Kopf. «Das ist doch absurd. Ich kenne doch Ferguson. Den interessiert die WTO doch nicht im Mindesten. Ich bezweifle, dass er Globalisierung auch nur buchstabieren kann.»

«Es geht doch gar nicht um dieses ganze Zeug», sagte Massinger. «Dieser ganze Antiglobalisierungsquatsch auf ihrer Website ist nur Staffage. Futter für die Medien, wenn Sie mich fragen. In Wirklichkeit geht es um Geld. Es ging von Anfang an um Geld.»

«Lösegeld? Na, da bin ich ja erleichtert», sagte Volovsky. «An Geld fehlt es uns ja nicht gerade.»

«So einfach ist es meiner Meinung nach auch wieder nicht», sagte Massinger und umriss ihnen kurz die Futures-Theorie, die er Eve am Vorabend dargelegt hatte, ließ aber den Denkzettel weg, den sie ihm verpasst hatte.

«Das ist ja noch besser», sagte Volovsky. «Kostet uns nichts.»

«Und was hat sie gesagt, als Sie ihr das auf den Kopf zugesagt haben?»

«Nichts. Aber abgestritten hat sie's auch nicht.»

«Dann sind es also nur Vermutungen. Sie könnten auch danebenliegen.»

«Mit einer entsprechend hohen Position am Futures-Markt», sagte Shapira, «und mit der Art Leverage, die man bei

Derivaten erzielt, könnte da jemand ein Riesenvermögen machen.»

«Die Website heißt doch schließlich leverage.net», sagte Murray Drennan. «Und es würde die fallenden Kurse letzten Freitag in Chicago erklären. Das könnte ohne weiteres daher gekommen sein, dass diese Leute Puts gekauft haben.»

«Das war auch mein Gedanke», sagte Massinger.

«Hübscher Plan», sagte Joe Jacobson achselzuckend. «Nur schade, dass ich da nicht draufgekommen bin.»

«Ich sag's ja immer schon», erklärte Shapira. «Die Notenbank hätte nach der LTCM-Krise was unternehmen müssen, wegen der Marginrequirements. Das hätte zumindest die Volatilität verringert. Oder vielleicht hätten sie auch das Transaktionsvolumen herabsetzen müssen. Dann hätten die Aufsichtsinstanzen immerhin eine gewisse Kontrolle.»

«Ja, aber das hätte diese Leute auch von nichts abgehalten», wandte Massinger ein.

«Aber dann hätten sie einen geringeren Hebel erzielt.»

«Sie haben doch uns», sagte Volovsky. «In meinen Augen ist das allemal Hebel genug.»

«Eins steht jedenfalls fest», sagte Scott Jordan. «Sie hätten doch jede beliebige Lösegeldsumme fordern können. Was sie da mit den Futures erzielen zu können glauben, muss noch wesentlich mehr sein. Also ist wohl davon auszugehen, dass sie mit sehr viel Kapital ausgestattet sind.»

«Im Gegensatz zu LTCM», sagte James Gatz.

«Das Problem ist», sagte Massinger, «wenn ich Recht habe und Cals Security-Leute das Highjacking-Unternehmen gehighjackt haben, dann wüsste ich nicht, wie sie an irgendwelchen Investments partizipieren könnten, die die Geiselnehmer in Chicago getätigt haben. Und dann könnte es sein, dass sie sich doch für eine Lösegeldforderung entschieden haben. Und dass die ursprüngliche Bande damit rechnen muss, einen Haufen Geld zu verlieren.»

Die Debatte dauerte fort, bis zwanzig Minuten später die Bibliothekstür erneut aufging und Eve hereinkam.

Scharfe Augen bemerkten, dass sie unbewaffnet war. Und scharfe Ohren registrierten, dass sich der Schlüssel im Schloss drehte, als die Tür hinter ihr geschlossen worden war.

«Sieh einer an», griente Massinger. «Wen haben wir denn da?»

EVE LIESS die allgemeine Musterung über sich ergehen. Sie starrten sie an, als wäre sie keine Frau, sondern ein fremdartiges Wesen aus einer anderen Welt. Was natürlich nicht weiter verwunderlich war. Sie dachten ja alle, sie und ihre Komplizen hätten Bob Clarenco kaltblütig ermordet. Eve hätte es vielleicht sogar mit der Angst gekriegt, wenn sie nicht bereits solche Angst gehabt hätte: vor Ferguson und vor dem, was ihnen allen drohte, wenn sie zum Flughafen fuhren.

Nash Paine trat auf sie zu, starrte sie aus nächster Nähe an und schlug sie dann mit voller Wucht ins Gesicht. «Elende Mörderin», schrie er und hätte sie wieder geschlagen, aber Eliot Massinger und ein paar andere Milliardäre hielten ihn fest.

«Ruhig bleiben, Nash», sagte Massinger.

«Nein», sagte sie. «Ich hab's verdient. Für das, was ich Ihnen allen angetan habe.» Eve rappelte sich vom Teppich hoch und seufzte. Sie erwog kurz, ihnen zu sagen, dass Clarenco noch lebte, beschloss dann aber, zunächst an ihren eigenen Selbsterhaltungstrieb zu appellieren. Sie fragte sich, was ihnen Massinger bereits von seinen klugen Schlussfolgerungen mitgeteilt hatte. Und unter den Umständen schien es ihr effizienter, einfach zu fragen.

«Eliot», sagte sie vorsichtig. «Haben Sie ihnen schon gesagt, was Sie mir gestern gesagt haben?»

«Ja, aber nicht alle teilen meine Analyse.»

«Er hat Recht», sagte sie kurz und bündig. «Es geht hier

nicht um Globalisierung und auch nicht um die eine Milliarde Dollar, die sich im Frachtraum von Errol Laurensons 737 befindet. Es geht um Investitionen am Futures-Markt, die wir getätigt haben. Jedenfalls ging es darum, bis irgendwann heute Morgen Mister Wallenbergs Sicherheitschef, Ferguson, und einige seiner Männer das Unternehmen gehighjackt haben. Was zur Folge hat, dass jetzt viele in diesem Raum womöglich nicht mehr viel Zukunft haben. Ich eingeschlossen.»

«Gut», sagte Paine.

«Wir sollten ihr doch erst mal zuhören», mahnte Massinger und ließ ihn los.

«Das Geld in dem Flugzeug war von Anfang an nur als Ablenkungsmanöver gedacht. Es gibt nämlich noch einen anderen Weg hier raus.»

«Unsinn», sagte Wallenberg. «Ich kenne die Gerüchte, dass es unter diesem Anwesen mehrere alte Bergwerksstollen geben soll. Wir haben danach gesucht, vor fünf Jahren, als hier alles genau vermessen wurde. Aber es wurde nichts gefunden.» Er hielt einen Moment inne. «Jedenfalls hat man mir das gesagt.»

«Das spielt jetzt sowieso keine Rolle mehr», sagte Eve. «Wichtig ist nur, dass wir vorhatten, Sie alle hier sicher zurückzulassen und in der Nacht zu verschwinden. Während es jetzt so aussieht, als ob wir alle zum Flughafen fahren würden, um das Geld an uns zu bringen und damit abzufliegen.»

«Ihr Pech, würde ich sagen», sagte Volovsky hämisch.

«Nein», insistierte Eve. «Es ist unser aller Pech.»

«Was sie meint», erklärte Massinger, «ist: Weil wir hier zu gut geschützt sind, wird die Polizei oder das FBI wahrscheinlich am Flughafen den Versuch unternehmen, unsere Freilassung zu beschleunigen. Mit allem, was das nun mal impliziert.»

«Wenn geschossen wird», sagte Eve, «werden wohl auch einige von Ihnen unter den Opfern sein.»

«Was kümmert Sie das?», fragte Nash Paine. «Bob Clarenco war ein Freund von mir.»

«Was mit Bob Clarenco geschehen ist, bedaure ich. Aber schieben Sie Ihre persönlichen Gefühle mir gegenüber mal einen Moment beiseite, und versuchen Sie, geschäftsmännisch zu denken. Es kümmert mich, weil ich und noch einige andere, die momentan hinter Schloss und Riegel sitzen, ein erhebliches materielles Interesse an Ihrer aller Wohlergehen haben. Wenn Ihnen etwas zustieße, würde ich wohl kaum davon profitieren, oder?»

«Sie hat Recht», sagte Shapira. «Dass wir unversehrt freigelassen werden, ist die unabdingbare Voraussetzung für jede Kurserholung. Wenn, was Gott verhüten möge, etliche von uns umkämen, würde der Markt zusammenbrechen. Es könnte sogar so schlimm werden wie 1873.»

«Ich versuche Ihnen doch nur zu sagen, dass es in Ihrem wie in meinem Interesse ist, einen Weg zu finden, wie wir aus dieser Situation herauskommen.»

«Eins muss ich Ihnen lassen», sagte James Gatz. «Nerven haben Sie.»

«Die sind ja nur zu fünft», sagte sie.

«Aber bewaffnet», sagte Wallenberg. «Was haben wir da für eine Chance?»

«Ach, kommen Sie, Cal», drängte Scott Jordan. «Sie haben doch gesehen, wie diese Frau im Fernsehen, Dolores Milliano, die Belagerung hier mit Waco verglichen hat. Und wenn sie nun Recht hat? Wenn die Feds wirklich am Flughafen irgendwas vorhaben? So wie diese Krauts damals in München mit den Terroristen vom Schwarzen September, bei den Olympischen Spielen 1972. Ich vertraue dem FBI, ehrlich gesagt, nicht sonderlich. Wir könnten leicht ins Kreuzfeuer geraten. Wenn es auch nur eine minimale Chance gibt, eine solche Situation zu vermeiden, würde ich sie gern beim Schopf ergreifen.»

«Ich auch», murmelte Jim Hysek.

«Aber wie?», fragte Laurenson. «Wie Cal gesagt hat, sie sind bis an die Zähne bewaffnet.»

«Na ja, wir haben doch immerhin einen Barschrank, ein paar gute Zigarren und einen Haufen alte Bücher», sagte Volovsky. «Vielleicht könnten wir sie ja dazu bringen, sich besinnungslos zu saufen und zu qualmen, und ihnen dann ein paar Enzyklopädien über den Schädel ziehen.»

«Arschloch.» Laurenson bedachte ihn mit einem vernichtenden Blick und sagte: «Klar, dass Sie Witze darüber reißen müssen.»

Eve guckte im Raum umher und versuchte verzweifelt, sich an irgendetwas von dem zu erinnern, was sie gelesen hatte, eine Sprache zu finden, die es ihr ermöglichen würde, diese Männer zu erreichen.

«Hören Sie. Sie sind alle aus gutem Grund Milliardäre. Kreativität, Mut, Unternehmergeist, Können, nennen Sie's, wie Sie wollen. Aber eins weiß ich sicher: dass ich noch nie einer Gruppe von Männern begegnet bin, die so clever waren wie Sie. Gehen Sie es doch einfach an wie eine geschäftliche Herausforderung. Die meisten von Ihnen haben doch nie akzeptiert, dass etwas unmöglich sein sollte – Sie sind hingegangen und haben es getan. Alles ist unmöglich, ehe es dann doch klappt. Das wissen Sie doch am besten. Alle Geschäftsleute sind Glücksspieler. Aber die cleveren setzen auf sich selbst. Auf ihre eigenen Ressourcen. Wissen Sie, ich bin noch nicht vielen wahrhaft reichen Leuten begegnet. Aber ich bin mir verflixt sicher, dass ich noch nie einem reichen Pessimisten begegnet bin. Denken Sie mal drüber nach. Sie können es machen wie Henry Ford und ein Gefährt erfinden, das Sie hier herausbringt, oder Sie können herumsitzen und warten, ob vielleicht eine Stretchlimousine kommt. Wenn wir alle unseren Grips zusammenschmeißen, können wir das Unmögliche möglich machen. Es ist doch in unser aller Interesse, einen Ausweg zu finden.»

Wallenberg lächelte ironisch: «Das sage ich doch schon das ganze Wochenende.»

«Wir haben einen Vorteil, von dem ich Ihnen noch nichts gesagt habe. Die glauben, ich hätte mich auf ihre Seite geschlagen. Sie vertrauen mir nicht ganz so weit, mich eine Waffe tragen zu lassen. Aber Tatsache ist und bleibt, dass sie mich brauchen, um genau auszuhandeln, wie sie hier herauskommen. Wenn es mir gelingt, meine Freunde aus dem Atombunker zu befreien, dann können wir wieder auf unseren alten Plan zurückkommen. Wir verschwinden still und leise. Niemand fährt zum Flughafen. Es gibt keine Schießerei. Alle bleiben am Leben. Wir haben bis morgen früh um acht Zeit, uns etwas auszudenken. Weil ich der Polizei gesagt habe, dass wir dann zum Flughafen fahren würden.»

«Ich weiß nicht, ob ich mit einer Mörderin paktieren möchte», sagte Nash Paine.

«Wir können doch abstimmen», schlug Shapira vor. «Wer dafür ist, zu tun, was diese Frau sagt, bitte die Hand heben.»

Eve sah sich in der riesigen Bibliothek um. Massingers Hand war oben, ebenso die Hände von Allan Scott, Don Volovsky, Joe Jacobson und John Porteus.

«Wer ist dagegen?» Shapira stimmte mit der Mehrheit. «Antrag abgelehnt.» Er sah Eve an und schüttelte den Kopf. «Ich für mein Teil traue wohl eher dem FBI als Ihnen, junge Frau.»

UNTERHALB DES Hauses, in Wallenbergs Garage, die an die Halle des Bergkönigs gemahnte, inspizierten Ferguson, Ballard und Sam den Bus – einen alten Blue-Bird-Schulbus aus den Zeiten, da eine Einladung zum Golfwochenende in Cloudcroft noch eine weniger formelle Angelegenheit gewesen war. Der dreißigsitzige gelbe Micro-Bird hatte fünf Fenster auf jeder Seite und drei im Heck, und während Ballard daranging, mit einer Sprühlackdose die Fenster zu schwärzen, ließ Ferguson den John-Deere-Erdgasmotor an: Der Tank war nicht mal zu einem Drittel voll, aber Ferguson sagte sich, dass das mehr als genug war, um zum Flughafen zu kommen. Als er sich vergewissert hatte, dass der Bus fahrtüchtig war, stieg er wieder aus, zündete sich eine Zigarette an und ließ das Feuerzeug zuschnappen wie eine Mini-Menschenfalle.

«Jedenfalls», sagte er in Anspielung auf den Busmotor, «werden wir die umweltfreundlichsten Geiselnehmer aller Zeiten sein.»

«Pfeif auf die Umwelt», sagte Sam. Sie bewunderte gerade Wallenbergs umfangreiche Autosammlung, zu der unter anderem zwei Rolls-Royces, ein Bentley Continental, ein Mercedes 600 SE, je ein Aston Martin DB5 und DB7, eine alte Corvette Stingray, drei Lincoln-Stretchlimousinen, ein Humm-Vee, ein Porsche 911 Turbo, ein Ferrari Testarossa und der silberne Ferrari 550 Barchetta gehörten. Außerdem waren da noch diverse minder edle Limousinen und Geländewagen, zwei Harleys und mehrere Snowmobiles. «Ich kaufe mir einen Ferrari.»

Ferguson grinste. «Toll, was?», sagte er und betrachtete den 550. «Ich wollte auch schon immer einen.»

«Kein Problem. Aber bitte nicht in derselben Farbe wie meiner. Ich will einen silbernen, wie der hier.»

«Keine Angst. Ich will einen roten.»

Sie überließen Ballard der Fensterschwärzerei und gingen wieder ins Haus, wo die beiden anderen Sicherheitsleute – Rusby und Baker – inzwischen nach irgendwelchen Kleidungsstücken gesucht hatten, in denen alle gleich aussehen würden.

«Die hier haben wir im Umkleideraum gefunden», sagte Baker. «Wo sie die ganzen Golfschläger und so aufbewahren.» Er öffnete einen großen Karton und entnahm ihm eine dunkelgrüne Windjacke mit der Aufschrift «Cloudcroft Gold Tournament 1998» auf dem Rücken. «Davon gibt es drei, vier Dutzend. Und dazu jede Menge Golf-Schildmützen und ein paar hundert Rayban-Wayfarer-Sonnenbrillen.»

Ferguson schlüpfte bereits in eine der Jacken. «An die erinnere ich mich», sagte er. «Damals war gerade eine Hitzewelle, deswegen hat sie niemand getragen. Das war das Jahr, in dem

Laurenson ein Ass am dritten Hole geschlagen hat – einer Par-3-Bahn –, was einer der Gründe ist, warum er so gern wieder herkommt.» Er zog den Reißverschluss zu und rückte dann sein Schulterholster zurecht. «Das verdeckt alles prima. Gut gemacht. Dazu noch die Mützen und die Brillen, wie wollen die da noch sagen, wer wer ist?» Er schloss den Reißverschluss bis an seinen Adamsapfel und schlug den Kragen hoch.

Sam musterte ihn. «Man kann wirklich nicht sehen, ob Sie da eine Pistole oder eine Bombe drunter haben», vermeldete sie und setzte sich eine Golfmütze auf. «Aber Eve und ich müssen uns wohl die Haare abschneiden, wenn wir wie alle anderen aussehen wollen.» Sie hielt kurz inne. «Sie müssen doch zugeben, das war eine gute Idee von ihr. Wenn die uns morgen früh nicht auseinander halten können, dann können ihre Scharfschützen uns ja wohl kaum abknallen.»

Ferguson nickte verdrossen und zündete sich eine neue Zigarette an. «Wir fahren nicht morgen früh. Wir fahren heute Nacht hin. Um Mitternacht. Ich seh's so, dass wir rauskommen können, wann es uns passt, wo doch schon alles fertig und parat ist. Wenn sie nicht mit uns rechnen, können wir uns die Dunkelheit zunutze machen.»

«Und wenn sie sich doch fürs Schießen entscheiden?», fragte Baker. «Was dann?»

«Wer A sagt, muss auch B sagen», erklärte Ferguson achselzuckend. «Ich habe jedenfalls nicht vor, mich kampflos umlegen zu lassen. Sie?»

«Pistolen gegen Präzisionsgewehre? Das wird kein langer Kampf.»

«Darüber habe ich nachgedacht», sagte Ferguson. «Diese Golfjacken haben mich auf eine Idee gebracht. Wir lassen jeden einen Golfsack tragen. Nur dass in unseren noch mehr steckt als nur ein paar Holzschläger und ein Löffler. So ein Golfsack ist doch ein prima Versteck für ein Sturmgewehr und ein paar Reserve-Magazine, finden Sie nicht?»

EVE STAND da und fühlte sich wie der kleine weiße Punkt auf einem alten Fernseher, den man soeben ausgeschaltet hat. Niemand würdigte sie mehr eines Blickes, außer vielleicht Eliot Massinger und Don Volovsky, der jetzt herüberkam.

«Sie sind doch nicht der Typ, der aufgibt», sagte der kleine Mann und nahm sie beiseite.

«Bitte?»

«Hören Sie, lassen Sie's doch ein Weilchen ruhen und probieren Sie's dann nochmal. Aber ich verstehe ein bisschen was davon, wie man Sachen rüberbringt, und meiner Meinung nach haben Sie noch nicht Ihr Bestes gegeben. Sie waren zu zurückgenommen. Zu defensiv. Sie haben es nicht richtig verkauft. Sie haben ihnen nicht genug Angst eingejagt. Ich, ich habe Angst, aber ich bin auch nicht so dumm wie die Leute, die gegen Sie gestimmt haben. Ich habe ein paar Scripts über Waco gelesen, daher weiß ich, wozu die Feds fähig sind. Schießwütige Schweinehunde, wenn Sie mich fragen. Ich will nicht so enden wie Mister David Koresh, besten Dank. Wenn wir zum Flughafen fahren, wird es so sein, wie Sie gesagt haben. Das wird München II: die Rückkehr des Grauens, und so stelle ich mir meinen hoffentlich noch fernen Tod nicht vor. Ich will nicht von Kugeln durchsiebt werden wie Clyde Barrow oder Sonny Corleone. Mein Vater ist tot. Der kann nicht diese Brando-Nummer mit dem Mann vom Bestattungsinstitut abziehen: ‹Sehen Sie, was sie mit meinem Jungen gemacht haben. Ich will, dass Sie Ihr ganzes Können dransetzen und so weiter und so fort.›

Also müssen Sie nochmal mit Ihnen reden. Es anders angehen. Sie sind doch Köchin. Eine ziemlich gute sogar, finde ich, wenn Sie sich an Pizza halten. Also probieren Sie's mal mit etwas mehr Pfeffer. ‹Falls es eine Schießerei gibt›? Vergessen Sie's. Sie müssen sagen: ‹Sobald die Feds anfangen zu schießen, gibt es ein Blutbad.› ‹Es ist in unser aller Interesse, einen Weg zu finden, wie wir aus dieser Situation herauskommen›? Na-ah. Diese Burschen kümmert unser aller Interesse einen Dreck.

Die kümmert nur eins, und das sind sie selbst. Deshalb sind sie ja, was sie sind. Nicht weil sie großartige Unternehmer wären, sondern wegen ihrer AEG – das ist mein Werber-Kürzel für ‹außergewöhnlich egoistische Grundhaltung›. Ich sag's Ihnen ganz offen, Eve – ich darf Sie doch Eve nennen? –, ich sag's ganz offen, auf mein Wort ist kein Verlass, ich spiele nicht fair. Mich treibt immer, immer, immer schon das Bestreben, das zu tun, was für Don Volovsky das Beste ist. Was heißt, dass ich besonders gut verstehe, wie diese Burschen ticken. Die sind genau wie ich. Auch wenn Sie's vielleicht nicht glauben, aber sie sind's. Sie halten sich nicht an Deals, sie sehen immer nur sich selbst, sie akzeptieren es nicht zu verlieren. Der einzige Unterschied zwischen mir und ihnen ist, dass ich eine GFZ bin – eine gewissensfreie Zone. Märchen erzählen, lügen, betrügen, täuschen – ich bin einzigartig in meinem Metier, weil ich das alles tue, ohne die geringsten Skrupel zu haben. Also müssen Sie's persönlich rüberbringen, Eve, verstehen Sie? Als ob unser aller Leben davon abhinge. Was ja vermutlich stimmt. Und lassen Sie keine blöden Abstimmungen zu, als ob das hier irgendein Debattierclub in Harvard oder in Yale wäre. Nehmen Sie die Sache in die Hand. Packen Sie sie an den Eiern.

Eins noch, dann bin ich fertig. Wie Sie vermutlich wissen, bin ich in der Filmbranche, und ich möchte die Rechte an Ihrer Story erwerben. Ich habe drüber nachgedacht, und was Sie hier abziehen, ist eine ungemein clevere Idee, und glauben Sie mir, clevere Ideen sind heutzutage im Film Mangelware. Natürlich beruht dieses Angebot auf der Prämisse, dass Sie damit nicht durchkommen. Wir können ja nicht gut einen Deal machen, wenn Sie verschwunden sind. Aber egal, das können wir ausklammern. Wenn Sie davonkommen, dann ist die Geschichte öffentliches Gut, und Sie werden ja kaum zu mir kommen, um zu protestieren, oder? Aber selbst wenn Sie im wirklichen Leben davonkämen, könnten Sie im Film nicht davonkommen. Die Zuschauer verlangen die Wiederherstellung der moralischen Ordnung. Wenn es ein kleiner Art-House-Streifen wäre, ein Independent-Film, dann wäre das vielleicht anders. Aber ich bin im Studio-Business. Und wir Studio-Leute, wir sind nun mal, was den Inhalt unserer Filme angeht, heutzutage sehr moralisch.»

«Wäre mir nicht aufgefallen», sagte Eve.

«Oh, es ist aber so. Also, denken Sie drüber nach, und wenn Sie auf den Bauch fallen, dann machen wir einen Exklusiv-Vertrag. Ich zahle Ihnen mehr als genug, dass Sie sich einen guten Anwalt nehmen können. Den besten.» Er lächelte ermutigend. «Joe Jacobson hat Recht. Es ist ein hübscher Plan. Und es würde einen großartigen Film abgeben.»

«Danke», sagte Eve, geradezu verblüfft über die Kühnheit des kleinen Mannes. «Ich werde es im Kopf behalten.»

«Tun Sie das. Und jetzt gehen Sie hin und versuchen Sie's nochmal. Und vergessen Sie nicht, was ich Ihnen gesagt habe.»

Volovsky ging davon, zündete sich eine kubanische Zigarre an und ließ sich auf einem Ledersofa in der Fensternische nieder. Er sah sich kurz um, als erwartete er, dass ihm jemand das Terrain streitig machte, und als niemand kam, schlug er lässig die Beine übereinander, nahm das Buch, in dem er gelesen hatte, und tat so, als widmete er ihm seine ganze Aufmerksamkeit, doch die meiste Zeit ruhte sein Blick auf Eve, als wäre sie sein Schützling.

Volovsky mochte ja ein kleiner Schnösel sein, aber er hatte Recht. Sie musste einen anderen Ansatzpunkt finden. Etwas Persönliches. Etwas, das an den Egoismus dieser Männer appellierte. Sie musste es rüberbringen, als hinge ihr Leben davon ab. Was es zweifellos auch tat. Und diese Gewissheit schien ihre gesamte Person zu zentrieren.

Um einiges lauter und bestimmter als vorher sagte sie: «Einige von Ihnen werden sich vielleicht schon gefragt haben, warum wir Sie das ganze Wochenende unter Drogen gesetzt haben.»

Sie ging an den Barschrank, wo man auf den Rasen hinausgucken konnte, und goss sich einen Scotch ein. Ohne die Männer auch nur anzusehen, fuhr sie fort:

«Und der eine oder andere von Ihnen wird sich vielleicht sogar gefragt haben, warum Sie sich absolut nicht erinnern können, was in dieser Zeit passiert ist.»

Sie trank, während das Gemurmel hinter ihr erstarb. Jetzt hatte sie tatsächlich ihre volle Aufmerksamkeit, obwohl es umgekehrt nicht so war. Sie schluckte einen Mund voll Scotch und fühlte ihn in ihrem Inneren wie Flüssigstahl. Ein Pfau stolzierte übers Gras – also hatte Wallenberg doch Pfauen – und fegte mit seinem langen Schwanz den Rasen wie ein Green-Keeper den Golfplatz.

«Fragen Sie sich doch mal, ob das wirklich nur zu Ihrer Sicherheit war, damit sich niemand bei irgendwelchen Fluchtversuchen Schaden zufügte. Oder ob da vielleicht noch etwas anderes gewesen sein könnte. Etwas weniger Menschenfreundliches? Und ob Sie es sich wirklich leisten können, zu ignorieren, was ich sage. Ich glaube nicht, dass Sie's können. Sie?»

Sie drehte sich um, spielte den dramatischen Effekt voll aus. Alle sahen sie jetzt an, stirnrunzelnd oder sichtlich beunruhigt. Volovsky hatte Recht. Jetzt hatte sie wieder ihre volle Aufmerksamkeit. Aber diesmal würde sie etwas damit anzufangen wissen.

«SORRY» BESAGTE das Schild an der Tür des Cloudcroft Inn & Restaurant, gleich unter dem Schild, auf dem einfach nur «Tamales» stand.

«Ja», murmelte Tom Zander, als er das Restaurant betrat, um ein spätes Frühstück zu sich zu nehmen, «ganz meinerseits.»

Nach dem hellen Sonnenschein draußen wirkte das Restaurant dunkel, und Zander hatte bereits Kaffee und Tamales geordert, ehe sich seine Augen an das Schummerlicht gewöhnten und er merkte, dass das Lokal voller Journalisten war. Ja, regelrecht davon wimmelte. Einige wie Dolores Milliano, die in der Nachbarnische saß, kannte er aus dem Fernsehen, andere identifizierte er an ihren Aufnahme- und Diktiergeräten und einige wenige daran, dass sie mit dem Finger auf ihn zeigten und ihn ansahen, als hofften sie, er würde ihnen neue Ansatzpunkte in einer Story liefern, die zu stagnieren drohte.

Zander sagte sich, dass es besser war zu gehen, weil ihn garantiert einer dieser lautstark-zynischen Kerle auszuquetschen versuchen würde; aber er war müde und hungrig, also blieb er und versteckte sich hinter dem Lokalblatt *The Mountain Monthly* – der ‹Zeitung von Leuten für Leute› – in der irrigen Hoffnung, dass sie ihn in Ruhe lassen würden. Die Zeitung war voll von Artikeln über Gemeindeschuldverschreibungen für die neue Schule und über Gemeinderatssitzungen und von Immobilienanzeigen, in denen es um die Sorte Ranchhaus im Lincoln National Forest ging, die er sich für den Ruhestand hatte zulegen wollen, doch während seine Augen die Seiten überflogen, konnten seine sonnenbrandgeröteten Ohren nicht umhin mitzuhören, wie Dolores Milliano in der Nachbarsitznische mit ihrem Redakteur bei *USA Today* telefonierte.

«Wie es hier ist? Es ist wie in diesem Film von Billy Wilder, mit Kirk Douglas. *Reporter des Satans*. Haben Sie den gesehen? Ich dachte, den kennt jeder. Holen Sie ihn sich aus der Videothek, dann haben Sie eine ziemlich gute Vorstellung, was hier abläuft. Alle versuchen, Geld rauszuschlagen. Selbst die episkopalische Kirche, die nur eine Bretterhütte ist, vermietet jetzt ihre Parkplätze und verkauft eisgekühlte Limonade an Passanten. Und die Tankstelle im Ort, die nimmt inzwischen vier Dollar für die Gallone Benzin. Und der Supermarkt verlangt fünf Dollar für eine Zwanziger-Packung Marlboro. Ja, Sie haben richtig gehört, fünf Dollar.»

Zander war verblüfft. Die Gallone Benzin für vier Dollar, das war doppelt so teuer wie das teuerste Benzin, das er je getankt hatte, einmal in New York, und es war erst ein paar Monate her, dass er das Rauchen aufgegeben hatte, als zwanzig Zigaretten 2 Dollar 50 gekostet hatten. Als die Bedienung seinen Kaffee brachte, fiel ihm gerade noch ein, auf der Speisekarte nach den Preisen zu gucken. Vier Dollar für einen Kaffee, das war viel, genau wie die zehn Dollar für die Tamales. Er wäre vielleicht einfach aufgestanden und gegangen, wenn er nicht solchen Hunger gehabt hätte.

«Ich weiß, ich weiß, kleines Wirtschafts-Abc. Es ist die Funktion des Marktes, über den Preismechanismus Angebot und Nachfrage in Einklang zu bringen blah, blah, blah. Nur dass ich keine großen Anzeichen für irgendeine Art von Preiselastizität sehe. Von hier sind es mit dem Auto zwanzig Minuten runter nach Alamogordo, also nehmen sie uns hier oben gnadenlos aus. Ich zahle zweihundert Dollar pro Nacht für ein Hotelzimmer, das normalerweise nur hundertzehn kostet. Klar kann ich mir's leisten. Sie haben *was* gelesen? Fred, ich sage Ihnen eins. Random House zahlt mir keine zwei Millionen Dollar für ein Buch über diese Sache. Nichts in der Größenordnung. Noch nicht mal die Hälfte. Natürlich würde ich's Ihnen sagen, wenn es wahr wäre. Aber es ist nicht wahr.»

«Was dagegen, dass ich mich zu Ihnen setze, Sergeant?»

Zander lugte über den oberen Zeitungsrand. Vor ihm stand ein rotwangiger junger Mann in einer Jagdweste, die mit Kugelschreibern, Handys und Aufnahmegeräten voll gestopft war. In der Hand hielt er ein Notizbuch. Er sah aus wie Jimmy Olsens kleiner Bruder.

«Zisch ab», fauchte Zander und richtete den Blick wieder auf die Zeitung, war aber in Wirklichkeit nur gespannt auf den Fortgang von Millianos Telefongespräch. War denn so was möglich? Konnte es wirklich sein, dass ein New Yorker Verlag ihr für ein Buch über das Geiseldrama von Cloudcroft fast eine Million Dollar zu zahlen gedachte? Wo blieb die Gerechtigkeit auf der Welt, wenn Leute eine Million Dollar für ein Buch bekamen, das sie noch gar nicht geschrieben hatten? Da kam diese Milliano hier kurz vorbeigeweht wie Tumbleweed und krallte sich gleich einen siebenstelligen Betrag für etwas, das sie vermutlich in zwei, drei Monaten runterrotzen würde. Während er, ein ehrlicher Cop, sich den Arsch aufriss, um eben jene Scheißkerle zu retten, deren Agenten und Vertreter ihn an der Wall Street betrogen hatten.

Die Bedienung kam mit den Tamales. Zander hätte sie ihm am liebsten an den Kopf geworfen, diesem Kerl mit den unbegrenzten Hotelspesen auf *GQ*-Kosten. Er begann zu essen, aber mit wenig Genuss.

«Sie waren ganz schön ruppig zu ihm, was?»

Zander sah von seinem Teller auf, einen Fluch auf der Zungenspitze. Weiter kam der Fluch allerdings nicht.

«Wem?»

«Dem jungen Reporter», sagte sie.

«War jetzt schon ein langer Tag. Aber mag sein, dass sie Recht haben.»

Dolores Milliano fragte nicht, ob es ihn störe, wenn sie sich zu ihm setze. Sie nahm einfach auf der anderen Tischseite Platz, als ginge sie davon aus, dass ihre Prominenz solche banalen Höflichkeiten überflüssig machte. Wobei Zander nichts dagegen hatte. Bei allem Ärger auf sie und auf den fatalen Einfluss, den sie auf sein Leben und seine Finanzen gehabt hatte, war ihm ihre Gesellschaft doch recht, denn sie war fraglos attraktiv und eine erfreuliche Abwechslung gegenüber Leuten wie Nixon, Shaar und Sidonia. Sie streckte ihm eine schlanke Hand hin.

«Hallo, ich bin Dolores Milliano.»

«Ich weiß», sagte er und drückte ihr sanft die Hand. Seine Polizistenaugen registrierten die goldene Cartier an ihrem knochigen Handgelenk, die Goldringe, die Goldhalskette und den goldenen Füllfederhalter in der Brusttasche des Leinenblazers mit den Goldknöpfen: Sie sah aus, als trüge sie ein ordentliches Stück Südafrika am Leib. «Ich habe ein paar von Ihren Büchern gelesen. Ich bin Tom Zander.»

«Ach, ja? Welche denn?»

«*Day-Trading für Hartgesottene* und *Der Gordon Gekko von nebenan.*»

Noch während Zander die Titel nannte, dachte er, dass es nicht die Scheißkerle an der Wall Street waren, die ihn verleitet hatten, sich auf das große Börsenspiel einzulassen. Nein, es waren Leute wie Dolores Milliano, die ihm den Traum vom schnellen Geld untergejubelt hatten. Dolores Milliano mit ihren idiotischen Rezepten, wie man seine Katze zum Millionär machen konnte. All diese dämlichen Bücher, die sie geschrieben hatte. Wie hieß nochmal das andere, das er gelesen hatte? *Gier ist göttlich*. Hol's der Teufel. Er hätte nie auf sie und ihresgleichen hören dürfen – dieses Finanzjournalistenpack. Jetzt war ihm das klar.

«Welches hat Ihnen am besten gefallen?»

Wenn es doch nur eine Möglichkeit gäbe, ihr heimzuzahlen, was sie ihm angetan hatte. Und vermutlich auch noch vielen anderen. Das war der Punkt. Er war nicht der Einzige. In ganz Amerika mussten jetzt Kleinanleger ausbaden, was passierte. Sie hatten sich auf Bloomberg.com darüber ausgetauscht. Aber was konnte er machen?

«Sie waren wohl beide ganz gut.» Zander lächelte mechanisch. «Wissen Sie, ich konnte gerade eben nicht anders, als Teile Ihres Telefonats mitzuhören», gestand er. «Dieser Film? *Reporter des Satans*. Da hat mein Dad mitgespielt.»

«Ihr Vater war Schauspieler?»

«Nein, mein Dad war Polizist. Bei der New Mexico State Police, genau wie ich. Er war auch in dem Film Polizist. Ich schätze, sie hatten nicht genug Schauspieler für die Polizistenrollen.»

Milliano guckte aus dem Fenster und versuchte, ein Gähnen zu unterdrücken. «Eine überaus kinogeeignete Landschaft», sagte sie. «Sehr episch.»

«Sind Sie das erste Mal in New Mexico?»

«Ja, bin ich.»

«Sie werden wohl nicht dazu kommen, viel zu sehen.»

«Diesmal nicht.»

«Schade. Aber das White Sands National Monument sollten Sie sich, wenn's geht, trotzdem angucken. Das ist nur ein paar Meilen südlich vom Flughafen von Alamogordo.»

«Worin besteht es? Das Monument?»

«Aus Sanddünen. Weißem Sand. Sand, der beinah schon durchscheinend ist, vor allem im Mondlicht. Es ist sogar fast ein bisschen wie auf dem Mond, schätze ich. Ein richtiges Monument gibt's da eigentlich nicht.» Er lächelte, fast als wollte er sich dafür entschuldigen. «Nur den weißen Sand. Aber davon etwa zweihundertfünfundsiebzig Quadratmeilen.»

«Hört sich schön an.»

«Oh, das ist es auch. Aber auch ziemlich einsam. Dort kann man sich leicht verirren.»

«Was glauben Sie, was passieren wird? Droben im Haus, meine ich.»

«Kann ich wirklich nicht sagen», sagte er und setzte dann hinzu: «Ich meine, ich weiß es nicht.» War es vielleicht möglich, sie über den wahrscheinlichen Fortgang der Dinge zu täuschen? Sie reinzulegen? Mit dem Einzigen, dem sie und ihresgleichen wirklich Wert beimaßen? Information. Wenn er Milliano erzählte, die Geiseln seien schon so gut wie frei, dann würde sie vielleicht einem Haufen Leuten empfehlen, schleunigst hinzugehen und ihr letztes Hemd an der Börse zu riskieren. Worauf sie dann auch noch dieses Hemd verlieren würden, wenn, wie es Zander wahrscheinlich schien, das Geiselbefreiungsteam am Flughafen von Alamogordo die Geiseln über die Klinge springen ließ und es zum Super-GAU an den Märkten kam. Dann würde Dolores Milliano ganz schön dumm dastehen, oder?

Er beugte sich zu ihr. «Ganz unter uns?»

Dolores Milliano beugte sich an Zander heran, so nah, dass sie den Mais und die Chilis in den Tamales, das Waffenöl auf seinem Tarnhemd und den Schweiß auf seiner behaarten Brust riechen konnte. «Aber natürlich, Tom. Mein Wort darauf.»

Zander nickte und versuchte noch währenddessen, seine Rache so raffiniert wie möglich zu gestalten. «Es wäre mir lieber, wenn Sie das im Fernsehen nicht sagen würden», erklärte er leise. «Die Verhandlungen dauern immer noch an. Ich muss es wissen, weil ich der Hauptverhandler bin. Aber mein Tipp ist, dass die Geiseln schon so gut wie frei sind.»

«Gab es denn einen Deal? Was für einen?»

«Über Details kann ich nicht reden, Dolores. Aber ja, es gab einen Deal. Wenn ich Sie wäre, würde ich den Leuten, also denen, die mir nahe stehen und die meinem Rat vertrauen, sagen, dass sie hingehen und auf eine rasche Kurserholung setzen sollen. Ich vermute, nein, ich rechne fest damit, dass das Ganze morgen früh um acht vorbei ist.»

«Ortszeit?»

Zander nickte und widmete sich wieder seinen Tamales.

Dolores Milliano war in Gedanken schon weiter. «Das ist zehn Uhr Ostküstenzeit. Wow.»

«Mal ganz im Vertrauen?» Allmählich machte es ihm Spaß. Effekthalber sah er sich verstohlen um.

«Aber natürlich, Tom.»

«Ich mache selbst ein bisschen Day-Trading. Dank Ihrer Bücher, Dolores. Deshalb hab ich das Gefühl, ich schulde Ihnen einen Gefallen. Weil Sie mich ja dazu gebracht haben. Mir dazu verholfen haben, *Geld* zu machen, statt der paar Peanuts, mit denen ein Cop auskommen muss.»

«Das höre ich gern.»

«Also, meine Einschätzung? Die Rallye heute, das war nichts. Gar nichts. Aber morgen früh? Passen Sie auf. So um acht hiesiger Zeit? Da sehen Sie die spektakulärste Erholung, seit der olle Lazarus seinen Arsch von der Bahre geschwungen, Jesus auf die Schulter geklopft und ihm ein Bier spendiert hat. Die Kurse werden hochgehen wie eine gottverdammte Patriot-Rakete. Ich lass mich umlegen, wenn's nicht so ist. Teufel noch mal, ich leih Ihnen sogar meine Pistole dafür. Ich sag's Ihnen, Dolores. Und ich sag's den Leuten, die Ihnen am Herzen liegen. Setzen Sie Ihr letztes Hemd drauf. Ich hab's schon getan.»

«Oh, vielen Dank, Tom.»

«Vergessen Sie's. Und das meine ich wörtlich. Von mir haben Sie kein Sterbenswörtchen erfahren.»

«Aber natürlich nicht.»

Sobald es die Höflichkeit zuließ, entschuldigte sich Milliano, verließ das Cloudcroft Inn und ging die Burro Avenue hinauf, zum Postamt, wo sie eine Telefonkarte erstand und Kyle Liebermann bei Bear Stearns in New York anrief.

«Kyle Liebermann.»

«Hier ist Leona. Ich glaube, ich habe mich verwählt.»

«No problemo.»

«Leona» war ein Code-Name, den sie Liebermann gegenüber benutzte, wenn sie Insiderinformationen hatte und nicht wollte, das ihr Gespräch aufgezeichnet wurde. Bereits in diesem Moment würde Liebermann sein Büro in der Park Avenue 245 verlassen, um ein paar Blocks nach Norden zu gehen, zum New York Palace Hotel an der Madison.

Zehn Minuten später klingelte Millianos Handy. Liebermann.

«Hey, Babe, was gibt's?»

«Kyle, wie viel ist auf meinem Trading-Konto?»

«Etwa vierhundertfünfzigtausend, als ich das letzte Mal nachgesehen habe.»

«Ich will, dass Sie das alles nehmen und Fünf-Tage-Calls auf den S&P 500, den S&P 100 sowie auf Einzelaktien kaufen. Für jeweils hundertfünfzig.»

«Sind Sie sich sicher? Die Kurse sind zwar momentan raufgegangen, aber die Volatilität ist immer noch gewaltig. Mein Rat wäre zu warten, bis sich diese kleine Kurserholung wieder gelegt hat. Was sie bestimmt tun wird.»

«Kyle, die Kurse gehen wieder hoch. Ganz hoch. Morgen früh, etwa um zehn Uhr Ihrer Zeit. Ich habe gerade mit einem Cop geredet, der hier an der Quelle sitzt.»

«Ein Cop? Dolores, machen Sie Witze? Sie wollen fast eine halbe Million Dollar auf das setzen, was Ihnen irgendein Cop erzählt?»

«Er ist der Polizeiverhandler, Kyle. Er hat mir gesagt, dass es einen Deal mit den Geiselnehmern gibt und dass die Geiseln morgen früh freikommen. Er hat sogar selbst Aktien gekauft. Er ist sich ganz sicher, dass die Sache morgen früh um zehn Uhr Ihrer Zeit ausgestanden ist.»

«So lob ich mir meine Dolores», schmunzelte Liebermann. «Was dagegen, dass ich mir auch ein Stück vom Kuchen abschneide?»

«Nicht das Geringste. Aber tun Sie's unauffällig. Hier geht's um ein schnelles In-and-out. Einmal im Leben will ich verkaufen, wenn alle anderen kaufen.»

«ICH GLAUB'S nicht», sagte Wallenberg.

«Ich auch nicht», sagte Scott Jordan.

«Nur nochmal verständnishalber», sagte Volovsky. «Sie meinen, in einem bestimmten Sedierungsstadium wirkt dieses Zeug wie eine Wahrheitsdroge?»

«Ganz genau», sagte Eve. «Man brauchte Ihnen nicht mal Fragen zu stellen. Die Droge scheint den Betreffenden dazu zu treiben, ohne jeden äußeren Stimulus seine innersten Geheimnisse preiszugeben. Wir haben Sie alle dabei gefilmt, wie Sie reden, ziemlich normal, etwa so, wie ich jetzt mit Ihnen rede, haben dann die Ergebnisse auf ein paar DVDs gepackt und am Sonntagmorgen per Post losgeschickt.»

«Zu welchem Zweck?», fragte Shapira.

«Nennen Sie's eine Versicherungspolice. Für den Fall, dass unser Futures-Plan nicht klappt. Das ist das ultimative Megamovie-Video.» Sie erinnerte sich, wie es Clarenco beschrieben hatte, und setzte hinzu: «Der Stein von Rosetta des Insider-Wissens. All Ihre schmutzigen kleinen Geheimnisse, geschäftlicher wie privater Natur. Takeovers, Fusionen, Affären, Geheimkonten, Schmiergelder, üble Tricks, wir haben alles. Wir brauchten einfach nur abzuräumen.»

«Ich glaub's immer noch nicht», sagte Wallenberg fassungslos. «Das kann doch nicht sein.»

«Oh, doch, es ist so. Ich frage mich, was manche dieser Informationen Ihren Konkurrenten wert wären. Milliarden vermutlich.»

«Bringen Sie Beweise», sagte Jordan.

«Gern. Aber ich denke doch, dass ich das lieber im Einzelgespräch tun sollte, oder? Wenn jeder mithört, ist die Information ja wohl nicht mehr viel wert.» Den Blick noch immer auf Scott Jordan gerichtet, machte Eve eine Kopfbewegung zum äußersten Ende der Bibliothek hin. Dort erklärte sie Jordan geduldig, inwiefern das GENE-I-USA-«Intelligenz»-Gen, das er selbst gespendet hatte, durch seine Verwandtschaft mit Franz Stangl, dem Kommandanten von Treblinka, auf höchst geschäftsschädigende Weise kompromittiert war.

Kaum dass sie das ausgesprochen hatte, lief Jordans Gesicht so hochrot an, als hätte sie ihm rechts und links eine geknallt.

«Woher haben Sie das?», sagte er so laut, dass es jeder in der Bibliothek hören konnte.

«Von Ihnen», sagte Eve.

Jordan sah sie einen Moment lang angewidert an und stapfte dann rasch davon, sehr zu Volovskys Erheiterung. Wallenberg hingegen folgte dem Jüngeren besorgt zu dem edlen, wenn auch ziemlich unbequemen Eichenholzstuhl, auf dem er sich niedergelassen hatte. Er legte Jordan väterlich die Hand auf die Schulter und fragte:

«Und? Hat sie?»

«Hat sie was?»

«Beweise gebracht?»

«Ja», sagte Jordan gereizt. «Ja, ja.»

«Wer möchte als Nächster?», fragte Eve, der Jordan Leid tat. In der Hast, ihre scheinbare Allwissenheit an jemandem zu demonstrieren, hatte sie völlig vergessen, dass Jordan ja unter denen gewesen war, die zu ihren Gunsten gestimmt hatten. Als Zweiten würde sie gezielt jemanden herauspicken, der nicht für sie gewesen war. «Sie vielleicht, Mr. Sterne?»

«Ich? Ich habe keine nennenswerten Geheimnisse.»

Volovsky wieherte los. «Ach, kommen Sie, Rupe. Seien Sie nicht so ein Spielverderber. Vielleicht liest sie Ihnen ja auch aus der Hand.»

Sterne erhob sich achselzuckend aus dem Sessel, wo er, einen Kristallaschenbecher auf dem Schoß, eine Cohiba geraucht hatte, und kam augenscheinlich unbekümmert, ja, fast schon lässig auf Eve zu und folgte ihr ans andere Ende der Bibliothek.

«Das ist doch nur eine Scharade.»

«Ach, ja? Ich weiß alles über Sie und Ihr Telekommunikationskontinuum auf dem indischen Subkontinent», erklärte sie, obwohl sie keine Ahnung hatte, was so ein Kontinuum war, ob nun auf dem indischen Subkontinent oder anderswo. Sie wusste nur, was ihr Clarenco gesagt hatte: dass das hieß, dass eine Menge Leute, die für C-Squared in Florida arbeiteten, binnen achtzehn Monaten bis fünf Jahren ihren Job verlieren würden. «Ich wette, die Gewerkschaften in Jacksonville würden das liebend gern erfahren. Und das werden sie auch, wenn ich ins Gefängnis muss. Dafür sorge ich.»

«Miststück», fauchte er.

Langsam bekam Eve Spaß an der Sache. Zur Abrundung setzte sie noch hinzu: «So wie ich mich auch verpflichtet fühlen würde, ihre zukünftige Ehefrau Sheryl davon in Kenntnis zu setzen, dass sie bei der Hochzeit nächsten Monat einen Ehevertrag aus der Tasche zu ziehen gedenken, Mister Sterne.»

Sterne fluchte laut.

«Ich nehme das als ein Ja.»

Wütend feuerte Sterne seinen Aschenbecher in den Kamin, wo er an einem Paar vergoldeter Louis-XVI-Kaminböcke zerschellte.

«Bremsen Sie sich, Rupe», rief Wallenberg. «Das war ein Baccarat-Aschenbecher.»

«Schicken Sie mir die Rechnung.»

Eve sah sich um wie ein Zauberer auf der Suche nach einem Freiwilligen aus dem Publikum.

«Wie wär's mit Ihnen, Mr. Wallenberg?»

«Mir?»

«Ja, tun Sie nicht so erstaunt. Jeder hier im Raum hat etwas zu verbergen. Und Sie sind da wahrhaftig keine Ausnahme.»

«Ich weigere mich, Ihr Erpresserspiel mitzuspielen.»

«So nennen Sie's aber nicht, wenn Sie eins Ihrer Leveraged Buyouts vollziehen», sagte Eve. «Und wie heißt heutzutage das Bäh-Wort in der Personalpolitik? Erpressung durch Gegenangebote? Ich habe gehört, Sie hätten einen Ihrer leitenden Angestellten dahingehend manipuliert, sich für einen Top-Job bei Goldmans zu bewerben, nur damit Sie Goldmans austricksen konnten, weil die wieder von vorn suchen mussten, als sie ihren Mann gefunden zu haben glaubten.»

«Das ist eine verdammte Lüge», sagte Wallenberg und sah sich defensiv um. «Ich habe nichts dergleichen getan.»

«Wie auch immer, trotzdem sollten Sie jetzt Ihren Arsch hier herüber verfrachten, ehe ich den Leuten von dem neuen Deal erzähle, den Sie hier arrangiert haben.»

Die ganzen letzten Monate hatte Wallenberg versucht, einen freundschaftlichen Deal zwischen Vistacom und CarCharoDon einzufädeln. Ziel war es gewesen, dass Massingers Unternehmen Volovskys Geldfabrik von Filmstudio für zehn Milliarden Dollar kaufen sollte. Doch um das zu tun, musste Massinger mit dem weltgrößten Videoverleih-Unternehmen Megamovie fusionieren, das Allan Scott gehörte. Der Erwerb von CCD bedeutete für Vistacom voraussichtlich eine erhebliche Verschuldung, und Massinger brauchte eine Cash-Flow-Quelle, um die Kredite zu bedienen. Scott wollte unbedingt mit einsteigen und hatte sich bereit erklärt, für 1,75 Milliarden Vistacom-Stammaktien zu kaufen, um Massinger das Geldkapital zur Verfügung zu stellen, das er brauchte, um Volovskys Preis zu zahlen. Doch Volovsky glaubte mehr als zehn Milliarden für CCD kriegen zu können, und zu Beginn des Wochenendes war Wallenberg, der befunden hatte, dass es mit Massingers Deal nichts werden würde, darauf umgeschwenkt, Geheimgespräche zwischen Volovsky und dem Vorstandsvorsitzenden der Traycom Corporation, Henry Martin, zu arrangieren, und Letzterer hatte Volovsky erklärt, er sei bereit, zwölf Milliarden für CCD zu zahlen.

Diese Geheimgespräche auffliegen zu lassen – damit drohte Eve jetzt, als sie Wallenberg beiseite zog. Dessen Großspurigkeit sank in sich zusammen wie ein Setzling bei spätem Frost. «Sie haben mich überzeugt», sagte er rasch. «Vielleicht haben Sie ja doch Recht. Das mit dem Flughafen klingt gefährlich. Vielleicht sollten wir wirklich versuchen, selbst etwas für unser Entkommen zu tun. Meine Unterstützung haben Sie.»

«Meine Herren», sagte Eve. «Ich könnte mit jedem Einzelnen von Ihnen so weitermachen, aber damit vergeuden wir nur Zeit.»

«Ganz meine Meinung», sagte Massinger. «Obwohl ich zugeben muss, dass ich schon ein bisschen neugierig bin wegen Ihres neuen Deals, Cal.»

«Ich auch», bluffte Volovsky.

«Vielleicht sollte ich ab jetzt einfach etwas mehr Druck ausüben», sagte Eve. «Sagen wir mal, beim Nächsten, der sich mir in den Weg stellt, werde ich mich gezwungen sehen, seine intimen Angelegenheiten vor allen anderen auszubreiten. Ich hoffe, das ist deutlich genug. Also, ist da immer noch jemand, der glaubt, dass wir unser aller Schicksal in die Hände des FBI legen sollten? Oder habe ich Ihre volle Kooperation?»

Eve sah sich gelassen um.

«Was ist, Mr. Shapira? Sie hatten das letzte Mal einiges gegen meinen Vorschlag einzuwenden. Sollen wir unser Schicksal selbst in die Hand nehmen? So wie Sie es in Malysia getan haben, Sir? Ich würde meinen, Sie selbst haben uns doch bewiesen, dass das möglich ist. Ich muss gestehen, dass ich gerade auf Ihre Unterstützung gehofft habe. Wie heißt es doch in Ihrem Buch? ‹Wenn die Sanftmütigen das Erdreich besitzen werden, dann sollten sie bereit sein, mit allen Mitteln zu kämpfen, um es auch zu behalten.›»

«Das ist ja wohl kaum ein Geheimnis», sagte Shapira.

«Sind Sie bereit zu kämpfen, Sir?»

Shapira überlegte sich seine Antwort sehr sorgfältig. Konnte es wirklich sein, dass sie etwas über Amibel Sciences und Irani Research wusste? Vor zehn Jahren war geplant gewesen, dass die beiden Unternehmen fusionieren sollten, und zwar durch einen Eins-zu-eins-Aktientausch, was bedeutete, Amibel konnte jede eigene Aktie gegen eine Irani-Aktie eintauschen. Da die Amibel-Aktie bei $ 36,50 und die Irani-Aktie bei $ 26,50 stand, wäre den Irani-Aktionären durch den Deal ein Gewinn von $ 10 pro Aktie in den Schoß gefallen, der Amibelkurs aber wahrscheinlich zurückgegangen. Ein halbes Dutzend Risiko-Arbitrageure hatten die Fusion als todsichere Profitmöglichkeit betrachtet und Amibel leer verkauft, während sie mit Irani long gegangen waren. Shapira aber hatte Insider-Informationen über eine geheime Entscheidung des Irani-Vorstands gehabt, den Deal zurückzuweisen, und er war gegen den Trend mit Amibel long und mit Irani short gegangen. Als auf die Nachricht von dem geplatzten Deal hin der Amibel-Kurs auf $ 47,50 gestiegen war, hatte Shapira, der insgeheim über vier Millionen Amibel-Aktien gekauft hatte, einen Gewinn von achtzig Millionen Dollar gemacht. Das war die stinkendste Leiche in Shapiras finsterstem Keller, und die US-Aufsichtsbehörde hatte in der Sache elf Jahre lang erfolglos ermittelt. Konnte es wirklich sein, dass er dieser Frau gesagt hatte, wo der Schlüssel zu diesem Keller zu finden war: in einer Sonderprojekte-Akte namens «Sevruga» und auf einem Bankkonto in Liechtenstein?

«Ich bin immer dafür, dass Leute ihr Schicksal selbst in die Hand nehmen», sagte er vorsichtig. «Und, was immer das bringt, meine Unterstützung haben Sie. Bloß erwarten Sie bitte nicht von mir, dass ich jemanden erschlage oder erschieße. Ich bin jetzt siebzig und als Killer nicht mehr so zu gebrauchen.

Aber Sie haben Recht», fuhr er fort, «was die Malaysia-Sache angeht. Wenn ich da zu lange herumgesessen und nachgedacht hätte, wäre ich vermutlich immer noch dort.» Er zuckte die Achseln. «Wäre vielleicht besser als das hier. Das wird nur die Zeit erweisen. Aber ich habe keine Lust, auf dem Flughafen in eine Schießerei à la München hineinzugeraten. Wissen Sie, ich kannte einen der Israelis, die dort umkamen: Amitsur Shapira. Ein Verwandter von mir. Leichtathletiktrainer. Ich habe noch nie darüber geredet, aber ich erinnere mich an das, was 1972 dort passiert ist, als wäre es gestern gewesen.» Er zeigte mit dem Finger auf Eve. «Deshalb wollte ich vorhin nicht mit Ihnen kooperieren. Und glauben Sie nicht, ich würde jetzt kooperieren, weil ich wegen irgendetwas Angst hätte, was Sie über mich zu wissen glauben. Ich will Ihnen eins sagen, jeder Mensch, auch der schlechteste, hat ein Recht auf Unverletzlichkeit seiner Gewissenssphäre. Dieses Recht haben Sie verletzt. Noch ein gewaltsamer Übergriff, zu all den anderen Übergriffen. Wissen Sie, was Sie da getan haben, junge Dame? Sie sind mit einer Kamera in die menschliche Seele eingedrungen, um ihr obszönes Foto zu schießen.»

Im Stillen gab Eve ihm Recht: Auch sie hatte das, was Clarenco getan hatte, abstoßend gefunden, aber jetzt war keine Zeit für eine Moraldiskussion. Und sie hatte nicht vergessen, was ihr Don Volovsky gesagt hatte: dass sie sich nicht in die Defensive treiben lassen durfte, dass sie ihnen Angst machen musste.

«Mund halten», blaffte sie. «Das ist weder der Zeitpunkt

noch der Ort zum Debattieren. Sie wissen, was ich weiß, also lassen wir's dabei. Okay, alle mal herhören. Ich verrate Ihnen jetzt, wie wir hier herauskommen werden. Mr. Sarmenington? Dabei brauche ich Ihre Hilfe. Ich kann mich doch auf Ihre Kooperationsbereitschaft verlassen?»

Ford Sarmenington nickte energisch. «Natürlich», sagte er.

«Wenn Sie bitte mal alle etwas näher kommen würden? Mister Sarmenington, Sie müssen besonders genau hingucken, weil Sie das Ganze nämlich unter Ernstfallbedingungen machen werden. Meine Herren, passen Sie gut auf, ich zeige Ihnen jetzt einen simplen, aber ungemein wirkungsvollen Straßenzaubertrick.»

MIT DEM Bau des Atombunkers von Cloudcroft hatte Cal Wallenbergs Vater am 27. Dezember 1955 begonnen, einen Monat und zwei Tage, nachdem die Sowjetunion testhalber die erste Thermonuklearwaffe abgeworfen hatte. Der Bunker lag östlich des Hauses, dreißig Meter unter dem ersten Hole des Golfplatzes, und war über eine Treppe zu erreichen, die vom Weinkeller hinabführte. Von demselben Ingenieursteam entworfen, das auch den Greenbrier-Bunker in White Sulphur Springs, West Virginia, für den damaligen Präsidenten Eisenhower erbaut hatte, hätte der Bunker einem Atombombeneinschlag eine halbe Meile entfernt standhalten können. Er war groß genug, um ein Dutzend Menschen recht komfortabel zu beherbergen, und hatte einen eigenen Generator, Wassertanks, eine Luftfilteranlage, einen Verbrennungsofen für kontaminierten Müll, eine Küche und eine Vorratskammer mit Nahrungsmitteln und Getränken für drei Monate, alles von Fortnum & Mason in London geliefert, sowie einen Kinoraum. Die fünf Meter dicken Betonmauern hatten sogar *Faux-fenêtres* mit Holzrahmen und gemalten Neu-Mexico-Landschaftsszenen.

Calvin Wallenberg hatte die mit Faszination gemischte Atombombenangst seines Vaters immer schon geteilt, und auch nach dem Ende des Kalten Krieges hatte er den Bunker nicht aufgeben wollen, weil er sich sagte, dass es ja ebenso gut zu einem versehentlichen Atomkrieg kommen konnte. Und der Gedanke, dass Schurkenstaaten wie Libyen, der Irak und Nordkorea in den Besitz von Atomwaffen gelangen könnten, schmälerte auch nicht gerade seine Entschlossenheit, weiterhin über 100 000 Dollar pro Jahr für die Instandhaltung des Bunkers auszugeben. Das war eine der Aufgaben, mit denen Clarenco-Security betraut worden war, daher konnte Clarenco sein Team einigermaßen bei Laune halten, als die Wirkung des Benadryl, das sie alle am Vorabend unwissentlich zu sich genommen hatten, abgeklungen war.

«Im Küchenbereich sind jede Menge Nahrungsmittel und Wasser», erklärte er. «Es gibt Fernsehen und Radio, also machen Sie sich's gemütlich, denn wir werden hier nicht rauskommen, ehe nicht jemand diese Tür entriegelt.»

«Was ist das denn für ein Bunker, der von außen zu verriegeln ist?», fragte Pennac.

«Ach, er ist schon von innen zu verriegeln», sagte Clarenco. «Aber eben auch von außen. So hat Wallenberg das Ding hier hermetisch abgeschottet. Damit sich die Lebensmittel besser halten.»

«Alles, was der Mensch braucht», sagte King. «Nur eins nicht. Zigarren.»

«Ganz im Gegenteil», sagte Clarenco. «Zigarren sind in der Speisekammer.»

«Was ist mit der Luft?», fragte Ann Choy.

«Die Filteranlage kann die Luft hier drinnen alle fünfzehn Minuten erneuern. Außerdem lässt sich die Luft kühlen, heizen, ozonisieren, entozonisieren, befeuchten und entfeuchten.»

«Trotzdem», sagte Choy. «Ich wäre dankbar, wenn hier drinnen nicht geraucht würde.»

«Ich auch», sagte Bird. «Ich kriege so schon Platzangst.»

«Meiner Meinung nach gibt es keinen Grund zur Beunruhigung», sagte Clarenco.

«Sie haben gut reden», sagte Hogarth. «Sie sind tot.»

«Das sind Sam und Eve auch, wenn ich hier je wieder rauskomme», sagte Powers.

«Das können die beiden nicht allein gewesen sein», wandte Clarenco ein. «Ich schätze, sie haben sich mit ein paar Security-Leuten zusammengetan. Sam kann doch jederzeit aufgehört haben, denen das Betäubungsmittel zu verabreichen.»

«Vielleicht haben sie ja einfach kalte Füße gekriegt», sagte Busiek. «Wer weiß schon, ob nicht als Nächstes das FBI durch die Tür da kommt.»

«Immer mit der Ruhe», sagte King. «Wenn sie wirklich die Bullen reingelassen hätten, dann wären die jetzt schon hier unten, und Sie wären auf dem Weg nach Cibola.»

«Was ist in Cibola?»

«Bundesgefängnis. Nein, ich schätze, Bob liegt richtig. Die beiden Flittchen müssen sich mit welchen von diesen Security-Wichsern zusammengetan haben. Anders hätten sie uns ja auch gar nicht hier runtertragen können. In dem Fall sind sie wohl doch alle auf das Geld in dem Flugzeug aus.» King sah Clarenco fragend an, und dieser nickte.

«So sehe ich's auch.»

Doch noch während er das sagte, flackerte das Licht wie bei einem Gewitter, erlosch dann und tauchte den Bunker in ein Dunkel, das sie fast schon auf der Zunge spüren konnten.

«Sie und Ihre große Klappe», sagte Pennac. «Jetzt sehen wir gar nichts mehr.»

King griff in seine Sacko-Innentasche und zog sein Feuerzeug hervor. Wenig später verteilten er und Clarenco Taschenlampen.

«Versteht jemand was von Elektrik?», fragte Clarenco.

«Ich wohl», sagte Pennac.

«Kommen Sie, wir gucken mal nach dem Generator.»

Im Generatorraum neben der Küche kniete sich Pennac neben einen alten Weber und öffnete das Alugehäuse. Er brauchte nur zwei, drei Minuten, um festzustellen, was los war.

«Dürfte kein Problem sein», sagte er. «Er hat nur kein Diesel mehr.»

Clarenco fluchte leise. «Ferguson hat mir gesagt, er würde ihn am Samstag auftanken», erklärte er.

«Aber am Samstag lag er doch auf dem Fußboden im Essraum, oder?»

«Ja.»

«Dann sitzen wir jetzt wohl im Dunkeln. Bis jemand nach uns gucken kommt jedenfalls. Wenigstens haben wir Essen und Wasser. Könnte schlimmer sein.»

«Ich fürchte, das stimmt nicht ganz», gestand Clarenco. «Dieser Bunker ist nämlich luftdicht. Die Luftfilteranlage ist stromgetrieben. Sie saugt saubere, gefilterte Luft an und stößt Kohlendioxid, Methan und so weiter aus. Wenn nicht innerhalb der nächsten zwölf bis vierzehn Stunden jemand beschließt, die Tür dort aufzumachen, haben wir gute Chancen, alle hier drinnen zu ersticken.»

ALS EVE ihrem Mann Brad – während ihrer gemeinsamen Zeit am Golf – das erste Mal begegnet war, hatte er ihr ein paar Zaubertricks gezeigt: Zuerst ließ er die Farbe der Spielkarte, an die sie gedacht hatte, auf der Haut seines Brustkorbs erscheinen, dann hieb er einen Salzstreuer einfach durch die Tischplatte, und als Letztes ließ er die von ihr gewählte Karte aus einem Kartenspiel verschwinden und in ihrer eigenen Brusttasche wieder auftauchen. Die Zauberei war einer der Gründe, warum sie sich in Brad verliebt hatte. Sie hatte an ihn glauben wollen, so wie sie an die Zauberei hatte glauben wollen. Und er kannte noch viele beeindruckende Tricks, die er guten Teils zur Belustigung der Gäste im Restaurant vorführte. Der Aschetrick, die vier Asse,

Rot und Schwarz, das war alles nicht schlecht, aber was die Leute wirklich umwarf, war der Levitationstrick, bei dem Brad tatsächlich ein paar Zentimeter überm Boden zu schweben schien. Wie Brad überhaupt immer hochkriegte, was er hochkriegen wollte. Eves Lieblingstrick war der allersimpelste gewesen, wenngleich dieser Trick mit am schwersten auszuführen war. Brad zeigte dabei seine Hände von beiden Seiten und zauberte dann einen Dollarschein aus seiner Faust wie aus dem Nichts. Dass Eve dieser Trick so gefiel, hatte mehr mit dem Mysterium des Geldes zu tun als mit dem der Zauberei. Geld hatte sie immer schon interessiert, wie das häufig bei Menschen der Fall ist, die keins haben. Schon als Kind hatte sie irgendwie geglaubt, dass sie eines Tages – wenn sie auch keine Ahnung hatte, wie – reich werden würde. Reich genug, um sich einige ihrer eingefrorenen Wünsche zu erfüllen – was ihr nicht die schlechteste Definition von Geld schien. Brads Kunststückchen, wie Gott aus nichts etwas zu erschaffen, hatte ihr nur bewusst gemacht, wie wenig die Menschen doch über das Geld wussten. Insofern war Geld ein bisschen wie Gott: einfach nicht zu verstehen – zumal die Leute, die es studiert hatten und zu verstehen behaupteten, sich hinter der Komplexität verschanzten, um nur ja nicht die Natur des Geldes allen anderen verständlich zu machen. Woher kam das Geld? Ayn Rands Buch enthielt eine Frage, die, so dachte Eve, nur wenige Menschen hätten beantworten können. «Sie glauben also, das Geld wäre die Wurzel allen Übels? Haben Sie je gefragt, was die Wurzel des Geldes ist?» Eve hatte keine Ahnung, und das Geld, das sie am Chicago Board of Trade zu machen hoffte, hätte Clarenco ebenso gut aus dem Ärmel eines seiner maßgeschneiderten Hemden hervorzaubern können.

Es hatte eine Zeit lang gedauert, bis sie erkannte, dass Brads nie erlahmendes Interesse für Zauberei dem Zweck diente, Frauen anzubaggern. Ihm vermutlich immer schon gedient hatte. Und etwa um die Zeit, als sie das erkannte, begann sie auch einige Tricks aus seinem Repertoire zu durchschauen. Und da hörte sie auf, an Brad zu glauben. Komisch, wie das einfach so passiert war. Fast als sei der Zauber seiner Person irgendwie an einen simplen Taschenspielertrick gebunden. So romantisch war es natürlich nicht, das war ihr klar, aber es schien doch keine schlechte Metapher.

Den ersten Trick hatte er ihr gezeigt, um sie abzulenken und zu beschwichtigen. Eve hatte ihn dabei erwischt, wie er einen zusammengefalteten Dollarschein das Dekolleté einer Frau rauf- und runterwandern ließ, als hätte er ein Eigenleben. Und sobald sie kapiert hatte, wie der Trick ging, war es ihr wichtiger gewesen, ihn selbst auszuführen, als Brad die Hölle heiß zu machen. Es war so simpel, und der Gedanke, dass sie sich so leicht hatte täuschen lassen, ärgerte sie sehr. Aber sie lernte noch andere Tricks.

Was sie allerdings nie lernte, war die Art, wie Brad seine Show abzog, wie er dabei redete, wie er einen Trick brachte, als wäre es gar kein Trick, und wie er so tat, als wäre er fast so verblüfft wie sein Publikum. Das war der eigentliche Zauber. Die Tricks waren nur ein Mittel, sich die Aufmerksamkeit einer Frau zu sichern, während er sie mit honigsüßen Worten umgarnte. Diesen Teil der Zauberei – das was sie «den Kokolores-Teil» des Zauberns nannte – lernte sie nie. Vielleicht ja aus demselben Grund, aus dem sie keinen Witz erzählen konnte. Sie hatte es immer viel zu eilig, zur Pointe zu kommen, so wie sie auch nie versuchte, einen Zaubertrick richtig an den Mann zu bringen. Manchmal fragte sie sich, ob das für die meisten Frauen galt und ob Komiker und Zauberer deshalb meist Männer waren, weil Männer einfach von Natur aus Kokolores redeten. Sie waren bessere Lügner, nicht nur gegenüber Frauen, die sie ins Bett kriegen wollten, sondern auch und vor allem sich selbst gegenüber.

Und doch wusste Eve, wenn sie diese Männer dazu bringen wollte, ihren Plan mitzutragen, dann musste sie den simplen Illusionstrick, auf den sich ihr Vorhaben stützen sollte, so verblüffend wie möglich rüberbringen. Sie musste größtmögliche Wirkung erzielen. «Zaubertricks als solche interessieren die Leute nicht», hatte ihr Brad einmal erklärt. «Es ist ihnen schnurz, wo im Stapel die Dame liegt. Sie wollen glauben können, dass es wirklich echt ist. Und dazu muss es möglichst wie richtige Zauberei wirken. Das hängt vor allem davon ab, was man dabei redet. Die eindrucksvollsten Tricks sind in Wirklichkeit meistens leicht. Zu was Besonderem werden sie nur durch das Drum und Dran.»

Eve sah Ford Sarmenington an. Schlank und sonnengebräunt, mit schütterem grauem Haar, Titanbrille und einem Koboldsgesicht wirkte er wie ein fit gebliebener Fünfundsechzigjähriger, aber Eve wusste, er hatte in den letzten zehn Jahren drei Herzinfarkte gehabt.

«Mr. Sarmenington. Sie sind doch herzkrank, stimmt's?»

«Ja.»

«Dann wissen Sie ja vermutlich, wie man jemandem den Puls fühlt.»

«Das sollte ich wohl inzwischen wissen. Hab's ja oft genug mit angesehen.»

«Was würden Sie sagen, wenn ich sagen würde, ich bin in der Lage, so vollkommene Kontrolle über meinen Körper zu üben, dass ich meinen Puls verlangsamen und schließlich ganz abstellen kann?»

«Der Puls ist nichts weiter als Blut, das vom Herzen durch die Arterien gepumpt wird. Keinen Puls zu haben hieße, dass das Herz nicht mehr schlägt. Also, um Ihre Frage zu beantworten, ich würde sagen, wenn Sie das könnten, wären Sie entweder tot oder eine sehr gute Zauberkünstlerin.»

«Genau.» Eve nahm ihre Armbanduhr ab und streckte ihm den Arm hin. «Würden Sie mir bitte den Puls fühlen, Sir?»

Sarmenington nahm ihr Handgelenk zwischen Daumen und Finger.

«Nur um zu prüfen, ob er da ist», erklärte sie.

Nach ein paar Sekunden nickte er. «Ja, ich fühle ihn. Schön

kräftig.» Er sah auf seine Armbanduhr. «Sechsunddreißig auf dreißig Sekunden. Macht zweiundsiebzig pro Minute. Etwa wie er sein sollte.»

«Okay, ich werde jetzt versuchen, meinen Herzschlag zu verlangsamen und schließlich ganz zum Erliegen zu bringen.» Sie kniff sich nachdenklich in die Nasenwurzel. «Ich muss mich konzentrieren.»

«Den Trick kenne ich aus dem Fernsehen», murmelte Volovsky.

Massinger machte «Psst», während Eve die Augen schloss und tief atmete wie beim Yoga.

Ein paar Sekunden darauf runzelte Sarmenington die Stirn. Dann guckte er verdutzt.

«Er ist einfach weg. Ich glaub's nicht. Das ist wirklich seltsam. Erst war er da, und jetzt ist er weg.»

«Mal sehen, ob ich ihn wieder in Gang bringen kann. Sonst habe ich wirklich ein Problem.» Eve holte tief Luft und atmete effekthalber laut aus.

«Jetzt ist er wieder da.» Sarmenington sah Volovsky an. «Ich habe das auch schon im Fernsehen gesehen, aber ich dachte immer, es wäre Schwindel.» Und zu Eve sagte er: «Wie machen Sie das?» Er grinste wie ein Schuljunge, und an seinem verwunderten Kopfschütteln konnte Eve ablesen, dass der Trick wirklich gut geklappt haben musste.

Das war eins von Brads Lieblingskunststückchen gewesen. Ein Mittel, Körperkontakt zu einem Mädchen herzustellen. Nach dem Pulstrick waren sie gewöhnlich zu allem bereit, was er vorschlug.

«Wie haben Sie das gemacht?»

«Sie werden mich vermutlich aus dem Magischen Zirkel ausschließen, wenn ich's verrate, aber ich werde es Ihnen zeigen.» Sie griff sich unters Hemd und sagte: «Ich hatte natürlich eine gewisse Mithilfe von Mr. Shapira.» Aus ihrer Achselhöhle förderte sie eine zusammengerollte Männersocke zutage.

«Hey, die suche ich schon die ganze Zeit.»

«Das ist alles?», sagte Sarmenington.

«Man klemmt sie unter den Arm», erklärte Eve. «Wenn einem jemand den Puls fühlt, wartet man, bis er ihn gefunden hat, und presst dann den Arm gegen den Brustkorb. Dadurch drückt der Sockenball auf eine Arterie im Arm und unterbricht die Blutzufuhr. Er wirkt wie eine Aderpresse und bringt den Puls zum Erliegen. Nach ein paar Sekunden lässt man langsam wieder locker, und das Blut fließt wieder. Kinderleicht, wenn man's auch nicht länger als fünfzehn Sekunden machen sollte.»

«Klingt wirklich einfach», bemerkte Sarmenington.

«Freut mich, dass Sie das sagen. Weil Sie es nämlich machen werden, Sir.»

«Ich?»

«Sie sind doch schließlich herzkrank. Wenn wir denen da draußen weismachen können, Sie hätten einen weiteren Herzinfarkt erlitten und Ihr Herz sei stehen geblieben, dann kriegen wir sie vielleicht dazu, uns eine tödliche Waffe auszuhändigen.»

«Eine Waffe?», fragte Shapira. «Was für eine Waffe?»

«Einen Defibrillator. Sie haben doch einen im Haus, Mr. Wallenberg?»

«Selbstverständlich.»

«Aber ein Defibrillator ist nicht dazu da, das Herz wieder in Gang zu bringen», wandte Sarmenington ein. «Das ist nicht wie im Fernsehen. Wenn auf dem EKG-Monitor nur noch eine gerade Linie ist, muss man entweder Herzmassage machen oder Spritzen geben. Der Defibrillator ist gegen Kammerflimmern. Er schockt das Herz einfach in einen normalen Rhythmus zurück, damit es wieder Blut durch den Körper pumpt.»

Eve dachte kurz nach: Sam war das bestimmt bekannt. «Das kann aber auch für uns arbeiten», sagte sie. «Stellen Sie sich doch mal vor, sie fühlt Ihnen den Puls, findet aber keinen. Dann legt sie Ihnen das Ohr auf die Brust und stellt fest, dass Ihr Herz noch schlägt. Was könnte anormaler sein?»

«Da kann ich Ihnen nicht widersprechen», sagte Sarmenington. «Aber ich müsste doch wenigstens krank aussehen. Alle sagen, bei meinen Herzinfarkten war ich richtig grau im Gesicht. Aschfahl. Wenn wir nur irgendwie meine Gesichtsfarbe verändern könnten.»

«Ich glaube, da kann ich Ihnen helfen», sagte Shapira, zog ein Buch aus dem Regal und pustete Staub von der oberen Schnittkante. «Puder», erklärte er.

«Das könnte gehen», sagte Eve.

«Moment mal», sagte Volovsky. «Sie haben vor, einem von denen einen Stromstoß durch die Brust zu jagen? Um ihn auszuschalten? Verstehe ich das richtig?»

«Absolut richtig.»

«Aber wenn sie nun zu zweit sind? Und wenn der andere bewaffnet ist? Vielleicht mag er's ja nicht, wenn Sie mit seinem Kumpel Emergency Room spielen.»

«Das stimmt.» Eve ging zur Bibliothekstür und wieder zurück, versuchte sich den Ablauf auszumalen. «Mal sehen. Sie kommen rein. Sam – sie ist die Krankenschwester. Sie wird sich bei Mr. Sarmenington hinknien, hier. Wo auch ich stehe. Der Typ an der Tür wird wahrscheinlich allen sagen, sie sollen zurücktreten.» Sie ging mehrfach zur Tür und wieder zurück, blieb schließlich neben einem dreifüßigen Mahagonitischchen stehen. «Es ist zu weit, um ihn zu überrumpeln.»

Laurenson nahm eine handliche Mark-Twain-Bronzebüste vom Kaminsims und wog sie prüfend in der Hand.

«Ich habe mal Baseball gespielt», sagte er. «Ich könnte ihm das Ding hier an den Kopf werfen. Es wiegt bestimmt zwei, drei Pfund. Wenn er den vom Herzinfarkt gefällten Ford begafft, achtet er vielleicht nicht weiter drauf, was ich in der Hand habe.»

Volovsky nahm eine Whitman-Büste vom selben Kaminsims. «Wenn wir's beide gemeinsam versuchen –», sagte er.

«Das wäre mal was ganz Neues», bemerkte Allan Scott.

«– wäre die Chance, ihn zu treffen, doppelt so hoch.»

Die beiden Erzfeinde sahen sich einen Moment lang an und nickten dann, als hätten sie sich im Stillen geeinigt, ihre Differenzen erst mal hintanzustellen.

«Ich mochte Whitman sowieso nie besonders», sagte Volovsky.

Eve nickte. «Werfen Sie nur nicht daneben. Es wäre mir schrecklich, mit ansehen zu müssen, wie Whitman und Twain auf jemanden gar keine Wirkung haben.»

SEIT SAM mit Ferguson und den drei Security-Leuten das Kommando übernommen hatte, waren die übrigen Wachleute nicht mehr sediert worden. Sie waren immer noch im Personalspeiseraum eingesperrt und verlangten lautstark, herausgelassen zu werden. Auch Fiona Lovatt und Cadence Kiam waren mittlerweile wach und in ihren Zimmern eingeschlossen. Sam hatte einfach keine Zeit, sie weiter unter Drogen zu setzen. Die meisten dieser Gefangenen hatten seit Freitag nichts mehr gegessen und machten immer mehr Rabbatz, je größer ihr Hunger wurde. Ferguson wollte das zunächst einfach ignorieren, aber nach und nach konnte Sam ihn davon überzeugen, dass es doch in ihrer aller Interesse wäre, den Geiseln Sandwichs zu geben.

«Das ist doch hier kein gottverdammtes Picknick», knurrte Ferguson. «Wer hat denn Zeit, Sandwichs zu machen?»

«Ich dachte, Fiona könnte das übernehmen», sagte Sam, die einen Vorwand suchte, nach Fiona zu sehen.

«Hm, ich hätte auch nichts gegen was zu essen, jetzt, wo Sie's sagen», gestand Ferguson. «Na, gut. Aber nehmen Sie Ballard mit. Und um die Leute im Bunker brauchen Sie sich nicht zu kümmern. Da unten ist jede Menge zu essen und zu trinken. Genug für drei Monate. Denen geht's wahrscheinlich besser als uns.»

Also blieb er im Kontrollzentrum, während Sam und Ballard Fiona holen gingen. Wallenbergs persönliche Assistentin hatte keinerlei Ambitionen, Widerstand zu leisten, und als sie sie in die Küche brachten, begann sie, von Sam und Ballard mit schussbereitem Gewehr bewacht, still und brav mit der Zubereitung mehrerer Dutzend Sandwichs. Doch die Alltäglichkeit dieses Tuns animierte sie bald zum Reden, zunächst nur über Küchenthemen – Sandwichbeläge, Würzzutaten, Senfsorten, Dressings, Salatbeigaben – und erst als Ballard eins der Sandwichs mit Genuss verspeist hatte, wagte es Fiona Lovatt, sich nach dem Befinden ihres Chefs zu erkundigen.

«Dem geht's gut», sagte Sam. «Allen geht es gut.» Sie sah keinen Sinn darin, Clarencos Pseudo-Hinrichtung zu erwähnen oder ein Wort darüber zu verlieren, dass die ursprünglichen Geiselnehmer jetzt hinter Schloss und Riegel saßen. «Wenn alle die Ruhe bewahren, kommen wir hier auch alle heil raus.»

«Meinen Sie wirklich?»

«Klar», sagte Sam. «Warum nicht? Wir halten doch alle Trümpfe in der Hand. Einundzwanzig Stück, genau gesagt. Wer würde schon gegen ein solches Blatt etwas riskieren?»

Fiona schüttelte den Kopf.

«Was ist?»

«Ich dachte nur, dass das so eine uramerikanische Szene ist», sagte Fiona. «Leute mit Schusswaffen, in einem Haus verschanzt und von anderen Leuten mit Schusswaffen umstellt. Darin verdichtet sich doch die gesamte Geschichte dieses Landes, oder? Ich meine, in jedem Western kommt doch so eine Szene vor. So à la *The Alamo*.»

Fiona schüttelte wieder den Kopf und sagte, an niemand Bestimmten adressiert: «Wenn die Schusswaffen nicht wären, ließe es sich hier wirklich ganz gut leben.» Ihr Kopfschütteln wurde jetzt grimmiger. «Ach, was rede ich von Leuten? Es sind nicht Leute mit Schusswaffen. Es sind Männer. Dieser ganze Quatsch, von wegen dass nicht Schusswaffen Menschen töten, sondern

Menschen? Blödsinn. Es sind nicht Menschen, die Menschen töten. Es sind Männer, Männer mit Schusswaffen.»

«Ich habe ein Gewehr», sagte Sam. «Ich fand Gewehre immer schon irgendwie toll.»

Fiona warf einen misstrauischen Blick auf Sam und auf das Gewehr in ihrer Armbeuge, nicht ahnend, wie angetan diese Frau von ihr war. Sie wollte zuerst etwas Gehässiges antworten, verkniff es sich dann aber angesichts der Waffe – eine Entscheidung, über die sie noch froh sein sollte.

NICK PENNAC hörte auf, mit dem Schraubenschlüssel, den er im Generatorgehäuse gefunden hatte, SOS an die Bunkertür zu hämmern.

«Jetzt weiß ich, wie sich die Jungs in dem russischen U-Boot gefühlt haben müssen», brummelte er ins Dunkel.

«Netter Gedanke», sagte eine Stimme. «Danke, dass Sie ihn uns mitgeteilt haben.»

«Ist doch nur Zeitverschwendung», sagte jemand anders. «Das hört doch keiner.»

«Fällt Ihnen was Besseres ein?»

«Außerdem», fuhr Bob Clarenco fort, «verschwenden Sie Atemluft. Das gilt für uns alle. Wir sollten einfach nur daliegen und gar nichts sagen. Dann produzieren wir am wenigsten Kohlendioxid.»

«Kursk», sagte Pennac. «So hieß das russische U-Boot, jetzt weiß ich's wieder.»

«Mr. Clarenco hat Recht.» Das war Bill King. «Wir müssen Ruhe bewahren. Also, aus meiner Sicht könnte es für Sie alle viel schlimmer sein. Überlegen Sie mal. Ich hätte ja auch eine Zigarre rauchen können.»

Danach sagte niemand mehr etwas. Sie lagen einfach nur reglos da und versuchten, nicht drüber nachzudenken, wie viel oder wie wenig Atemluft noch im Bunker war.

Bob Clarenco lächelte vor sich hin. Erschossen zu werden, dieses Risiko hatte er bei der Planung des Unternehmens einkalkuliert. Aber irgendwie hatte er nicht im Traum damit gerechnet, an einem scheinbar so sicheren Ort wie in einem Atombunker zu sterben.

Er wusste kaum etwas drüber, wie es sich anfühlte zu ersticken. War es so, dass man einfach aufhörte zu atmen? Oder war es, wie stranguliert zu werden? Würden sie alle in Panik geraten, wenn die Luft knapp wurde?

Aber so weit würde es nicht kommen. Zu Wallenbergs Vorbereitungen auf den atomaren Ernstfall hatten auch chemische Selbstmordmittel gehört – wenn es die Welt draußen nicht mehr gab, wozu dann noch überleben? Irgendwo in der Küche war ein Karton mit einem Dutzend Injektionsspritzen und genügend Kaliumchlorid, um die Insassen sämtlicher Todeszellen in Texas ins Jenseits zu befördern. Bei der Hinrichtung per Todesspritze wurde nämlich Kaliumchlorid verabreicht, um den Herzstillstand herbeizuführen.

Clarenco hatte vor zwei Jahren in dieser Frage äußerst sorgfältig für Wallenberg recherchiert und dabei erfahren, dass Kaliumchlorid nicht nur die letzte der drei Hinrichtungsspritzen war, sondern auch das Mittel der Wahl, wenn Ärzte oder Krankenschwestern Selbstmord begehen wollten. Es wirkte hundertprozentig sicher.

Bereits jetzt war die Luft feucht und abgestanden, wie gerade von jemand anderem ausgeatmet – so wie die Luft in der Economy-Class nach einem Zwölf-Stunden-Flug von Los Angeles nach London.

Clarenco erinnerte sich vage, wie das gewesen war.

In seiner Studentenzeit.

Er versuchte, sich noch an andere Dinge aus diesen längst vergangenen Tagen zu erinnern und schlief schließlich ein.

EVE HIELT es für das Beste, alles für Sarmeningtons Herzanfall präpariert zu haben, und so saß, als die Bibliothekstür aufging und Fiona Lovatt mit einem Riesentablett voller Sandwichs hereinkam, Sarmenington bereits in einem Sessel, das Gesicht grau von Bücherstaub, und tat so, als ginge es ihm sehr schlecht. Fiona machte eine Kinnbewegung zu Ballard hinüber, der, das Gewehr im Anschlag, in der Tür stand, und sagte:

«Mister Sarmenington. Es geht ihm gar nicht gut. Er ist herzkrank, also sollten Sie wohl besser Samantha holen. Die ist doch Krankenschwester.»

Noch während sie das sagte, krallte Sarmenington die Hand in Brust und Oberarm, als hätte ihn plötzlich ein höllischer Schmerz überfallen. Dann wurde er ganz steif.

«Himmel», rief Fiona und ließ beinah das Tablett fallen. «Ich glaube, er hat einen Herzanfall.»

Sarmeningtons ganzer Körper zuckte wie von einem Stromschlag. Dann glitt er zu Boden, und Fiona kniete sich neben ihn, nahm sein Handgelenk und fühlte nach seinem Puls. Sie schüttelte den Kopf.

«Ich finde keinen Puls. Moment, da ist er. Jetzt ist er wieder weg. Oh, Gott, er ist ganz chaotisch.» Sie sah Ballard ängstlich an. «Er hat einen Herzinfarkt. Wir müssen den Defibrillator aus dem Erste-Hilfe-Raum holen.»

Ballard starrte den am Boden liegenden Mann an, dann Fiona. «Wie sieht der aus? Dieser Defibrillator?»

Fiona schüttelte den Kopf, während sie sich zu erinnern versuchte. «Wie ein Faxgerät», sagte sie. «Ach, ich weiß nicht.» Sie erhob sich. «Wir müssen uns beeilen, sonst stirbt er noch.»

Ballard winkte sie zu sich. «Zeigen Sie ihn mir», sagte er. Er zog sie hinaus, schloss dann die Tür von außen ab.

Eve starrte den noch immer reglos am Boden liegenden Mann fast schon ungläubig an, selbst unsicher, ob er nicht wirklich einen Herzstillstand erlitten hatte. Doch nach ein, zwei Sekunden öffnete Sarmenington ein Auge und fragte: «Sind sie weg?»

«Großer Gott, Ford», sagte Wallenberg. «Haben Sie mir einen Schrecken eingejagt.»

«Mir auch», gestand Shapira und atmete zittrig aus. «Einen Moment lang hab ich gedacht, es wäre echt.»

«Nicht so laut», rief Eve sie zur Ordnung. «Sie können jeden Moment wiederkommen.» Sie sah kopfschüttelnd auf Sarmenington herab. Er war fast so ein guter Schauspieler wie Bob Clarenco. «Das war hervorragend, Mr. Sarmenington. Wenn auch vom Timing her ein bisschen zu früh.»

Eve sah sich um und merkte, dass einige Milliardäre den Schock immer noch nicht ganz überwunden hatten. Sie dachte, dass nicht wenige von ihnen selbst in dem Alter waren, in dem die Angst vor dem Herzinfarkt stets präsent war. Gut, wenn sie nicht so aussahen, als wären sie darauf vorbereitet gewesen, befand sie.

Volovsky und Laurenson bezogen bereits ihre Positionen, die Bronzebüsten hinterm Rücken wie gestohlenes Naschwerk. Sie hatten sogar ein paar Wurfübungen mit zusammengerollten Socken gemacht, und Eve war jetzt klar, dass man mit Socken viel mehr anfangen konnte, als sie je gedacht hätte.

Wie sie auch nie gedacht hätte, dass sie jemals aktiv planen würde, einen Menschen zu töten oder ernsthaft zu verletzen. Bisher hatte sie immer, wenn sie sich die Frage stellte, befunden, dass sie vielleicht in Notwehr zurückschießen würde. Aber was sie jetzt vorhatte, kam ihr doch ziemlich anders vor. Das hier war, wie es in den Gesetzbüchern hieß, eine «vorsätzliche» Tat. Und der Vorsatz war, jemanden mit elektrischem Strom zu grillen. Und dann? Es schien ihr nicht gerade wahrscheinlich, dass Ferguson und die anderen widerstandslos aufgeben würden. Es konnte gut sein, dass sie jemanden erschießen musste oder selbst erschossen wurde. Eins war klar: Der Preis für die siebenhundertfünfzigtausend Dollar wurde immer höher. Aber was war die Alternative? Was Ferguson betraf, machte sie sich keine Illusionen. Selbst wenn er am Flughafen lebend davonkam und es schaffte, mit dem Geld loszufliegen, war er bestimmt nicht die Sorte Mensch, die Wort halten und Eve den verabredeten Anteil geben würde. Eher würde sie sich wohl ohne Fallschirm zwischen Himmel und Erde wiederfinden. Oder mit einer Kugel im Kopf, sobald sie dort waren, wo Ferguson hinwollte.

Als sie den Schlüssel im Schloss der Bibliothekstür hörte, tat ihr Herz einen wilden Satz, und Adrenalin schoss durch ihre Adern. Es fühlte sich an wie eine Miniversion dessen, was in Sams Körper vor sich gehen würde, sobald Eve ihr die Defibrillator-Paddles an die Brust halten würde.

Sarmenington sah sie an und zwinkerte. «Viel Glück», sagte er.

«Ihnen auch, Sir», sagte sie.

Ein Defibrillatorwägelchen vor sich herschiebend, kam Sam hereingeeilt, während Ballard an der Tür stehen blieb, eine Automatikpistole in der Hand. Eve sah ihn nicht an. Sarmenington auf dem Fußboden zuckte ein wenig wie eine an Land gezogene Forelle. Wieder wirkte er absolut überzeugend. Sam kniete sich hin, fühlte ihm den Puls und runzelte die Stirn. Eve stockte das Herz. Hatte Sam die Täuschung bereits durchschaut?

«Der Puls ist da und dann nicht da», sagte Sam und erhob sich. Sie steckte den Defibrillatorstecker ein und nahm dann eine Tube Kontaktgel von dem Wägelchen.

Sam kniete sich neben Sarmenington und riss ihm das Hemd auf. Wieder setzte Eves Herz aus. Sie sah schon fast den Rand der zusammengerollten Socke, die unter Sarmeningtons Achsel klemmte.

«Moment», sagte Eve. «Das kann ich machen.»

«Danke», sagte Sam. «Verschmieren Sie das Gel auf seiner Brust, damit es besser leitet.» Sie erhob sich und inspizierte die Paddles, was Eve Zeit gab, den Sockenball herauszuziehen und wegzuwerfen.

«Ist sein Herz ganz und gar stehen geblieben?», fragte sie,

während sie das kalte Gel auf Sarmeningtons Brustbeinregion verrieb.

«Nein. Sein Puls ist chaotisch, aber da. Was wohl heißt, dass sein Herz flimmert. Aber das werden wir genauer wissen, wenn wir die Paddles angesetzt haben. Die sind alles in einem, EKG-Elektroden, Defibrillator und Herzschrittmacher.»

Eve fragte sich, ob Sarmenington wohl panisch reagieren würde, wenn er die Paddles auf seiner Brust spürte. Wie sollte er auch anders reagieren? Sie wusste, sie musste etwas sagen, damit er nicht im Moment des Kontakts ausflippte und der ganze Schwindel aufflog. «Sie wollen ihm also die Paddles ansetzen, um ein EKG zu kriegen, und dann aufstehen und auf das Gerät gucken?»

«Ja, es sei denn, Sie wollen das Ablesen übernehmen.»

Das war die Gelegenheit, auf die sie gewartet hatte.

«Ich kenne mich damit nicht aus. Aber ich halte gern die Paddles.»

«Okay, aber ich setze Sie erst mal an. Das machen selbst Ärzte falsch, von den Leuten in Emergency Room ganz zu schweigen.» Sam kniete sich hin, nahm Eve die Paddles ab und schob sie auf dem Gel, das Sarmeningtons Brust bedeckte, umher. «Eins muss auf die rechte Brustkorbhälfte, diagonal zwischen rechter Brustwarze und Schlüsselbein. Das kriegen die meisten Leute richtig hin. Aber das andere kommt unter die linke Achsel. Da vertun sich fast alle. Die meisten setzen es direkt überm Herzen an. Mit dem Effekt, dass die meisten Patienten sterben. Okay, wischen Sie sich sicherheitshalber das Gel von den Händen.»

Eve wischte sich die Hände hinten an der Jeans ab und musterte Sarmenington ängstlich. Bestimmt würde er jetzt durchdrehen. Wenn sie die Paddles nur spüren würde, würde sie schon hochfahren und losschreien.

«Okay, so festhalten», befahl ihr Sam. «Aber kommen Sie um Himmels willen nicht an den Ein-Schalter. Das Gerät ist aufgeladen und funktionsbereit.»

Sam erhob sich wieder und ging den EKG-Monitor am Gerät inspizieren.

Eve sah zu Laurenson hinüber und nickte.

«Das ist wirklich verrückt», sagte Sam. «Der Puls war total unregelmäßig, aber der Herzschlag scheint ziemlich stetig. Nur viel zu schnell. Wir müssen ihn verlangsamen.»

Sam sah sich um, als sie einen Aufschrei und dann einen dumpfen Schlag hörte. Ballard kniete am Boden, und aus einer Wunde an seinem Kopf strömte Blut. Vor Sams Augen kam ein scheißhaufenartiger Gegenstand im Bogen angeflogen und traf Ballard an der Schulter, worauf ihm die Pistole aus der Hand fiel. Sam fluchte, griff nach ihrer eigenen Pistole im zugeknöpften Holster, sah in dem Moment die aufgeladenen Defibrillatorpaddles nur Zentimeter von ihrem Arm und ihrer Brust entfernt, schrak zurück wie vor etwas Aussatzbehaftetem und schrie entsetzt: «Nein, Eve, nicht.»

Eve berührte Sams Arm und Brust mit den Paddles und drückte gleichzeitig auf den Schalter, der 360 Joule in die Elektroden jagte. Der Kontakt war nicht doll, aber der Effekt glich dem Fausthieb eines guten Mittelgewichtlers und schleuderte Sam gegen die Wandtäfelung. Sie sackte zu Boden und rührte sich nicht mehr.

Nachdem sie den Defibrillator ausgeschaltet hatte, nahm Eve die Pistole aus Sams Holster und steckte sie hinten in den Bund ihrer Jeans. Während sie der Bewusstlosen den Puls fühlte, sah sie sich um und stellte fest, dass Massinger Ballard bereits die Waffe abgenommen hatte, während Ford Sarmenington aufrecht dasaß und Sam ängstlich musterte.

«Sie waren phantastisch, Mr. Sarmenington. Ich weiß nicht, wie Sie's geschafft haben, nicht auszurasten, als Sie die Paddles auf Ihrer Haut gespürt haben. Ich wäre durchgedreht.»

«Ist sie okay? Wäre mir wirklich schrecklich, wenn nicht. Schließlich wollte sie mir ja nur das Leben retten.»

Unter ihrem Daumen fühlte Eve den Hamsterherzschlag, der

Sams Puls war, so rasend, als schösse der elektrische Strom noch immer durch ihre Adern. Es war, als hätte sie in Sams Herz eben jene elektrische Fehlfunktion hervorgerufen, die der Defibrillator eigentlich beheben sollte.

«Ich weiß nicht.»

«Benutzen Sie das Gerät. Dazu ist es ja da.» Er stand auf und schaltete den Defibrillator wieder an. Dann kniete er sich neben Eve und öffnete Sams kugelsichere Weste.

«Ich habe sie im Krankenhaus das Ding so oft benutzen sehen, dass ich vermutlich ein Lehrbuch drüber schreiben könnte», sagte er und riss Sams Bluse auf, um ihre Brust freizulegen. Er nahm die Geltube vom Fußboden und fuhr fort: «Es ist nicht wie im Fernsehen. Wenn kein Herzschlag mehr da ist, machen sie eine Adrenalininjektion.» Er reichte Eve die Paddles. «Die hier werden uns sagen, ob ein zweiter Schock angebracht ist.»

«Sie meinen, wir müssen ihr womöglich noch einen Stromstoß verpassen?»

«Genau das meine ich. Drücken sie ihr die Paddles an die Brust, so wie vorhin bei mir, und ich lese ab.»

«Wozu die Mühe?», wollte Volovsky wissen. «Ich finde, sie ist selbst schuld.»

«Genau», knurrte jemand anders. «Soll doch abkratzen, das Miststück.»

Doch Ford Sarmenington ignorierte diese Stimmen und musterte den Monitor des Geräts. Sams Herzschlag sah aus wie eine Serie lang gezogener Vs. Er drückte den Schalter, um die Paddles aufzuladen. «Lädt», sagte er. «Sieht aus, als müssten wir sie doch ein bisschen stabilisieren. Das Gerät berechnet, wie viel Strom sie braucht. Halten Sie sich bereit, auf den Knopf zu drücken, wenn ich es sage.»

Das Aufladen ging schnell: von 2 auf 360 Joule in sieben Sekunden.

«Alle zurücktreten», sagte Sarmenington. «Jetzt.»

Wieder drückte Eve den Knopf am Paddle. Sams Körper

bäumte sich unter ihr auf und fiel dann auf den Teppich zurück.

«So, jetzt nochmal ablesen. Okay, es stabilisiert sich. Schon viel besser.» Sarmenington seufzte erleichtert auf. «Ich glaube, jetzt geht's wieder.»

Eve bedeckte Sams Brust wieder mit der Bluse und stand auf. Shapira war gerade dabei, Ballards Kopfwunde mit einem abgerissenen Ärmel von dessen Hemd zu verbinden.

«Wie geht's ihm?», fragte Eve.

«Er muss genäht werden», sagte Shapira. «Ist eine ganz ordentliche Platzwunde. Ich glaube, der wird uns erst mal keine Probleme mehr machen.»

Eve sah zu Massinger hinüber, der, die Pistole in der Hand, den Flur draußen vor der Bibliothek kontrollierte.

«Drei von denen gegen uns beide», sagte sie. «Trauen Sie sich das zu?»

Massinger zuckte die Achseln. «Klar. Aber wenn wir erst mal versuchen, zur Waffenkammer zu kommen, können wir die Ratio vielleicht verbessern.» Er sah die anderen Männer an. «Was ist? Will jemand mitkommen?»

«Ich komme mit», sagte Laurenson.

«Ich auch», sagte Volovsky, und als er etliche skeptische Blicke sah, setzte er hinzu: «Nein, wirklich, ich bin ganz gut im Tontaubenschießen.» Dann zeigte er auf Laurenson. «Und außerdem – was der kann, kann ich schon lange.»

«TOM? WO zum Teufel haben Sie gesteckt?», wollte Commander Dillon wissen, als Zander vom Frühstücken zurückkam.

«Ich habe Pause gemacht, Sir. Eine Stunde. Habe die ganze Nacht nicht geschlafen. Ich hatte es mit Lieutenant Everard geregelt. Er war der Verhandler, während ich weg war.»

«Stimmt, Sir», sagte Everard.

«Entschuldigung, Tom. Es macht mich nervös, wenn ich Sie nicht vor Ort sehe.»

«Danke, Sir.»

Inzwischen war es bereits ein weiterer sengend heißer Vormittag. Die drei State-Police-Beamten drängten sich im Schatten des Kleinbusses, nicht weit von FBI-SAC Murray Shaar, der in eine heftige Auseinandersetzung mit einer eleganten Brünetten in engem Rock und schlichter weißer Bluse verstrickt schien.

«Es hat sich einiges geändert, während Sie weg waren, das ist alles.»

«Ach, ja?»

«Sie wissen doch, das Team, das wir gestern aufs Gelände geschleust haben?»

Das hatte Zander in Wahrheit völlig vergessen, aber er nickte dennoch.

«Tja, es ist immer noch drin. Irgendwo auf dem Golfplatz. Unentdeckt. Was sagt Ihnen das?»

«Offensichtlich passen die Geiselnehmer nicht mehr so genau auf wie gestern», sagte Zander.

«Es rückt das Ganze in ein völlig neues Licht», fuhr Dillon fort. «Natürlich werden sie damit rechnen, dass die Feds irgendwas versuchen, sobald dieser Bus am Flughafen ist. Was heißen könnte, dass sie zumindest kurzfristig etwas leichtsinnig geworden sind. Vielleicht haben sie sich ja bis morgen früh aufs Ohr gelegt. Ich weiß nicht. Na, jedenfalls, Fazit ist: Ich habe die Sachlage mit dem Gouverneur besprochen, und er teilt meine Meinung, dass im Moment ein Angriff aufs Haus vielleicht mehr Chancen bietet, die Geiseln da unversehrt rauszuholen, als ein Angriff am Flughafen.»

«Da könnten Sie Recht haben, Sir», sagte Zander. Es besteht wohl kein Zweifel, dass das FBI zu irgendeiner Art von Action entschlossen ist. Sie scheinen gar nicht zu hören, was wir sagen. Wegen der elektronischen Armbänder und der geschwärzten Busfenster und der gleichen Kleidung, die sie alle anhaben werden. Die glauben, dass sie's trotzdem schaffen, die Geiseln da irgendwie rauszuhauen.» Er zuckte die Achseln. «Aber wie ich's sehe, schaffen sie's nur, dass am Ende alle tot sind.»

«So sehe ich's auch, Sir», sagte Everard. «Also gehen wir heute Nacht rein.»

IM BUNKER war es still, und nur gelegentliches Husten erinnerte Bob Clarenco daran, dass er nicht allein in dem schrecklichen, mattschwarzen Dunkel war – denn sie waren übereingekommen, die Taschenlampenbatterien für den Notfall aufzusparen, worin auch immer der bestehen mochte. Clarenco konnte sich kaum vorstellen, dass es noch schlimmer kam als jetzt. Der einzige Trost war, dass er sie nicht angucken, nicht ihre vorwurfsvollen Blicke sehen musste. Es war alles seine Schuld. Ohne seine Gier und seine verrückte Idee wäre jetzt keiner von ihnen hier.

Er lag in seiner Koje und versuchte, den schädelsprengenden Kopfschmerz zu ignorieren. Inzwischen war ihm klar, dass sie nicht an Sauerstoffmangel sterben würden, sondern an einem Übermaß an Kohlendioxid: Ihre eigene, immer mühsamer werdende Atmung würde sie alle vergiften. Er konnte schon nicht mehr klar denken. Er fühlte sich wie ein angeschlagener Boxer. Dann wieder war ihm übel. Bestimmt würde doch wenigstens jemand nachsehen kommen, ob sie nicht zu fliehen versuchten.

Es juckte ihn an der Nase, und als er sich kratzen wollte, stellte er fast schon schockiert fest, dass er danebengelangt hatte und sich stattdessen am Mund kratzte. Seine Koordination ließ nach. War das auch ein Symptom von Kohlendioxidvergiftung? Oder kam es einfach nur von der Kälte? Selbst in dem Schlafsack, in dem er sich verkrochen hatte, zitterte er. Aber das war okay. Zum Zittern brauchte man Energie. Sein Körper versuchte nur, seinen Stoffwechsel anzukurbeln. Beunruhigend würde es erst sein, wenn er nicht mehr zitterte: Dann würde sein Körper auskühlen, sein Herzschlag langsamer werden. Es zeichnete sich jetzt schon ab, dass sie die Kaliumchloridspritzen nicht brauchen würden. Der Tod würde darin bestehen, immer verwirrter zu werden und schließlich einzuschlafen. Wie ein Greis. Es gab schlimmere Arten zu sterben. Er sah auf das Leuchtzifferblatt seiner Uhr. Neun Uhr. Lange würde es nicht mehr gehen.

FERGUSON WAR mit Fiona Lovatt auf dem Weg zur Bibliothek, um nach Ford Sarmenington zu sehen, als er plötzlich Eve, Massinger und vielleicht noch ein, zwei andere Gestalten um die Ecke in den Flur verschwinden sah, der zur Waffenkammer führte. Eve hatte eine Pistole in der Hand gehabt, und Ferguson erriet sofort, dass der Herzinfarkt nur ein Trick gewesen war und Sam und Ballard überwältigt worden sein mussten.

Die Waffenkammer war nur ein paar Meter von dem Punkt, an dem er sie gesehen hatte. Sie würden schon an Waffen gekommen sein, ehe er auch dort hingelangen oder aber Baker und Rusby holen konnte. Und dann? Eine Schießerei? Nicht sehr viel versprechend. Von den Optionen, die er hatte, schien nur eine die Chance zu beinhalten, doch noch an das Geld zu kommen. Die übrigen Geiseln. Ohne die hatte er gar nichts. Mit ihnen hatte er immerhin ein gewisses Druckmittel.

Ferguson zog seine Pistole und rannte, Fiona mitziehend, zur Bibliothek, wo er noch schnell die Schlüssel aus den Schlössern außen an den beiden Türen zog. Im Hineinstürmen schoss er einmal in die Decke, schloss dann die Tür hinter sich ab, wandte sich den Geiseln zu und schwenkte seine Pistole wie eine Platzanweiserin ihre Taschenlampe.

«Zurück», blaffte er. «Weg von der Tür. Ich schätze, ich kann ruhig zwei, drei von Ihnen erschießen und trotzdem das Lösegeld kassieren.»

Mit von Enttäuschung gezeichneten Gesichtern trotteten die verbliebenen Milliardäre in Richtung Kamin.

Ferguson sah zu Ballard hinüber, der mit einem Kopfverband in einem Sessel saß, und dann zu Sam, die immer noch bewusstlos auf dem Boden lag. Ferguson grinste grimmig. Ballard war bleich und sah aus, als gehörte er ins Krankenhaus. Aber Sam? Würde sie wieder so weit auf die Beine kommen, dass sie ihm irgendwie von Nutzen sein konnte?

«Hier war ja anscheinend ganz schön was los», sagte er. Und dann zu Ford Sarmenington: «Und Sie. Sie scheinen ja eine Wunderheilung erfahren zu haben. Wirklich sehr erstaunlich. Was nützt einem alles Geld der Welt, wenn die Gesundheit nicht mitspielt, sage ich immer.» Er deutete mit einer Kopfbewegung auf Sam. «Was ist mit ihr?»

«Elektrischer Schlag. Eve hat ihr mit dem Defibrillator eine Ladung Strom verpasst. Ich glaube, sie wird wieder. Aber wir mussten ihr noch einen Schock verabreichen, um ihr Herz wieder zu stabilisieren.»

«Verstehe. Einen Schock, was? Mal sehen, wie Ihnen das gefällt. Geben Sie Ihre Medikamente her.» Als Sarmenington zögerte, richtete Ferguson die Waffe auf ihn. «Los, her damit.»

Sarmenington gab ihm seine Medikamentenfläschchen, was Ferguson ein sarkastisches Grinsen entlockte.

«Sagen Sie Bescheid, wenn Ihnen unwohl wird, Mr. Sarmenington.»

Wallenberg trat vor. Als Fergusons Arbeitgeber fühlte er sich verpflichtet, wenigstens zu versuchen, den Mann zur Vernunft zu bringen.

«Ferguson? Legen Sie doch die Pistole weg und lassen Sie uns alle frei. Damit kommen Sie ja doch nicht durch.»

«Ich fürchte, das geht nicht, Mr. Wallenberg.»

«Warum machen Sie das?»

«Warum? Man sollte doch denken, das wäre offensichtlich. Vor allem für Sie. Schließlich sind Sie doch der Mann, der

Forbes mal erklärt hat, im Kapitalismus sei jede Form, Geld zu machen, legitim. Das hab ich nie vergessen.»

«Sie reißen meine Äußerung aus dem Zusammenhang. So habe ich das nie gemeint.»

«Na ja, dann könnte man vielleicht sagen, ich habe aus rein finanziellen Gründen befunden, dass Reichsein besser ist als Armsein. Wie viele Erklärungen wollen Sie noch? Jetzt setzen Sie sich hin und verhalten Sie sich still, wie ein wohlerzogener Gentleman, oder Ihre Anwälte werden morgen Ihr Testament eröffnen.

Das gilt für Sie alle. Bleiben Sie ruhig, nehmen Sie's nicht persönlich und denken Sie dran, dass das alles Ihre Schuld ist. Wenn Sie nicht so riesige Gewinne machen würden, dann würden wir jetzt hier keine Geschäfte machen.»

EVE, MASSINGER, Laurenson und Volovsky waren gerade dabei, in der Waffenkammer Büchsen und Flinten zu laden, als sie den Schuss hörten. Sie rannten sofort zur Bibliothek zurück und stießen auf Rusby und Baker, die nur Sekunden vor ihnen angekommen waren und ängstlich an die Tür hämmerten.

Eve lud die Mossberg-Repetierflinte durch, die sie jetzt bei sich hatte, und das Geräusch veranlasste die beiden Männer prompt, ihre Pistolen fallen zu lassen und die Hände zu heben. Doch als Eve sah, dass die Bibliothekstüren abgeschlossen waren und beide Schlüssel fehlten, befürchtete sie das Schlimmste.

«Wo ist Ferguson?», fragte sie die beiden.

«Da drin vermutlich», sagte Baker. «Er wollte nachsehen, wie Sam mit dem Typen mit dem Herzinfarkt klarkam.»

«Mr. Laurenson?», sagte Eve. «Könnten Sie bitte zur Webcam gehen und die Handschellen holen, mit denen Sie und Mr. Massinger gefesselt waren?»

Laurenson ging und kam gleich darauf mit zwei Paar Handschellen zurück, und sobald Baker und Rusby sicher aneinander gekettet waren, um eine lebensgroße bronzene Frauenstatue von Gaston Lachaise herum, ging sie an eine der Bibliothekstüren und klopfte fast schon höflich an.

«Ferguson? Sind Sie da drin?»

«Ich höre Sie», sagte er.

«Was ist da drinnen los?»

«Na ja, es ist so, ich habe Ihre Geiseln als Geiseln genommen. Und wenn Sie nicht tun, was ich sage, dann erschieße ich sie eine nach der anderen.»

«Und was genau wollen Sie?» Hätte sie es mit jemand anderem als Ferguson zu tun gehabt, hätte sie es zum Schreien komisch gefunden, um die Unversehrtheit ihrer eigenen Geiseln verhandeln zu müssen.

«In fünf Minuten mache ich diese Tür auf. Ich habe Fiona Lovatt als menschlichen Schutzschild vor mir, also rate ich Ihnen, nicht zu schießen. Wenn Sie alle vier unbewaffnet hier hereinmarschieren, lasse ich sie am Leben. Wenn nicht, werde ich gezwungen sein, sie zu töten und im Anschluss noch so viele andere, wie ich erschießen kann, ehe Sie mich erschießen. Meine Pistole hat ein Doppelmagazin. Ich schätze, ich komme bestimmt auf ein halbes Dutzend, ehe Sie mich umlegen.»

«Und was dann?»

«Dann fahren wir zum Flughafen. Wie geplant. Mr. Sarmenington meint, Sam kommt wieder auf die Beine. Also sehe ich keinen Grund, warum wir's nicht so machen sollten, wie wir's vorhatten. Sie eingeschlossen.»

«Hören Sie, Ferguson. Selbst wenn Sam rechtzeitig wieder auf die Beine kommt, können Sie doch mit Ballard im Moment bestimmt nicht viel anfangen. Und drei Leute können das unmöglich schaffen.»

«Da haben Sie Recht. Also werde ich wohl noch ein paar Mann von der Security mit dazunehmen. Oder vielleicht sogar ein paar von Ihren Leuten. Aber versuchen Sie nicht, mit mir zu feilschen, Werteste. Sagen Sie mir einfach nur, ob unser Deal noch steht oder nicht. Sie haben fünf Minuten Bedenkzeit. Fünf Minuten, dann fange ich an zu schießen.»

Eve drehte sich zu den anderen um und sah sie an.

«Was machen wir jetzt?», fragte Volovsky.

Eve sah auf die Uhr. «Sie haben ja gehört, was er gesagt hat», sagte sie.

«Glauben Sie, er meint es ernst?», fragte Massinger.

«Er ist nicht der Typ für leere Drohungen», sagte Eve. «Ja, ich glaube, er meint es ernst. Hören Sie, wir können nicht zulassen, dass er diese Leute erschießt.»

«Da bin ich ganz Ihrer Meinung. Ich wüsste nicht, was wir anderes tun sollten als aufzugeben.»

«Also, ich glaube, er blufft», sagte Volovsky. «Wenn er anfängt, Leute zu erschießen, kommt er nie an das Geld, und was hat er dann davon? Nichts. Ich finde, wir sollten es drauf ankommen lassen. Erst mal abwarten. Vielleicht die Polizei holen. Denen die Sache überlassen.»

«In fünf Minuten kann Fiona tot sein», wandte Eve ein.

«Und wenn Sie nachgeben? Wer weiß, was dann passiert?» Volovsky sah Eve an. «Wir stellen ja alle einen gewissen Wert für ihn dar. Aber Sie? Sie sind doch für ihn nichts wert. Er könnte Sie töten, einfach nur so, weil Sie ihn hintergangen haben. Haben Sie daran schon mal gedacht?»

«Sie haben vollkommen Recht», räumte Eve ein. «Er würde mich am liebsten töten. Das hat er mir selbst gesagt. Aber dieses Risiko nehme ich auf mich.»

«Tatsächlich?» Es klang ungläubig. Volovsky senkte die Waffe. «Ich schätze, das wollte ich nur hören. Jetzt will ich auf jeden Fall die Rechte an Ihrer Story. Da ist alles drin. Zuerst erschießen Sie eine von den Geiseln, und dann kämpfen Sie für die Rettung der übrigen. Abgefahren.»

Eve legte die Pistole auf den Boden, und die drei Männer taten es ihr nach. Dann klopfte sie an die Tür.

«Steht unser Deal?», fragte Ferguson.

«Er steht», sagte Eve.

Gleich darauf drehte sich der Schlüssel im Schloss, die Tür schwang auf, und da stand Ferguson, Fiona Lovatt vor sich wie eine Bauchrednerpuppe und die Pistole am Kopf der verängstigten Frau.

«Nur herein», sagte er ironisch-jovial. «Aber schön die Hände oben lassen. Ich erschieße sie sofort, wenn Sie irgendwelche Dummheiten machen.»

«Bitte tun Sie ihr nichts», beschwor ihn Wallenberg.

Eve betrat die Bibliothek, warf einen Blick auf Ballard, der im Sessel saß, das Gesicht mit den halb geschlossenen Augen und dem offenen Mund wie eine afrikanische Maske. Dann musterte sie Sam, deren Augen weit offen und starr waren, sodass Eve nicht entscheiden konnte, ob sie tot war oder nur Ferguson anstarrte, der mit einer Hand Fionas Kehle so fest umkrallte, dass sie kaum Luft bekam, und weiter knappe Befehle bellte.

«Sie da. Vorwärts. Dahin. Stopp. Umdrehen. Jetzt Sie. Weitergehen. Hände oben lassen. Stehen bleiben. Jetzt weiter. Weiter.»

Die Hände in Schulterhöhe, Handflächen nach vorn wie Christus, der seine Wundmale zeigt, tat Eve, wie ihr befohlen, und als sie einen Moment in Fergusons flackernde, rot geränderte Augen sah, war sie sich sicher, dass er sie jetzt töten wollte, vielleicht sogar auf der Stelle – er konnte ja wohl kaum riskieren, dass sie einen weiteren Fluchtversuch anzettelte. «Los jetzt, Flittchen, wir haben nicht den ganzen Tag Zeit.»

Fiona hustete halb erstickt, als sich Fergusons Finger noch fester um ihre Kehle schlossen.

Sam stützte sich auf einen zittrigen Arm empor. Sie holte tief Luft und trat dann mit Wucht gegen Fergusons linke Achillessehne, was ihm das Bein wegriss. Im Fallen ließ er Fionas Kehle los, wollte sie wieder packen, griff aber daneben. Und noch ehe er auf den Boden aufschlug, schoss Eve bereits wie ein Raubvogel durch die Luft, die Finger zu Klauen gekrümmt, und in dem Moment, als sie schwer auf Fergusons Brustkorb landete, drückte sie ihm die Daumen in die mordgierigen Augen.

Ferguson ließ die Waffe fallen und schlug auf Eves Arme und Hände ein, während sie den Druck ihrer Daumen noch ein paar Sekunden aufrechterhielt. Dann stand sie ebenso blitzartig auf und trat ihm fest auf die rechte Hand und anschließend in die Magengrube. Sie schnappte sich die Pistole und rollte sich schnell aus seiner Reichweite, für den Fall, dass doch noch Kampfgeist in ihm sein sollte. Doch Ferguson presste sich die Handballen auf die Augen und konnte nur noch jämmerlich stöhnen.

Eve wischte sich etwas Blut von der Lippe und spuckte dann aus. Sie sah Sam an und sagte: «Danke, Sam.»

«Ich wollte nicht Ihnen helfen», sagte Sam. «Nur Fiona. Außerdem hätte er mich nicht schlagen sollen.»

«Trotzdem danke.»

«Ich bin blind, Sie mieses Aas», jammerte Ferguson.

«Das glaube ich nicht», sagte Eve. «Aber ich hätte Ihnen beide Augäpfel zerquetschen können, wenn ich gewollt hätte, also schätzen Sie sich glücklich.»

Wallenberg half Fiona auf. «Alles in Ordnung, Liebes?», fragte er und nahm sie zum ersten Mal überhaupt in den Arm. Fiona Lovatt nickte stumm, umarmte den alten Mann und küsste ihn auf die Wange.

Schwer atmend sah Eve aus dem Fenster. Die Dämmerung nahte mit Riesenschritten. Bald würde es dunkel sein, und es gab noch so viel zu tun. Sie half Sam auf.

«Alles okay?»

Sam nickte.

«Kommen Sie mit uns. Wir können es immer noch schaffen.»

«Soll wohl ein Witz sein.» Und dann: «Meinen Sie das ernst?»

«Warum nicht? Ohne Sie hätten wir Ferguson immer noch am Hals.»

«Okay. Danke, Eve. Aber Sie sollten wissen, dass Ferguson einen neuen Übergabemodus ausgehandelt hat. Er hat dem FBI erklärt, wir kämen um Mitternacht raus.»

«Er hat was?»

«Er hat gesagt, im Dunkeln könnten uns ihre Scharfschützen nicht so leicht identifizieren.»

Eve sah auf die Uhr. Halb zehn. «Da bleibt uns nicht mehr viel Zeit.»

«Tut mir Leid, meine Damen, aber Sie werden nirgends hingehen.»

Eve blickte auf und sah Massinger mit der Repetierflinte, nur dass diese jetzt auf sie gerichtet war.

«Diesmal ist es wirklich aus.»

«WAFFE HER», sagte Massinger. «Langsam.»

Eve nickte. Sie war zu klug, um sich mit einer Mossberg anzulegen. Sie ließ die Pistole um ihren Zeigefinger schwingen, packte sie am Lauf und reichte sie, den Griff voran, Don Volovsky.

Der steckte sie in den Hosenbund und murmelte: «Mein Angebot steht noch. Denken Sie dran. Übertragen Sie mir die Rechte, und ich garantiere Ihnen den besten Rechtsbeistand, der für Geld zu haben ist.»

«Vielleicht schaffe ich es ja doch noch», erklärte sie ihm.

«Wie? Sie glauben, mit Ihrem Bruce-Lee-Stil kommen Sie hier noch raus?» Volovsky trat einen Schritt zurück und lud seine Flinte durch, als wollte er lieber auf Nummer sicher gehen.

«Eigentlich dachte ich eher daran, mit Worten hier rauszukommen. Ich habe immer noch das eine oder andere Ass im Ärmel.»

«Ich sagte doch schon, die Zuschauer wollen einen moralischen Ausgang. Und den haben wir ja jetzt wohl.»

«Meine Herren, wenn ich um Ihre Aufmerksamkeit bitten dürfte.»

«Das muss ich hören», sagte Volovsky grinsend.

Wallenberg hatte bereits zum Telefon gegriffen. «Es ist aus, junge Frau», sagte er streng. «Ich rufe jetzt das FBI an.»

«Sie schulden mir doch wohl wenigstens die Chance, zu Ihnen zu sprechen», insistierte Eve.

Massinger nickte. Laurenson und Volovsky ebenfalls.

«Immerhin hat sie drauf bestanden, dass wir uns Ferguson ergeben sollten», brachte Massinger als Rechtfertigung vor. «Ohne Eve säßen Sie immer noch hier gefangen, eine Pistole am Kopf. Günstigstenfalls. Ich bin dafür, dass wir uns anhören, was sie zu sagen hat.»

«Meinetwegen», sagte Wallenberg.

«Unter uns?» Sie nickte zu Ferguson und Ballard hinüber.

Shapira war schon auf dem Weg zur Tür. «Soll mir recht sein», sagte er. «Ich bin heilfroh, endlich aus dieser Bibliothek rauszukommen.»

Als Ferguson, Ballard, Rusby und Baker in der Bibliothek eingesperrt waren, stand Eve, noch immer mit den Waffen in Schach gehalten, den Milliardären in dem riesigen Wohnzimmer gegenüber wie eine erschöpfte Fremdenführerin.

«Okay», sagte sie. «Jetzt werde ich Ihnen erklären, warum Sie mich und die anderen davonkommen lassen müssen.»

Shapira lachte. «Mumm haben Sie, das muss ich Ihnen lassen.»

«Zweifelsohne haben Sie in der ganzen Aufregung unser Gespräch von vorhin vergessen? Über gewisse Druckmittel, die wir haben? Die kleinen Geheimnisse, die Sie unter dem Einfluss des Betäubungsmittels preisgegeben haben? Erzählen Sie's ihnen, Sam. Erzählen Sie ihnen, was da passiert ist.»

«Sie haben alles ausgespuckt, das ist passiert», sagte Sam

grinsend. «Ihre ganze dreckige Wäsche ausgebreitet. Sie müssen wissen, wir haben Propofol benutzt. Das haben wir bei der CIA immer verwendet. Damit kann man Patienten ruhig stellen, aber man kann sie auch gesprächig machen. Und was das Beste ist, es bewirkt eine Amnesie für den betreffenden Zeitraum.»

«Also. Sie wissen doch alle, wovon ich rede. Müssen wir dieses Spielchen nochmal spielen?»

Die Milliardäre schwiegen.

«Auf der anderen Seite könnte ich veranlassen, dass die Aufzeichnungen vernichtet werden. Natürlich erst, wenn wir frei sind.»

«Was garantiert uns, dass Sie das Material nicht trotzdem nutzen?», fragte Jordan. «Schließlich können Sie das, was Sie über unsere Privatangelegenheiten wissen, nicht wieder in unsere Köpfe zurückpacken. Es ist nun mal draußen.»

«Die beste Garantie, dass wir die Information nicht nutzen, ist schlicht und einfach, uns gehen zu lassen. Die Position, die wir auf dem Futures-Markt eingegangen sind, sichert uns so viel Geld, dass wir das, was wir von Ihnen erfahren haben, nicht brauchen werden.»

Sie schienen immer noch nicht überzeugt.

«Tja, und dann gibt es da noch einen Grund, warum Sie uns gehen lassen sollten. Indem Sie uns einen Vorsprung lassen, verschaffen Sie sich gleichzeitig selbst die Zeit, die Marktlage für sich zu nutzen. Jetzt, wo die Kurse im Keller sind, könnten doch einige von Ihnen Aktien ihrer eigenen Firmen zu Schleuderpreisen aufkaufen. Mr. Jordan? Hätten Sie nicht gern die Möglichkeit, einen Teil des Geldes wieder reinzuholen, das Sie durch die Optionen zur Absicherung Ihrer Mitarbeiteroptionen verloren haben?»

«Das ist doch mal ein Argument», sagte Volovsky grinsend und sah auf seine Armbanduhr. «Sie hat Recht. Tokio ist offen. Wir könnten auf dem Tiefststand kaufen und einen Haufen Geld machen.»

«Sobald die Nachricht rausgeht, dass Sie frei sind, werden die Kurse raketenartig hochgehen. Dann ist die Gelegenheit vorbei. Warum wollen Sie also nicht noch ein bisschen warten und von dem profitieren, was Sie wissen? Das wäre doch für viele von Ihnen nicht das erste Mal, dass sie Insiderwissen an der Börse nutzen, oder?»

Errol Laurenson nickte jetzt. «Das wäre eine Art Schmerzensgeld», sagte er. «Für alles, was wir durchgemacht haben. Wäre es doch, oder?» Er sah seine Kollegen forschend an. «Wenn ich mehr Anteile an meinem Unternehmen halten würde, könnte ich viele von den Sales- und Marketingleuten, die ich gerade entlassen musste, wieder einstellen. Das mangelnde Umsatzwachstum von Delphus ein Stück weit kompensieren. Einen Teil dieser Aktienoptionen rückkaufen. Oh, Mann, warum bin ich da nicht schon eher drauf gekommen? Wo ist mein Handy?»

«Vergessen wir da nicht etwas?», mischte sich Rupert Sterne ein. «Ihre Leute haben Bob Clarenco ermordet. Kaltblütig. Sie haben es doch mit angesehen, Errol. Sie auch, Eliot. Sie haben es uns ja selbst erzählt. Ich bin nicht anders als Sie alle. Ich würde mich auch gern in eine Hausse einkaufen. Aber das entschuldigt noch keinen Mord. Jemand muss für das bezahlen, was Bob widerfahren ist. Wenn wir diese Leute davonkommen lassen, dann sind wir nicht besser als sie.»

«Ich für mein Teil», sagte Volovsky, «kann damit leben. Die Schmerzensgeldidee ist mir viel sympathischer, als Bob es mir je war. Schließlich hat er uns in die ganze Sache reingeritten.»

Wallenberg schüttelte den Kopf. «Rupert hat Recht. Ein Mensch ist ermordet worden. Die Gerechtigkeit muss ihren Lauf nehmen. Ich unterstütze keinen Antrag, das zu ignorieren.» Er sah sich defensiv um. «Entgegen dem, was vorhin behauptet wurde, bin ich nicht der Meinung, dass im Kapitalismus jede Form, Geld zu machen, legitim ist. Gesetz ist Gesetz.»

«Dagegen habe ich gar keine Einwände», erklärte Eve. «Wenn

jemand ermordet wurde, muss jemand dafür bezahlen. Ganz klar. Aber wenn ich Ihnen nun sagen würde, dass Bob Clarenco noch lebt? Dass wir ihn nur gezwungen haben, bei einer Hinrichtungsscharade mitzuspielen? Was würden Sie dann sagen, meine Herren?»

«Das lässt sich leicht beweisen», sagte Sterne.

«Ich vermute, dass er mit meinen übrigen Leuten im Atombunker eingesperrt ist», sagte Eve.

«Wenn Bob noch am Leben wäre», räumte Sterne ein, «würde das die Sache wohl in einem anderen Licht erscheinen lassen. Finden Sie nicht, George?»

«Vielleicht will er ja drüber abstimmen lassen», spottete Volovsky.

«Wollen wir nicht mit Bob reden?», sagte Shapira. «Und dann entscheiden?»

SOBALD EVE die schwere Stahltür geöffnet hatte, das Dunkel sah und die miefige Luft roch, war ihr klar, dass im Bunker irgendetwas schrecklich schief gelaufen war. Es war, als öffnete man die Grabkammer eines Pharao, in der der widerlich süße Geruch menschlicher Vergänglichkeit fast schon mit Händen zu greifen war.

Eine kalte Hand presste Eve Herz und Magen zusammen, und ihr Atem wurde in der Finsternis zu weißem Dampf, wie verwischte Kreide auf einer Wandtafel. Ihre tastenden Finger fanden einen Lichtschalter und betätigten ihn, und als nichts passierte, ahnte sie schon, was hier vor sich gegangen sein musste.

Sie tat ein paar ängstliche Schritte ins Dunkel und rief ein paar Namen. «Bob, ich bin's, Eve. Bill, sind Sie da?»

Endlich hörte sie ein Husten, und wie Geister, die aus einer Krypta entweichen, kamen Clarenco und die anderen aus dem Bunker getaumelt. Während sie gierig frische Luft einsogen und gegen das helle Neonlicht auf dem Gang anblinzelten, erklärte ihnen Eve, was geschehen war, seit sie sich Montagnacht zuletzt gesehen hatten.

«Sie meinen, wir sind immer noch im Geschäft?», fragte Clarenco, der schon fast hyperventilierte.

«Sie brauchen nur bei dem zu bleiben, was ich ihnen schon gesagt habe», erklärte sie. «Dass Sie gezwungen waren, unser Spiel mitzuspielen, weil Sie aufrichtig um Ihr Leben fürchteten.»

«Aber was ist mit Ferguson und diesen anderen Typen?», fragte er. «Was sollte die davon abhalten, dem FBI alles zu erzählen?»

«Ich glaube, ich habe einen Weg gefunden, sie davon abzuhalten. Ja, ich bin mir dessen sogar ganz sicher.» Sie nahm Clarenco beiseite und erklärte ihm, was sie Ferguson sagen wollte. «Einverstanden?», fragte sie Clarenco.

«Glauben Sie wirklich, dass sie das fressen werden?»

«Was bleibt ihnen anderes übrig?»

Clarenco überdachte die Sache sorgfältig. Das mit der Gesichtsoperation hatte ihm nie so recht gefallen: Ein Lifting war eine Sache, sich ein neues Gesicht verpassen zu lassen eine ganz andere. Und außerdem liebte er New York. Verschwinden zu müssen, für immer außerhalb der Staaten leben zu müssen, war für ihn immer der Teil seines Plans gewesen, der ihn am wenigsten reizte. Was hatte man davon, wieder reich zu sein, wenn man nicht mehr nach Manhatten konnte? Das war, als wäre man ein berühmter Opernsänger und dürfte nicht mehr nach Mailand.

Bill King kam herüber und gähnte herzhaft an der frischen Luft. «Mr. Clarenco? Eve? Wir müssen von hier verschwinden.»

«Ich bleibe hier», sagte er und erklärte King, was er vorhatte.

«Okay, fein. Aber wie kommen wir Übrigen hier raus?»

Clarenco zog einen Plan aus der Tasche. Darauf waren der Weg nach draußen und sämtliche Fluchtvorkehrungen genauestens verzeichnet. «Hier», sagte er. «Nehmen Sie das an sich.»

«Kommen Sie mit?», fragte King Eve.

«Ich komme nach», sagte Eve. «Ich gehe jetzt mit Bob nach oben. Jemand muss seine Story untermauern. Außerdem müssen wir über die Webcam ein Signal geben. Um unsere Transporthelfer wissen zu lassen, dass wir unterwegs sind.»

Während Clarenco zum Wohnzimmer marschierte, seinem dramatischen Wiederauftauchen entgegen, ging Eve zur Webcam und stellte ein Spielzeugauto auf den Stuhl – das Zeichen, dass sie auf dem Weg nach draußen waren. Dann ging sie noch mal in die Bibliothek, wo sie Ferguson, Ballard, Baker und Rusby gelassen hatten.

Ballard sah schon etwas besser aus. Rusby und Baker saßen, noch immer mit Handschellen aneinander gekettet, still auf einem Sofa, sahen fern, tranken Cognac und rauchten Zigarren. Fergusons Augen waren beängstigend blutunterlaufen, aber Eve merkte sofort, dass er noch sehen konnte.

«Was wollen Sie? Bisschen in Schadenfreude schwelgen?»

«Eigentlich bin ich hier, um Ihnen einen Deal anzubieten, Ferguson.»

«Was für einen Deal?»

«Straffreiheit. Was hielten Sie davon, wenn ich die gesamten Milliardäre überreden könnte, der Polizei zu erzählen, Sie und Ihre Leute hätten sie retten wollen? Sie hätten nichts mit der Geiselnahme zu tun und niemanden bedroht? Ja, Sie hätten alle eine Tapferkeitsmedaille verdient, weil Sie einen Rettungsversuch riskiert hätten?»

«Wieso sollten die so was sagen?»

«Sie würden es tun, wenn ich sie drum bitten würde. Aber dann müsste ich zuerst Sie um etwas bitten.»

«Und worum?»

«Um Ihr Schweigen. Darüber, was wir hier wirklich vorhatten. Und was Mr. Clarenco damit zu tun hatte. Sie brauchen den Feds nur zu sagen, dass Sie einen Rettungsversuch unternommen haben, der leider gescheitert ist. Clarenco wird Sie decken. Und die anderen auch. Das glaube ich Ihnen garantieren zu können.»

«Klingt gut, finde ich», sagte Ballard.

«Und wenn Sie ein Jahr lang Schweigen bewahrt haben, was Mr. Clarencos Rolle bei dem Ganzen angeht, dann wird jeder von Ihnen ein Million Dollar erhalten.»

«Wie kämen wir an das Geld?», fragte Rusby.

«Jeder von Ihnen wird ein Konto bei der Chase Manhattan eröffnen. Aber achten Sie darauf, unbedingt als mittlere Initiale Z. anzugeben. Für den Fall, dass es irgendwelche Verwechslungsmöglichkeiten gibt. Und in einem Jahr hat jeder von Ihnen das Geld auf seinem Konto. Also, was wollen Sie? Schweigen und eine Million Dollar kassieren? Oder den Feds sagen, was Sie wissen, und die nächsten paar Jahre im Knast verbringen?»

«Keine schwere Wahl», gab Ferguson zu.

«Also steht unser Deal?»

«Ich bin dafür», sagte Baker.

Ferguson nickte. «Abgemacht.» Und dann: «Eve, Sie sind ein Mordsweib, wissen Sie das?»

«Was war das, Ferguson? Ein Kompliment?»

Ferguson nickte. «Nennen Sie's, wie Sie wollen, Werteste. Aber Sie sind wirklich ein Mordsweib. Da gibt's nichts.»

IM WOHNZIMMER löste Clarencos Auferstehung Freude aus: Freude darüber, dass er noch am Leben war, und Freude, weil sie jetzt keinen moralischen Grund mehr sahen, warum sie nicht ihre Broker anrufen und beauftragen sollten, am japanischen und dann am Londoner Markt zu kaufen. Aber wenn es auch keinen moralischen Hinderungsgrund mehr gab, hatte der Elektroniktycoon doch einen praktischen entdeckt.

«Sie überwachen garantiert die gesamte Telekommunikation zu und von diesem Haus», erklärte er Eve, als sie aus der Bibliothek zurückkam. «Festnetz, Handys, E-Mail. Wenn wir telefonieren, werden sie das sofort abhören.»

Eve, der das längst klar war, zuckte die Achseln. «Was stört Sie das?»

Volovsky nickte. «Recht hat sie. Pfeif drauf. Wollten Sie das nicht die ganze Zeit, Cal? Dass wir alle gemeinsame Sache machen und den Rest der Welt zum Teufel schicken?»

Eve ging ans Fenster und sah hinaus. Hatte sie da draußen etwas gehört? «Sie sind doch die reichsten Männer der Welt», sagte sie. «Wenn Sie zusammenhalten, können Sie tun, was immer Sie wollen.»

«Das stimmt nicht ganz», sagte Laurenson. «Ich bin von Regierungsaufträgen abhängig.»

«Ich auch», stimmte ihm Jim Hysek zu. «Und wie sähe das aus, wenn bekannt würde, dass wir zuerst unsere Broker angerufen haben und dann erst das FBI?»

«Es gibt noch eine andere Möglichkeit», erklärte Eve. «Sie überwachen ja vielleicht die elektronische Kommunikation von diesem Haus aus. Aber was zwischen hier und dem Flughafen passiert, können sie ja wohl kaum überwachen. Telefonieren Sie doch vom Bus aus.»

«Geiseln ohne Geiselnehmer?», fragte Shapira. «Das sieht ja wohl auch komisch aus.»

«Ich werde im Bus sein», sagte Eve. «Mit einer Waffe, damit es echt aussieht. Ich werde am Tor mit dem FBI reden, sie davon überzeugen, dass wir es nach wie vor ernst meinen. Sobald wir dann unterwegs sind, können Sie Ihre Handys herausnehmen und anrufen, wen immer Sie wollen. Ich werde mich am Flughafen ergeben.»

«Einfach so?», sagte Wallenberg.

«Einfach so.»

«Ich dachte, Sie wollten es doch noch schaffen.»

Eve zuckte die Achseln. «Die anderen haben es ja geschafft. Nur ich werde verhaftet, sonst niemand.»

«Na, gut», sagte Wallenberg. «Wenn Sie's so wollen.»

«Aber dafür will ich auch etwas von Ihnen. Von Ihnen allen.»

«Wir hören», sagte Wallenberg.

«Es geht um die vier Männer in der Bibliothek. Ferguson und die drei anderen.»

«Was soll mit denen sein?»

«Ich will, dass Sie den Feds erzählen, sie hätten einen Versuch unternommen, Sie zu retten.»

«Was?»

«Überlegen Sie mal, Mr. Wallenberg. Es ist doch wohl am besten, wenn Sie ihnen eine möglichst simple Geschichte präsentieren. Vor allem, wenn Sie sich alle in eine Hausse einkaufen wollen. Dann haben die Feds weniger, woran sie sich festbeißen können. Außerdem weiß Ferguson, was Sie vorhaben.»

«Das weiß er? Woher?»

«Von mir. Ihr Schweigen gegen seins. Abgemacht? Ihr Wort darauf?»

Wallenberg sah seine Gäste an. Die nickten zurück. Er zuckte die Achseln. «Mein Wort drauf.»

Volovsky lächelte Eve an. «Sieht aus, als ob Sie meine Anwälte doch noch bräuchten», sagte er.

«Nicht, wenn meine Anwälte sich darum kümmern», sagte Massinger. «Sie ist jetzt ihre Mandantin Nummer eins.»

«Danke», sagte Eve. «Ihnen beiden.»

«Das war vielleicht ein Wochenende», bemerkte Massinger.

«Allerdings», pflichtete ihm Volovsky bei.

«Nur eins bedaure ich», sagte Massinger und sah Eve in die Augen.

«Ich auch», sagte sie. «Ich auch.»

«Sollten wir jetzt nicht gehen?», sagte Clarenco, und dann zu Eve: «Wissen Sie auch wirklich, was Sie tun?»

Eve sagte augenzwinkernd: «Klar weiß ich, was ich tue. Sie fahren den Bus, okay?»

DIE STÄDTISCHE Feuerwehr von Alamogordo stellte der NMSP zwei Suthpen-Drehleiterfahrzeuge zur Verfügung, mit deren Hilfe zwei Teams über den acht Meter hohen Elektrozaun von Cloudcroft gelangen sollten. Der Plan sah so aus, dass die Tac-Team-Leute die Leiter hinaufsteigen und sich dann auf den Golfplatz abseilen sollten. Die Teams würden sich an das Haus heranarbeiten und dann, sofern sie nicht entdeckt worden waren, den Versuch unternehmen, unauffällig ins Haus zu gelangen. Wurden sie aber bereits beobachtet, sollten sie Vorder- und Hintereingang aufsprengen, um schnellstmöglich sämtliche Geiselnehmer zu überwältigen.

Die Befreiungsoperation, die unter dem Code-Namen *Unterlassungsbefehl* lief, sollte um 22 Uhr 30 beginnen, neunzig Minuten, bevor die Geiselnehmer laut ihrer Ankündigung mit den Geiseln das Gelände verlassen würden, was der Punkt war, an dem die NMSP, laut Bezirksgerichtsbefehl, die Sache dem FBI überlassen musste. Zwanzig Minuten, ehe die Operation anlaufen sollte, klingelte plötzlich das Verhandlungstelefon hinten im Van.

«Tom? Ich bin's, Bette.»

«Hallo, Bette. Es ist alles bereit für Ihre Abfahrt um Mitternacht. Wie Ihr Freund es verlangt hat.»

«Das ist gut, weil wir nämlich jetzt gleich rauskommen.»

«Sie kommen jetzt gleich raus?», wiederholte Zander für Nixon, Dillon und Everard, die nicht so schnell ihre Kopfhörer hatten aufsetzen können.

«Das sagte ich doch. Wir sitzen alle im Bus und fahren aufs Tor zu. Also nehmen Sie besser die Panzerfahrzeuge dort weg, wenn Sie's nicht schon getan haben.»

Nixon und Dillon stöhnten laut. Everard riss sich die Mütze vom Kopf und feuerte sie auf den Boden. Shaar und Ripper boxten bereits triumphierend in die Luft.

«Ich muss aber die Geiseln sehen», sagte Zander.

Damit hatte Eve gerechnet. «Ich werde dafür sorgen, dass der Bus am Tor hält und die Türen kurz aufgehen. Aber nur Sie allein, Tom. Wenn ich mehr als eine Person sehe, fangen wir mit dem Erschießen an.»

«Okay», sagte Zander lustlos. «Ich werde allein sein, wie Sie sagen.»

Eve hängte ein.

Murray Shaar war schon im Anmarsch, ein breites Grinsen im Gesicht. «Sieht aus, als wäre das jetzt unsere Sache, Jungs», sagte er. «Ab hier übernimmt das FBI, wie geplant.»

«Und was ist mit der Bustür?», fragte Zander. «Sie rechnet doch damit, dass ich die Kontrolle vornehme.»

Der FBI-SAC dachte kurz nach. Ein Teil von ihm wollte dem State-Police-Verhandler sagen, er solle sich seine Kontrolle in den Arsch schieben – laut Bezirksgerichtsbefehl sei das jetzt Sache des FBI, und er werde selbst einen Blick in den Bus werfen. Schließlich hatte «Bette» Zander nie gesehen. Aber sie wusste ja, dass er bei der State Police war, und selbst im Dunkeln würde ihr kaum entgehen, dass Uniform und Abzeichen anders waren.

«Na gut, Sergeant», sagte er widerstrebend. «Aber den Rest Ihrer Männer können Sie zurückpfeifen, Commander Dillon. Wir bleiben bei unserem ursprünglichen Plan. Wir kaufen uns diese Schweine am Flughafen.»

«Vermasseln Sie's nur nicht», knurrte Dillon.

«Tun wir nicht.»

«Erzählen Sie das David Koresh.»

Shaar lächelte schmallippig, ging zum FBI-Wagen zurück und ließ den Gouverneur und die Männer vom NMSP-Tac-Team mit ihrer Enttäuschung allein.

Dillon nahm sein Walkie-Talkie und drückte die Sprechtaste. «Alles zurück», seufzte er.

«Wie bitte, Commander?»

«Zurück, Kommando zurück. Operation *Unterlassungsbefehl* ist abgeblasen. Wiederhole, *Unterlassungsbefehl* ist abgeblasen.»

Sie drehten sich um und guckten durch das elektrisch geladene Tor die Einfahrt hinauf. Jetzt hörte man bereits den V6-Motor des Micro-Bird. Gleich darauf kam der Bus um die Kurve, und ein Elektromotor klickte laut, als zuerst das innere und dann auch das äußere Tor aufglitt wie die Schutzschranke an einem Bahnübergang, und als Zander auf den Bus zuging, hupte dieser laut, fast als hätte er's eilig, zur Schule zu kommen.

Die Lamellentüren des Busses öffneten sich zischend und falteten sich zurück wie die Flügel einer gelben Riesenfledermaus, und Zander sah – fast so verblüfft, als hätte er Elvis Presley gesichtet – Bob Clarenco am Steuer sitzen, eine Pistole am Kopf. Hinter Clarenco stand eine hoch gewachsene, gut aussehende Frau in einer kugelsicheren Weste, und hinter ihr wiederum schienen mit verbundenen Augen die Geiseln zu sitzen. Es war schwer, überhaupt etwas zu erkennen, wegen der schwarz zugesprühten Fenster und der herausgedrehten Birnen. Das Bus-Innere war so finster wie ein Kino. In dem Moment, als er auf die Plattform stieg, kam Eve auf die offene Bustür zu und hinderte ihn mit vorgehaltener Pistole daran, noch näher zu kommen.

Sie fand, dass der Mann, der da vor ihr stand, müde aussah; müde und unendlich traurig, so als wäre ihm etwas Schreckliches widerfahren.

«Das reicht», sagte sie.

«Klar, natürlich. Sind alle okay?»

«Uns geht's allen gut», sagte Massinger, der vorn saß.

Eve schob Zander zurück, sodass er wieder auf die Straße hinuntersteigen musste. Sie sagte: «Wie gesagt, wir lassen die Hälfte von ihnen am Flughafen frei.»

Zander nickte. «Ich werde nicht am Flughafen sein», sagte

er. «Wenn Sie dort ankommen, ist das hier Bundessache. Weil Sie vorhaben, die Staatsgrenze zu überqueren. Also haben Sie's von da an mit dem FBI zu tun.» Er senkte die Stimme und fuhr fort: «Ich weiß nicht, wie deren Verhandler ist. Aber Sie sollten wohl auf eine völlig andere Haltung gefasst sein. Ich meine, die sind nicht annähernd so freundlich wie die State Police, wenn Sie verstehen, was ich sagen will. Diese Jungs spielen ein härteres Spiel.»

«Danke für die Warnung.»

Zander runzelte die Stirn. Hatte er zu viel gesagt? «Das war keine Warnung», sagte er. «Ich dachte nur, Sie sollten wissen, dass ich nicht dort bin.» Die Bustür schloss sich vor seiner Nase. «Es war keine Warnung», sagte er noch einmal.

Clarenco jagte den Motor hoch. «Haben Sie diesen Cop gehört?», fragte er Eve. «Was sollte das?»

«Keine Ahnung», sagte Eve. Und dann: «Warten Sie noch zwei Minuten und fahren Sie dann los.» Sie senkte die Stimme. «Und machen Sie um Gottes willen schön langsam. Je länger wir bis zum Flughafen brauchen, desto besser. Dann haben alle Zeit zum Telefonieren.»

Ein FBI-Hubschrauber schwebte tief über der Haupteinfahrt. Sein Rotor wirkte auf die dichten Büsche und Bäume beim Tor wie das Rührwerk eines Küchenmixers, und sein Suchscheinwerfer drang nur stellenweise durch das dichte Laubwerk und erzeugte so einen fast schon barocken Strahleneffekt, der die unmittelbar bevorstehende Erscheinung irgendeiner Berggottheit anzukündigen schien.

Zander trat ein Stück zurück, als der Fahrer wieder Gas gab, der Bus sich jedoch immer noch nicht rührte. Hatten seine Worte die Geiselnehmer verunsichert? Hatten sie jetzt doch Bedenken, zum Flughafen zu fahren? Er hatte sie eigentlich nur darauf vorbereiten wollen, dass dort ein anderer Verhandler sein würde, aber irgendwie war es warnender herausgekommen. Seine Nerven waren jetzt zum Zerreißen gespannt. Er rechnete schon halb damit, den Bus rückwarts wieder in die relative Sicherheit des Hauses hinauffahren zu sehen. Wer wäre wohl nach Dr. Seltsams Dafürhalten zuständig, wenn die Geiselnehmer die klare Absicht zeigten, in New Mexico zu bleiben? Er sah sich schon morgen früh ein weiteres Mal zum Gericht pilgern, wenn die Geiselnehmer wirklich wieder zum Haus zurückfuhren.

Schließlich kam ein metallenes «Kloing» irgendwo aus dem Inneren der Karosserie, gefolgt vom geräuschvollen Schalten des Fahrers, und dann, endlich, rollte der Bus los, durchs Tor und hinunter in Richtung Dorf. Zander atmete auf. Was auch immer am Flughafen passieren mochte, es fiel nicht mehr in seine Verantwortlichkeit. Das war gut, weil er nach wie vor ein gewaltsames Ende für nahezu unausweichlich hielt. Die klammheimliche Befriedigung, die der Tod der Crème de la Crème der *Forbes* 400 für ihn bedeuten würde, konnte durch die Schmach, die das schießwütige Geiselbefreiungsteam und das FBI damit auf sich laden würden, nur noch gesteigert werden.

Von Polizeiwagen eskortiert, von Motorradpolizisten flankiert und aus der Luft von einem FBI-Hubschrauber beobachtet, fuhr der Bus durchs Dorf und auf den US 82 nach Alamogordo, ein Lichterkonvoi, als stiege Apollo selbst für die pythischen Spiele zu Delphi mit dem üblichen Hekatombenbrimborium vom Olymp herab. Sirenen jaulten durchs Tularosa Valley wie ein misstönendes E-Gitarren-Orchester, und aus Polizei- und FBI-Funkgeräten kam ein babylonischer Wirrwarr von Knattern, Rufsignalen, Rauschen und verschlüsselten Botschaften.

Hinter den geschwärzten Busfenstern war bald schon ein virtueller Trading-Floor eröffnet, als die Milliardäre ihre Augenbinden abgenommen hatten und mittels ihrer Handys Business-Manager, Stockbroker, Futures-Broker, Investment-Manager und Finanzvorstände in deren Privatwohnungen oder Büros oder sogar außerhalb der Staaten anriefen. Die Order war immer die gleiche: Kaufen! Und sobald die jeweiligen Telefonate beendet waren, zerlegte der Anrufer sein Handy und warf die Einzelteile durch die offene Inspektionsklappe des Busses hinab auf die Straße, wo sie von den nachfolgenden Fahrzeugen zermalmt wurden, zu denen jetzt nicht mehr nur Polizei und FBI gehörten, sondern auch, in einigem Abstand, die Weltpresse.

Als die Karawane gut dreißig Minuten nach der Abfahrt von Cloudcroft den White Sands Airport von Alamogordo erreichte, wurden an der Tokioer Börse bereits Kaufaufträge in Milliardenhöhe ausgeführt, mit dem Ergebnis, dass der Nikkei binnen einer knappen Stunde um zweihundert Punkte anzog – ein Börsenrekord.

Bob Clarenco steuerte den Bus durchs offene Flughafentor aufs Rollfeld und folgte den Polizeiwagen zu der bereitstehenden 737. Dort, am Fuß der Flugzeugtreppe, öffnete er die Bustür, stellte den Motor ab, schaltete die Warnblinkanlage ein, sah sich nach den Geiseln um, die jetzt wieder mit verbundenen Augen dasaßen, und legte dann die Hände hinter den Kopf. Für ihn war das der strapaziöseste Moment. Während er so hier saß, hinter der offenen Bustür, konnte er sich nur zu leicht vorstellen, wie er im Nachtzielgerät irgendeines FBI-Scharfschützen erschien, und ebenso leicht vorstellbar war, dass sie ihn versehentlich für einen Terroristen halten würden. Schließlich war er ja offiziell tot. Wenn sie sich die Mühe gemacht hatten, Fotos der übrigen Geiseln zu studieren, würden die Scharfschützen jetzt ganz schön rätseln müssen, ob er zu den Guten gehörte oder nicht. Clarenco schloss die Augen ganz fest und bereitete sich innerlich auf den Kopfschuss vor, der ihm jetzt unausweichlich schien. Was hatte er sich bloß dabei gedacht, sich so mir nichts dir nichts ans Steuer des Busses zu setzen?

So warteten sie scheinbar eine Ewigkeit, ohne sich zu rühren oder etwas zu sagen, genau wie Eve gesagt hatte. Schließlich rief Clarenco laut um Hilfe, und kurz darauf erschien ein Mann vom Geiselbefreiungsteam vorsichtig an der Bustür und leuchtete Clarenco mit einer Halogenstablampe direkt ins Gesicht.

«Nicht schießen», rief dieser. «Ich heiße Bob Clarenco und bin eine Geisel. Sie sind weg. Die Terroristen sind weg.» Er ließ die Augen wegen des blendenden Lichts zu und blieb sitzen, die Hände hinterm Kopf. «Vor ein paar Minuten habe ich mich umgedreht, und da waren sie verschwunden. Jetzt sind, glaube ich, nur noch wir Geiseln im Bus.» Er blickte sich vorsichtig um. «Die Anführerin der Bande, die stand dort hinten, als wir durchs Tor von Cloudcroft gefahren sind.»

«Keine Bewegung», rief der FBI-Agent und bestieg vorsichtig den Bus. Die Halogenleuchte, die mit Klebeband am Lauf seines M16-Sturmgewehrs befestigt war, schwenkte hektisch hierhin und dorthin wie ein nervöses elektronisches Auge, erfasste die Gesichter mit den Augenbinden und dann den Busboden mit dem beredten Loch.

«Die Täter sind entkommen», rief der FBI-Mann. «Ich wiederhole, die Täter sind entkommen.»

SEKUNDEN EHE der Bus Cloudcroft verließ, schlüpfte Eve durch die Inspektionsklappe auf die Straße hinab, und nachdem sie ein paar Sekunden ganz still dagelegen hatte, robbte sie leise rückwärts, bis sie unterm Auspuff hervor war, und rollte sich dann aufs Gebüsch zu. Sobald sie Clarenco den Gang einlegen hörte, erhob sie sich und sprintete los, auf den südlich des Hauses gelegenen Grundstücksteil zu. Ihr Ziel war eine Baumgruppe zwischen dem achten und dem neunten Loch.

Auf halbem Weg stolperte sie und schlug hin, genau auf einen verloren gegangenen Golfball, was ihr erst mal den Atem nahm und sie zwang, still liegen zu bleiben, und nur dieser Umstand bewahrte sie davor, einem Spähtrupp des NMSP-Tac-Teams genau in die Arme zu laufen. Sie verfolgte, wie die Beamten zum Haus hinauftrabten, und als ihr die Luft rein schien, lief sie weiter.

Zwischen dem achten und dem neunten Loch, am Rand der

Baumgruppe, befand sich ein Wetterunterstand – einer von insgesamt vieren auf dem Platz. Die Mini-Blockhütte mit einer Aufladestation für Golfbuggys, einem Waschraum, einem wohl bestückten Kühlschrank, mehreren bequemen Sesseln, einem Fernseher, einer Kitchenette und einem bauchigen Bullerofen wäre den meisten Menschen als behagliches Heim erschienen: Es gab sogar ein Satellitentelefon für die ganz wichtigen Geschäftstelefonate.

Eve kroch unter die Bohlenterrasse auf der Vorderseite der Hütte. An ihrer kugelsicheren Weste hing eine kleine Maglite, aber nachdem sie den Tac-Team-Trupp gesehen hatte, traute sie sich nicht, die Leuchte zu benutzen. Schließlich ertasteten ihre Hände eine geteerte Luke. Sie klappte sie, so weit es ging, hoch und schob sich rückwärts in den Schacht, wo ihre Füße und Hände eine Eisenleiter fanden. Sie kletterte ein paar Sprossen hinab, ließ die Luke über sich herab und knipste dann ihre Maglite an.

Im ausgehenden neunzehnten Jahrhundert waren in den Sacramento Mountains eine ganze Anzahl Silberminen in Betrieb gewesen, und nur hundert Meilen westlich von Cloudcroft, im Tres Hermanas Mining District, konnte man immer noch für nur 500 000 Dollar einen Claim erwerben. Die Silberader von Cloudcroft, die nie zu den reichsten gehört hatte, war schon lange vor dem Ersten Weltkrieg erschöpft gewesen, weshalb man die alten Schächte und Stollen stillgelegt und abgedeckt hatte. Bob Clarenco hatte immer schon gewusst, dass sich unter dem Golfplatz ein ganzes Labyrinth von Stollen verbarg. Er hatte sogar, bei einem früheren Versuch, diese zu lokalisieren, einen pensionierten Bergbauingenieur vom Amt für Bergbau und Bodenschätze in Socorro dafür angeheuert, in den Archiven zu forschen. Doch erst als Clarenco-Security die Neuausstattung des Wallenberg'schen Atombunkers übernommen hatte, war er in den ursprünglichen Bauplänen von 1955 auf die entscheidende Information gestoßen. Weitere Nachforschungen hatten ergeben, dass einer der Wetterunterstände auf dem Golfplatz genau über einem alten Schacht errichtet worden war und diesen zur Abwasserentsorgung benutzte. In etwa drei Meter Tiefe mündete in diesen Schacht ein Abwasserrohr, das direkt zu den sanitären Anlagen der Schutzhütte führte. Es hatte Clarenco ein paar tausend Dollar Schmiergeld gekostet, die Information nicht zu Wallenberg durchdringen zu lassen.

Unter Eves Füßen führte die Eisenleiter in übel riechendes Dunkel hinab. Die Nase gerümpft, begann Eve die Leiter hinabzusteigen, die mit Rost und der Himmel mochte wissen womit sonst noch überzogen war. Am Fuß des fünfzehn Meter tiefen Schachtes war der Boden unter Eves Füßen feucht und abschüssig und verlor sich in einem Stollen von nicht mehr als einem Meter zwanzig Höhe. Gebückt hielt Eve die kleine Maglite vor sich und arbeitete sich den Stollen entlang, wobei sie sich vorkam wie ein altägyptischer Grabräuber, obwohl es schwer vorstellbar war, an einem so finsteren und stinkenden Ort etwas so Glänzendes und Kostbares wie Silber zu finden.

Ab und zu fiel der Stollen jäh ab, und ein, zwei Mal rutschte sie aus oder stieß sich an einem Felsvorsprung schmerzhaft den Kopf. Sie sah hie und da alte Spitzhacken und Schaufeln, kaputte Eimer und dann, etwa auf der Hälfte des Weges, wo sich der Stollen gabelte, eine zweite Maglite, die jemand eingeschaltet dort hatte liegen lassen, um ihr den richtigen Weg zu weisen.

Der Stollen wurde allmählich niedriger, sodass sie auf allen vieren krabbeln musste, aber der Boden war jetzt trockener, und die Luft roch bereits sauberer, als sei das Ende des Stollens nahe. Und schließlich, nachdem sie über dreißig Minuten gegangen und gekrochen war, kam sie an aufgeschichtete, bemooste Steine, die offenbar den Stollenausgang versperrten. Aber oben hatte jemand ein paar Steine entfernt, sodass sie sich hindurchzwängen konnte, hinaus in ein Gesträuch. Sie fand sich am Rand einer Böschung. Etwa sieben Meter unter ihr war die Straße nach Sunspot, die 6563. Der Stollen hatte sie bis hinter die Grundstücksgrenze geführt – ein paar hundert Meter weit.

Wahrscheinlich patrouillierte die NMSP auf dieser Straße. Aber für Vorsicht war wenig Zeit. Ein Blick auf die Uhr sagte Eve, dass der Bus inzwischen wohl schon am Flughafen angekommen war und das FBI bereits gemerkt hatte, dass es düpiert worden war. Sie rutschte die Böschung hinab und joggte den Straßenrand entlang zum Triple-M-Skizirkus, wo, wie sie hoffte, die anderen auf sie warten würden. Gleich beim Lifthäuschen am Fuß des Hangs stand ein gebraucht erworbener Gerling Sky Stallion – ein neun Meter langer Ü-Wagen, beschriftet mit den Lettern LYTV und einer Phantasiefrequenz. Mit 225 000 Dollar war er der größte Ausgabenposten für das ganze Unternehmen gewesen, aber Clarenco hatte diese Investition für lohnend gehalten: Wenn so viele Ü-Wagen in und um Cloudcroft parkten, wem würde dann einer mehr auffallen?

Eve schwenkte die Maglite zu dem Sky Stallion hin, und zu ihrer Erleichterung blinkten die Scheinwerfer zurück. Sie rannte los, um zum Rest des Teams zu stoßen. Sie konnte es kaum fassen, dass sie es geschafft hatten.

«WOLLEN SIE mir im Ernst erzählen», fragte Alonso Sidonia, «dass Sie die ganze Strecke von Cloudcroft hierher gefahren sind und nicht gemerkt haben, dass sie weg war? Dass da keiner von ihnen mehr war?»

Clarenco und die übrigen Geiseln waren im Flughafengebäude. Draußen auf dem Parkplatz versuchten das FBI und die NMSP, ein ganzes Journalistenheer abzuwehren.

«Hören Sie», sagte Clarenco. «Sie hat mir eine Pistole an den Kopf gesetzt. Sie hat mir befohlen, zum Flughafen zu fahren. Fragen Sie doch den Polizisten, der da war, als ich die Bustür geöffnet habe, wenn Sie mir nicht glauben. Der hat mit ihr geredet. Warum fragen Sie ihn nicht?»

«Oh, das werde ich schon noch tun, Sir. Also, was geschah dann?»

«Als die Tür wieder zuging, hat sie mir befohlen, noch ein, zwei Minuten zu warten und dann loszufahren. Dann ist sie nach hinten gegangen. Kurz darauf hat sie an die Seitenwand vom Bus gebummert und gesagt, ich soll losfahren. Und das habe ich getan. Als wir am Flughafen waren, habe ich eine Weile gewartet. Schließlich habe ich gerufen und gefragt, was ich tun soll. Und da kam keine Antwort. Also habe ich mich umgedreht, und da war sie spurlos verschwunden. Den Rest wissen Sie ja. Sie muss durch die Inspektionsklappe im Busboden geschlüpft sein, während wir noch in Cloudcroft standen.»

Sidonia sah Wallenberg an. «War es so, Sir?»

«Genau, wie er's geschildert hat», sagte Wallenberg vage: Er war im Geist schon bei dem Geld, das er machen würde, wenn die US-Börsen in wenigen Stunden öffneten.

«Sie haben nicht gemerkt, dass von den Terroristen nur sie mit im Bus war?», fragte der stellvertretende Leiter der Krisenreaktionsgruppe, Sterling Ripper.

«Wie hätte ich sollen? Mir waren doch die Augen verbunden. Uns allen, außer Bob, der ja den Bus fuhr. Wir haben die Köpfe unten gelassen. Um nicht erschossen zu werden. Was uns ja Gott sei Dank auch gelungen ist. Wir sind alle lebend da rausgekommen. Aber nicht wegen Ihnen. Ich habe gehört, was dieser Polizist bei meinem Haus gesagt hat. Dass Ihre Leute hier am Flughafen irgendwas vorhatten.»

«Er hat *was* gesagt?»

«Er hat uns gewarnt, dass sie ein härteres Spiel spielen würden, wenn wir hier ankämen. Und jetzt weiß ich, was er gemeint hat. Diese ganzen bewaffneten Männer hier. Sie wollten es mit Gewalt angehen, oder nicht?»

«Das braucht Sie jetzt nicht mehr zu kümmern, Sir.»

«Ach? Da bin ich aber anderer Meinung. Ich werde mit der Presse und dem Fernsehen darüber reden, warten Sie nur. Also, wenn Sie mich fragen, ich bin froh, dass diese Kerle entkommen sind, wenn Sie wirklich so etwas vorhatten. Wir wären jetzt wahrscheinlich alle tot, wenn sie noch im Bus gewesen wären, als wir hier ankamen.»

«Ich versteh's immer noch nicht», sagte T. J. «Viet» Cong. «Sie haben eine Milliarde Dollar und einen Fluchtjet einfach stehen und liegen lassen. Wie erklären Sie sich das?»

«Sie haben wahrscheinlich einfach kalte Füße gekriegt», mischte sich Clarenco ein. «Oder es ging tatsächlich die ganze Zeit um dieses Anti-Globalisierungsding. Das ist meine Theorie. Ich glaube, sie haben das Lösegeld nur als Ablenkungsmanöver benutzt, und nachdem sie ihr politisches Statement abgegeben hatten, sind sie einfach verschwunden. Das Gelände ist doch angeblich von alten Bergwerksstollen durchzogen, oder, Cal?»

«Das hat man mir immer wieder erzählt», sagte Wallenberg. «Obwohl ich selbst noch keinen gesehen habe.»

«Alle hielten Sie für tot», sagte Sidonia zu Clarenco. «Millionen Menschen haben auf der Website gesehen, wie Sie hingerichtet wurden. Wie erklären Sie das, Sir?»

«Ganz einfach. Sie haben mich vor die Wahl gestellt. Sie haben gesagt, ich könne entweder mitspielen. Genau das tun, was ihr Special-Effects-Typ mir befehlen würde. Oder sie würden mich wirklich hinrichten. Noch während sie das Ganze getürkt haben, hatte ich Angst, dass es gelogen war. Dass sie's wirklich tun wollten. Dass sie mir nur sagten, es wäre getürkt, damit ich gefügig war. Ich finde nicht, dass ich mich für irgendwas schämen müsste, Officer. Und ich glaube nicht, dass sich irgendjemand anders verhalten hätte. Aber es kümmert mich einen Dreck, was Sie denken. Ich bin froh, dass es vorbei ist. Dass wir alle am Leben sind, wie Cal sagt. Aber Sie, Sie sollten sich mal hören. Sie stellen es hin, als sei hier weiß Gott was für eine Katastrophe passiert. Also, ich will Ihnen eins sagen, so sehe ich es ganz und gar nicht. Ich habe nicht vor, mich dafür zu schämen, dass ich noch lebe. Es ist ja niemandem etwas geschehen. Und das ist doch alles, was zählt.»

«Hört, hört», sagte Volovsky.

«Und die Security-Leute droben im Haus?», fragte Ripper. «Was war mit denen?»

«Die haben auch Glück, dass sie noch leben», sagte Wallenberg. «Sie haben sich befreit, haben versucht, die Terroristen zu überwältigen. Wie, weiß ich nicht genau. Aber das sind die mutigsten Männer, die ich je gesehen habe.»

Jetzt, wo alles vorbei war, sah er ein, dass Eve Recht gehabt hatte: Es war wirklich am besten, es so einfach wie möglich zu machen. Ockhams Messer. Alles Unnötige eliminieren. Je weniger die FBI-Leute zu hören bekamen, desto weniger gab es für sie zu verstehen und zu überprüfen. Wichtig war jetzt, eingehendere Nachforschungen über ihre Privatangelegenheiten zu vermeiden, weil dabei herauskommen könnte, dass sie sich in die Hausse eingekauft hatten, noch ehe sie offiziell frei gewesen waren. Jemand in seiner Situation – in ihrer aller Situation – konnte seine Privatsphäre gar nicht hoch genug bewerten. Diese Privatsphäre wiederherzustellen hatte jetzt Priorität.

«Statt uns hier ins Kreuzverhör zu nehmen, als ob wir was verbrochen hätten – was tun Sie, um sie zu fassen?»

«Wir werden sie fassen», sagte Sidonia. «Keine Bange, Sir. Die kommen nicht weit.»

«Mir ist nicht klar, wie Sie sie fassen wollen», sagte Shapira. «Ich meine, Sie haben doch keine Ahnung, wie sie aussehen, oder?» Er dachte, es wäre wohl am besten, wenn sie gar nie gefasst würden: Er wollte nicht, dass die Aufsichtsbehörden noch mehr über diesen Amibel-Deal erfuhren. Einen Schleier über die ganze Sache zu breiten war jetzt wohl das Ratsamste. «Sie haben uns ja betäubt, wissen Sie. Ich fürchte, ich habe überhaupt keine Erinnerung an ihr Äußeres. Eigentlich kann ich mich an so gut wie gar nichts erinnern, was nach Freitagabend war.»

Massinger nickte. «Ich auch nicht. Ich komme mir vor wie

Ray Milland in *Das verlorene Wochenende*. Glauben Sie, sie haben uns vielleicht betäubt, damit wir nichts über sie aussagen können?»

«Vielleicht weiß ja Cadence Kiam oder Fiona Lovatt oder jemand von den Security-Leuten genauer, wer sie waren und wie sie ausgesehen haben», sagte Laurenson.

Wallenberg lächelte leise. Für Cadence Kiam konnte er sich nicht verbürgen, aber Fiona würde bestimmt nichts anderes sagen als das, was er sie zu sagen bat, schon gar nicht jetzt, wo er ihr einen Heiratsantrag gemacht hatte.

«Aber ich für mein Teil», fuhr Laurenson fort, «würde gern möglichst bald mit einem Arzt sprechen. Ich glaube, ich leide vielleicht wirklich an so was wie einer partiellen Amnesie.»

Ripper sah Sidonia und Cong grimmig an.

«Jemand wird für diesen Murks bezahlen», knurrte er.

8. DIE FOLGEN

Money talks, heißt es. In weniger lauten Zeiten mag das ja gestimmt haben. Aber an diesem Mittwoch, nicht lange vor Beginn des einundzwanzigsten Jahrhunderts, war es in Börsensälen überall in Amerika so, dass das Geld krakeelte wie ein Marktschreier, brüllte wie ein Bulle – wenn auch nicht wie ein Bär –, schrie wie ein Tier unterm Schlachtermesser, Donnerrufe losließ wie Stentor, gestikulierte wie ein schlechter Schauspieler und ganz allgemein die Wiederherstellung seiner absoluten Herrschaft im modernen Tempel des Mammon verkündete.

Marktanalysten sagten gern, ein guter Trader kaufe bei fallenden Kursen und verkaufe in die Hausse. Doch noch vor Börsenöffnung hatten Einzelkleinanleger eine außergewöhnliche Menge Orders platziert und zwar über viermal so viele Käufe wie Verkäufe. Sehr bald schon schien sich tatsächlich so etwas wie eine Kurserholung abzuzeichnen, und bis auf die allervorsichtigsten Trader – einige wenige erinnerten sich, und sei es auch nur dank J. K. Galbraiths verdienstvollem Buch zu diesem Thema, dass beim Crash von 1929 die Wall Street am dritten Tag nach dem einleitenden Kurssturz einen dramatischen Wiederanstieg verzeichnet hatte (das «Mittwochswunder»), nur um dann einen noch spektakuläreren Zusammenbruch zu erleben – sahen sich alle veranlasst, auf den augenscheinlich nicht aufzuhaltenden Zug des Dow Jones Industrial Average aufzuspringen.

In Chicago und New York boomte der Handel, als ob sich

hunderttausend Menschen auf Planwagen geschwungen hätten und jetzt mit einer Brachialität sondergleichen losstürmten, um sich einen möglichst großen Claim in Oklahoma abzustecken. Telefonleitungen waren überlastet, und das E-Trading ging nur noch im Schneckentempo vonstatten, als das schiere Volumen der Transaktionen die Börsen überrollte, und in Chicago, am CBOT, mussten viele Trading-Desks auf ihre Computer verzichten und den Handel per Boten abwickeln. Wie Haie, die sich im Blutrausch auf einen saftigen Walkadaver stürzen, wollten alle ihren Teil abkriegen. New Yorker Taxifahrer setzten ihr mühsam erspartes Geld in fünfundsiebzig Delphus-Aktien um. Bankangestellte in Denver schlichen sich rasch online zu Charles Schwab, um dreißig C-Squared-Aktien zu erwerben. Pflaumenfarmer in Yuba City, Privattrainer in Beverly Hills, Nachtclubtänzerinnen in Miami, Buchhändlerinnen in Cambridge, Casino-Aufseher in Las Vegas – alle waren hinter dem schnellen Geld her wie ein ganzes Volk von Charlie Molloys.

Die Händler kauften, als hinge ihr Leben davon ab. Es war der lebhafteste und positivste Börsentag der gesamten Zeit seit dem Zusammenbruch der Zwillingstürme. Und niemand ging an diesem Mittwoch in die Mittagspause. Überall in Manhattan standen Restaurants leer, weil das Finanzvölkchen ausblieb. Selbst im Restaurant des Four Seasons gab es freie Tische. An der Street ging niemand auch nur aufs Klo oder einen Kaffee holen. Verkäufer fanden sich umringt wie exzentrische Milliardäre, die bündelweise Hunderter verschenkten. An der New Yorker Börse gab es mehrere Schlägereien, als Händler um die Aufmerksamkeit ein und desselben Brokers kämpften. Selbst als in Chicago bei vierunddreißig Grad Lufttemperatur die viel gepriesene Klimaanlage des CBOT versagte und die Temperatur auf dem Parkett in die Vierziger kletterte, harrten die Händler aus wie Spartaner, die die ‹warmen Tore› der Thermopylen gegen das Perserheer verteidigten. Einige rissen sich Hemd und Hose vom Leib und arbeiteten nur in Boxershorts und farbigem Händler-Jackett weiter. So etwas war noch nie da gewesen: In New York wurde, kurz ehe die Glocke das Ende des Börsentags verkündete, auf dem Parkett *Happy Days are Here Again* gesungen.

Die Zahlen waren nicht minder erstaunlich.

An der New Yorker Börse wurden Handelrekorde gebrochen. Der Dow Jones stieg um 575 Punkte, der größte Tagesanstieg aller Zeiten, und schloss bei 10076, was einen prozentualen Anstieg um 6 % und damit einen weiteren Rekord bedeutete. 1,3 Milliarden Aktien wechselten in nur sieben Stunden den Besitzer, 8,3 % mehr als beim bestehenden Rekord von 1997. Der Kursanstieg machte die Verluste vom Donnerstag und guten Teils auch die vom Montag wett, konnte jedoch nicht mehr verhindern, dass viele Trader bereits durch Margin-Calls ruiniert worden waren. Doch die, die dem Verkaufsimpuls widerstanden hatten – etliche hatten einfach gar nicht die Möglichkeit gehabt –, waren höchst zufrieden mit sich und optimistisch, dass die Hausse auch noch über den Donnerstag und bis in den Freitag hinein anhalten würde. Einige Analysten sagten bereits voraus, dass der Dow über den Stand vom letzten Donnerstag steigen würde. Manche prophezeiten sogar einen neuen Höchststand seit dem elften September. Die Freilassung der einundzwanzig wichtigsten Männer des amerikanischen Wirtschaftslebens rief an der Wall Street und unter den Anlegern eine solche Euphorie hervor, dass der Präsident der Bundesnotenbank überlegte, ob er noch vor dem Wochenende die Zinsen erhöhen musste, nur damit die Banken noch eine konkurrenzfähige Anlagealternative blieben.

Für Joel Reichmann war das Auftauchen eines Spielzeugautos letzte Nacht auf den leverage.net-Webcambildern wie die Wiederkunft Christi gewesen. Das Auto war das Signal, dass das Team unterwegs war und er jetzt darangehen konnte, die Calls vor Ablauf der Optionsfrist zu verkaufen. Reichmann beschloss, noch den weiteren Kursanstieg am Donnerstagvormittag abzuwarten, ehe er aktiv wurde, doch schon jetzt war klar, dass auch diesmal seine Anlagerendite spektakulär sein würde. Sein persönlicher Anteil am Gewinn des Principia-Fonds belief sich bereits auf über fünfhundert Millionen Dollar.

Eine halbe Milliarde. Vielleicht sogar eine dreiviertel Milliarde, wenn er schließlich verkaufte. Man brauchte nur 725 Millionen Dollar, um auf die *Forbes*-Liste zu kommen. Nicht, dass er das gewollt hätte. Damit würde er nur unerwünschte Aufmerksamkeit auf sich ziehen. Außerdem listete *Forbes* die 400 reichsten Menschen Amerikas auf, und Reichmann gedachte sein Geld anderswo auszugeben. Aber irgendwie war es trotzdem nett zu wissen, dass er das Aufnahmekriterium erfüllt hatte.

Jetzt hielt ihn nicht mehr viel in Chicago. Er konnte ebenso gut die Trading-Abteilungen der sechs Banken, die er benutzt hatte, von Grand Cayman aus telefonisch oder per E-Mail beauftragen, seine Optionen zu verkaufen. Doch ehe er das Four Seasons verließ, rief er sie alle noch einmal an, nur um Bescheid zu sagen, dass er eine Weile verreisen würde. Er telefonierte auch mit Jack Shine bei Goldman Sachs, wo das Trading-Konto des Principia-Fonds geführt wurde, und erklärte ihm, er werde «ein paar Tage Urlaub machen». Ohne auf Shines überschwängliches Lob für die kühne Anlagestrategie von Principia zu reagieren, bestätigte Reichmann noch einmal, dass alle Gelder an die Bank of Butterfield International (Cayman) Limited gehen sollten.

Noch am selben Abend nahm Reichmann den 19.30-Uhr-Flug nach Newark, von wo er einen Continental-Airlines-Flug am Donnerstagmorgen um 9 Uhr 50 nach Grand Cayman gebucht hatte. Wenn alles glatt ging, würde er morgen in einer Meerblick-Suite im Hyatt Regency am Seven Miles Beach von Grand Cayman zu Mittag essen.

SCHON WENIGE Stunden nach der Freilassung der Geiseln legte das FBI bei der Abteilung für innere Angelegenheiten der NMSP Beschwerde gegen das NMSP-Tac-Team und gegen Tom Zander ein. Noch in Cloudcroft teilte Commander Dillon Zander mit, dass er vom Dienst suspendiert sei.

«Tut mir Leid, Tom, aber es sieht so aus, als ob das FBI Sie persönlich für dieses ganze Debakel verantwortlich machen will», erklärte er. «Und zwar zweifellos als Rache dafür, dass wir in Sachen Zuständigkeit einen Gerichtsbefehl gegen sie erwirkt haben. Meiner Meinung nach sind sie einfach nur sauer. Selbst wenn Sie diesem Terroristenflittchen einen Tipp gegeben hätten, hätte das am Ausgang der Sache auch nichts geändert.»

«Aber ich habe ihr keinen Tipp gegeben», sagte Zander zum zehnten Mal an diesem Vormittag. «Ich habe ihr nur gesagt, dass sie es am Flughafen mit einem anderen Verhandler zu tun haben würden. Dass ich nicht dort sein würde. Dass das FBI die Dinge anders handhabt als die NMSP. Wenn das eine Warnung ist, bekenne ich mich schuldig. Aber ich habe nicht gesagt, dass das FBI vorhabe, sie zu erschießen oder was.»

Dillon sah Everard an und merkte, dass der dasselbe dachte wie er. Mindestens drei von den Milliardären im Bus sagten aus, sie hätten gehört, wie Zander «Bette» gewarnt habe, dass am Flughafen etwas passieren werde.

«Ich will ehrlich sein, Tom», sagte er. «Diese Zeugen sagen alle dasselbe. Es sieht nicht gut aus.» Er zuckte die Achseln. «Für Sie nicht und für uns alle nicht. Dem ganzen Team steht jetzt eine Untersuchung bevor, wieso sie uns durch die Lappen gegangen sind. Ich bin nur deshalb noch nicht auf dem Rückweg nach Santa Fé, weil auch ich mich diesem Innere-Angelegenheiten-Kerl stellen muss.»

«Hören Sie», sagte Everard. «Sie waren müde. Wir alle waren müde. Das müssen sie doch berücksichtigen.»

«Das werden sie auch», sagte Dillon.

Zander nickte dumpf. Er sagte: «Was ist das Schlimmste, das mir passieren kann, Sir?»

«Ich schätze, das hängt ganz davon ab, wie weit das FBI die Sache treiben will. Aber nachdem wir vor Gericht gegangen sind, glaube ich nicht, dass sie besonders nachsichtig sein werden. Um ehrlich zu sein, Tom, ich glaube, es könnte auf eine vorzeitige Pensionierung hinauslaufen.»

«Pensionierung? Aber ich will nicht in den Ruhestand. Herrgott, ich bin doch noch nicht mal fünfzig.»

«Wäre doch nicht so schlimm», sagte Dillon. «Außerdem haben Sie ja inzwischen, wie ich gehört habe, ein ganz hübsches Aktienpölsterchen. So wie die Kurse heute Morgen angezogen haben, kommen Sie wahrscheinlich reicher aus dieser Sache heraus als wir alle.»

Zander lächelte schwach, als wäre an dem, was Dillon gesagt hatte, vielleicht etwas dran. Er brachte es nicht fertig, Dillon zu sagen, dass sein Portfolio seit letztem Donnerstag ein Drittel an Wert verloren hatte. Dass er gar nicht genug Geld hatte, um sich zur Ruhe zu setzen. Dass er sich, wenn er aus dem Polizeidienst ausschied, irgendeinen miesen Job suchen musste. Wachmann in einem Einkaufszentrum in Albuquerque – das wurde aus Leuten wie ihm. Also nickte er und sagte: «Da könnten Sie Recht haben, Sir.»

«Natürlich habe ich Recht. Hören Sie, Tom, dieser Innere-Angelegenheiten-Armleuchter will sicher mit Ihnen reden, wenn er da ist. Gehen Sie doch erst mal einen Kaffee trinken. Setzen Sie sich irgendwo ins Kühle. War ein langes Wochenende.»

«Allerdings, länger geht's kaum.»

Zander legte seine Ausrüstung ab und warf sie in den Kofferraum seines Wagens. Dann fuhr er ins Dorf hinunter und parkte vor dem Cloudcroft Inn. Er ging über die Straße und kaufte sich im Lebensmittelmarkt Zigaretten. Wanderte einfach nur herum und rauchte zwei nacheinander, ehe ihm wieder einfiel, dass er ja das Rauchen aufgegeben hatte.

Kyle Liebermann rief Dolores Milliano um die Mittagszeit auf ihrem Handy an. Sie saß gerade mit Acacio und ihrem Team im Restaurant des Cloudcroft Inn. Sie hatte nur noch einen letzten Tag in Cloudcroft vor sich, denn morgen würde sie nach New York zurückfliegen. Cele MacBrazel hatte sich zu einem NBC-Interview bereit erklärt, und sie warteten, dass sie aus Las Cruces herüberkam. Unterdessen versuchte ihr New Yorker NBC-Producer Saul Mendelssohn, für sie einen Interview-Termin mit einem der Milliardäre, Murray Drennan, zu machen, ehe dieser aus Alamogordo abflog.

Milliano stand auf und ging zum Ausgang, wo das Netz besser war.

«Wollen Sie die gute Nachricht hören oder die phantastische?», fragte Liebermann.

Milliano wusste, dass sie im Geld war. Das hatte ihr ein kursorischer Blick auf den Fernseher gesagt. Die Frage war nur, wie weit.

«Zuerst die gute.»

«Ihr Aktienportfolio legt ganz schön zu. Bei der Kursentwicklung könnten Sie, wenn Sie Glück haben, am Freitag sogar schon einen Großteil Ihrer High-Tech-Verluste von letztem Jahr wieder drin haben.»

Milliano dachte kurz nach. «Morgen Nachmittag», sagte sie, «verkaufen Sie bitte das ganze Portfolio. Und suchen mir dann einen netten Devisenfonds.»

«Okay, Sie sind der Boss.»

«Und jetzt die phantastische Nachricht.»

«Chicago.»

«Meine Stadt, hm?»

«Bei dem Leverage, den wir haben, sind Ihre Fünf-Tage-Calls jetzt schon über zehn Millionen wert. Wenn das Gamma oben ist, könnte es das Doppelte sein. Wenn nicht mehr. Es könnten sogar fünfundzwanzig Millionen sein.»

«Das ist ja phantastisch, Kyle.» Das Handy begann zu piepen: Der Akku war so gut wie leer. Also beendete sie das Gespräch und schwebte förmlich zum Tisch zurück.

Klar, nach Steuern waren fünfundzwanzig Millionen wesentlich weniger. Aber es war trotzdem mehr als genug, um die Maisonette-Wohnung in Manhattan zu kaufen, von der sie immer schon geträumt hatte. Und sie wusste auch schon, welche. Ein Wahnsinnsapartment an der Fifth, mit Blick auf den Central Park, angeboten von Ashforth Warburg Immobilien. Mit Marmorböden, einer Eingangsdiele über beide Stockwerke, einer schmiedeeisernen Treppe und umlaufenden Balkonen war es wie aus dem Architectural Digest. Vielleicht sollte sie ja schon mal einen Besichtigungstermin machen. Sie drehte sich um und steuerte auf das Münztelefon zu.

«Miss Milliano?»

Ein Mädchen von Anfang zwanzig stand vor ihr.

«Ich bin Cele MacBrazel.»

«Oh, Cele, hallo, danke, dass Sie den ganzen Weg auf sich genommen haben. Hat mit dem Mietwagen-Service alles geklappt?»

«Ja, ging alles prima, danke.»

Milliano zeigte auf ihren Tisch. «Die Leute da drüben, das ist mein Team. Gehen Sie doch schon mal rüber und machen Sie sich bekannt, ich komme gleich nach. Ich muss noch kurz telefonieren, und mein Handy hat mich gerade im Stich gelassen.»

Sie betrat die Telefonkabine und benutzte ihre Telefonkarte.

«Wir haben zwei Apartments an der Fifth», erklärte der Makler bei Ashforth Warburg. «Meinen Sie das für sieben Millionen oder das für vierzehn?»

Milliano machte einen Besichtigungstermin für das Vierzehn-Millionen-Apartment am Samstagmorgen.

Beim Einhängen merkte sie, dass sie die Tür der Telefonkabine offen gelassen hatte. Am Tisch gleich neben der Tür saß der Cop – der NMSP-Verhandler. Er trug jetzt wieder Zivil – Jeans, kariertes Hemd, Cowboystiefel –, deshalb hatte sie ihn nicht gleich erkannt. Wie viel hatte er mitgekriegt? Sie lächelte ihn freundlich an, und als ihr wieder einfiel, dass sein Tipp sie ja dazu gebracht hatte, am Futures-Markt zu investieren, setzte sie sich zu ihm. Von der Innere-Angelegenheiten-Untersuchung war noch nichts durchgedrungen. Aber es war unübersehbar, dass der Cop nicht gerade glücklich wirkte. Sie befand, dass er wohl nur sehr müde war, machte ein bisschen Konversation und überlegte dabei, ob sie sich vielleicht irgendwie erkenntlich zeigen könnte. Schließlich, was verdiente so ein Cop – auch wenn er clever genug war, Day-Trader zu sein? Dreißig-, vierzigtausend im Jahr?»

«Tja, Gott sei Dank ist es vorbei, und alle sind lebend da rausgekommen», sagte sie.

«Ja. Gott sei Dank.»

«Das ist doch das einzig Wichtige. Ich meine, es ist doch nicht so schlimm, dass die Täter entkommen sind. Vorerst, meine ich. Ich bin sicher, Sie werden sie bald fassen. Ich finde es einfach nur toll, dass niemandem etwas Ernsthaftes passiert ist. Und dass Bob Clarenco noch lebt, das auch. Also, ich kann immer noch kaum glauben, dass sein Tod nur Theater war. Es sah so echt aus.»

«Ja.»

Zander sah sich im Restaurant um. Da waren immer noch hauptsächlich Journalisten, genau wie vorher. Sobald herauskam, dass er suspendiert war, würden sie sich auf ihn stürzen wie ein Schwarm Geier und ihm Herz und Leber herausreißen. Wobei es sich sowieso nicht anfühlte, als sei in seinem Inneren noch viel zu holen. Ein Teller Tamales stand unberührt vor ihm, und sein Kaffee war kalt geworden.

Milliano senkte die Stimme und beugte sich zu ihm wie das Inbild der Konspiration.

«Wissen Sie, ich schulde Ihnen unendlichen Dank. Nach dem, was Sie gesagt haben, habe ich alles, was ich hatte, an der Börse riskiert, und wie es scheint, war das ein Volltreffer.»

«Das ist schön.» Zander lächelte schmallippig und fragte sich, ob es wirklich sein konnte, dass sie genug Geld gemacht hatte, um sich dieses Apartment zu kaufen. Vierzehn Millionen Dollar? Doch wohl nicht innerhalb von achtundvierzig Stunden. Zander wusste nichts von Derivaten und Futures. Für ihn war «Derivat» ein Wort aus dem Chemieunterricht. Und «Future»? *No future*, das galt jetzt für ihn. Sobald die Meute Wind von der Story bekam, würde er von Glück sagen können, wenn er einen Job als Wachmann im Einkaufszentrum bekam. Er war erledigt, wie man's auch nahm. Rausgeschmissen, so gut wie. Gestrandet. Der Einzige im Restaurant, der nicht lachte. Selbst der Gouverneur, der mit dem Bürgermeister, Bozo Molesworth, und Sheriff Baker Kaffee trank, lachte. Sogar das kleine Luder, das sie in Las Cruces verhaftet hatten, lachte. Na ja, kein Wunder, es hieß, das Department würde ihm mindestens 250000 Dollar Entschädigung zahlen müssen, wegen unrechtmäßiger Verhaftung. Anscheinend lachten alle außer ihm.

«Ich habe schon überlegt, ob ich mich vielleicht irgendwie erkenntlich zeigen könnte», sagte sie und wickelte eine Haarsträhne um ihre dick beringten Finger.

«Wofür?»

«Für – ach, Sie wissen schon. Für den Tipp.»

Zander zuckte zusammen, als er wieder dieses Wort hörte. Aber wenigstens war er sich sicher, dass er ihr wirklich einen Tipp gegeben hatte, wenn der auch nach hinten losgegangen war: Statt sie zu ruinieren, hatte er ihr anscheinend ein Vermögen gebracht, und das war schwer zu verkraften. Er starrte sie einen Moment verständnislos an. «Tipp?», wiederholte er.

«Was mit den Geiseln passieren würde. Ich habe mir gedacht, ich würde Ihnen auch gern etwas Gutes tun. Ein Geschenk für Ihre Frau vielleicht? Sie sind doch verheiratet, oder?»

Zander nickte. Was würde Janine sagen, wenn er ihr erzählte, dass ihr gemeinsamer Traum von einem hübschen kleinen Ruhestandssitz im Lincoln National Forest geplatzt war?

«Mag sie Silber? Ich dachte, ich könnte ihr vielleicht etwas aus Silber schicken. Von Tiffany in New York.»

Jetzt hätte Zander fast gelacht. Hier saß er, um fast hunderttausend Dollar ärmer, im Begriff, seinen Job zu verlieren und von einem mickrigen bisschen Geld seinen Zwangsruhestand bestreiten zu müssen – und sie wollte seiner Frau einen lumpigen Schlüsselanhänger schenken.

«Das wäre nett.»

Milliano sah auf, als Warren Meisler in einem *Who Wants To Be A Millionaire* T-Shirt hereinkam. Er hatte den Abflug einiger Geiseln gefilmt.

«Die Feds waren ganz schön sauer», erklärte er ihr. «Dass die einfach so davonfliegen. Offenbar wollten die meisten einfach nur nach Hause. Das alles hinter sich lassen. Und sie haben wohl auch noch keine Lust, genauer zu erzählen, was passiert ist.»

«Warren, das ist Sergeant Zander von der State Police. Tom, das ist Warren Meisler, mein Kameramann, von KOBTV.»

Zander gab einen Grunzlaut von sich.

«Hey, Sarge, stimmt es, was die Feds sagen? Dass einer von Ihrer Truppe suspendiert wurde, weil er die Terroristen gewarnt hat, dass die Feds sie am Flughafen umlegen wollten?»

«Nein, das stimmt nicht. Von wem haben Sie das?»

«Von den Feds», sagte Meisler mit einem entschuldigenden Achselzucken. «Heißt das, die liegen falsch?»

«Wann haben die je richtig gelegen?», fragte Zander, brachte ein künstliches Lächeln zustande und setzte es dem offenkundigen Verdacht dieses Mannes entgegen. Er wusste Bescheid. Zander sah es an seinen Augen. Er tat nur so, als wüsste er nichts. Ratte.

«Möchten Sie zu diesem Thema interviewt werden?» fragte Meisler. Wie Zander schon geargwöhnt hatte, erriet Meisler aus seinem Verhalten und aus der Tatsache, dass er der Verhandler gewesen war, um wen es sich bei dem suspendierten Beamten handeln musste.

«Ich glaube nicht.» Zander stand auf und wollte nach seinem Bon greifen.

«Das übernehme ich», sagte Milliano und legte die Hand darauf.

«Danke.»

«Wenn Sie mal in New York sind, besuchen Sie mich», sagte sie und gab ihm ihre Karte.

Sehr komisch, dachte er. Sie in ihrem hochnoblen Vierzehn-Millionen-Dollar-Apartment mit Marmorböden und Central-Park-Blick bewirtete einen abgebrannten Excop. Vielleicht konnten sie ja eine feierliche Zeremonie abhalten – die Übergabe des Tiffany-Schlüsselanhängers an seine Frau.

«Ja, das wäre schön.»

Milliano, die Meislers Verdacht ebenfalls spürte, fragte Zander, ob er eine Karte habe.

«Ich glaube, im Wagen muss eine sein», sagte er, weil er jetzt unbedingt hier raus wollte. «Der steht gleich draußen. Ich gehe sie holen.»

Sobald Zander aus dem Cloudcroft Inn trat, zündete er sich eine weitere Zigarette an, und als er gegen den Rauch und die Mittagssonne anblinzelte, explodierte plötzlich etwas in seinem Inneren. Es war, als sei sein Herz in Flammen aufgegangen wie das Streichholz in seinen Fingern, und als er den Kofferraum des Taurus öffnete und die 5.56er M16A2 auf seiner ordentlich zusammengefalteten Uniform liegen sah wie das Vorführexemplar eines Vertreters – «Dieses Infanterie-Gewehr hat ein Dreißig-Schuss-Magazin und kostet nur $ 586» –, nahm er sie an sich und fühlte, wie sein gesamtes Bewusstsein in die Waffe schlüpfte. Seine Hände zitterten, als hätte er eine Hochspannungsleitung berührt, und er wusste, er würde keine Ruhe finden, ehe sein Finger nicht den Abzug durchgezogen und auf Dolores Milliano gefeuert hatte.

Aus reiner Gewohnheit kontrollierte er das Magazin, obwohl er wusste, dass es voll war. Das letzte Mal geschossen hatte er, um den Navajo-Schafzüchter zu töten, der Officer Bill Sanchez umgebracht hatte, vor gut acht Wochen. Drei Schuss auf dreißig Meter. Und dann einen in die Kehle, aus nächster Nähe. Ein paar Leute hatten gefunden, dass der Vorfall untersucht werden müsse, aber nachdem ein Polizist erschossen worden war, hatte das kaum eine echte Chance gehabt. Zu seiner Verwunderung waren seine Hände jetzt ganz ruhig.

Zander schloss den Kofferraum des Taurus und drehte sich zum Restaurant. Als er in den getönten Scheiben, die sich die steinverkleidete Außenwand entlangzogen, sein eigenes Spiegelbild erblickte, war er erstaunt, wie gelassen er aussah. So gelassen und doch so einsam, als stünde er bereits am äußersten Rand der menschlichen Existenz. Sein Gesicht wirkte so regungslos, dass er sich kaum wieder erkannte. War das wirklich er, der da den einklappbaren Kolben ausklappte und ihn sich unter die Achsel klemmte? Der wichtigste Teil seiner Person steckte bereits im robusten Handschutz des Gewehrs, im Mündungsfeuerdämpfer, im schallgedämpften Lauf und in jeder einzelnen der dreißig .223er Lightweight-Patronen. Die Vorstellung war jetzt durchgängig da. Sie definierte, wer er war und wer er sein würde. Noch während er auf die Tür des Cloudcroft Inn zuging, glaubte ein Teil von ihm nicht, dass er es wirklich tun würde. Er wusste ja, dass es mit Sicherheit nichts lösen würde.

Fast schon erstaunt, hörte er sich singen. Er konnte es nicht glauben, aber es war tatsächlich seine eigene Stimme – gar nicht mal so übel und absolut melodiesicher, als hätte er das gesamte Nelson Riddle Orchester hinter sich – die da aus vollem Halse *Who Wants To Be A Millionaire* sang. Den Frank-Sinatra-Song aus dem Film *High Society*. Der war ihm die ganze Zeit im Kopf herumgegangen wie ein Mantra, seit dieser KOBTV-Typ in dem blöden T-Shirt zur Tür hereinspaziert war.

Und er stellte sich vor, wie es sein würde. Mit dem Gewehr da hineinzuspazieren.

«Wer wird Millionär?»

Jetzt, wo er's vor sich gesehen hatte, merkte Zander, wie leicht es sein würde, es wirklich zu tun. Er wollte es tun. Das hier war doch Amerika, oder? Amerika war doch der beste Ort, wenn man jemanden erschießen oder erschossen werden wollte. Das bestätigten doch fünftausend erschossene Amerikaner pro Jahr. Er wappnete sich innerlich.

«Guten Morgen.»

Zander sah ein etwa achtjähriges Mädchen vor sich stehen.

«Ich hab dich singen hören.»

Zander hörte sich einen Brummlaut von sich geben.

«Mein Daddy sagt, das ist eine dumme Sendung. Für dumme Leute.»

«So, sagt er das?»

Sie zeigte aufs Restaurant.

«Er ist da drin. Frühstücken.»

«Wie heißt du?»

«Holly Molesworth. Mein Daddy sagt, du bist ein ganz mutiger Mann, und wir sind dir alle was schuldig. Weil du auf uns aufgepasst hast. Er ist der Bürgermeister von Cloudcroft.» Sie zeigte hinter sich, in Richtung Schule. «Das da ist meine Schule.»

«Gehst du gern zur Schule?»

Sie zuckte die Achseln. «Geht so. Ist eben Schule.»

Sie zeigte auf das Gewehr in seinen Händen.

«Willst du grade jemand erschießen?»

Zander sah auf die Waffe. Mit Entsetzen bemerkte er, dass sie genau auf die Kleine gerichtet war. «Nein, will ich nicht.» Er sicherte das Gewehr schleunigst und senkte es.

«Warum weinst du?»

Von außen wirkte das Restaurant so ziemlich wie immer. Es war schwer vorstellbar, dass nur Sekunden die Menschen dort drinnen von einem Blutbad getrennt hatten. Jetzt hätten da ohne weiteres vierzehn Menschen tot oder in kritischem Zustand sein können. Darunter auch Hollys Daddy, der Bürgermeister. Noch so ein ganz normaler Tag in Amerika. Bei dem Gedanken, wozu er da beinahe fähig gewesen wäre, wurde Zander ein bisschen übel. Er legte die M16 wieder in den Kofferraum seines Taurus und stieg ein. Mit einem Kotzegeschmack im Mund ließ er den Motor an und fuhr langsam ein letztes Mal aus Cloudcroft hinaus, Richtung Alamogordo.

Geschockt von der Vorstellung, dass er um ein Haar alle diese Leute, auch Hollys Daddy, getötet hätte, fuhr er etwa eine Dreiviertelstunde dahin, die Berge hinunter, durch die Wüstenei menschlichen Tuns und Trachtens, die Alamogordo war, am Flughafen vorbei, wo immer noch Privatjets starteten, um Milliardäre in ihr Zuhause irgendwo in den Staaten zu bringen, und auf den Highway 70 im Tularosa Basin.

Ein Wegweiser zum White Sands National Monument tauchte am Highwayrand auf. Was gäbe es für einen besseren Ort? Er bog ab und strebte der Ruhe und dem Frieden des weltgrößten Gipsdünenfelds entgegen. Touristen mussten an der Zufahrt bezahlen. Zander hätte seine Marke zücken und gratis durchfahren können, aber das hätte bedeutet, mit dem Mann im Kassenhäuschen reden zu müssen. Also reichte er diesem einfach nur die sechs Dollar und fuhr durchs Tor wie jedermann. Noch acht Meilen die Straße entlang, und er war im Herzen der Gipswüste.

Er parkte bei einem freien Picknicktisch. Außer ihm war hier keiner. Es hatte etwa siebenunddreißig Grad. Zu heiß für Touristen.

Zander stellte den Motor ab und saß einfach nur wie gelähmt da. Immer wieder ging ihm durch den Kopf, was er beinah getan hätte. Er stieg nicht aus, rührte sich nicht, nur der Kopf sank ihm auf die Brust. Doch schließlich öffnete er die Wagentür und stieg müde aus, in die Frühnachmittagshitze.

Er ging die nächste weiße Düne hinauf, schreckte dabei einen ausgebleichten Taubleguan auf, der im Zickzack flüchtete, als versuchte er einer Kugel aus der Pistole zu entgehen, die

Zander in der Hand hielt. Vom höchsten Punkt der Düne sah Zander Meilen und Meilen glatter reinweißer Dünen, und nur die erbarmungslose Sonne und die Hitze sprachen dafür, dass das Sand war und kein Schnee. Er rutschte die andere Seite der Düne hinab, matt, erledigt, von einem Meer von Übelkeit beinahe überspült.

Er fühlte sich schwach, aber er wollte sich nicht ausruhen, er wollte weiter, nicht stehen bleiben, bis er am Ende war. Also schlitterte er die weiße Parabolform hinab und erklomm dann die nächste Düne, immer weiter, ohne viel zu denken, solange er nur in Bewegung bleiben konnte, klettern, klettern, obwohl er so müde war. Vor ihm, zwischen dem knallblauen Himmel und den schneeweißen Hügeln, war der zerschlissene, dunkelgraue Streifen der San Andres Mountains. Seine Füße machten kein Geräusch. Nach dem Lärm des Restaurants machte keine seiner Anstrengungen irgendein Geräusch.

Er bewegte sich in Wellen weiter voran, musste manchmal fast rennen, um den nachgebenden Sand hinaufzukommen. Ein paar Mal fiel er hin und wollte einfach liegen bleiben, weil ihn die Hitze und seine eigene Erschöpfung beinahe übermannten. Aber es war noch nicht das Ende, und so zwang er sich weiter, riss sich die Kleider herunter, war schließlich nackt bis auf die Pistole in seiner Hand. Und bald war sein schweißnasser Körper mit weißem Sand bedeckt, sodass er wohl aussehen musste wie der weiße Leguan vorhin – wie etwas Bizarres, Weißes und beinahe Totes, das hierher gehörte, jedenfalls. Und gegen die gleißende Sonne arbeitete er sich weiter voran, weil er ans Ende kommen wollte. Es war fast genug. Aber noch nicht ganz. Sein Schuldgefühl ließ ihn nicht innehalten, ehe es beendet war.

Er ging mehrere Meilen. Erklomm Düne um Düne. Er hatte völlig die Orientierung verloren. Ein, zwei Mal sah er sich nach seinen Spuren um und stellte fest, dass ein leichter Wind, der von der Playa kam, bereits Gips darüber geweht hatte, wie eine Hand, die ein weißes Laken auf einer Matratze glättete. Er hätte gar nicht zum Auto zurückfinden können, selbst wenn er gewollt hätte.

Zander taumelte eine riesige Düne hinunter und genoss einen Moment lang den Schatten, als er ein Dünental entlangwanderte. Aber da war etwas Rötliches ganz oben auf einer Düne vor ihm, die wie eine perfekte weibliche Brust geformt war, und er kletterte hinauf und sah, dass es eine Sandverbene war – eine wunderschöne rosa Wüstenblume, wie eine Brustwarze.

Irgendwie spendete der Gedanke an diese milchweiße Brust mit ihrer rosa Brustwarze seinem überhitzten Gehirn Trost, und Zander setzte sich in den Sand. Es war der angemessene Ort für das Ende – dieser Ort, der ihn so an seinen Anfang erinnerte.

Und an das Fleckchen von rosa Blüten geschmiegt, schloss er die Augen und steckte sich den Pistolenlauf in den Mund.

ERROL LAURENSONS und Eliot Massingers Beispiel folgend, erklärte Clarenco, er habe, jedenfalls für den Moment, genug FBI-Fragen beantwortet. Er verließ Cloudcroft am Mittwochmorgen gegen zehn und charterte bei Eds Flugdienst am Flughafen von Alamogordo eine einmotorige Maschine, die ihn nach Albuquerque brachte. Dort nahm er den United-Airlines-Flug um 13 Uhr 26 nach Denver, Ankunft 14 Uhr 40, und anschließend den 17-Uhr-Flug nach Miami, wo er um 20 Uhr 46 eintraf. Er war gerade rechtzeitig in seiner Suite im Intercontinental an der Chopin Plaza, um die Mitternachtsnachrichten auf CNN mitzukriegen, und erfuhr so vom Selbstmord des Polizeiverhandlers von Cloudcroft. Und als er das Foto von Zander sah, erkannte er sofort den Polizisten, der am Vorabend draußen vor der offenen Bustür gestanden hatte.

Über die Gründe für diesen Selbstmord wurde reichlich spekuliert, und dabei standen vor allem zwei mögliche Erklärungen im Mittelpunkt: zum einen die Tatsache, dass Zander vom Dienst bei der NMSP suspendiert worden war, weil ihn das FBI beschuldigt hatte, die Geiselnehmer vor einer geplanten Geiselbefreiungsaktion am Flughafen von Alamogordo gewarnt zu haben, und zum anderen der Umstand, dass Zander Day-Trader gewesen war und bei der Panik, die während des Geiseldramas an der Wall Street ausgebrochen war, eine beträchtliche Summe Geldes verloren hatte.

Für Clarenco bestand kein Zweifel, dass Zander eine Art Warnung geäußert hatte. Alle weiter vorn im Bus hatten es mitgekriegt. Schade. Die Nachricht überraschte und betrübte Clarenco, aber er erkannte doch rasch auch einen Vorteil in dem tragischen Geschehen von Cloudcroft: Zander war der einzige Polizist gewesen, der Eves Gesicht gesehen hatte und sie hätte identifizieren können. Und jetzt, wo sich alle Medien auf den Selbstmord des Polizeibeamten stürzten, würde die Frage nach dem Verbleib der Geiselnehmer vielleicht etwas in den Hintergrund treten. Nachdem alle Milliardäre New Mexico verlassen hatten, auch Cal Wallenberg, gab der Selbstmord des Cops einfach mehr her als der friedliche Ausgang des Geiseldramas.

Clarenco sah wenig Sinn darin, über die Tragödie nachzugrübeln. Und es kam ihm gar nicht in den Sinn, sich zu fragen, wie viele Menschenleben durch sein Tun noch zerstört worden sein mochten. So was passierte eben in Amerika, sagte er sich. Nach dem, was sie im Fernsehen über Zander sagten, sprach alles dafür, dass er, wenn er sich jetzt nicht umgebracht hätte, es eben zu einem anderen Zeitpunkt getan hätte. Die Suspendierung war ja wohl nur der Tropfen gewesen, der das Fass zum Überlaufen gebracht hatte, bei einem Mann, der ohnehin schon unter so schwerem beruflichem und finanziellem Stress stand.

Clarenco spielte mit dem Gedanken, einen Hostessen-Service anzurufen und sich ein paar Mädels zum Feiern kommen zu lassen. Aber dann ging er doch einfach ins Bett und schlief einen tiefen, ungetrübten Schlaf.

AM NÄCHSTEN Morgen streckte sich Eve mit einem zufriedenen Seufzer auf dem bequemen Bett ihrer Suite im Hyatt Regency am Seven Mile Beach von Grand Cayman. Sie hatte schon fast vergessen, wie es sich anfühlte, in einem Bett mit richtiger Bettwäsche zu schlafen, ohne Kleider, ohne Pistole oder Verhandlungstelefon in der Hand. Sie freute sich auf ein schönes heißes Bad, ein ausgedehntes Frühstück und vielleicht noch einen kurzen Bräunungsaufenthalt auf der Sonnenterrasse, ehe Bob Clarenco um die Mittagszeit aus Miami ankommen würde. Dass sie es tatsächlich geschafft hatten, schien fast zu schön, um wahr zu sein. Klar, noch hatte keiner was von dem Geld gesehen, und trotz Eves Beteuerungen, dass alles in Ordnung gehen würde, war da doch irgendwo in ihrem Hinterkopf der leise Verdacht, dass es immer noch schief gehen konnte, dass Bob Clarenco aus irgendeinem Grund verhaftet werden oder dass er sie doch noch alle hintergehen könnte. In letzter Minute den Plan zu ändern und Clarenco zurückzulassen, war ihr in der Situation selbst als gute Idee erschienen. Jetzt erst wurden ihr die Nachteile klar. Clarenco war nie der Vertrauenerweckendste gewesen.

Nachdem sie den Ü-Wagen gefunden hatte, waren sie und der Rest des Teams über Sunspot und Timberon gefahren, durch den Wald und die andere Seite der Berge hinunter, und dann nördlich von Orogrande auf den Highway 54 gestoßen. Sie hatten gegen zwei Uhr morgens die mexikanische Grenze überquert und etwa um halb vier den Flughafen von Chihuahua erreicht. Dort hatten sie einen Aeromexico-Linienflug nach Mexico City genommen, dann einen Frühnachmittagsflug nach Kingston, Jamaica, und von dort den Cayman-Airways-Flug um 20 Uhr 20 nach Grand Cayman, wo sie etwa um Viertel nach neun auf dem Owen Roberts Airport gelandet waren. Der Flughafen war nur drei Meilen vom Hotel, und nach ein paar Gläsern Champagner in der Hotelbar, mit den anderen, hatte Eve noch vor halb elf im Bett gelegen und geschlafen.

Sie setzte sich auf und sah sich in ihrer Suite um, verblüfft, dass das jetzt alles ihrs war. Sie war Howard-Johnson-Motels gewöhnt. Das hier war für sie der erste Hauch von echtem Luxus seit ihrer Hochzeitsreise, und es tat gut, keinen Brad dabeizuhaben, der schon einen Plan ausknobelte, wie er die Minibar bescheißen konnte. Zum ersten Mal seit fast einer Woche rief Eve ihre Mutter an, die ihr erzählte, Brad habe eine Cappuccino-Bar an der Wall Street aufgemacht und sei bereits von einer der Bedienungen wegen sexueller Belästigung verklagt worden.

«Was kann man von so einem Kerl schon anderes erwarten?», sagte ihre Mutter.

Eve sagte ihr, dass sie eine Zeit lang auf Reisen sein würde, ihr aber, wenn ein paar geschäftliche Dinge glatt liefen, demnächst etwas Geld schicken werde.

«Ich brauche kein Geld», insistierte ihre Mutter. «Ich hab schon genug.»

Als sie aufgelegt hatte, griff Eve zur Fernbedienung und stellte den Fernseher an, und das tolle Gefühl, mit dem sie aufgewacht war, verflog rasch, als sie ungläubig und entsetzt die CNN-Nachrichten verfolgte.

Dass der Mann, mit dem sie drei volle Tage verhandelt hatte, so etwas getan haben sollte, dass er jetzt tot war – Rucksacktouristen hatten seinen Leichnam im White Sands National Monument gefunden –, schien unfassbar, doch im Gegensatz zu Bob Clarenco sah Eve sich veranlasst, in sich zu gehen und zu forschen, ob ihr eigenes Tun diese schreckliche Tragödie ausgelöst haben konnte.

Wie viel Schuld trug sie an dem, was passiert war? Natürlich war da das, was Juristen eine «Kausalkette» nannten. In den Nachrichten hieß es, Zander, ein sporadischer Day-Trader, habe nicht weniger als hunderttausend Dollar verloren. Das hatte er ihr ja mehr oder minder selbst gesagt, oder? Wie viele Menschen gab es noch, die Geld verloren hatten, damit sie und Clarenco Millionen absahnen konnten?

Sie saß im Bett, mit blassem, regungslosem Gesicht, und dachte an all ihre Gespräche mit Zander. Er war verheiratet gewesen. Was ging jetzt in seiner Frau vor? Was würde sie tun? Ihr Leben war zerstört. Ihre ganzen Pläne waren nichtig. Von Kindern war in den Nachrichten nicht die Rede gewesen. Aber wenn es welche gäbe, hätten sie es doch erwähnt, oder? Sie kam gar nicht auf die Idee, sich zu freuen, dass der einzige Polizist, der ihr Gesicht gesehen hatte, jetzt tot war.

Nach einer Weile ging Eve ins Bad, vermied es, ihrem Spiegelbild in die Augen zu sehen, und nahm eine kalte Dusche. Aber sie brauchte ihr Gesicht nicht zu sehen, um die Stimme in ihrem Innersten zu hören:

«Siehst du? Das ist der Preis, den du für das ganze Geld zahlst. Wie willst du es mit Genuss ausgeben, jetzt, wo du weißt, dass das passiert ist? Es gibt kein Verbrechen ohne Opfer.»

Etwas später klopfte es an ihre Tür. Es war Bill King. Er sagte: «Ich nehme an, Sie haben die Nachrichten gesehen.»

Eve lächelte traurig und zuckte die Achseln.

«Wir haben ihn nicht umgebracht», sagte er. «Vergessen Sie's.»

Sie wollte nicht, dass er einfach zu ihr kam und so etwas sagte. Sie wollte, dass er verschwand. Sie wollte mit ihnen allen nichts mehr zu tun haben. Sie fühlte sich schmutzig.

«Wir haben ihn nicht umgebracht», sagte er noch einmal, auf eine Art, die ihr das Gefühl gab, dass er nicht sie beruhigen wollte, sondern sich selbst.

«Nein, natürlich nicht.» Sie schüttelte den Kopf. «Aber ich mochte ihn irgendwie.»

«Er hat seinen Job gemacht. Verhandeln. Sie dazu zu bringen, ihn zu mögen. Was passiert ist, ist passiert. Da können wir jetzt nichts mehr machen. Geben Sie sich nicht die Schuld, nur weil Sie diejenige waren, die mit ihm geredet hat.» King nahm sie in die Arme und drückte sie. «Leute, die sich umbringen, tun es, weil sie nun mal der Typ dazu sind. Wenn es das nicht gewesen wäre, dann wäre es wahrscheinlich irgendwas anderes gewesen. Irgendwann.»

«Wahrscheinlich haben Sie Recht, Bill. Danke.»

Der Vormittag verging, und Bob Clarenco kam mit dem Flug um 11 Uhr 30 aus Miami an. Er blieb in seiner Suite, damit ihn ja niemand erkannte. Um eins rief er Eve an, und als sie in seine Suite kam, war da noch ein anderer Mann, den Clarenco ihr nicht vorstellte, der aber wohl der Partner aus Chicago sein musste.

Dieser Mann händigte ihr einen Stapel Papiere, eine Kreditkarte der National Bank of Belize auf ihren Namen, einen neuen Pass, ein paar Traveler-Schecks und etwas Bargeld aus. Er ging die Papiere mit ihr durch, und die Quintessenz seiner Erklärungen war, dass die Summe von zwanzig Millionen Dollar gerade auf elektronischem Wege an die National Bank of Belize überwiesen wurde.

«Wo zum Teufel ist Belize?»

«Es liegt auf der Yucatan-Halbinsel», sagte Clarenco. «Zwischen Mexiko und Guatemala. Dort werden Sie in ein paar Tagen erwartet. Wir haben Ihnen eine Liste empfehlenswerter Anlageberater vor Ort zusammengestellt. Ich würde Ihnen raten, das Grundkapital zu lassen, wo es ist, und mit verschiedenen Banken in aller Welt Abhebungsarrangements zu treffen.»

Eve sagte nichts.

«Wenn ich mich recht erinnere, sagten Sie doch, Sie wollten reisen. Etwas von der Welt sehen.»

«Haben die anderen alle ihr Geld gekriegt?»

«Selbstverständlich.»

«Was wollte das FBI von Ihnen wissen?»

«Ach, eine Menge Sachen über Sie. Und über die Catering-Fima. Und über meine mangelhaften Personalrekrutierungsmethoden.» Er lächelte und zündete sich eine Zigarre an. «Aber irgendwie glaube ich nicht, dass Wallenberg mich verklagen wird, Sie?»

«Zwanzig Millionen sind mehr, als ich erwartet habe.»

«Ich habe noch etwas draufgelegt, als Ausdruck meiner Dankbarkeit. Sie waren großartig, Eve. Wie Sie durch Improvisation aus einer Beinahe-Katastrophe doch noch einen Erfolg gemacht haben. Und wie Sie mir mein Leben wiedergegeben haben. Jetzt brauche ich nicht zu verschwinden. Brauche mir kein neues Gesicht zuzulegen. Ich verdanke Ihnen eine Menge. Ohne Sie hätten wir es nie geschafft.»

Über Zanders Selbstmord sagte er nichts. Er lächelte nur sein Lächeln, rauchte seine Zigarre, trank seinen Champagner und sah gelegentlich aufs Meer hinaus, als könnte er es nicht erwarten, von dieser Insel weg und nach New York zurückzukommen.

«Und wie fühlt es sich an, reich zu sein?», fragte er. «Ich muss sagen, glücklich sehen Sie nicht gerade aus.»

Eve lächelte bitter und forschte in seinem Gesicht nach irgendeiner Reaktion auf das, was passiert war. Würde er denn Zanders Tod gar nicht erwähnen?

Einen Moment lang schwiegen sie alle drei. Dann sagte Eve: «Ich weiß nicht. Anders, als ich dachte, dass es sich anfühlen würde. Irgendwie normal, schätze ich. Ich weiß nicht. Ich weiß nur, dass es nicht so ist, wie ich es mir gedacht habe.»

Bob Clarenco lachte, ein kaltes, herzloses, zynisches Lachen, und blies einen Rauchstrom meerwärts. «Aber genau so ist es. Genau so fühlt sich Reichsein an.» Noch immer lachend, klemmte er die Zigarre zwischen die Zähne und goss sich und Eve Champagner nach. «Tja, meine Liebe, jetzt wissen Sie's. Das einzige Problem, das Geld löst, ist das Problem des Geldmangels. Alles andere bleibt im Grund gleich.»

AUF DAS moderne, buchförmige, aus Sichtmauerwerk bestehende Gerichtsgebäude von Bernalillo County knallte die Vormittagssonne so heftig herab, dass es aussah, als reflektierte es einen Atomblitz, und Janine Zander verließ es kaum je, ohne eine Sonnenbrille aufzusetzen. Doch heute nützte die dunkle Brille wenig gegen die gnadenlos gleißende Sonne, weil Janine sie bereits drinnen getragen hatte, um ihre verheulten Augen vor den Kollegen zu verbergen: Es war ihr erster Arbeitstag nach Toms Tod. Und als sie aus der schweren Glastür kam, ging sie nach Süden, die Fifth Street hinunter, zur Civic Plaza. Die Plaza war als Herz der City gedacht gewesen, wirkte aber eher so, wie sich eine Maschine ein Herz vorstellen mochte oder, schlimmer noch, ein Architekt. Im Compass-Bankgebäude gegenüber vom Kongresszentrum fuhr sie mit dem Lift in den siebten Stock, wo die Anwaltskanzlei Stryver & Carton lag. Janine hatte keine Ahnung, warum sie hier vorsprechen sollte. Sie hatte vorher noch nie von Stryver & Carton gehört.

Neal Stryver war ein kleiner, kahlköpfiger Mann mit einem Rattengesicht und einem Schlips, der ihm zwanzig Jahre zu weit war. Er kam schnell zur Sache und teilte ihr mit, jemand – er sei nicht befugt, den Namen der betreffenden Person zu nennen – habe seine Kanzlei gebeten, Mrs. Zander die Summe von zwei Millionen Dollar zu übergeben, und Stryver & Carton stünden ihr gern zu Diensten, wenn es um die Anlage des Geldes ginge.

«Wenn das ein Witz ist», sagte Janine und nahm die Sonnenbrille ab, «bin ich nicht gerade in der Stimmung –»

«Ich kann Ihnen versichern, dass es kein Witz ist», sagte Stryver. «Zwei Millionen Dollar sind auf Ihren Namen bei der First State Bank hinterlegt. Meine Instruktionen lauten, Sie von dieser Tatsache in Kenntnis zu setzen, und ich bedaure sehr, dass ich Ihnen nicht mehr sagen kann außer vielleicht den Namen einiger empfehlenswerter Anlageberater.»

«Aber warum?»

«Warum?» Stryver hob die Hände. «Man hat mir keine Erklärung gegeben, Mrs. Zander. Aber wenn ich ausnahmsweise mal eine Spekulation wagen sollte, würde ich annehmen, dass Ihnen das Geld als Entschädigung für Ihren tragischen Verlust zugeht. Vielleicht – und auch das ist reine Spekulation – ist der

Wohltäter ja einer dieser Milliardäre, um deren Freilassung Ihr Gatte die letzten Tage vor seinem unglückseligen Tod verhandelt hat.»

Janine nickte. «Ich kann es kaum fassen», sagte sie.

«Das dürften wohl die meisten Menschen unter solchen Umständen sagen.»

«Zwei Millionen?»

«Zwei Millionen.» Und damit übergab er ihr einen Brief der First State Bank, der genaueren Aufschluss über die hinterlegte Geldsumme gab.

Janine nahm ihr Taschentuch heraus und tupfte sich die Augen. «Wenn doch nur Tom noch da wäre und das mitkriegen könnte», schluchzte sie.

Stryver nickte ernst und sagte sich, dass es vielleicht unpassend wäre, Mrs. Zander darauf hinzuweisen, dass sie, wenn ihr Mann noch am Leben wäre, wohl kaum hier bei Stryver & Carton ein Gespräch über einen Betrag von zwei Millionen Dollar führen würde.

«Er wollte immer Millionär werden.»

IN DER Galleria degli Uffizi in Florenz machte eine gut gekleidete, gut aussehende, offenkundig reiche Amerikanerin in Begleitung ihres Führers, eines hübschen jungen Kunststudenten namens Luca, einen Rundgang durch die verschiedenen Säle. Die Frau sagte wenig, stellte nur ein paar Fragen in ihrem ordentlichen Italienisch, aber Luca war klar, dass es ihr gefiel und dass sie seine fundierten Erläuterungen zu den einzelnen Gemälden zu schätzen wusste. Doch offenbar hatte ihr seine Beschlagenheit wesentlich mehr imponiert, als er gedacht hatte, denn am Ende des Rundgangs gab sie ihm, zusätzlich zum Führungshonorar, zwei Fünfhunderteuroscheine. Und als sie per Taxi in ihr Hotel zurückgefahren war – das Villa San Michele in der Nähe von Fiesole, bestimmt eins der besten in Florenz –, fiel ihm wieder ein, dass sie zwei Bilder offenbar ganz besonders interessiert hatten. Aber das waren nicht die Bilder, die die Touristen normalerweise am meisten bestaunten – Botticellis Venus, Leonardos Verkündigung oder Michelangelos Heilige Familie. Keiner der beiden Künstler gehörte, flapsig gesagt, zu den Stars, und plötzlich neugierig geworden – noch nie hatte ihm jemand dreimal so viel Trinkgeld gegeben, wie sein Führungshonorar betrug –, ging Luca wieder in die Galerie zurück, um sich diese Bilder noch einmal genauer anzusehen.

Beide waren in seinen Augen noch nicht mal die besten Werke ihrer Schöpfer. Piero del Pollaiolos Porträt des Galeazzo Maria Sforza war gewiss besser als das Bild, das die Amerikanerin so interessiert hatte, und der Salviati verlockte kaum zu genauerem Hingucken, da er direkt neben Raffaels Bildnis Johannes' des Täufers in der Wüste hing. Und erst nach einer ganzen Weile ging Luca auf, was die beiden Lieblingsbilder dieser Frau gemeinsam hatten. Sie trugen beide den Titel «Caritas».

FSC
www.fsc.org
MIX
Papier aus verantwortungsvollen Quellen
Paper from responsible sources
FSC® C105338

Die in diesem Buch dargestellten Figuren und Ereignisse sind fiktiv. Jegliche Ähnlichkeit mit lebenden oder toten realen Personen ist zufällig und nicht von der Autorin beabsichtigt.

Katharina Sabetzer, Gutenberggasse 19/1, 1070 Wien
Mail: schreibtisch@katrinaverde.at
Web: www.katrinaverde.at
Lektorat: Renate Rosner
Covergestaltung: Sibylle Exel-Rauth

ISBN: 9783754681428

Herstellung und Druck über tolino media GmbH & Co. KG, München.
Printed in Germany

Genussvoll

EINE LIEBESKOMÖDIE ZUM GENIESSEN

KATRINA VERDE

Prolog

ELIZA

Eigentlich hatte ich immer nur ein einziges Ziel in meinem Leben: Niemals, also wirklich: *niemals* wollte ich in einem „Bridget-Jones-Moment“ landen. Sie wissen schon: halbbekleidet, superpeinlich und in Anwesenheit von Colin Firth.

Es war zwar nicht Colin Firth, der gerade vor mir stand – weder die Buch-Variante, in der er als Mr. Darcy waschelnass aus dem Teich steigt, noch die Filmvariante im schicken Anzug –, aber der Mann, der offenbar an meiner Wohnungstür geläutet hatte, war groß, schön und sehr bemüht, seine Verwirrung hinter einem höflichen Lächeln zu verstecken.

. . .

Und ich? Ich stand direkt vor ihm in meinem ferkelrosa Bademantel, aus dem die unrasierten Schienbeine hervorragten, die strähnigen Haare im nicht-instagramtauglichen Yoga Bun zusammengefasst, der noch dazu gerade knapp über meinem rechten Ohr Station gemacht hatte.

Mein Gegenüber räusperte sich, das Lächeln mittlerweile etwas festgefroren, und tippte sich leicht an seine Wange. Ich versuchte, meinen Blick scharfzustellen, um erkennen zu können, was er mir auf seiner hundertprozentig babypopoweichen Wange zu zeigen versuchte. Doch da war nichts, das mein vom Schlaf noch leicht unscharfer Blick wahrnehmen konnte, außer vielleicht der leichte Ansatz eines Grübchens.

Eventuell.

Seufz.

Hatte Colin Firth Grübchen?

Aber bevor meine Tagträume überhandnehmen konnten, tippte sich der unerwartete Besuch vor meiner Wohnungstür erneut an seine Wange. Ich beugte mich also leicht nach vorn, meiner Sehstärke auf die Distanz nicht mehr trauend, und kniff die Augen zusammen. Die ungewohnte Muskelbewegung brachte mein Gesicht in Bewegung und ich spürte das wohlbekannte Spannen meiner frühlingstrockenen Haut.

Und noch etwas.

Etwas mehr.

An *meiner* Wange nämlich.

Irgendetwas klebte da!

Und mein schlaftrunkenes Gehirn wechselte binnen kürzester Zeit in den Schockmodus.

Auch ein Weg, aufzuwachen.

In Zeitlupe tastete ich mich an mein Gesicht heran und zupfte an dem fremden *Ding*, das sich sehr schnell als leeres Wickelpapier eines Schokoriegels herausstellte.

Natürlich.

Ich wollte das Papier zusammenknüllen, merkte aber gleich, dass sich darin noch der letzte Bissen Schokoriegel verfangen hatte.

Es war vermutlich das erste Mal in meiner gut 30-jährigen Geschichte, dass ich einen Schokoriegel nicht zur Gänze aufgegessen hatte.

Wahrscheinlich war er deshalb so anhänglich.

Schmilzt du nicht im Mund, verschmilzt du eben mit dem Gesicht.

Ich sollte Werbetexterin werden.

„Ich sollte später wiederkommen", sagte der Mann vor meiner Wohnungstür plötzlich und riss mich aus meinen Schokoriegelgedanken. Ich hob meinen Kopf und sah direkt in mittlerweile leicht wässrige Augen, dazu stark zuckende Mundwinkel.

Hat jemand behauptet, Bridget Jones wäre nicht unterhaltsam gewesen?

Trotzdem wollte ich niemals so werden wie sie.

„Warum?", fragte ich und nahm das letzte Stück Riegel in den Mund. Ab diesem Zeitpunkt war es nicht mehr nötig, höflich zu sein. Meine ferkelrosa Bridget-Jones-Interpretation wird er ohnehin in seinem Leben nie wieder vergessen können.

„Ich wollte mich bloß vorstellen", sagte er schließlich bemüht freundlich, „ich wohne jetzt da ..." Er unterbrach sich selbst und deutete auf die riesige Holztür, die schräg gegenüber meiner eigenen Wohnungstür lag.

Ich nickte leicht, was meinen Yoga Bun bedauerlicherweise in Bewegung versetzte und mich natürlich dazu brachte, instinktiv die Arme nach oben zu reißen, um die Haare zu fixieren, was wiederum dazu führte, dass sich der Gürtel meines Bademantels lockerte und schließlich war auch meine Grenze erreicht.

Er musste wirklich nicht auch noch wissen, wie wenig ich unter dem Bademantel trug.

In schnellen Bewegungen riss ich mir den Haargummi vom Kopf, fixierte den Bademantelgürtel gerade noch rechtzeitig vor einer unfreiwilligen Spontanpräsentation meiner Schlafshorts, die mir das letzte Mal mit 13 gut gepasst hatten, und starrte meinen neuen Nachbarn wütend an.

„Ist gut", sagte ich, nickte geschäftig, weil ich nicht anders konnte, und ergänzte noch ein „Viel Vergnügen!", bevor ich die Wohnungstür schloss.

Falls es Colin Firth gewesen wäre, hätte ich vielleicht freundlicher reagiert.

Eins

FRED

Etwa zwei Wochen später

„Das Tischtuch ist zu Rot!"

Ja, das hatte ich gerade laut gesagt.

Nein, nicht nur gesagt.

Gebrüllt.

Mindestens drei Personen im Raum waren zusammengezuckt. Leider jedoch nicht jene Person, die am ehesten reagieren hätte sollen: der Fotograf.

Wie schon in den vergangenen sieben Stunden, seit wir in dieser eiskalten Lagerhalle in Simmering („Dieses Industrial-Vintage-Feeling lässt dein Essen so richtig lebendig erscheinen!“) eingefallen sind, hing er überwiegend am Telefon („In New York stehen sie gerade auf, you know?“), anstelle sich darum zu kümmern, seinen Job zu machen, nämlich Essen zu fotografieren. *Mein* Essen.

Ich hatte alles geschluckt: die nicht ganz so subtilen Seitenhiebe („Du verwendest noch Weizenmehl? Interessant.“), die gespielt dramatischen Liebesbekundungen („Dreh den Teller! Soo sexy!“) und vor allem das unverhohlene Desinteresse am eigentlichen Auftrag („Lass uns das alles mal ohne Geschirr ausprobieren.“).

Aber seit etwa 45 Minuten spürte ich meinen Pulsschlag durchgehend mitten im Kopf und wenn ich nicht bald schreien oder etwas zertrümmern konnte oder mir zumindest versprochen wurde, mich niemals wieder mit dieser Person in einem Raum aufhalten zu müssen, konnte ich für nichts mehr garantieren.

Für einen Moment gab ich mich der Fantasie hin, alle Töpfe vom Herd zu stoßen, die Teller wie Frisbees an die Wand zu schleudern und dabei irgendetwas Sinnvolles zu schreien wie: „Ich wette, in New York essen sie wesentlich mehr Weizenmehl als in Wien!“

Das wär’s. Das würde ihn von seinem hohen Ross stoßen.

Definitiv.

Vielleicht.

„Honey, das Rot hat die Zeitung ausgewählt“, rief mir der Fotograf, vollkommen unbeeindruckt vom Rauch, der aus meinen Ohren stob, zu und wandte sich mit einem Kopfschütteln wieder seinem Telefonat zu. „Fuck these clients", murmelte er ins Telefon (*Als ob ich ihn nicht hören könnte!*) und zeigte mir sein Gesicht, während er die Augen verdrehte, „no feelings for art."

Ich zuckte zusammen.

Irgendetwas schnappte in mir ein und ich lachte lauthals auf. Wer auch immer am anderen Ende der Leitung zuhören musste, verdiente einen Orden für das kuriose Englisch, an dem sich der Fotograf die ganze Zeit versuchte.

Das restliche Team – alles Frauen, die seit Stunden mit uns durch diese Lagerhalle gewuselt waren, ohne dass ich erkennen konnte, was ihre *eigentliche* Aufgabe war – stand regungslos da und schaute mich an. Ich blickte jeder einzelnen Person ins Gesicht und eine Mischung aus Verwirrung und Ratlosigkeit strahlte zu mir zurück. Und plötzlich fühlte ich mich einfach nur müde.

„Das geht so nicht", murmelte ich, „das geht so nicht."

„Wir können das Tischtuch austauschen", probierte es die Blonde der drei verschreckten Mitarbeiterinnen. Aber ich schüttelte nur den Kopf.

„Ist irgendjemand von euch aus der Redaktion oder gehört ihr alle zu ihm?", fragte ich bemüht freundlich und deutete in Richtung Fotograf.

Eine vierte Person, dunkelhaarig und sehr, sehr klein, tauchte plötzlich auf. Sie war mir bisher noch gar nicht aufgefallen.

„Ich bin aus der Redaktion", sagte die Frau, die nicht älter als 20 sein konnte.

„Bitte richte deinem Chef aus, dass ich mich sehr herzlich für die Möglichkeit bedanke, eines meiner Rezepte in eurem Magazin zu zeigen, aber das funktioniert so nicht." Ich schaute sie motivierend an und bemühte mich um ein Lächeln.

„Das Tischtuch muss wirklich nicht sein", sagte sie leise, „das kommt nicht von uns." Die letzten Worte flüsterte sie so leise, dass ich mich ein wenig vorbeugen musste, um sie zu verstehen.

„Ich weiß", flüsterte ich – etwas lauter jedoch – zurück. „Ich glaube, er mag mich einfach nicht."

Die Blonde schnaubte durch die Nase. „Ich glaube, er mag niemanden." Auch sie flüsterte so laut wie möglich und irgendwie machte uns das alle plötzlich zu Verbündeten.

Ich lächelte.

„Es tut mir leid", begann die Dunkelhaarige, die von der Redaktion in diese Eishölle am Stadtrand von Wien geschickt worden war, noch einmal, aber ich schüttelte nur heftig den Kopf.

„Sag Louis einfach, er soll mich anrufen." Wieder überfiel mich Müdigkeit. Ich setzte mich in Bewegung und holte meine Jacke und meine Tasche, kümmerte mich weder ums Aufräumen noch um den Fotografen, der weiterhin ungerührt telefonierte. Vermutlich bekam er trotzdem sein Honorar, auch wenn er das Fotoshooting von Anfang an sabotiert hatte.

Ich nickte den drei, nein, vier Frauen zu und bewegte mich in Richtung Ausgang. Als ich bei der Tür war, drehte ich mich noch einmal um: „Ich gebe keines der bisher gemachten Fotos frei", rief ich durch die Halle, „und somit auch mein Rezept nicht."

. . .

„Mir egal, was ihr jetzt mit der leeren Seite im Heft macht", murmelte ich nur mehr für mich, als ich in die Dämmerung des vorvorletzten Aprilabends hinaustrat. Ich marschierte einige Minuten planlos vor mich hin, vollkommen orientierungslos in diesem unbekannten Stadtteil von Wien, bis ich mir ein Taxi rief und mich endlich in die Innenstadt zurückbringen ließ. Was für ein vergeudeter Tag!

„Was für ein vergeudeter Tag!", rief ich in das Teehäferl, das Lonny vor einigen Augenblicken vor mir auf die Bar gestellt hatte. Mir war immer noch kalt und der Frust der vergangenen Stunden hatte mittlerweile meinen ganzen Körper erfasst. Mein Nacken schmerzte und die Muskeln rund um mein Brustbein krampften und ich wollte boxen oder mich einrollen und tot stellen. Ich konnte mich nicht entscheiden.

„Es war nur ein Tag", sagte Lonny bemüht ruhig.

„Es war eben nicht nur *ein* Tag!", rief ich über den Tresen hinweg. Lonny bemühte sich, unbemerkt nach links und rechts zu schauen, zu den anderen Gästen der Bar, ob wohl niemand von meinem niedergeschlagenen Äußeren spontan in depressive Stimmung versetzt worden war.

Aber ich ließ mich nicht beirren. „Ich habe Wochen auf dieses Fotoshooting hingearbeitet, die Rezepte verfeinert, unterschiedliche Varianten ausprobiert, wie ich die Gerichte am besten präsentiere. Und dann kommt so ein Taugenichts und *schert sich einen Dreck um meine Arbeit*!"

Ja, einrollen und tot stellen wäre gerade die präferierte Handlung.

Lonny seufzte. Dann stellte er ein kleines, bis zum Rand gefülltes Schnapsglas vor mich hin und deutete mit seiner Hand an, dass ich dieses trinken sollte.

„Danke“, antwortete ich und atmete tief ein, „aber ich trinke deinen Schnaps nicht mehr, seit …“, ich ließ den Satz in der Luft hängen, davon ausgehend, dass Lonny wusste, wovon ich sprach.

„Seit du damals zu Ostern vergessen hast, wo du wohnst und bei deiner alten Studentenwohnung Sturm geläutet hast?“, beendete Lonny den Satz.

Ja, damals hatte ich Lonnys Zwetschgenschnaps getrunken, aber: „Nein, das habe ich nicht gemeint.“

„Seit du an meinem 25. Geburtstag die Karaoke-Bühne gestürmt hast und ‚My heart will go on‘ gesungen hast?“, probierte er es erneut. „Fünf Mal“, setzte er unnötigerweise nach.

Ja, gut, damals hatte ich Lonnys Kirschenschnaps ausprobiert, aber: „Nein, das habe ich nicht gemeint.“

„Seit du voriges Jahr ein Live-Video auf meinem Instagram-Kanal gestartet hast, um dich beim Breakdance zu filmen?“

Damals war Lonny der Meinung gewesen, eine Woche Regenwetter bekämpfte man am besten mit Breakdance. Und seinem Zirbenschnaps. Aber: „Nein, das habe ich nicht gemeint.“

Ich hob die Hand, bevor er mir noch ein weiteres Beispiel nennen konnte, wann ich mich mit zu viel Alkohol (oder Lonnys Schnapskreationen) im Blut zum Narren gemacht hatte.

„Ich habe an die Hochzeit deiner Schwester gedacht", sagte ich leise und ließ meinen Kopf nach vorn fallen. Damals waren wir auf die glorreiche Idee gekommen, wir müssten jedes Mal einen Schluck von Lonnys Apfelschnaps trinken, wenn jemand „Baby" oder „Kinder" erwähnte. Kein Mensch konnte ahnen, dass auf einer Hochzeit von *nichts anderem* die Rede war als von den zukünftigen Kindern! Man könnte ja meinen, dass die Hochzeit fürs erste Mal genug gewesen wäre.

Auch damals hatte uns Lonnys Schnaps zum Tanzen motiviert und wir hatten im Laufe des Abends die Tanzfläche übernommen. Auf unseren Knien.

Als wir am nächsten Morgen die wackeligen Handyvideos *aus mehreren Perspektiven* von uns sahen, wie wir *kniend* Macarena „getanzt" hatten, fanden wir die ganze Aktion nicht mehr ganz so lustig.

Das Einzige, das ich aus dieser kurzen Reise durch die Geschichte von Lonnys Schnapskreationen gelernt haben sollte, war eigentlich, jetzt nicht nach dem kleinen Glas vor meiner Nase zu greifen.

Aber ich war leider nicht immer der Klügste, wenn es um spontane Entscheidungen ging.

Was sollte schon passieren?

~

„Warum geht die Tür nicht auf?", fragte ich mehrere Stunden später in die stille Wiener Nachtluft hinein.

„Du musst andrücken, wenn es surrt", antwortete die Wand vor mir.

Oh mein Gott! In unserer Hausmauer wohnt ein Roboter!

„Nein, du Irrer! Hier ist 4A."

„Der Bus?"

Ich bekam keine Antwort mehr, aber dafür surrte es hinter meinem Rücken plötzlich.

Ich lehnte meinen Körper in Richtung des Geräuschs und – halleluja! – die Tür bewegte sich!

„Danke!", rief ich ins Stiegenhaus.

„Shhhh!", zischte es zurück.

Es dauerte Millionen Jahre, bis ich endlich im 3. Stock war, wo ein rosa Wattebausch in einer geöffneten Tür stand.

„Du?", fragte der Wattebausch, „das hätte ich mir gleich denken können, dass du es bist, der mich wieder aus dem Schlaf reißt!"

Warum so grantig? Ich wäre immer nur glücklich, wenn ich ein rosa Wattebausch wäre.

Fasziniert (und ja, auch ein wenig kichernd) stieg ich die letzten Stufen nach oben und endlich blendete das Licht, das hinter dem Wattebausch leuchtete, nicht mehr direkt in meine Augen.

Und wie früher die Barbapapas verwandelte sich der Wattebausch in meine neue Nachbarin, die mich wütend anstarrte.

„Hey, sexy Bademantel", sagte ich und lachte lauthals über mich selbst.

„Wie heißt du?", fragte sie mich plötzlich.

„Alfred. Wie die Ente", antwortete ich wahrheitsgetreu.

„Ist das ein Scherz?"

„Nein, das ist mein Name."

Sie schnaubte und murmelte etwas, das klang wie „Mein Leben ist zum Slapstick geworden" oder so ähnlich.

„Weißt du, wo du wohnst?", setzte sie etwas lauter die kuriose Befragung fort.

„Hier", antwortete ich wieder superehrlich und deutete auf meine Wohnungstür, die schräg gegenüber ihrer lag.

Sie nickte und ich fühlte mich erstaunlich stolz, weil ich ihre Fragen richtig beantwortet hatte.

„Wie viel hast du getrunken?"

Ui, zu früh gefreut. Schwierigkeitslevel der Fragen plötzlich sprunghaft angestiegen.

„Einen Tee, vier Bier – ha, das reimt sich! – und ein paar Gläser von Lonnys Birnenschnaps." Ich zuckte mit den Schultern. „Mit dem Daumen berechnet." Ich wackelte mit meiner Hand und aus irgendeinem Grund lächelte meine Nachbarin und lenkte mich somit endlich von ihrem rosa Frottee-Wunderwerk weg hin zu ihrem Gesicht.

„Ist das normal für dich?", fragte sie mich ruhig.

Ich schüttelte den Kopf, was jedoch keine gute Idee war, denn dadurch setzte sich das Stiegenhaus in Bewegung und die Welt drehte sich um mich herum, weshalb ich nach dem Türstock vor meiner Nase griff. Irgendwo begann es zu läuten, aber bevor ich die Quelle des Lärms ausmachen konnte, riss die rosa Nachbarin meinen Arm vom Türstock und schimpfte etwas von „Das ist die Türglocke, du Idiot!" und zog mich in ihre Wohnung.

„Du weckst das ganze Haus auf!", schimpfte sie weiter und zog mich durch ihr Vorzimmer.

Sie deutete auf eine Tür und sagte: „Das ist die Toilette." Warum auch immer.

Dann zog sie mich weiter, bis wir vor einer riesigen grauen Couch standen.

„Leg dich hin!“, sagte die Nachbarin und das klang nach einer hervorragenden Idee, also folgte ich ihr ohne Widerrede.

Und dann war Schlafenszeit.

Etwa fünf Minuten später wurde ich munter – mit der Mutter aller Kopfschmerzen und einem toten Tier, das in meinem Mund wohnte. Außerdem war ich in einer Wohnung, die ich nicht kannte. Und es war helllichter Tag.

„Guten Morgen“, sagte eine Stimme irgendwo in der Nähe, aber um herauszufinden, zu wem die Stimme gehörte, hätte ich meinen Kopf bewegen müssen, was mir unmöglich erschien.

„Ich sterbe“, sagte ich, weiterhin stets der Wahrheit verpflichtet.

„Heute nicht“, antwortete die Stimme und kam etwas näher. Ich schloss die Augen und wenige Augenblicke später spürte ich, wie mir eine Decke über die Schultern gezogen wurde, aber dann übermannte mich erneut der Schlaf.

Es war bereits nach Mittag, als ich wieder ins echte Leben zurückkehrte und mich auf der fremden Couch in der fremden Wohnung und ohne Erinnerung an den Vorabend wiederfand. Der Kopfschmerz pulsierte weiterhin und ich gab dem Fotografen die Schuld, der leider nicht – wie die Stunden seit etwa 19:00 Uhr – in der Vergessenheit verschwunden war. In meinem Mund schmeckte es nach Bier und Birne und mein Magen wackelte leicht, aber beständig vor sich hin.

Einatmen.

Ausatmen.

Langsam den Kopf bewegen.

Auf einem Couchtisch standen ein sehr großes Wasserglas, eine Tasse Kaffee und eine Packung Aspirin. Daneben lag ein Zettel.

Guten Morgen, Alfred.

Zum Glück konntest wenigstens Du gut und lang schlafen. Falls der Birnenschnaps alle Gehirnzellen abgetötet hat: Du wohnst schräg gegenüber, in der Wohnung 4B.

Bitte läute nie mehr bei mir an.

E.

Danach passierte alles wie in einem Actionfilm, als mein Filmriss doch noch von ganz schnell geschnittenen Erinnerungsstücken durchfetzt wurde.

Das verhaute Fotoshooting.

Lonny.

Schnaps.

Bier.

Noch mehr Schnaps.

Die rosa Wattewolke aus Frottee.

Alfred.

Wie die Ente.

. . .

Ich stöhnte laut auf und drückte mir die Hände aufs Gesicht. Warum, warum, warum konnte das nicht alles in der ewigen Vergessenheit geblieben sein? Mein Leben wäre so viel schöner gewesen ohne die Erinnerung daran, dass ich mich vor meiner Nachbarin zum Narren gemacht hatte. Es war vermutlich mitten in der Nacht gewesen, als ich nach Hause gekommen bin. Warum stand sie überhaupt in der Tür?

Ich las noch einmal ihre Nachricht durch.

Oh mein Gott, ich hatte wohl bei ihr angeläutet!

Der Kater verstärkte meine Scham auch noch zusätzlich.

Ich suchte nach meinem Telefon, um irgendeinen Zugriff auf die Realität zu bekommen oder zumindest die Uhrzeit herauszufinden. Mein Display war überschwemmt mit verpassten Anrufen und Nachrichten. Der Großteil davon trug Lonnys Namen, daneben war auch noch ein verpasster Anruf meiner Schwester sowie zwei versäumte Anrufe von Louis, dem Magazin-Redakteur, für den wir gestern mein Essen fotografieren hätten sollen.

Die Wut auf den Fotografen überfiel mich erneut und mein ohnehin total übersäuerter Magen gurgelte grantig vor sich hin.

Für einen Moment schloss ich meine Augen. Der Kater bedeutete körperliche Schmerzen. Und einen weiteren verlorenen Tag. Aber da musste ich jetzt durch.

Ich scrollte durch Lonnys Nachrichten, die im Laufe der vergangenen Stunden an Hysterie zugenommen hatten. Auf seine aktuellste Nachricht („LEBST DU NOCH?!?!?“)

antwortete ich mit einem lapidaren: „Bin mir noch nicht so sicher“.

Es dauerte nur Sekunden, bis Lonny antwortete:

LONNY: Alteeeerrrrrr, not funny! Ich war kurz davor, zu Deiner Wohnung zu fahren und Sturm zu läuten.

ICH: Hättest mich dort nicht angetroffen. Grad aufgewacht.

LONNY: What??? Warum nicht? Liegst Du in der Gosse?

ICH: Haha, nein. Auf der Couch der Nachbarin.

LONNY: ???

ICH: Ich glaube, ich habe bei ihr angeläutet. Wann sind wir gestern nach Hause gegangen?

LONNY: Halb 3 oder 3.

ICH: Warum trinke ich immer wieder deinen Schnaps?

LONNY: Weil er heilt ...

ICH: Mich nicht.

LONNY: Wohl.

ICH: Not true.

Ich fotografierte die Nachricht der Nachbarin ab und schickte sie Lonny.

ICH: Ich glaube, ich habe Hausverbot.

LONNY: Wohl zu Recht.

ICH: Ich mache mich mal auf den Heimweg. Ich ruf Dich später an.

Lonny verabschiedete sich mit einer Fülle an Emojis, deren Bedeutung mir auch in weniger verkatertem Zustand wohl nichts gesagt hätte, aber ich schüttelte das ab. Ich trank ein paar Schlucke von dem Wasser, das mir die Nachbarin bereitgestellt hatte und setzte mich auf. Ein Kübel, der offenbar neben der Couch gestanden ist, fiel dabei um, weil ich ihn nicht gesehen hatte. Ich lachte leise auf.

Sehr fürsorglich.

Ich nahm zwei Aspirin und spülte sie mit dem restlichen Wasser runter. Dann tastete ich nach dem Kaffee, der bereits eiskalt war. Ich nahm zwei Schlucke von dem sehr, sehr bitteren Getränk, aber es tötete zumindest einige der Alkoholreste auf meiner Zunge ab. Wenigstens vorübergehend.

Dann erst begann ich, mich in der Wohnung umzublicken. Ich saß auf einer riesigen Couch, die fast die Hälfte des Zimmers einnahm. Der Raum selbst war mit nur wenigen, aber sehr geschmackvollen Möbeln eingerichtet. Die Wohnung war vermutlich nicht sehr groß, aber sie war auf eine kühle Art gemütlich. Und unheimlich aufgeräumt. Nichts lag ungeplant herum (außer mir, natürlich). Keine Zeitung, kein Buch. Ich schärfte meinen Blick nochmals. Hatte sie tatsächlich keine Bücher?

Ich zuckte meine Schultern. Was ging's mich auch an?

Wir hatten uns bis jetzt zwei Mal gesehen, – in beiden Fällen waren wir nicht gerade die beste Version unserer selbst gewesen. Ich kicherte bei der Erinnerung an den rosa Bademantel und das Schokopapier auf ihrer Wange. An diesem Tag hatte *sie* etwas verkatert ausgesehen. Und verärgert.

Wie gestern auch.

Ich seufzte.

Es war an der Zeit, nach Hause zu gehen.

Ich sah mich nach einem Stift um, mit dem ich der Nachbarin eine Nachricht des Danks hinterlassen konnte, aber natürlich war in dieser unfassbar sauberen Wohnung nichts zu finden, mit dem man schreiben hätte können.

Mein Blick fiel auf die Tasse Kaffee vor mir, die sich mit ihrer rauen, dezent grauen Außenfläche interessanterweise ideal ins Farbschema des Wohnzimmers einfügte. Langsam formte sich eine Idee in meinem Kopf.

Einen Burger und fast zwei Liter Wasser später pulsierte mein Kopf nur mehr leicht und ich begann, in meiner Küche nach Schokolade zu kramen. Ich fand eine frische Tafel weiße Schokolade, aber auch normale Milchschokolade und zerteilte beide Sorten zum Teil. Den kalten Kaffee, den ich aus der Wohnung der Nachbarin mitgenommen hatte, kochte ich gemeinsam mit Schlagobers auf und goss die Flüssigkeit schließlich über die kleinen Schokoladeteilchen, die ich zuvor in eine Schale gegeben hatte. Als die Schokolade geschmolzen war, gab ich die gesamte Masse in den Kühlschrank.

Zeit für ein eine kurze Pause auf der Couch.

. . .

Der Abend dämmerte bereits, als sich mein Hirn endlich von den Alkoholwolken (und dem etwas längeren Nickerchen am Nachmittag) erholt hatte und ich langsam wieder das Gefühl hatte, als vollwertiger Bürger am Leben teilhaben zu können.

Es gab somit keinen Grund mehr, das Telefonat mit Louis aufzuschieben.

Er hob gleich nach dem ersten Läuten ab.

„Es tut mir *so* leid!“, rief Louis anstelle einer Begrüßung ins Telefon. „Lisa hat mir alles erzählt. Ich kann nicht glauben, dass du das länger als eine Stunde ausgehalten hast!“

„Wer ist Lisa?“, war das erste, das mir einfiel, als Louis kurz pausierte, um Luft zu holen.

„Die Redaktionsassistentin, die gestern dabei war. Jung, lieb, sehr schweigsam“, Louis schien von meiner Frage nicht irritiert zu sein und ein Bild der sehr kleinen Dunkelhaarigen erschien in meiner Erinnerung.

Louis startete in eine langwierige Erklärung, warum die Redaktion ausnahmsweise diesen Fotografen für das Fotoshooting gebucht hatte, also klemmte ich mein Telefon unters Ohr, während ich die Schoko-Kaffee-Masse von zuvor aus dem Kühlschrank holte und ihm weiter zuhörte.

Ich begann, die Masse in kleine Schokokugeln zu formen und diese dann auf einem Backblech aufzulegen. Louis entschuldigte sich nochmals und bemühte sich darum, mit mir einen neuen Fototermin zu vereinbaren.

„Ich bin mir nicht sicher, ob ich dieses Theater wiederholen möchte", antwortete ich zum gefühlt siebten Mal, aber Louis war unbeirrbar.

„Dein Rezept passt so gut in unsere Sommerferienausgabe, ich will niemand anderen dafür."

„Dann lasst doch die Seite weiß!"

„Du bist der erste Koch, der sich *nicht* dankbar auf die Knie wirft, wenn wir ihm eine Vorstellung im Magazin anbieten", lachte Louis ins Telefon.

Louis und ich kannten uns schon seit vielen Jahren. Wir hatten uns während unserer Küchenlehrjahre bei einem deutschen Superstar-Koch, dessen Namen wir beide nach Ende unserer Lehrzeit nie mehr wieder erwähnten, kennengelernt. Die Jahre in der Küche des Sternekochs waren vermutlich die schlimmste Zeit meines Lebens gewesen. Ich bin heute noch erstaunt, dass ich damals nicht aus purer Verzweiflung zum Alkoholiker geworden bin.

Nun gut, dieser Witz zündete heute – nach der Birnenschnapseskalation des Vorabends – eher nicht, aber man versteht ja wohl, was ich sagen will.

Louis hatte jedenfalls nach dieser Lehrzeit „seine Küchenschürze an den Nagel gehängt und den Kochlöffel verbrannt", wie er immer und immer wieder aufs Neue erzählte. „Wenn ich auch nur ansatzweise so sein muss wie der, um erfolgreich zu werden, lasse ich es lieber gleich bleiben", war sein Schluss aus der Zusammenarbeit mit dem Koch-who-must-not-be-named. Louis war daraufhin nach Wien zurückgekehrt, hatte bei einer großen überregionalen Tageszeitung angeheuert und gestaltete dort regelmäßig Beiträge übers Essen, Kochen und Backen, unter anderem auch für das Hochglanz-Magazin, das jedes Wochenende der Zeitung beilag.

Auch ich bin damals nicht ganz unbeschadet aus dieser Küche gestolpert, aber mein Traum nach Sterneruhm war ohnehin nie sehr groß gewesen. Ich wollte gutes Essen kochen, das Leute gesellig werden lässt, sie satt macht und ihnen ein gutes Gefühl gibt. Und dieser Wunsch wurde im Licht des arroganten, ungerechten und gelegentlich menschenfeindlichen Kochs nur noch deutlicher. Es *bestätigte* mir nahezu, auch auf anderem Weg meine Ziele erreichen zu können. Das war eine große Erleichterung.

Und meine Rettung.

Ich war mir aber sicher, dass meine Rezepte und/oder ich auch nicht in einem Magazin abgedruckt werden mussten, allein schon, weil mir diese Art der Prominenz widerstrebte. Aber ich hatte mich von Louis breitschlagen lassen, nachdem er es sich in den Kopf gesetzt hatte, mich unterstützen zu wollen.

Wobei genau, war mir nicht ganz klar.

Ich kochte zurzeit in einem hippen Lokal in der Nähe der Währinger Straße, das vor allem von der Prominenz seines Inhabers, dem Schauspieler Guido Valentin, lebte. Guido zog alle Stars und Sternchen an, die sich in der Stadt aufhielten – egal, ob sie hier lebten oder nur auf der Durchreise waren.

„Louis“, begann ich erneut, aber er unterbrach mich sofort.

„Ich werde nicht betteln“, sagte er gespielt drohend.

„Du musst auch nicht betteln“, antwortete ich ruhig. „Ich will das nicht machen. Das Rezept war außerdem nicht mit Guido abgestimmt, er hätte das ganze Projekt wahrscheinlich ohnehin abgeblasen.“

„Es geht aber hier mal ausnahmsweise nicht um Guido, sondern um dich!“, rief Louis ins Telefon und ich fragte mich erneut, warum er eigentlich so großes Interesse daran hatte, dass ich in seinem Magazin aufschien. „Wer weiß, wie lang du noch für ihn kochen wirst“, schoss Louis noch hinterher.

„Ich habe doch gerade erst bei ihm angefangen!“, antwortete ich. Es musste ein Jahr her sein. Oder zwei. Ich jonglierte mit Jahreszahlen und meiner Erinnerung herum, während Louis am Telefon vor sich hin grummelte und ich etwas Schokolade rieb, die ich gemeinsam mit den Schokokugeln ins Eis geben wollte.

„Warum bestehst du so sehr darauf?“, fragte ich Louis schließlich, um dem Gespräch mal eine andere Richtung zu geben.

„Weil du viel zu talentiert bist, als dass du dein Leben in der Küche dieses Selbstdarstellers, der nicht einmal Pastinaken von Zucchini unterscheiden kann, verbringst!“

Ich war fast ein wenig gerührt, dass Louis sich mehr um mich sorgte als ich, aber schließlich musste ich doch über seinen Pastinaken-Zucchini-Vergleich lachen.

Er lag vermutlich nicht einmal falsch. Guido machte nicht den Eindruck, als würde er irgendeine Gemüsesorte (roh oder verkocht) erkennen können.

Ich überzeugte Louis schließlich davon, dass wir die Entscheidung über die Teilnahme an einem weiteren Fotoshooting vertagen würden, verabschiedete mich von ihm und begann damit, Schokolade über dem Wasserbad zu schmelzen. Nachdem wir aufgelegt hatten, schoss ich ein paar Fotos von der schmelzenden Schokolade mit meinem Telefon und postete diese auf Instagram.

Binnen kürzester Zeit trafen die ersten Kommentare ein.

„Mmmh, heiße Schokolade. Du könntest diese aus meinem Bauchnabel naschen", schrieb Inga0815.

„Fred mit Schokoglasur – das wäre ein Rezept für Götter!", kommentierte Magda_kocht.

Ich merkte, wie ich leicht rot wurde. Auch wenn die beiden (und noch ein paar mehr lustige Frauen) bei jedem Posting von mir auf irgendeine Art anzüglich drunter kommentierten, konnte ich mich einfach nicht daran gewöhnen.

Nachdem die Schokokugeln lang genug im Eis waren, glasierte ich diese mit der mittlerweile geschmolzenen Schokolade, rollte sie in den Schokosplittern und stellte sie nochmals zum Abkühlen in den Kühlschrank.

Ich suchte nach einem Zettel und notierte ein paar Zeilen des Danks an meine Nachbarin, versprach, ihr aus dem Weg zu gehen und forderte sie auf, die Kaffeetrüffel zu genießen.

Als diese schließlich fest genug waren, sortierte ich die Kugeln ins mitgebrachte Kaffeehäferl und stellte dieses mit meiner Notiz vor ihre Tür.

Zurück in meiner Wohnung öffnete ich erneut meinen Instagram-Feed und fand eine Antwort an Magda_kocht von LonnyBrennt (wie sollte Lonny sich auch sonst nennen?) in meinen Kommentaren: „*Fred in Birnenschnaps und Schokolade gerollt – zum Anbeißen!*“ Daneben hatte Lonny eine Zierleiste an Emojis mit Herzaugen eingefügt und ich musste lauthals lachen.

Ich postete ein Foto von den fertigen Schokokugeln im stylischen Kaffeehäferl der Nachbarin und schrieb darunter: „*Nachbarschaftshilfe. #EntschuldigungmitkaltemKaffee #VielenDankfürdieCouch*“

Zwei

ELIZA

Der Tag hatte einfach zu wenige Stunden. Es war noch nicht einmal 11 Uhr und ich wusste, es würde sich nichts so ausgehen, wie ich es für heute eigentlich geplant hatte.

„Eliza!“ Markus, mein Chef, rief aus seinem Büro ins Vorzimmer, in dem ich saß, weil auch er keine Zeit mehr hatte für die wenigen Schritte bis zu meinem Tisch. Mein Telefon läutete.

„Nicht abheben!“, brüllte Markus weiter und ich musste schmunzeln.

Für mich war jeder Tag hektisch, das brachte der Job einfach mit sich. Aber meistens blieb der Stress bei mir im Vorzimmer. An den seltenen Tagen, an denen das Schiff –

wie heute – aus dem Ruder lief und Markus das Drama *nicht* erspart blieb, war es fast amüsant zuzusehen, wie er im Laufe des Tages die Nerven verlor.

Vor allem seine leicht an Hysterie kratzende, etwas höher als normal klingende Stimme hatte einen gewissen Unterhaltungswert.

Wenn ich Zeit gehabt hätte, mich länger damit aufzuhalten.

Ich ignorierte das Telefonläuten, sprintete in sein Büro und konzentrierte mich auf den verwirrten Chef vor mir.

„Wir haben um 11 Uhr diesen Termin und ich bin nicht vorbereitet!“, rief er mir entgegen, auch wenn ich mittlerweile weniger als zwei Meter vor ihm stand. Ich sah auf die Uhr. 15 Minuten blieben uns noch.

„Wo ist das Dossier?“, fragte ich ihn und scannte das Chaos auf seinem Tisch. Wie immer hatte ich ihm am Vorabend in einem Papierfolder die wichtigsten Infos seines Gesprächspartners zusammengefasst und auf seinen Tisch gelegt.

„Keine Ahnung!“ Er warf seine Hände in die Luft und plötzlich schien alle Kraft aus ihm zu weichen und er lehnte sich wie ein nasser Sack in seinem Sessel zurück. Er macht eine auffordernde Handbewegung. „Erzähl mir, was mich jetzt erwartet!“, sagte er.

Ich dachte kurz nach und holte Luft.

„Es ist eine Verkostungstour. Fred Feigel kommt zu uns, weil du mit ihm beziehungsweise mit seinem Lokal einen Exklusivvertrag abschließen wolltest.“

„Ich weiß! Guido Valentins Lokal! Was wissen wir darüber?“ Markus klang ungeduldig.

Ich ratterte einige Statistiken und Details herunter, die

ich in den vergangenen Tagen über das Lokal gesammelt hatte, und Markus nickte konzentriert.

„Und was wissen wir über Fred?“

Ich schnaufte durch und zählte einige der wichtigsten Stationen auf, die ich über den Koch recherchiert hatte. Nicht, dass es viel über ihn online zu finden gegeben hätte.

„Er hat einen recht populären Instagram-Account, über den er aus seiner privaten Küche postet. Das sieht alles sehr selbstgemacht aus, – also auch die Fotos, nicht nur das Essen.“

Markus nickte. Seine Panik schien sich zu legen und die Erinnerung wieder einzusetzen. Seit Monaten war er mir in den Ohren gelegen, dass er einen Exklusivvertrag mit Guido Valentins Lokal abschließen wollte und als wir erkannten, dass wir bei Guido nicht einmal die Chance auf einen Termin bekommen würden, hatte Markus mich gezwungen, bei Fred Feigel, dem Küchenchef, nachzufragen.

Immer und immer wieder.

Feigels erste Antwort auf meine Einladung, sich in unserer Brotmanufaktur (ja, so nennt man heutzutage mittelgroße Bäckereien) umzusehen, war schlicht: „Guido isst kein Brot.“

Ich habe vermutlich fünf-, sechs- oder siebenmal bei ihm angerufen, Mails geschickt, Statistiken mit dem Brotkonsum der durchschnittlichen österreichischen Familie zitiert, bis er beim achten Anruf lachend abgehoben und gesagt hatte: „Ich habe Mitleid mit Ihnen, ich komme vorbei.“

Dann hatte er uns 30 Minuten eingeräumt.

„Du hast 30 Minuten“, erinnerte ich Markus.

„Wie soll sich das ausgehen?“, schnaufte er und die Panik stieg ihm wieder in den Kopf. Manchmal fragte ich mich, wie er ein derart erfolgreiches Unternehmen mit derart wenig Stressresistenz aufziehen hatte können, aber vielleicht hatte ich ihn einfach nur verwöhnt. Er hatte tatsächlich so gut wie nie Stress.

„Weniger reden, mehr kosten“, schlug ich vor und ging wieder aus dem Zimmer und schloss die Tür hinter mir.

Das Telefon nahm sein Läuten wieder auf, als ich zurück an meinen Platz kam. Als hätte der Anrufer mich zurückkommen gesehen.

„*Vollkörnig Brotmanufaktur Wien*“, sagte ich in den Hörer, während es an der Tür klopfte und ich vergaß, mich namentlich beim Anrufer vorzustellen, weil plötzlich mein Nachbar durch die Tür trat und vor mir stand.

„Schätzchen, euer Termin ist schon unterwegs zu euch“, klang es durch den Hörer in mein Ohr. Karla, eine ältere Dame, die „uns mit dem Firmengebäude übergeben wurde“, wie Markus immer sagte, saß üblicherweise im Empfangsbereich der Manufaktur und übernahm Funktionen eines Portiers, einer Hausmeisterin, Betriebsärztin und manchmal auch Firmenseelsorgerin, wenn es sein musste.

„Danke, Karla“, murmelte ich in den Telefonhörer, ohne meinen Blick von meinem Nachbarn zu wenden. Dann legte ich auf.

„Was machst du hier?“, fragte ich ihn und zuckte innerlich ein wenig zusammen, weil ich so streng klang.

„Ich …“, er schluckte, dann lachte er auf, „ich habe einen Termin.“ Dann kniff er seine Augen zusammen.

„Das kann nicht sein“, sagte ich, „wir haben jetzt einen Termin mit jemand anderem.“

„Wie bitte?“

„Verfolgst du mich jetzt schon in die Arbeit?“ Mittlerweile war mir mein bissiger Ton nicht mal mehr unangenehm.

Er starrte mich an. Dann blinzelte er.

„Kennen wir uns?“, fragte er mich verwirrt.

Ich starrte ihn an.

Er starrte mich an.

Irgendetwas stimmte hier nicht.

„Irgendetwas stimmt hier nicht“, murmelte ich und mein Nachbar kniff wiederum seine Augen zusammen.

Ich fuhr mir übers Gesicht.

„Okay“, fing ich nochmals an, „ich *arbeite* hier. Du wohnst in meinem Haus. Wir haben hier gleich einen sehr wichtigen Termin, also musst du wieder gehen.“ Ich starrte ihn streng an. „Wie hast du überhaupt herausgefunden, wo ich arbeite?“

„Ich wohne in deinem ...?“ Man konnte richtig sehen, als seine Erinnerung wieder einsetzte. Über sein Gesicht zogen sich in Windeseile Erinnerung, Schock und – bedauerlicherweise – ein wissendes Lächeln.

„Ich hätte dich fast nicht erkannt ohne Schokolade im Gesicht“, flüsterte er freundlich lächelnd.

Wenn ich eine Comicfigur wäre, wäre mein Kopf jetzt feuerrot geworden. Vor Wut.

Bevor ich noch etwas sagen konnte, bewegte er sich auf mich zu und hielt mir seine Hand hin.

„Mein Name ist Fred Feigel“, sagte er weiterhin freundlich und lächelnd, „offenbar bin ich dein Nachbar. Aber ich bin auch der Koch, den du monatelang verfolgt hast.“ Er dachte kurz nach. „Und du weißt nicht, wie ich aussehe, obwohl du so beharrlich hinter mir her warst?“ Er zwinkerte amüsiert mit seinen Augen.

„Du siehst nicht aus wie auf den Fotos, die es online von dir gibt“, murmelte ich. „Und du hast dich neulich als Alfred vorgestellt.“

Wenigstens sah er jetzt ein wenig schuldbewusst drein.

Während sich in meinem Kopf alle Puzzleteilchen zu einem Gesamtbild zusammenfügten, gesellte sich jedoch auch langsam die Scham dazu, wie unprofessionell ich Markus’ wichtigen Termin begrüßt hatte.

Ich atmete mehrmals tief durch.

Dann nahm ich seine Hand.

„Eliza“, sagte ich, um meine Berufsstimme bemüht, „herzlich willkommen in der *Vollkörnig Brotmanufaktur*. Markus wartet schon auf dich.“ Ich deutete in Richtung Markus’ Büro und ging ein paar Schritte voran. Bevor ich Fred jedoch ankündigte, drehte ich mich nochmals um und sah ihm direkt in die Augen.

„Ich bitte darum, unsere privaten ‚Zusammentreffen‘ nicht auf deinen Eindruck von der Firma Einfluss nehmen zu lassen“, bat ich Fred zähneknirschend und dachte an meine beiden Auftritte im rosa Bademantel.

Aber Fred lächelte ein strahlendes Lächeln und beugte sich leicht nach vorn.

„Das wäre auch in meinem Interesse“, flüsterte er, offenkundig darauf anspielend, dass er gestern Früh desorientiert auf meiner Couch aufgewacht war.

Ich lächelte milde und öffnete schließlich die Tür zu Markus’ Büro, der sich in den wenigen Augenblicken meines

Zusammentreffens mit Fred erholt zu haben schien und diesen nun freudestrahlend und mit seiner gewohnten Coolness begrüßte.

„Lassen Sie uns gleich in die Manufaktur gehen", sagte Markus und führte Fred aus dem Büro.

Erst nachdem die Tür hinter den beiden ins Schloss gefallen war, bemerkte ich, dass ich in den vergangenen Minuten mehrmals meine Luft angehalten hatte. Fast atemlos ließ ich mich auf meinen Bürostuhl fallen und versuchte zu begreifen, was gerade geschehen war.

Wie war es möglich, dass ich Fred Feigel – genau *jenen* Superstar-Koch, den ich seit Monaten um einen Termin in der Manufaktur anbetteln musste – bei meinen beiden Zusammentreffen vor meiner Wohnungstür nicht erkannt hatte? Noch dazu, da er auf meiner Couch übernachtet hatte!

Ich drehte meine Hände vor meinem Gesicht, als würde ich dort die Antwort für meine Blindheit finden können. Als müsste ich meine Sehfähigkeit überprüfen.

Dann öffnete ich Instagram und wählte den Account von Guido Valentins Lokal an. Wann immer man Fred Feigel auf den Fotos sah, war er halb verdeckt oder nur von hinten zu sehen. Ich kniff die Augen zusammen. Jetzt, da ich ihn aus nächster Nähe kannte, war es ein Leichtes, ihn inmitten der vielen prominenten Gesichter zu erkennen, aber davor …?

Ich schüttelte meinen Kopf. Das war doch nicht zu glauben! Ich rief auch noch Freds eigenes Instagram-Profil auf. Ich wollte mir gerade die Fotos, die ich in den vergangenen Monaten in Vorbereitung auf diesen Termin mehrmals aufgerufen hatte, noch einmal durchsehen, da sprangen mir gleich mehrere neue Bilder in seinem Feed ins Auge. Gepostet am Abend zuvor war etwa auch eine mir sehr gut bekannte Tasse im Fokus des Postings, überbordend gefüllt mit Kaffeetrüffeln.

Ich musste lächeln. Als ich gestern Abend nach Hause gekommen war, wäre ich beinahe über das Häferl auf meiner Türschwelle gestolpert. (Vielleicht sollte ich doch mal wieder meine Sehstärke überprüfen lassen ...)

Die Trüffel waren so köstlich, dass ich versucht war, bei Fred anzuläuten und nachzufragen, wo ich diese kaufen konnte. Aber vermutlich hatte er sie selbst gemacht.

Offenkundig hatte er sie selbst gemacht!

Irgendwie schien mein Hirn Schwierigkeiten zu haben, die Kochprominenz Fred Feigel und den lästigen Nachbarn, der sich als Alfred (*Wie die Ente!*) bei mir vorgestellt hatte, zusammenzubringen.

Ich las den Text unter dem Posting, der für die Öffentlichkeit wohl kryptischer war als für mich, was aber einige Leute nicht davon abgehalten hatte, kuriose Kommentare darunterzusetzen.

Manchmal fragte man sich wirklich, was in den Köpfen anderer Leute vorging.

Drei

FRED

Es war kurz vor Mitternacht, als ich endlich wieder die Treppen zu meiner Wohnung hinaufstieg. Ich weigerte mich, die drei Altbau-Stockwerke mit dem Lift zu fahren. So konnte ich wenigstens behaupten, ein regelmäßiges Fitnessprogramm zu absolvieren.

Der Abend hatte sich unendlich in die Länge gezogen. An vielen Abenden konnte ich meist kurz nach 22 Uhr nach Hause gehen. Aber heute war einer dieser unsäglichen Promi-Gäste im Lokal gewesen, ein ehemaliger Schauspieler, der sich mit einigen strategisch platzierten, menschenverachtenden Tweets zu digitaler Prominenz gepostet hatte und deshalb von Guido hofiert worden war.

„Reichweite, Fred! Das ist es, was man heutzutage

braucht“, wiederholte Guido fast täglich, wenn er durch die Küche rauschte. Angesichts des Stroms an Digitalprominenz, der regelmäßig durchs Lokal zog, schien sein Konzept aufzugehen. „Reichweite ist das neue Gold“, ergänzte er mehrmals und ich musste daraufhin immer meinen Blick abwenden, damit er mein Mitleid nicht sah.

Aber trotz all meiner Ablehnung der digitalen Pseudo-Konstrukte und der ausgebrannten Gesichter der *Influencer* und *Creator*, die Abend für Abend mein Essen fotografierten und aßen (in dieser Reihenfolge), war die Arbeit in Guidos Lokal gut auszuhalten.

Auch wenn er sich trotz mangelnder Nahrungsmittelkenntnisse viel zu häufig in die Menüplanung einmischte. Guido zahlte jedoch sehr gut und er ließ mich an den meisten Abenden in Frieden.

Außer heute.

Heute musste ich mit der Twitterprominenz Champagner trinken (was sonst?), in Kameras lächeln (Selfies natürlich, auf denen man höchstens meine Nasenspitze sah, denn wer war die *eigentlich* wichtige Person auf dem Foto?) und mir regelmäßig auf die Zunge beißen, um dem abgehalfterten Schauspieler nicht meine Meinung aufzudrängen, was ich eigentlich davon hielt, sich durch eine bewusst geschürte Aufregung mithilfe einer politisch unkorrekten Äußerung ins Rampenlicht zu posten.

Mir fehlten nur mehr wenige Stufen bis ins dritte Stockwerk, da öffnete sich plötzlich die Wohnungstür meiner Nachbarin und eine kleine blonde Frau stolperte kichernd heraus, umarmte Eliza, küsste beide Wangen und verabschiedete sich mehrmals mit der Versicherung, wie schön es gewesen war, wie sehr sie den Wein morgen Früh spüren würde, aber es war ja so lustig und so weiter.

„Guten Abend", sagte ich laut und beide Frauen zuckten zusammen.

Die blonde Freundin meiner Nachbarin drehte sich um und musterte mich unverhohlen von Kopf bis Fuß.

„Das ist mein Nachbar", sagte Eliza mit einem eigenartigen Unterton, den ich nicht ganz zuordnen konnte.

Die Freundin seufzte aber nur freundlich, ohne den Blick von mir zu wenden. „Und kochen kann er auch!", rief sie aus. Sie drückte auf den Knopf, um den Lift zu rufen, und wandte sich an Eliza: „Du Glückspilz!", flüsterte sie viel zu laut und ich musste lächeln.

Mein Blick fiel auf Eliza, die heute – wie schon am Vormittag im Büro – in einer eleganten dunkelblauen Hose und einem raffinierten weißen Shirt gekleidet war. Ihr Outfit zeigte ihre schlanke Figur, ohne anbiedernd oder gar zu offenherzig zu sein. Als würde sie ein kleines Geheimnis bewahren wollen.

Ihr rosa Frottee-Monster, in dem ich sie mittlerweile schon zweimal angetroffen hatte, fiel mir ein. Das lud definitiv nicht dazu ein, das darunter liegende Geheimnis zu entdecken.

Vermutlich mit Absicht.

„Guten Abend", sagte Eliza mit einem schiefen Lächeln und blitzenden Augen.

Die blonde Freundin stieg kichernd in den Lift, winkte uns beiden zu und ich bemerkte, dass ich offenbar ein paar Sekunden zu lang gestarrt hatte.

Ich lächelte entschuldigend.

Eliza sah mich an, als hätte sie eine Frage, sagte dann jedoch nichts.

Ihr mich musternder Blick machte mich ein wenig nervös.

Oder warum kribbelte mein Bauch plötzlich?

Schon am Vormittag, als ich sie im Büro gesehen hatte, wirkte sie anders als bisher. Wacher, aufmerksamer, fast ein wenig spöttisch. Kühl.

„Es tut mir leid, dass ich dich heute Vormittag nicht gleich erkannt habe", sagte ich schließlich. „Du sahst einfach so ... anders aus." Ich lächelte freundlich, aber Eliza wurde dennoch leicht rot.

„Ich trage den Morgenmantel eigentlich nie im Büro", gab sie zurück, so ernsthaft, dass man den leichten Sarkasmus in ihrer Stimme fast überhören konnte. Dann lächelte auch sie. „Mir ging es heute ja auch nicht anders als dir." Eliza schüttelte den Kopf. „Ich kann mir einfach nicht erklären, warum ich dich nicht erkannt hatte, als du vor meiner Tür gestanden bist. Zwei Mal!" Sie lachte auf. „Ich habe mir heute dann nochmals deine Fotos auf Instagram angesehen – und auch wenn du nirgendwo zur Gänze drauf zu sehen bist, bist du erkennbar, wenn man dich kennt." Eliza lachte wieder auf und erneut zog sich ein leichter Rotton über ihre Wangen.

Was war das für ein Kribbeln in meinem Bauch?

Eliza schlug sich auf die Stirn. „Meine Güte!", rief sie aus. „Nach zwei Gläser Wein rede ich wie du nach einem Fass Schnaps." Dann wiederholte sie murmelnd und kopfschüttelnd „erkennbar, wenn man dich kennt".

Ich kicherte, überging den Seitenhieb auf meinen Alkoholkonsum und lächelte Eliza an. Ihr Gesicht war in den wenigen Minuten etwas weicher geworden und plötzlich wollte ich nicht, dass unser Gespräch endete.

„Wollen wir etwas trinken?“, platzte ich daher heraus.

„Was?“ Eliza sah mich überrascht an.

„Was immer du gerne trinkst“, ich zuckte mit den Schultern, „Wein, Sekt, Bier, Wasser, Apfelsaft …?“

Elizas Gesicht wurde ernst. „Warum?“

Weil ich mich weiter mit dir unterhalten will.

„Ich habe irgendwie das Bedürfnis, mich *richtig* bei dir vorzustellen. Ohne Schnapsatem. Oder den Chef im Nacken“, sagte ich dann jedoch.

Eliza lächelte zaghaft.

„Okay“, sagte sie und sah auf die Uhr. „Es ist schon spät. Lass uns in den nächsten Tagen einen Termin vereinbaren.“ Sie begann, ihre Tür zu schließen.

„Oder wir trinken jetzt gleich ein Glas Prosecco bei mir?“

Ich deutete zu meiner Wohnungstür.

Eliza sah mich skeptisch an und dann wieder auf ihre Uhr.

„Ein Glas Wasser?“, probierte ich es erneut.

Sie lachte auf. Dann zuckte sie mit einer Schulter, als würde sie das Für und Wider meiner Einladung abwiegen.

„Ein Glas“, sagte Eliza schließlich und hob ihren Zeigefinger. „Aber nur, weil ich neugierig bin, wie du die Verkostung heute Vormittag erlebt hast.“

Ich grinste und fühlte mich überraschend zufrieden. Wie weggeblasen waren Frust und Müdigkeit, die ich aus Guidos Lokal mit nach Hause geschleppt hatte.

„Ich wusste nicht, dass du noch im Dienst bist“, sagte ich augenzwinkernd und begann, meine Wohnungstür aufzuschließen.

. . .

Ich trat in meine Wohnung und drehte die Lichter auf, winkte Eliza, dass sie mir folgen sollte. Ich sah mich um und versuchte mit dem Blick einer fremden Person auf die Wohnung und die Einrichtung zu schauen. Erleichtert stellte ich fest, dass außer einem alten Wollpullover, den ich manchmal trug, wenn es in der Wohnung nicht warm genug war, nichts Ungewöhnliches oder Peinliches im Wohnbereich herumlag. Nicht dass es überhaupt viele Möglichkeiten gegeben hätte, etwas abzulegen. Seit ich vor ein paar Wochen in die Wohnung gezogen war, hatte ich nur mal jene Möbel, die mit mir mit umziehen durften sowie eine riesige Couch (die ungefähr so viel gekostet hatte wie ein Kleinwagen, aber sensationell gemütlich war) willkürlich im Raum drapiert. Aber es fehlten noch jegliche Dekoration sowie jene Dinge, die eine Wohnung richtig gemütlich machten. Und bewohnt aussehen ließen.

Ich entdeckte noch ein paar Zeitschriften und einige Bücher quer verstreut am Esstisch und unter der Couch sowie eine Müslischüssel vom Frühstück, die ich beim Vorübergehen mitnahm und in den Geschirrspüler räumte.

Ich ließ Eliza Zeit, mir zu folgen. Da wir in einem alten Fabriksgebäude, das vor Jahren zu Wohneinheiten umgebaut worden war, wohnten, war meine Wohnung ein einziger riesiger Raum mit einer großen Küche (plus Insel!) in der Mitte. Einzig mein Schlafzimmer und das Badezimmer waren abgetrennt, genauso wie ein Gästezimmer (das vermutlich als Kinder- oder Arbeitszimmer geplant gewesen war, aber das traf sich ja eher nicht so mit meinen Plänen).

Ich eilte in die Küche, wohl wissend, dass mir Eliza folgen würde, steckte meinen Kopf in den Kühlschrank und fischte eine Flasche Prosecco hervor. Dann füllte ich zwei Gläser mit Wasser und stellte eines davon auf einen etwas erhöhten Tresen, der am äußeren Ende der Kücheninsel angebracht war. Auf dieser Seite gab es auch einige Barhocker, wo Gäste Platz nehmen konnten, während ich in der Küche arbeitete. Meine Arbeitsfläche bildete die eine Seite der Insel, die zweite Seite war eben mit dem etwas erhöhten Podest ausgestattet, das sogar breit genug war, um darauf auch Essen zu servieren.

Die Küche war der Hauptgrund gewesen, warum ich diese Wohnung vor Kurzem gekauft hatte, abgesehen davon, dass das Wohnhaus in unmittelbarer Nähe des Naschmarkts lag. Sie war sensationell ausgestattet und ideal, um für Gäste zu kochen und trotzdem mitten im Geschehen zu sein.

Nicht, dass ich seit meinem Einzug schon einmal Zeit gehabt hätte für ein privates Dinner, da ich ja fast jeden Abend der Woche in Guidos Küche stand.

„Deine Wohnung ist irgendwie ganz anders als meine“, sagte Eliza, als sie sich auf einen der Barhocker setzte.

„Ja?“, motivierte ich sie zum Weitersprechen.

„Schön“, sagte sie, aber es klang etwas gezwungen.

Ich lächelte. „Es fehlen noch ein paar Möbel ...“

Eliza summte zustimmend.

„Meine Wohnung wirkt irgendwie anders, enger“, sagte sie schließlich. „Aber das weißt du ja, da du neulich bei mir warst ...“

Ich musste lachen.

„Ich habe mich, ehrlich gesagt, nicht so genau umgesehen", gestand ich.

„Nein?"

„Nein", antwortete ich und öffnete den Schrank mit den Prosecco-Gläsern. Mein Blick fiel auf den Rest der weißen Schokolade, von der ich gestern einen Teil für die Kaffeetrüffel verwendet hatte, und für einen Moment war ich überrascht, die Schokolade hier aufzufinden.

Das sagte nämlich mehr über meinen Kater vom Vortag aus, als mir lieb war.

„Ich war eher mit Überleben beschäftigt, als bei dir in der Wohnung herumzuschnüffeln", antwortete ich wahrheitsgetreu.

Eliza kicherte und ich begann, den Prosecco in die Gläser zu füllen, die weiße Schokolade neben mir liegend.

Das brachte mich auf eine Idee.

Ich reichte Eliza eines der gefüllten Gläser und hob mein eigenes Glas an: „Auf gute Nachbarschaft!", sagte ich augenzwinkernd.

Eliza lächelte und die Sonne ging auf.

Wieder dieses Kribbeln im Bauch …

Eliza prostete zurück.

„Auf gute Nachbarschaft", wiederholte sie.

Vier

ELIZA

„Was machst du da?“, fragte ich Fred, als er plötzlich begann, Mehl und Butter und noch viel mehr Dinge, die ich nicht gleich erkennen konnte, auf seiner Arbeitsfläche anzuordnen.

„Eine Kleinigkeit“, antwortete Fred und holte eine Gugelhupf-Backform aus einem der unter der Arbeitsfläche angeordneten Küchenkästen.

Ich sah ihm einen Augenblick schweigend zu und nahm einen weiteren Schluck von meinem Prosecco, während er den Backofen aufdrehte und anfing, das Mehl mit diversen Zutaten, die mir kaum etwas sagten, zu mischen. Salz, Butter und Zucker waren jedenfalls dabei, das war leicht zu erkennen, aber viele der anderen Dinge waren mir nicht bekannt.

Meine Stärke lag auch eher im Kuchen *essen* statt Kuchen backen.

„Ich hatte nicht gewusst, dass du auch auf Desserts spezialisiert bist“, sagte ich nach einigen Augenblicken. Ich konnte mich nicht erinnern, dass ich bei meinen Recherchen zu Fred viele Süßspeisen in seinem Instagram-Account entdeckt hatte.

Bis auf die Kaffeetrüffel vom Vortag natürlich.

Fred hob den Kopf und sah mich verwirrt an, nahm einen Schluck Prosecco und schien nachzudenken. Dann lächelte er.

„Stimmt, du hast mich ja ausgiebig recherchiert“, grinste er.

„Natürlich“, antwortete ich neutral. Das war nun mal der Job. Die Firma wollte ja nicht mit *jedem* kooperieren.

Fred nickte kurz, dann machte er sich weiter an die Arbeit.

„Ich backe viel zu selten“, sagte er schließlich. „Bei Guido muss alles Teil der *‚Experience‘* sein und da ist ein normaler Gugelhupf wie dieser hier nicht gestattet.“ Fred deutete mit Fingern in der Luft Anführungszeichen an, während er sehr spöttisch „Experience“ sagte. Vermutlich zitierte er so Guido.

„Das sieht gar nicht so normal aus“, bemerkte ich, während Fred begann, Butter und Zucker zu verrühren – oder wie auch immer das in der Backfachsprache hieß. „Und die Trüffel?“, fragte ich, nachdem Fred den Mixer abgestellt hatte. Er grinste mich an. Man konnte fast meinen, er sah etwas verlegen aus.

„Die waren ein spontaner Einfall“, sagte er schließlich lächelnd. „Ich bin erst zu Mittag auf deiner Couch aufgewacht.“ Fred rieb sich mit der Hand über den Nacken und lächelte leicht zerknirscht. „Da war der Kaffee dann schon kalt. Und irgendwie wollte ich nicht das benützte Geschirr herumstehen lassen, also habe ich den Kaffee für die Trüffel verwendet und dein Häferl eben damit gefüllt." Den letzten Satz sprach er so schnell, dass ich lachen musste.

Fred hob seinen Kopf und sah mich direkt an. „Hast du einen Trüffel gegessen?"

Ich nickte, dann lächelte ich. „Ich musste sie heute vor Sabrina verstecken", gestand ich und erklärte ihm, dass Sabrina meine Freundin aus Kindertagen war, die er gerade vorhin kennengelernt hatte, als sie in den Lift gestiegen war.

Fred nickte bestätigend, aber er hielt den Blick weiterhin auf mich gerichtet. So intensiv, dass ich auf meinem Barhocker leicht herumzuwetzen begann.

Er wartete offenbar auf eine Antwort von mir.

Ach ja, die Trüffel.

„Es waren kleine Schokoladeexplosionen im Mund", flüsterte ich und war stolz, dass ich den Blick halten konnte, auch wenn ich merkte, dass ich leicht rot wurde. Fred blinzelte. „Ich mochte, dass man nur einen Hauch Kaffee schmecken konnte, erst gegen Ende hin."

Fred lächelte leicht und sah mich weiter an. Irgendetwas blitzte in seinen Augen auf und plötzlich fühlte ich mich ruhiger, nicht mehr unter Beobachtung, obwohl er weiterhin den Blick hielt. „Ich habe mich sehr gefreut, als ich die Tasse vor meiner Tür gefunden hatte", sprach ich weiter, „es war klar, dass die Trüffel von dir waren, wegen der Tasse natürlich. Und wegen der Notiz." Nun war es an mir, schnell zu plappern. „Ich habe dann gleich eine der Schokokugeln probiert und es war wie eine Belohnung für einen langen Tag." Ich pausierte und erinnerte mich an meine Eindrücke nach dem ersten Biss. „Der Hauch von Kaffee am Ende, nachdem man dieses weiche, warme Süße erlebt hatte, war wie ein kleines Geschenk. Ein Ansporn, sich nach einem langen Tag einen gemütlichen Abend zu gönnen." Freds Lächeln wurde breiter und wieder blitzten seine Augen auf. „Um sich davon zu erholen, dass man mitten in der Nacht von seinem betrunkenen Nachbarn aus dem Bett geholt worden war." Ich schaute gespielt streng und Freds Miene fiel.

„Es tut mir *so* leid!", begann er und sah richtig betroffen aus.

Ich zuckte mit den Schultern. Was sollte ich auch sagen? Es war ja schließlich schon passiert. Das Leben geht weiter.

„Ich kann mir nicht erklären, warum ich überhaupt angeläutet habe!" Fred begann plötzlich Eier der Butter-Zucker-Masse hinzuzufügen, als ob er seine Hände mit etwas beschäftigen musste. „Ich glaube mich zu erinnern, dass ich bei meiner eigenen Wohnung anläuten wollte. Aber wer mir hier aufmachen hätte sollen, ist mir ein Rätsel!"

„Ich war mehr verwirrt als verärgert, falls dir das hilft", bot ich an.

„Ich glaube nicht", antwortete er geknickt, während er weiterarbeitete. Ein leichter Hauch von Vanille zog durch die Luft und ich schloss für einen Moment die Augen.

Ich spürte den Prosecco (und die zwei Gläser Wein, die ich mit Sabrina zuvor getrunken hatte) als leichtes Summen im Kopf. Es musste auch schon spät sein, denn ich konnte nicht mehr ganz genau unterscheiden, ob mein Kopf vom Alkohol oder von der Müdigkeit gedämpft war.

Egal.

Als ich die Augen wieder öffnete, sah ich, wie Fred

abwechselnd Mehl und Prosecco in jene Schüssel gab, in die er vorhin die Eier geschlagen hatte. Ich stützte meinen Kopf auf meine rechte Hand und sah ihm dabei zu. Es hatte etwas Beruhigendes, seinen routinierten Bewegungen zu folgen und ich ertappte mich dabei, wie ich die Muskeln seiner Finger, seiner Hände, seiner Unterarme beobachtete, während er mit sicheren Griffen den Teig für seinen Gugelhupf anrührte.

Seit wann konnten *Hände* so interessant sein?

„Bist du müde?", fragte Fred, ohne den Blick von seiner Arbeit zu heben, und ich räusperte mich leicht, um mich aus meiner Hände-Trance zu reißen.

Es war wirklich schon spät.

„Ein wenig", murmelte ich und trank einen weiteren Schluck, „es war ein langer Tag."

Fred lächelte und drehte sich in seiner Küche herum, auf der Suche nach etwas. Er gluckste erfreut, als er nach der Packung weißer Schokolade griff, die er vorhin gleichzeitig mit den Prosecco-Gläsern aus dem Kasten genommen hatte. „Die Inspiration!", rief er erfreut aus, mit glänzenden Augen, und es konnte nur an der späten Stunde liegen, dass ich mich etwas schwummrig fühlte. Als hätte mich jemand mit einem magischen Zauber belegt.

Gut. Schluss für heute mit dem Prosecco!

Ich schüttelte meinen Kopf leicht, im Versuch, wieder in der Realität zu landen und fokussierte mich auf Freds weitere

Arbeitsschritte. Er rieb die weiße Schokolade in die Masse und nahm dann einige Erdbeeren aus dem Kühlschrank.

„Es gibt schon Erdbeeren?“, fragte ich leise. Fred grinste verschmitzt.

„Bei meinen geheimen Quellen schon“, er zwinkerte mir zu und ich lächelte dümmlich, weil ich offenbar die Kontrolle über mein Gesicht (und mein Gehirn) verloren hatte.

Fred schnipselte einige Erdbeeren in kleine Stücke und rührte auch diese in den Teig. Mir lief allein schon beim Zuschauen das Wasser im Mund zusammen. Schließlich goss er den Teig in die Gugelhupfform und stellte diese ins Backrohr. Dann tippte er etwas in sein Telefon, murmelte etwas von „Timer“ und widmete sich den übrig gebliebenen Erdbeeren in der Schüssel.

Er wusch sie mit schnellen Bewegungen (seine Unterarme für mich gut zu sehen, herzlichen Dank!) und legte sie in eine hübsche Keramikschüssel, die er schließlich direkt vor mir abstellte.

„Iss“, forderte er mich auf, „die passen zum Prosecco!“ Artig nahm ich eine Erdbeere und ließ sie im Mund zergehen, der säuerliche Geschmack der ersten Erdbeeren der Saison vermischte sich mit süßen Elementen der Frucht und ich fühlte mich ein bisschen wie Julia Roberts, als ich dazu einen Schluck Prosecco nahm.

Reiß dich zusammen, Eliza! Das ist kein Film!

Fünf

FRED

Eliza verzog den Mund, nachdem sie die Erdbeere mit Prosecco kombiniert hatte und ich musste lächeln. Ihre ständig wechselnden Gesichtsausdrücke waren unheimlich unterhaltsam. Ich wusste nicht, ob es am Alkohol lag, aber sie hatte irgendwann in den vergangenen Minuten ihre anfänglich eher nüchterne, fast kühle Fassade abgelegt und hielt sich nun wesentlich weniger zurück. Sie schien mit ihrem Gesicht zusätzlich zu kommunizieren und immer wieder auch auszudrücken, was sie sich gerade dachte. Ich hatte das Gefühl, sie musste nicht viel sprechen, um mir mitzuteilen, was in ihrem Kopf vorging.

Und irgendetwas gefiel ihr im Moment wohl gerade gar nicht. Vermutlich waren die Erdbeeren zu sauer.

Das musste es sein.

Ich nickte leicht, nur um mich selbst zu bestätigen und um mich auch davon abzulenken, dass ich gerade einen Kuchen gebacken hatte, der jetzt mindestens eine Stunde lang im Rohr bleiben musste. Das war wieder einmal eine meiner spontanen Ideen, die ich nicht zur Gänze durchdacht hatte. Irgendwie musste ich darauf achten, dass ich in der nächsten Stunde nicht einschlief.

Prosecco sollte helfen.

Und Elizas Lächeln.

Ich schenkte Eliza nach, die zwar eine zurückhaltende Geste machte, um mich abzubremsen, aber ich ignorierte das für den Moment und füllte auch mein Glas neu auf.

Ich hob den Prosecco an und prostete ihr zu. „Auf die Erdbeersaison!“, sagte Eliza, als sie ihr Glas an mein Glas stoßen ließ und ich lachte auf.

„Auf die Erdbeersaison!“, antwortete ich.

„Und auf Julia Roberts!“, sagte Eliza.

Nun gut, vielleicht konnte ich doch nicht *alle* Gedanken in ihrem Gesicht ablesen.

Ich schlug ihr vor, dass wir uns auf die Couch setzen sollten, aber Eliza lehnte ab. „Es ist lustig, dir hier zuzuschauen“, sagte sie.

„Aber ich bin jetzt fertig“, antwortete ich. Sie zuckte jedoch nur mit den Schultern und nahm einen weiteren Schluck. Ihr Hals streckte sich, während sie trank und ihr Shirt rutschte leicht zur Seite, sodass man die Ansätze ihres

Schlüsselbeins erkennen konnte. Ihre Haut sah weich aus, noch hell nach den langen Wintermonaten, aber zart wie ... Birnengelee.

Pff! Es war wohl auch für dich heute ein langer Tag, Fred.

Mir fiel der Besuch in Elizas Firma wieder ein (War das wirklich erst heute Vormittag gewesen?), also lenkte ich unser Gespräch in diese Richtung. Elizas ausdrucksvolles Gesicht begann zu strahlen, als ich das Thema aufbrachte. Es war offenkundig, wie sehr sie die Firma mochte und sie beeilte sich, nach meinen Eindrücken zu fragen.

Ich wog ab, was ich ihr antworten konnte, ohne zu viele meiner Gedanken preiszugeben.

„Reden wir hier jetzt als Firma und potenzieller Kunde miteinander oder als Freunde?“, fragte ich sie daher und Elizas Blick schärfte sich in Bruchteilen einer Sekunde.

„Zuerst das eine, dann das andere?“, schlug sie fragend vor und bedachte mich mit einem verschlossenen Lächeln, das sie sicher häufig in ihrer Büroumgebung trug.

Nun gut.

„Der Firmen-Eliza würde ich sagen, dass ich beeindruckt war, wie ihr arbeitet und dass ich Guido in jedem Fall einen Vorschlag machen werde“, antwortete ich wahrheitsgetreu.

„Aber ...?“

„Aber Guido isst kein Brot“, sagte ich und Eliza seufzte.

„Und unter uns ... Freunden?“, fragte sie schließlich, das Zögern vor dem Wort „Freunde“ nicht zu überhören.

„Der Freundin Eliza würde ich in allen Details davon erzählen, wie gut mir die Präsentation gefallen hat, wie offen und freundlich mir alle begegnet sind.“ Ich sah sie direkt an, um nicht zu verpassen, wie ihr Blick so nach und nach weicher wurde. „Ich würde ihr außerdem erzählen, dass ich mich mit einem der Bäcker auf Anhieb verstanden hatte und wir innerhalb von Minuten über Geschmacksvarianten von eurem Dinkelbrot gesprochen hatten und mir zwei bis drei Gerichte eingefallen sind, die ich rund um diese Dinkelbrotvarianten kreieren würde."

Eliza lächelte so freundlich, dass mir für einen Moment die Luft wegblieb.

„Aber Guido isst kein Brot", sagte sie schließlich verständnisvoll und ich nickte.

„Du hast dich mit Ivo unterhalten, oder?", fragte Eliza plötzlich und ihr Blick veränderte sich erneut.

Ich nickte. „Woher wusstest du das?", fragte ich sie.

Eliza zuckte leicht mit den Schultern. „Ihr passt zueinander", sagte sie in diesem nüchternen Tonfall, der so viel Selbstverständlichkeit mitschwingen ließ, dass man gar nicht versucht war, ihr zu widersprechen.

Wozu auch? Sie hatte ja recht.

Bei Ivo, dem Bäcker, und mir hatte es geklickt, wie es nur selten in der Zusammenarbeit klickt. In all den Küchen, in denen ich bisher gearbeitet hatte, war stets ein unendlicher Konkurrenzkampf gelebt und geführt worden. Man fand in den seltensten Fällen Freunde und wenn doch, dann eher in Bereichen, die nur am Rande mit dem eigenen Essensuniversum zu tun hatten wie etwa Louis.

Und natürlich war auch Ivo mit seiner Brotbackkunst in einem Bereich tätig, den ich tatsächlich selten selbst berührte, aber ich hatte an diesem Vormittag in seiner Backstube, also:

Brotmanufaktur, das Gefühl gehabt, ich erhielt die Antwort auf eine Frage, von der ich nicht einmal gewusst hatte, dass ich sie stellen wollte.

„Welche Gerichte sind dir eingefallen?“, fragte Eliza und riss mich aus meinen Gedanken.

„Als ich mit Ivo gesprochen hatte?“

Eliza nickte.

Langsam begann ich zu erzählen, konstruierte aus der Erinnerung diese Mischung aus aufgeregter Spannung, Inspiration und Zufriedenheit und beschrieb sich ergänzende Geschmacksrichtungen, das angenehm sättigende Gefühl, das Brot auslösen konnte, und wie ich mehrere „Wohlfühl-Nahrungsmittel“ miteinander kombinieren würde.

Elizas Gesicht tanzte mit meinen Erzählungen mit und ich notierte mir in meinem Hinterkopf, wie sie bei der Erwähnung von Brokkoli ihre Nase rümpfte und wie ihr Ausdruck beim Thema Radieschen beinahe teilnahmslos wurde.

Als ich zum Schluss kam, lächelte sie jedoch übers ganze Gesicht.

„Ich hoffe, ich bin eingeladen, wenn ihr das in die Tat umsetzt!“, sagte sie schwärmerisch, schlug sich jedoch sofort erschrocken mit der Hand vor den Mund. Ob das war, weil sie sich quasi selbst eingeladen oder weil sie die Kooperation mit Ivo als gegeben angenommen hatte, konnte ich nicht genau sagen. Es war in jedem Fall charmant.

. . .

Elizas Glas hatte sich wieder geleert, während wir gesprochen hatten, und ich holte die Flasche aus dem Kühlschrank, um ihr nachzuschenken. Ein Blick auf die Uhr verriet mir, dass es bald 1 Uhr sein würde und der Kuchen noch gute zwanzig Minuten im Rohr bleiben musste.

Eliza wehrte sich zwar nicht, als ich ihr Prosecco-Glas ein weiteres Mal füllte, sie trank aber das Wasserglas, das ich ihr anfangs hingestellt hatte, in einem Zug leer und murmelte etwas von „Sonst schlafe *ich* heute auf deiner Couch", aber ich wollte das Thema nicht unbedingt nochmals aufgreifen.

Wieder hob ich mein Prosecco-Glas, nachdem ich auch dieses frisch aufgefüllt hatte, und prostete Eliza zu. „Auf die Inspiration!", sagte ich und sie lächelte dieses offene Lächeln, das ich bis jetzt erst sehr selten genießen konnte.

Wir tranken beide einen Schluck und ich begann nach Staubzucker zu suchen, um die Glasur für den Kuchen vorzubereiten. Aus meinen Augenwinkeln nahm ich wahr, dass sich Eliza mehr bewegte als sonst, aber ich sah erst zu ihr, als sie wieder etwas ruhiger saß.

In den wenigen Momenten schien sie sich jedenfalls völlig verändert zu haben. Und das nur, weil sie aus dem strengen Haarknoten, den sie bei unseren bisherigen Begegnungen immer getragen hatte, eine dunkelbraune Haarmähne fallen hat lassen, die sich nun rund um ihre Schultern kräuselte.

Man konnte es nicht anders sagen.

Und das leichte Kribbeln in meinem Bauch veränderte sich zu ausgewachsenem Flattern ...

Flop. Flop. Flop.

Es konnte auch Herzklopfen sein.

Eventuell.

Ich schluckte und dankte es der späten Stunde und dem vielen Prosecco, dass Eliza mein schockstarres Schweigen nicht zu bemerken schien. Sie tippte gedankenverloren mit ihren Fingern auf den Tresen und starrte in die Luft. Ihre Augen fixiert auf die wenigen Magnete, die an meiner Kühlschranktür drapiert waren, ohne diese wirklich wahrzunehmen.

Ich schob die Keramikschüssel, in der noch eine letzte Erdbeere lag, etwas näher zu ihr.

„Eine Erdbeere für deine Gedanken …?“, fragte ich leise, weil ich sie nicht aufschrecken wollte.

Eliza lächelte freundlich, schüttelte den Kopf und setzte ihre Haare damit wieder in Bewegung.

Ich schluckte.

„Nichts Wichtiges“, antwortete sie, vollkommen unbeeindruckt von dem Wirbelsturm hinter und unter meinem Brustkorb.

„Erzähl’s mir trotzdem“, bat ich sie mit bemüht ruhiger Stimme und wandte mich meiner Glasur zu. Das war ein bewährtes Mittel, um meine Gedanken zu sortieren: kochen, meine Hände beschäftigen, Geschmacksrichtungen ausbalancieren.

Ich fügte also etwas Himbeersirup zum Staubzucker hinzu sowie den letzten Rest des Proseccos, den ich für diesen Zweck in der Flasche gelassen hatte, und verrührte das Ganze zu einer flüssigen Masse.

„Ich musste nur an etwas denken, das Sabrina heute Abend gesagt hat", sagte Eliza, „aber es ist wirklich nicht wichtig."

Ich hob meinen Kopf und sah sie direkt an, versuchte, ihr mit meinen Augen zu verstehen zu geben, dass ich zuhören würde, wenn sie doch noch sprechen wollte.

Aber Eliza schwieg nur, also rührte ich weiter.

Und langsam beruhigte ich mich wieder ein wenig.

Schließlich stellte ich die Glasur zur Seite, öffnete das Backrohr einen Spalt und testete mit einem etwas längeren Holzstäbchen die Konsistenz des Kuchens. Ich beschloss, ihn noch wenige Minuten im Rohr zu lassen. Der Countdown, den ich mir zuvor ins Telefon programmiert hatte, zeigte mittlerweile weniger als fünf Minuten an.

„Sabrina hat heute die Theorie in den Raum geworfen", begann Eliza schließlich doch, „dass es viel zu wenig lustige Frauen gibt."

Ich drehte mich zu Eliza, um ihr zuzuhören.

„Und darüber habe ich gerade nachgedacht", sagte sie, wurde jedoch von überfallsartigem Gähnen übermannt.

„In eurer Umgebung?", fragte ich nach. „Oder im Fernsehen?"

Eliza blinzelte kurz, vermutlich gegen die Müdigkeit.

„Sowohl als auch", sagte sie schließlich. „Sabrina hat eigentlich davon erzählt, dass sie vor Kurzem eine ehemalige Schulkollegin von uns getroffen hat, die – in unserer Erinnerung – der lustigste Mensch war, den wir als Teenager kannten. Nicht nur, dass sie selbst ständig gelacht hatte, sie war auch diejenige, die stets neue Witze erzählt und anderen Leuten Streiche gespielt hatte. Und so weiter. Nicht boshaft, sondern einfach lustig. Unterhaltsam. Man wusste, wenn man mit Miri, also: Miriam unterwegs war, musste man stets mehr lachen als sonst."

Ich grinste. Ich hatte auch so einen Schulkollegen und allein die Erinnerung an ihn, hatte schon für viele unterhaltsame Minuten als Erwachsener gesorgt.

„Und jetzt ist sie nicht mehr lustig?", lenkte ich Eliza in die Gegenwart.

„Laut Sabrina hat sie jeglichen Humor verloren", seufzte sie daraufhin. „Sie hat drei Kinder, wirkt völlig ausgebrannt und leblos." Eliza starrte wieder an meine Kühlschranktür. „Wir dachten immer, wenn Miri Kinder hat, wird das das Lustigste, das die Welt je gesehen hat."

Eliza trank wieder einen Schluck und schüttelte sich leicht, setzte sich aufrechter hin. „Sabrina hat daraufhin die Theorie in den Raum gestellt, dass wir Frauen dafür prädestiniert wären, im Laufe der Erwachsenenjahre unseren Humor zu verlieren. Deswegen gäbe es auch so wenige Komikerinnen. Sabrina meinte, das Leben und der Alltag würden uns einfach jegliche lustige Ader wegfressen, bis wir verbitterte Alte wären, die sich über die Fernsehübertragung irgendeines deutschen Karnevalsspektakels bemüht zynisch unterhalten – und uns den Zirkus nur deshalb anschauen, damit wir wenigstens irgendwann lachende Menschen sehen würden."

„Ich weiß nicht, unter welchen Umständen man sich überhaupt irgendeine Karnevalssendung anschauen möchte", murmelte ich, aber das war wohl meine Sichtweise.

Lauter sagte ich: „Faschingssitzungen sind jetzt sicher nicht der Inbegriff des Humors … –"

Weiter kam ich nicht, weil mir Eliza – offenbar wieder aufgewacht – ins Wort fiel: „Ja, genau, das ist ja auch so ein Thema: Was ist denn Humor? Was ist denn heutzutage noch lustig? Schadenfreude ist politisch unkorrekt, Witze über die Politik zu schmerzhaft nahe an der Realität und Klamauk ist sehr schnell derb und grauslich."

Sie verzog ihren Mund entzückend.

Entzückend! Schluss mit dem Prosecco!

„Uns sind dann aber natürlich doch noch ausreichend lustige Frauen, auch im Erwachsenenalter, eingefallen", beschwichtige Eliza schließlich, „es ist also nicht alles verloren." Sie blinzelte schmunzelnd.

Ja. Nein. Ich blieb dabei: entzückend.

„Worüber wir dann noch lang gesprochen haben, war jedoch, dass wir uns kaum erinnern konnten, wann wir das letzte Mal so richtig gelacht hatten. Also, nicht nur wissend gelächelt und geschnaubt." Eliza verzog ihren Mund zur Hälfte und schnaubte leicht nickend – eben wie jemand, der zu cool war, um über etwas richtig zu lachen. Wie jemand, der zu verstehen gab, dass er die Ironie oder den versteckten Witz in einer Aussage verstand.

Ich musste lachen. „Ich weiß, was du meinst", sagte ich kichernd.

„Es ist alles so ernsthaft geworden", seufzte Eliza, „Lustiges hat so oft eine versteckte Moral dahinter – und auch wenn das sicher gut ist: Ich will mal wieder *richtig* lachen. Mit Tränen und Atemnot." Sie grinste verschmitzt und ich lächelte sie an.

„Was findest du üblicherweise lustig?", fragte ich sie. „Karnevalssitzungen offenbar nicht."

Eliza schnaubte durch die Nase und schüttelte den Kopf. „Fasching ist ja wiederum eine Klasse für sich, das kann schon auch lustig sein." Sie pausierte kurz. „Mit sehr viel Alkohol."

Nun war es an mir, lachend durch die Nase zu schnauben. Aber ganz unzynisch.

„Ich finde, du bist eh nicht unlustig", sagte ich lächelnd, aber Elizas Augen verengten sich plötzlich.

„Vielleicht liegt das an unserer Sprache", murmelte sie nachdenklich. „Warum hast du jetzt nicht gesagt: ‚Ich finde, du bist lustig'?" Sie sah mich scharf an und ich bemühte mich, mich daran zu erinnern, wie ich den Satz zuvor formuliert hatte.

Natürlich, die doppelte Verneinung dämpfte meine Aussage ab, dahinter konnte ich mich ein wenig verstecken, musste nicht zugeben, was ich wirklich dachte.

Ich lächelte Eliza an. „Ich finde, du bist lustig", sagte ich leise und sah ihr in die Augen. Darin blitzte etwas auf. Nur für einen Moment, es hätte auch Einbildung sein können.

Eliza beugte sich nach vorn: „Verrat's niemandem", flüsterte sie verschwörerisch, dann hob sie ihr Prosecco-Glas an und leerte es in einem Zug.

Sie stellte das Glas auf den Tresen, erhob sich vom Barhocker, nickte in Richtung des leeren Glases und sagte: „Das werde ich morgen bereuen."

Mein Timer piepste in diesem Moment und ich testete

erneut, ob der Kuchen fertig gebacken war, nahm ihn schließlich endlich aus dem Rohr.

„Vielen Dank für die Unterhaltung", sagte Eliza hinter mir und ich war hin- und hergerissen zwischen dem Gugelhupf und ihrem überraschenden Aufbruch.

„Aber der Kuchen ist noch nicht fertig", sagte ich, weil es das erste war, das mir einfiel, und Eliza lächelte gütig.

„Aber ich schlafe bald im Stehen ein", sagte sie und gähnte erneut. „Ich bin normalerweise nie so lang auf." Ein weiteres Gähnen. „Oder trinke so viel."

„Tatsächlich?" Es war gerade mal 1 Uhr vorbei, das war jetzt nicht wirklich spät.

„Für jemanden, der normalerweise um 3 Uhr nach Hause wankt, ist 1 Uhr natürlich noch ein bisschen früh", sagte Eliza schelmisch.

„A propos ...", begann ich, „ich wollte mich nochmals entschuldigen. Auch dass ich dich vor ein paar Wochen aufgeweckt habe."

Eliza sah mich verwirrt an.

„Neulich ... kurz nachdem ich eingezogen war ... als ich am späten Nachmittag bei dir angeläutet habe ... mit dem Schokopapier ...?"

Elizas Gesicht überzog ein derartiger Horror bei der Erinnerung daran, dass es beinahe komisch war.

„Oh! Mein! Gott! Ich sehe *nie* so aus!" Sie drehte sich zu mir und ihr ganzer Körper lebte mit, um mir zu unterstreichen, was sie sagen wollte. *„Niemals*! Ich hatte tatsächlich geschlafen, ich war etwas kränklich an den Tagen zuvor und dann ist mir für ein paar Stunden mein Leben entglitten. Das war bedauerlicherweise genau der Moment, in dem du angeläutet hast." Eliza vergrub ihr Gesicht in ihren Händen und schüttelte den Kopf. „Manchmal wünschte ich, ich hätte so ein Blitzdings wie die Leute in ‚Men in Black'."

Ich lachte auf.

„Ich bin mir jedoch nicht sicher, ob das in diesem Fall überhaupt funktioniert hätte", ergänzte Eliza und rieb sich mit ihren Fingern über die Stirn.

Ich musste nochmals lachen.

Langsam ging ich um den Tresen meiner Kücheninsel herum und stellte mich direkt vor Eliza hin. Die plötzliche Nähe zwischen uns ließ die Luft leicht knistern.

Eliza hielt sich weiterhin die Hände vors Gesicht und ich berührte sie sanft an ihren Knöcheln, zog ein wenig daran, damit sie aufhörte, sich zu verstecken.

Ihre Haut fühlte sich weich an unter meinen Fingern.

„Ich habe mir überhaupt nichts dabei gedacht", sagte ich leise, die Lüge leicht auf meinen Lippen. Elizas Hände fielen neben ihr herunter und ihr Gesicht war plötzlich näher als erwartet. Ihre Augen hatten einen wärmenden Grünton, der an den Rändern in Haselnussbraun überging.

„Lügner", antwortete Eliza fast flüsternd und sah mich direkt an. Ich widersprach ihr nicht. Einerseits, weil ich mich lieber ihren Augen und ihren Lippen und ihrer Nähe widmete und jegliche weitere Themen in der Bedeutungslosigkeit verschwanden. Ich widersprach ihr aber auch deshalb nicht, weil sie recht hatte. Natürlich hatte ich mich gewundert, warum mir meine neue Nachbarin mitten am Tag völlig zerlumpt aussehend und eingehüllt in ein pinkes Plüschungeheuer die Tür öffnete. Dass sie krank gewesen sein könnte, war mir nicht einmal in den Sinn gekommen. Erklärungsvarianten, die sich auf diverse Alkoholsorten stützten, jedoch schon.

Aber das musste Eliza ja nicht wissen.

Also lächelte ich ihr zu, aus nächster Nähe und fragte mich, ob sie auch diese angenehme Spannung spürte, wenn sie mich ansah.

Mein Blick fiel wieder auf Elizas Schlüsselbein, das unter dem Ausschnitt ihres Shirts hervorlugte. Erneut hatte ich den Geruch von frischem Birnengelee in der Nase und vielleicht roch sie wirklich danach.

Du darfst fremde Frauen nicht mit Essen vergleichen!

Die warnende Stimme in meinem Hinterkopf hielt mich zum Glück davon ab, mich noch weiter nach vorn zu beugen, um die Geruchsidee zu verifizieren.

Ich trat einen Schritt zurück und räusperte mich leicht. „Der Kuchen ist noch nicht fertig", wiederholte ich schließlich, weil mir nichts Besseres einfiel.

Elizas Lächeln überzog ihr ganzes Gesicht. Nun ja, vielleicht nicht ihre Augen, die hatten sich tatsächlich schon im Halbschlaf für den Tag verabschiedet. Ich schmunzelte nur für mich, das beständig freundliche, warme Gefühl in meiner Brust machte weiterhin leicht pochend auf sich aufmerksam.

„Es riecht köstlich", sagte Eliza verträumt, „aber ich muss jetzt wirklich gehen, sonst schlafe ich hier auf der Stelle ein und wer weiß, welche Essensreste du mir im Schlaf an die Wange klebst." Sie verzog spöttisch ihr Gesicht, wohl um mir zu sagen, dass sie es nicht ganz ernst meinte.

„Das nächste Mal, wenn dir Essen an der Wange klebt,

nasche ich daran", flüsterte ich, bevor mein Hirn oder der gesunde Menschenverstand einschreiten hätten können.

Das hast du nicht gerade ernsthaft gesagt!?

Eliza lachte höflich, dann hielt sie ihre Hand gespielt ans Ohr. „Hörst du das auch?", fragte sie und beugte sich etwas nach vorn: „I think, that's the alcohol talking."

Ich lachte auf, erleichtert, dass Eliza mit Humor und nicht mit Irritation auf mich reagierte und hoffte, dass ihre Müdigkeit meinen unkontrollierten Flirtversuch aus ihrer Erinnerung löschte.

Manchmal brauchte man wirklich dieses Blitzdings aus „Men in Black".

Ich brachte Eliza zur Tür.

Mitten im Türstock drehte sie sich plötzlich um, ihr Blick wieder etwas klarer: „Das war jetzt wirklich sehr nett", sagte sie lächelnd.

„Das fand ich auch", sagte ich sanft.

Für einen Augenblick sagten wir nichts, sahen uns nur in die Augen und was hätte ich *jetzt* dafür gegeben, tatsächlich ihre Gedanken lesen zu können.

„Ich bringe dir morgen den Kuchen vorbei", sagte ich schließlich, weil ich die steigende Spannung zwischen uns nicht mehr aushielt und Angst hatte, etwas Dummes und Unüberlegtes zu machen. Wie etwa die spannende Stille unseres Blickkontakts *mit Worten* zu durchbrechen.

Hmpf.

Eliza blinzelte leicht, als tauchte sie gerade aus einem tiefen Gedankengang auf (Herzlichen Glückwunsch zur Zerstörung des Moments, Fred!).

„Okay“, murmelte Eliza, „aber vielleicht ist es diesmal besser, wenn du *nicht* bei mir anläutest.“ Sie grinste verschmitzt.

„Aber warum denn?“, gab ich zurück. „Ich habe dich bereits zwei Mal im rosa Bademantel gesehen. Was könnte jetzt noch passieren?“

Eliza schnaubte lachend durch die Nase und zuckte dann geheimnisvoll mit den Schultern. Daraufhin musste sie wieder lachen, wahrscheinlich über sich selbst.

Ich sah ihr hinterher, bis sie ihre eigene Wohnungstür geöffnet hatte, und als sie sich nochmals umdrehte, flüsterte ich über den Gang: „Bis bald, Eliza!“

Sie winkte mir zu, ohne etwas zu sagen, aber ich sah sie lächeln.

Das war genug für heute.

Sechs

ELIZA

Der Mai begann wie jedes Jahr mit einem Feiertag und uns wurde in diesem Jahr sogar strahlender Sonnenschein geschenkt. Ich hatte lang geschlafen und versuchte nach dem Aufwachen, mit übermäßigem Wasserkonsum dem Prosecco-Hirn Paroli zu bieten, aber es rächte sich – wie immer –, dass ich so selten Alkohol trank. Wer nichts gewöhnt war, litt umso mehr, war ich überzeugt.

Dann riss ich alle Fenster auf und ließ die noch kühle Vormittagsluft in die Wohnung, zappelte ein wenig herum, um den leichten Kater aus den Gliedmaßen zu schütteln und begann schließlich, die Möbel in meiner Wohnung abzustauben.

Ich dachte nicht weiter darüber nach, warum es nicht

nur am Prosecco (sondern eventuell auch ein ganz kleines bisschen am Koch nebenan) liegen konnte, dass ich so unruhig war.

Als ich mich mit dem Staubwedel in der Hand durchs Vorzimmer arbeitete, fiel mein Blick zu meiner Wohnungstür und auf ein Stück Papier, das darunter hervorlugte. Ich zog an dem Eck, das ich erreichen konnte, das sich jedoch nicht bewegen ließ und sich offenbar auf der Türschwelle verfangen hatte. Es dauerte beschämend lang, bis mir endlich einfiel, dass ich ja nur die Tür öffnen musste. Ich verdrehte die Augen wegen meines offenkundigen Intelligenzverlusts, weggespült mit Wein und Prosecco und was weiß ich noch, und grummelte vor mich hin, bis ich den kleinen Gugelhupf, den Fred gestern in meiner Anwesenheit gebacken hatte, auf meiner Türmatte entdeckte, daneben jenes Stück Papier, das sich zuvor verhängt hatte.

„Guten Morgen!“, stand da in schwungvoller Handschrift. „Habe mein Versprechen gehalten und nicht bei Dir angeläutet. Lass dir den Kuchen schmecken!“ Anstelle einer Unterschrift fanden sich zwei kunstvoll drapierte Fs unter dem Text. FF – Fred Feigel. Ich lächelte erst das Papier an, dann den Kuchen, dann erst besann ich mich, dass ich – wieder einmal – mit meinem rosa Frottee-Bademantel im Stiegenhaus stand und zog mich rasch in meine Wohnung zurück.

. . .

Der Kuchen bekam einen Platz mitten auf dem Couchtisch und ich umkreiste ihn noch einige Male, in der Überzeugung, erst das Abstauben abschließen zu müssen, danach zu duschen und mich dann erst mit frischem Kaffee ins Wohnzimmer setzen zu können.

Noch nie war ich schneller mit der Hausarbeit fertig gewesen als heute.

Es war Frühling und Sommer gleichzeitig und all das in meinem Mund. Der weiche Teig zerfiel am Gaumen und es entfaltete sich Sonnenschein und das Geheimnis einer neuen Freundschaft zwischen dem Hauch an weißer Schokolade und der Säure der Erdbeeren.

Konnte man sich in Kuchen verlieben?

Ich ignorierte die stets kritische Stimme in meinem Kopf, die das Abheben von Fantasie oder zu viel Gefühl normalerweise gut kontrollieren konnte, und ließ mich in den Geschmack des Gugelhupfs fallen. Niemand würde jemals davon erfahren, versprach ich mir, bevor ich einen weiteren Bissen in den Mund nahm.

Der Geschmack verstärkte sich noch einmal mehr und wie sonst oft nur bei guter, schon lang nicht mehr gehörter Musik trat ich eine Erinnerungsreise an. Nicht weit entfernt jedoch, nur bis zum Vorabend, zu dieser friedlichen Stunde, die ich in Freds Küche verbracht hatte. Obwohl wir fast durchgehend gesprochen (und getrunken) hatten, war alles so ruhig und entspannt gewesen. Das Wissen, dass die halbe Stadt bereits schlief, gab dem Zusammentreffen etwas zusätzlich Geheimnisvolles. Dazu der Reiz des Unbekannten, gepaart mit der eigentlich so konservativen Tätigkeit des Kuchenbackens.

Und konnte der Mann backen!

Baut mir ein Haus aus diesem Kuchen und füttert mich bis zum Ende meiner Tage mit seinen Kaffeetrüffeln, – ich würde ein glückliches Leben führen.

Wie aus einer fernen Welt, die sich jedoch bald als Realität herausstellte, drang plötzlich Babygeschrei an mein Ohr und ich wusste, dass es bald Mittag sein würde. Seit einigen Monaten gab es in unmittelbarer Nachbarschaft zu meiner Wohnung ein kleines Baby, nach dessen Gequengel man die Uhr stellen konnte. Ich vermutete, das Baby weinte in der Wohnung über meiner, war mir aber nicht sicher, da die Akustik in diesem Gebäude manchmal sehr irreführend sein konnte.

Ich seufzte und nahm ein weiteres Stück Gugelhupf in den Mund, aber der Ausflug meiner Geschmacksknospen wollte nicht mehr so intensiv durchstarten, hauptsächlich aufgrund der Geräuschkulisse in meiner Wohnung.

Zum Glück schmeckte der Kuchen trotzdem.

. . .

Nach dem zweiten Stück ließ ich ein paar Minuten verstreichen und starrte gedankenverloren vor mir hin. Ließ den Geschmack nachhallen.

Bis ich beschloss, dass es an der Zeit war, wieder mit dem Leben weiterzumachen. Also griff ich nach meinem Telefon und verabredete mich mit Sabrina.

~

„Und er ist Single?", fragte Sabrina mit vollem Mund.

„Woher soll ich das wissen?", antwortete ich und wischte mir einen Brösel von der Wange.

„Sah irgendetwas in seiner Wohnung danach aus, als würde dort eine Frau ein und aus gehen?"

Ich dachte nach. „Seine Wohnung sah aus, als würde nicht mal er sonderlich oft dort ein und ausgehen", antwortete ich schließlich und biss ein weiteres Mal von meinem Kuchen ab.

Sabrina und ich hatten uns in der Innenstadt getroffen. Da sich der Rest der Wiener Bevölkerung am ersten Maitag meist in den Prater begab, hatten wir die Feiertagsruhe der Innenstadtgassen genossen und auch die vom Berufsverkehr befreite Ringstraße, die zu dieser Jahreszeit von gerade noch blühenden Kastanienbäumen gesäumt wurde. Nach ein paar schlendernden Schritten hatten wir uns in einem schattigen Bereich des Volksgartens auf die Wiese gesetzt, bevor ich Sabrina ein sorgfältig verpacktes Stück des Gugelhupfs gereicht hatte. Auch sie schien spontan verliebt zu sein, jedoch eher in den Koch als in den Kuchen.

Für einen Moment überkam mich ein eigenartiges Gefühl, als bereute ich es, ihr meine neu erschlossene Dessertquelle nun doch noch mitgeteilt zu haben. Aber diese komische Mischung aus Neid und Eifersucht waren mir eigentlich so fremd, dass ich das Gefühl schnell wieder abschüttelte.

„Seine Wohnung ist noch nicht wirklich fertig eingerichtet, denke ich", ergänzte ich, nachdem mich Sabrina nach meiner letzten Aussage verwirrt angesehen hatte. „Er ist ja erst vor wenigen Wochen eingezogen."

Sabrina nickte wissend und verständnisvoll, verzog ihr Gesicht jedoch bedauernd.

„Ich habe leider nicht so nette Nachbarn", murmelte sie vor sich hin. „Oder welche, die so gut aussehen." Sabrina seufzte.

„Findest du das wirklich?" Ich bemühte mich um einen möglichst unbeteiligten Tonfall, der mir offenbar gar nicht gelungen war, wenn ich Sabrinas mitleidigen Gesichtsausdruck richtig deutete.

Warum mussten wir uns auch schon so lang kennen? Nichts konnte man vor ihr verbergen!

Sabrinas Augen wurden schmäler und sie musterte mich mit dem für sie so typischen Blick, dem man nicht auskommen konnte. Und in dem immer auch der Schalk hervorblitzte.

„Liiiizzzzz", Sabrina zog meinen Spitznamen enervierend aufwendig in die Länge. „Es wird Zeit, dass du die Augen öffnest." Ihre Augen blitzten und sie wedelte mit dem Rest ihres Kuchenstücks vor meinem Gesicht herum. „*Das* hier ist ein Geschenk. Der junge Mann in der Wohnung gegenüber *ist ein Geschenk*!"

Ich verdrehte die Augen.

„Ja, er kann vielleicht ganz gut backen …“, lenkte ich ein.

„Und er ist nett.“

„Er läutet betrunken an meiner Tür.“

„Er kennt dich in diesem Unding, das du Bademantel nennst.“

„Das kommt sicher nicht auf die Plus-Seite der Liste“, antwortete ich scharf.

„Er hat dir *trotzdem* Kuchen gebacken. *Obwohl* er dich im rosa Frottee-Vorhang gesehen hat.“

Ich legte meinen Kopf schief. „Zwei Mal“, gab ich zu. Ich hatte Sabrina bisher immer nur von Freds betrunkenem Auftritt mitten in der Nacht und von unserem Zusammentreffen in meinem Büro berichtet.

„Wann hat er dich das zweite Mal als *Pretty in Pink* gesehen?“ Sabrina biss nochmals von ihrem Kuchenstück ab und schloss für einen Moment die Augen. „Ich *liebe* diesen Kuchen“, flüsterte sie.

„Gleich nachdem er eingezogen ist“, gab ich zu. „Weißt du noch, als ich vor ein paar Wochen mal Fieber hatte und einige Tage krank zu Hause geblieben bin?“

„Nachdem du mir täglich ungefähr 100 SMS von Markus weitergeleitet hast mit der Frage, was schlimmer sei, Fieber oder so ein Chef, werde ich diese Zeit niemals, *ich wiederhole: niemals* vergessen können.“ Sabrina zwinkerte mir jedoch vergnügt zu.

Es waren sicher keine 100 SMS, die ich ihr weitergeleitet hatte. Eher nur eines oder zwei. Pro Stunde.

Grob geschätzt.

So schmeichelhaft es auch war, dass der eigene Chef während meiner Abwesenheit kaum überlebensfähig schien, desto mehr zweifelte ich seither jedoch an meiner eigenen Arbeitsweise und ich beobachtete mein Zusammenspiel mit Markus etwas genauer.

Mit beunruhigenden Erkenntnissen.

Bis heute wusste ich jedoch nicht, was mich mehr irritierte: Dass ich meinen Chef offenbar so sehr verwöhnt hatte, dass er kaum einen Handlungsschritt ohne mein Zutun erledigen konnte (oder wollte). Oder dass eine kranke Mitarbeiterin kein Limit für ihn darstellte und er allen Gepflogenheiten und dem Hausverstand zum Trotz meine Grenzen immer weiter überschritt.

Wie es so weit kommen hatte können – und wie viel davon meine eigene Schuld war – bereitete mir seit Kurzem immer häufiger Kopfschmerzen.

Während ich Sabrina auch noch von Freds erstem Auftauchen vor meiner Wohnungstür berichtete, ließ sich auf der Wiese gegenüber einer Familie mit drei Kindern nieder und richtete es sich gemütlich ein. Aus dem Boden des Kinderwagens, der ähnlich umfangreich gefüllt zu sein schien wie Hermine Grangers Handtasche, zauberten die vielen Familienmitglieder erst eine Decke, dann mehrere Getränke und Tupperdosen mit Essen sowie schließlich auch noch Spielzeug für die Kinder hervor.

Ich hörte Sabrina leise lächeln. „Bitte sag deinem Koch, dass er uns das nächste Mal mehr Proviant mitgeben sollte." Sie zwinkerte mir zu.

„Er ist nicht *mein* Koch", antwortete ich lahm. Das war nun sogar mir zu fad.

„Wart nur ab", sagte Sabrina gespielt vieldeutig und legte

sich auf die Wiese, bevor sie sich auf ihren Unterarmen abstützte und mich ernsthaft ansah, „es wird Zeit, dass du wieder unter Männer gehst."

„Unter Menschen", korrigierte ich halbherzig, aber Sabrina winkte ab, noch bevor ich ihr widersprechen konnte. Ich war häufig genug unter Menschen.

Meistens.

Im Büro zumindest.

„Es wird Zeit, dass du wieder unter *Männer* gehst", wiederholte Sabrina stur und mit Nachdruck, „und bis zur Nachbarwohnung ist's nicht einmal sonderlich weit."

Sie lachte lauthals über ihren eigenen Witz und auch ich musste grinsen, zumindest solang, bis ich die Melodie erkannte, die Sabrina nun scheinbar unschuldig vor sich hinsummte.

So nach und nach füllte meine Erinnerung Sabrinas Summen mit dem dazugehörenden Liedtext, bis schließlich fünf Spice Girls in meinem Kopf „Spice up your life" brüllten.

„Chicas to the front", sang Sabrina schließlich flüsternd und wedelte mit ihren Handflächen wie eine Cheerleaderin, sodass ich richtig lachen musste.

Sieben

FRED

Guidos Lokal hatte jeden Sonntag und Montag geschlossen, somit verschob sich mein Wochenende immer um einen Tag. Die Sonntage nutzte ich meistens zum Ausschlafen und Sporteln, an den Montagen hatte ich dann meist wieder genug Energie, um Leute zu treffen.

Das hieß: Ich traf Lonny.

Montags war es zudem meist recht ruhig in jener Hotelbar, in der er seit einiger Zeit beschäftigt war, und wir hatten Zeit, uns über alles und nichts zu unterhalten. Wie man es eben so machte mit Menschen, die man schon lang kannte.

. . .

Der Nachmittag an diesem Montag, einige Tage nach meinem Prosecco-Abend mit Eliza, war bereits recht weit fortgeschritten und die Sonne legte sich mit einem wärmenden Glühen über die Stadt. Das Haus, in dem ich seit Kurzem wohnte, lag nahe der Kettenbrückengasse und somit auch in der Nähe von Lonnys Bar, also beschloss ich, einen Spaziergang zu machen – mit einem kurzen Umweg über den Naschmarkt.

Der Markt surrte vor Betriebsamkeit, wie immer, wenn es warm genug war, um das Leben der Stadt nach draußen zu verlegen. Die Schanigärten waren gut gefüllt – eines der Rätsel, die ich in dieser Stadt noch nie lösen hatte können: Woher nahmen die Leute die Zeit, bereits untertags so lang im Kaffeehaus zu sitzen? Gab es eine derart große Anzahl an Menschen, die nicht zu den üblichen Bürozeiten arbeitete und sich diese Sonnenstunden am Markt (und überall sonst, wo in der Stadt Sessel oder Bänke standen) gönnen konnte? Oder arbeitete man *in* den Schanigärten?

Wie es sich für einen warmen Mainachmittag gehörte, leuchteten zahlreiche Aperol Spritz auf den kleinen Tischen zwischen den von der Gastro bewirtschafteten Marktständen. Und das orange Leuchten allein reichte schon, um meine Vorfreude auf den Sommer zu steigern. Außerdem erinnerte es mich auch daran, dass ich mit Guido noch den Zeitraum für meinen Sommerurlaub besprechen musste. Während der Wintermonate hatte ich mit einer Liste begonnen, die einige meiner liebsten italienischen Lieferanten beinhaltete – und dazu noch ein paar Adressen mehr, die ich gerne live und vor Ort besuchen wollte. Die Idee einer Genusstour durch einige Regionen Italiens hatte mich durch so manchen grauen, winterlichen Nebeltag (von denen es in dieser Stadt so viele gab) gebracht.

„Fred!", klang es plötzlich über das frühsommerliche Geschnatter in den Schanigärten hinweg und ich drehte mich suchend um, bis ich eine über alle hinausragende winkende Hand ausmachen konnte, die zu Louis gehörte.

Ich bahnte mir einen Weg durch die Menschenmengen und blieb neben Louis stehen, der – wie könnte es auch anders sein – einen Aperol Spritz vor sich stehen hatte. Gemessen an seinem Lächeln war es wohl nicht der erste des Tages, aber was ging mich das an.

Wir begrüßten uns mit einer Umarmung (ein weiteres Zeichen für Louis' Promillestand) und er klopfte mir viel zu heftig auf die Schultern.

Ich kannte Louis' Begleitung nicht, er sah etwas jünger aus als wir, gut trainiert und er war gewollt nachlässig gekleidet. Er musterte mich jedoch ungewöhnlich scharf, vor allem, da mich Louis umarmt hatte.

Ich reichte ihm meine Hand, stellte mich also vor, aber seine Gesichtszüge wurden nur eine Spur weicher, nachdem er meinen Namen erkannt und zugeordnet hatte.

„Ich folge dir auf Instagram", antwortete er auf meine Vorstellung, ohne jedoch seinen eigenen Namen zu nennen, seine Stimme überraschend leise und zurückhaltend, fast schüchtern, jedenfalls so gar nicht zu seiner kräftig wirkenden Statur passend.

„Das freut mich sehr“, antwortete ich übermäßig lächelnd.

Angefeuert von seinem skeptischen und/oder schüchternen Freund und dessen Hinweis auf meine Instagram-Aktivitäten startete Louis jedoch sogleich in eine für ihn typische Lobeshymne über mein Essen („das, das er *nicht* für Guido kocht“) und landete nach nur wenigen Halbsätzen wieder beim missglückten Fotoshooting. Wir kippten in ein verbales Hin und Her und Louis versuchte beharrlich, mich zu einem erneuten Fototermin zu überreden.

Nach einigen Minuten sah ich zu Louis’ Begleitung, ob er unserem Gespräch überhaupt noch folgte, da er ja anfangs schon nicht so glücklich über mein Auftauchen gewirkt hatte. Aber er hatte mittlerweile seinen Sessel in die Sonne gedreht und hielt seine Augen geschlossen, um die restlichen Sonnenstrahlen des Tages aufzusaugen, was das elegante Make-up, das er um seine Augen trug, leuchten ließ.

„Max“, sagte Louis lachend, „hilf mir, diesen sturen Menschen davon zu überzeugen, dass er im Rampenlicht besser aufgehoben wäre!“

Max, wie er offenbar hieß, blinzelte sich zurück in unser Gespräch und musterte mich kurz mit klaren Augen. Er zog einen Mundwinkel leicht spöttisch nach oben, dann lehnte er sich wieder zurück und schloss seine Augen. Ich grinste.

„Na, wenn er nicht will …“, murmelte Max und klinkte sich ein weiteres Mal aus dem Gespräch.

. . .

Seit sich unsere beruflichen Wege getrennt hatten, wusste ich nur mehr wenig über Louis' Privatleben und kannte auch kaum noch einen seiner Freunde. Unsere Gespräche hatten sich im Laufe der Jahre immer mehr aufs Essen und aufs Kochen beschränkt, jedoch mit dieser für Freunde typisch legeren Art, sich über alles Mögliche unterhalten zu können. („Ich habe 30 Jahre lang ausgezeichnet ohne Koriander gelebt, ich muss nicht jetzt damit anfangen!", brüllte Louis etwa während jedes dritten Telefonats in den Hörer.)

Louis und mich verband im Grunde diese ewige Sinnsuche, die wir auf Nahrungsmittel in jeder Form und Zubereitung beschränkten, und das trug uns über alle sonstigen Unterschiede, die vielleicht da sein mochten, die wir aber niemals ausloten mussten, hinweg. Die Liebe zum Sattwerden war etwas, das ich an ihm schätzte. Das und sein Gespür für interessante Charaktere. Wie Max.

Ich sah wieder zu Louis, der mittlerweile jedoch einen herzerweichenden Blick auf sein sich sonnendes Gegenüber gerichtet und mich schon wieder vergessen hatte. Ich lachte leise auf und gab Louis mit einem leichten Schulterklopfen Bescheid, dass ich weitergehen würde.

Ich erzählte noch kurz von Lonny und versprach, mir wegen des Fotoshootings Gedanken zu machen.

Dann versicherte ich Max, dass ich mich gefreut hatte, ihn kennenzulernen und mir erwartete, ihn bald wiederzusehen. Das schien das Richtige gewesen zu sein, denn endlich entspannten sich seine Gesichtszüge und er lächelte erst mich an, bevor er sein strahlendstes Lächeln in Richtung Louis richtete, der – völlig in Bann gezogen – ein weiteres Mal auf mich vergaß.

Ich winkte noch einmal, bevor ich mich umdrehte, aber die Geste wurde bereits völlig ignoriert von der frühsommerlichen Love Bubble, die sich hier vor meinen Augen erhoben hatte. Also tauchte ich wieder durch den Aperol-Nebel und eilte in Richtung Schleifmühlgasse, um endlich meine Verabredung mit Lonny einzuhalten.

Es war bereits finster, als ich von der Margaretenstraße in eine der Gassen, die mich zu meinem Wohnhaus brachten, abbog. Ich wohnte noch nicht lang genug in diesem Grätzl, um den kürzesten Weg nach Hause zu kennen und nicht erst einmal hatte ich mich hier in diesen verwinkelten Gassen bereits verirrt.

Aber an diesem Abend spazierte ich langsam vor mich hin und genoss die milde Frühlingsluft in der Stadt. Vor den Häusern, Geschäften und Lokalen standen oder saßen kleine Gruppen an Menschen, die sich unterhielten und gelegentlich auch lauthals diskutierten. Ab und zu flog lautes Auflachen über das Gemurmel der belebten Straßen hinweg.

Ich liebte die Stadt, vor allem wenn sie so nach und nach aus der Winterstarre auftaute. Wenn die grauen Schlechtwettertage so weit zurücklagen, dass sie wie eine unwirkliche Erinnerung schienen. Wenn sich das Leben in die Straßen verlagerte. Wenn man all die unterschiedlichen Charaktere dieser Stadt an unterschiedlichen Hausecken innerhalb weniger Meter entdeckte.

Ich passierte einen Schanigarten, vor dem sich dieser typische Geruch aus Bier und Weißwein, Zigarettenrauch und Palatschinken mit der frischen Frühlingsabendluft durchmischte.

Wie immer durchzog mich auch diesmal ein Gefühl, das ich zwar als Sehnsucht erkannte, ich jedoch nicht genau benennen konnte, wonach ich mich eigentlich sehnte.

Wie immer schob ich das Gefühl zur Seite, für später, und dachte an die Gespräche mit Lonny zurück. In der kurzen Zeit seit unserem letzten Treffen hatte sich einiges abgespielt und ich brauchte mehrere Viertelstunden, bis ich Lonny ausführlich über die inspirierende Begegnung mit Ivo berichtet hatte – und wie ich immer wieder und immer wieder Eliza begegnet war.

„Du hast ihr einen Kuchen gebacken?", hatte Lonny plötzlich mitten in meine Erzählung hinein nachgefragt.

„Und Kaffeetrüffel zubereitet", hatte ich geantwortet und Lonnys Tonfall, der seiner Frage zugrunde gelegen war, einfach ignoriert.

„Kaffeetrüffel, natürlich", hatte Lonny gemurmelt und das Thema gewechselt, indem er auf eine neue Kaffeeröstung zu sprechen kam, die er unbedingt in der Bar ausprobieren wollte und auch mir zum Probieren geben wollte. Eventuell würde das weitere Trüffelsorten inspirieren.

Wenn das immer so einfach wäre.

Ich seufzte, als ich mich meiner Wohnung näherte und überquerte im Laufschritt eine Straße, weil ich ein herannahendes Auto übersehen hatte. Die Scheinwerfer erleuchteten eine leere Geschäftsfassade unmittelbar neben mir und ich blieb stehen.

Ich glaubte zwar nicht an Zeichen durch Scheinwerfer viel zu schnell fahrender Fahrzeuge im Wohngebiet, aber ich wusste, dass ich dieses Geschäftslokal noch nie zuvor wahrgenommen hatte und wie schon so oft in den vergangenen Jahren, gab ich mich jener Spannung hin, die die Hoffnung, jetzt endlich das perfekte Lokal entdeckt zu haben, auslöste. Jene Hoffnung, die meist innerhalb von Sekunden an der Lage, der Größe oder zu guter Letzt am Preis zerbarst.

Das war mein Geheimnis. Niemand, nicht einmal Louis oder Lonny, wusste, dass ich nach einem passenden Raum suchte. Oder besser gesagt: dass ich hoffte, über das perfekte Lokal zu stolpern. Ich wollte ihre Meinungen nicht hören, auch wenn ich wusste, dass mich beide über die Maßen unterstützen würden.

In Wahrheit war ich mir nämlich noch nicht sicher, was *genau* ich suchte. Die Restaurants, in denen ich bisher gearbeitet hatte, hatten ausgeklügelte Konzepte, Marketingstrategien und rote Fäden, die sich von der Einrichtung über die Speisekarte bis hin zum Publikum zogen.

In meinem Kopf gab es nur lose Fäden: einzelne Rezeptideen. Und dieses eine Gefühl. Das Gefühl, jemandem einen Ort bieten zu können, an dem er mit Genuss satt werden konnte.

Und keines der bisher entdeckten Geschäftslokale hatte so gewirkt, als könnte es die Hülle für dieses Gefühl werden.

Ich sah mich um, um mich zu orientieren und den Weg bei Tageslicht wieder hierher zu finden, seufzte und ging dann weiter.

Als ich schließlich in die Gasse, in der ich wohnte,

einbog, war ich wieder vollgefüllt mit meiner undefinierbaren Sehnsucht.

Meine eigenartige Stimmung hielt auch an, als ich ins Stiegenhaus trat und die grellen Lichter ansprangen. Ich blinzelte kurz, um mich nach der Dunkelheit der Wiener Gassen ans helle Licht zu gewöhnen. Wie immer begann ich, die Stockwerke bis zu meiner Wohnung zu Fuß zu erklimmen. Auf halbem Weg nach oben hörte ich, wie jemand unten durchs Haustor kam und zum Lift eilte. Ich ging weiter und versuchte zu erraten, in welchem Stockwerk der Lift halten würde und ob ich den betreffenden Nachbarn schon persönlich kannte.

Nachdem ich Eliza an diesem ersten Tag im neuen Wohnhaus vor einigen Wochen offenkundig aus einer nicht für die Öffentlichkeit bestimmten Situation gerissen hatte, hatte mich der Mut verlassen, bei anderen Nachbarn zu läuten und mich vorzustellen. Aber da ich auch zu so ungewöhnlichen Zeiten das Haus verließ und wieder nach Hause kam, waren die Chancen generell sehr gering, dass ich anderen Bewohnern des Hauses häufig über den Weg lief. Daher kannte ich noch kaum einen meiner Nachbarn.

Der Lift fuhr noch, als ich das letzte Stück der Treppe erklomm. Mir fehlten die letzten paar Stufen in den dritten Stock, als der Fahrstuhl plötzlich abbremste und sich die Tür genau vor mir öffnete.

Eliza.

Ich blieb stehen und beobachtete sie, wie sie erst gedankenverloren aus dem Lift stieg und dann kurz zusammenzuckte, als sie mich entdeckte. Langsam streckte sich ein Lächeln über ihr Gesicht, das es mir unmöglich machte, nicht zurückzulächeln.

„Warum stehst du mitten auf der Treppe?“, fragte sie mich anstelle einer Begrüßung, aber immer noch lächelnd.

„Ich gehe immer zu Fuß“, antwortete ich.

„Angeber“, murmelte sie, jedoch mit einem Augenzwinkern.

Ich stieg die letzten Stufen nach oben und Eliza sah mir zu, ohne sich zu bewegen.

Und war das nicht Grund genug, dass mein Magen zu flattern begann?

Eliza musterte mich von Kopf bis Fuß, freundlich, aber ausgiebig. Ich biss mir auf die Zunge, um nicht nachzufragen, was sie sah.

Oder suchte.

Oder entdeckte.

Unser Schweigen zog sich ungewöhnlich lang. Meine Haut kribbelte ungewohnt, aber irgendwie ... erwartungsvoll.

Sag etwas, Fred!

Aber ich lächelte nur dümmlich, während sich Elizas Augen schließlich auf meine Nase fokussierten.

Es vergingen noch einige unendlich lange Sekunden, bis sich ihr Blick dann endlich mit meinem traf und ... wie soll ich das beschreiben? Kennen Sie den Moment gegen Ende eines Orchesterkonzerts, wenn man über viele, viele Minuten hinweg immer wieder einen Vorgeschmack auf die Hauptmelodie bekommen hatte und die Spannung schon ins Unermessliche gestiegen war, bis schließlich das große Finale jedes einzelne Instrument zu involvieren schien und man von dieser Dankbarkeit erfüllt wurde, dass es so etwas Komplettes zu hören gab?

Nun ja, so ein Moment war das. Ich sah in Elizas Augen und das Orchester brüllte durch meinen Kopf.

Vollkommenheit.

Und vielleicht war heute Abend irgendetwas in Lonnys Kaffeegebräu gewesen, denn nach dem Hoch der Frühlingsluft und der akuten Sentimentalität auf dem Heimweg, fühlte sich das simple Ansehen meiner Nachbarin an, als würde ich einen Loop in der Achterbahn drehen.

Elizas Blick war so offen wie sonst auch immer: freundlich. Und fordernd. Motivierend nahezu.

Wie heiße Kirschen auf Vanilleeis.

Ein Versprechen von Sommer.

Und das fühlte sich so *richtig* an!

Sie hielt den Blick eine Zeit lang, während ich versuchte, mich von den vielen Eindrücken nicht gänzlich überwältigen zu lassen.

Oder in die Küche zu stürmen, um aus der Kirsch-Vanilleeis-Kombination Realität werden zu lassen.

Schließlich nickte Eliza leicht, als hätte sie sich selbst etwas bestätigt.

„Ich war gerade im Kino“, sagte sie mit ihrer ruhigen Stimme.

„Ja?“, krächzte ich, nicht einmal ansatzweise in der Lage, das Orchester in meinem Kopf und den Kirschgeschmack auf meiner Zunge verbergen zu können.

„Ja“, antwortete Eliza und lächelte mitfühlend.

„Allein?“, fragte ich, die Stimme weiterhin viel zu rau.

Ihre Augenbrauen zuckten kurz überrascht, aber dann nickte sie leicht. Und als wäre ich nicht schon genug gefordert gewesen, lockerte sie mit einer Handbewegung, die sie vermutlich hundertmal am Tag machte, ihren Haarknoten und ihre Haare fielen ihr über die Schultern. Auch wenn ich dieses Spektakel schon neulich in meiner Küche beobachten durfte, hielt es meinen Magen nicht davon ab, noch stärker vor sich hin zu flattern. Und, jetzt einmal ehrlich, *was war bloß mit mir los?*

Ich war kurz davor, den Verstand zu verlieren.

Oder mit einer Herzkreislaufschwäche zusammenzubrechen.

Vielleicht war das aber auch nur eine Panikattacke.

„In der Reihe hinter mir ist ein Pärchen gesessen“, erzählte Eliza weiter, vollkommen unbeeindruckt von meinen akuten medizinischen Problemen, „und die Frau hat nicht nur bei jedem Song mitgesungen oder -gesummt, sondern auch noch bei jeder Szene, in der sich die beiden Hauptdarsteller angenähert haben, zu kichern begonnen.“ Eliza schnaubte plötzlich durch die Nase. „Und zwar so“, ergänzte sie und begann in hohem Tonfall die Tonleiter auf und ab zu kichern.

Da musste ich lachen. Lauthals.

Und all die Spannung verflog in nur wenigen Augenblicken und wurde von einer angenehmen Wärme abgelöst.

Acht

ELIZA

Ich hatte Fred einige Tage lang nicht gesehen, was nicht bedeutete, dass ich nicht an ihn gedacht hatte. Aber an diesem Abend stand er plötzlich im Stiegenhaus vor mir, wortkarg wie noch nie, obwohl sein Kopf auf Hochtouren zu arbeiten schien.

Also erzählte ich ihm von der lustigen Frau, die gerade vorhin im Kino hinter mir gesessen war, und deren Dauerbegleitung des Films mehr amüsiert als gestört hatte.

Und schließlich lachte Fred so laut, dass ich Sorge hatte, die anderen Nachbarn würden sich gleich beschweren, wir standen ja immer noch mitten im Stiegenhaus. Aber das Lachen schien ihn irgendwie zu befreien und aus seinem

Kopf zu holen, jedenfalls sah er mich mit noch vom Lachen glänzenden Augen an und schüttelte den Kopf.

An dieser Stelle muss ich kurz drauf hinweisen, dass Fred tatsächlich von Kopf bis Fuß schön war. Interessant, attraktiv – wie auch immer man es nennen wollte. Seine dunklen Haare führten definitiv ein unkontrolliertes Eigenleben und drehten sich kunstvoll über seinen Kopf, aber all das passte zu seiner großen, festen Statur. Stilistisch und von den Proportionen her.

Aber wenn er lachte, so wie gerade eben, kam noch mehr Leben in seinen Körper und all die Freundlichkeit, die ihn ausmachte, strahlte in Wellen von ihm ab. Und was mich umso mehr faszinierte, war, dass er sich selbst dieser Ausstrahlung nicht bewusst schien. In manchen Momenten hielt er seinen Körper fast eingerollt, zurückhaltend, aber trotzdem immer auch irgendwie stabil. Sicher. Und authentisch.

Ja, ich hatte in den vergangenen Tagen *sehr viel* Zeit darauf verwendet, Fred zu analysieren.

Fred erkundigte sich nach dem Inhalt des Films, den er noch nicht kannte, und erzählte dann, dass er selten Zeit hatte für Kinobesuche.

„Ich arbeite ja meistens in der Zeit, zu der man sich üblicherweise im Kino trifft, also abends“, wandte er ein.

„Kommst du gerade von der Arbeit?“, fragte ich leise, nun doch immer mehr um die Ruhe der anderen Hausparteien besorgt, und wandte mich mit einer Schulter zu meiner Wohnungstür.

Fred schüttelte den Kopf.

„Montags habe ich meistens frei", antwortete er, „ich war im *Goldie's*. Ein Freund von mir arbeitet dort."

Ich kannte das *Goldie's*, die Bar, die es auch ohne das Hotel drumherum zu Weltruhm gebracht hatte. Man erzählte sich, dass Goldie Hawn (ja, *die* Goldie Hawn) die Einrichtung der Bar in den 1970ern veranlasst hatte, aber bis jetzt hatte noch kein Stadt-, Film- oder Barhistoriker herausfinden können, ob Goldie Hawn rund um die Gründungsjahre überhaupt mal in Wien gewesen sei. Deshalb hielt sich beharrlich auch ein zweites Gerücht, nämlich, dass der Hoteleigentümer seit der „Kaktusblüte" in Goldie verliebt war (wer nicht?) und ihr hier, am Rande der Wiener Innenstadt ein Denkmal gesetzt hatte. Die Bar war über die Jahrzehnte hinweg und allen Trends zum Trotz stur tiefgold eingerichtet und zog konsequent gemischtes Publikum an – von Hotelgästen aus aller Welt über die Champagner trinkende It-Crowd bis hin zum Handwerker in Jeans.

„Da war ich schon lang nicht mehr", seufzte ich und versuchte, mich zu erinnern, weshalb mir das *Goldie's* nie als Destination einfiel. („Weil du nie ausgehst", hörte ich plötzlich Sabrinas ungehindert ehrliche Stimme in meinem Hinterkopf. Und ich konnte nicht einmal widersprechen.)

Ich seufzte erneut. Fred sah mich neugierig an, aber ich schüttelte nur den Kopf.

„Viele Gedanken auf einmal", versuchte ich es mit einer halbherzigen Erklärung, aber Freds fragender, fast fürsorglicher Blick blieb unbeirrbar auf mich gerichtet.

„Es ist gar nicht wichtig", winkte ich erneut ab, setzte

dann aber doch fort, „ich war nur eben schon sehr lang nicht mehr im *Goldie's*. Aber ich war auch schon sehr lang nicht mehr abends aus, in einer Bar oder irgendeinem anderen Lokal. Und Sabrina hat die lästige Angewohnheit, mich *stündlich* daran zu erinnern, was für ein fades Leben ich führe, weil ich nie ausgehe."

„Keine Dates?", fragte Fred und sah aus, als hätte er die Frage lieber nicht gestellt.

Ich schaffte ein halbes Lächeln.

„Keine Dates", bestätigte ich. „Aber mein Leben ist nicht so langweilig, wie Sabrina es glaubt." Ich wachelte mit meinen Armen vor meinem und Freds Gesicht herum. „Ich war gerade im Kino!"

Ich hörte mich an wie ein kleines Kind. Fehlte nur mehr, dass ich mit dem Fuß aufstampfte.

„Allein", sagte Fred leise.

„Ja und?" Ich hasste es, mich dafür rechtfertigen zu müssen. „Ich gehe gerne allein ins Kino. Ich muss nicht ständig mit jemandem reden. Ich rede den ganzen Tag lang im Büro. Da werde ich ja wohl allein im Dunkeln sitzen dürfen und mich über einen halblustigen Film und eine sehr lustige Kinobesucherin amüsieren können!"

Willkommen zurück, kindlicher Jähzorn!

Seit Jahrzehnten war ich nicht mehr innerhalb von Sekunden so wütend geworden.

Ich hielt für einen Augenblick erschrocken die Luft an, als Fred beschwichtigend die Arme hob.

„Ich habe kein Problem damit, wenn du allein ins Kino gehst", sagte er und zwinkerte mir freundlich zu. Fred machte einen Schritt in meine Richtung und lächelte. „Und ich weiß nicht, warum dich deine Freundin damit nervt oder warum du auf dieses Thema so reagierst, wie du gerade reagierst." Er machte einen weiteren Schritt auf mich zu, ohne den Blickkontakt zu lockern, und ich spürte plötzlich meine Wohnungstür hinter mir. Es gab keine Möglichkeit, zurückzuweichen.

Nicht, dass ich das gewollt hätte.

Aus der Nähe schien einen Freds freundliches Strahlen einzuhüllen und man war nicht mehr so abgelenkt von seinem Gesamteindruck. Kleine Details, die ich zuvor verpasst hatte, wurden erkennbar. So zeigte sich etwa sein leichtes Grübchen deutlicher und auch einige Sommersprossen waren auf seinen Wangen zu entdecken. Die Haut um seine Augen herum war mit kleinen Lachfältchen durchzogen, so wie alles an ihm auf einige Jahre Lebenserfahrung hindeutete.

Er schien zu einer angreifbaren Version von sich zu werden. Und je näher er kam, desto realer wurde er.

Mein Hirn war offenbar noch im Kino.

Ich atmete tief ein, hielt den Blick und kämpfte mich durch die verwirrenden Eindrücke in meinem Kopf, während über meine Arme und meinen Rücken die intensivste Gänsehaut lief. Als würde jedes noch so feine Körperhärchen Freds Nähe spüren und sich nach ihm ausrichten. Er schien Wärme abzustrahlen, das spürte ich als erstes, dann nahm ich seinen Geruch wahr.

Fred roch nach Seife und sonst nichts. Einfach nur dieser klare, kühle Duft, der sich über die Nase bis in den Gaumen ausbreitete.

Und natürlich holte ich jetzt noch einmal tief Luft und

ließ meinen Gedanken freien Lauf, während meine Nerven aufgrund der unerwarteten Nähe zu tanzen begannen.

Disco bis in die Fingerspitzen.

Hatte ich mir vorhin irgendwo den Kopf gestoßen?

Meine Sinnesorgane waren kurz vor dem Shutdown aufgrund von Überlastung. Wir standen doch nur im Stiegenhaus!

An einem Montagabend!

Nüchtern!

Und ich war so munter wie schon lang nicht mehr.

Worüber hatten wir eigentlich gerade gesprochen?

Fred war mittlerweile so nah vor mir, dass ich seinen Atem hören und seinen Körper spüren konnte, als würde er mich tatsächlich berühren. Mein gesamter Brustkorb glühte bis zum Bauchnabel.

„Aber ich würd's gerne wissen", sagte Fred und ich hatte nicht die leiseste Ahnung, was er meinte.

„Was?", hauchte ich also, weil meine Stimmbänder offenbar den Geist aufgegeben hatten.

„Warum du gerne allein ausgehst. Warum dich deine Freundin ärgert. Warum du mich manchmal so ansiehst, als würdest du in einem Buch lesen", flüsterte Fred. „Für den Anfang."

Ich versuchte zu lächeln und war mir nicht sicher, ob es mir gelang. Hoffentlich sah ich nicht aus, als würde ich auf eine Zitrone beißen.

Aber Freds Blick wurde weicher, die Fältchen um seine Augen tanzten leicht.

Fred beugte sich noch weiter nach vorn und ich hielt die

Luft an. Seine Wange strich an meiner Wange vorbei, bis seine Lippen mein Ohrläppchen berührten.

Ich zitterte.

Am ganzen Körper!

„Und ich will, dass du Dinge gerne machst, ohne dich rechtfertigen zu müssen", murmelte Fred in mein Ohr.

Sprachen wir immer noch über Kinobesuche ohne Begleitung?

Ich beschloss, vorübergehend das Atmen wieder aufzunehmen, um mein Hirn doch ab und zu mit Sauerstoff zu versorgen, bereute es jedoch sofort. Aufgrund seiner Nähe war ich mittlerweile umgeben von Freds Seifengeruch und ich wusste, dass ich das niemals wieder vergessen konnte. Aber ich war auch umhüllt von seinem Atem, da er in mein Ohr und meine Wange und alle Nervenbahnen meiner rechten Gesichtshälfte gesprochen hatte. Und zusätzlich zur Seife war auch ein Hauch von ... Apfelstrudel (*?!*) wahrzunehmen.

„Warum riechst du nach Apfelstrudel?", fragte ich also. Denn schließlich hatte sich mein Hirn für den heutigen Tag wohl verabschiedet.

Fred grunzte und legte seine Stirn auf meine Schulter. Sein ganzer Körper vibrierte und weil mein eingeschränktes Denkvermögen nicht in der Lage war, das als Lachen zu erkennen, drehte ich meinen Kopf und lehnte mich leicht zurück, um herauszufinden, warum er zitterte.

Ein großer Fehler.

Raum und Zeit nicht mehr einschätzen könnend streiften meine Lippen so natürlich über Freds Schläfe und –

weiterhin mit nur eingeschränkter Denkleistung oder zwischenmenschlich notwendigem Filter ausgestattet – erkundeten dann auch noch seine Stirn.

Für einen Moment erstarrte Fred.

Dann hob er seinen Kopf so weit, dass wir uns Nase an Nase in die Augen schauten.

Und plötzlich ging das Licht aus und das gesamte Stiegenhaus versank im Dunkeln.

Neun

FRED

Auf einmal war sie weg. Mit einem lauten Knacksen schaltete sich das automatische Licht im Stiegenhaus aus und im ersten Schock sah ich gar nichts.

Aber ich spürte.

Und glaubte, Eliza schmecken zu können.

Ich war nur mehr Millimeter von ihr entfernt, nachdem sich vor wenigen Minuten mein Körper wie von einem Magnet angezogen zu ihr hinbewegt hatte.

In einem Moment hatten wir noch geplaudert wie zwei Nachbarn sich eben unterhielten, wenn sie sich spätabends am Gang begegneten. Und innerhalb von Minuten hatte ich unwissentlich einen Punkt berührt und Elizas Spektrum an Emotionen schwenkte in eine Richtung, die ich ihr, die sich so häufig hinter eine fast kühle, jedenfalls immer kontrollierte Fassade zurückzog, gar nicht zugetraut hatte. Es war mehr als Kränkung, fast schon Verletzung, die aus ihr sprach und noch nie in meinem Leben hatte ich ein derart starkes Bedürfnis gehabt, jemanden zu beschützen. Wenn auch nur vor ihr selbst und dem Abdriften in eine destruktive Gedankenspirale.

Während unserer Plauderei hatte sich mein Herzschlag wieder etwas normalisiert, aber nach dieser überraschenden Wendung schaltete mein Körper in ein weiteres unbekanntes Programm.

Ich war niemand, der sich anderen Personen näherte, nicht einmal in der hitzigsten aller Debatten, aber ich wusste, ich *musste* jetzt in Elizas Nähe.

Ich wollte ihr nah sein.

Und jetzt stand ich hier. Und roch offenbar nach Apfelstrudel.

Meine Stirn kribbelte dort, wo Elizas Lippen sie berührt hatte. Mein ganzer Körper kitzelte so angenehm und fremd und ich hatte eigentlich meinen Kopf gehoben, um in ihren Augen ablesen zu können, ob ich sie küssen durfte.

Und dann war das Licht ausgegangen.

Eliza duftete nach frischen Blüten, vor allem direkt unter ihrem Ohr und wenn es nicht so finster gewesen wäre, hätte ich meine Nase noch einmal an dieser Stelle vergraben.

Aber wir waren Lippe an Lippe verharrt und die Luft zwischen uns schien zu surren. Und noch bevor ich mich entscheiden konnte, ob ich mich weiter nach vorn bewegen sollte, in einen Kuss lehnen also, oder ob ich mich ganz höflich zurückbeugen sollte, spürte ich das bekannte Kitzeln fremder Lippen auf meinen eigenen.

Eliza war offenbar nicht so zögerlich wie ich.

In der langsamsten aller Bewegungen drückte sie ihren Mund auf meinen und ich bemühte mich darum, mich möglichst schnell ihr entgegenzulehnen, damit sie nur ja nicht aufhörte, bevor ich sie endlich, endlich auch schmecken konnte.

Und was für ein Geschmack das war!

Kein Wunder, dass ich schon die ganze Zeit an Kirschen denken musste. Ihr Kuss war wie der Biss in eine reife Kirsche, saftig, weich und so, so erfrischend.

Eliza ertastete meine Lippen mit ihrer Zunge und das Kitzeln an meiner Unterlippe wellte durch meinen Körper – so sehr, dass ich mich festhalten musste.

An ihren Hüften.

Sicherheitshalber zog ich ihren Körper auch noch an meinen heran, wofür mir Eliza mit einem herzzerreißenden Seufzer dankte, während sie ihre Arme um meinen Nacken legte.

Ohne den Kuss zu unterbrechen.

Habe ich schon erwähnt, dass ich noch niemals in meinem Leben so geküsst worden bin? Wann war denn schon jemals ein erster Kuss ein sich minutenlang aufbauendes,

Welten bewegendes, Rezepte inspirierendes Ganzkörpererlebnis?

Ich wünschte, wir hätten keine Atemluft benötigt und müssten den Kuss nicht irgendwann einmal unterbrechen. Aber ich hatte mich umsonst gesorgt.

Nach einem kurzen, notwendigen Luftschnappen fanden sich unsere Lippen glücklicherweise ganz automatisch wieder und wir rückten noch näher aneinander.

Bis plötzlich das Licht wieder anging.

Wir schnellten auseinander, beide blinzelnd, um uns zu orientieren. Das ins Schloss fallende Haustor hallte durchs Stiegenhaus und zwei Leute unterhielten sich im Erdgeschoß angeregt miteinander. Der Lift setzte sich direkt neben uns in Bewegung und während ich noch versuchte, den Boden unter meinen Füßen wahrzunehmen, hatte Eliza bereits ihren Wohnungsschlüssel ins Schloss gesteckt und somit begonnen, ihre Flucht vorzubereiten.

Ich sah sie an, wie sie leicht atemlos in der nunmehr offenen Tür stand. Mir fehlten die Worte, um zu beschreiben, wie es mir ging, was ich fühlte und wie ich Eliza dazu überreden konnte, sich noch nicht zu verabschieden.

Aber mehr als ein atemloses Lächeln wollte mir nicht gelingen.

„Du *schmeckst* gar nicht nach Apfelstrudel", flüsterte Eliza, dann beugte sie sich nach vorn und hauchte den zartesten, flüchtigsten Kuss seit Menschengedenken auf meine Lippen.

„Gute Nacht", sagte sie, Mund an Mund und wieder kitzelte ihre Nähe durch meinen ganzen Körper.

Noch bevor ich antworten konnte, war sie durch die offene Wohnungstür geschlüpft und hatte diese hinter sich geschlossen.

Und so schnell war der Zauber auch schon wieder vorbei.

Zehn

ELIZA

Den nächsten Tag verbrachte ich in einer noch nie dagewesenen Trance. Nicht einmal mein vom Prosecco vernebeltes Hirn am 1. Mai hatte mich so verlangsamen können, wie dieses kuriose Zusammentreffen mit Fred am Vorabend.

Hatte ich ihn tatsächlich geküsst?

In der Dunkelheit des Stiegenhauses?

Oder war das ein Traum gewesen?

Meine Lippen fühlten sich beanspruchter an als normalerweise, aber das konnte auch Einbildung sein. So wie ich mir immer noch einbildete, Freds Hände an meiner Taille zu spüren – mit dieser so höflichen Leichtigkeit, mit der er mich berührt und auch geküsst hatte.

Mehrmals am Tag ließ ich unser Gespräch Revue passieren. Das ständig zwischen uns hin und her pendelnde Spannungsfeld, das uns in den wenigen Minuten des Zusammentreffens zu unserem eigenartigen Tanz vor den Wohnungstüren motiviert hatte. Bis Fred schließlich den Abstand zwischen uns verkleinert hatte.

Ich seufzte.

Bis in die Nachmittagsstunden hinein hatte ich das Gefühl, weiterhin seinen frischen Geruch wahrnehmen zu können, gesprenkelt mit einem Hauch Apfelstrudel.

Natürlich.

Als ich einmal in Erinnerung daran leise vor mich hin gekichert hatte, kam gerade Markus durch die Tür und fand mich dümmlich grinsend, kichernd in die Luft starrend an meinem Schreibtisch sitzen.

Für seinen Gesichtsausdruck gab es leider keine Worte.

Nach einiger Zeit fing ich mich zum Glück wieder und bog den restlichen Arbeitstag halbwegs konzentriert herunter, bis ich endlich – mit etwas klarerem Hirn – in den Feierabend marschierte. Vom nervösen Kribbeln, das mich direkt vor meiner Wohnungstür überfiel, ließ ich mich nicht ablenken, sondern widmete mich den üblichen Aufgaben in meiner Wohnung.

Ich hängte meine Jacke auf, sortierte meine Schuhe an ihren Platz, wusch meine Hände und mein Gesicht, wie immer, wenn ich nach Hause kam. Ich wechselte in ein bequemeres Outfit und arbeitete mich durch unterschiedliche Stationen in meiner Wohnung, die etwas Organisation bedurften. Ich sortierte die Wäsche, verräumte die frisch gebügelte Kleidung und weil es mir danach immer noch in den Fingern juckte, sortierte ich auch noch die Gläser im Küchenkasten neu. Der Größe nach.

Irgendwann gegen Ende meiner Arbeit, als ich gerade darüber nachdachte, ob ich nicht doch auch noch schnell die Dusche putzen sollte (das machte ich normalerweise immer samstags), begann das Baby in der Wohnung über mir wieder zu schreien.

Ich polierte die Sektgläser ein weiteres Mal, zur Sicherheit, während sich das Baby immer weiter in sein Unglück steigerte.

Plötzlich krachte es direkt über mir und ich hätte vor Schreck fast das Geschirrtuch fallen lassen. (Das Glas wackelte nur etwas in meiner Hand.)

Ich reagierte, ohne nachzudenken, stellte das Sektglas sicher ab, legte das Tuch zu Seite und eilte ins Vorzimmer zu meinen Turnschuhen, bis mein Hirn endlich mit meinem Körper gleichzog und ich zu zögern begann. Sollte ich wirklich auf Verdacht nach oben eilen?

Ich horchte einige Sekunden lang in die Stille meiner Wohnung hinein.

Das Baby schrie weiterhin, noch lauter als je zuvor, und dazwischen waren einzelne, schnelle Schritte zu vernehmen. Ich seufzte unentschlossen.

Dann krachte es erneut, nicht mehr ganz so laut, aber wieder direkt über mir.

Das festigte meinen Entschluss. Ich schlüpfte in meine Laufschuhe, schnappte mein Handy und meinen Wohnungsschlüssel und lief – immer zwei Stufen auf einmal nehmend – ins obere Stockwerk.

Ich verschnaufte kurz vor der Wohnungstür der Nachbarn und hörte das Baby weiterhin brüllen. Durch die Tür heraus. Dazwischen war beruhigendes Gemurmel zu hören.

Ich verdrängte ein weiteres Zögern und läutete an.

Für einen Moment verstummten alle Geräusche in der Wohnung, aber nur wenige Augenblicke später brüllte das Baby wieder los und ich hörte Schritte, das Scheppern eines Eimers oder von so etwas Ähnlichem aus Plastik sowie ein unterdrücktes Fluchen.

Ich klopfte an die Wohnungstür. „Hallo? Brauchen Sie Hilfe?“, rief ich durch die Tür, obwohl ich mir nicht sicher war, dass man mich auf der anderen Seite überhaupt hören konnte. Das Kind stellte einen neuen Dezibelrekord auf.

Schließlich öffnete sich doch noch die Tür und ich fand mich einer dünnen Frau mit abgewetztem Gewand und ihrem untröstlichen Baby gegenüber. Beide waren tränenüberströmt und für einen Moment verschlug es mir die Sprache.

„Ich wohne in der Wohnung darunter“, begann ich und die ohnehin viel zu dünne Frau schien noch eine Spur mehr zusammenzusinken. Als würde jegliche restliche Energie aus ihr weichen.

„Es tut mir leid, dass wir sie gestört haben“, brabbelte sie los, die Tränen, die ihr übers Gesicht liefen, völlig ignorierend. Sie wippte das Baby in ihren Armen auf und ab, aber es hörte einfach nicht auf, zu weinen.

Ich schüttelte den Kopf.

„Nicht gestört", sagte ich kurz angebunden, um über die Wein- und Schreisalven hinweg kommunizieren zu können. „Brauchen Sie … –" Ich sah sie genauer an, sie wirkte nicht älter als ich. „Brauchst du Hilfe?"

Die Frau musterte mich mit großen Augen, als hätte sie mich nicht richtig verstanden.

„Bist du allein?", fragte ich und versuchte, an ihr vorbei in die Wohnung zu sehen. Da ihre Wohnung aber ähnlich angeordnet schien wie meine, konnte man direkt von der Tür aus nicht mehr als einen Teil des Vorzimmers erkennen. Mitten im Raum lagen aber sämtliche Putzutensilien dieser Welt wie Mikado verteilt am Boden, neben einer offenen Tür, die wohl zu einer Abstellkammer führte.

Das war der zweite Krach, den ich gehört hatte, kombinierte ich.

Meine Frage war jedoch leider ein weiterer Trigger für die dünne Frau und erneut strömten Tränen über ihr Gesicht und sie begann zu schluchzen. Sie hielt ihr Baby dicht an sich gepresst.

„Seit Anfang an", stieß sie zwischen zwei besonders herzzerreißenden Schluchzern hervor und ich musste gestehen, dass ich nun nicht genau wusste, was sie meinte.

Ich beschloss, ihre Antwort zu ignorieren und redete einfach weiter: „Nun bin ich ja da", sagte ich und machte ein paar Schritte in ihre Richtung, um ihr anzuzeigen, dass ich mit ihr in die Wohnung gehen würde. Ich stellte mich ausführlich vor, erklärte noch einmal, dass ich ein Stockwerk unter ihr wohnen würde. Dann erzählte ich noch, dass ich den ganzen Abend Zeit hätte und dass ich ihre Putzutensilien aufräumen würde, wenn sie mich ließe.

Schließlich winkte sie mich mit einer müden Handbewegung, die so viel Resignation ausstrahlte, dass es mir vor lauter Mitgefühl im Magen drückte, in die Wohnung.

Als ich über die Türschwelle trat, klickte es hinter mir und ich sah, dass die Tür der Nachbarwohnung einen Spalt weit offen stand und ein einzelnes Auge neugierig zu uns blickte. Ich winkte lächelnd in die Richtung, ohne eine Ahnung zu haben, wer hier wohnte, aber übermäßige Neugier verdiente Anerkennung, oder?

„So, fangen wir an", sagte ich und beugte mich über die zahlreichen Stangen, an deren Enden unterschiedliche Putzgeräte steckten: vom Besen über diese fluffigen Abstaubfetzen bis hin zu einem speziellen Fleece fürs Fensterputzen, das ich selbst schon seit einiger Zeit auf meiner Einkaufsliste hatte, wie ich mir neidvoll eingestand.

Am anderen Ende des Vorzimmers lag ein leerer Eimer, dessen (unfreiwillige) Reise ins Eck hatte ich wohl vorhin durch die Wohnungstür gehört.

Nachdem ich die Dinge gut verstaut hatte, folgte ich dem mittlerweile etwas müden Jammern des Babys, das offenbar das laute Schreien vorübergehend aufgegeben hatte. Ich fand die beiden im Wohnzimmer (das tatsächlich direkt über meinem eigenen Wohnzimmer lag). Hier war der gesamte Lebensraum der kleinen Familie, so schien es. Die Couch war ausgezogen und zu einem Bett umfunktioniert, direkt daneben fand sich ein Gitterbett, mitten im Raum stand auch ein Kinderwagen und eine der Wände war bis zur Decke mit Bücherregalen gefüllt. Überall lagen Kleidungsstücke (für Erwachsende und Babys) herum, sogar zwischen den Büchern.

Unter einem der Fenster lag eine zerborstene Vase. Tausende Scherben hatten sich mit einer Auswahl an Stoffwindeln vermengt, all das lag in einer riesigen Wasserlacke, gespickt mit einzelnen Tulpen dazwischen.

Das war wohl der erste Knall gewesen, den ich gehört hatte.

Die dünne Frau lag quer über der Couch, das Baby nestelte auf ihrem Bauch, während sie sich selbst die Nase putze und meinem Blick folgte.

„Es tut mir leid, wenn wir dich gestört haben“, wiederholte sie noch müder als zuvor und ich winkte ab.

„Ist heute offenbar nicht so dein Tag, hm?“, versuchte ich es mit Humor, aber sie begann nur wieder zu weinen. Das weckte das Baby auf, das sogleich mit eigenem Geheule die gesamte Aufmerksamkeit auf sich ziehen wollte.

Ich eilte durch die Wohnung, fand die Küche dort, wo ich sie vermutet hatte und wusch meine Hände, dann lief ich zurück ins Wohnzimmer und nahm der dünnen Frau das Baby ab. Sie wehrte sich nicht einmal, was entweder an meiner (unbestritten) ausgestrahlten Kompetenz lag oder vielleicht doch an der resignierten Müdigkeit, die sie selbst perfektionierte. Wahrscheinlich Zweiteres.

. . .

Das Baby brüllte mir einmal gehörschädigend direkt ins Ohr, bis ich es richtig über meine Schulter drapiert hatte und ein beständiges Wippen begann. Es dauerte einige Zeit, bis es wieder schläfrig wurde, aber ich behielt das Wippen bei.

„Wie heißt du?", flüsterte ich der Frau zu, die sich weiterhin die Augen tupfte.

„Rosa", flüsterte die Frau zurück.

„Und das Baby?", flüsterte ich weiter.

Rosa lächelte. „Viola", sagte sie.

„Lila war nicht in der engeren Auswahl?", murmelte ich lächelnd und Rosa sah mich direkt an.

„Meine Mutter fand das nicht so lustig", sagte sie schließlich und wurde leicht rot, „mit Viola habe ich mich zumindest Violett angenähert. Und vielleicht bekommt sie Lila ja als Spitznamen." Rosa zuckte mit den Schultern, während die kleine Viola begann, im Halbschlaf an meinem T-Shirt zu nuckeln.

Ich setzte mich zu Rosa auf die Couch, so gut sich das auf dem ausgezogenen Teil machen ließ und konzentrierte mich darauf, wie Viola in meinen Armen immer schwerer wurde.

„Sie schläft gleich", flüsterte ich.

Rosas Augen füllten sich wieder mit Tränen, aber sie biss sich auf die Lippen und das bremste die neuerliche Flut.

„Was brauchst du jetzt?", fragte ich sie schließlich, aber auch das löste wieder neue Tränen aus, die ihr diesmal einzeln über die Wangen kullerten.

Rosa zuckte mit den Schultern.

„So viel, hm?", sagte ich mehr für mich als zu ihr.

. . .

Für einige Augenblicke war ich ein wenig ratlos. Ich kannte mich nicht wirklich mit Kindern aus, außer dass ich wusste, dass neue Personen trotziges Wutgeschrei kurzfristig mit dem Überraschungseffekt durchbrechen konnten, so wie ich es gerade vorhin gemacht hatte. Aber ich wusste nicht, wie lang dies anhalten würde und ob ich Viola in ihr Bett legen sollte. Und vor allem erschien mir Rosa fast weggetreten vor lauter Erschöpfung.

Also entschied ich mich für das einzige, das ich wirklich gut konnte: Ich erstellte im Kopf eine Liste an Dingen und priorisierte diese.

Mit meiner Bürostimme, die schon so einige Mitarbeiter in Bewegung versetzt hatte, schickte ich Rosa in die Dusche und bat sie, vorab auf der Couch ein kleines Nest für Viola zu richten, damit ich sie vorübergehend ablegen konnte.

Rosa folgte ohne Widerspruch und als ich schließlich allein und ohne ein Baby, das an mir wie ein Koala am Eukalyptus hing, mitten in der Wohnung stand, begann ich, die zerstörte Vase aufzukehren und die von den Scherben kontaminierten Tücher zu entsorgen. Die schwierigste Entscheidung war, nicht gleich auch noch aufzusaugen, aber ich wollte nicht riskieren, dass Viola sich ohne ausreichend Erholung ins nächste Schreiduell stürzte.

Mit geübtem Blick sortierte ich dreckige von sauberer Wäsche und letztere schließlich nach Größe und Art.

Als Rosa mit nassen Haaren und in sauberem Gewand zurück ins Wohnzimmer kam, lüftete ich gerade ein wenig und der Raum sah wieder einigermaßen bewohnbar aus.

„Hast du Hunger?“, fragte ich sie leise, da Viola tief zu schlafen schien, wenn ich die regelmäßigen Seufzer richtig deutete.

Rosa zuckte mit den Schultern und ich beschloss, meine Fragetaktik zu ändern.

„Isst du lieber Pizza oder Chinesisches?" Entscheidungsmöglichkeiten einzugrenzen, funktionierte in der Zusammenarbeit mit Markus immer wieder wie ein Zauberspruch und auch Rosas Hirn ließ sich davon anfeuern.

„Pizza", murmelte sie.

Ich nickte, bestellte eine unaufwendig belegte riesige Pizza, die man am nächsten Tag noch gut aufwärmen konnte, und gratulierte mir still für meine praktische Herangehensweise.

Als ich mein Telefon zur Seite legte, entdeckte ich Rosa, wie sie neben Viola lag und eingeschlafen war.

Ich lächelte und öffnete meine Kindle-App am Handy, um die Zeit bis zur Essenslieferung zu überbrücken.

Der Lieferdienst hatte nicht nur Rosa, sondern auch Viola geweckt und so stand ich eine Stunde später mit einem brüllenden Kind in diesem fremden Wohnzimmer, während Rosa in der Küche nach Tellern und Besteck suchte.

Ratlos ließ ich mich auf einen großen Couchsessel, der nun – befreit von den Kleidungsstücken – wieder verwendbar war, fallen und drapierte die brüllende Viola auf meinem Knie, sodass sie mich ansehen konnte.

Für einen Moment schien sie von meiner Anwesenheit überrascht zu sein und musterte mich mit dem lustigsten Gesichtsausdruck, den ich je gesehen hatte. Mir war nicht bewusst gewesen, dass so kleine Kinder bereits gleichzeitig so empört und beleidigt dreinschauen konnten, aber ich verstand auf einmal, warum es so viele YouTube-Videos von Babys gab.

Ich grinste, sehr darum bemüht, das beleidigte Baby nicht auszulachen.

„Darf man Kinder auslachen?“, fragte ich Rosa, als sie wieder ins Zimmer kam, mehrere Pizzastücke auf einem Teller übereinandergestapelt, ein weiteres Stück bereits im Mund. Für einen Moment schloss Rosa die Augen und genoss die Pizza, deren Duft sich herrlich durch die Wohnung verbreitete.

Ich wippte Viola auf meinen Knien und erzählte ihr davon, dass ihre Mama gerade Pizza aß, was spannend genug war, um die Schreipause etwas zu verlängern. Langsam ließ sie auch den empörten Gesichtsausdruck fallen.

„Findest du Viola zum Lachen?“, fragte Rosa unsicher, nachdem sie geschluckt hatte und ich musste nun tatsächlich kichern.

„Nein“, beschwichtigte ich sie sofort und erzählte von Violas lustigem Gesichtsausdruck.

Rosa seufzte. „Ich beneide dich, dass du das noch süß finden kannst“, sagte sie schließlich, „ich weiß genau, welchen Blick du meinst und mir kräuseln sich sofort die Haare im Nacken, weil ich schon wieder den nächsten Wutanfall erwarte. Nur beim Gedanken daran bin ich schon wieder in Alarmbereitschaft, um das Kind zu beruhigen.“

Ich nickte verständnisvoll.

Wir hatten zwar noch nicht lang miteinander gesprochen, aber in der letzten Stunde hatte ich mir für mich selbst zusammengereimt, dass Rosa sich gänzlich allein um Viola zu kümmern schien und wieder zog es in meinem Magen vor lauter Mitgefühl.

Ich schluckte und beschloss, mich gänzlich Violas Unterhaltung zu widmen, verzog mein Gesicht und grinste sie an, bis sie endlich ein leichtes Lächeln zeigte. Zurückhaltend, aber immerhin keine neuerlichen Tränen.

Für heute ein Gewinn.

Nachdem sich Rosa gestärkt hatte, begannen wir uns zu unterhalten, wie sich Nachbarn üblicherweise austauschten. Wir erzählten uns, wie lang wir schon im Haus wohnten (ich seit fünf Jahren, Rosa erst seit einem Jahr), warum wir die Gegend mochten und wo wir üblicherweise einkaufen gingen.

Rosa erzählte schließlich auch, dass sie sich den Großteil der Einkäufe mittlerweile liefern ließ, um sich zumindest den Stress des Einkaufs zu ersparen. Es war interessant zu beobachten, wie sie sich immer weiter in ihren Körper zurückzuziehen schien, beinahe gänzlich von Kraft verlassen.

Ich zögerte, nachzufragen, wo der Vater des Kindes war oder ob sie andere Familienmitglieder in der Nähe hatte, also beließ ich es bei harmloser Plauderei.

Viola begannen vom ständigen Hutschen auf meinen Knien langsam die Augen zuzufallen, also ließ ich sie ihren Kopf auf meiner Schulter ablegen, wo sie von Minute zu Minute immer schwerer wurde.

Ich beneidete das Baby ein wenig darum, mit welchem Vertrauen sie sich in meine Arme hängte, um zu schlafen und dachte an all die Tricks, die ich als Erwachsene täglich benötigte, um irgendwann vor Mitternacht meine Augen schließen zu können.

Als schließlich auch Rosa auszusehen begann, als könnte sie vor lauter Müdigkeit nicht mehr gerade sitzen, beschloss ich, wieder in meine Wohnung zurückzukehren.

Ich gab Rosa meine Telefonnummer und ließ sie schwören, dass sie sich vor der nächsten Eskalation bei mir melden würde. Außerdem zwang ich sie zu einem Spaziergang mit mir, den wir für den kommenden Samstag verabredeten.

Rosa bedankte sich, unnötigerweise, wie ich ihr mehrmals versicherte, bevor ich mich verabschiedete.

Erst als ich wieder die Treppen bis zu meiner Wohnung hinabgestiegen war, fiel mir auf, dass ich den ganzen Abend über den Kuss vergessen hatte.

Elf

FRED

Ich läutete an Elizas Tür und spürte, wie mein Puls anstieg. Es war Samstag, der erste Samstag nach unserem sensationellen, weltenbewegenden, Kirschdesserts inspirierenden Kuss, und ich stand nervös wie ein Bub am ersten Schultag vor Elizas Wohnung und hoffte, dass sie bereits munter war.

Es raschelte hinter ihrer Tür, vermutlich weil sie durch den Spion beobachtete, wer es wagte, ihre Wochenendruhe zu unterbrechen. Ich grinste sicherheitshalber.

Als die Wohnungstür endlich aufschwang, zog sich Eliza

gerade einen Pullover über den Kopf, und für einen kurzen Augenblick war mehr von ihrem Körper zu sehen, als ich erwartet hatte. Sie trug zwar Leggins und ein lockeres T-Shirt, aber beides war enganliegend genug, um ihren schlanken, aber wohlgeformten Körper erkennen zu können. Nichts gab Blick auf ihre Haut frei, aber die durchs Gewand erkennbare Form allein versprach weiche Haut, die sich gut angreifen ließ.

Wie warmer Germteig.

Irgendetwas war in meinem Kopf offenbar falsch gepolt, wenn ich bei jeder Begegnung mit Eliza an unterschiedliche Nachspeisen denken musste.

Um meine Gedanken zu verbergen, grinste ich Eliza an, die noch an ihrem Pullover herumzupfte, bevor sie ihren Blick auf mich richtete.

Ihre Augen flackerten in schnellen Bewegungen über mein Gesicht, meinen Körper, dann wieder zurück zu meinem Mund.

Endlich lächelte auch sie. „Guten Morgen“, sagte sie.

„Guten Morgen“, antwortete ich.

Ihr Lächeln wurde breiter und für einen Moment vergaß ich, warum ich angeläutet hatte. Schließlich wurde ihr Blick so erwartungsvoll, dass ich aus meiner Starre erwachte.

Ich brachte meine Hände, die ich bis dahin hinter meinem Rücken versteckt hatte, vor meinen Körper und präsentierte zwei Teller.

Eliza beugte sich neugierig nach vorn und begutachtete die kleinen Speisen, die ich darauf angerichtet hatte. „Ich weiß nicht, ob es positiv oder negativ ist, einen Koch als

Nachbarn zu haben", murmelte sie. Dann hob sie ihren Blick und sah mich neugierig an. Sie grinste.

„Was ist das alles?", fragte sie leise.

Ich schluckte. Eliza war nah genug, dass mich ihr blumiger Geruch umhüllte und eigentlich wollte ich mich nur nach vorn beugen und sie erneut küssen.

Wer brauchte schon Worte oder Gespräche oder jegliche Form von Höflichkeit?

Ich räusperte mich und konzentrierte mich auf die bis jetzt eher stockende Konversation.

Ich hob den Teller, den ich in der rechten Hand hielt, leicht an und lenkte Elizas Aufmerksamkeit darauf. „Das ist eine Art Muffin mit Vanillecreme und Schwarzbeeren gefüllt", erklärte ich, „das ist eine Entschuldigung, weil ich angeläutet habe." Ich lächelte und Eliza lachte auf.

Gerade als sie nach dem Teller greifen wollte, zog ich ihn leicht zurück und hob den zweiten Teller an, um ihn zu präsentieren.

„Ist das ein Liptauerbrot?", fragte Eliza.

„Ja", sagte ich stolz, „und das ist meine Einladung und der Grund, *warum* ich angeläutet habe."

„Um mir ein Jausenbrot zu bringen?"

„Um dich zu einem Dinner einzuladen", sagte ich freudestrahlend.

Eliza richtete sich auf und bemühte sich redlich, ihren geschockten Gesichtsausdruck zu verbergen, was ihr, ganz offen gesagt, gar nicht gelang.

„Du lädst mich zum Essen ein?", fragte Eliza ungläubig. Ungläubiger, als es angebracht war, fand ich. Schließlich war ich ja Koch.

Ich runzelte meine Stirn. Dann atmete ich tief durch.

„Siehst du, deshalb habe ich das Essen mitgebracht“, erklärte ich schließlich seufzend, „mit Worten kann ich nie so viel vermitteln wie mit Essen.“

Eliza verschränkte ihre Arme und lehnte sich zurück, lächelte aber freundlich.

„Okay“, sagte sie, „ich verstehe den Muffin. Aber was ist die Botschaft des Liptauerbrots?“

„Das ist sehr einfach“, begann ich eifrig, „Ivo und ich haben ein wenig herumexperimentiert.“

„Ivo?“, unterbrach mich Eliza. „Unser Ivo?“

„Ja, der Ivo aus eurer Bäckerei.“

„Du hattest Kontakt zu Ivo?“

Ich nickte eifrig, obwohl ich nicht verstand, warum Eliza so deutlich nachfragte.

„Mein Chef wartet seit Ewigkeiten auf Antwort von dir und du bist im Austausch mit Ivo?“, fragte Eliza.

Ah ja, *das* erklärte nun doch einiges.

Sie lächelte, vermutlich um die Schärfe ihrer Frage zu dämpfen.

Ich zog meine Schultern nach oben, mehr Entschuldigung wollte mir nicht gelingen. Die Zusammenarbeit mit Ivo war einfach zu gut, um irgendwelche Dramen, die ihren Chef oder eventuell sogar meinen involvierten, hier hineinspielen zu lassen.

„Es ist so“, begann ich erneut, „Guido isst kein Brot.“ Eliza verdrehte die Augen. „Aber Ivo hat irgendwie ein besonderes Gespür und er versteht, was ich benötige, damit Essen so schmeckt, wie ich es mir vorstelle.“ Ich schluckte und hielt ihr das Liptauerbrot hin. „Iss“, forderte ich sie auf.

Ich beobachtete, wie Eliza das Brot anhob, leicht drehte,

um es zu begutachten, bevor sie einmal kräftig abbiss. Ihre Augen öffneten sich für einen Moment überrascht, bevor sie lächelte und einen weiteren Biss nahm.

„Sehr gut“, murmelte sie mit vollem Mund. Ich nickte wissend.

„Das ist jetzt zwar nur eine Kleinigkeit, ein Vorgeschmack also, aber das kommt raus, wenn Ivo und ich zusammenarbeiten.“

Elizas Augen blitzten kurz auf, aber sie schwieg, um mich weitersprechen zu lassen.

„Ivo und ich haben uns ein Menü überlegt, das wir gerne kochen möchten. Also, ich koche, er bäckt. Und wir laden dich herzlich ein, unser Gast zu sein.“

„Okay.“

„Vermutlich kommt auch Lonny, mein Freund aus dem *Goldie's*, zum Essen“, setzte ich fort.

„Okay“, wiederholte Eliza und nickte diesmal.

„Es wäre wirklich sehr nett, wenn du auch kommen würdest. Du kennst dich mit Brot aus und vielleicht magst du auch meine Art zu kochen, wenn ich nicht für Guido koche. Außerdem hast du gesagt, dass wir dich zu so einem Dinner einladen sollten“, ich konnte nicht mehr aufhören zu sprechen.

„Okay“, sagte Eliza jetzt noch einmal mit Nachdruck und schließlich fiel auch bei mir der Groschen. Ich lächelte.

„Das heißt: Ja?“, fragte ich sicherheitshalber nach.

„Ja, sehr gerne sogar“, antwortete Eliza lächelnd, „sag mir einfach, wann und wo und ich komme gerne vorbei.“

Dann schnappte sie sich den Muffin und unterzog ihn dem gleichen prüfenden Blick, den sie schon beim Brot zuvor angewandt hatte, bevor sie einen ersten herzhaften Biss nahm.

„Ich wusste nicht, dass es schon frische Schwarzbeeren gibt", sagte sie mit vollem Mund und nickte anerkennend in Richtung des angebissenen Kuchens.

„Es sind keine heimischen Schwarzbeeren", murmelte ich, „das dauert noch."

Eliza biss ein weiteres Mal ab und etwas Vanillecreme blieb auf ihrer Oberlippe hängen. Noch bevor ich irgendwie reagieren konnte, strich sie schnell mit ihrer Zunge über die Stelle und ich stand ein weiteres Mal ohne Worte und ohne Erinnerung an mein bisheriges Leben vor ihr. Einzig fokussiert auf den Wunsch, sie noch einmal küssen zu dürfen, was trotz der Nähe, aber aus irgendeinem Grund so unerreichbar fern wie noch nie schien.

Vielleicht war Eliza gar nicht so verzaubert von unserem Kuss wie ich? Vielleicht fand sie ihn schlecht? Übergriffig? Unattraktiv?

Vielleicht hasste sie Apfelstrudel!

Für einige Augenblicke sah ich ihr zu, während sie den Muffin in Windeseile verputzte, völlig versunken in diese Tätigkeit.

Und ja, natürlich wünschte ich in diesem Moment, ich wäre der Muffin.

„Warum heißt du eigentlich Eliza?", fragte ich sie, weil ich irgendwo ansetzen musste, um meinen Kopf aus der Einbahnstraße zu führen.

Sie ließ sich ihre Überraschung kaum anmerken, sondern lächelte nur leicht.

„Meine Mutter ist ein riesiger Audrey-Hepburn-Fan“, sagte Eliza freundlich, aber ich sah sie verwirrt an.

„Warum heißt du dann nicht Audrey?“

„Damit hat sie sich – zum Glück! – nicht durchgesetzt. Nach langen Diskussionen haben sich meine Eltern schließlich auf Eliza geeinigt, nach Eliza Doolittle in *My Fair Lady*“, erklärte Eliza. „Und meine Großmutter heißt Elisabeth, mit dieser Namensähnlichkeit haben sie auch die weitere Familie beruhigt.“

„Hast du Geschwister?“, fragte ich sie, weil ich offenbar gar keinen Filter mehr hatte und nicht wusste, wann genug war.

Eliza schüttelte den Kopf.

„Du?“

Ich nickte. „Ich habe eine jüngere Schwester, Anna, die seit einigen Jahren durch die Welt gondelt. Sie hat für ihr Studium vor einigen Jahren das Land verlassen und ist seither nie mehr für länger zurückgekommen.“

„Anna und Alfred?“, wiederholte Eliza unsere Namen, auch meinen, wie er in der Geburtsurkunde stand, den ich eigentlich seit Jahren verschwieg.

„Auch jeweils inspiriert von den Großeltern“, sagte ich mit einem halben Lächeln, „woher weißt du, dass ich Alfred heiße?“

Eliza sah mich kurz überrascht an, dann kicherte sie. „Als du neulich mitten in der Nacht angeläutet hast, habe ich dich nach deinem Namen gefragt und du hast mit ‚Alfred‘ geantwortet.“

Ach! Das hatte ich eigentlich verdrängt …

„Ich habe den Namen seit Jahren nicht mehr ausgesprochen“, sagte ich kopfschüttelnd.

„Neulich schon“, sagte Eliza kichernd.

„Jetzt kennst du alle Geheimnisse“, flüsterte ich und zwinkerte mit den Augen.

„Jetzt schon?“

Dann nickte Eliza in Richtung der Teller, die ich immer noch in Händen hielt. „Mit einem Muffin wie diesem als Mitbringsel kannst du jederzeit wieder bei mir anläuten.“

Ich grinste.

Schließlich vereinbarten wir einen passenden Termin für das geplante Dinner mit Ivo und Lonny, tauschten sogar unsere Telefonnummern aus („Falls etwas dazwischenkommt“, wie ich überzeugend erklärte) und scharrten schlussendlich verlegen mit unseren Füßen am Boden, nicht wissend, wie wir uns voneinander verabschieden sollten.

In einem ungewohnt heroischen Anfall beugte ich mich dann doch langsam nach vorn, strich meine Wange an Elizas und flüsterte ein möglichst verführerisches „Bis bald“ an die Stelle zwischen ihrer Wange und ihrem Ohr. Für einen Moment wirkte es, als würde Eliza leicht zittern und ich hoffte, es war vor Freude.

Sie strahlte jedenfalls, als ich mich wieder zurücklehnte und ihr ins Gesicht sah. Ich verbuchte das als ersten Gewinn.

Als ich bereits auf halbem Weg zurück zu meiner Wohnungstür war, hörte ich Eliza, wie sie leise meinen Namen rief.

„Fred?“

Ich drehte mich nochmals um. Sie lächelte immer noch.

„Wegen Montag ...“, begann sie, ließ aber den Satz in der Luft hängen.

„Das war erst der Anfang“, versprach ich.

Und ja, sie lächelte daraufhin noch mehr.

Zwölf

ELIZA

D*as war erst der Anfang.*

Den ganzen Nachmittag hindurch kribbelte es von meinem Bauch bis zu den Kniekehlen, wann immer ich an Freds Ankündigung dachte. Und an den kurzen Moment, in dem die Zeit stehen geblieben war, als er seine Verabschiedung auf meine Wange gehaucht hatte.

Ich war schon wieder wie in Trance. Als hätte ich noch nie in meinem Leben geflirtet. Als hätte ich noch nie in meinem Leben jemanden kennengelernt und mich von ihm angezogen gefühlt.

Alles fühlte sich neu und fremd an.

Aber so gut!

Und so ganz ohne meine üblichen Vorbehalte. Es wirkte so, als würde Fred sich bei jedem unserer Zusammentreffen mit Leichtigkeit über all meine Schutzmauern und Sicherheitsvorkehrungen hinwegbewegen.

Das machte mich nervös.

Mit Mühe folgte ich Rosas Plauderei, während wir uns durch die Gassen des Bezirks schlängelten. Viola schlief friedlich im Kinderwagen und Rosa wirkte wesentlich motivierter und kräftiger seit unserer ersten Begegnung am Dienstag.

„Es geht an den meisten Tagen sehr gut“, erklärte Rosa deshalb auch gerade, „wir haben einen Rhythmus und der funktioniert eigentlich.“ Sie schüttelte den Kopf. „Aber neulich war einfach alles zu viel.“ Rosa blieb stehen und griff nach meinem Unterarm. „Ich weiß nicht, ob ich in deiner Situation so viel Courage gehabt hätte und bei meinen Nachbarn geläutet hätte.“

Ich dachte kurz nach. „Weißt du“, begann ich, „du bist mir ja nicht völlig fremd.“ Ich grinste etwas verlegen. „Ich höre euch immer wieder im Laufe eines Tages. Ich höre manchmal deine Schritte über mir, manchmal höre ich Viola weinen. Ihr seid mir auf eine gewisse Art vertraut. Und am Montag waren die Geräusche einfach … anders.“ Ich zuckte mit den Schultern.

Rosa bedankte sich nochmals und wir steuerten eine Parkbank an, wo wir für einige Zeit unsere Nasen in die Sonne hielten.

Es war schon späterer Nachmittag, als wir von unserer Runde durchs Grätzl zurückkehrten. Ich half Rosa noch, den Kinderwagen zu verstauen und nahm ihr Viola ab, während sie Essen für das Baby zubereitete, wollte mich dann aber für den Abend in meine eigene Wohnung zurückziehen.

Um mich in Ruhe meinem Bauchkribbeln hinzugeben.

Als ich Rosas Wohnungstür hinter mir schloss, öffnete sich jedoch wieder die Tür gegenüber, wo neulich schon das neugierige Auge meinen Besuch bei Rosa beobachtet hatte. Wieder lächelte ich in die Richtung, ohne etwas genau erkennen zu können.

„Helfen Sie da jetzt aus?", fragte mich plötzlich eine etwas ältere Frauenstimme.

„Wer will das wissen?", fragte ich lächelnd in Richtung Türspalt, erhielt aber nur ein empörtes Schnaufen retour. Ich machte einen Schritt auf die Tür von Rosas Nachbarwohnung zu, in der Hoffnung, mehr Einblick zu erhalten.

„Ich kann mich nicht zeigen", sagte die Stimme ungeduldig.

„Warum nicht?", fragte ich. „Zerfällt Ihr Gesicht bei Sonnenlicht?"

Die Stimme lachte überrascht auf.

„Nein, nein", sie lachte noch einmal, „ich bin nicht schön anzusehen."

Ich näherte mich noch weiter der Tür.

„Wer sagt das?", fragte ich.

„Ich! Ich sage das!"

„Gehen Sie nie außer Haus?", fragte ich nach und

begann, mich langsam zu wundern. Seit mich Fred das erste und das zweite Mal aus meiner Wohnung geläutet hat, hatte ich wesentlich mehr Gespräche und Zusammentreffen mit anderen Bewohnern in diesem Haus als in den fünf Jahren davor insgesamt.

Als hätte er irgendetwas angestoßen.

„Zurzeit vermeide ich es, meine Wohnung zu verlassen", antwortete die Stimme in einem angenehmen Wiener Dialekt, der viele Jahre in Innenstadtnähe durchklingen ließ.

„Wie lang noch?", bohrte ich weiter.

„Bis die Schwellung nachlässt."

„Welche Schwellung denn?"

„Na, die in meinem Gesicht! Weshalb ich nicht außer Haus gehen kann!" Die alte Frau legte einen Tonfall an den Tag, als sei *ich* eigenartig mit meiner Fragerei.

„Also, ich glaube, Sie können mir ein angeschwollenes Gesicht durchaus zumuten, Frau Hafner", ich las ihren Namen vom Türschild.

„Kein Mensch nennt mich *Frau Hafner*!", rief die alte Dame und ließ ihre Wohnungstür aufschwingen.

Ich hielt für einen Moment meine Luft an, um meine Überraschung zu unterdrücken. Ihr Gesicht war auf einer Seite wirklich außerordentlich dick geschwollen und auch leicht bläulich verfärbt.

„Wie nennt man Sie dann?", lenkte ich davon ab, wie genau ich mir ihre Verletzung ansehen musste.

„Frau Lore", antwortete sie mit so viel Stolz in der Stimme, dass ich lächeln musste. Abgesehen von der Wange war Frau Lore ein angenehmer Anblick, ihre kurz geschnittenen Haare waren dunkelbraun gefärbt und man konnte einzelne goldene Strähnen darin entdecken. Sie trug eine riesige goldumrandete Brille und war von sehr kleiner, schmaler Statur. Ihre Hände deuteten wie ihre Stimme schon mehrere Lebensjahrzehnte Erfahrung an, aber ich ignorierte all das und hielt ihr nur meine eigene Hand hin, um mich vorzustellen.

„Hannelore Hafner, angenehm“, antwortete Frau Lore und musterte mich ungeniert von Kopf bis Fuß.

„Was ist nun mit dem Baby?“, fragte mich Frau Lore und ließ ihren klaren Blick ins Herausfordernde wechseln.

„Ich erzähle es Ihnen, wenn Sie mir verraten, was mit Ihrer Wange passiert ist“, antwortete ich.

Frau Lore winkte ab. „Warum wollen’s das wissen? Ich war schon beim Arzt, es ist nichts gebrochen. Bis Weihnachten sollte es verheilt sein.“

Ich hoffte, die Zeitangabe war ein Witz oder Frau Lore hatte den unambitioniertesten Arzt der Welt. Es war ja gerade mal Mai!

Ich zuckte mit den Schultern und deutete an meine eigene Wange. „Das sieht nach einer guten Geschichte aus und ich mag gute Geschichten“, sagte ich und wie erhofft blitzten Frau Lores Augen auf.

„Ich bin nicht betrunken tanzend vom Tisch gefallen“, begann sie zögernd.

„Dabei bricht man sich auch eher das Bein oder die Schulter, aber nicht die Wange“, wand ich ein und Frau Lore hob die Augenbrauen hoch.

„Sprechen Sie aus Erfahrung?“

„Nicht aus meiner eigenen“, antwortete ich cool und dachte an meinen armen Mitschüler, der vor mehr als zehn

Jahren seine Matura mit einem gebrochenen Schlüsselbein abschließen musste.

Frau Lore lachte auf.

„Ich habe auch nicht gerauft“, sagte sie, wieder mit Blitzen in den Augen.

Ich lachte. „Und wenn, möchte ich nicht den anderen sehen.“ Diesmal lachten wir beide auf.

Frau Lore seufzte tief, als müsste sie sich unendlich überwinden und sprach dann endlich weiter: „Ich habe beim Yoga ganz kurz die Balance verloren und bin kopfüber gegen das Waschbecken geköpfelt.“

„Auuuuu“, ich konnte nicht anders, als meinen Körper einrollen, als würde ich selbst den Schmerz spüren. „Das tut ja schrecklich weh!“

„Das brauchen Sie *mir* nicht zu erzählen!“, sagte Frau Lore gespielt nasal und ich musste wieder lachen. „Nie wieder Yoga beim Zähneputzen“, ergänzte sie noch murmelnd und ich beschloss, nicht mehr weiter zu fragen.

Nachdem Frau Lore ihre Geschichte erzählt hatte, rückte ich nun mit meinen Informationen über Rosa und Viola heraus. Sie hörte mir aufmerksam zu, nickte mehrmals sehr konzentriert und ich konnte sehen, wie es in ihrem Kopf zu arbeiten begann.

„Glauben Sie, hätte Frau Rosa Einwände, wenn ich mich auch einmal bei ihr vorstellen würde?“, fragte Frau Lore so ernsthaft und nachdenklich, dass mir für einen Moment ganz warm ums Herz wurde.

„Ganz bestimmt nicht“, sagte ich sanft und als Frau Lore ihre Augenbrauen skeptisch zusammenzog, ergänzte ich noch: „Die Wange sollten sie halt eine Zeit lang vor dem Kind verbergen, sonst schläft die kleine Viola gar nie mehr ein." Ich zwinkerte ihr zu, um ihr zu verstehen zu geben, dass ich sie nicht beleidigen wollte, aber wie vermutet, vertrug Frau Lore harmlose Witze, denn sie lachte zweimal überrascht und laut auf.

„Warum sind Sie mir früher noch nie aufgefallen?", fragte sie schließlich und zeigte mit ihrem Zeigefinger und einem fast koboldhaften Gesichtsausdruck auf mich.

Ich zuckte gespielt gelassen mit der Schulter. „Ich hänge erst seit Kurzem ständig im Stiegenhaus herum", antwortete ich.

Frau Lore nickte lässig.

„Kommen Sie mich mal besuchen", sagte sie schließlich, „ich habe eine gut gefüllte Hausbar."

Ich grinste und bedankte mich für die Einladung.

„Dann können Sie mir auch alles über den schicken Koch aus der Wohnung unter mir erzählen", flüsterte sie plötzlich verschwörerisch in meine Richtung. Sie beugte sich nach vorn und sah mich direkt an: „Haben Sie neulich wirklich gesagt, er riecht nach Apfelstrudel?"

Ich starrte sie sprachlos an.

„Ich war mir nicht sicher, ob ich Sie richtig verstanden habe", ergänzte sie schließlich mit einem Augenzwinkern, das mich aus der Schockstarre reißen konnte.

„Verbringen Sie den ganzen Tag hier in Ihrem Türspalt?", fragte ich sie erstaunt.

Frau Lore zuckte teilnahmslos mit den Schultern und zeigte auf ihre dicke Wange.

„Mein Auge war ein paar Tage lang zugeschwollen und im Stiegenhaus hat sich mehr abgespielt, als ich einäugig im Fernseher erkennen konnte."

Ich lachte wieder auf und reichte Frau Lore erneut meine

Hand, diesmal um mich zu verabschieden und zu versichern, dass ich sie bald besuchen kommen würde.

Dann ging ich endlich nach Hause und wünschte mir, Frau Lore würde mich als ihre neue beste Freundin akzeptieren.

Dreizehn

ELIZA

Eine gute Woche später unternahmen Rosa, Viola und ich einen Ausflug in die Innenstadt, ließen uns von den Touristen und Spaziergängern durch die Kärntner Straße treiben und flanierten durch die Gassen des ersten Bezirks, bis wir im Burggarten landeten, wo wir es uns in der Nähe des Ententeichs gemütlich machten.

Die Sonne strahlte in mein Gesicht und ich konnte förmlich spüren, wie meine Poren und Nervenenden vor Glück jauchzten und zappelten.

Vitamin D wie Disco für die Seele.

Ich kicherte und öffnete meine Augen, erntete dafür einen neugierigen Blick von Rosa und Viola. Wir hatten eine

Decke aufgebreitet, auf der Viola seit einigen Minuten Liegestütz probierte, noch nicht ganz stabil auf allen vieren. Oder vielleicht war das bloß ihr Warm-up, bevor sie krabbelnd davonzog. In jedem Fall hatte Rosa dadurch ein paar Minuten, in denen sie nicht durchgehend ihr Kind betreute, beobachtete oder sonst wie unterhielt, und man konnte sehen, wie sich die Spannung um ihre Schultern langsam hob.

Rund um uns herum füllte sich die Wiese und ich schlürfte meinen mitgebrachten Kaffee, während sich Rosa neugierig umsah. Ab und zu hörte man den am Ring hinter uns vorbeirauschenden Verkehr, ein gelegentliches Hupen oder das Rattern der alten Straßenbahngarnituren. Aber zum Großteil war die Luft gefüllt mit freundlichem Geschnatter der anderen Parkbesucher, gelegentlich aufbrausendem Lachen und Vogelgezwitscher. Es roch nach Wiese und beginnendem Sommer und wieder schloss ich meine Augen für einen Moment, gab mich dem Sonntagsgefühl hin.

Ich ließ die vergangene Woche Revue passieren. Seit meinem ersten Ausflug mit Rosa und Viola und dem anschließenden Zusammentreffen mit Frau Lore hatte sich in meinem Stiegenhaus für ein paar Tage etwas weniger abgespielt. Alle meine Nachbarn und ich selbst ließen uns vom Alltag der Woche offenbar mitreißen und es gab keine weiteren Begegnungen – weder zufällige noch bewusst geplante.

Auch meine Nervosität, wenn ich an Fred dachte, hatte etwas nachgelassen. Oder besser gesagt: Die Woche war in der

Brotmanufaktur so turbulent gewesen, dass wenig Zeit für andere Gedanken blieb, als das stark schaukelnde Schiff wieder zur Ruhe zu bringen. Für Anfang August war die Eröffnung von gleich zwei neuen Filialen in Wien geplant und während es bei einer davon Bauverzögerungen gab, waren für die andere noch zu wenige Mitarbeiter gefunden worden und ich erkannte einmal mehr, dass die Arbeitsweise sowie die Struktur der Firma nicht für Probleme dieser Größenordnung ausgerichtet waren.

Bevor ich mich in der Erinnerung an die großen und kleinen Stressfaktoren der vergangenen Woche verlor, riss mich Viola aus meinen Gedanken (und dem Halbschlaf, in den ich abgerutscht war) und zog sich an meinem Bauch hoch. Ich öffnete meine Augen, als sie fröhlich glucksend rund um meinen Bauchnabel zu trommeln begann, als wäre das die beste Idee der ganzen weiten Welt.

„So siehst du also aus, wenn du lächelst", sagte ich zu ihr und als ob sie mich verstanden hätte, grinste sie noch weiter ihr nicht mehr ganz zahnloses Lächeln, also zwinkerte ich ihr zu. Viola verstand das als Aufforderung, meinen Bauch zu Gänze zu erklimmen und sich wieder einmal wie ein Koala auf mir niederzulassen.

Aus dem Augenwinkel nahm ich eine entzückte Rosa wahr, die nach ihrem Telefon fischte, um ein Foto von uns zu machen. Sie gab einen kurzen empörten Laut von sich, also drehte ich mich zu ihr und fand Rosa wütend aufs Handy-Display starrend vor.

„Ist alles in Ordnung?", fragte ich sie leise, um Violas Ruhe nicht zu stören.

Rosa winkte nur ab, lächelte bemüht und schoss endlich das Foto vom Koala und mir, bevor sie sich für einen Moment entschuldigte, um ein Telefonat zu führen.

„Wir rasten hier einfach noch ein bisschen", sagte ich zu Viola und hielt sie locker fest, bevor sie sich auf der anderen Seite meines Körpers runterrollen konnte.

Für einige Augenblicke oder Minuten dösten wir vor uns hin, eingelullt von der sommerlich-fröhlichen Atmosphäre der Stadt, bis sich plötzlich ein Schatten über mein Gesicht legte.

„Hey", sagte eine bekannte Stimme, als ich meine Augen öffnete.

Fred.

„Hi", sagte ich zögerlich und manövrierte eine fast eingeschlafene Viola so herum, dass ich mich aufsetzen konnte.

Fred sah mich stirnrunzelnd an, sichtlich bemüht, die passenden Worte zu finden, um mich höflich nach dem Baby auf meinem Bauch zu fragen.

Ich beschloss, ihn zu erlösen. „Das ist Viola", sagte ich leise. „Sie ist die Tochter von Rosa."

Ich deutete mit dem Kopf in Richtung Rosa, die wild gestikulierend vor dem Eingang zu den öffentlichen Toiletten telefonierte.

„Die beiden wohnen in der Wohnung über mir", erklärte ich weiter.

Fred lächelte und setzte sich unaufgefordert auf meine Decke.

„Und du bist die Unterhaltung?", fragte er und nickte in Richtung Baby, das – wie schon bei unserem ersten Kennenlernen – sein ganzes Gewicht in meine Arme legte.

„Heute bin ich eher die Schlafcouch", kicherte ich leise.

. . .

„Die beiden wohnen allein", erzählte ich schließlich, „*ganz* allein." Fred zog neugierig seine Augenbrauen nach oben, ging aber nicht weiter darauf ein.

„Bist du häufig im Burggarten?", fragte ich also, um das Thema zu wechseln.

Fred zuckte leicht mit den Schultern. „Manchmal. Wenn ich frei habe ..."

„Und heute hast du frei?"

„Sonntag und Montag habe ich meistens frei", erzählte Fred und mir fiel ein, dass ich ihn ja neulich an einem Montagabend, den er im *Goldie's* verbracht hatte, getroffen hatte.

Im Stiegenhaus.

Wo wir uns geküsst hatten ...

Mir wurde kurz heiß in der Erinnerung daran und ich hatte das Gefühl, all die Energie dieses Kusses strahlte mir plötzlich aus allen Poren. Das direkte Sonnenlicht schien alles nur noch mehr zu verstärken, einzig Viola war völlig unbeeindruckt von meiner Erinnerungshitzewallung und seufzte entspannt in meinen Hals.

Ich sah vorsichtig zu Fred, ob ich meine Gedanken und Erinnerungen und vor allem die völlig unpassende Nervosität gut genug verbergen konnte.

Aber er sah mich direkt an, mit leicht geöffnetem Mund und für einen Moment, gerade als sich unsere Blicke trafen, hätte ich schwören können, dass auch er gerade an unseren Kuss dachte.

. . .

Aber im nächsten Augenblick neutralisierte er wieder seinen Gesichtsausdruck, gerade noch rechtzeitig, bevor sich eine müde wirkende Rosa auf die Decke fallen ließ.

Vierzehn

FRED

Die Frau, die Eliza mir als Rosa vorgestellt hatte, sah viel zu dünn und viel zu erschöpft aus, als sie sich auf der Decke zurücklehnte und mit ihren Händen auf ihre Augen drückte.

„Ist alles in Ordnung?", fragte Eliza leise, um offenbar das Baby mit den wie ein Esel in der Mittagshitze flatternden Augenlidern nicht zu stören. Rosa gab einen undefinierbaren, aber unfreundlichen Laut von sich, setzte sich dann aber auf und lächelte mir zu.

„Wir haben offenbar einen Gast", sagte sie sehr freundlich in meine Richtung und ich stellte mich ihr vor. Ich erwähnte, dass ich offenbar im gleichen Haus wohnte, woraufhin Eliza sich bemüßigt fühlte, mit diesem eigenartigen Unterton in der Stimme darauf hinzuweisen, dass ich „der Koch“ sei.

Rosa nickte wissend und ich fühlte mich im Informationsrückstand.

Wir plauderten ein wenig über Guidos Restaurant, über das Wetter, über das Wohnhaus und die unterschiedlich großen Wohnungen, bis Eliza das Gespräch auf eine weitere Nachbarin namens Frau Lore brachte.

Rosa wurde ganz aufgeregt und erzählte in schillernden Details über die offenbar etwas ältere Dame mit einer Yogaverletzung im Gesicht (*?!*), die ihr neulich Schnitzel mit Pommes vorbeigebracht hatte.

„Und dann sagt sie zu mir: ‚Ich koche nur mehr einmal pro Woche und da nur mehr das, was mir schmeckt. Damit müsst ihr leben lernen.‘ Sprach’s und verschwand wieder in ihrer Wohnung“, Rosa lachte auf. „Da stehe ich plötzlich mitten im Stiegenhaus mit einem Schnitzel am Teller und während ich noch versucht habe, zu verstehen, was mir da gerade passiert ist, geht ihre Tür noch einmal auf und sie ruft heraus: ‚Haben Sie Allergien, Frau Rosa?‘“ Eliza lachte leise auf, bemüht, Viola nicht aufzuwecken, obwohl diese mittlerweile in eine tragbare Wippe übersiedelt war.

„Und wie war das Schnitzel?“, fragte ich, woraufhin beide Frauen unverständlicherweise zu lachen begannen.

„Der Koch! Was genau interessiert *ihn* an der Geschichte?“ sagte Eliza lachend, bevor beide unisono „Das Schnitzel!“ ausriefen und wiederum zu lachen begannen.

Ich zuckte mit einer Schulter.

Rosa sah mich lächelnd an. „Es war köstlich“, sagte sie

ernsthaft, „aber ich muss gestehen: In meinem Zustand esse ich, was mir vorgesetzt wird. Ich denke gar nicht mehr richtig darüber nach. Ich weiß, ich sollte mich mehr um meine eigene Ernährung kümmern, weil das Kind das braucht, aber es geht einfach nicht. Ich bin rund um die Uhr mit dem Zwerg beschäftigt, ich kann nicht auch noch ausgewogen und gesund kochen. Vielleicht später, wenn sie sich für etwas länger als ein paar Minuten mit sich selbst beschäftigen kann." Rosa zuckte mit den Schultern und sah plötzlich wieder so kraftlos aus, dass ich das Gefühl hatte, ich müsste etwas unternehmen. Sofort.

„Ich gebe ein Dinner", sagte ich also, ohne dass ich länger darüber nachgedacht hatte, „Eliza kommt auch. Und zwei Freunde von mir. Wir probieren ein paar neue Rezepte aus." Ich nannte ihr den vereinbarten Tag und die Uhrzeit und spürte die ganze Zeit Elizas Blick auf mir. War sie näher gerückt? Oder hatte ich mich unbewusst immer weiter in ihre Nähe bewegt?

„Das ist wirklich sehr nett", begann Rosa, „aber ich kann Viola nicht allein lassen."

„Bring sie doch mit!", schlug ich vor und freute mich, als Eliza eifrig nickte.

„Die Wohnung ist groß genug, man kann sie sicher in einem ruhigen Zimmer unterbringen", warf Eliza ein. Rosa blickte zwischen uns hin und her.

„Wieso kennst du seine Wohnung?", fragte sie mit hochgezogener Augenbraue und wenn ich nicht so nahe gesessen wäre, hätte ich eventuell verpasst, wie sich Elizas Wangen leicht rot verfärbten.

„Mitternachtsbackstunde", murmelte sie vor sich hin

und ich grinste Rosa an, die mir verschwörerisch zuzwinkerte.

Am liebsten hätte ich Eliza in den Arm genommen, einfach nur so, aber auch, um ihr dieses so unnötige Gefühl von Verlegenheit abzunehmen, aber ich war noch nie der Mutigste in Situationen wie diesen, also blieb ich weiterhin regungslos sitzen.

Fast regungslos.

Einen guten Zentimeter rückte ich näher an sie heran und endlich berührten wir uns zumindest an den Oberschenkeln. Ich spürte die Sommerwärme, die Elizas Körper ausstrahlte, durch den Stoff meiner Shorts und hoffte, jemand würde die Zeit anhalten. Oder Eliza würde mir einen weiteren Kuss gewähren.

Aber sie lehnte sich nur leicht in meine Richtung, ein stilles Einverständnis zur neu gefundenen Nähe, während Rosa ihre Optionen abwog und zumindest zu 80 Prozent zu meinem Dinner zusagte.

Und all das – die warme Sommerluft, die gemütliche Stimmung im Park und auf dieser Picknickdecke, Elizas Nähe und die Vorfreude auf meine Gäste, die ich mit neuen Ideen bewirten konnte – gaben mir ein Gefühl von gespannter Zufriedenheit.

Und wesentlich mehr Lebendigkeit als es die so häufig in erschöpfter Lethargie verbrachten Sonntage nach einer anstrengenden Woche bei Guido sonst oft ermöglichten.

Fünfzehn

ELIZA

Schon als ich Freds Türglocke läutete, empfing mich hinter der noch verschlossenen Wohnungstür das freundliche Geklapper und aufgeregte Gemurmel von Gastgebern. Ich war auf die Minute pünktlich und aufgeregt erwartungsfroh, was sich Fred und Ivo für den Abend überlegt hatten.

Fred empfing mich mit einem strahlenden Lächeln und einem Schwall vielversprechendem Essensgeruch, der sich durch die geöffnete Tür nach draußen bahnte.

„Hey", sagte Fred, als er sich nach vorn beugte und einen leichten Kuss auf meine Wange hauchte.

„Hey“, flüsterte ich zurück, weil mir vorübergehend die Stimme versagte.

„Vielen Dank für die Einladung“, sagte ich und übergab Fred mein Mitbringsel, das ich in eine schlichte silberne Geschenktasche gesteckt hatte.

„Das wäre doch nicht nötig gewesen“, sagte er automatisch, aber ich winkte bloß ab und trat in die Wohnung. „Darf ich gleich reinschauen?“, fragte Fred, als er hinter mir die Tür schloss und Ivo mir aus der Küche zuwinkte.

„Natürlich“, antwortete ich, „es ist eventuell für euch beide oder nur für dich. Ich weiß es, ehrlich gesagt, nicht genau.“ Ich seufzte, plötzlich übermannt von Nervosität. Fred berührte meinen Oberarm und sah mich direkt an. Ich atmete durch und lächelte. „Ich habe es neulich in einem Geschäft entdeckt und musste dabei an dich denken. Als ich es dann schließlich gekauft habe, um für heute ein Mitbringsel zu haben, dachte ich mir, es passt vielleicht für euch beide.“

Fred lächelte. „In jedem Fall: Vielen Dank!“, sagte er sanft. So sanft, dass ich ihn beinahe nicht gehört hätte, weil aus der Küche ein Prosecco-Korkenknall durch die Wohnung tönte.

Ich lachte auf. „Das ist ja mein Lieblingsgeräusch“, schmunzelte ich.

„Ivo, wir haben ein Geschenk bekommen!“, brüllte Fred durch die Wohnung und eilte wieder in die Küche. Auf halbem Weg drehte er sich noch einmal um und im langsamen Rückwärtsgang gehend bereitete Fred beide Arme aus: „Herzlich willkommen bei unserer Show, Eliza!“, verkündete er wie ein Zeremonienmeister im Zirkus. „Sieh dich um, nimm Platz, wo du magst, fühl dich wie zu Hause!“ Fred verbeugte sich leicht und kehrte dann zu Ivo in die Küche zurück, der gerade drei Gläser mit Prosecco füllte.

Fred vibrierte vor Energie, lachend zeigte er Ivo die Geschenktasche und sie alberten ein wenig herum, bis sie den Inhalt endlich herausgezogen hatten.

„Ein Gästebuch!“, rief Ivo aus und drehte sich strahlend zu mir um. „Das verwenden wir gleich heute!“

Ich näherte mich nur langsam dem Spektakel rund um Freds Kücheninsel, sog alle Eindrücke in mich auf. Mitten im Raum stand ein großer Esstisch, der üppig mit Geschirr und Gläsern gedeckt war. Zwei Kerzen brannten mitten am Tisch und in niedrigen Vasen waren dunkelrosa Pfingstrosen drapiert. Die Wohnung war warm und dezent beleuchtet, da es draußen gerade dämmerte, und man wurde innerhalb kürzester Zeit von einer Vielzahl an unterschiedlichen Geruchseindrücken überwältigt: Ich roch frisch gebackenes Brot, den kräftigen Duft einer frischen Suppe und noch viel mehr, das ich nicht sofort zuordnen konnte.

Ich nahm, wie neulich als Fred den Kuchen gebacken hatte, am Tresen Platz und ließ mir von Ivo ein Glas reichen.

„Danke, dass du gekommen bist“, sagte Ivo in seinem wie immer unverblümten, offenen Tonfall, den ich so sehr schätzte. Obwohl er heute fast ein wenig bescheiden wirkte.

„Ich freue mich, dass ich eingeladen bin“, antwortete ich ehrlich. Auch Fred prostete mir kurz zu, wandte sich dann aber gleich wieder Kartoffelscheiben zu, die er auf einem Backblech auflegte und mit einer Art Öl bestrich.

. . .

Ivo fischte eine Lichterkette vom Küchenboden, marschierte damit zum Tisch und drapierte diese dort um die bereits bestehende Dekoration. Somit war plötzlich der Blick für mich frei, um Fred beim Arbeiten zu beobachten.

Gab es etwas Besseres, als jemandem zuzusehen, der mit sicherem Griff Essen zubereitete? Ich glaube nicht.

Fred bewegte sich leichtfüßig mit ökonomischer Präzision in seiner Küche. Kein Handgriff war zu schnell, keiner zu langsam, alles sah wie eine einstudierte Choreographie aus, zu der nur Fred selbst die Melodie hören konnte.

Als er mit den Kartoffeln fertig war, rührte er in einem riesigen Suppentopf um und kostete die Suppe. Dann zupfte er irgendwelche Kräuter von einem Stock, der in einem eleganten Tontopf mitten in der Küche stand, rührte nochmals um, ergänzte noch etwas Getrocknetes aus einer Aludose, rührte wieder um und ich bemerkte, dass Minuten vergehen konnten, ohne dass ich nachvollziehen konnte, was sich vor meinen Augen genau abspielte, ich mich aber so gut unterhalten fühlte wie von kaum einem Fernsehprogramm.

Ich trank zwei Schlucke vom Prosecco, um mich abzukühlen, aber genau in diesem Moment drehte sich Fred um und sah mich an, mit strahlenden Augen.

Glücklich.

In seinem Element.

„Schaust du mir zu?", fragte er mich schließlich grinsend und ich nickte. Was sollte ich hier auch lügen? Er war einfach zu sehenswert.

. . .

Es läutete wieder an der Tür und all unsere Aufmerksamkeit wurde auf den Wohnungseingang gelenkt, durch den ein schlaksiger, großer Typ stürmte, der – kaum in der Wohnung – seine Tennisschuhe in einer flüssigen Bewegung von seinen Füßen kickte, seine Jeansjacke daneben auf den Boden warf und ja, ich wollte in diesem Moment am liebsten aufstehen und die Jacke aufhängen und die Schuhe gerade hinstellen.

Nicht deine Wohnung, Eliza. Nicht dein Gast.

Ich trank sicherheitshalber noch einen Schluck von dem köstlichen Prosecco, während mir Fred über den Tresen seiner Kücheninsel hinweg zuraunte, dass dies Lonny sei.

Ah ja, sein Freund aus dem *Goldie's*.

Lonny und Ivo begrüßten sich mit einem Handschlag, der eigentlich auf eine langjährige Freundschaft schließen ließ. Aber wenn doch Fred Ivo erst vor Kurzem in meiner Firma kennengelernt hatte?

„Kennen die sich von früher?“, fragte ich an Fred gewandt.

„Nein“, antwortete eine Stimme hinter mir und ich drehte mich um. Lonny musste sich in Lichtgeschwindigkeit durch den Raum bewegt haben, um so plötzlich neben mir gelandet zu sein. „Aber die beiden haben ihre Menüplanung in den vergangenen Wochen an meine Theke verlagert, also habe ich sie häufiger gesehen, als mir lieb ist.“ Er zwinkerte Ivo und Fred zu und begann aus einer verschnuddelten Leinentasche diverse schmale Flaschen auszupacken.

Lonny begann zu erklären, welchen Hochprozentigen er hier mitgebracht hatte, ein Teil selbstgebrannt, ein Teil aus irgendeinem Delikatessengeschäft, das er neulich im dritten

Bezirk entdeckt hatte. Zum Abschluss präsentierte er noch ein kleines Einweckglas mit Kaffeebohnen, das er mit schnellen Bewegungen öffnete und jedem von uns unter die Nase hielt, damit wir den besten Geruch dieses Tages erleben konnten.

Seine Worte, nicht meine.

Ich grinste.

Lonny war mir zwar viel zu schnell in allem, was er tat, aber er war durchaus unterhaltsam. Er ließ sich von Ivo ebenso ein gefülltes Glas Prosecco reichen, nahm neben mir Platz und atmete tief durch.

Fred und Ivo widmeten sich wieder ihren Vorbereitungstätigkeiten. Und Lonny widmete sich mir.

„Ich habe deinen Namen vorhin nicht verstanden“, sagte er und hielt mir seine Hand wie zur Begrüßung hin.

„Ich habe ihn noch gar nicht gesagt“, antwortete ich und nahm seine Hand. „Eliza“, ergänzte ich und Lonny hob seine Augenbrauen musternd.

„Die Nachbarin“, sagte er langsam, so langsam es ihm halt möglich war. Dann nickte er.

„Mich nennt man Lonny“, ergänzte er schließlich und schüttelte meine Hand sehr ernsthaft. Ich grinste.

„Und woher kennst *du* Fred?“, fragte ich mit unschuldiger Stimme und trank mein Glas aus. Natürlich wusste ich bereits, dass die beiden recht gut befreundet sein mussten, aber dieses vieldeutige „Die Nachbarin“, das Lonny mir gerade entgegengeworfen hatte, wirkte nach einem Informationsvorsprung, den ich aufholen wollte.

„Fred und ich haben die Schule gerockt“, sagte Lonny. „Die *Musik*schule.“ Ich schnaubte lachend durch die Nase, so eigenartig vieldeutig sprach er.

. . .

Lonny und ich unterhielten uns einige Minuten lang über seine Jungendjahre mit Fred, die niemals wirklich erlernten Instrumente und welch andere Talentproben sie besser als Kindheitserinnerungen verpackt in der Vergangenheit ließen. Irgendwann schenkte mir Ivo nach und ich prostete Lonny zu, bevor wir zu raten begannen, welche Gerichte uns heute serviert werden würden.

Wir scherzten und lachten und übertrafen uns mit absurden Essenskombinationen, bis plötzlich Fred neben mir stand, ganz nah, und seinen Arm um meine Hüfte legte. Er zog mich, die ich weiterhin auf dem Barhocker saß, an sich, sodass ich zur Hälfte von seinem Oberkörper umhüllt war.

Und seinen Atem an meinem Ohrläppchen spürte.

Ebenso wie diese unnachahmliche Wärme, die er ausstrahlte und die mir irgendwie das Gefühl gab, eine Spur mehr in Sicherheit zu sein.

Und war das nicht genug, um eine über meinen ganzen Körper laufende Gänsehaut zu aktivieren?

Freds Geste hatte allerdings auch etwas ungewohnt Besitzergreifendes an sich und als ich mich ein Stück zurücklehnte, um in sein Gesicht zu sehen, bemerkte ich, wie ernsthaft er Lonny ansah. Lonny wiederum grinste vieldeutig zurück und ich beschloss, die nonverbale Kommunikation zwischen den beiden nicht verstehen zu wollen.

Für einen Augenblick genoss ich die stabilisierende Wärme, die Freds Umarmung ausstrahlte, hin- und hergerissen zwischen zwei sich gegenüberstehenden Gefühlen:

Einerseits schmeichelte es mir, dass Fred hier einen nicht sehr subtilen (und auch wirklich nicht sehr notwendigen) Revierkampf eröffnete, auf der anderen Seite *konnte* Fred überhaupt keinen Anspruch auf Besitz stellen.

Also, *niemals*.

Aber jetzt schon gar nicht.

Ja, wir hatten uns geküsst.

Und ja, wir hatten im Burggarten unsere Oberschenkel kindgerecht heimlich aneinandergepresst.

Aber seither war Funkstille.

Zwei gehauchte Bussis aufs Ohrläppchen erlaubten wirklich noch kein gockelhaftes Blickduell.

Aber die Umarmung war schön.

Warm. (Das habe ich schon mal gesagt, oder?)

Angenehm.

Unaufdringlich.

So richtig zum Anlehnen und Genießen.

Aber eben aus der falschen Motivation heraus und zum Glück läutete es an der Tür und das erlöste mich aus dem Konflikt, der gerade nur in meinem Kopf stattgefunden hatte und kurz davor war, meine gute Laune zu überwältigen.

Der immer noch grinsende Lonny eilte zur Tür, um dem nächsten Gast zu öffnen und wir richteten all unsere Blicke ebenso zum Eingang. Freds Umarmung lockerte sich für einen Moment, aber dann rückte er zur Gänze hinter mich und legte beide Arme um meinen Bauch, sodass mein Rücken komplett an seinen Oberkörper gepresst war. Er legte sein Kinn auf meiner Schulter ab und strich mit seiner Nase über meinen Nacken.

Meine Nervenenden bestiegen erneut die Achterbahn und tanzten in mehreren Loops durch meinen Körper.

Bis in die Zehenspitzen.

Und ich verspreche es jetzt hier und hoch und heilig: Mir war ab sofort alles egal.

Hauptsache, diese Umarmung hörte niemals wieder auf.

Ich lehnte mich möglichst unauffällig weiter zurück, der Sprache nicht mehr mächtig, nicht anders in der Lage zu kommunizieren, dass Fred sich nicht wegbewegen sollte.

Aber binnen weniger Sekunden richtete sich all unsere Aufmerksamkeit zur Wohnungstür, wo Rosa versuchte, ein riesiges Tablett mit Cupcakes und einen dieser tragbaren Kindersitze, in dem eine ausgeschlafen wirkende Viola thronte, durch den Eingang zu manövrieren, ohne irgendetwas davon fallen zu lassen.

Lonny schien zufrieden damit, die Tür festzuhalten, und kam ihr nicht zu Hilfe, aber Ivo setzte sich plötzlich wie von einem Stromschlag durchzogen in Bewegung und durchquerte die Wohnung in wenigen Schritten.

In der Annahme, dass sich Ivo um die Cupcakes kümmern würde, war ich dann doch etwas überrascht, als er sich nicht einmal ansatzweise Rosa zuwandte, sondern sofort und ausschließlich der kleinen Lady in ihrem tragbaren Sessel.

Er stellte sich vor die vollbepackte Rosa, beugte sich leicht zu Viola und krähte ihr entgegen: „Unser VIP ist eingetroffen!“

Viola grinste.

Und Ivo packte ihren Sitz und zog mit Viola davon, ließ eine konsterniert dreinschauende Rosa und den immer noch die Tür bewachenden Lonny hinter sich, stellte den Sitz auf einem der Stühle rund um den Esstisch ab und hob die kleine Viola aus ihrer Trage.

„Ich hätte gewettet, er rettet die Cupcakes", flüsterte Fred in mein Ohr und ich nickte kichernd, um ihm zuzustimmen.

Während sich vor uns ein Remake der berühmten Lion-King-Szene abspielte, hier mit Viola in den hoch erhobenen Armen Ivos, der das Kind musterte, als sei sie ein Geschenk des Himmels, manövrierte Rosa auch noch Violas Kinderwagen durch die Tür („Damit sie später irgendwo schlafen kann", wie sie einem desinteressierten Lonny erklärte.) und brachte ihre Cupcakes kopfschüttelnd in die Küche.

Wir begrüßten uns reihum, stellten Rosa nun auch offiziell Lonny und Ivo, der das Baby mittlerweile lässig auf der Hüfte sitzen hatte, vor.

Und dann bat uns Fred auch schon zu Tisch.

Das Essen konnte beginnen.

Sechzehn

FRED

Den Anfang machten wir mit Jourgebäck aus Dinkelmehl und Walnüssen, zu dem wir eine Auswahl an Aufstrichen, gesalzene Butter und etwas geräucherte Forelle servierten. Zum Glück hatten Ivo und ich uns für einen unkomplizierten Start entschieden, für den wir nicht unmittelbar vor dem Servieren etwas vorbereiten mussten, denn es dauerte noch einige Zeit, bis Rosa Violas Kinderwagen im Gästezimmer (falls wir später einen ruhigen Ort für das Baby benötigten) verstaut hatte. Danach brauchten Rosa und Ivo noch einige Minuten, bis sie sich geeinigt hatten, auf wessen Schoß Viola das Menü beginnen sollte. (Es war Ivo, der sich durchsetzen konnte.)

. . .

Es war mit Sicherheit das Eigenartigste des Abends, mitzuerleben, wie Viola und Ivo binnen Sekunden Freundschaft schlossen. Auch wenn ich selbst der Letzte war, der sich über Ivos einnehmende Art und eine Instant-Freundschaft mit ihm aufregen konnte. Himmel, wir kannten uns seit gut drei oder vier Wochen und hatten in dieser Zeit ein Menü auf die Beine gestellt, für das ich normalerweise jahrelang mit jemandem zusammenarbeiten musste, um die Abläufe zu trainieren, damit wir uns nicht gegenseitig auf die Füße stiegen.

Man klickte mit Ivo. Oder zumindest Viola und ich klickten mit ihm und irgendwie löste das in mir ein sehr angenehmes Gefühl aus.

Eliza und Lonny begannen damit, sich durch das Aufstrich- und Gebäckangebot zu kosten und diskutierten höchst konzentriert Kräuter und andere Zutaten, die sie herauszuschmecken glaubten. Währenddessen erkundigte sich Ivo, ob Viola schon Brot essen durfte.

„Du bist also der Bäcker“, antwortete ihm Rosa nüchtern, vermutlich ähnlich überwältigt von Ivos Babysitter-Engagement wie wir alle.

Ivo nickte stolz und hörte aufmerksam zu, wie ihm Rosa erklärte, dass Viola noch ein paar Wochen zu jung für Brotexperimente war und dass sie sich eigentlich nicht sicher war, mit welcher Sorte sie beginnen sollte, die Informationen im Internet seien ja so überwältigend und widersprachen sich wechselseitig.

„Ist Viola hungrig?“, fragte ich quer über den Tisch und

unterbrach somit leider alle Gespräche dazwischen. Rosa lächelte mir jedoch freundlich zu und schüttelte den Kopf.

„Ich habe ein Notfallfläschchen und etwas Brei mit“, sagte Rosa, „falls sie vom köstlichen Geruch hier Hunger bekommt. Für sie und ihre Reize ist das alles ja ganz neu.“ Rosa seufzte verträumt. „Diese Gerüche, die vielen Menschen, die schöne Dekoration, das ist schon etwas sehr Besonderes“, sprach sie weiter und plötzlich lächelte jeder am Tisch.

Vor allem Eliza.

Hauptsächlich Eliza.

Ich räusperte mich etwas verlegen und lenkte das Gespräch aufs Essen auf unseren Tellern, beschrieb die Aufstriche, lobte Eliza und Lonny dafür, was sie von selbst erkannt hatten und ließ dann Ivo referieren, woraus das Jourgebäck gemacht war.

~

Nach der grünen Gemüsecremesuppe, zu der wir ein relativ schlichtes Bauernbrot aus Sauerteig servierten, wurde Viola etwas schläfrig und Ivo drehte sie so, dass sie sich auf seinem Brustkorb einrollen konnte.

Rosas Blick zeigte mittlerweile an, dass sie die Überraschung über Ivos unerwartete Aufmerksamkeit abgelegt hatte und lächelte sanft in Richtung ihres dösenden Babys.

. . .

Ich hatte den Vorsitz am Esstisch übernommen, da ich von hier aus den kürzesten Weg in die Küche habe. Daher saß Eliza zwar neben mir, aber ums Eck und ich berührte ihre Finger, die ganz in meiner Nähe lagen.

Wieder knisterte es in meinem ganzen Körper, sobald sich unsere Fingerspitzen berührten und ich begann, mit meinem kleinen Finger leicht über ihre Hand zu streichen.

Elizas Finger vibrierten ein wenig, für einen Bruchteil einer Sekunde, aber sie zog ihre Hand nicht weg. Im Gegenteil: Fast unauffällig rückte sie näher an mich heran.

„Ist Ivo kurz für Ivica?“, fragte Lonny quer über den Tisch und riss mich aus meinem Eliza-Fokus. Ivo nickte, aber sein Gesichtsausdruck wurde irgendwie schelmisch. Auch Eliza begann zu grinsen und ich bemerkte, wie die beiden einen Blick austauschten.

„Das war nicht die korrekte Frage“, murmelte Eliza grinsend und Rosa sah sie neugierig an.

Ivo grinste und blinzelte, wippte Viola sanft in seinen Armen.

„Ich heiße nicht wirklich Ivica“, sagte er schließlich lächelnd und jeder am Tisch (außer Eliza) hob überrascht die Augenbrauen an. „Streng genommen, ist Ivica auch nicht falsch, aber in meiner Geburtsurkunde steht ein anderer Name.“

„Wie heißt du wirklich?“, fragte Rosa.

„Johannes“, antwortete Ivo ohne zu zögern, „aber nicht einmal meine Mutter ruft mich mehr so.“

„Warum heißt du dann Ivo?“, fragte Lonny.

Ivo stabilisierte Violas Hinterkopf und beugte sich

verschwörerisch nach vorn, was wir ihm alle nachmachten, um nur ja nichts zu verpassen. „Weil ich so gut Fußball spiele", flüsterte Ivo und alle am Tisch lachten.

Er lehnte sich wieder zurück und begann zu erzählen, dass er seine Volksschul- und Teenagerzeit ausschließlich mit Fußballtraining und Fußball schauen verbracht hatte und sich dabei vor allem auf Ivica Vastić und somit auf Sturm Graz fokussiert hatte.

„Und wie bei allem anderen auch, habe ich aus meiner Begeisterung keinen Hehl gemacht. Irgendein Schlaumeier aus dem Park hat daraufhin angefangen, mich Ivo zu rufen und der Name war nachhaltiger als die Fußballkarriere."

„Warum hast du aufgehört, zu spielen?", fragte Rosa.

Ivo zuckte mit den Schultern. „Es ist etwas dazwischengekommen", sagte er, für seine Verhältnisse ungewöhnlich kryptisch, aber so final, dass wir nicht weiter nachfragten.

Das Gespräch drehte sich daraufhin in Richtung der liebsten Fußballvereine meiner Gäste und mit dem gemütlichen Geplauder im Hintergrund begann ich, den nächsten Gang anzurichten. Nach wenigen Minuten stellte ich zwei dampfende Töpfe mit Schöpflöffeln auf den Tisch.

Die vier Personen am Tisch beugten sich neugierig nach vorn und hielten ihre Nasen in die Tischmitte. Ich hielt kurz inne, um das Schauspiel zu beobachten. Wie sich die Körperhaltung jedes einzelnen veränderte, wie sich einer nach dem anderen mit dem Essen auseinandersetzte, ohne auch noch den ersten Bissen gekostet zu haben.

Was für eine Freude!

Ich brachte das dazu passende Brot aus der Küche und die gesamte Aufmerksamkeit am Tisch wandte sich mir zu.

„Wir haben uns einen kleinen Zwischengang einfallen lassen", begann ich zu erklären, „hauptsächlich, damit ich genug Ruhe habe, um das Fleisch für den Hauptgang anzubraten." Alle lachten und ich zwinkerte Ivo zu. „Außerdem wollte Ivo unbedingt seine Variation von Cornbread ausprobieren und deshalb gibt es dazu Jambalaya von mir."

Mit „Mmmh" und „Ohh" kommentierten Lonny, Rosa und Eliza das Essen.

„Ab jetzt kommen wir in den komfortablen Teil des Menüs", ergänzte Ivo, „jeder nimmt sich so viel und so oft er mag vom Brot und vom Jambalaya. Es dauert jetzt ein wenig, bis wir den Hauptgang zubereitet haben, also lasst euch ruhig Zeit."

Lonny ließ sich nicht zweimal bitten und begann, das Essen auf den Tellern von Eliza und Rosa zu verteilen. Ivo und ich ließen uns nach einigem Hin und Her auch dazu überreden, dass wir doch noch ein wenig am Tisch sitzen blieben, während Eliza von der Dame zu erzählen begann, die in der Wohnung über mir wohnte.

Frau Lore, wie Eliza sie ständig nannte, hatte sie vor ein paar Tagen zu sich in die Wohnung eingeladen, nachdem sie sich erst vor Kurzem im Stiegenhaus kennengelernt hatten. Es gab Gin Fizz und lebhafte Diskussionen über die Bedeutung und den Wahrheitsgehalt des Begriffs „Schifahrernation".

„Und dann holt sie plötzlich ihr Telefon aus einer Schublade, tippt ein bisschen darauf herum und beginnt sich zu beschweren über ‚diesen jungen Mann hier auf Twitter', mit dem sie sich in einem semantischen Kleinkrieg über Synonyme für Österreich befand", erzählte Eliza.

„Frau Lore ist auf Twitter?", fragte Rosa nach und Eliza nickte.

Ich schwöre es, wir alle griffen gleichzeitig nach unseren Telefonen und begannen, unsere jeweiligen Twitterfeeds zu öffnen.

„Wie finde ich sie?", fragte Lonny als erster.

„Ah, Frau Lore, da ist sie schon!", rief Rosa aus.

„Sensationell", murmelte ich, als ich durch ihren Feed scrollte. Frau Lore hatte eine angenehm große Followerschaft von ein paar Tausend Personen, die sie täglich mit Einblicken in unseren Bezirk, Wissenswertem über den Naschmarkt oder eben ausgesprochen humorvolle Polemiken über Ausdrücke wie „Schifahrernation", „Alpenrepublik" oder „Kulturnation" unterhielt.

„Folgt ihr ihr jetzt alle gleichzeitig?", fragte Eliza. „Dann weiß sie doch, dass ich gerade von ihr erzählt habe!"

Und tatsächlich, nur wenige Augenblicke, nachdem auch ich den Follow-Button geklickt hatte, erschien ein neuer Tweet von Frau Lore in der Timeline: „Endlich wieder mal Tischgespräch! In Abwesenheit … " Dazu postete sie ein zwinkerndes Smiley und all unsere Twitter-Accounts.

„Beim nächsten Dinner werden Sie für die Cocktails angeheuert", tippte ich schnell als Antwort zu ihrem Tweet hinzu, dann legte ich – wie alle anderen am Tisch – das Telefon wieder weg.

Es war Zeit, dass ich mich um die Hauptspeise kümmerte.

Ich erhob mich langsam vom Sessel und richtete Elizas Aufmerksamkeit auf mich und ohne lang nachzudenken, beugte ich mich nach vorn. „Ich mache mich jetzt wieder an die Arbeit“, sagte ich zu ihr, worauf ich ein strahlendes Lächeln erntete.

Ich lehnte mich noch weiter nach vorn, schon fast aufgestanden, und ließ meine Lippen über ihr Lächeln streifen.

Elizas Mund war weich und freundlich, wie ich ihn in Erinnerung hatte und bot genau den richtigen Energieschub, um weiterkochen zu können.

Siebzehn

ELIZA

K*ann man Fröhlichkeit aus einem Kuss herausschmecken?*

Irgendetwas war heute anders. Seit ich vor etwas mehr als einer Stunde in Freds Wohnung getreten war, hatte mich eine spannende Mischung aus Heimeligkeit und Abenteuerlust umhüllt, die sich einerseits anhand der Reise durch die vielfältigen Geschmacksrichtungen am Tisch zeigte, aber auch an der angenehmen Gesellschaft.

Alle waren freundlich und gesellig, wir unterhielten uns locker und ohne große Pausen, obwohl wir uns eigentlich nicht gut kannten.

Und dann war da noch Fred. Er war so entspannt und in seinem Element, ihm zuzusehen war schon ein Erlebnis für sich allein. Fred war der geborene Gastgeber, ruhig und unhysterisch, freundlich, fürsorglich – und unterhaltsam. Wenn er mit uns am Tisch saß, in seinem schlichten weißen T-Shirt und Levi's Jeans, die wie für ihn maßgeschneidert waren, strahlte er eine derart gelöste Energie aus, dass man Zeit und Raum und jeglichen Alltagsstress vergessen konnte.

Kein Wunder, dass ich – Miss To-do-List der alten Schule – vollkommen fasziniert davon war.

All die Dinge, die mich üblicherweise an einem Abend wie diesem stressen würden – die fremden Menschen, das fremde Essen, der schöne Koch –, waren überhaupt nicht weiter der Rede wert. Ich konnte mich nicht erinnern, wann ich das letzte Mal so gerne gegessen hatte. So gerne bei einem Abendessen war.

Und in all der bunten Umgebung aus Essen, Gesprächen und dem gelegentlichen verschlafenen Schnaufen von Viola, schaffte Fred es auch noch, sich immer und immer wieder uneingeschränkt auf mich zu konzentrieren.

Zugegebenermaßen, meine Erwartungen an Fred und die Hoffnung auf viele weitere Küsse wurden – je mehr Zeit seit unserem Wahnsinnskuss verstrich – von meinem ausgeprägten Realitätssinn (manche würde auch angeborenen Pessimismus dazu sagen) stark gedämpft.

Aber den ganzen Abend schon bewegte sich Fred mit einer überraschenden Selbstverständlichkeit so nah um mich herum, dass ich meine Erwartungen wohl einem neuerlichen Realitätscheck unterziehen musste.

. . .

Und jetzt küsste er mich auch noch!

Mitten am Tisch!

Mitten ins Gesicht!

Vor allen anderen!

Und ging dann weg.

Sagte ich vorhin, unsere Gespräche stockten niemals? Nun ja, jetzt war es so weit. Das große Schweigen kehrte rund um den Tisch ein und drei erwachsene Köpfe starrten mich an. (Viola hatte sich wohl langfristig in Ivos Nacken eingebettet, weshalb mir *ihr* Blick zumindest erspart blieb.)

Natürlich wurde ich rot.

Nicht leicht rosa, so entzückend süß rosé, wie junge umworbene Damen üblicherweise rot wurden.

Nein.

Mein Gesicht machte jedem Hummer Konkurrenz.

Gerade als ich ansetzen wollte, um irgendein Wort der Erklärung hervorzupressen – nicht, dass mir auch nur ansatzweise etwas Sinnvolles eingefallen wäre – läutete es an der Tür und Viola erwachte mit Gebrüll, was Rosa aufspringen ließ und auch Ivo in Bewegung versetzte. Lonny griff nach einem Stück Cornbread und Fred rief aus der Küche, dass doch bitte jemand die Tür öffnen sollte.

Während sich Lonny also kauend zur Wohnungstür bewegte, tanzten Ivo und Rosa um Viola herum, um sie zu beruhigen, und mein Gesicht konnte sich – fern der Aufmerksamkeit der anderen – endlich wieder der üblichen Farbe und Temperatur annähern.

Saved by the bell.

„Wer ist an der Tür?“, rief Fred über das Geklapper von Pfannen und Violas empörtem Geheule hinweg, aber keiner von uns antwortete. Rosa und Ivo reagierten nicht einmal auf Freds Frage und ich kannte die Frau nicht, die mit zwei riesigen Koffern in der Tür stand und sich von Lonny umarmen ließ.

Lonny half dem Überraschungsgast, ihr Gepäck abzuladen, während er ihr lauthals vorrechnete, wie viele Jahre sie sich schon nicht mehr gesehen hatten.

„Wusste Fred, dass du heute kommst?“, fragte Lonny und sie schüttelte den Kopf. Die Frau war jung, definitiv jünger als ich, spindeldürr und hatte ihre sehr blonden Haare in einem beeindruckend stabilen Knoten nach oben gewickelt.

„Von wem wusste Fred nicht, dass er kommt?“, rief Fred aus der Küche, offenbar total in sein Kochen versunken, sodass er nicht einmal für wenige Augenblicke seinen Kopf heben konnte, um seinen neuen Gast zu begrüßen.

„Kocht er gerade?“, fragte die Frau plötzlich und sah sich erstmals in der Wohnung um, schien auch zum ersten Mal uns andere wahrzunehmen. „Oje, ich bin in eine Dinner Party geplatzt!“ Dann lachte sie laut auf. „Jetzt ist er also richtig erwachsen geworden!“ Ihr unverkennbarer Spott war aber mehrheitlich freundlich, wie man sich eben unter Leuten aufzog, die sich schon sehr lang kannten.

Meine Neugier wuchs, aber ich blieb auf meinem Platz sitzen, um das Schauspiel weiter zu beobachten.

Die junge Frau kam weiter in die Wohnung, fokussierte

ihren Blick jedoch rein auf Freds Bewegungen. Plötzlich schnippte sie mit ihren Fingern in Lonnys Richtung. „Hast du ein Telefon?“

„Joho“, antwortete Lonny.

„Mach deine Kamera-App auf“, forderte sie ihn auf. Nicht ein Mal nahm sie dabei den Blick von Fred.

Mit Lonnys Telefon in der Hand durchquerte sie schließlich in wenigen Schritten die Wohnung und begann, Fred bei der Arbeit zu fotografieren. Das brachte ihr endlich die Aufmerksamkeit des Kochs ein, wenn auch nur für einen Bruchteil einer Sekunde, in der Fred erst stirnrunzelnd, dann freudig überrascht, dann doch etwas verwirrt die Frau ansah. Bevor er sich erneut dem Fleisch in der Pfanne zuwandte.

„Was machst *du* denn hier?“, fragte Fred.

„Überraschung?“, sagte die junge Frau zaghaft und fotografierte weiter.

„Habe ich irgendeine E-Mail übersehen? Hattest du Bescheid gegeben, dass du kommst?“

„No“, antwortete die junge Frau.

„Was machst du da gerade?“, fragte sie, nachdem sie über einen der Barhocker auf den Tresen gekrabbelt war und von dort oben, kniend, Freds Arbeit mit Lonnys Handykamera festhielt. Vollkommen ungerührt von seinem überraschenden Zaungast begann Fred, die Zutaten und Zubereitungsschritte zu erklären und die junge Frau dokumentierte alles: Freds Bewegungen, das Dampfen des brutzelnden Fleisches, Freds

Lächeln, wenn er Kräuter aus einem seiner vielen Kräutertöpfe zupfte.

Und so weiter.

Die beiden waren innerhalb kürzester Zeit zu einer konzentrierten Einheit verschmolzen und der ganze Raum, inklusive einer mittlerweile beruhigten Viola, beobachtete das Schauspiel in Freds Küche.

„Das ist Anna“, sagte Lonny, als er sich wieder an den Tisch setzte und von einem weiteren Stück Brot abbiss. „S’is Freds Schwester“, ergänzte er mit vollem Mund.

Ah ja, das erklärte einiges.

Viola begann wieder zu quängeln, also zogen sich Rosa und Ivo kurz mit ihr ins Gästezimmer, das am heutigen Abend ja Violas Raum war, zurück.

„Ännii“, rief Lonny plötzlich in Richtung Küche, „fotografier auch hier am Tisch ein bisschen.“

„Kann nicht“, antwortete Anna und ich sah, dass sie sich mittlerweile direkt neben dem Herd abstützte und Lonnys Handy mit einer Hand über den Pfannen führte.

Rosa kam allein wieder aus dem Gästezimmer und sah mich amüsiert an. „Ich hoffe, ich darf mein Kind später überhaupt wieder mit nach Hause nehmen“, sagte sie und nahm wieder am Tisch Platz.

„Denk dran, wie lang es her ist, dass du ohne Baby im

Arm essen konntest“, antwortete ich freundlich, „genieße es.“

„Er füttert sie gerade“, sagte Rosa schließlich und nahm einige Bissen vom Jambalaya, bevor sie etwas Maisbrot nachstopfte. Sie schloss ihre Augen und genoss die Kombination der beiden Speisen.

„Es ist herrlich“, schwärmte sie schließlich. „Dieses Essen!“ Sie seufzte noch einmal herzhaft und schaufelte weiter, bis ihr Teller leer war.

Ich konnte ihr nicht widersprechen. Natürlich war mir klar, dass Fred ein exzellenter Koch war – schließlich hatte ich ihn ja ausgiebigst recherchiert, bevor ich ihn überhaupt kennengelernt hatte. Aber der gesamte Abend war irgendwie mehr als nur gutes Essen.

Es war ein Statement.

Ein Beweis für die Kraft der Kollaboration zwischen Ivo und Fred, beide so unbestritten talentiert in ihrem Feld.

Aber selbst wir, die wir hier nur das Ende ihres kreativen Prozesses bewundern – und ja: genießen – durften, wurden vom Zauber der Inspiration, der aus allen Zutaten des Abends, den Gästen, der Dekoration, den Speisen, sprach, ausgefüllt. Ich fühlte mich angezündet, motivierter, lebendiger. Gut genährt – im wahrsten Sinne des Wortes. Nicht nur im notwendigen Sinne, um satt zu werden. Sondern auf eine bestimmte Art versorgt.

Und das war ein außergewöhnliches Gefühl.

Ich legte meine Gabel auf meinen mittlerweile geleerten Teller und sah in die Küche, wo Anna gerade wieder vom

Tresen krabbelte und Fred sich mit dem Arm über seine Stirn wischte und etwas zurückgelehnt hatte.

Seinen Blick direkt auf mich gerichtet.

„Schmeckt's?", fragte er so leise, dass ich es von seiner Lippenbewegung ablesen musste.

Ich nickte ihm zu und lächelte.

Versuchte, all meine Zufriedenheit, all die Wohlgenährtheit in mein Lächeln zu legen.

Und so wie Freds Gesicht zu strahlen begann, schien ich zumindest einen Teil meines Empfindens transportieren zu können.

Auch ich lehnte mich zurück und hielt Freds Blick, bis Anna sich unserem Tisch näherte und auch vom Rest des Jambalyas Fotos machte.

Viola verschlief den Hauptgang, eine Art Steaksandwich mit mehreren exzellent gefüllten Schichten, das man trotzdem auch mit der Hand essen konnte, wenn man wollte. Dazu gab es Kartoffelscheiben aus dem Ofen – eben jene, die Fred zuvor bei meinem Eintreffen mit Öl bestrichen hatte.

Die sechs Personen, die inklusive mir mittlerweile am Tisch saßen, plauderten über alles und nichts, während wir uns von Freds und Ivos Können weiterhin verzaubern ließen.

„Also gut", sagte Rosa schließlich, nachdem sie ihr Besteck abgelegt und sich den Mund abgewischt hatte, „ich übernehme die unangenehme Rolle und spreche die unübersehbare Wahrheit an: Wann macht ihr beide euer Lokal auf?" Sie ließ ihren Blick zwischen Ivo und Fred hin und her wandern, während wir anderen lachend zustimmten und den beiden für das sensationelle Essen dankten.

Mit roten Backen grinsten beide stolz in die Runde und ließen es sich nicht nehmen, uns wiederum für unsere Geduld zu danken. „Und den Mut!“, rief Ivo aus.

Fred lachte. „Genau! Vielen Dank für euren bewundernswerten Mut, uns heute Abend euer Vertrauen zu schenken.“

„Das war die leichteste Übung“, warf ich ein.

„Wann dürfen wir morgen kommen?“, fragte Rosa quer über den Tisch und alle lachten. Ich griff nach meinem Weinglas.

„Was gibt's als Nachtisch?“, fragte Lonny und ich verschluckte mich beinahe an meinem Wein, weil ich nochmals lachen musste.

„Also“, begann Fred und wirkte etwas verlegen, „um zumindest auf eine Frage zu antworten …“ Er richtete seinen Blick auf Rosa. „Für dein Essen morgen habe ich etwas vorbereitet.“

„Wie bitte?“, Rosa sah ihn verwirrt, aber lächelnd an, „das war doch ein Witz!“ Sie sah sich am Tisch um, blieb bei meinem Gesicht hängen. „Das war doch als Witz zu verstehen, oder?“ Ich lachte auf und nickte ihr zu.

„Du hast neulich im Park angedeutet, dass du nicht regelmäßig zum Kochen und Essen kommst …?“ Fred sah Rosa unsicher an, dann schnaufte er tief durch und deutete zu einem riesigen Papiersackerl, das bisher unbemerkt neben der Couch (Eine Couch übrigens, die dem Begriff „Wohnlandschaft“ eine neue Bedeutung gab. Das Möbelstück stellte einen eigenen Raum im Raum dar, so groß war es.) gestanden war. „Ich habe ein paar Sachen vorbereitet, die man einfrieren kann und dann nur mehr aufwärmen muss.

Alles nur mit Gemüse. Ich hoffe, du magst die Sachen." Als Rosa ihn nur anstarrte, setzte er fort. „Du musst dich wirklich nicht verpflichtet fühlen, etwas mitzunehmen. Es war nur ein Gedanke ..."

Fred sah zu mir und wirkte etwas hilflos, während Rosa noch einmal, zweimal ihren Mund öffnete und wieder schloss, weil nichts herauskommen wollte.

„Was ist das für ein magischer Ort?", fragte Rosa leise mit blitzenden Augen, sie deutete erst zu Ivo, dann zu Fred: „Erst der überraschende Babysitter, dann die unerschöpfliche Futterquelle!" Sie schaute wieder zu mir. „Sind wir plötzlich im Schlaraffenland gelandet?"

Ich grinste ihr zu. „Ich glaube schon", flüsterte ich gespielt verschwörerisch zurück, „verrat's niemandem."

Der Tisch brach daraufhin in fröhliches Geschnatter aus und während Fred ein paar der vorgekochten Gerichte für Rosa aufzählte, griff ich nach seiner Hand, weil ich das Gefühl hatte, er brauchte jetzt gerade jemanden, der ungefragt zu ihm hielt.

So war das doch, oder? Die Selbstlosigkeit, jemandem den Rücken zu stärken, war doch eigentlich das Einfachste der Welt.

„Ach, Froggy!", rief Anna plötzlich über alle Stimmen hinweg. „Seit wann hältst du Händchen?"

„Nur wenn ich keinen Kochlöffel in der Hand halte", antwortete Fred so schnell, dass ich kaum Luft holen konnte.

Aber, Moment ...

„Froggy?“, stellte ich die Frage, die zumindest in Rosas und meinem Gesicht abzulesen war.

Aber Anna winkte ab.

„Kleine Schwestern mit Sprachfehlern bringen einem immer die schlimmsten Spitznamen ein“, grummelte Fred und zwinkerte seiner Schwester zu.

Ich drückte seine Hand leicht.

„Und wie lautet dein Spitzname?“, fragte ich Anna.

„Ich habe keinen“, sagte sie, „das Glück kurzer Vornamen.“ Ihre Augen blitzten kurz auf. „Aber Lonny hat früher immer *Angie* von den Rolling Stones gesungen, nur statt eben ‚Angie‘ hat er jedes Mal ‚Änniii‘ gejault. Katzenmusik!“

Und es wäre nicht Lonny, hätte er nicht gleich die Chance genützt, kurz den bekannten Refrain – mit seiner Textversion – anzustimmen.

So plauderten wir uns durch den Abend, lernten uns besser kennen, scherzten und fragten und diskutierten, loteten Gemeinsamkeiten und Unterschiede aus. Irgendwann kosteten wir auch einen der Schnäpse, den Lonny mitgebracht hatte, und machten uns über einen Kirschscheiterhaufen her, der natürlich mit einer Variation von Ivos Brioche zubereitet worden war.

Achtzehn

FRED

„Brot, Alter! Das ist unverzeihlich!“ Guido brüllte in mein Ohr, sodass ich mein Telefon einige Zentimeter von meinem Kopf weghalten musste.

Ich seufzte.

Es gab Köche, die nach einem erfolgreichen Dinner hart landeten, meist weil das Adrenalin so radikal nachließ, nachdem alle satt und zufrieden nach Hause gegangen waren. Aber ich landete nicht im Adrenalin-freien Vakuum, sondern am Boden der Tatsachen.

Und mit Guido im Ohr.

. . .

Es war mit Sicherheit einer der gelungensten und schönsten und entspanntesten Abende meines Lebens gewesen, als sich diese bunt zusammengewürfelte Truppe am Vorabend um meinen Esstisch versammelte hatte. Die Wochen der Planung im Vorhinein, während derer ich Ivos Art zu denken und zu backen kennengelernt hatte, die Tage vor dem Dinner, die wir in einer gespannten Atmosphäre genutzt hatten, um unsere Zeitpläne abzustimmen und unsere Form der Zusammenarbeit ausgelotet hatten, mit dem einzigen Ziel, unsere Gäste zu unterhalten, ihnen einen genussvollen Ausflug zu bieten, eine Pause vom Alltag – versorgt und umsorgt.

Und es hatte sensationell funktioniert.

Es wurde gelacht und getrunken und diskutiert und gegessen. Wir konnten ein Baby genauso in den Abend integrieren wie einen Überraschungsgast – meine Schwester, die nach Jahren der Telefonbeziehung zu mir und unseren Eltern plötzlich wieder in der Stadt war. Zwar mit dunklen Ringen unter ihren Augen, aber fast durchgehend fröhlich lachend, nur manchmal durchbrochen von ein paar gedankenverlorenen Sekunden, während derer sie sich unbeobachtet fühlte.

Irgendwann später, als wir schon einige Gläser Wein und Schnaps getrunken hatten sowie fast alle von Rosa mitgebrachten Cupcakes verzehrt hatten, hatten sich Rosa und Eliza bemüht, irgendeine Energie zwischen Anna und mir zu beschreiben. Vor allem als Anna die Zubereitung des Hauptgangs fotografiert hatte, sei es besonders „magisch" gewesen, aber mir war nicht ganz klar, wovon sie eigentlich sprachen.

„Wer kommt schon in die Wohnung und hängt sich innerhalb von Minuten über einen Tresen, um Fotos von brutzelnden Steaks zu schießen?“, hatte Rosa in die Runde gefragt, aber weder Lonny noch Anna noch ich konnten daran etwas Eigenartiges finden.

Anna war immer schon so gewesen.

Sie hatte ein Ziel im Fokus und das verfolgte sie.

Punkt.

Seit mehr als zehn Jahren richtete sie eben auch eine Kameralinse darauf.

Anna war mit dem Grund ihrer überraschenden Anreise nicht einmal dann herausgerückt, als wir nur mehr zu zweit auf meiner Couch gesessen waren, nochmals später, nachdem ich mich von den Gästen verabschiedet hatte. Nachdem ich Rosas Vorrat für die kommenden Tage Ivo in die Hand gedrückt hatte, der Rosa und Viola ins obere Stockwerk begleiten wollte, „damit die Damen nicht allein nach Hause gehen mussten“, wie er sagte. Nachdem ich Eliza die wenigen Schritte bis zu ihrer Wohnungstür gebracht hatte und ich anstelle eines Kusses die schönste und wärmste und vielversprechendste Umarmung aller Zeiten erhalten hatte.

Anna war in einer ungesund wirkenden Haltung auf meiner Couch drapiert gewesen und hatte sich durch die vielen Fotos gescrollt, die sie mit Lonnys Handy geschossen hatte und danach irgendwie auf ihr Telefon transferiert hatte. Dann hatte sie sich darauf konzentriert, aus der Fülle an Fotos, die sie im Laufe des Abends auch mit ihrem eigenen Handy aufgenommen hatte, einige auszuwählen und in Windeseile zuzuschneiden und zu bearbeiten.

Sie arbeitete mit schnellen Fingern, während ich langsam

an meinem letzten Glas Rotwein trank und den Abend Revue passieren ließ.

Anna hatte all meine Fragen mit kurzen Antworten pariert, also erfuhr ich weder, aus welchem Land sie gerade kam („Ich war nicht lang genug dort, um dem irgendwelche Aufmerksamkeit zu schenken.“) noch warum sie überhaupt nach Wien gereist war („Das ist wirklich eine lange Geschichte.“), ich erfuhr auch nicht, wie lang sie bleiben würde („Das wird sich zeigen.“) oder wo sie vorhatte, die nächsten Tage zu verbringen („Mir wurden einige Couches angeboten.“).

Mit der ihr so eigenen Bestimmtheit hielt sie jedoch fest, dass sie nur heute Nacht in meinem Gästezimmer bleiben würde („Du hältst mich nicht länger aus. Und ich dich auch nicht.“) und wie schon in all den Jahren zuvor, seit sie Hals über Kopf ins Ausland aufgebrochen war und seither für kaum mal länger als 72 Stunden zurückgekehrt war, nahm ich die wenigen Minuten, die sie zu geben bereit war.

Es war besser als nichts.

„Ich wusste nicht, dass du jetzt auch Food Photography machst“, hatte ich irgendwann später, als das Organisatorische besprochen war, eingeworfen, aber Anna hatte nur nachlässig abgewunken.

„Ich fotografiere alles, was eine Geschichte erzählt“, wiederholte sie den Satz, den sie seit etwa sieben oder zehn oder 15 Jahren immer und immer wieder sagte, den ich aber einfach nicht verstand.

Auch wenn mich ihre Fotos faszinierten und diese immer eine Geschichte ihrer eigenen Reise erzählen konnten, hatte ich selten verstanden, was Anna selbst damit auszudrücken versuchte. Natürlich war ein Großteil der Bilder, die ich von ihr sah, im Auftrag von Magazinen oder Unternehmen entstanden, aber so stur, wie sie ihr Mantra stets wiederholte, fragte ich mich bei jedem einzelnen Foto, welche Geschichte Anna selbst in ihren Bildern sah.

Schließlich hatte mein Telefon leise neben mir gepiepst, während ich gerade meinen letzten Schluck Rotwein trank.

„Ich habe dir einen Link mit Fotos geschickt", hatte Anna gesagt und sich endlich auch ihrem Wein gewidmet. „Ich denke, du solltest jedes einzeln posten und nicht gebündelt in einer Slideshow." Dann hatte sie mit den Schultern gezuckt, als wäre es ihr eigentlich egal.

Und die Fotos waren eine Wucht. Jedes für sich. Aus irgendeinem Grund hatte Anna mit diesen kleinen Geräten, *die eigentlich zum Telefonieren gedacht waren*, nicht nur das Essen dokumentiert, sondern auch gleichzeitig das Licht, die Stimmung, die Atmosphäre eingefangen.

Anna beugte sich über meine Schulter und begann zu erklären, in welcher Reihenfolge sie die Fotos posten würde und schließlich machte ich genau das, während Anna ihren Wein austrank und wir uns von Posting zu Posting mit lustigen Begleittexten übertrafen.

Das Foto, das Anna als letztes Foto ausgewählt hatte, zeigte eine der Pfingstrosen, die wir als Dekoration verwendet hatten, in voller Blüte. Die Rose war als einzige scharf zu erkennen, drumherum entfaltete sich der ganze Tisch, leicht verschwommen, wie es auf Fotos so üblich war.

Man entdeckte die Lichterketten, sehr weit heruntergebrannte Kerzen, einen Rotweinfleck auf dem Tischtuch, einen angebissenen Cupcake sowie einen Brotkorb, in dem nur mehr zwei letzte Stücke Brot zu sehen waren. Im Hintergrund waren aber auch meine Gäste zu sehen – ebenso verschwommen und deshalb nur schemenhaft erkennbar. *Ich* wusste jedoch, wer die Personen waren, also sah ich Viola, wie sie in Ivos Armen schlief, Eliza und Lonny, die fast konspirativ ihre Köpfe zusammengesteckt hatten und Rosa und mich, die wir über etwas lauthals lachten.

Ich fühlte mich plötzlich gerührt und ich hätte mein glückliches Seufzen nicht zurückhalten können, wenn ich es gewollt hätte. „Genau so", flüsterte ich und Anna hob ihren Kopf, um mich anzusehen, sagte aber nichts.

Ich postete das Foto mit dem Satz „Endlich satt.", umarmte Anna fester, als sie es von mir gewöhnt war, und ging schlafen.

Es war 7:41 Uhr am nächsten Morgen, als mein Telefon vor mir wieder zum Leben erwachte und erbarmungslos läutete. Ich spürte den Alkohol, die nachlassende Anspannung nach einem großen Kochabend und die viel zu wenigen Stunden Schlaf. Aber das wusste mein Telefon nicht und es läutete und läutete und läutete.

Als ich schließlich abhob, brachte ich nicht einmal ein „Hallo" vollständig hervor, bevor Guido in eine 22-minütige Tirade über Brot verfiel.

Und dass ich die größte Enttäuschung seines Lebens sei.

Und dass er mir niemals freigegeben hätte, wenn er

gewusst hätte, dass ich meinen Urlaubstag für den größten Verrat, den er sich nur vorstellen konnte, nutzen würde.

Und ob ich ihm nie zugehört hatte, wenn er gesagt hatte, dass Brot nicht „on brand" sei.

Und schließlich sagte er, ich bräuchte heute nicht zur Arbeit kommen und auch nächste Woche nicht und eigentlich gar nie mehr, weil ich offenbar sein Konzept nicht verstanden hatte.

„Aber, warum?", fragte ich verwirrt, mein Hirn noch keine Spur munterer als vor 22 Minuten.

„So viel Brot!", kreischte Guido. „Dein ganzes Instagram ist voll davon! Das will doch keiner meiner Gäste sehen!"

Dann legte er auf.

Und ich legte mich wieder hin und schlief ein.

Neunzehn

ELIZA

Der Tag nach Freds Dinner war ein Samstag und ich erwachte mit einem der schönsten Gefühle, die ich je empfunden hatte. Mir war warm unter der Decke, aber auch warm im Bauch. Ich fühlte mich satt und glücklich und noch im Halbschlaf dachte ich an die vielen Themen, die wir am Vorabend berührt hatten, ich kicherte über Ivos Babysitter-Engagement und lachte über Lonnys Unbekümmertheit. Ich spürte das Kribbeln in meinen Fingern wie am Vorabend, als Fred immer wieder nach meiner Hand gegriffen hatte.

Je länger der Abend gedauert hatte, desto häufiger suchten wir die Nähe zueinander, wenn auch so überraschend sachte, wie ich es noch nie erlebt hatte.

Wir hatten niemals ein klärendes Gespräch geführt oder

auf irgendeine Art und Weise den Kuss besprochen. Aber irgendwie waren wir seither in diese eigenartige Freundschaft gerutscht, in der wir Händchen hielten, uns umarmten, uns zulächelten.

Und mir die Spucke wegblieb, wenn ich Fred in seiner Küche arbeiten sah.

Für einige Minuten gab ich mich tagträumerisch der Erinnerung an seine sicheren Bewegungen und an seine in Levi's gehüllten Beine hin.

Ich frühstückte lang und bei geöffnetem Fenster. Draußen surrte die Stadt, die an einem Samstag vom Werktags- in den Flaniermodus schaltete. Die Stimmen, die durch die Gasse klangen, waren weniger hektisch als während der Woche, sonnendurchflutet und energiegeladen. Irgendwo zwitscherten Vögel und manchmal hörte man die U4, die in der Nähe die Innenstadt mit dem Westen verband, über die Gleise rumpeln.

Ich las einige aktuelle Nachrichten, aber auch einige Artikel, für die ich während der Woche keine Zeit gehabt hatte, bevor ich meine Wocheneinkäufe erledigte, über den Naschmarkt schlenderte und am Nachmittag schließlich auch zu einer ausgiebigen Laufrunde aufbrach.

Es begann gerade zu dämmern, als es an meiner Wohnungstür läutete. Ich hatte mich in Leggins und einem weiten Pullover mit einem Buch auf der Couch niedergelassen und war immer wieder beim Lesen eingedöst. Mein Herz hämmerte leicht, nachdem mich die Türglocke offenbar aus einem weiteren kurzen Einnicken aufgerissen hatte.

Ich taumelte zur Tür und da stand Fred (*Fred!*) in seinen Levi's Jeans (*seufz*) und sah ... total geknickt aus?

Moment.

„Was ist passiert?", fragte ich anstelle einer Begrüßung und dankte im Stillen meinem Hirn, dass es ausnahmsweise sehr schnell aus dem Traumzustand aufgetaucht war, um Freds sich runzelnde Stirn und seinen gequälten Gesichtsausdruck wahrzunehmen.

Fred kratzte sich verlegen am Nacken, als überlegte er, was er sagen sollte.

„Guido hasst Brot wirklich sehr", brachte er schließlich leise hervor und wenn sein Gesichtsausdruck nicht so verärgert und hilflos gleichzeitig gewesen wäre, hätte ich endlich mal lauthals über diesen eigenartigen Restaurantbesitzer gelacht.

„Ich weiß", sagte ich verständnisvoll, „aber *wir* mögen Brot. Und das ist auch gut so."

Ich hatte keine Ahnung, ob ich das Richtige sagte, und ich fühlte mich, ehrlich gesagt, schon ein wenig lächerlich, aber nach den vielen Jahren als Chefassistentin in der Brotmanufaktur waren mir Liebeserklärungen an Brotsorten viel zu vertraut, als dass ich jetzt andere Worte finden hätte können.

Fred seufzte schwer.

„Er hat mich gekündigt. Mit sofortiger Wirkung. Gleich in der Früh hat er mir ins Telefon gebrüllt, dass ich nie wieder in seiner Küche stehen würde und dass ich ihn via Instagram verraten hätte." Fred fuhr sich mit einer Hand durch seine Haare (und ja, das machte ihn noch attraktiver). „Als ich zu

Mittag endlich richtig aufgewacht bin, hatte ich schon ein E-Mail von seinem Anwalt in meinem Postfach und in sehr vielen Worten, die sicher hieb- und stichfest sind, wurde mir nochmals mitgeteilt, dass ich nie wieder in Guidos Küche kochen darf", war schließlich der Monolog, der aus Fred hervorbrach und als ich ihn sprachlos anstarrte, deutete er in Richtung seiner Wohnung, wo die Tür offen stand. „Ich wollte mich betrinken, aber nicht allein. Hast du Zeit?"

Ich nickte, immer noch sprachlos, suchte aber nach einem Paar Turnschuhe und folgte Fred über den Gang in seine Wohnung.

Als ich schließlich wieder jenen Platz an der Bar seiner Kücheninsel eingenommen hatte, auf dem ich bisher immer gesessen war, fühlte ich mich zwar weniger sprachlos, ich beschloss jedoch trotzdem, Fred fürs Erste noch etwas Zeit zu geben, falls er von sich aus etwas loswerden wollte.

Fred öffnete jedoch nur planlos einen Küchenkasten nach dem anderen, als würde er nach etwas suchen, aber nicht wissen, wonach. Als er schlussendlich fast eine Minute lang seine Suppenteller anstarrte, beschloss ich, das Schweigen doch noch zu durchbrechen.

„Ist Anna noch da?", fragte ich und Fred zuckte leicht, als hätte er vergessen, dass ich in seiner Küche saß. Dann drehte er sich um und schüttelte den Kopf.

„Anna bleibt nie lang irgendwo", sagte er leise.

Ich nickte, nahm die Information zur Kenntnis, dann beobachtete ich ihn einen Moment lang. Diese latent depressive Version von Fred war neu und irgendetwas stimmte mit diesem Bild nicht. In meinem Kopf spulte sich ein Film mit unterschiedlichen Begegnungen mit Fred ab – von seinem gezwungen offiziellen Auftreten in meinem Büro bis hin zum Vorabend, wo er so viel Lebendigkeit ausgestrahlt hatte, dass man neidisch werden konnte.

„Mochtest du deine Arbeit bei Guido?", fragte ich daher, einem Bauchgefühl nachgebend.

Fred zuckte die Schultern. „Es war Arbeit", sagte er, „weniger anstrengend als eine Haubenküche, aber eben Guido-anstrengend."

„Und was ist negativ daran, dass du dort nicht mehr arbeitest?", fragte ich weiter.

„Machst du mit mir jetzt eine Plus-Minus-Liste?", fragte Fred und endlich blitzte ein kleiner Funken seiner üblichen Energie aus seinen Augen. Wenn auch nur für einen Moment.

Ich nickte, blieb ernsthaft.

Fred schnaufte durch. „Negativ ist, dass ich kein regelmäßiges Einkommen mehr habe. Dass ich keinen regulären Job habe, –"

„– vorübergehend", warf ich ein. Fred zuckte mit den Schultern

„... dass es sich in der Szene vermutlich herumsprechen wird, dass ich gekündigt worden bin." Er sah an die Decke.

„Was wird sich herumsprechen? Dass Guido dich gekündigt hat, weil du Brot über deinen privaten Instagram-Kanal gepostet hast?", fragte ich und ich geniere mich, nicht zuzugeben, dass ich mir nur mit Mühe das Lachen verkneifen konnte. Ich riss mich jedoch zusammen, vor allem, weil Fred so ernsthaft nickte.

„Ich denke, das wirkt eher zu deinem Vorteil als zu seinem, aber ich lebe und arbeite für die Brotindustrie, also bin ich in dieser Hinsicht keine neutrale Stimme“, sagte ich so ernst wie möglich.

Fred lächelte leicht.

Damit konnte ich weiterarbeiten.

Ich klatschte in die Hände. „Gut, und was ist alles positiv daran, dass du nicht mehr Guidos Tyrannei aushalten muss?“, fragte ich Fred.

„Ich muss nicht mehr für irgendwelche Halb- oder Viertelpromis posen, ich habe mehr Zeit als bisher für meine Ideen, ich kann kochen, wann und was ich will, ich habe vielleicht auch mehr Zeit für Lonny. Und für Anna.“ Er hob den Blick und sah mich fast schüchtern an. „Mehr Zeit für dich.“

Hatte jemand die Heizung aufgedreht? War noch jemandem so warm wie mir?

Ich grinste dümmlich, denn was machte man sonst in so einer Situation?

„Mehr Zeit, um für mich zu kochen?“ Ich stand auf und ging um den Tresen herum in Freds Küche und lehnte mich an die Arbeitsfläche, sah Fred an.

Sein Blick wurde für einen Moment intensiver, dann blinzelte er leicht. „Mehr Zeit, um mit dir zu essen.“

Klang seine Stimme heiser?

Fred näherte sich ein paar Schritte, immer weiter, immer näher und ich hielt meine Luft an, bis sich unsere Nasen beinahe berührten und ich Freds Atem auf meinen Lippen spürte. Ich lehnte mich nach vorn und küsste ihn leicht, ganz sanft.

Genug gesprochen.

Freds Lippen waren etwas trockener als sonst, aber sie öffneten sich schnell und ich tastete mich langsam voran, etwa so wie man das erste Vanilleeis der Saison probierte.

Und Fred zu küssen, gab einem genau das gleiche Gefühl: diese erste Sensation, wenn sich das Eis im Mund verbreitete, erst die Kälte, dann der intensive Geschmack und danach endlich, endlich die Auflösung, ob der vertraute Geschmack auch in diesem Frühjahr noch genauso glücklich machen konnte.

Und jeder von Freds Küssen machte so glücklich wie das erste Vanilleeis des Jahres.

„Das wollte ich …", flüsterte Fred und küsste mich noch einmal. „Seit gestern Abend …" Noch ein Kuss. „Und eigentlich seit zwei Wochen …" Er seufzte leise.

Freds Hände tasteten sich langsam an meine Hüften heran, wo er sie für einen Moment ganz zaghaft anlegte, bis er schließlich den Kuss und die halbe Umarmung vertiefte, mit beiden Daumen meine Hüftknochen kitzelte, bis er mit etwas Nachdruck meine Taille entlang fuhr.

Mein ganzer Körper kribbelte vor gespannter Aufregung. Endlich, endlich küssten wir uns wieder einmal richtig und intensiv und schlussendlich war das doch viel besser als Vanilleeis.

Sehr viel besser.

Ich knabberte leicht an Freds Unterlippe, weil ich das mochte und er sich dann jedes Mal noch ein bisschen mehr an meinen Körper drückte und habe ich schon erwähnt, dass es dadurch immer auch ein Stückchen wärmer wurde?

In mir nämlich. Da wurde es nämlich so richtig gut warm. Nicht heiß, wie bei einer Hitzewallung, wenn einen wieder einmal der Klimawandel überrascht hatte.

Nein, Freds Umarmungen und Nähe und Küsse

wärmten von innen heraus, so wie seine Gerichte es konnten. Man fühlte sich vollständiger an Stellen, von denen man gar nicht gewusst hatte, dass ihnen etwas gefehlt hatte.

So war das mit Fred und weil ich alle Lücken schließen wollte, knabberte ich ein weiteres Mal leicht an seiner Unterlippe.

„Bist du hungrig?“, fragte Fred jedoch plötzlich und ich unterbrach den Kuss, lehnte mich erschrocken zurück.

So schnell war die Wärme wieder abgedreht.

„Wie bitte?“, fragte ich.

„Bist du hungrig?“, wiederholte Fred. „Ich könnte etwas für dich kochen. Für uns.“

Er beugte sich wieder nach vorn, um das Küssen erneut aufzunehmen, aber ich bog mich etwas weiter zurück.

„Habe ich etwas Falsches gesagt?“, fragte Fred und sein etwas vernebelter Blick klarte sich ein wenig auf.

„Glaubst du, dass ich hungrig bin, weil ich an deiner Lippe geknabbert habe?“ Ich flüsterte und wurde rot und ja, auch *jetzt* wurde mir heiß, aber bei Weitem nicht so angenehm wie vorhin.

Fred hielt sich weiterhin unter meinem Pullover an meiner Taille fest und während seine Augen amüsiert aufblitzten, verstärkte er den Griff um meine Mitte, hob mich hoch und setzte mich auf die Arbeitsfläche, an die ich mich gerade noch gelehnt hatte. (Lehnen *musste*, um ehrlich zu sein. Vanilleeisküsse lassen nämlich ordentlich die Knie zittern, müssen Sie wissen.)

Fred drückte meine Oberschenkel leicht auseinander und positionierte sich dazwischen, zog mich an sich.

„Das Knabbern stört mich ganz und gar nicht“, sagte er lächelnd und wieder etwas heiser. Er küsste mein Ohrläppchen, dann arbeitete er sich weiter meinen Hals entlang, rieb abwechselnd seine Lippen oder seine Nase an unterschiedliche Hautstellen zwischen meinem Gesicht, meinem Nacken und meinem Schlüsselbein und alles, alles, alles in meinem Körper kribbelte und tanzte und ich bin mir sicher, ich vergaß zwischendurch auf alles, was ich je gelernt hatte, und auf meinen Namen.

„Hier zum Beispiel“, murmelte Fred mitten in ein Duett aus Nasenspitzenberührung und Kuss wenige Millimeter über meinem rechten Schlüsselbein, „hier zum Beispiel siehst du aus wie Birnengelee, aber du bist so weich wie Karamellfudge.“ Fred ließ seine Zähne leicht über die Haut streichen und besänftigte sie gleich darauf wieder mit einem Kuss und ich schwöre es, noch niemals war ich aufgeregter als in diesem Moment.

Ich seufzte leicht und – ohne Scherz – bereit, alles und mein Leben an Fred zu übergeben, um nur niemals jemals auf dieses Gefühl verzichten zu müssen.

Wer hätte gedacht, dass „Birnengelee“ mein Kryptonit war?

Ich seufzte noch einmal und Fred kicherte in meinen Nacken.

„Kein Essen also?“, flüsterte er unter meiner Wange und küsste sich mein Kinn entlang.

„Ein kleiner Snack vielleicht“, murmelte ich, vollkommen frei von jeder Entscheidungskraft. „Nicht aufhören“, ergänzte ich jedoch und Fred kicherte erneut, bevor er sich endlich wieder meinen Lippen zuwandte.

Zwanzig

FRED

Irgendwo zwischen Elizas Lippen und ihrem linken Ohrläppchen verrauchte mein Ärger über Guido und ich beschloss, doch für etwas Essen zu sorgen.

Dass ich Leute grundsätzlich immer mit guten Speisen verwöhnen wollte, war jetzt nichts wirklich Neues. Aber dieser Drang, für Eliza etwas zuzubereiten, war eine neue, intensivere Facette davon.

Also unterbrach ich unser spontanes Kussfest und stellte Wasser für Pasta auf den Herd, begann, Tomaten und Zucchini für eine leichte Sauce kleinzuschneiden. Eliza bewegte sich währenddessen nicht von ihrem Platz auf der Arbeitsfläche weg, was natürlich gar kein Problem war. Die Küche war wahrlich groß genug, dass sie eine Zuseherin vertrug. Und ich mochte es, ehrlich gesagt, wenn Eliza mir zusah.

Schon während ich den Prosecco-Kuchen zubereitet hatte, aber auch gestern Abend war mir immer wieder aufgefallen, wie eine fast meditativ wirkende Ruhe über Elizas Gesicht zog, wenn sie mir beim Kochen zusah. Dazu kam dann häufig auch dieses leicht verschmitzte Lächeln, das sie auch jetzt gerade zeigte.

Und das zum Küssen einlud.

Pasta war zum Glück ein sehr unaufwendiges Gericht, das viel Zeit für Küsse zwischen den einzelnen Zubereitungsschritten ließ.

Wir sprachen kaum. Ich arbeitete, küsste Eliza, wann immer Zeit dafür war, dann widmete ich mich wieder unserem Essen.

„Ich bin eigentlich kein spontaner Mensch“, sagte Eliza plötzlich, als ich einige Gewürze zum Gemüse hinzufügte und die Pfanne leicht schwenkte.

„Tatsächlich?“, fragte ich. Ich hatte Eliza vielleicht zwar nicht unbedingt als impulsiv wahrgenommen, aber sie wirkte nicht wie jemand, der keine schnellen Entscheidungen treffen konnte, wenn es nötig war.

„Jep“, sagte sie und ließ das „P“ zwischen ihren Lippen ploppen. „Ich gehe normalerweise nirgendwo hin ohne langfristige Planung. Mein Kalender ist über Wochen hinaus gefüllt mit Plänen und Terminen und Events, von denen ich die Hälfte meist wieder verschieben muss, weil ich länger arbeite als erwartet. Und so weiter.“

„Aber wenn ich bei dir anläute, hast du immer Zeit", warf ich ein und sah zu ihr.

Eliza lächelte mich freundlich an, ihre Augen blitzten leicht und geheimnisvoll.

Während ich die Pasta abseihte und zwei Teller anrichtete, begann Eliza, ihre Eindrücke des Dinners vom Vorabend zu schildern und katapultierte mich so für einige angenehme Momente in die Erinnerung an die gelungene Einladung, an die gemütliche Stimmung. Wir genossen die leichte Pasta, vergessen waren Guido und meine gekränkte Eitelkeit.

Ich war noch niemals gekündigt worden. Jeder bisherige Jobwechsel war immer mein eigener Wunsch gewesen. Aber wenn ich all das Eingeschnapptsein zur Seite schob, musste ich mir sehr wohl eingestehen, dass ich den Job bei Guido bei Weitem nicht mehr so gerne gemocht hatte, wie es sich die Gäste dort verdient hatten. Ich passte einfach nicht mehr in sein Lokal, sofern ich überhaupt jemals dahin gepasst hatte.

„Weißt du", sagte ich daher zu Eliza, während ich meinen Teller leerte, „ich bin wirklich froh, dass ich jetzt wieder einmal Zeit habe für meine eigenen Rezepte." Es war tatsächlich ein wenig anstrengend gewesen, ein Dinner wie am Vorabend zu planen und gleichzeitig jeden Abend die verwöhnten Instagrammer in Guidos Lokal zu bespaßen, deren Hauptfokus auf der Fototauglichkeit meiner Speisen lag und nicht auf dem Geschmack des servierten Essens.

Eliza stellte ihren leeren Teller zur Seite und sah mich direkt an. Ihre Augen strahlten eine Wärme aus, wie ich sie bei ihr noch nie zuvor gesehen hatte.

„Und was passiert jetzt?“, fragte sie mit ihrer ruhigen Stimme.

„Jetzt gibt’s Nachtisch“, antwortete ich augenzwinkernd, wohl wissend, dass sie das nicht gemeint haben dürfte.

Ich schenkte uns zwei Gläser Prosecco ein und stellte sie neben Eliza auf die Anrichte. Dann zerteilte ich etwas dunkle Schokolade auf einem kleinen Teller und drapierte einige Erdbeeren drumherum. So bot ich Eliza den süßen Teil des Abendessens an.

Sie nahm sich eine Erdbeere.

Gute Wahl.

Eliza biss in die Frucht und schloss für einen Moment die Augen. Als sie sie wieder öffnete, stand ich nah vor ihr und kostete die Erdbeeren, die noch auf ihren Lippen zu schmecken waren.

„Mmmh“, ich seufzte leicht und spürte, wie Eliza leicht zitterte. Sie wackelte auf ihrem Aussichtsplatz in meiner Küche ein wenig hin und her, als wüsste sie nicht, wohin mit all der Spannung.

Ich nahm ein Stück Schokolade in den Mund, während Eliza einen Schluck Prosecco trank und meinen Mund fixierte. Ich ließ die leicht bittere, leicht süße Schokolade auf der Zunge zergehen und lehnte mich in den nächsten Kuss. Von Elizas Erdbeere war nur mehr ein Hauch zu erkennen, aber dafür schmeckte ich das Prickeln des Proseccos und all das vermengte sich mit dem schokoladigen Geschmack in meinem Mund.

Eliza intensivierte den Kuss und verkrallte ihre Finger in den Haaren auf meinem Hinterkopf, als wollte sie nicht, dass ich mich zurückziehen konnte.

Als ob ich auf diese Idee kommen würde!

Nichts konnte mich von diesem Platz an der Sonne zwischen Elizas Oberschenkeln, fixiert von ihren Armen und mit den gelegentlich zufriedenen Geräuschen, die sie machte, jetzt noch wegbringen. Alles an ihr war zart und stabil zugleich, fordernd und dennoch gütig.

Eliza zu küssen war wie der erste Schluck Prosecco am Ende eines sommerheißen Tages, diese Mischung aus erfrischender Abkühlung, dazu das spannende Prickeln, das Aufwecken aller Sinne. Gemischt mit echtem Prosecco sowie den süßen Erdbeeren und der bitteren Schokolade war dies ein Dessert, für dessen Einmaligkeit mir die Worte fehlten.

„Die Sache mit den Süßspeisen beherrschst du wirklich", seufzte Eliza fast atemlos in einer kurzen Verschnaufpause und massierte gedankenverloren meinen Hinterkopf. Ich schloss meine Augen, lehnte mich in die Berührung und war deshalb für einen Augenblick überrascht, als sie begann, mein Kinn und meinen Hals mit ihren Lippen zu erkunden. „Aber vielleicht bietest du diese Nachspeise eher nicht in einem Lokal an", murmelte sie in meinen Kehlkopf und ich musste leise lachen.

Mit meinen Händen, die irgendwann wieder den Weg unter ihren Pullover gefunden hatten, zog ich sie noch näher an mich heran.

„Das schmeckt auch nur mit dir", sagte ich und bohrte mein Gesicht in ihren Pullover.

Als würde man in eine Frühlingswiese köpfeln, genau so ein frisches Gefühl atmete man ein, wenn man sich Elizas Schulter näherte.

Wir küssten uns weiter mit Prosecco und Schokolade und Erdbeeren vermengt und irgendwann hörten wir gänzlich auf, miteinander zu sprechen. Das war ungefähr zu der Zeit, als wir unabhängig voneinander beschlossen, dass der jeweils andere ohne Pullover besser dran wäre.

Einundzwanzig

ELIZA

Ich war schon wieder wie in Trance – und es lag nicht am Prosecco.

Konnte man von Erdbeeren high werden?

Oder vom Küssen?

Nach Minuten oder Viertelstunden oder einfach einer gefühlten Ewigkeit zog mir Fred endlich meinen Pullover aus, gerade noch rechtzeitig, bevor ich vor lauter Aufregung und Wärme geplatzt wäre. Nicht einmal während meines Laufs am Nachmittag war ich so erhitzt und atemlos gewesen wie während unserer Küsse.

Und es waren *nur* Küsse!

Die jedoch so sensationell verfeinert worden waren von den simplen Zutaten des „Desserts". Ich war mir sicher, ich würde niemals wieder Schokolade im Supermarkt sehen können, ohne rot zu werden. Oder atemlos.

Als der Süßigkeitenteller so gut wie leer gegessen war, setzten wir endlich auch unsere Hände ein, damit diese unser gegenseitiges Kennenlernen nachholen konnten. Ich berührte Fred überall dort, wohin meine Arme reichten, erkundete Muskeln, weiche und raue Hautstellen und speicherte jede Reaktion Freds auf meine Berührungen ab: das Seufzen und Kichern, das gelegentliche Zittern seiner Fingerkuppen, die meinen Händen immer wieder folgende Gänsehaut.

Ich wusste nicht, ob sich alle Köche so anfühlten, aber Freds Schultern und Oberarme waren ein taktiles Erlebnis, das seinesgleichen suchte.

Irgendwann unterbrach Fred unser Ertasten und Erschmecken, das mit wechselseitigen Seufzern angefeuert worden war, und zog mich von der Kücheninsel, auf der ich die vergangene Stunde verbracht hatte.

Fred nahm meine linke Hand und zog mich leicht mit sich mit, dann blieb er stehen und sah mich fragend an. Sein Gesicht war leicht gerötet, seine Haare standen in alle Richtungen von seinem Kopf ab (das Werk meiner Hände, natürlich), aber er sah aufgeregt und zufrieden aus. Seine Augen blitzten freundlich und amüsiert.

Wie gesagt, ich war nicht spontan. Niemals. Auch nicht beim Sex. Und es war auch für mein an To-do-Listen gewöhntes Hirn offenkundig, dass der Weg, auf den mich Fred mit seiner um meine Finger gewickelten Hand einlud, zu Sex führen würde.

Normalerweise würde ich darauf bestehen, mehr über den Mann zu erfahren. Ich folgte eigentlich niemandem ins Schlafzimmer, von dem ich kaum etwas wusste.

Aber konnte ich wirklich behaupten, ich kannte Fred *zu wenig*?

Oder konnte ich im Gegenzug behaupten, ich *kannte* ihn, weil ich ihm dreimal beim Kochen zugesehen hatte?

All diese Gedanken flitzten kurz durch mein Hirn, während mich der freundliche Koch direkt ansah. Und ich konnte beim besten Willen nichts anderes in seinem Gesicht entdecken als ehrliches Interesse an mir.

Vermutlich war ich in Trance.

Und es lag nicht am Prosecco.

Zweiundzwanzig

FRED

Ich hatte sie denken sehen und meine Erwartungen in Zaum gehalten. Vermutlich brauchte Eliza mehr als gutes Essen und gelegentliche Prosecco-Stunden, um sich auf Männer einzulassen.

Aber das war doch wirklich ein Gedanke, den ich nicht weiterverfolgen wollte. Eliza und andere Männer war wie ein Kübel mit Eiswasser über das beste Dessert, das ich je zubereitet und gegessen hatte.

Ich weiß nicht, wie viele Augenblicke wir uns angesehen hatten, in stiller Kommunikation miteinander. Aber schließlich entschied sie sich für mich. Fürs Vertrauen.

Eliza nickte leicht und lächelte wieder jenes sanfte Lächeln, das sie mir bisher nur sehr selten gezeigt hatte.

Mein Magen begann wieder zu flattern, aber es war nun wirklich nicht der richtige Zeitpunkt, um nervös zu werden. Also zog ich leicht an Elizas weicher Hand und brachte sie in mein Schlafzimmer.

Sollte ich Musik aufdrehen?

Wie viel Licht brauchten wir?

Hätte ich den Prosecco mitnehmen sollen?

Es waren nur etwa neun Schritte von meiner Küche ins Schlafzimmer, aber diese wenigen Meter reichten aus, um mir gefühlt Hunderte Fragen in den Kopf zu spülen, wie ich diese zerbrechliche Situation am besten bewältigen konnte.

Ich atmete mehrmals tief durch und stellte mir dann die einzige Frage, die ich mir tatsächlich erlaubte und die ich mir in schwierigen Situationen während des Kochens immer wieder stellte: *Was sagt dein Bauchgefühl?*

Auf dessen Antwort konnte ich mich nämlich immer verlassen.

Also ließ ich das weiche Licht meiner Nachttischlampe über uns fallen und zog Eliza an mich, langsam und weich. Ich wollte sie näher spüren, noch näher und für einen Augenblick vergaß ich, wer und wo ich war, als sie mit ihren Fingerspitzen die Haut an meinem unteren Rücken berührte.

Wir küssten uns und berührten uns und küssten uns und ein Kleidungsstück nach dem anderen wanderte auf den Boden. Ohne voneinander abzulassen, tasteten wir uns an mein Bett heran und rutschten, einander umarmend, Stück für Stück nach oben, bis wir von Kopf bis Fuß umhüllt von weicher Bettwäsche dalagen und uns weiter erkundeten.

Es war heiß, meine Haut glühte, vor allem dort, wo ich Eliza spüren konnte. Sie war dazu übergangen, ihre Fingerspitzen über jeden Millimeter meiner Haut streifen zu lassen und entflammte meinen Körper Stück für Stück, Millimeter für Millimeter.

„Das ist…“, begann ich, weil ich irgendwie in Worte fassen musste, was ich empfand, aber es wäre leichter gewesen, ein spontanes Rezept zu kreieren ...

„... Zitronensorbet mit Limoncello“, flüsterte ich in Elizas Bauchnabel und küsste die weiche Haut direkt darunter. Eliza bog ihren Rücken durch, bevor sie mit einer Hand nach meiner Schulter fischte und mich nach oben zog, bis wir wieder Nase an Nase, Bauch an Bauch, Zehenspitzen an Zehenspitzen aneinander gepresst dalagen.

Die perfekte Kussposition.

Ich spürte alles, so intensiv wie selten zuvor, mein ganzer Körper war aufgeladen mit einer ganz eigenen Energie. Alles kribbelte und war aktiviert, als würden tausende Schmetterlingsflügel über meinen Körper streichen.

„Denkst du immer nur ans Essen?“, murmelte Eliza, in Gedanken nun wohl auch beim Zitronensorbet angekommen.

„Nur mit dir“, antwortete ich und lehnte mich ein wenig zurück.

Eliza lag am Rücken, ich stützte mich auf einen Ellbogen und sah ihr ins Gesicht. Ihre Haare lagen aufgefächert auf der Bettdecke (um bis zum Polster ganz ans obere Ende meines Bettes zu robben, fehlten uns Zeit und Ehrgeiz) und wieder lächelte sie mich an.

Irgendetwas an ihren leicht geröteten Wangen erzählte eine Geschichte, die ich nur für mich haben wollte. Ihr Lächeln, gepaart mit einer zarten Berührung ihrer Handflächen in meinem Gesicht, war ein Geschenk.

„Ich …“, begann ich erneut, weil ich irgendwie in Worte fassen wollte, wie sehr sie mich begeisterte. Wie sehr sie mich verzauberte.

Aber Eliza schien keine Worte zu brauchen, denn sie schüttelte leicht den Kopf und küsste mich zart.

Kurze Zeit später krabbelte ich quer übers Bett und kramte peinlich lang in der Lade meines Nachttisches nach einem Kondom und wieder wurde ich nervöser, als ich es gewohnt war. Aber Elizas normalerweise stets von einer gewissen Wachsamkeit angespannter Körper war irgendwann in den vergangenen Minuten weicher und ruhiger geworden.

Wie selbstverständlich.

Sie nahm mir das Kondom aus der Hand und übernahm das Kommando, während ich an ihrem Haaransatz knabberte und an Makronen mit Karamell denken musste.

Sie drehte mich auf den Rücken. Wir bewegten uns in Elizas Rhythmus und ihr gesamter Körper hüllte sich um mich. Ihre Hände suchten meine und sie hielt mich an den Handflächen über meinem Kopf fest. Wir küssten uns. Wir berührten uns. Wir tanzten in unserem eigenen Tempo.

Sie war so schön! Eliza fixierte meinen Blick mit leicht geöffnetem Mund, den ich wieder, schon wieder!, zu mir heranziehen musste. Ich drehte uns, bis Eliza unter mir lag und wir uns schneller, immer schneller küssten, berührten und uns gegenseitig bestätigenden Zauber ins Ohr murmelten.

Ich strich Elizas Haar aus der Stirn. „Schau mich an", flüsterte ich und ihr Blick öffnete sich. Die Intensität in ihren Augen raubte mir für einen Moment den Atem.

Flüssige Schokolade.

Eliza grinste für einen kurzen Moment, mit blitzenden Augen, bis sie plötzlich von einer Energie durchzuckt wurde, die mich mitriss und mitriss und mitriss.

Ich landete heftig schnaufend auf Elizas Brustkorb, nicht fähig, meinen Kopf zu heben, fest überzeugt, mich niemals wieder bewegen zu können. Mich niemals wieder bewegen zu wollen.

„Flüssige Schokolade?", flüsterte Eliza lächelnd und strich mir mit ihren Händen durch die Haare.

„Das ist die Wahrheit", sagte ich leise.

Dann schlief ich ein.

Dreiundzwanzig

FRED

Ich schlug meine Augen auf und sah mich für einen Moment orientierungslos um. Der neue Tag hatte bereits begonnen und das erste Morgenlicht strömte durch meine Fenster, die ich am Vorabend nicht abgedunkelt hatte.

Der Vorabend …

Eliza.

Ich drehte mich um und versank in einer Fülle an dunkelbraunen Haaren, die einen Teil ihres Rückens verdeckten. Elizas Körper bewegte sich in langsamen Atemzügen unter der Decke und für einen Augenblick überlegte ich, sie an mich zu ziehen und aufzuwecken.

Aber ich entschied mich, dem niedrigeren Instinkt nachzugeben und tappte nackt in meine Küche, um etwas zu trinken. Die geleerten Pastateller sowie die achtlos zurückgelassenen Prosecco-Gläser zeugten vom Anfang unseres Liebesspiels.

Ich lächelte.

Ich hatte tatsächlich bei ihr angeläutet, um mich vor dem einsamen Ertränken meiner Kündigung in Alkohol zu bewahren.

Und ich hatte so viel mehr bekommen.

Nicht nur drei weitere Dessertrezepte, die ich ausprobieren wollte. (Musste!)

Nein, ganz im Ernst (so ernst ich in meinem morgendlichen Endorphinrausch sein konnte): Der gesamte Abend war ein Tanz der Sinne gewesen, wie ich es noch nie erlebt hatte. Elizas Ernsthaftigkeit, die so nach und nach geschmolzen war, diese Hingabe! Es passierte alles im Fluss, wir verstanden uns mit so wenigen Worten und so vielen Berührungen.

Mein Bauch kribbelte, während ich die unterschiedlichen Stationen des vergangenen Abends Revue passieren ließ, und nachdem ich mir das Wasserglas neuerlich aufgefüllt hatte, bewegte ich mich leise über das immer wieder knarrende Parkett in meiner Wohnung und öffnete eines der Fenster, das auf die Straße hinaus führt. Wenn ich mich weit nach vorn lehnte, konnte ich den Naschmarkt sehen, aber es war noch nicht hell genug, um viel Bewegung aus der Stadt wahrzunehmen.

Die Luft war frisch wie üblich an einem Maimorgen, der sich vermutlich zu einem angenehmen Frühsommertag entwickeln würde. Es roch nach Blütenstaub und abgekühltem Asphalt. Gelegentlich durchbrach ein Auto in der Ferne die morgendliche Ruhe, aber ansonsten konnte man eine für die Stadt ungewöhnliche Stille wahrnehmen: kein Verkehrsrauschen, kein Rumpeln der U-Bahn, kein Baulärm, keine Menschenstimmen. Ich liebte diese Uhrzeit, obwohl ich viel zu selten so früh munter war. Die spätabendlichen Arbeitszeiten als Koch verhinderten das stille Aufwachen eines frühen Morgens und zum ersten Mal kribbelte so etwas wie gespannte Aufregung in meinem Bauch, als mir bewusst wurde, dass ich in nächster Zeit – zumindest für ein paar Tage oder Wochen – nicht mehr abends arbeiten musste.

Ich atmete tief ein und stellte mir vor, wie alle anderen Menschen der Stadt noch schliefen. Es fühlte sich an, als wäre nur ich allein munter, nur ich allein auf dieser Welt. Diese zauberhafte Ruhe des frühen Morgens war ein Lebenselixir, ein Geschenk der Natur an mich, eine Erinnerung, dass alles auch langsamer ging. Ein Leben und Atmen ohne Stress möglich war.

Die kühle Luft reinigte meine Sinne.

Auf der gegenüberliegenden Straßenseite spazierte eine Frau mit ihrem Dackel, sie trug einen Pyjama, über den sie eine Daunenjacke gezogen hatte, ein Schutz vor möglichen Blicken und der frischen Morgenluft. Der Hund schnüffelte alle paar Meter an etwas und seine Besitzerin trottete ihm im Halbschlaf hinterher.

Ich war doch nicht allein auf der Welt.

Ich lächelte, kehrte zurück in die Realität, in der eine

wunderschöne Eliza gerade in meinem Bett lag und ertappte mich dabei, wie ich glücklich seufzte.

Noch nicht einmal vierzig und schon sentimental wie ein Greis.

Vierundzwanzig

ELIZA

Mein Rücken berührte einen Eisblock und ich fuhr aus dem Schlaf hoch. Weder das Licht, noch die Bettwäsche, noch der Geruch passten in meine gewohnte Schlafumgebung, aber der Eisblock bewegte sich und legte entschuldigend seinen Arm um mich.

Fred.

Ich ließ mich zurück auf den Polster fallen, mit erschrocken pochendem Herz, drehte mich jedoch nicht um, sondern tolerierte, wie sich Fred um meinen Körper wickelte, seine Nase in meinen Nacken bohrte. Ich seufzte verschlafen.

„Warum bist du so kalt?", flüsterte ich.

„Bin gerade am Fenster gestanden", drang Freds Stimme aus meinem Nacken hervor.

„Warum?“, murmelte ich.

„Weil es so schön ist“, seufzte Fred, mittlerweile gänzlich unter meinen Haaren versunken, und atmete heiß auf meine Halswirbel. „Schlaf weiter“, forderte er mich auf.

Aber das war leider ein unmögliches Unterfangen.

Denn mit jeder weiteren Sekunde, die ich munter war, kehrten auch all die Erinnerungen des Vorabends zurück und mich durchliefen heiße und kalte Schauer, ich war vollkommen überreizt von allen Sinneseindrücken.

Gleichzeitig nahm ich auch wahr, wie mein sehr nackter Körper von Freds sehr nacktem Körper von Kopf bis Fuß umwickelt war. Und das Gefühl war viel zu sensationell, um darüber wieder einzuschlafen.

Erneut seufzte ich, diesmal aber etwas glücklicher als noch vor wenigen schlaftrunkenen Minuten. Ich rollte mich weiter in seine Umarmung und ließ meinen Gedanken freien Lauf.

Das Küssen, das Essen, der verspielte Nachtisch, die Ernsthaftigkeit, die alles davor abgelöst hatte. Freds Augen kurz bevor er …

„Es ist noch sehr früh“, unterbrach Fred meine Gedanken, „schlaf wieder ein.“

„Geht nicht mehr“, flüsterte ich zurück.

„Warum nicht?“

Fred strich eine Hand über meinen Bauchnabel und mir lief diese angenehme Gänsehaut, die seine Finger immer und immer wieder auslösen konnte, über den ganzen Körper. Ich zitterte leicht.

„Ist dir noch kalt?“, fragte Fred, der sich unter der Decke schnell wieder aufgewärmt hatte und an meinem Rücken vor sich hin glühte.

„Nein, es ist alles in Ordnung", antwortete ich, „nur mein Kopf ist schon munter."

„Möchtest du einen Kaffee trinken? Etwas essen?"

Ich nickte still.

Fred zog mich für einen Moment näher an sich heran, atmete ein paar Mal tief unter meinen Haaren vergraben ein, murmelte etwas von „Frühlingsblumenwiese" und stand dann auf, um für uns Kaffee zu holen.

Allein im Bett setzte ich mich auf, wickelte die Decke eng um meinen Körper, um den Verlust von Freds Umarmung kurzfristig ausgleichen zu können, und stopfte ein paar Pölster in meinen Nacken. Ich sah mich im Schlafzimmer um, in dem sich das Morgenlicht immer weiter ausbreitete. Der Raum war, wie der Rest der Wohnung, schlicht eingerichtet mit wenigen Möbeln und ein paar Bildern, die am Boden an der Wand lehnten. Ich konnte nicht abschätzen, ob dies Absicht war oder ob Fred die Verteilung seiner Bilder noch vorhatte, aber ich hielt mich nicht lang damit auf und ließ meinen Blick weiterschweifen, während ich mich wieder in der Erinnerung an den Vorabend verlor.

In all die angenehmen Sequenzen mischte sich jedoch wie schon gestern Abend kurz, diese Warnung, dass ich Fred eigentlich nicht gut kannte. Jedenfalls nicht so gut kannte, wie ich glaubte, jemanden kennen zu müssen, um mit ihm Sex zu haben. Oder in einer Beziehung zu sein ...

Na, wollen wir mal nicht übertreiben!

Das gestern war ... ein freundschaftlicher Besuch, der wegen des Essens und des Desserts etwas aus dem Ruder gelaufen war.

Genau!

Vor allem wegen des Desserts!

Ach! Mit Fred war allein schon Küssen ein Spektakel, eine Fortsetzung seiner Kochkünste und dann auch noch die Schokolade auf seinen Lippen! Ich seufzte und wetzte im Bett hin und her, um der plötzlich durch den Körper rauschenden Spannung etwas nachzugeben.

Ich kannte mich so nicht.

Ich gab normalerweise keinen spontanen Verführungen nach, ich ließ mich nicht gehen, auch nicht im Finstern unter der Bettdecke. Aber wann immer Fred in meiner Nähe war, schien immer nur diese eine Seite von mir zutage zu treten, die sich normalerweise nur unter Alkoholeinfluss (oder bei Schlafmangel) zeigte.

Schon bei unserer ersten Begegnung mit dem Schokoladepapier an meiner Wange, bei der ich zugegebenermaßen krank und deshalb auch noch in einer Art Medikamentennebel war, ist diese „unkontrollierte" Version von mir ins Rampenlicht gestoßen worden.

Und seither bei jedem Treffen aufs Neue wieder aufgetaucht.

Ich versuchte, mir gerade vorzustellen, welchen Eindruck sich Fred in den vergangenen Wochen von mir gemacht haben dürfte und wie sehr dieser Eindruck von meinem üblichen Auftreten abwich, als der Mann der Stunde zwei Tassen mit Kaffee durch die Tür balancierte.

Fred hatte – zur großen Enttäuschung des Publikums

(also mir) – eine karierte Pyjamahose übergezogen, die zwar nur sehr, sehr locker auf seinen Hüften saß, aber ihn doch zumindest zur Hälfte verhüllte.

Nun gut, dann eben volle Konzentration auf die Bauchmuskeln.

Ich legte meinen Kopf schief und folgte Freds Körper mit meinen Augen langsam nach oben, während er sich dem Bett näherte. Bei seinem Kopf angekommen, sah ich, wie er mich wissend anlächelte.

Ich zuckte mit den Schultern. Es war noch zu früh und ich hatte noch keinen Kaffee getrunken. Wieder einmal funktionierte keiner meiner üblichen Filter. Aber Fred kannte mich ja nicht anders.

Oder?

„Du weißt gar nicht, dass ich eigentlich mein Leben im Griff habe", sagte ich daher, nachdem ich den ersten Schluck vom besten Cappuccino der Welt (nein, das lag nicht nur an der Uhrzeit) genommen hatte.

Fred sah mich verwirrt an.

„Wie kommst du drauf, dass ich das denken könnte?"

„Dass ich mein Leben im Griff habe?"

„Dass du dein Leben *nicht* im Griff haben solltest", Fred klang, als würde er gleich zu lachen beginnen. „Was heißt das überhaupt: Sein Leben im Griff zu haben? Regelmäßig zu essen und zu duschen? Oder wird da mehr verlangt?"

Ich hatte irgendwie das Gefühl, Fred nahm mich nicht ganz ernst, aber ich beschloss, den Humor in seiner Stimme zu überhören.

„Ich denke, du hast einen falschen Eindruck von mir gewonnen", begann ich.

„Tatsächlich?", fragte Fred. Er stellte seine Tasse auf den Nachttisch und manövrierte sich langsam zwischen meine Beine, legte seinen Kopf auf meinen Bauch.

Ich strich ihm durch die Haare, weil ... – eigentlich gab's dafür kein Grund, das machte man einfach so. Freds Haare waren nämlich weich, fast seidig und irgendwie beruhigte mich diese Bewegung.

„Ich mag den Eindruck, den ich von dir habe", murmelte Fred in meinen Hüftknochen und ich stoppte die Kopfmassage für einen Moment.

Fred tastete nach meiner Hand und deutete mir so an, dass ich die Bewegungen wieder aufnehmen sollte.

Ich atmete tief durch und wurde für einen Augenblick von einem Schwall von Freds Seifengeruch abgelenkt.

Was war nur los mit mir?

„Ich bin normalerweise nicht so ... –" Mir fiel plötzlich kein passender Ausdruck ein.

„So ...?", fragte Fred.

„So ... unkompliziert." Das war's!

Und Fred lachte.

Und lachte.

Er hörte erst wieder auf, als ich meine Hand aus seinen Haaren zurückzog und meine Arme verschränkte.

„Du würdest dich *lieber* als kompliziert beschreiben?", fragte Fred zwischen zwei Lachsalven, um Beruhigung bemüht.

„Nein", ich wand mich ein wenig, aber Fred hielt mich fest, indem er seine Hände auf meinen Bauch legte und sein Kinn darauf stützte. „Nein, ich würde mich nicht *lieber* als kompliziert beschreiben. Aber *normalerweise* bin ich … kompliziert." Ich schnaufte durch. „Oder wie auch immer man das nennt, wie ich bin." Mit der Hand, die keine Kaffeetasse hielt, klopfte ich ungeduldig auf die Matratze. „Jedenfalls nicht *so*!"

Freds Gesichtsausdruck lockerte sich leicht und er sah mich etwas sanfter an, nicht mehr ganz so amüsiert. Er musterte mich für einen Moment, dann nickte er leicht.

„Ist okay", sagte er leise und küsste eines der Muttermale neben meinem Bauchnabel, „ich nehme es zu Kenntnis." Dann nickte er noch einmal. „Erzähl mir, was du glaubst, was ich von dir wissen sollte." Er lächelte mich freundlich an und ich fühlte mich zum Glück endlich etwas weniger als eine Idiotin.

Überlass es mir, eine lockere Morgenstimmung noch vor dem ersten Hahnenkrähen in eine absurde Diskussion driften zu lassen.

Ich seufzte und stellte auch meine Kaffeetasse auf den Nachttisch. Dann nahm ich die Massage von Freds Kopf erneut auf. Mit beiden Händen.

Er schloss kurz die Augen.

„Ich arbeite gerne", sagte ich, weil mir das als Erstes einfiel. „Ich arbeite gerne und ich arbeite viel." Ich ließ Freds Haare durch meine Finger gleiten. „Jetzt du. Erzähl du mir etwas, das ich wissen sollte."

Fred schnaufte und ich glaubte schon, er war wieder eingeschlafen, aber schließlich sagte er doch etwas.

„Ich liebe Rosmarin", sagte Fred, „ich muss mich bewusst davon abhalten, nicht ständig Rosmarin zum

Kochen zu verwenden. Es gibt nämlich Leute, die haben eine sehr starke Meinung zur Verwendung von Rosmarin."

Ich kicherte.

„Ich mag es, wenn im Radio alte Aufnahmen gespielt werden, bei denen man es sogar noch leicht knacksen hört, weil sie so alt sind", sagte ich und Fred drückte mich leicht.

„Ich mag jede Art von Siegesjubel im Sport, egal ob beim Fußball oder beim Schifahren", ergänzte Fred, „am besten sind immer die Siege von Leuten, die schon lang nicht mehr gewonnen haben oder besondere Tore, gegen Ende des Matches zum Beispiel. Wenn da dann die Spannung nachlässt und man nur mehr die reine Freude und Erleichterung sieht."

Ich zog Fred an seinen Schultern nach oben und küsste ihn leicht.

„Ich laufe gerne", sagte ich, „meistens geht es sich nur am Wochenende aus und da laufe ich dann lang und quer durch die Stadt. Aber manchmal habe ich auch während der Woche dafür Zeit. Jedenfalls fühlt sich jeder Lauf immer so an, als würde der Alltag für einen Moment stillstehen können. Als könnte ich für einen Augenblick aus dem Tempo der Welt heraustreten und alles in meinem eigenen Tempo wahrnehmen."

Fred rollte sich von mir herunter, drehte mich aber gleichzeitig mit sich mit und so lagen wir wieder Nase an Nase, Bauch an Bauch, Zehenspitzen an Zehenspitzen ineinander verkeilt da und flüsterten uns weitere kleine Details aus unserem Leben zu: gute Filme und Serien, die wir gesehen hatten, wo unsere Eltern wohnten, warum ich keinen Brokkoli mochte. Und so weiter.

Irgendwann war die Sonne so hoch am Himmel, dass es im Schlafzimmer taghell geworden war und wir rückten noch ein Stück näher aneinander heran. Die Küsse, die wir uns zwischen den einzelnen Sätzen und Worten gegeben hatten, wurden häufiger und die lockeren Berührungen unserer Hände, mit denen wir fast gedankenverloren unsere Körper weiter erkundet hatten, gewannen an Dringlichkeit.

Wir liebten uns mit der schlaftrunkenen Gemächlichkeit eines sonnigen Sonntagmorgens, ohne Hektik, ohne Eile, immer mit Blickkontakt, als wollten wir sicherstellen, dass die Kommunikation nicht abriss. Auch wenn wir keine Worte mehr austauschten.

Der entspannten Ekstase folgte schläfriges Dösen und ich fragte mich, ob ich nicht irgendwann wieder einmal in meine eigene Wohnung zurückkehren sollte.

Aber über diesem Gedanken schlief ich schlussendlich doch nochmals ein.

Fünfundzwanzig

FRED

Am darauffolgenden Montagabend rief mich Louis an. 48 Stunden hatte es also gedauert, bis sich meine Kündigung bis zu ihm durchgesprochen hatte.

Meine ersten Stunden ohne Job bei Guido hatte ich mit Eliza verbracht und ich fragte mich, ob diese Zeit vor allem deshalb so entspannt gewesen war. Erst so nach und nach bemerkte ich, wie häufig mir Guidos eigenartige Vorgaben sowie sein Drang zur Prominenz auch fern meiner Zeit in seiner Küche durch den Kopf gespukt waren.

Plötzlich war da so viel freier Platz in meiner Gedankenwelt.

Und ein Großteil davon wurde von der zauberhaften, lustigen und aufregenden Eliza neu ausgefüllt.

. . .

Eliza verbrachte den gesamten Sonntag mit mir, auch wenn ich im Laufe des Tages bemerkte, wie sie eine gewisse Spannung überfiel. Ich vermutete, dass sie fern ihrer Arbeit und all den Verpflichtungen, die damit verbunden waren, sehr viel Zeit mit sich allein verbrachte und meine ständige Anwesenheit sie irgendwann nervös zu machen begann.

Um sie abzulenken und um etwas zu machen, das nicht Kochen, Küssen oder Sex (meine Präferenzen fürs Sonntagsprogramm) war, schlug ich ihr vor, eine Runde laufen zu gehen.

Selten hatte ich etwas mehr bereut als das.

Ich war überzeugt, sterben zu müssen.

Kein normaler Mensch kann so lang und so schnell laufen wie Eliza. Ich war mir sicher, dass sie bereits nach den ersten 300 Metern das erste Mal das Tempo reduziert hatte. Gegen Ende der „schnellen fünf Kilometer" war Eliza sowieso nur mehr im gemütlichen Walking-Schritttempo neben mir hergegangen, während ich die letzten Meter bis zu unserem Wohnhaus ausschließlich damit beschäftigt war, mir selbst Vorwürfe zu machen.

Wer geht auch mit einer Person laufen, die von sich selbst sagt, sie läuft *gerne*!?

Mit der Mutter aller Muskelkater war ich daher am Montag in der Früh erwacht und ich verfluchte mich für meinen sportlichen Leichtsinn, aber auch dafür, Eliza am Vorabend nicht zum Bleiben überredet zu haben. Wir hatten auch kein nächstes Treffen vereinbart. Sie hatte irgendwann im Laufe des Tages etwas von einer Dienstreise nach Frankfurt gemurmelt, aber ich hatte nicht weiter nachgefragt.

Ich übte mich in Zurückhaltung.

In so vielen Augenblicken wirkte Eliza wie ein offenes Buch auf mich, aber je näher ich ihr kam (wortwörtlich!), desto weniger Einblicke ließ sie zu. Bei jeder anfänglichen Berührung schien sie erst einen Moment lang nachzudenken, bevor sie schlussendlich doch noch locker ließ.

Und *wie* sie locker ließ!

Vergessen waren dann jegliche Vorbehalte, jegliches Zögern, jegliche kühle Hülle, die andere Menschen abschrecken sollten.

In meiner Anwesenheit hatte sich diese abgeschottete Eliza immer nur sehr kurz gezeigt. Aber gerade auch beim Dinner war mir aufgefallen, dass sie zwar ständig fröhlich plauderte, witzig war, sich in Diskussionen einbrachte, aber nie die erste sein würde, die das Gespräch initiierte.

Es war außerordentlich interessant. Als wäre Eliza diese öffentliche Person, bei der man beharrlich anklopfen musste, bis sie endlich ihr wahres Wesen zeigte.

Vielleicht war das die Sache, die sie am Sonntag in aller Frühe angesprochen hatte, als sie mir versucht hatte, mitzuteilen, dass sie eigentlich ganz anders sei.

All diese Eindrücke der vergangenen Tage hielten mich schließlich auch davon ab, wieder an ihrer Wohnungstür zu läuten. Ich hatte irgendwie das Gefühl, es sollte diesmal sie diejenige sein, die sich an mich wandte.

Auch wenn ich es kaum erwarten konnte, sie wiederzusehen.

. . .

Versunken in meine Gedanken über die gelegentlich rätselhafte Eliza, ihre karamellfudgeweiche Haut und den sensationellen Samstagabend, bereitete ich eine Quiche zu und überlegte, ob ich ein Stück davon noch heute zu Rosa bringen sollte, als mein Telefon läutete und mich Louis mit einem Wortschwall überschüttete.

Er war aufgeregter als ich über die Kündigung und erzählte mir haarklein nach, über wie viele Stationen die Nachricht bei ihm am Tisch gelandet sei. Er ließ mich erst zu Wort kommen, als er „einige gewichtige Fragen" (seine Worte) stellte, etwa ob es wirklich stimmte, dass Guido fast pleite war (definitiv nicht), zum Frühstück Goldfischwasser trank (Die Wiener Gerüchteküche machte es einem oftmals wirklich nicht leicht.) und mich wegen eines Fotos von Brot gekündigt hatte (definitiv ja).

„Es war nicht nur *ein* Foto", warf ich ein.

„Wie bitte?", fragte Louis.

„Ich habe nicht nur ein Foto mit Brot gepostet", antwortete ich.

„Ich weiß!", rief Louis in den Hörer. „Und das ist das nächste Huhn, das wir rupfen müssen!"

Ich war mir sicher, der Spruch ging irgendwie anders ...

„Warum lässt du dein Essen von der Banane fotografieren und gibst mir nicht Bescheid? Das wäre doch ideal fürs Magazin!"

„Wie bitte?"

Louis wiederholte seine Frage, aber er betonte „Banane" auch noch so, dass ich lachen musste.

„Ich habe keine Ahnung, wovon du sprichst!"

„BA-NANNA!"

„Und was soll das …?“

Louis wartete tatsächlich schweigend ein paar Sekunden am anderen Ende der Leitung, bis bei mir endlich der Groschen fiel.

„Das ist meine Schwester“, sagte ich ruhig, endlich alle Puzzlestücke an ihrem Platz einsortiert. Anna hatte – wie viele Fotografen – einen außergewöhnlich populären Instagram-Account und auch mit steigender Popularität ihren eigenartigen Accountnamen „BanAnna“ nie geändert. Keiner wusste, warum sie diesen Namen gewählt hatte – und auch nicht, warum sie so beharrlich daran festhielt. Ich war mir sicher, sie mochte Bananen nicht einmal sonderlich gerne. Wortspiele schon eher.

„BanAnna ist deine Schwester?“

„Anna, ja“, sagte ich, weiterhin unaufgeregt.

„Ja, aber dann soll doch sie die Fotos fürs Magazin machen!“, Louis schrie förmlich ins Telefon. „Sie kann das! Sie versteht dein Essen!“

Ich muss zugeben, ab diesem Zeitpunkt habe ich ihm nicht mehr so genau zugehört, weil ich mit dieser eigenartigen Art zu sprechen, kaum etwas anfangen konnte. Niemand musste mein Essen „verstehen“ können. Es war Essen! Es sollte schmecken und satt machen!

Wie oft musste ich das noch sagen?

Also ließ ich Louis so lang vor sich hin sprechen, bis er nach Annas Telefonnummer verlangte und ich begann, ihn abzuwimmeln.

Was mir gar nicht so gut gelang. Ich konnte seine Forderung nach Annas Kontakt jedoch in ein Versprechen von mir umleiten, mit Anna über ein mögliches Fotoshooting zu sprechen.

Schließlich versprach ich ihm auch noch, endlich darüber nachzudenken, ein eigenes Lokal aufzumachen, aber eine Deadline für meinen Gedankenprozess konnte ich ihm glücklicherweise doch noch ausreden.

„Guido hat mich doch gerade erst gekündigt!“

„Es war an der Zeit!“, rief Louis und ich war in diesem Moment froh, dass ich ihn so lang kannte, um seine Aussage richtig verstehen zu können.

Danach widmeten wir uns endlich gemütlicheren Themenfeldern und ich konnte ausgiebig von Ivos Kreationen und unserem Dinner vom vergangenen Freitag berichten.

So anstrengend Louis manchmal sein konnte, in diesen Momenten wusste ich seine Freundschaft wieder zu schätzen: Kaum jemand nahm sich so viel Zeit, um sich einzelne Zusammenstellungen, Rezeptideen und Geschmackskombinationen im Detail erklären zu lassen und diese weiterzudenken.

„Das wäre etwas für den Take-away-Lunch“, sagte Louis schließlich, nachdem wir alle Zutaten und Gewürze fürs Jambalaya besprochen hatten.

„Welchen Take-away-Lunch?“, fragte ich nach, in Gedanken noch beim Cornbread.

„In deinem Lokal!“

Das noch nicht einmal geplant war.

„Da gibt's Lunch?“, ich verkniff mir ein Lachen.

„Selbstverständlich! Ein paar Tische für die Gäste, die im Lokal essen wollen, und der Rest wird als Take away verkauft.“

Ich grinste.

„Ich bin so froh, dass es das Lokal zumindest in deinem

Kopf schon gibt“, sagte ich und fühlte mich tatsächlich mal ein wenig geschmeichelt.

„Jeder fängt mal klein an“, sagte Louis und ich lachte.

Sechsundzwanzig

ELIZA

Mit letzter Kraft hievte ich meinen Koffer in den Lift und versuchte, nicht schon im Stehen einzuschlafen. Nur mehr wenige Meter bis zu meiner Wohnung.

Aber der Lift setzte sich nicht in Bewegung. Verwirrt blinzelnd sah ich mich um. Niemand (also ich) hatte den Knopf für mein Stockwerk gedrückt. Ich verdrehte meine Augen, als könnte mich jemand sehen.

Ich sah auf die Uhr. Bereits nach 22 Uhr. Ich wollte nach Hause.

Nach Messebesuchen war ich wirklich immer kopflos. Nicht einmal die Aufregung, endlich wieder im gleichen Land wie Fred zu sein, geschweige denn im selben Stockwerk schien mich munter halten zu können.

Wir hatten in den vergangenen Tagen, seit unserem ausufernden Samstagabend, der dann schließlich mit mehreren Nackt- und Kuss- und Siewissenschon-Phasen bis in den Sonntag hineingereicht hatte, gar keinen Kontakt mehr. Was schreibt man auch einem Koch, während man durch eine der größten Fachmessen für Bäcker stapfte?

Heyyyy. Ich schaue mir gerade Brotöfen an und denke an Dich.

Sicher nicht!

Außerdem hatte ich ohnehin zu wenig Zeit, um an Fred zu denken. Ehrlich! Messetage waren tatsächlich der Horror. Man rannte von einem Programmpunkt zum nächsten, war ständig total überladen mit Informationen und zudem hatte man immer das Gefühl, etwas Wichtiges zu verpassen oder zu übersehen. Dazu musste man stets freundlich sein, weil man ja die Firma und nicht sich selbst repräsentierte. Lächeln, nicken, Interesse vortäuschen. Manchmal hatte ich den Eindruck, dass Fachmesse nur wegen des Irrglaubens, man müsste sich vor der Konkurrenz zeigen, existierten. Ein weiterer Jahrmarkt der Eitelkeiten, der Marktanteile und Marktvorteile bringen sollte.

Ich kommentierte meine Selbstgespräche und Erinnerungen mit einem Schulterzucken, nur für mich, und trippelte aus dem Lift. Ich wollte nur mehr in mein Bett.

Und Stille!

In meinem Kopf surrten noch immer alle Gespräche der vergangenen Tage herum. Ich sehnte mich nach meinem abgedunkelten Zimmer ohne Nebengeräusche. Der Lärm zwischen meinen Ohren war immer noch laut genug.

. . .

Aber natürlich war mir die sehnlichst erhoffte Ruhe nicht gegönnt. Schon beim Betreten der Wohnung merkte ich, dass irgendetwas anders war. Es roch nach nassem Verputz und abgestandener Luft.

Ich eilte also durch mein übliches Ritual, das ich immer nach dem Nachhausekommen durchlief: Schuhe und Jacke an ihren Platz, Hände und Gesicht waschen. Danach ging ich durch die Wohnung, um alle Fenster zu öffnen und etwas frischere Luft in die Räume zu lassen.

Aber schon im Wohnzimmer blieb ich wie erstarrt stehen. Über meiner Couch prangte ein riesiger Wasserfleck an der Wand.

Natürlich.

Da wollte ich einmal, *EINMAL!*, meine Ruhe haben und dann das!

„Aaargh!“ Ich brüllte durch die Wohnung, aber natürlich verschreckte das den Wasserfleck keineswegs.

Ich ließ mich erschöpft auf die Couch fallen, sprang dann aber gleich wieder auf und tastete hysterisch den Stoff ab, ob auch dieser nass geworden war. Erleichtert (so erleichtert man in so einer Situation sein konnte) setzte ich mich wieder hin. Offenbar war nur die Wand nass und nicht auch noch die Couch.

Ich googelte auf meinem Handy nach Tipps fürs richtige Verhalten bei Wasserschäden und musste mich dabei mehrmals für beruhigende Atemübungen unterbrechen, um mich bei all den Horrormeldungen, die sich auf diversen Blogs zum Thema Wasserschaden sammelten, davon zu überzeugen, nicht die Nerven zu schmeißen.

Als Erstes suchte ich den Haupthahn, um die Wasserzufuhr in meiner Wohnung abzudrehen, obwohl ich genug von der Anlage und Ausrichtung meiner Wohnung verstand, um zu wissen, dass das Wasser an der Wand wohl eher nicht aus meinen Wasserrohren kommen konnte.

Ich rief bei Rosa an, die mir – im Halbschlaf – versicherte, dass sich in ihrer Wohnung, die ja genau über meiner lag, kein Wasser ungeplant ausbreitete. Danach rief ich bei der Hausverwaltung an, wo natürlich um diese Uhrzeit niemand mehr abhob. Also feuerte ich ein E-Mail von meinem Handy nach, hängte mehrere Fotos an und dokumentierte Uhrzeit und meine Handlungsschritte – so wie mir es „Tims Blog“ mit seiner „Checklist bei Wasserschäden“ empfahl.

Ich entschied mich *nicht* dafür, die Feuerwehr zu rufen (obwohl das „Hammer-Heinz“ und „Tims Blog“ empfahlen), sondern setzte mich für fünf Minuten auf den Wohnzimmerboden und starrte den Wasserfleck an. Da er sich nicht weiterzubewegen schien, beschloss ich, die Nacht durchzutauchen (Wortwitz gänzlich unbeabsichtigt) und mich am nächsten Tag weiter um das Problem zu kümmern.

Ich wollte einfach nur unter die Dusche und ins Bett. Ich *konnte* nicht ohne Dusche ins Bett. Ich hatte einen Höllen-Messetag und einen Flug voller Wochenendtouristen (das sind jene, die schon vor dem Check-in zu trinken beginnen) hinter mir. Ich *brauchte* eine Dusche!

Aber das war – mit abgedrehtem Haupthahn – ein nahezu unerfüllbarer Wunsch.

. . .

Es gibt wenige Dinge, auf die ich wirklich stolz war, aber eine Sache konnte ich richtig gut: Lösungen finden. Vor allem in vermeintlich ausweglosen Situationen.

Können Sie sich vorstellen, welche Lösung mir in diesem Fall einfiel?

Möchten Sie raten?

Ich verrate es gleich: Etwa zweieinhalb Minuten, nachdem ich erkannt hatte, dass der Wasserfleck fürs Erste erstarrt sowie mein Hauptwasserhahn vorübergehend und sicherheitshalber abgedreht war, stand ich mit meinem Handy, meiner Zahnbürste und einem Pyjama in der Hand vor Freds Wohnungstür und bemühte mich um ein Lächeln.

„Was ist los?“, fragte Fred jedoch sogleich besorgt (das mit dem Lächeln musste ich also wohl noch üben).

Sein Blick fiel auf meinen Pyjama und ich hätte schwören können, dass seine Augen amüsiert aufflackerten. Das machte mir Mut.

„Ich habe einen Wasserschaden in meiner Wohnung und ich brauche eine Dusche und etwas zu trinken und ich schlafe fast im Stehen ein“, brach es aus mir – stets diplomatisch und empathisch – hervor.

Freds Lächeln wurde sanfter und er umarmte mich leicht und etwas umständlich, was eindeutig nur an mir lag, da ich mittlerweile fix davon überzeugt war, nicht nur nach fliegenden Wochenendtouristen, sondern auch nach feuchter Hausmauer zu riechen und das konnte man doch wirklich niemandem zumuten.

„Ich rieche nach Flugzeug und Messe und viel zu langem Tag“, flüsterte ich leise.

„Keineswegs“, flüsterte Fred zurück. Dann hielt er seine Wohnungstür auf und ließ mich in seine wie immer wohlriechende (heute: Zitronen mit einem Hauch Apfeltarte), aber immer noch recht karg eingerichtete Wohnung.

„Es gibt zwei Möglichkeiten“, erklärte Fred. „Direkt neben meinem Schlafzimmer ist mein Badezimmer. Oder du gehst ins Gästezimmer, dort gibt es auch ein eigenes Mini-Badezimmer, das noch nie jemand benutzt hat.“ Er grinste mich an.

Ich entschied mich fürs Gästezimmer und wurde plötzlich von einem Gähnen übermannt.

„Bist du gerade erst zurückgekommen?“, fragte Fred, der mich offenbar bis zum Gästezimmer begleiten wollte und deshalb neben mir herging. Ich nickte.

„Hast du gegessen?“, setzte er seine Befragung fort.

Wieder nickte ich.

„Was?“

„Hm?“

„Was hast du gegessen?“

„Kekse im Flugzeug“, antwortete ich.

„Und sonst nichts?“

„Einige Essensproben gab es auch, über den Tag verteilt. Es gab so etwas wie Cupcakes mit Minzblättchen, die waren köstlich. Aber nicht so gut wie jene von Rosa“, erzählte ich und war überrascht, wie aufmerksam mir Fred zuhörte.

Mein Magen knurrte, als ich ins Gästezimmer trat und ich hoffte sehr, dass Fred das verräterische Geräusch nicht gehört hatte.

„Lass dir Zeit“, rief er mir jedoch nur hinterher und ich tastete mich weiter durch die fremde Wohnung und das fremde Zimmer ins fremde Bad.

Als ich aus dem Gästezimmer bog und wieder zurück in Freds riesigen Wohnraum mit seiner mitten im Raum positionierten Küche schlurfte, empfing mich ein köstlicher Geruch: eine Mischung aus Gemüse und frischen Kräutern, aber auch etwas Süßliches war dabei. Mein verräterischer Magen knurrte erneut und ich zog an meinem XXL-T-Shirt, als könnte ich damit das Geräusch abdämpfen.

Fred hob den Kopf und lächelte mir zu.

Zum Glück ignorierte er die Giraffen, die auf meiner Pyjamahose miteinander tanzten.

„Fühlst du dich besser?"

Ich nickte schläfrig. Die heiße Dusche hatte Wunder bewirkt und mich für einige Momente so weit belebt, dass ich das Chaos der vergangenen Tage und vor allem das Desaster in meiner Wohnung vergessen hatte. Kaum aber, dass ich in meinen Pyjama geschlüpft war, hatte die Müdigkeit wieder die Oberhand gewonnen.

Fred hatte Besteck und Servietten auf dem Tresen aufgedeckt, an jener Stelle, an der ich immer Platz nahm.

„Es gibt Quiche", sagte Fred, vollkommen unbeeindruckt von meiner Anwesenheit. Als wäre ich nicht gerade erst nach einer tagelangen Funkstille in seine Wohnung gestolpert. Er plapperte weiter über die Zutaten, die er für *diese* Quiche verwendet hatte und wenn ich seine Erzählungen richtig verstand, experimentierte er schon die ganze Woche lang mit Quiche-Rezepten.

„Ich teste auch ein wenig aus, was sich gut aufwärmen

lässt", erklärte er wie selbstverständlich, „aber auch die richtige Vorgehensweise, um Quiche zu einem späteren Zeitpunkt fertigzubacken."

Fred stellte mir einen Teller hin und philosophierte weiter, etwa über die perfekte Esstemperatur oder ob kalte Quiche für einen Brunch passen würde, aber ich konnte nur mit halbem Ohr zuhören, denn in meinem Mund tanzten meine Geschmacksnerven vor lauter Freude über diese Mischung aus weichen, fruchtigen, süß-salzigen Überraschungen, die dieses kleine Wunderwerk auf meinem Teller mir bot.

Ich seufzte unanständig und vollkommen ungeniert und musste meine Augen schließen, überwältigt von der einhüllenden Wärme selbst gekochten Essens. Konnte man so von innen heraus gewärmt werden, dass man sich umarmt fühlte?

Von einer Quiche?!

Drei Tage Schaulaufen auf der Bäckermesse und meine Gefühlswelt war offenbar gänzlich durcheinandergebracht. Ich schüttelte meinen Kopf, über mich selbst und meine Gedanken schmunzelnd, und hob meinen Blick, nur um mich direkt gegenüber Fred vorzufinden, der mich mit offenem Mund und einem nicht ganz eindeutigen Gesichtsausdruck anstarrte.

Wann hatte er eigentlich aufgehört, zu sprechen?

Sein Gesicht war leicht gerötet und seine Augen strahlten eine Intensität aus, die ich nicht mehr gesehen hatte, seit ... seit ...

Jetzt war es an mir, rot zu werden. Ich stopfte mir schnell den nächsten Bissen Quiche in den Mund, seufzte erneut unkontrolliert, aber das hielt mich leider nicht davon ab, meine Gedanken auszusprechen.

„Du siehst mich an, als würde ich gerade nackt unter dir liegen", sagte ich also mit vollem Mund und habe ich schon mal erwähnt, dass ich offenbar jegliche Kontrolle (Und all das, was man *gutes Benehmen* nannte!) bei jedem Betreten von Freds Wohnung vor der Tür zu lassen schien?

„Du machst auch die gleichen Geräusche", antwortete Fred murmelnd.

„Ich war hungrig", sagte ich mit zuckenden Schultern und nahm einen weiteren Bissen.

„Schmeckt's?", fragte Fred mit einem Augenzwinkern und ich nickte eifrig.

Ich leerte den Teller und gerade als ich meine Gabel ablegte, übermannte mich ein derart herzhaftes Gähnen, dass Fred lachen musste. Er umrundete die Kücheninsel, umarmte mich leicht um die Taille und führte mich zu seiner überdimensionierten Couch.

Irgendwie fand ich es lustig, dass sich Fred auf diesem riesigen Möbelstück ganz nah neben mich setzte. Ich sah mich um und grinste heimlich für mich. Wir saßen zu zweit zusammengepfercht auf einer Mini-Fläche, während sich die Pölster der Couch so weit um uns erstreckten, dass noch gut zehn weitere Personen gemütlich darauf Platz gefunden hätten.

Fred hatte ein Glas Rotwein in der Hand, aber als ich empört aufschnaufte und dieses Missverhältnis (*kein* Glas in *meiner*

Hand) anprangern wollte, zog mich Fred bloß leicht heran, sodass ich *noch näher* saß. Quasi direkt unter seiner Schulter.

Es gab schlechtere Orte, an denen man landen konnte.

Und ganz ehrlich, nach einem Tag wie diesem verzichtete ich eher auf ein Glas Rotwein als auf eine unkomplizierte (also, eigentlich: wärmende und stabilisierende) Umarmung. Ich lehnte mich also etwas weiter an Fred und wurde mit einem sanften Kuss auf meinen Scheitel belohnt.

An der Wand gegenüber sprang plötzlich ein Fernseher an, den ich bis dahin noch gar nicht wahrgenommen hatte, was angesichts der Größe des Geräts mehr über meinen Tunnelblick (und unbestrittenen Fokus auf den Koch und seine Küche) aussagte, als mir lieb war. Fred zappte durch einige Kanäle und fragte mich, worauf ich Lust hatte.

Nicht mehr gänzlich der deutschen Sprache mächtig, beschränkte ich mich jedoch auf ablehnendes Murmeln oder unentschlossenes Schulterwackeln, als Fred die Liste der Möglichkeiten durchging.

„Krimi?"

Verneinendes Grunzen.

„Nachrichten?"

Ablehnendes Schnaufen.

„Komödie?"

Schulterwackeln mit verdrehten Augen.

„Fußball?"

Sehr leichtes Schulterwackeln.

Und schließlich war ich eingeschlafen, bevor der Moderator „Schiedsrichter" sagen konnte.

Am nächsten Tag erwachte ich mit halbseitigen Kopfschmerzen und dem Gefühl, die Nacht durchgefeiert zu haben. Irgendwo in der Ferne läutete mein Telefon und während ich mich durch den Schlafnebel tastete, im verzweifelten Versuch, an irgendeinem Hinweis Orientierung über mein Leben oder zumindest den richtigen Wochentag zu finden, bewegte sich hinter mir die Matratze.

„Irgendwo singt David Bowie", murmelte mir Fred kurz darauf ins Ohr und tauchte unter meine Haare ab, um seinen Kopf zwischen meinem Nacken und meiner Schulter abzulegen, während seine Hand meinen Bauchnabel festhielt. Ich widerstand dem Déja-vu-Gefühl (und all den anderen Gefühlen) und öffnete das rechte Auge, da das linke noch nicht zur Kooperation bereit war.

„Das ist mein Telefon", antwortete ich krächzend.

„Dein Klingelton ist ‚Starman'?" Freds Stimme war, angesichts der frühen Morgenstunde, erstaunlich wertend. Oder amüsiert?

„Es gibt einem das Gefühl, zu fliegen", murmelte ich trotzig und ignorierte Freds Kichern, während ich aus dem Bett krabbelte. Ich trug immer noch meinen Pyjama mit den freundlichen Giraffen und versuchte, mich an den Vorabend zu erinnern.

Der ewig lange Messetag, der Wasserschaden, Freds Quiche, das Fußballmatch im Fernsehen ... – „Hast du mich gestern ins Bett getragen?", fragte ich und blieb neben dem Bett stehen.

Fred lachte erneut. „Nein, nur auf dem Weg dahin gestützt."

Ein Hauch einer Erinnerung tauchte aus dem Nebel auf, aber David Bowie startete erneut in den erhebendsten

Refrain aller Zeiten (Darüber verbat ich mir jede Diskussion!) und ich begab mich auf die Suche nach meinem Telefon, das ich am Vorabend irgendwo in Freds Wohnung abgelegt haben musste.

Der beharrliche Anrufer stellte sich als eine Mitarbeiterin der Hausverwaltung heraus, die mich in allen Details über meinen Wasserschaden interviewte und dann versprach, jemanden vorbeizuschicken, der sich den Schaden ansehen wollte. Irgendwann während des ewig langen Gesprächs war Fred an mir vorbeigeschlurft und hatte mir eine Tasse Cappuccino in die Hand gedrückt, war dann aber wieder verschwunden.

Als ich mit der Hausverwaltung endlich alles geklärt und wieder aufgelegt hatte, hatte sich mein Kopfschmerz auf ein leichtes, harmloses Pulsieren zurückgezogen und ich beschloss, wieder in meine Wohnung zurückzukehren und mich dem Desaster zu stellen.

In Wahrheit fühlte ich mich elend. Ich war müde und überarbeitet und ich empfand den Wasserfleck als persönlichen Angriff. Auch wenn der Vorabend eine für mich schlussendlich sehr gemütliche Wendung genommen hatte, merkte ich, dass ich auf eine sehr eigene Art wie beleidigt war. So erschöpft, wie ich gestern in meiner Wohnung angekommen war, mit der einzigen Hoffnung, in meinen vier Wänden Ruhe und eine heiße Dusche vorzufinden, um dann jedoch auf einer halben Baustelle zu landen, – das lag mir alles mehr im Magen, als ich gedacht hätte. Dazu kamen die strengen Fragen, mit denen die Hausverwaltung zu klären versuchte, ob *ich* mich womöglich falsch verhalten hatte, und irgendwie ständig danach klangen, als würde ich unter irgendeiner Art Verdacht stehen.

Mein Magen gurgelte wütend und ich sehnte mich danach, in halbwegs bequeme Kleidung schlüpfen zu können, mit der ich dann den Handwerker in meiner Wohnung empfangen konnte.

Also machte ich mich auf den Weg.

Ich war schon halb zur Wohnungstür draußen, als ich Freds Stimme hinter mir hörte.

„Du gehst?“ Und ja, sein vorwurfsvoller Tonfall schien sich auf dem langen Weg durch das riesige Loft auch noch zu verstärken.

„Jooo“, sagte ich, uncool wie selten zuvor. „Ich sollte drüben auf den Handwerker warten …“ Ich drehte mich zu Fred um, der mich mit schief gelegtem Kopf ansah. (Für eine Sekunde gönnte ich mir auch einen anerkennenden Blick auf sein Outfit, Jeans und T-Shirt, und irgendjemand seufzte. Vermutlich ich.)

Fred sah mich schweigend an und ich kramte in meinem Hirn nach der passenden Verabschiedung nach unserer gemeinsam – im Pyjama! – verbrachten Nacht.

„Also … vielen Dank …“, begann ich.

„Nicht der Rede wert“, unterbrach mich Fred, jedoch ohne seinen Gesichtsausdruck zu verändern.

„Die Giraffen und ich …“, ich deutete umständlich auf meine Knie, „wir ziehen uns jetzt wieder zurück. Also, danke nochmals.“ Fred sagte weiterhin nichts. „Es tut mir leid, dass ich gestern einfach eingeschlafen bin. Ich wollte eigentlich gar nicht bleiben. Und vielen Dank, dass du gekocht hast.“

. . .

Irgendwann gingen mir die Worte aus und als Fred immer noch keine Reaktion zeigte, wurde ich plötzlich wütend: „Was?“, keifte ich ihn an.

Das brachte zumindest etwas Bewegung in Freds Mimik, denn er hob überrascht seine Augenbrauen. Dann presste er seine Nase mit den Fingerspitzen, genau auf Höhe seiner Augen, wie es Eltern, die am Rande ihrer Nervenstärke waren, machten, bevor sie ihr Kind anbrüllten.

Ich wollte nicht angebrüllt werden wie ein Kleinkind, also verschränkte ich meine Arme und richtete mich in meinem Trotz zu voller Körpergröße auf, während ich weiterhin in der offenen Tür stehen blieb. (Nur zur Information: Ich stampfte *nicht* mit dem Fuß auf.)

Fred richtete seinen Blick wieder auf mich.

„Ich dachte, du bleibst zum Frühstück“, sagte er leise und wesentlich sanfter als ich es erwartet hatte. Ich starrte ihn an. „Ich dachte außerdem, dass du dich zumindest verabschiedest und nicht einfach davonschleichst.“

„Du warst nicht da, als ich mein Telefonat beendet hatte“, warf ich halbherzig ein und fühlte mich irgendwie eingesperrt.

Mein Kopf war vollgefüllt mit Organisatorischem und der Stimme der Hausverwalterin. Ihre strengen Fragen liefen durch meinen Kopf, durchmischt mit all dem Wirbel der vergangenen Messetage, die ich offenbar auch immer noch nicht verdaut hatte. Ich wollte zurück in meine Wohnung und zumindest *irgendetwas* tun, um mich irgendwie aus dem Chaos in meinem Hirn befreien zu können.

Ich brauchte jetzt keine Vorwürfe, tadelnde Mienen oder

irgendwelche *Schuldgefühle*, denn *ich war hier ausnahmsweise mal die Beleidigte*!

Fred schnaufte, als wollte er etwas sagen, dann schwieg er jedoch.

Er setzte noch einmal an.

Und noch einmal.

„Hör mal", begann er schließlich, „wir sollten darüber reden ..."

Und dann schnappte etwas in mir ein.

„Ich *kann* jetzt nicht", fiel ich ihm ins Wort und es ist mir nicht peinlich zuzugeben, dass ich meine Bürostimme verwendete. Die kompromisslose. „Ich bin so müde wie selten zuvor in meinem Leben und mein wohlverdientes Wochenende ist dahin, weil ich mich um eine durchfeuchtete Wohnzimmerwand kümmern muss in einer Wohnung, in der *nichts* mir gehört. Ich kann jetzt nicht *reden*! Ich kann mir jetzt nicht anhören, welche Variante von *casual sex*, *friends with benefits* oder was auch immer derzeit gerade en vogue ist dir im Moment vorschwebt und welche Gründe du dafür hast und warum du so bist. Ich hatte diese Gespräche schon so häufig und ich schwöre dir, ich kann sie schon mitsprechen. Also ersparen wir uns das – und vor allem mir die Nerven und die Zeit dafür." Ich winkte dämlich mit der rechten Hand. „Vielen Dank für alles. Auf gute Nachbarschaft!"

Dann drehte ich mich um und ließ die Wohnungstür hinter mir ins Schloss fallen.

Auf zur nächsten Baustelle.

Siebenundzwanzig

FRED

Der Knall der zufallenden Wohnungstür hallte durch meine immer noch viel zu leere Wohnung und ich konnte mich eine gute Minute lang nicht bewegen.

War schon jemals ein Gespräch schneller schiefgegangen als dieses?

Ich hatte doch nur ...

Eigentlich war ich ja nur ...

Was ist da gerade passiert?

Ja, ich war ein wenig gekränkt gewesen, dass sich Eliza und ihr Giraffen-Pyjama heimlich aus der Wohnung schleichen wollten, aber ich brauchte keinen Dank oder sonst etwas. Ich wollte doch einfach nur wissen, was sie mit der Hausverwaltung vereinbart hatte. Ob sie Hilfe benötigte! Ob sie gut geschlafen hatte!

Für einen Augenblick debattierte ich mit mir, ob ich ihr hinterherlaufen sollte, um das offenkundige Missverständnis aufzuklären. Aber schlussendlich entschied ich mich dafür, ihrer Irritation Raum zu geben. Diese ganze Sache, der Wasserschaden nach der Rückkehr von der Dienstreise, schien ihr offenbar den letzten Nerv geraubt zu haben.

Außerdem hatte sie unwissentlich ein Thema eröffnet, das ich bis jetzt tatsächlich stets vor mir hergeschoben hatte. Es war vermutlich wirklich langsam an der Zeit, darüber nachzudenken, was ich mir von unserer Nachbarschaft/Freundschaft, die jetzt schon zweimal in Übernachtungspartys (mit und ohne Pyjama) gedriftet war, erwartete. Denn, auch wenn ich mit Eliza nicht wirklich darüber hatte reden wollen, während sie bereits mit einem Fuß zur Tür draußen war, wäre ich wohl gut beraten, mir zumindest mal über meine eigene Meinung dazu klar zu werden.

Allein schon, um keine der Standardfloskeln, mit denen Eliza offenbar sehr häufig konfrontiert worden war, zu verwenden.

Ich kehrte also an jenen Ort zurück, der mir wie immer die meiste Ruhe zum Nachdenken verschaffte: meine Küche.

Den gesamten Vormittag über arbeitete ich mich durch unterschiedliche Rezepte. Ich begann mit einem herzhaften „Ham & Eggs"-Frühstück für mich (Wenn Eliza gewusst hätte, was sie da verpasst hatte!), bereitete dann ein Ragù alla bolognese zu, das ich auf leichter Flamme vor sich hin köcheln ließ.

Danach kümmerte ich mich um den Spargel, den ich am Vortag gekauft hatte. Während ich darauf wartete, dass das Salzwasser zu kochen begann, wusch ich den Spargel und ließ meine Gedanken laufen.

Natürlich dachte ich an Eliza.

An ihr verführerisches Lächeln, das sie sich stets zu verkneifen versuchte.

An ihren warmen, vom Schlaf schweren Körper, mit dem sie in der Nacht unwissentlich nach mir suchte.

An ihre schnellen, manchmal spitzzüngigen Antworten, die mich immer und immer wieder überraschen konnten.

An ihren gekränkten Blick, der sämtliche Verletzungen der vergangenen Jahre widerzuspiegeln schien, als ich vorgeschlagen hatte „zu reden" ...

Ich schlug mir mit der Handfläche auf die Stirn. Jedes Kind wusste, dass „Let's talk" ein nicht mehr sehr geheimer Code war für: Wir sollten das beenden, was wir hier haben, bevor es eine Bezeichnung benötigte, die man auch den eigenen Eltern verraten würde.

In der Zwischenzeit hatte ich Karotten geputzt und zwei Avocados von ihrem Kern befreit und schnitt nun alles in längliche, dünne Streifen. Ich nahm das bis jetzt vor sich hinköchelnde Sugo von der Flamme und erhitzte etwas Öl in einer Pfanne, um darin Tofu anzubraten. Ich mochte Tofu selbst nicht so gerne, aber bei dem Gericht, das ich hier zubereitete und vor allem in Kombination mit dem Spargel, versprach es eine erfrischende Kombination zu werden.

. . .

Der Vormittag schritt bedingungslos voran, während die Sonne immer höher kletterte. Der Dunstabzug rauschte durchgehend vor sich hin und bot wie immer dieses vertraute Hintergrundsurren, das die Welt ausblendete und mir die Zeit und den Raum gab, mich nur der Realität vor meinen Augen, auf der Anrichte, auf dem Herd, zu widmen.

Nachdem der Spargel gekocht und der Tofu gut genug angebraten waren, ließ ich einige Blätter Reispapier aufquellen und füllte so nach und nach den Spargel, die Karotten- und die Avocadostreifen sowie den Tofu in die Mitte der Reisblätter, garnierte das Ganze mit Rucola und auch etwas Minze, bevor ich das Reispapier zu Wraps rollte und auf einem großen Teller anrichtete.

Das Sugo hatte sich mittlerweile etwas abgekühlt und ich füllte es in kleine Vorratsbehälter, die ich vor zwei Tagen eigens dafür gekauft hatte.

Mit den Vorratsboxen in der einen und dem Teller mit den Spargel-Wraps in der anderen Hand machte ich mich auf den Weg in den vierten Stock und läutete bei Rosa an der Tür.

Einmal.

Zweimal.

Aber keine Reaktion.

Also wandte ich mich meinem zweiten geplanten Stopp

zu, um dort auch gleich Rosas Essensportion abzuliefern: bei Frau Lore.

In der vergangenen Woche hatte ich die neu gewonnene Zeit seit meiner Kündigung nicht nur dafür genützt, Quiche-Zubereitungsarten zu testen, sondern ich hatte auch damit begonnen, Rosa und Viola gelegentlich mit Speisen zu versorgen. Ich war es ja ohnehin gewöhnt, zu kochen, und um mich von der radikalen Veränderung seit meiner Kündigung abzulenken, war das Ausprobieren einiger Rezepte, die als „normales" Essen durchgingen, die perfekte Vorgehensweise. An einem der Tage, an denen ich Rosa und Viola mit einer der Quiche-Varianten belieferte, war plötzlich die Wohnungstür daneben aufgegangen und eine Frau mit leicht bläulicher Wange war in High Heels ins Stiegenhaus getreten. Sie hatte mich von Kopf bis Fuß gemustert, leicht gelächelt und sich dann als „Frau Lore" vorgestellt.

„Seit Sie im Haus wohnen, ist hier viel mehr los im Stiegenhaus", hatte sie behauptet und mir fast anerkennend auf die Schulter geklopft. Rosa hatte gekichert.

Dann hatte Frau Lore mit unverhohlener Neugier meine Quiche, die Rosa noch in Händen gehalten hatte, beäugt und mit der Zunge geschnalzt.

„Auch *ich* esse täglich, junger Mann", hatte sie gesagt und mir so direkt, wie es ihr aufgrund ihrer trotz der High Heels sehr kleinen Statur möglich war in die Augen gesehen. „Ich esse alles, das zu Alkohol passt." Dann hatte sie sich in den Lift begeben und sich mit einem fröhlichen „Ta ta" winkend von uns verabschiedet.

Bereits am nächsten Tag war ich mit der doppelten Portion Essen in den darüber liegenden Stock gepilgert.

Mit meinem Ellbogen läutete ich also bei Frau Lore, balancierte dann den Teller mit den Wraps wieder vor meinen Körper und hoffte, dass mir bald jemand einen Teil der Last abnehmen würde. Und tatsächlich, nach wenigen Augenblicken öffnete sich die Tür und ich blickte auf Frau Lore und über sie hinweg auf Rosa und – definitiv unerwartet – auch auf Eliza, die Viola auf ihrer Hüfte balancierte. Mitten in Frau Lores Wohnung.

„Alle da", sagte ich und lächelte über meine Überraschung hinweg.

Frau Lore klatschte begeistert in die Hände, als sie das Essen begutachtete, nahm einen Wrap vom Teller und biss gleich hinein. Sie nickte anerkennend und trat zur Seite.

„Köstlich!", schwärmte sie, „Sie dürfen eintreten."

Ich grinste und Rosa lachte lauthals auf. Eliza lächelte etwas verhalten, aber immerhin lächelte sie. Wohl hauptsächlich, weil Viola ihre Hände in die Höhe riss, wie beim Torjubel und ich beneidete sie einen Moment um diese grenzenlose Freude. Auch wenn wir alle mittlerweile wussten, dass Violas Launen mehr Temperaturstufen hatte als der April.

Auch in Frau Lores Wohnung gab es keinen wirklichen Eingangsbereich, wie in meiner eigenen Wohnung, die ja direkt darunter lag. Man stand sofort in einem großen Raum, aus dem dann die Privaträume wegführten. In Frau Lores

Wohnung fehlte allerdings eine riesige offene Küche, ich vermutete, dass diese hinter einer der Türen auf der rechten Seite lag. Ein ebenso eklatanter Unterschied war die Einrichtung: Frau Lores Wohnung bot ein Sammelsurium an Erinnerungsstücken, Welt- und Lebensgeschichte – und das war mal nur das, was ich auf den ersten Blick wahrnehmen konnte.

Rosa kam mir schließlich zu Hilfe, als ich etwas verloren in der Eingangstür stand, und nahm mir erst die Boxen mit Sugo ab, dann stellte sie den Teller mit den Wraps auf einen runden Tisch, der gleich in der Nähe aufgebaut war und um den herum Sessel unterschiedlicher Herkunft drapiert waren. Frau Lore verschwand hinter einer der Türen und erschien nach einigen Augenblicken wieder mit Wassergläsern auf einem Tablett und einer gut gefüllten Karaffe Wasser, in die ein Minzezweig getaucht war.

Ich erklärte umständlich, welche Speisen ich mitgebracht hatte und alle Damen begutachteten vor allem den Teller mit den Wraps mit großem Interesse. „Das Sugo ist für morgen, da werde ich wahrscheinlich keine Zeit haben, für euch zu kochen", sagte ich etwas beschämt. Wir hatten zwar nicht vereinbart, dass ich täglich für die Damen kochte, aber ich wollte sie auch nicht in der Luft hängen lassen.

Eliza drückte mir wortlos Viola in die Arme und half sowohl Rosa als auch Frau Lore dabei, den Tisch zu decken und irgendwann setzte man Viola und mich auf einen der Sessel, während sich die Damen über die Wraps hermachten.

Viola hatte einen kleinen Stoffhasen in der Hand, von dem ein Ohr bereits vor lauter Liebesbekundungen schlapp gemacht haben dürfte, und sie erzählte mir etwas in sich regelmäßig wiederholenden Lauten. Ich hörte ihr einige Zeit lang zu und lachte an jenen Stellen, an denen es mir höflich erschien, wurde dann aber vom Gespräch der drei Damen abgelenkt und hob meinen Kopf, als Frau Lore Eliza fragte, was sie nun wegen ihrer Wohnsituation unternehmen werde.

Hm?

Eliza zuckte müde mit ihren Schultern. „Ich werde mir wahrscheinlich sehr schnell etwas Neues suchen müssen", sagte sie und ich starrte sie verwirrt an.

„Das ist doch wirklich viel zu ärgerlich!", rief Frau Lore aus und Rosa nickte zustimmend, mit vollem Mund.

Viola und ich betrachteten das Gespräch sorgenvoll.

„Warum musst du dir eine neue Wohnung suchen?", fragte ich verwirrt. „Ist der Schaden so groß?"

Wir hatten uns ja nur etwa drei oder vier Stunden lang nicht gesehen, währenddessen konnte sich ja nicht so viel getan haben. Oder?

Eliza begann daher auch mir zu erklären, was sie offenbar bereits Rosa und Frau Lore vor meiner Ankunft erzählte hatte. Dass der Eigentümer ihrer Wohnung ein pensionierter Banker sei, der seit vielen Jahren an der kroatischen Küste auf seinem Boot lebte, und als sie ihn heute Vormittag über den Schaden in der Wohnung und die nötigen Maßnahmen der Handwerker informiert hatte, hatte er vermeldet, dass er die Renovierungsarbeiten gleich umfassend ausweiten würde und außerdem die Wohnung gänzlich neu einrichten und wesentlich teurer vermieten würde. Eliza müsste sich daher eine andere Wohnung suchen.

„Geht das denn überhaupt?"

„Jo", antwortete Eliza, „es war immer vereinbart, dass er

bei ‚Eigenbedarf' auf seine Wohnung zurückgreifen könnte und das hat er nun angemeldet."

„Aber du musst ja nicht sofort ausziehen, oder? Es gibt ja eine Kündigungsfrist!"

„Die Wohnung ist derzeit einfach nicht gut bewohnbar. Es dauert Ewigkeiten, bis die Wand wieder trocken ist und dafür müssen relativ laute Geräte durchgehend laufen. Außerdem riecht alles sehr feucht", sagte Eliza und wirkte noch kraftloser.

„Weiß man wenigstens schon, woher das Wasser kam?", fragte ich und Eliza nickte, erklärte mir irgendetwas Kompliziertes von einer Baustelle im Nebengebäude, ausgehöhlten Böden und einer nicht ausreichend verschlossenen Wasserleitung.

Viola wippte mittlerweile auf meinen Oberschenkeln, vollkommen unbeeindruckt von Elizas Drama.

„Ich würde dir ja einen Platz in meiner Wohnung anbieten", sagte Frau Lore und starrte dabei aus irgendeinem Grund mich an, „aber der einzige Raum, in dem man sonst noch schlafen könnte, ist vollgefüllt mit Zeug von meinem zweiten Ehemann ..."

Sie ließ die Information in der Luft hängen, als müsste man wissen, dass es einen zweiten (Und eventuell auch einen dritten?) Ehemann gegeben hatte. Ich dachte allerdings nicht weiter darüber nach, da mich nun auch Rosa mit diesem vielsagenden Blick fixierte, den mir schon Frau Lore zugeworfen hatte, aber es brauchte Viola, die mit erstaunlicher Kraft an meinen Haaren zog, bis auch bei mir der Groschen fiel.

„Du könntest bei mir wohnen", platzte ich heraus und nun starrte mich auch Eliza an, im Vergleich zu den beiden anderen Frauen war ihr Blick jedoch eher schockiert. „Solang, bis du etwas Besseres gefunden hast“, entschärfte ich meine erste Aussage und als Eliza immer noch nicht reagierte, legte ich noch ein „Das Gästezimmer steht ja leer.“ nach.

Rosa und Frau Lore zogen sich plötzlich und unter dem Vorwand, *Eistee* zubereiten zu müssen, in einen anderen Teil der Wohnung zurück. Und ich war plötzlich allein mit Eliza, ihrem nur zur Hälfte aufgegessenen Wrap und einer sich in Koala-Position eingerollten Viola auf meinem Brustkorb.

„Du kannst es dir natürlich noch überlegen“, flüsterte ich. „Aber bei mir gibt's zurzeit täglich frisches Essen. Falls dich das überzeugen kann.“ Ich grinste. „Ich habe auch Platz für Möbel, wenn du etwas unterstellen möchtest.“

„Mir gehört nichts in meiner Wohnung“, wiederholte Eliza einen Satz, den sie mir heute Früh schon einmal entgegengeschleudert hatte. Jetzt sprach sie aber wesentlich sanfter und leiser.

„Das hast du heute schon einmal gesagt“, antwortete ich daher, „was bedeutet das?“

Eliza seufzte.

„Ich bin vor fünf Jahren in diese Wohnung gezogen. Ich brauchte damals dringend einen neuen Ort, an dem ich bleiben konnte“, sie seufzte, „nach einer schrecklichen Trennung.“ Sie schwieg für einen Moment, gedankenverloren. „Die Wohnung sollte bloß eine Übergangslösung sein“, erzählte sie schließlich weiter, „ich habe all meine wenigen Besitztümer, Bücher, Geschirr etc. eingelagert, weil diese Wohnung hier schon fix und fertig eingerichtet war. Aber eins führte zum anderen und für die Wohnungssuche war nie genug Zeit, außerdem konnte ich mich nie entscheiden, ob ich kaufen oder mieten sollte. Also blieb ich.“ Eliza seufzte erneut. „Und jetzt muss ich wieder Hals über Kopf raus“, sagte sie leise, „das scheint ein Muster zu sein.“

Ich zuckte leicht mit den Schultern, ohne Viola aufzuwecken.

„Schau, ich biete dir eine Möglichkeit an, dass du an einem Ort unterkommst, an dem es keine Wasserflecken gibt und der dir bei der Wohnungssuche etwas Zeit einräumt“, ich grinste sie an, „dann musst du dich auch nicht in aller Frühe aus der Wohnung schleichen.“ Ich zwinkerte, um ihr zu verstehen zu geben, dass dies ein (zugegebenermaßen sehr bemühter) Witz war und Eliza lächelte dementsprechend müde.

„Ich wollte dich heute nicht ankeifen“, sagte sie leise.

„Ich wollte heute Früh kein Problemgespräch über den Status unserer Beziehung führen“, antwortete ich und Eliza zog ihre Augenbrauen hoch. Ich schüttelte den Kopf. „Ich war bloß neugierig, was sich wegen deiner Wohnung getan hat.“

Sie lächelte entschuldigend.

„Es tut mir leid“, sagte sie und sah mich direkt an. „Manchmal ist einfach alles auf einmal zu viel …“

Ich wollte sie umarmen.

Durfte ich sie jetzt umarmen?

„*Falls* ich zu dir ziehen sollte …“, nahm Eliza zögerlich das Gespräch wieder auf, noch bevor ich mich wegen der Umarmung entscheiden konnte, „… brauchen wir dann Regeln?“

„Welche Regeln?“

„Ich habe keine Ahnung. Ich habe noch nie mit

jemandem zusammengewohnt, mit dem ich ... mit dem ich nicht ... du weißt schon!“

Ich muss zugeben, ich hatte generell wenig Erfahrung darin, mit anderen Personen zusammenzuleben. Ich dachte an die wenigen Monate kurz nach meiner Schulzeit, in denen ich mit Lonny eine Wohngemeinschaft versucht hatte, was unsere nicht vorhandene Kompatibilität unter einem gemeinsamen Dach eindeutig vor Augen geführt hatte. Das Experiment musste nach unglaublich kurzer Zeit beendet werden, um unsere Freundschaft zu retten. Seither hatte ich immer allein gewohnt.

„Ich bin unkompliziert“, sagte ich, wusste jedoch nicht, ob das stimmte.

„Ich nicht“, sagte Eliza.

Sie holte Luft.

„Wenn wir zusammenwohnen, sollten wir keinen Sex haben“, sagte sie dann.

„Warum nicht?“, fragte ich.

„Sonst verschwimmen die Linien“, antwortete Eliza.

„Welche Linien?“

„Die zwischen Mitbewohner und Liebhabern.“

„Und wo sind die festgeschrieben?“

„In der traurigen Geschichte jeder einzelnen gescheiterten Liebesbeziehung, die jemals zwischen Mitbewohnern begonnen hat.“

„Na, dann ist es ja gut, dass wir schon Sex hatten“, fand ich, „wir starten als Lover und gehen nun in sich liebhabende Mitbewohner über.“ Ich dachte kurz nach. „Vielleicht sollten wir den jeweiligen Status an die Wohnungstür pinnen. Wie auf Facebook!“

Eliza lachte auf und entlockte Viola damit ein verschlafenes Schnaufen.

„Du nimmst mich nicht ernst“, sagte sie. Aber ich beugte mich nach vorn und nahm ihre Hand in meine. Eliza sah mich an und für einen Moment vergaß ich, was ich sagen wollte, so klar und offen war ihr Blick.

Ich schluckte.

„Ich nehme dich sehr ernst“, beharrte ich, „und ich weiß nicht, was für eine Laus dir heute Früh über die Leber gelaufen ist. Ich schiebe es auf eine Mischung aus Erschöpfung, mangelhafter Ernährung auf der Messe und Wohnungsstress, deshalb ignoriere ich das heute einfach.“ Ich drückte ihre Hand. „Wenn du einen trockenen Platz zum Schlafen suchst, weißt du, dass du zu mir kommen kannst. Wenn du Regeln, Linien oder Grauzonen definieren willst, dann können wir gerne darüber reden. Aber nimm das Angebot vor allem als das, was es ist: ein Ausweg aus einer verzwickten Situation.“

Elizas Gesicht wurde plötzlich sanft und sie zog ihre Hand unter meiner hervor, um damit über Violas schlafenden Kopf zu streichen.

„Ich denke darüber nach“, versprach sie mir und lächelte.

Zwei Stunden später stand Eliza mit mehreren Koffern und Taschen vor meiner Wohnungstür. Soweit ich das sehen konnte, brachte sie tatsächlich nur zahlreiche Kleidungsstücke und Schuhe mit. Und einige Lebensmittel, die offenbar verderblich waren und die man deshalb nicht in der Wohnung zurücklassen sollte.

„Das ist alles?“, fragte ich.

„Das ist das Wichtigste“, antwortete Eliza.

„Keine Bücher, keine Lieblingstasse, keine David-Bowie-CD?“ Ich beugte mich theatralisch ins Stiegenhaus, als würde dort ein Karton mit persönlichen Dingen zurückgelassen worden sein, aber Eliza lachte nur.

„Die Bücher sind am Kindle, die Musik ist am Handy und für eine Lieblingstasse war ich immer zu wenig lang zu Hause“, antwortete sie.

„Alles klar“, sagte ich, schnappte einen ihrer Koffer und rollte ihn in die Wohnung, „es sieht so aus, als könntest du jederzeit spontan das Land verlassen. Da bin ich fast froh, dass du nur den kurzen Weg über den Gang gewählt hast.“ Ich zwinkerte ihr zu und Eliza grinste.

Mit einem Teil ihres Gepäcks steuerte ich mein Schlafzimmer an, aber Eliza rief mich zurück.

„Bitte, Fred“, sagte sie leise und mein Hirn wurde für einen Moment zu Watte, als sie meinen Namen aussprach. „Bitte ins Gästezimmer. Für den Anfang.“ Eliza machte ein paar Schritte auf mich zu. „Wir müssen nichts besprechen und ich bemühe mich, alles so zu nehmen, wie es kommt. Aber gib mir erst ein bisschen Eingewöhnungszeit. Bitte.“

Ich nickte.

Auch wenn es mir in den Fingern juckte, weil ich sie umarmen wollte. Vor allem, wenn sie so wie jetzt vor mir stand.

Noch bevor es dunkel war, war Eliza in mein Gästezimmer gezogen.

Achtundzwanzig

ELIZA

Es dauerte nur wenige Tage, bis Fred und ich in einen Rhythmus des Zusammenlebens verfielen.

Als die neue Woche begann, richtete sich mein Fokus wieder auf meinen Job, weg vom Wasserfleck, weg von der Wohnungssuche, weg vom attraktiven Koch, der nun nur mehr wenige Schritte von mir entfernt schlief.

Am Montag und am Dienstag beobachtete Fred mich dabei, wie ich frühmorgens meinen Morgenkaffee (kurz, schwarz, lebensrettend) runterstürzte, während ich die ersten E-Mails des Tages beantwortete und seinen missbilligenden Blick ignorierte.

Mittwochfrüh wartete so etwas wie Porridge auf meinem Stammplatz an seiner Kücheninsel, daneben ein Cappuccino.

Da ich aus Zeitmangel nur drei Löffel davon kosten konnte (obwohl es wirklich, wirklich köstlich war) und mir am Cappuccino vor lauter Hektik die Zunge verbrannte, wagte es Fred, mich ab Donnerstag zehn Minuten bevor mein Wecker abgehen sollte aufzuwecken. Bewundernswerterweise hielt er auch den damit zusammenhängenden, völlig angemessenen Wutanfall seiner neuen Mitbewohnerin (also: mir) ungerührt aus. Es gab Toast mit Avocado, den ich grummelnd zur Gänze aufaß, und schließlich hatte ich auch noch genügend Zeit, um meinen Cappuccino mit einer angenehmeren, weniger gesundheitsgefährdenden Temperatur zu trinken. Während des Frühstücks, das nun tatsächlich diesen Namen verdiente, stellte Fred mir so viele Fragen zu meinem Tag und zum Wetter und zum aktuellsten politischen Skandal, dass ich keine Zeit hatte, mir während des Kaffeetrinkens einen Überblick über meine E-Mails zu verschaffen.

Und, was soll ich sagen? Die Welt hat sich weitergedreht.

Unsere Abende verliefen ruhiger und ohne (von mir provozierte) Reibereien. Wohl auch, weil mir abends jegliche Kraft für irgendeine Form des Widerspruchs fehlte. Nachdem ich in der Vorwoche aufgrund meiner Dienstreise zur Messe mehrere Tage lang nicht im Büro gewesen war, musste ich einiges an liegengebliebener Arbeit bis in die Abendstunden hinein aufarbeiten. Wenn ich schließlich müde und hungrig in die Wohnung gestolpert kam, wartete immer ein kleiner Snack auf mich, den ich nur mehr kurz aufwärmen musste.

An den meisten Abenden kam Fred dann auch aus dem jeweiligen Eck seiner Wohnung, in dem er sich gerade aufgehalten hatte, und hörte sich an, was in meinem Büro an diesem Tag schon wieder alles außer Plan verlaufen war und wie viel Arbeit ich immer hatte und dass ich es hasste, wenn ich nach einem langen Arbeitstag dann auch noch auf ein Event gehen musste (wie es am Dienstag und Mittwoch dieser Woche der Fall gewesen war).

Fred trank währenddessen ein Glas Rotwein und hörte mir ruhig zu, stellte die eine oder andere Verständnisfrage und nickte freundlich und aufmerksam, wenn ich mich in irgendwelche Tiraden verlor. Sobald mir die Luft und die Themen ausgingen, lenkte er unser Gespräch in harmlosere Gefilde: etwa auf irgendeinen Artikel, den er gelesen hatte, oder auf etwas Lustiges, das Frau Lore zu ihm an diesem Tag gesagt hatte, oder dass er ein Geschäft auf der anderen Seite des Naschmarkts entdeckt hatte, das ganzjährig Faschingskostüme verkaufte. („Falls du doch noch zum Faschingsfan werden solltest", hatte er verschmitzt ergänzt.)

An jedem Abend taumelte ich kurze Zeit später, nachdem Fred sein Glas geleert hatte, unter die Dusche und fiel danach wie bewusstlos ins Bett.

So ging es eine Woche lang. Die Aufmerksamkeit und das viele Essen waren derart ungewohnt für mich, dass ich erst nach einigen Tagen bemerkte, Fred nicht einmal gefragt zu haben, wie es eigentlich *ihm* ging.

Als ich also am Freitagabend unserer ersten Woche des Zusammenlebens zwar früher als sonst, aber auch wieder erst nach 19 Uhr den Heimweg antrat, war ich zwar so wohlgenährt wie noch nie zuvor, aber in mir brummte auch ein unangenehmes Wechselspiel aus vollkommener

Erschöpfung aufgrund von Überarbeitung und schlechtem Gewissen, weil ich mich so selbstsüchtig betreuen hatte lassen.

Ich betrat die Wohnung daher mit zwei fixen Vorsätzen: Zum einen wollte ich das ganze Wochenende lang durchschlafen. Zum anderen wollte ich Fred – noch vor dem vermutlich in wenigen Minuten eintretenden Wochenendschlafs – zumindest einmal nach seinem Befinden gefragt haben.

Fred empfing mich überraschenderweise gleich im Eingangsbereich der Wohnung, sah jedoch aus, als würde er diese gleich verlassen wollen. Er trug dunkle Jeans, die er etwas aufgekrempelt hatte, wodurch seine Fußknöchel und seine Laufschuhe, aber hauptsächlich tatsächlich seine Knöchel betont wurden. Dazu trug er ein dunkelblaues Hemd.

Ich schluckte gegen meine plötzlich tanzenden Nervenenden an.

Fußknöchel! Erst Unterarme, jetzt Fußknöchel!

Zum Glück hatte ich meine Vorsätze bereits auf dem Heimweg mantraartig vor mir hergesagt und so hielt meine von seinen speichelinduzierenden Extremitäten und seiner allgemeinen Attraktivität ausgelöste Sprachlosigkeit nur kurz an.

„Wie geht es dir eigentlich?“, brüllte ich Fred also gleich von der Türschwelle weg entgegen, und ich dankte es ihm heimlich, dass er nur leicht die Mundwinkel verzog.

Ich hätte schwören können, dass ich noch niemals in meinem Leben so häufig so uncool gewesen war wie in

Gegenwart des Kochs, der aussah, als würde er gerade zu einem Date aufbrechen.

„Hast du ein Date?“, fragte ich ihn daher auch gleich, noch bevor er meine erste Frage beantworten konnte.

Ich schlug die Hände vor mein Gesicht. „Oh mein Gott, bin ich vielleicht *uncool*!“, rief ich unnötigerweise auch noch aus und ignorierte Freds lautes Lachen, das er sich nun schlussendlich doch nicht mehr verkneifen konnte.

Ich stellte meine Schuhe an den Platz, den sie nun in Freds Wohnung hatten, und drängte mich an Fred vorbei, um meine Tasche ins Gästezimmer zu bringen und meine Hände und das Gesicht zu waschen. Vielleicht konnte das auch ein wenig von der Erinnerung an meine eigenartige Begrüßung wegspülen.

Aber Fred hielt mich auf, gerade als ich auf gleicher Höhe war wie er, und zog mich kurz an sich. Er küsste sehr sanft meine Wange, etwas, das er seit einer guten Woche nicht mehr gemacht hatte.

Nicht, dass ich dies mitdokumentiert hatte.

Aber es stand vielleicht so oder so ähnlich in meinem Tagebuch.

Fred zog mich noch näher an sich, hauchte ein „Hey“ in mein Ohr und hielt meinen Hinterkopf für einen Moment fest. Wenn ich mir einen Ort für meinen Wochenenddauerschlaf aussuchen hätte können, wäre es hier an dieser Stelle gewesen, glaubte ich.

„Du bist immer viel zu nett“, murmelte ich in Freds Schulter und ich spürte, wie er vor lauter unterdrücktem Lachen leicht zitterte. „Ich bin immer viel zu müde und du achtest immer darauf, dass ich etwas esse und du hörst zu und vermutlich hätte ich diese Woche nicht überlebt, wenn du mich nicht versorgt hättest. Dabei weiß ich doch nicht einmal, wie es *dir* geht!“ Ich hatte meinen Filter wieder einmal bei der Wohnungstür abgegeben.

Argh.

„Mir geht es sehr gut“, flüsterte Fred und hielt mich weiterhin im Nacken fest. Wussten Sie, dass sich dadurch der Atem verlangsamte? Als hätte man einen Schalter am Kopf, der einen automatisch entspannte, wenn die richtige Person, die Hand darauflegte.

„Ich habe eine neue Mitbewohnerin“, murmelte Fred weiter, während ich mich auf meinen Atem konzentrierte.

Einatmen. Fünf. Sechs. Sieben.

Ausatmen.

„Tatsächlich? Kenne ich sie?“, fragte ich natürlich nach, denn ich war der lustigste Mensch der Welt. (Fragen Sie mein Tagebuch!)

Fred kicherte höflicherweise und küsste mein Ohrläppchen. Dann ließ er meinen Nacken los und lehnte sich ein Stück zurück. Er erklärte mir irgendetwas von einem Treffen mit seiner Schwester, die – offenbar überraschend – immer noch in der Stadt war. Lonny und ein gewisser Louis kamen auch in seiner ewig langen Geschichte vor, die es wohl auch als SMS auf meinem Handy geben sollte, wie mir Fred versicherte.

„Ich hatte dir geschrieben, damit du dich nicht wunderst, warum ich nicht zu Hause bin“, murmelte Fred leise.

„Ich glaube, ich gehe sofort schlafen“, antwortete ich

jedoch, ohne auf seine faszinierenden Abendpläne einzugehen.

„Iss vorher etwas“, befahl Fred und zählte mehrere Ernährungsoptionen, die in der riesigen Küche verteilt waren, auf.

„Yes Mom“, antwortete ich, bemühte mich um ein ergänzendes Augenzwinkern und wünschte ihm einen schönen Abend. Ich warf ihm noch eine Kusshand zu, weil mein Coolness-Faktor an diesem Tag ohnehin nicht mehr zur retten war und zog mich in das Mini-Bad neben „meinem“ Zimmer zurück, um die Woche und alle Erinnerungen daran in der ausgiebigsten Dusche seit Menschengedenken loszuwerden und in die Wiener Kanalisation zu spülen.

Als ich am nächsten Morgen erwachte, fühlte ich mich wie neugeboren. Es war still, ich hatte geschlafen wie ein Stein und durch einen Spalt im Vorhang blinzelte die Sonne. Noch dazu stand mir ein Tag ganz ohne Termine und Verpflichtungen bevor, in einer Wohnung, in der es – tatsächlich wie im Schlaraffenland – ständig Essen gab. Außerdem war mir warm.

Überraschend warm.

Und ich fühlte mich … wohlbehütet …?

Ich ließ mich in diesen dämmrigen Zustand fallen, aus dem man nicht so schnell aufwachen musste, wenn es kein Werktag war und gab mich dem angenehmen Gefühl hin.

Das Gästebett in Freds Wohnung war ein mehr als würdiger Ersatz für mein eigenes Bett, so weich und gemütlich. Man fühlte sich umhüllt, abgeschirmt von der Welt.

Gut aufgehoben.

Wie unter der perfekten Decke, nicht zu warm und nicht zu kalt. Ich ließ meine Augen geschlossen und genoss den Moment.

Aber dann bewegte sich meine Decke.

Und murmelte in meinen Rücken.

Nach zwei weiteren schlaftrunkenen Sekunden fiel mir auch wieder ein, wie Fred mich mitten in der Nacht aufgeweckt hatte, als er sich unter meine Decke geschummelt hatte.

„Ich verdurste", krächzte Fred jetzt auch mit ungewohnt rauer Stimme hinter mir.

Ich löste mich leicht aus der Umarmung, drehte mich um und setzte mich etwas auf. Fred hielt sich weiterhin an mir fest, bohrte seinen Kopf aber nicht mehr in meinen Rücken, sondern in die Matratze.

„Was machst du hier?", fragte ich leise und strich ihm über den Kopf.

„Mein Bett war kalt", antwortete er. Ich sah, wie er grinste.

„Ich habe dich nicht nach Hause kommen gehört", sagte ich.

„Es war auch schon sehr spät." Er legte sich auf den Rücken, rieb seine Augen und streckte sich. Und plötzlich war ich diejenige mit dem trockenen Mund. Ich räusperte mich und Fred öffnete seine Augen und drehte sich zu mir, strich mit seiner Hand gedankenverloren über jene Stelle an meinem Bauch, an der mein T-Shirt etwas nach oben gerutscht war.

„Ich brauche Kaffee, Aspirin und einen Liter Wasser", sagte Fred und schloss wieder die Augen. „Und Ham &

Eggs.“ Er streckte sich nochmals. „Und vielleicht noch ein paar Minuten Schlaf.“

„Warum bist du hier?“, fragte ich, seine offenbar alkoholinduzierten Wünsche ignorierend.

„Ich weiß es nicht“, sagte Fred leise, „ich glaube, ich wollte nicht allein schlafen.“

„Dein betrunkenes Ich fürchtet sich im Dunkeln?“

Fred drehte sich zu mir und grinste leicht. „Mein betrunkenes Ich ist mutiger als mein nüchternes Ich. Sonst wäre ich nicht hier.“

Ich lachte und strich ihm nochmals über den Kopf. Seine Haare waren wirklich unfassbar weich.

„Schlaf weiter“, sagte ich.

Neunundzwanzig

FRED

Die Sonne stand schon hoch am Himmel als ich schließlich aus Elizas Schlafzimmer taumelte. Die Wohnung war ruhig, sehr ruhig, ich war vermutlich allein. In den wenigen Tagen, seit Eliza in mein Gästezimmer gezogen war, hatte ich schnell zu erkennen gelernt, ob sie zu Hause war oder nicht. Allein ihre Anwesenheit erfüllte die Wohnung mit einer angenehmen Atmosphäre, ein beständig wohltuendes Hintergrundgeräusch, das jetzt im Moment gerade fehlte.

Barfuß tappste ich in die Küche. Der Fußboden war kalt. Für einen Augenblick genierte ich mich, dass ich gestern Abend (oder wahrscheinlich eher heute Früh, ächz) betrunken in Elizas Bett gestolpert war. Aber das peinlich berührte Gefühl konnte sich nicht wirklich durchsetzen. Allein die wenigen Minuten mit der vom Schlaf noch ganz weichen Eliza heute Morgen waren es wert gewesen, mich über alle nicht ausgesprochenen Regeln hinwegzusetzen.

Ich zuckte mit den Schultern.

Es war an der Zeit, dass ich Eliza deutlicher vermittelte, wie wichtig sie mir geworden war. Selbst nach einer Woche, in der sie fast nur schlafwandelnd durch die Wohnung geschlichen war und sich im Vorübergehen gelegentlich von mir Essen reichen hat lassen, war ihre Anwesenheit hier in meiner Wohnung eigentlich nicht mehr wegzudenken. Sogar ausgehungert und übermüdet und in Gedanken ausschließlich bei ihrer Arbeit war sie immer noch lustig, engagiert und vor allem menschenfreundlich. Das mochte ich.

So wie ich ihre Haare mochte.

Und ihre Lippen.

Und die Haut in ihrem Nacken, wo sie so schnell Gänsehaut bekam, wenn ich sie im Halbschlaf umarmte.

Ein Gedanke nagte sich aus dem Hinterkopf in mein Bewusstsein. Dieses Gefühl, eine Ahnung eher … irgendetwas schien Eliza zurückzuhalten. Immer und immer wieder verschwand sie in dieser Schale der Vorsicht, die sie umgab.

Anfangs hatte ich vermutet, dass sie einfach von ihrer Arbeit so sehr konsumiert werden würde, dass ihr wenig Zeit für anderes blieb. Aber mittlerweile hatte ich den Verdacht, dass sie sich gerne von ihrer Arbeit konsumieren ließ. *Damit* ihr wenig Zeit für anderes, vor allem für Freundschaften jeder Art übrig blieb.

Ich richtete mir einen doppelten Espresso und presste gleich eine ganze Zitronenhälfte in die Tasse, das sollte fürs Erste gegen die Kopfschmerzen helfen. Dann stellte ich mich unter die Dusche und wusch den Rest des Katers ab, während ich im Kopf eine Einkaufsliste erstellte, um genügend Lebensmittel fürs Wochenende und die kommende Woche im Haus zu haben.

Als ich schließlich angezogen und guter Dinge wieder in die Küche kam, fand ich dort Eliza in ihrer hautengen Laufkleidung vor, während sie ein riesiges Glas Wasser hinunterstürzte. Als sie mich kommen sah, lächelte sie mir strahlend zu. Verschwunden war die müde Person, die sich in den vergangenen Tagen durch die Wohnung geschleppt hatte.

Verschwunden war auch die Schutzhülle, die sie sonst oft vor sich hertrug.

Ich schluckte meine Aufregung hinunter. Dann lächelte ich zurück.

„Es ist schon wahnsinnig heiß draußen“, berichtete Eliza und füllte ihr Wasserglas nach. Seit einigen Jahren überraschte uns der Juni mit Sommertemperaturen, die früher sogar im Juli und August ungewöhnlich gewesen wären. Auch wenn die Wiener in den vergangenen Jahren gelernt hatten, ihr Leben während der Sommermonate nach draußen zu verlagern, war es immer wieder aufs Neue ungewöhnlich, in den frühen

Wochen des Sommers von den ersten Hitzetagen überrollt zu werden.

„Geht es dir besser?", fragte Eliza, immer noch lächelnd. Zum Glück schien sie mir meinen Überraschungsbesuch der vorangegangenen Nacht nicht nachzutragen.

Ich nickte und grinste sie an.

„Ich wollte zum Naschmarkt gehen und ein wenig einkaufen", erzählte ich. Der Markt war zwar an Samstagen meist viel zu überfüllt mit Touristen und Wochenendeinkäufern, um für eine entspannte, ausgiebige Einkaufsrunde Zeit zu haben, aber es schien die Sonne, Eliza lächelte und wir brauchten frisches Obst und Gemüse. „Wir könnten gemeinsam gehen und unterwegs etwas frühstücken", schlug ich ihr vor. Eliza lächelte noch breiter und sagte zu.

Dann verschwand sie im Badezimmer und ich nutzte die Chance, mir all die Dinge, die auf meine Einkaufsliste gehörten, zu notieren.

Als wir durch das Haustor auf die Gasse hinaustraten, empfing uns ein warmer Wind und die für Samstag typische aufgekratzte Stimmung der Stadt in diesem Grätzl. In den vergangenen Jahren hatten sich hier in der Gegend, rund um die Kettenbrückengasse, zahlreiche kleine Geschäfte angesiedelt, eines charmanter als das andere. Der Verkehr auf der Wienzeile, der diesen Bereich der Stadt vom Naschmarkt trennte, konnte aber das fröhliche Surren und die optimistische Wochenendatmosphäre der Marktbesucher nicht untergraben.

An den Wochenenden veränderte sich das Tempo in der

Stadt. Verschwunden waren die eiligen Menschen, die zu Terminen oder anderen Verpflichtungen hetzten. Samstags schlenderte man eher – nicht nur aufgrund der prall gefüllten Einkaufstaschen, sondern auch, weil man nicht mehr allein unterwegs war. Die hektischen Einzelpersonen wurden abgelöst von Paaren, Familien, Freundesgruppen, die sich irgendwann im Laufe des Tages an einer der vielen gemütlichen Ecken der Stadt niederließen. In Kaffeehäusern, Schanigärten oder Bänken entlang des Wassers.

Ich atmete die frische Sommerluft und die allgemeine Stimmung ein und für einen Augenblick fühlte ich mich unbesiegbar. Ich lachte leise auf und griff nach Elizas Hand und verschlang unsere Finger ineinander. Sollte sie darüber überrascht gewesen sein, verbarg sie es gut. Sie schenkte mir jedoch ein zaghaftes Lächeln, das ich fürs Erste dankbar annahm, und löste ihre Hand nicht aus meiner.

Auch wir schlenderten wie die anderen Personen im Grätzl durch die Gassen und wählten nicht den direkten Weg zum Naschmarkt. Wir blieben vor einigen Auslagen stehen und holten uns aus einem der Cafés in unmittelbarer Nachbarschaft ein Croissant gegen den ärgsten Hunger, das wir uns an einer Straßenecke stehend teilten.

Eliza erzählte wild gestikulierend von einer lustigen Begegnung mit einem Hund auf ihrer Laufrunde und ich bemerkte, wie uns andere Personen immer wieder Blicke zuwarfen. Vor allem Eliza strahlte in ihrem gestreiften Sommerkleid und zog die Aufmerksamkeit der anderen Leute auf sich, verständlicherweise.

Ich lachte über ihre Erzählungen und nachdem wir fertig gegessen hatten, nahm ich erneut ihre Hand und wir spazierten weiter durch die Gassen unseres Viertels, bis wir schließlich vor dem leeren Geschäftslokal standen, das ich vor wenigen Wochen, an einem der ersten warmen Abende des Jahres, zufällig hier entdeckt hatte.

Ich konnte jetzt behaupten, dass es reiner Zufall war, der uns auch an diesem Vormittag hierher geführt hatte, aber natürlich war es das nicht. Ich war seit zwei Wochen ohne Job. Zwei Wochen, in denen Louis mir beinahe täglich in den Ohren lag, meine Kochkunst „sinnstiftend" (sein Wort, nicht meines) einzusetzen. Sinnstiftend in Louis' Interpretation bedeutete vor allem auch, dass ich ein Lokal eröffnen sollte, das idealerweise in seiner Nachbarschaft oder zumindest auf seinem Arbeitsweg lag.

Das hatte er auch gestern Abend, als ich ihn und Anna im *Goldie's* getroffen hatte, mehrmals erwähnt. Tatsächlich hatte sich die Wiederholung seiner „Idee" im Laufe des Abends in direktem Zusammenhang mit seinem Promillestand vom Ideenstatus über einen Wunsch bis hin zu einer mehrmals (am Ende fast minütlich) wiederholten Forderung entwickelt, angefeuert von Lonny und schlussendlich auch unterstützt von meiner verräterischen Schwester.

Die Gehirnwäsche hatte offenbar meinen eigenen Alkoholkonsum überdauert, also stand ich an diesem späten Samstagvormittag mit Eliza vor diesem leeren Geschäftslokal, wenige Gassen von unserem Wohnhaus entfernt und starrte durch die Auslagenscheiben.

Eliza schwieg, als würde sie mir Zeit geben, die passenden Worte zu finden, um ihr zu erklären, warum wir hier gestoppt hatten.

„Das steht hier schon seit einiger Zeit leer", sagte ich schließlich das einzig ohnehin Offensichtliche.

Eliza nickte wissend. „Ja, mir ist es auch schon aufgefallen.“ Sie dachte kurz nach. „Ich glaube, hier war mal ein Geschäft für Kinderbekleidung und Spielzeug, wenn ich mich recht erinnere.“

Ich zuckte mit den Schultern, schließlich war ich ja neu in der Gegend und nicht so vertraut mit der Geschäftsentwicklung im Grätzl.

Rund um die Auslagenscheiben befand sich ein dunkelgrüner Holzrahmen, von dem der Lack etwas abgeblättert war, aber irgendwie verlieh das der Außenfassade einen gewissen Charme. Durch die Scheibe konnte man einen sehr großen Raum sehen, von dem einige Türen wegführten, die allesamt geschlossen waren.

In der Eingangstür, zu der man drei Stufen vom Gehsteig hinaufsteigen musste, hing ein Zettel mit Kontaktdaten eines Maklers, die ich abfotografierte.

„Was schwebt dir vor?“, fragte Eliza schließlich.

„Ein eigenes Lokal?“, antwortete ich, überraschend unsicher.

„Fragst du mich das?“

Ich schüttelte den Kopf.

„Louis liegt mir in den Ohren“, antwortete ich und setzte mich auf eine der drei Stufen, die zur Eingangstür führten. Eliza setzte sich neben mich und nahm meine Hand.

Die Welt war gleich wieder ein viel besserer Ort.

„Wer ist Louis?“, fragte Eliza und ich erklärte ihr kurz, woher ich ihn kannte und was er mit dem missglückten Fotoshooting, das mich ja auf Umwegen auf ihre Couch geführt hatte, zu tun hatte.

„Und wenn dir Louis nicht in den Ohren liegen würde?“, fragte Eliza, nachdem ich fertig erzählt hatte.

„Dann würde ich mich umhören, was sich in einigen

Küchen der Stadt so tut", antwortete ich. Ich atmete tief ein. „Es haben mich auch schon zwei Leute kontaktiert", gab ich schließlich zu, „aber ich habe mir Bedenkzeit erbeten."

„Warum?"

„Weil ich in einer weniger anstrengenden Küche arbeiten möchte als bisher", sagte ich.

„Und angenommen du würdest in deiner eigenen Küche arbeiten?", fragte Eliza. „Also, stell dir mal vor, du hättest keinen Chef wie Guido, sondern alles würde so aussehen, wie du es dir wünschen würdest?"

Ich dachte kurz nach. Die Frage hatte ich mir in den vergangenen zwei Wochen selbst schon sehr häufig gestellt. Unter welchen Bedingungen würde ich wieder in einem der vielen exklusiven Restaurants der Stadt arbeiten wollen? Oder würde ich lieber ohne Eigentümer im Hintergrund kochen wollen? Ich wusste, dass ich mich, angestellt in einem Restaurant, um viele Dinge nicht kümmern musste: Personal, Miete, etc. Aber am meisten quälte mich eigentlich die Unentschlossenheit, ob ich wirklich schon so weit war, nur mehr mein eigenes Ding zu machen? Oder umgekehrt: War ich weiterhin bereit, mich der Idee irgendeines Guidos unterzuordnen?

Ich hatte immer meine Augen offen gehalten nach geeigneten Geschäftslokalen, in der Annahme, dass sich alles wie von selbst fügen würde, sobald ich bereit für diese Verantwortung wäre. Aber das Zeichen kam nicht.

Oder ich sah es nicht.

„Ich weiß es einfach nicht", sagte ich daher ehrlicherweise und Eliza drückte meine Hand.

„Du musst es ja jetzt auch nicht sofort wissen“, sagte sie. „Lass dir Zeit.“

„Aber was ist, wenn das Lokal dann nicht mehr da ist, sobald ich mich entschieden habe?“ Ich deutete zum leeren Raum hinter uns.

„Dann hat es nicht sollen sein“, antwortete Eliza. Dann dachte sie kurz nach. „Niemand hält dich ab, jetzt schon Erkundigungen einzuholen. Du könntest dir das Geschäftslokal ansehen, ob es überhaupt zu dir und deiner ... Idee passt.“ Sie zwinkerte mir zu und zog mich an beiden Händen hoch.

„Lass uns weitergehen“, sagte sie, „ich bin hungrig.“ Sie grinste mich an. „Mein neuer Mitbewohner hat mir regelmäßige Mahlzeiten angewöhnt und seither muss ich alle paar Stunden etwas essen.“

Ich lachte auf und folgte Eliza, die gleich in die nächste Gasse einbog, die uns nun auf sehr direktem Wege zum Naschmarkt mit seinen vielen Lokalen und Marktständen führte. Während wir weiterspazierten, begann Eliza in neutraler Stimme darüber zu referieren, welche Informationen in ihrer Firma eingeholt wurden, bevor man sich für den Standort einer neuen Filiale entschied und als wir uns schließlich endlich in einen der sonnigen Schanigärten in der Nähe des samstäglichen Flohmarkts setzten, hatte ich auch den übergeordneten Sinn von Elizas Kurzreferat über Standortpolitik verstanden.

Ich konnte die Idee ja vorerst einmal ausloten, von wirtschaftlichen und praktischen Perspektiven aus betrachten, bevor ich eine Entscheidung traf.

. . .

Mit wenigen Sätzen hatte mich Eliza somit aus der sich immer im gleichen Tempo bewegenden Gedankenspirale herausgerissen und mir den Druck genommen, jetzt sofort wissen zu müssen, ob ich ein eigenes Lokal eröffnen wollte.

Ich beugte mich über den kleinen Tisch hinweg und küsste sie leicht und zog meinen Kopf gleich darauf ein paar Zentimeter zurück, bis sie sich von der anfänglichen Überraschung erholt hatte, dann intensivierte ich den Kuss, soweit es in der Öffentlichkeit möglich war.

„Danke", murmelte ich schließlich und knabberte leicht an ihrer Unterlippe. Ich spürte, wie sie lächelte.

„Wofür?", fragte Eliza.

„Fürs Durchatmen lassen", antwortete ich und lehnte mich zurück.

„Ich habe keine Ahnung, wovon du sprichst", sagte Eliza mit viel Humor in der Stimme.

Aber ich lächelte sie nur an. Und küsste sie nochmals, nachdem wir bestellt hatten.

Und dann noch viele Male, bis wir die Einkäufe in die Wohnung gebracht hatten.

Dreißig

ELIZA

Mein Telefon läutete, als Fred gerade Brot aus dem Toaster nahm. Nach unserem Ausflug auf den Naschmarkt hatten wir kiloweise Obst und Gemüse nach Hause getragen und Fred hatte einen kleinen Bruchteil der frischen Vorräte zu einem Sommersalat (sagte er zumindest) zusammengerührt. Seit ich Fred kannte, hatte Essen einen derart großen Teil meiner Freizeit übernommen, dass es schon fast erschreckend war, wenn ich an meine Nahrungsaufnahmen in der Zeit davor dachte.

Nicht, dass ich mich darüber beklagen würde.

Essen mit Fred war ein Gesamterlebnis, mit tollen Gerüchen, intensivem Geschmack und immer unterhaltsamer Gesellschaft.

Seit wenigen Stunden war auch wieder der eine oder andere Kuss dabei.

Mein Telefon riss mich also aus meinen Tagträumen, während ich Freds Bewegungen in der Küche – mittlerweile gänzlich ungeniert – folgte. Am Display leuchtete Sabrinas Name auf und ich hob ab, noch bevor sich eine sehr, sehr verborgene Erinnerung durch mein Hirn arbeiten konnte.

„Bist du nicht zu Hause?", rief Sabrina ins Telefon.

„Doch", antwortete ich, manchmal leider nicht die Schnellste.

„Aber ich läute und läute und läute."

„Ich bin nicht zu Hause", sagte ich clevererweise.

„Na, was jetzt?"

„Ich bin bei Fred!"

„Tatsächlich?" Der süffisante Unterton wurde von Freds lauter Türglocke beinahe übertönt und ich eilte zur Gegensprechanlage und drückte den Knopf, um das Haustor im Erdgeschoß zu öffnen.

Fred sah mich neugierig an.

„Erinnerst du dich an Sabrina?", fragte ich und er nickte freundlich.

„Ich glaube, ich war mit ihr verabredet."

„Du glaubst?"

„Ich habe nur mehr sehr wenige Erinnerungen an die vergangene Woche", gab ich zu.

Fred sah sich in seiner Küche um.

„Ich könnte noch etwas Mozzarella anrichten",

murmelte er, wie immer einzig darauf fokussiert, dass alle genug zu essen hatten.

Sabrina ächzte zufrieden und lehnte sich auf der Holzbank zurück, hielt ihr Gesicht in die Sonne. „Wenn ihr noch einen Untermieter auf der Couch aufnehmen würdet, melde ich mich freiwillig", sagte sie lachend, „das Essen war köstlich!"

Fred hatte ohne Umschweife unseren Salatsnack so weit erweitert, dass Sabrina ohne Probleme mit uns mitessen konnte. Das dämpfte zum Glück ihre Irritation darüber, dass ich nicht nur unsere Verabredung vergessen hatte, sondern auch, dass ich ihr nichts davon erzählt hatte, warum ich derzeit Freds Gästezimmer bezogen hatte.

Jetzt allerdings, nachdem wir es uns auf einer der Bänke der Wientalterrasse neben der Reinprechtsdorfer Straße gemütlich gemacht hatten, setzte sie ihre inquisitorische Befragung fort. Schon während unseres Spaziergangs flussaufwärts löcherte sie mich mit Fragen zu Fred, unserer Wohnsituation und – natürlich – auch zum „Beziehungsstatus".

Sabrina holte zwei Piccolo-Flaschen Sekt aus ihrer Handtasche, dazu zwei wiederverwendbare Metallstrohhalme und reichte mir einen davon. Dann wickelte sie den Schraubverschluss des ersten Piccolofläschchen aus, drückte mir dieses in die Hand und kümmerte sich dann um das zweite. Die Alufolie verstaute sie, ganz die Umweltschützerin der ersten Stunde, die sie war, wieder in ihrem Rucksack.

Wir schraubten unsere Flaschen auf und prosteten uns zu.

„Auf den Sommer!", verkündete Sabrina und ich grinste. Der Sekt prickelte kühl im Hals.

„Wo hast du die Flaschen her?", fragte ich, nachdem ich mich so auf der Bank positioniert hatte, dass meine Unterschenkel in die Sonne ragten.

„Fred hat sie mir mitgegeben", sagte Sabrina. „Er wollte uns auch noch kleine Brote und Kekse einpacken, aber das habe ich abgelehnt." Sie kicherte. „Er ist ein bisschen wie eine Glucke, oder?"

„Ich denke, er vermisst das Kochen im großen Stil", sagte ich leise.

„Ach, das wird schon bald wieder losgehen. Jemand wie er bleibt selten lang arbeitslos."

Ich zuckte mit den Schultern, nicht wissend, ob ich Sabrina in Freds, zugegebenermaßen recht unentschlossene, Überlegungen zu seinem eigenen Lokal einweihen konnte.

Wir schwiegen eine Weile, nippten gelegentlich an unseren Sektflaschen, bis Sabrina plötzlich herzhaft seufzte. Ich wandte mich zu ihr und sie lächelte mich an.

„Ein bisschen neidisch bin ich schon", sagte sie, jedoch mit freundschaftlicher Miene übers ganze Gesicht, „kaum wird es Sommer, setzt sich dein Leben in Bewegung: neue Wohnung, neuer Mann. Jetzt fehlt nur noch der neue Job."

„Ich will keinen neuen Job", protestierte ich.

Sabrina verdrehte die Augen. „Natürlich willst du das nicht. In Bezug auf deinen Chef leidest du ja am Stockholm Syndrom."

Nun war es an mir, die Augen zu verdrehen. „Ich *mag* meinen Job“, betonte ich frustriert. Wie oft wir bereits diese Diskussion geführt hatten! „Lass uns über etwas anderes reden.“

Sabrina setzte sich eifrig auf. „Ist gut“, sagte sie genauso enthusiastisch und sah mich direkt an, „erzähl mir vom wunderbaren Fred. Wie ist das Beziehungsleben?“

Sie starrte mich eindringlich, aber mit amüsiertem Blick an.

„Ich denke nicht, dass wir das als Beziehung bezeichnen können“, murmelte ich.

Sabrina musterte mich. „Wann habt ihr euch das letzte Mal geküsst?“

„Heute Vormittag. Zu Mittag …?“

„Und wann hattet ihr das letzte Mal Sex?“

„Vor einer Woche …?“

„Siehst du!“, rief Sabrina triumphierend aus. „Quasi verheiratet!“

Ich prustete los und schalt sie im Scherz, was für ein Kindskopf sie sei.

„Nun aber mal im Ernst“, begann Sabrina dann aber mit ihrer seriösen Stimme, die schon seit Jahrzehnten keine Kompromisse zuließ, „ich bin froh, dass du dich wieder mal auf jemanden einlässt.“

Ich verzog leicht mein Gesicht, in der Hoffnung, das nun mit Sicherheit folgende Thema noch abwenden zu können.

„Man kann es nicht wirklich ‚auf jemanden einlassen‘ nennen. Ich werde eigentlich überrumpelt von Essen und Umarmungen und plötzlich wohne ich auch noch in diesem

Schlaraffenland“, ich versuchte, Sabrina mit Humor vom Thema abzubringen.

„Lenk nicht ab, du weißt genau, was ich meine“, sagte Sabrina. „Du hast jemand Netten verdient.“

„Du kannst nicht wissen, ob Fred ‚jemand Netter‘ ist“, warf ich ein.

„Er ist in jedem Fall netter als *Rupi*“, Sabrina legte so viel Abscheu in ihre Worte, dass mir kurzfristig kalt wurde. Vielleicht auch, weil es mich immer ein wenig gruselte, wenn Rupi, also: mein Exfreund Rupert, zur Sprache kam.

Rupert, also. Der Grund, warum ich vor fünf Jahren dringend eine neue Wohnung gebraucht hatte. Und laut Sabrina auch der Grund, warum ich seit fünf Jahren keine relevante Beziehung mehr geführt hatte. Natürlich gab es vor und auch nach Rupert noch Männer, kurze Affären eher, ein harmloses Dahinplätschern vereinzelter Treffen. Bis zum unausweichlichen „Wir müssen reden …“, das mal früher, mal später kam.

Keiner der anderen Männer wurde von mir lang danach noch vermisst, keiner von ihnen war so nachhaltig … *prägend* wie Rupert.

Bei keinem der Männer davor oder danach, war ich jemals so häufig mit Selbstzweifeln nachts wach gelegen, war ich so abhängig von einem positiven Wort in meine Richtung gewesen – jedes Lob hatte mich beflügelt wie kaum etwas je zuvor.

Und ich habe Jahre gebraucht, um zu verstehen, dass jedem positiven Satz meist unmittelbar danach subtile Gemeinheiten oder Verunsicherungen folgten.

Kaum bemerkbar.

Schon gar nicht, wen man verliebt auf Wolke sieben schwebte, vollkommen hingerissen von der anderen Person. Fast dankbar, dass sich jemand, der so strahlte und schillerte, einem widmete, mir kleine Häppchen an Zuneigung zuwarf.

Und diese dann im Vorübergehen zunichtemachte. Und damit meinen Blick auf die Welt, auf meine unmittelbare Umgebung verschob.

Dieses schleichende Untergraben meiner eigenen Wahrnehmung war so ziemlich das Gemeinste, das mir je passiert war. Und es war so unauffällig!

Die fast achtlos hingeworfenen Halbsätze über mein Gewicht, meine Arbeitsmoral, meine Freundschaften, meine Familie setzten sich so nach und nach als Gewissheiten in meinem Kopf fest. Bis ich mit Sabrina einen in eine monatelange Schweigephase mündenden Streit hatte, bis ich mich von meiner Familie zurückzuziehen begann, bis ich verzweifelt nach einem Job suchte, der Rupert angemessener erschien.

Kurioserweise waren die versteckten Sticheleien zu meinem Essverhalten, meiner vermeintlichen Gewichtszunahme schlussendlich aber meine Rettung: Ich begann wie manisch zu laufen, oftmals auch spätabends noch. Aber ich *konnte* laufen. Ich lief schnell und ich lief gut und es machte mir Spaß. Und je besser trainiert ich war, je länger ich lief, desto freier wurde mein Kopf. Und all die giftigen Nebensätze drehten sich endlich so in mein Bewusstsein, dass ich erkennen konnte, was für ein schwacher Charakter Rupert eigentlich war.

Wie sehr er es benötigte, mich kleinzumachen, kleinzuhalten, um sich selbst zu spüren.

Am Ende zog ich den Stecker, mithilfe von Sabrina, die ich an einem Sonntagnachmittag vor fünf Jahren heulend um Entschuldigung gebeten hatte – wegen unseres Streits, wegen meines Rückzugs, wegen meiner Dummheit, mich so von Rupert einfangen zu lassen.

Nach der Trennung brauchte ich mehr als ein Jahr, bis ich mich das erste Mal wieder auf ein Date einließ und seither war mein Liebes-, Beziehungs- und Sexleben nicht sonderlich ausgiebig in Schwung geraten. Die Angst, erneut in eine destruktive Abhängigkeit wie mit Rupert zu rutschen, war mein ständiger Begleiter und natürlich kein guter Berater, wenn es darum ging, neue Leute kennenzulernen.

Bis eben Fred auf der Bildfläche erschienen war und all die Dinge – das Küssen, den Sex, die Umarmungen – ganz einfach, fast wie im Vorübergehen wieder in mein Leben gebracht hat.

„Woher soll ich denn wissen, dass Fred sich nicht auch so entwickelt wie Rupert?“, flüsterte ich jetzt jene Frage, die ich mir selbst seit zwei Wochen verbat.

„Oh, Honey!“ Sabrina fiel mir um den Hals. (Ich *hasste* es, wenn sie mich ‚Honey‘ nannte. Aber ich mochte ihre Umarmungen!)

„Es ist nicht deine Schuld, dass diese eine Beziehung so schiefgegangen ist“, wiederholte sie den Satz, den sie mir schon hunderte Male gesagt hatte. „Und du kannst auch nicht kontrollieren, wie sich die Beziehung mit Fred entwickeln wird.“ Ich seufzte in ihre Schulter und atmete tief durch. Sabrinas Kleid roch nach unserer Teenagerzeit und ich musste lächeln. Sie trug seit mehr als 15 Jahren immer das gleiche Parfum, egal zu welcher Jahreszeit, egal zu welcher Tageszeit. Und jedes Mal, wenn ich einen Hauch davon abbekam, katapultierte es meine Erinnerung an irgendeine Stelle unserer Zeit als junge Mädchen. Ich mochte diese kurzen Zeitreisen, weil sie mir immer auch vor Augen hielten, was wir schon alles gemeistert hatten in unserem Leben. Das rückte vieles wieder in Relation.

Auch die Sache mit Rupert.

Ich atmete nochmals tief durch und Sabrina tätschelte mitfühlend meinen Rücken. „Menschen verändern sich", sagte sie leise, „du veränderst dich laufend, Fred wird sich laufend verändern. Und vielleicht seid ihr nur jetzt kompatibel. Vielleicht seid ihr aber auch bis in alle Ewigkeit miteinander verbunden. Das weiß niemand. Weil sich jeder auf seine Art verändert."

„Nur dein Parfum nicht", murmelte ich und löste mich aus der Umarmung.

Sabrina lachte lauthals auf.

„Das stimmt!", rief sie quer über die Terrasse und zog einige Blicke auf uns. Sie prostete mir noch einmal zu.

„Auf die Liebe!", ergänzte sie in gleicher Lautstärke.

„Na, wir wollen mal nicht übertreiben!", antwortete ich. „Auf den Mitbewohner!", schlug ich daraufhin vor und hob meine Flasche an, prostete Sabrina zu.

Dann lehnten wir uns zurück und genossen die angenehme Abendsonne, während wir an unseren Sektfläschchen nippten und die vorbeiziehenden Leute beobachteten.

Einunddreißig

FRED

Ich war gerade dabei, frische Kirschen zu entkernen und zu waschen, als Eliza durch die Tür gestürmt kam. Ihre Wangen waren gerötet, vermutlich von der Sonne oder vom Sekt oder einfach vom Wochenende.

Wie immer nahm sie sich jedoch die Zeit, um ihre Schuhe an genau der gleichen Stelle abzustellen, dann tappste sie bloßfüßig über das Parkett direkt in meine Küche. Sie blieb für einen Moment hinter mir stehen, legte eine Hand leicht an meine Hüfte und küsste meinen Hals, dort, wo das T-Shirt (zum Glück) etwas verrutscht war. Ich drehte meinen Kopf und staubte so auch noch einen leichten Kuss auf meine Lippen ab, dann rauschte sie weiter in ihr Zimmer.

„Was machst du?“, fragte sie, bevor sie im Zimmer verschwand.

„Kirschen einlegen!“, rief ich ihr hinterher. Aus ihrem Badezimmer klang Wasserplätschern, danach knallte eine Lade und ich grinste vor mich hin, während ich weiterarbeitete. Diese energiegeladene Eliza, die seit heute Früh durch den Samstag tanzte, war mir bisher die liebste. Die schläfrig-betrunkene Variante unseres ersten gemeinsamen Abends war definitiv unterhaltsam und amüsant gewesen, ich mochte auch die reservierte, aber fröhliche Eliza, wie sie während des Dinners mit Ivo, Lonny und Rosa zu sehen gewesen war, aber dieser fast vibrierende Mensch, der heute schon den ganzen Tag durch diese Wohnung zappelte, war einfach unwiderstehlich.

Eliza bog erneut um die Ecke und kam direkt in die Küche. Sie hatte dicke Wollsocken angezogen, trug aber weiterhin ihr gestreiftes Sommerkleid. Ihr Gesicht war noch rosiger als bei ihrer Rückkehr vorhin und sah irgendwie frisch geschrubbt aus.

Ich nickte in Richtung Kühlschrank. „Es gibt Rosé“, sagte ich und Eliza folgte meinem Nicken ohne zu zögern. Sie schenkte sich ein Glas des hellen Weins ein, nachdem sie das Etikett inspiziert hatte, füllte meines, das neben mir auf der Arbeitsfläche stand, frisch auf, und nahm dann gleich wieder auf einer freien Fläche in der Küche Platz, um mir zuzusehen.

„Ich habe nicht verstanden, was du vorhin gesagt hast“, sagte sie.

„Hm?“

„Ich wollte wissen, was du hier machst. Aber ich habe deine Antwort nicht gehört“, wiederholte Eliza.

„Kirschen mit Rosmarin und Pfeffer“, antwortete ich nun etwas ausführlicher, da ich es nicht mehr durch die Wohnung brüllen musste.

„Du magst Rosmarin“, sagte Eliza, als würde sie Antworten für eine Prüfung wiederholen. Ich lächelte in Erinnerung an unseren frühmorgendlichen Informationsaustausch von neulich.

„Ich *liebe* Rosmarin“, antwortete ich und zwinkerte Eliza zu.

Sie hob ihr Glas an, um mir zuzuprosten, also unterbrach ich meine Arbeit, um nach meinem Glas zu greifen.

„Auf uns“, sagte Eliza leise, aber ihr Blick sprach Bände.

„Auf uns“, antwortete ich, „auf uns und unser Abenteuer.“ Ich weiß nicht, warum ich meine Worte so gewählt hatte, aber Elizas sanftes Lächeln zeigte mir an, dass es das Richtige gewesen war.

Der kühle Rosé schmeckte nach Sommer, nach Freundschaft, nach neuen Plänen. Ich grinste Eliza an, während sie einen weiteren Schluck des köstlichen Weins trank. Dann nahm ich eine Kirsche aus der Schüssel, trennte den Stil ab und hielt die Frucht unters Wasser. Mit den Fingerspitzen teilte ich das Fruchtfleisch und ließ den Kern herausfallen. Die eine Hälfte der Kirsche hielt ich Eliza hin, die zweite Hälfte nahm ich selbst in den Mund. Sofort breitete sich dieser typische Frühsommergeschmack der Kirsche in meinem Mund aus. Ich beugte mich zu Eliza und glücklicherweise kam sie mir ein Stück entgegen.

Der Kuss schmeckte frisch wie ein erster Sommerabend.

„Mehr", flüsterte sie und widmete sich dann meiner Oberlippe.

„Mehr wovon?", fragte ich nach. Ihre Lippen kitzelten meine.

„Mehr Kirschküsse", sagte Eliza.

Jederzeit.

Die Nacht war so dunkel, wie sie im Laufe einer Juninacht in der Stadt werden konnte. Wir lagen in meinem Bett, das Fenster war geöffnet und die Geräusche der Stadt drangen zu uns herein: ein weinendes Baby, das Husten eines alten Mannes, Gläserklirren und Gelächter aus einem weit entfernten Innenhof, das Aufheulen eines Motorradmotors, das Rauschen einer Dusche. Viele Geschichten in unmittelbarer Umgebung, so wie unsere.

Der Soundtrack geöffneter Fenster. Ein Sommer in Wien.

Eliza hatte eine Kerze gefunden, die sie angezündet und aufs Fensterbrett gestellt hatte. Der laue Sommerwind ließ die Flamme flackern und tauchte uns in angenehmes Licht. Eliza lag mit ihrem Kopf auf meinem Bauch und während ich ihre an Birnengelee und Karamellfudge erinnernde Haut im Kerzenlicht bewunderte, ließ ich eine Haarsträhne nach der anderen durch meine Finger laufen und über meinen Bauch, meine Oberschenkel fallen. Das Kitzeln hielt mich munter, aber auch die Erinnerung an unsere Kirschküsse, die innerhalb weniger Minuten eskaliert waren.

Meine Rosmarin-Kirschen waren vergessen und auf

morgen verschoben, unsere Kleidung lag verstreut zwischen der Küche und dem Schlafzimmer und Elizas zufriedenes Glucksen, als wir ineinander verschlungen den ersten von mehreren Höhepunkten jagten, hatte sich für immer in mein Gedächtnis eingebrannt.

Eliza streichelte meine Unterarme, als wären sie kostbar und Gänsehaut folgte ihren Fingerspitzen überall hin.

„Das sollten wir wieder einmal machen“, flüsterte Eliza, widmete sich aber weiterhin unbeirrt meinen Unterarmen.

„Was denn?“, fragte ich nach, abgelenkt vom Kribbeln unter meiner Haut.

„Kirschen essen“, antwortete sie und ich musste lachen.

Eliza hob ihren Kopf und stützte ihr Kinn auf meinen Bauch.

„Ich bin sehr unsicher, wenn es um Menschen geht“, sagte sie plötzlich, also griff ich nach jener Hand, mit der sie gerade noch meine Arme unterhalten hatte, und wickelte unsere Finger ineinander. „Ich hatte noch nie sonderlich gute Menschenkenntnis“, setzte sie fort, „aber als wäre das nicht schon herausfordernd genug gewesen, bin ich vor ein paar Jahren auch noch über jemanden gestolpert, der mein Vertrauen in andere Menschen nicht gerade bestärkt hat.“ Sie seufzte und wandte ihren Blick ab. „Ich weiß, dass man nicht in die Zukunft sehen kann, dass man nie davor gefeit ist, unangenehme Dinge zu erleben, und so weiter.“ Sie holte tief Luft. „Aber ich brauche seither noch länger, um jemanden in meiner Nähe zu akzeptieren.“

Ich hörte ihr zu, bis sie nichts mehr sagte, sondern nur ruhig vor sich hin atmete.

„Ich finde, wir machen das sehr gut“, sagte ich schließlich leise, „die Sache mit der Nähe.“

Ich spürte, wie sich Elizas Gesicht zu einem Lächeln verzog. „Ja?“, fragte sie flüsternd nach.

„Ja“, antwortete ich, „zumindest solang Essen involviert ist.“

Eliza lachte leise auf.

„Jemand, der Kirschen so sorgsam wäscht und öffnet wie du, kann kein schlechter Mensch sein.“ Sie wandte ihren Blick wieder in meine Richtung und ich sah sie grinsen.

Und mir wurde warm im Bauch und mein Magen flatterte und die Gänsehaut lief über meine Arme, ganz ohne Elizas Fingerspitzen. Also zog ich sie näher zu mir, bis ich sie küssen konnte und warf die Decke zur Gänze über uns.

Und küsste sie weiter.

Und weiter.

Zweiunddreißig

ELIZA

Es war Dienstag und ich hatte das Büro zur Überraschung aller kurz nach 18 Uhr verlassen. Ich hätte wohl schon einige Minuten früher aufbrechen können, aber ich brauchte einige Zeit, um mich zu vergewissern, dass ich tatsächlich mit allen wichtigen To-Dos für den Tag fertig war und mir der erste, halbwegs normale Feierabend seit Wochen bevorstand.

Ich war fast ein wenig orientierungslos.

In der U-Bahn traf ich auf fröhliche Gesichter, wahrscheinlich Leute, die ähnlich überrascht waren wie ich, um diese Uhrzeit nach Hause fahren zu können. Ich fühlte mich nahezu übermütig und stieg deshalb schon eine Station früher als normalerweise aus der U4, nämlich am Karlsplatz. Ich eilte durch das Tunnelsystem der U-Bahn-Station, vorbei an mehreren Musikerinnen, die die eigentlich eher düsteren Ecken der Station mit fröhlicher Musik beschallten.

Bei der Secession kletterte ich wieder ins Freie, ignorierte den Dienstagabendverkehr auf der Wienzeile, der sich stadtauswärts staute und schlenderte gemütlich über den Naschmarkt. Vereinzelt standen kleine Gruppen in der Spätabendsonne und tranken Prosecco oder Aperol Spritz oder Wein oder Bier.

Bei einer Blumenhändlerin, die noch offen hatte, blieb ich stehen und nahm mir die Zeit, die einzelnen Blumen im Angebot anzusehen. Ich entschied mich für einen üppigen Strauß Hortensien und zwängte mich dann weiter durch die engen Gassen zwischen den Marktständen, lehnte die Angebote der Marktstandler, Falafel oder Baklava zu kosten, ab.

Vielen Dank, heute nicht.

Auf mich wartete ein Koch zu Hause …

Fred hatte seine Kirschen schlussendlich am Sonntagvormittag eingekocht, während ich in *seinem* Zimmer ausschlief. Der Sonntag war überraschenderweise (für all jene, die keine Zeit für Wetterapps hatten, also: mich) verregnet gewesen. Ich hatte bis Mittag geschlafen und mich den restlichen Tag über einer schon lang nicht mehr genossenen Regenwetterfaulheit hingegeben. Ich lag auf der Couch, blätterte alte Magazine durch und durchforstete das Internet nach neuen Büchern.

Fred hatte sich währenddessen um seine vielen Lebensmittel gekümmert, gefühlt (jedoch nicht nachgezählt) 37 unterschiedliche Speisen gekocht und etwa zwei Drittel davon in den vierten Stock geliefert.

Irgendwann hatte er sich mit nur mehr halbgeöffneten Augen zu mir auf die Couch gelegt, seinen Arm um meinen Bauch gewickelt und war eingeschlafen.

So wie ich.

Wir hatten uns am späten Nachmittag vom lauthals gegen eine der Fensterscheiben pochenden Regen wecken lassen und weil wir nichts anderes zu tun hatten, sahen wir fern, küssten uns und verloren dazwischen das eine oder andere Kleidungsstück.

So war der Sonntag in den Montag übergegangen und ich war ein weiteres Mal in Freds Schlafzimmer aufgewacht.

So wie am nächsten Tag.

Und am nächsten Tag.

Schlussendlich hatte es sich seit mehr als einer Woche nun täglich so ergeben, dass ich in Freds Zimmer übernachtet hatte.

Ich spazierte also an diesem Dienstagabend durch die sommerlich gelaunten Menschenmengen der Stadt, auf dem Weg in eine nicht mehr ganz so fremde Wohnung und schob den Gedanken an meine eigentlich unsichere Wohnsituation ein weiteres Mal zur Seite. Ich dachte auch nicht darüber nach, dass ich mich urplötzlich in einem derart häuslichen Alltag wiederfand, wie ich ihn seit meiner Kindheit nicht mehr gelebt hatte. Nicht einmal meine Zeit mit Rupert, während wir zusammengewohnt hatten, hatte derart häufige Zweisamkeit ermöglicht, wie die wenigen Tage in Freds vier Wänden.

Geschweige denn regelmäßige Mahlzeiten auf den Tisch gebracht.

Insgeheim wusste ich, dass ich diese Situation mochte, so wie sie war. Auch wenn ich mir verbat, darüber nachzudenken. Natürlich merkte ich, dass ich tiefer atmete, weil mir ein Teil der Alltagslast schlichtweg abgenommen worden war. Und natürlich hatte mich schon ein- oder zweimal der Gedanke gestreift, dass diese lustvolle Kombination aus Essen und Küssen und Berührungen und Sex eine viel zu lang erloschene Flamme wiederentzündet hatte, die mir tatsächlich Energie und Ablenkung und Genuss verschaffte.

Ein Mensch konnte ja auch nur eine gewisse Anzahl an Kilometern zur Kompensation laufen.

Aber ich wollte nicht darüber nachdenken, was dies alles für mich, für meine Zukunft, allein schon für die kommenden Wochen, bedeutete. Ich wollte nicht darüber nachdenken, was mir die Nähe zu Fred bedeutete.

Und wie schmerzhaft ein Verlust dieser Freundschaft, dieser beginnenden Beziehung wäre.

Nicht zu vergessen die regelmäßigen Mahlzeiten!

Ich beobachtete den Abendhimmel, der sich Richtung Westen zu verfärben begann, und spazierte umringt vom Surren der Aperol-Spritz-trinkenden Wiener nach Hause.

Nach Hause.

. . .

Zu Hause (nennen wir es vorübergehend halt so) empfingen mich Chaos und der Geruch von gegrillten Garnelen. Anna stand auf einer Stehleiter und lehnte sich mit ihrer Kamera in Händen bedrohlich weit über den Esstisch, auf dem Geschirr und Brotkörbe und Weingläser ohne Ende aufgereiht waren. Lonny stand unter ihr, die Arme halbherzig ausgebreitet, wahrscheinlich, um sie auffangen zu können – im Fall der Fälle. Ivo beugte sich von der anderen Seite über den Tisch und drehte erst an einem Brotkorb, dann an einem Glas herum. Hinten am Tresen (auf *meinem* Platz) saß ein Mann, den ich noch nie gesehen hatte, und nippte an einer Sektflöte, die bis zum Rand mit Rosé-Sekt gefüllt war.

„Froggy! Parmesan! JETZT!", rief Anna in den Raum.

„DU SOLLST MICH NICHT SO NENNEN!", brüllte Fred zurück und stürmte aus den Tiefen der Wohnung daher, Parmesan und Parmesanhobel in der Hand.

„Herzlichen Dank, dass du auch schön langsam erscheinst, *Alfred*", sagte Anna daraufhin gespielt ruhig und Ivo, Lonny sowie der fremde Gast auf meinem Barhocker kicherten.

Ivo sah mich als erster: „Hallo Eliza!", grüßte er mit einem strahlenden Lächeln, das mir nichts anderes übrigließ, als zurückzulächeln.

„Hallo Eliza!", rief Lonny in den Raum, ohne seinen Blick jedoch von der balancierenden Anna abzuwenden.

Fred schien nichts gehört oder bemerkt zu haben und

begann, unbeirrt von mir und allen anderen Parmesan über einen der Teller unter Annas Linse zu hobeln.

„STOP!", brüllte Anna jedoch. „Du machst das falsch!"

„Was kann man daran falsch machen?", rief Fred fassungslos zurück. „Ich bin der Koch!"

„Jaaa, Frog ...", Anna räusperte sich, „Fred. Aber deine Hände passen nicht zum Licht."

Fred warf seine offenbar unpassenden Hände frustriert in die Luft und stürmte wieder zurück in seine Küche. Vor dem fremden Gast blieb er stehen und deutete mit dem Zeigefinger auf ihn.

„Warum lasse ich mich bloß immer von dir zu solchen Spektakeln überreden? Meine Schwester treibt mich in den Wahnsinn! Fotografen treiben mich in den Wahnsinn! Was ist denn so schwer daran, *Essen* zu fotografieren?! Neulich hat es doch auch mit einem Handy funktioniert!"

„Fred, ...", begann der Fremde, aber er kam nicht weit.

„Die Wohnung ist ein *einziges Chaos*!", keifte Fred weiter.

„Fred, ...", probierte es der Fremde noch einmal und verhielt sich ein Grinsen. Ivo und Lonny hielten sich bereits, wohl aus demselben Grund, die Hände vor den Mund.

„Eliza trifft der *Schlag*, wenn sie das sieht!", schimpfte Fred unbeirrt vor sich hin.

„Nein", sagte ich, als Fred gerade Luft holte, um weiter zu brüllen, „ich finde das eigentlich recht lustig."

Fred wirbelte herum und plötzlich schien ihn die ganze wütende Spannung auf einmal zu verlassen. Er sah mich an. Ich lächelte im schulterzuckend zu, die einzige Möglichkeit, die mir einfiel, um auf seinen Wutausbruch zu reagieren. Meinetwegen brauchte er sich natürlich keine Gedanken zu machen. Dass er jedoch mich als Vorwand vorschob, war

Hinweis genug, dass er überhaupt nicht zufrieden mit dem Verlauf der Dinge war.

Wohin auch immer sich diese Reise hier auf dem Esstisch begeben hätte sollen.

Anna richtete sich auf der Leiter auf und lächelte mir herzlich zu.

„Zeig mir deine Hände, Eliza", forderte sie mich freundlich auf und ich hob meine Arme, um meine Hände zu präsentieren.

Ich hielt immer noch die Hortensien in der linken Hand. Anna fokussierte erst auf meine rechte, dann auf meine linke Hand und schließlich auf die Blumen. Sie schien kurz nachzudenken, schüttelte dann aber ihren Kopf.

Sie legte den Kopf schief und betrachtete noch einmal meine rechte Hand.

Nun grinste sie.

„Perfekt!", rief sie aus. „Könntest du bitte Parmesan über die Zucchininudeln hobeln?"

Ich nickte, etwas überrumpelt von der unerwarteten Bitte. „Ich frische die hier ein und wasche mir nur schnell die Hände", antwortete ich.

„Ivo, nimm ihr die Blumen ab, bitte", befahl Anna, „wir haben keine Zeit fürs Händewaschen. Fred, gib ihr den Parmesan!"

Ich schluckte und bewegte mich nicht vom Platz.

Das ging so nicht.

. . .

Es ist vielleicht an der Zeit, zu erklären, dass ich einige kleine Ticks hatte. Nichts, was andere Menschen beeinflussen oder gar stören könnte, aber Dinge, die ich für mich machen *musste*.

Betonung liegt tatsächlich auf „musste“.

Und ich *musste* meine Hände waschen, wenn ich nach Hause kam. Und mein Gesicht. Genauso wie meine Schuhe immer am gleichen Platz einsortiert wurden und eigentlich hatte ich auch in den Küchenkästen immer ein eigenes System, das ich aber in dieser Wohnung nicht eingeführt hatte. Schließlich war ich ja Gast. Und benützte die Küche auch nicht wirklich.

Aber zurück zum Händewaschen: Jetzt sollte ich nicht nur aufs Hände- und Gesichtwaschen verzichten, sondern auch noch Essen angreifen? Mit den ungewaschenen Händen?

Mir schauderte und tatsächlich lief ein leichtes Zittern durch meinen Körper, als ich Hilfe suchend zu Fred sah. Dessen Augen waren mittlerweile normal energiegeladen, wie sie mich üblicherweise am Abend empfingen und er lächelte mir zu.

„Lass Eliza mal überhaupt durch die Tür treten”, sagte er zu seiner Schwester, hielt seinen Blick aber stets auf mich gerichtet. „Zur Not richte ich das Essen einfach nochmals frisch an.“

Ich lächelte ihm dankbar zu und bewegte mich langsam an Ivo, Lonny und Anna vorbei, in die nun auch wieder Bewegung kam.

Fred fing mich auf halbem Weg ab, nahm mir die Hortensien ab und plauderte vor sich hin. Ob ich die Blumen vom Naschmarkt hätte, ob er eine passende Vase finden würde, ob ich hungrig sei, – er redete ohne Punkt und Komma, als erwartete er sich keine Antwort von mir, obwohl er laufend Fragen stellte. Langsam führte er mich am Fremden auf meinem Barhocker vorbei ins Gästezimmer, wo ich schließlich endlich ins Badezimmer eilte und verschnaufte.

Fred erwartete mich, ohne Hortensien, im Gästezimmer und umarmte mich fest, als ich aus dem Bad kam.

„Mich treiben Fotografen in den Wahnsinn", murmelte er in meinen Nacken, „sogar meine eigene Schwester."

Er drückte seine Nase in mein Ohrläppchen und zog mich noch weiter an sich. „Du riechst so gut", murmelte er weiter und ich musste lachen, weil sein Atem auf meiner Haut kitzelte.

Ich schlang meine Arme um seine Schultern und drückte ihn bestärkend.

„Was funktioniert denn heute nicht?", fragte ich ruhig. „Neulich lief das doch wie aus einem Guss mit euch beiden."

Freds Schultern zuckten unter meinen Armen. „Ich halte diesen Perfektionismus nicht aus. Ist es nicht absolut egal, wer den Parmesanhobel auf einem Foto hält und in welchem *Licht* das passiert?"

Nun war es an mir mit den Schultern zu zucken.

„Werden das wieder Fotos für Instagram?", fragte ich.

Fred schüttelte den Kopf.

Dann erzählte er mir, dass er sich von Louis (offenbar der Fremde auf meinem Barhocker, wenn ich ihn richtig verstanden hatte) für ein weiteres Fotoshooting breitschlagen hat lassen – unter der Prämisse, dass diesmal Anna die Fotos machen würde. Er berichtete zudem von Sommerrezepten und Zucchininudeln mit gegrillten Garnelen (ich wusste es!) und Chilliöl. Außerdem erzählte mir Fred nochmals vom Magazinshooting, das neulich so schiefgelaufen war und bei dem er wegen eines roten Tischtuchs die Nerven geschmissen hatte.

Da musste ich lachen.

Und auch Fred lachte.

Dann küssten wir uns und bevor wir vergessen konnten, dass vor der Tür ein Haufen Menschen auf Fred (und auch ein wenig auf mich) warteten, unterbrach ich den Kuss und lehnte mich zurück.

„Wir nehmen das jetzt einfach, wie's kommt", schlug ich vor.

Dreiunddreißig

FRED

Es gab keine nachvollziehbare Erklärung dafür, warum ich während professioneller Fotoshootings regelmäßig die Nerven verlor. Aber irgendetwas konnte mich daran derart provozieren, dass ich Unsinnigkeiten durch den Raum brüllte und Teller schmeißen wollte. Dabei konnte ich diesmal ja nicht mal dem Fotografen einen Vorwurf machen. Anna ging an die Sache so professionell heran, wie es sich jeder Koch nur wünschen konnte. Sie hatte mit mir in vielen Details die Rezepte vorab durchbesprochen und wir hatten fast den ganzen Tag in die Gestaltung und Dekoration des Tisches investiert.

Aber dennoch ist mir beim Parmesanhobeln der Kragen geplatzt.

Ich war ein Fall für die Therapie.

Elizas wundersames Erscheinen und ihr herzzerreißendes Zögern, als es darum ging, ihre übliche Routine des Händewaschens zu unterbrechen, hatten mich aber schnell genug besänftigt. Die Umarmung im Gästezimmer schien uns beide weiter zu beruhigen, denn auch Eliza klang wieder ganz wie sie selbst.

Mir war recht bald, nachdem sie eingezogen war, aufgefallen, dass Eliza einige Angewohnheiten hatte, die sie unbeirrbar und immer wieder gleich ausführte. Lauter Kleinigkeiten, die einzeln betrachtet nicht sonderlich ins Gewicht fielen, aber in Summe eine für sie sehr bedeutsame Routine zeichneten. Abgesehen vom Waschen der Hände und ihres Gesichts, wurde auch ihre Handtasche immer an dieselbe Stelle gelegt. Die Post, falls es welche gab, kam immer ans unbenützte Ende des Tresens in meiner Küche. Nach dem Essen spülte sie das Geschirr kurz ab, bevor sie es in den Geschirrspüler stellte. Währenddessen summte sie die immer gleiche Melodie, die ich bis heute noch nicht erkennen hatte können. Vermutlich eine Eigenkomposition.

Jetzt aber löste sie sich aus unserer Umarmung, küsste mich nochmals leicht und während ich hoffte, dass sie nach draußen ging, um die Leute nach Hause zu schicken, verließ sie leider den Raum, um sich Louis vorzustellen.

„Du musst Louis sein“, hörte ich sie durch die offene Tür des Gästezimmers sprechen. Dann stellte sie sich vor. „Ich bin Eliza“, sie zögerte kurz, „die Mitbewohnerin.“

Ich kicherte und folgte ihr in die Küche.

Elizas Hortensien hatte ich vorübergehend neben Louis auf den Tresen gelegt, nun machte ich mich auf die Suche nach einer Vase und klapperte dafür durch meine Küchenschränke.

Die Blüten leuchteten in diesem klassischen Blitzblau, das Hortensien häufig hatten, und ich überlegte, ob wir sie auf den kleinen Couchtisch stellen sollten oder gleich auf die Anrichte, die neben der Eingangstür stand.

Eliza rumorte mittlerweile in den Laden dieser Anrichte herum und aus den Augenwinkeln sah ich, wie sie ihren Laptop hervorholte und ein wenig drauf herumtippte, bis plötzlich Musik aus den Lautsprechern schallte. Irgendetwas Jazziges, irgendetwas mit Klavier.

Ich richtete ein weiteres Glas Rosé-Sekt, schenkte Louis noch etwas nach und folgte dann mit eingefrischten Hortensien und dem Sekt in Händen Eliza durch den Raum. Die Blumen stellte ich ab und mit der nunmehr freien Hand umarmte ich Eliza von hinten, tanzte mit ihr leicht zur Musik und reichte ihr den Sekt nach vorn. Sie lachte und ließ sich von mir auf die Wange küssen. Dann nahm sie einen Schluck und wandte sich an Anna.

„Sollten wir nun Parmesan über das Essen geben?“, fragte sie.

„Macht das nochmals“, sagte Anna jedoch und richtete ihre Kamera in unsere Richtung.

„Was?“, fragte ich.

„Überreich ihr nochmals das Glas. So wie vorhin“, wies Anna an.

Ich sah Eliza an, aber sie zuckte nur mit den Schultern und gab mir das Glas zurück.

Ich zog sie also nochmals an mich („Tanzen!“, rief Anna dazwischen), schwenkte Eliza kurz mit mir mit und reichte ihr das Glas ein weiteres Mal. Weil ich lachen musste, versteckte ich mein Gesicht in Elizas Nacken, aber offenbar kitzelte ich sie, woraufhin wiederum sie lachen musste.

„Meine Güte sind die süß!“, seufzte Louis weit entfernt von seinem Beobachtungsposten neben meiner Küche.

„Froggy, du kannst nicht mal *eine* Anweisung normal ausführen, oder?“ In Annas Stimme lag so viel Augenverdrehen, dass ich nochmals lachen musste.

„Vielleicht liegt’s an deiner Keifstimme. Oder deinen Anweisungen“, antwortete ich, ganz der große Bruder.

Eliza küsste mich leicht auf den Mund, vermutlich, um mich von weiteren ausgesprochenen Blödheiten abzuhalten und stellte ihr Glas ab. Sie griff nach dem Parmesanhobel und dem Block Parmesan, die irgendjemand in der Zwischenzeit aus der Küche geholt und auf den Esstisch gelegt hatte, zögerte dann jedoch.

Mein Blick folgte Elizas und ich sah schnell, dass dort, wo bisher das zu fotografierende Gericht gestanden war, nunmehr kein Teller zu sehen war.

„Wo ist …?“ Ich ließ meinen Blick durch den Raum schweifen und plötzlich erklärte sich auch, warum Lonny und Ivo seit Minuten so still waren. Beide sahen mit schuldbewusster Miene und gut gefüllten Mündern zu mir. Aus

Lonnys Mundwinkel hing sogar noch eine Zucchininudel und ich musste lachen.

„Es wäre nur kalt geworden“, sagte Lonny und ich lachte erneut.

Ich sah auf die Uhr. In all dem Trubel hatte ich die Zeit übersehen und ich musste gestehen, dass ich all den Personen, die sich an diesem Tag in meiner Wohnung versammelt hatten, um mein sensibles Ego beim Fotografieren meiner Speisen zu unterstützen, nicht einmal etwas zu essen angeboten hatte.

Ich eilte so schnell es ging zurück in meine Küche und begann hastig weitere Garnelen anzubraten, um meinen Gästen zumindest eine Kleinigkeit bieten zu können.

„Fred!“, Anna rief mir hinterher. „Wir müssen diese Fotos machen!“

„Ihr müsst jetzt mal was essen!“, rief ich zurück.

„In dieser Familie wird traditionell immer nur miteinander gebrüllt“, behauptete Lonny plötzlich und ich hörte Ivo kichern.

Louis hatte sich zu mir gedreht und sah mich glücklich an. „Läuft doch gut, oder?“

Für einen Augenblick sah ich ihn sprachlos an.

„Wir haben doch noch kein einziges brauchbares Foto gemacht!“

„Ihr habt eine Million Fotos gemacht und nur ihr, die Familie Perfektionismus, seid noch nicht zufrieden. Ich bin mir sicher, dass wir etwas Sensationelles dabeihaben“, sagte Louis und nippte an seinem Glas.

„Schwachsinn", grunzte Anna plötzlich aus nächster Nähe.

„Sei höflich, alte Frau!", wies ich sie zurecht, wie ich sie schon vor 15 Jahren zurechtgewiesen hatte. Leider lächelte sie heute nur mehr milde über die versuchte Beleidigung und flippte nicht mehr aus wie damals mit zwölf.

„Ihr zwei braucht eine eigene Show", sagte Ivo und stellte den leeren Teller in die Abwasch.

Eliza drückte sich unbemerkt in die Küche, spülte den Teller und räumte ihn in den Geschirrspüler, dann nahm sie neben Louis Platz.

„Du sitzt auf meinem Barhocker", sagte sie leise, aber freundlich zu ihm.

Louis lachte lauthals auf. „Das glaube ich", antwortete er, ohne mit der Wimper zu zucken, „von hier aus sieht man am besten zum Herd."

Eliza lächelte wissend und freundlich, sie hatte offenbar zu einer Art stillem Einverständnis mit Louis gefunden.

„Anna, was hältst du davon, wenn du ein paar von uns beim Essen fotografierst?", schlug sie nun vor. „Oder entspricht das nicht dem Konzept?" Sie sah fragend zu Louis, der anstelle zu antworten mit seiner Hand eine schnelle Bewegung machte, die Eliza bedeuten sollte, weiterzusprechen.

„Wir wollten eigentlich die Garnelen ins Zentrum stellen", sagte Anna jedoch, bevor Eliza weiterreden konnte, „ohne Ablenkung durch anderes."

„Das verstehe ich", sagte Eliza freundlich, „aber bei Fred geht's doch auch immer darum, *wer* gerade sein Essen isst." Vier Köpfe richteten sich gleichzeitig auf Eliza, die leicht rosa

Wangen bekam. „Schließlich hat euch das neulich beim ‚Brot-Dinner' – verzeiht mir den Ausdruck – auch nicht abgehalten, Fotos zu machen. Gute Fotos. Es schien euch vielmehr zu beflügeln", ergänzte sie und trank aus ihrem Glas.

Wir starrten sie alle an.

Vermutlich eine Minute lang.

Ich weiß nicht, wie es den anderen in dieser langen Minute ging, aber ich war mir plötzlich sicher, noch nie in meinem Leben jemals so verliebt gewesen zu sein.

Kennen Sie dieses Gefühl?

Es ist wirklich etwas ganz Besonderes.

Besser als in Büchern und Filmen.

Eher wie ... warmer Schokoladekuchen mit einem flüssigen Kern, nicht zu heiß, gerade so dick und süß, dass die Schokolade auf der Zunge zerschmolz.

Das pure Glück.

Ich räusperte mich und landete wieder zurück in der Realität (mit leicht zitternden Fingern jedoch) und nahm erst jetzt das aufgeregte Geschnatter von Anna, Ivo und Lonny wahr, die sofort Elizas Idee in die Tat umsetzen wollten und damit begannen, den Tisch umzudekorieren. Sie besprachen, wer fotografiert werden sollte, ob man die Gesichter erkennen würde und aus welchen Perspektiven Anna die Bilder aufnehmen konnte.

In all dem Wirbel kümmerte ich mich um die Garnelen vor mir in der Pfanne, einzig Louis blieb still sitzen und als ich meinen Blick kurz darauf auf ihn richtete, blinzelte er mir freundlich und wissend zu. Er hob sein Glas und prostete in meine Richtung.

Vielleicht kannte auch er dieses Gefühl von warmem Schokoladekuchen.

Oder er hatte es bloß in meinem Gesicht gelesen.

In jedem Fall war ich erleichtert, mit meinem Geheimnis nicht ganz allein zu sein.

Vierunddreißig

ELIZA

„Ich will ja nicht undankbar sein, aber für Karfiol hätte ich mich heute nicht aus meinem Trainingsanzug herausschälen müssen“, Frau Lore rümpfte die Nase wie ein verwöhntes Model und ich musste lachen.

In ihren Augen blitzte so viel Schalk auf, dass sich dies sogar in ihrer Stimme niederschlug.

„Aber, Frau Lore!“, rief Lonny aus, der in ihr binnen Sekunden nach dem Kennenlernen eine Schwester im Geiste gefunden hatte und sich kaum einen Meter aus ihrer Umgebung wegbewegte, „es weiß doch jeder, dass Sie nicht einmal unter Ausschluss der Öffentlichkeit Trainingsanzüge tragen würden!“

. . .

Am Vorabend waren wir noch lang zusammengesessen. Nach einigem Hin und Her hatte ich Rosa und Viola in Freds Wohnung geholt, um eine bunte Runde, die Freds Essen genoss, fotografieren zu können. Nach einigen schnellen Umbauarbeiten am Esstisch und hastig gefüllten Weißweingläsern, saßen Rosa, Lonny und ich am Tisch und aßen Freds Zucchininudeln mit Garnelen, während Viola und Ivo sich auf der Couch ausbreiteten.

Die beiden waren endlich wieder vereint worden, auch wenn Viola nur für einige Sekunden aus ihrer Tiefschlafphase aufgetaucht war, als sie den Brustkorb (also, ihre Schlafunterlage) wechseln musste, bevor sie sich erneut von ihrem anstrengenden Babyalltag erholte, während wir aßen und tranken und lachten.

Und Anna hielt alles mit ihrer Kamera fest.

Das Essen war natürlich köstlich, darüber musste man gar nicht diskutieren. Und wie schon beim „Brot-Dinner“ vor wenigen Wochen, rutschten wir innerhalb kürzester Zeit in angenehm unterhaltsames Plaudern. Es waren am Ende auch tatsächlich meine Hände, die Parmesan auf das Essen hobelten und ich war mir sicher, dass sich Anna wahrscheinlich für jene Aufnahme entscheiden würde, auf der ich das Essen bereits zur Hälfte aufgegessen hatte und neuerlich zum Parmesan gegriffen hatte. Denn, selbst wenn Anna und Fred so sehr nach Perfektion in allem strebten, was sie eigentlich vermitteln wollten, war das Leben selbst.

Und das bestand aus Lachen und Weinflecken am Tisch und einem gesunden Appetit.

Und ja, auch einem Salat aus Karfiol, den es heute Abend gab.

Frau Lore war am Vorabend nicht zu Hause gewesen (ich hatte eigentlich auch bei ihr geläutet), aber Fred hatte noch spätabends, als wir bereits im Bett lagen, via Twitter mit ihr Kontakt aufgenommen. Ihre kurz angebundene Zusage kam dann jedoch gleich nach wenigen Minuten.

Kurz nach 18 Uhr erschien sie heute Abend schließlich auf der Türschwelle. Man konnte es nicht anders formulieren.

Selten zuvor hat man jemanden gesehen, der in einer goldglitzernden Tunika so gut aussah, wie Frau Lore, als sie durch Freds Wohnungstür rauschte.

Die Enttäuschung folgte jedoch wenige Minuten später, als sie erfuhr, dass es einen sommerlichen Salat mit Karfiol geben würde.

„Mit Buttermilch-Limetten-Dressing", versuchte Fred mit lachenden Augen, die Wogen zu glätten.

„Das ganze Haus riecht nach Pizza, die Wohnung riecht nach Pizza, aber serviert wird Karfiol", Frau Lore seufzte dramatisch, „nie wieder sage ich betrunken zu einer Essenseinladung zu!"

Wir mussten alle lachen und auch Frau Lore zwinkerte mit den Augen. Dann fokussierte sie sich auf die neue Person in der Runde. „Wir beide müssen uns jetzt ein wenig genauer unterhalten", sagte sie und hängte sich bei Max unter.

Als wir am Vorabend besprochen hatten, wer für das

heutige Fotoshooting-Dinner eingeladen werden könnte, schlug Louis auch „meinen … Max“ (seine Worte, nicht meine) vor und ich war sofort begeistert gewesen von Louis’ Max, als er heute Abend schließlich vor mir gestanden war und mir einen üppigen Strauß Margeriten in die Hand gedrückt hatte.

Frau Lore zog Max nun vom Tresen neben Freds Küche, wo wir uns versammelt hatten, um einen Aperitif einzunehmen, weg und flanierte mit ihm, Arm in Arm, durch die Wohnung.

„Das ist wie in der einen Szene in dieser Jane-Austen-Verfilmung, wo Keira Knightley durchs Wohnzimmer spazieren muss“, flüsterte mir Anna zu und ich musste lachen.

„Ich habe mir deinen Namen leider nicht gemerkt. Darf ich dich Ken nennen?“, fragte Frau Lore gerade Max.

„Bitte nicht“, antwortete er mit ernster Miene, seine mit Glitzer verlängerten Augenwinkel ließen aber doch so viel Amüsiertheit erkennen, sodass sich niemand zum Einschreiten gezwungen sah.

Niemand, außer Louis natürlich. Der mit zappelnden Knien neben mir saß und die beiden argwöhnisch beäugte.

„Sie kann nicht weit kommen, wenn sie ihn entführen wollte“, versicherte ihm Fred augenzwinkernd.

„Das ist ein Test“, warf Lonny ein, „ob Max wieder zur dir zurückfindet.“

„Ihr seid unfassbar gemein!“, beschwerte sich Louis und

fixierte Fred mit zusammengekniffenen Augen. „Als ob du Eliza einfach so dieser *Naturgewalt* –“ Er deutete in Frau Lores Richtung. „– überlassen würdest!“

Fred lachte lauthals auf. „Da müsste ich eher Frau Lore beschützen.“ Er zwinkerte mir zu. „Aber ich weiß mit Sicherheit, dass beide Frauen jeden Mann, der sich auf irgendeine Art unnötig einmischen würde – und seien seine Ziele noch so galant – eher verjagen würden.“

Ich nickte Fred freundlich zu, etwa so wie es Lehrer machten, wenn ein Schüler eine Prüfungsfrage richtig beantwortet hatte. Dann grinste ich.

„Eure Dynamik macht mir manchmal Angst“, sagte Lonny, als er sich mit einem frisch gefüllten Glas Gelben Muskateller an die Bar lehnte. „Jahrelang war Fred immer nur spätabends und da für wenige Minuten ansprechbar. Und eines Tages zieht er in dieses verwunschene Haus hier, trifft auf die schöne Eliza –“ (Ich schnaubte verächtlich und absolut unelegant, aber natürlich geschmeichelt durch die Nase.) „– und plötzlich ist sein Leben voller Menschen und neuer Rezepte. Und sogar die alte Anna ist wieder aufgetaucht.“ Lonny schüttelte den Kopf, wich einem Hieb von Fred auf den Hinterkopf und einem Knuff von Anna auf seinen Oberarm aus.

Fred, Anna und Ivo begannen bald danach damit, das Essen auf dem Tisch fotogerecht zu drapieren. (Die „Pizza“, die Frau Lore gerochen hatte, war vielmehr eine Art Blechkuchen mit Tomaten, den Ivo zum Abend beigesteuert hatte.)

Und so blieben Lonny und ich für einen Augenblick am

Tresen neben der Küche zurück. Lonny prostete mir zu und ich erwiderte den Gruß, bis die Gläser klangen.

Er sah aus, als wollte er etwas loswerden.

„Wird das nun ein ernsthaftes Gespräch?“, fragte ich ihn augenzwinkernd, aber der sonst eigentlich immer lockere Lonny ließ kein Lächeln erkennen. Ich schluckte nervös.

„Auch wenn du vielleicht keinen Schutz benötigst“, griff Lonny schließlich auf unser Herumalbern von vorhin zurück, „solltest du schon auch über Fred Bescheid wissen.“

„Tatsächlich?“ Ich zog meine Augenbrauen hoch. Ich hatte keine Ahnung, worauf er hinauswollte und um ehrlich zu sein, dieser kryptische Gesprächsauftakt ging mir rasend schnell auf die Nerven. „Und verrätst du mir, was ich da so unbedingt wissen sollte oder muss ich von selbst draufkommen?“

Lonny holte dramatisch Luft. Ich verdrehte heimlich die Augen.

„Überall, wo Fred hingeht, hat er Freunde. *Richtige* Freunde“, sagte Lonny und pausierte theatralisch.

„Das war’s, was du mir sagen wolltest?“, fragte ich amüsiert. Lonny schüttelte den Kopf.

„Er ist einfach viel zu nett für diese Welt“, Lonny blieb weiterhin ernst, aber ich musste lächeln. Fred war wirklich durchgehend gutmütig (außer während Fotoshootings, natürlich).

„Meinst du, er ist zu nett zu mir?“ Mir war immer noch nicht klar, was Lonny mit diesem Gespräch bezweckte.

Lonny schüttelte seinen Kopf.

„Nein, keineswegs“, sagte er schließlich, „ich weiß nicht, wie ich das formulieren soll, was ich sagen möchte.“

Das Gefühl hatte ich auch, aber ich bemühte mich um einen aufmunternden Gesichtsausdruck.

Lonny holte nochmals Luft. „Fred wird immer gemocht, egal, wohin er geht."

„Das sagtest du bereits."

„Aber er nimmt fast nie jemanden mit", sagte Lonny. „Sein ganzes Erwachsenenleben gab's für ihn eine Zeit in der Küche, das war seine Zeit für die Öffentlichkeit. Und dann gab's seine privaten Räume, in die normalerweise niemand durfte." Lonny lächelte. „Und plötzlich öffnet er seine private Küche – für dich, für eure Nachbarinnen, für Ivo, der doch wirklich der ehrlichste Mensch der Welt ist, oder?"

Ich nickte Lonny zu. Ivo war wirklich eine Klasse für sich.

„Ich weiß nicht genau, ob du das nun gut findest oder schlecht", sagte ich in Bezug auf seine Erklärungen zum privaten Fred. „Ich kenne ihn nur so. Und ich habe nicht den Eindruck, als würde er zu etwas gezwungen."

„Nein", bestätigte Lonny zum Glück, „er sieht so zufrieden aus. Einige Jahre lang dachte ich, diese Augenringe, die er immer hatte, würden dauerhaft bleiben." Er seufzte.

„Ich weiß auch nicht, warum ich dich mit all dem Zeug volllabere", sagte er schließlich leise.

„Stört es dich, dass du nicht mehr der Einzige bist, für den er kocht?"

Lonny lachte auf.

„So oft wie in den vergangenen Wochen hat er seit seinen Lehrjahren nicht mehr für mich gekocht!" Dann umarmte er mich halb. „Ich wollte dich nicht verwirren", sagte er schließlich, „ich bin es nur nicht gewöhnt, dass er plötzlich so aufmacht."

„Ich bin normalerweise auch nicht so“, sagte ich.

„Dann ist es vielleicht ja gar nicht so schlecht, dass ihr dieser Küche hier ein bisschen Leben einhaucht.“

Lonny sah mich plötzlich mit einem komischen Gesichtsausdruck an und drehte sich schließlich weg.

Und ich hatte das Gefühl, ich hatte die Pointe eines Witzes nicht verstanden.

Fünfunddreißig

FRED

Anna hatte tausende Fotos geschossen und Frau Lore war doch noch mutig genug gewesen, den Karfiolsalat zu probieren. Die Rezepte sollten in einer der Magazinausgaben während der Sommermonate erscheinen, weshalb wir uns für Gerichte entschieden hatten, die man leicht für mehrere Personen zubereiten konnte, auch wenn es draußen vielleicht gerade sehr heiß war.

„Wir haben immer noch nicht entschieden, wie wir dich den Lesern vorstellen", sagte Louis, nachdem er aufgegessen hatte, und warf seine Serviette auf den Tisch.

Annas Kamera klickte.

„Als Fred Feigel?", schlug ich vor und Louis verdrehte lachend die Augen.

„Er will nur wissen, wann du dein Lokal aufmachst", sagte Max in seiner ruhigen, schüchternen Art, die so gar nicht zu seinem Äußeren passte. Ich lächelte ihm zu, aber bevor ich auf ihn eingehen konnte, griff Frau Lore das Gespräch auf.

„Wo wird das neue Lokal sein?"

„Es gibt noch keinen Ort", sagte ich.

„Aber es wird ein Lokal geben?", fragte Max augenzwinkernd.

Ich sah zu Ivo, der leicht mit den Schultern zuckte. Wir korrespondierten mit den Augen, dann nickte ich ihm zu, bedeutete ihm, etwas zu sagen.

Ich suchte Elizas Blick und griff nach ihrer Hand, strich ihr über die Finger und lächelte ihr zu.

„Wir haben da eine Idee", begann Ivo und der Tisch brach in Jubel aus.

„Ich *wusste* es!", rief Louis aus. Dann sah er zu Max: „Habe ich es dir nicht gesagt? Wie oft habe ich dir das gesagt?"

„Jeden Tag beim Frühstück", antwortete Max und seine Wangen wurden leicht rot.

Bevor wir uns vorhin zum Essen gesetzt hatten, hatte mich Max – nachdem er Frau Lore ausreichend Rede und Antwort gestanden hatte – für einen Augenblick zur Seite genommen und sich für seine kühle Art bei unserem Kennenlernen am Naschmarkt entschuldigt. Er sei überrascht und etwas eifersüchtig und schließlich auch etwas eingeschüchtert gewesen. (Letzteres war mir zwar nicht gänzlich nachvollziehbar, aber das sollte uns nicht davon abhalten, miteinander an einem Tisch zu sitzen.) Ich versicherte ihm, dass es mir gar nicht aufgefallen war (warum sollten wir uns lang damit aufhalten) und dass er stets willkommen sei.

Die Eifersucht hätte er jedenfalls spätestens dann abgelegt, nachdem er mich mit Eliza gesehen hatte.

„Hast du's ihr schon gesagt?", hatte er mich leise gefragt.

„Was denn?"

„Was du für sie empfindest?"

Ich hatte den Kopf geschüttelt.

„Warum nicht?"

„Ich weiß es noch nicht so lang!"

„Ja und?"

Ich hatte ihn milde angelächelt. „In deinem Alter ist man da vielleicht noch mutiger, aber in meinem Alter geht man da vorsichtiger vor."

Max hatte mich mitleidig angesehen. „Du bist nicht viel älter als ich, aber darum geht's jetzt gar nicht." Er seufzte. „Verpass deine Chance nicht, nur weil dein Kopf zögert." Dann hatte er mir viel zu fest auf die Schulter geklopft und war losgezogen, um Louis einen Kuss auf die Wange zu geben.

Selten hatte ich Louis glücklicher gesehen als in diesem Moment der stillen Aufmerksamkeit durch „seinen ... Max".

Und jetzt hatte der unergründliche Max das Gespräch auch noch auf das Lokalprojekt gebracht. Mit voller Absicht und ohne Anlauf. Vielleicht war es wirklich an der Zeit, in großer Runde darüber zu reden.

Ich drückte Elizas Hand noch einmal, im Bedürfnis mich irgendwo festzuhalten.

Wie in vielen anderen Dingen, die das Kochen betrafen, hatte Ivo keine langwierigen Erklärungen von mir benötigt, um meine Lokal-Idee zu verstehen und seine persönliche Note darin einzubringen. In wenigen Stunden waren die groben Züge an einem Abend im *Goldie's* besprochen und seither sammelten sich Ideen, Bilder, aber auch Interviews mit anderen Köchen und Restauranteigentümern in unserem Chat am Handy. Es war leichter, sich der Idee (und ja, es war immer noch *nur* eine Idee) hinzugeben, wenn man einen *partner in crime* hatte.

Dann wog die Grundsatzentscheidung nicht so schwer.

Wir hatten fürs Erste vereinbart, Eliza noch nicht einzuweihen, um sie nicht in ihrer Firma in einen Gewissenskonflikt zu bringen. Denn schließlich bestand durchaus die Möglichkeit, dass Ivo der Brotmanufaktur den Rücken kehrte, sollte aus unserer Idee jemals mehr werden.

Nun war die Katze jedoch aus dem Sack.

Aber sie lächelte immer noch. Und sie hielt weiterhin meine Hand.

Die Ideen der anderen für unser Lokal liefen bald wild über den Tisch, jeder brachte sich ein und so manch einer schlug auch etwas vor, woran wir bereits gedacht hatten. Ivo und ich blinzelten uns dann immer verschwörerisch zu.

Ich bemerkte auch, wie sein Blick immer mal wieder

länger an Eliza hängen blieb, bis sich ihre Blicke irgendwann einmal trafen.

„Es tut mir leid, dass wir dir das nicht sofort erzählt haben", sagte Ivo dann schnell, „das liegt nur an mir. Wir wollten nicht, dass du Markus etwas verheimlichen musst."

„Wer ist Markus?", fragte Max.

„Elizas Chef", antwortete ich. „Eliza ist die Assistentin des Geschäftsführers von *Vollkörnig*." All jene, die das noch nicht gewusst hatten, nickten nun wissend, jeder kannte den populären Bäcker, der mittlerweile in fast jedem Bezirk der Stadt mit einer oder mehreren Filialen präsent war.

Aber Eliza wischte Ivos Sorgen vom Tisch. „Meinetwegen müsst ihr euch keine Gedanken machen", sagte sie, „ich bin lang genug in der Firma, um erkennen zu können, welche Mitarbeiter lang bleiben werden. Und welche nicht." Sie zwinkerte Ivo zu.

„Weißt du", begann Ivo grinsend, „eigentlich bist ja du schuld, dass wir uns überhaupt kennengelernt haben." Er deutete zu mir. „Wenn du ihn nicht so beharrlich verfolgt hättest, um ihm die Firma zeigen zu können, wäre er ja nie in der Backstube gelandet."

Eliza lachte lauthals auf und stimmte ihm lachend zu. „Tatsächlich!"

Sie lachte noch einmal auf und begann all jenen am Tisch, die uns kurzfristig verwirrt angesehen hatten, zu erzählen, wie wir uns kennengelernt hatten.

So nach und nach driftete das Gespräch wieder in Richtung allgemeinerer Themen (eine Diskussion über den Namen unseres Lokals konnten wir zum Glück schnell abwenden). Und während wir Weinflaschen leerten und lachten und Anna weitere Fotos schoss, war bei jeder einzelnen Person rund um den Tisch zu erkennen, wie der gewöhnliche Alltagsstress den Körper verließ, zumindest für die wenigen Stunden hier, in meiner Wohnung, an meinem Esstisch.

Max und Louis hatten eine ähnliche Haltung eingenommen wie Eliza und ich, näher beieinander, aber nur verbunden durch leicht verschränkte Fingerspitzen, die ab und zu nach der anderen Person tasteten. Ein unausgesprochenes Miteinander, nur für uns, während wir uns den anderen Personen widmeten. Ohne es den anderen unter die Nase zu reiben.

Oder so dachten wir.

„Immer diese händchenhaltenden Menschen rund um einen herum", seufzte Frau Lore irgendwann plötzlich auf, der Schalk in ihren Augen unverkennbar. „Da könnte man ja fast neidisch werden." Sie richtete ihren Blick auf Anna und Lonny und wackelte ihren Zeigefinger zwischen den beiden hin und her. „Und was ist mit euch beiden?"

Ich verschluckte mich beinahe an meinem Wein.

Oh mein Gott! Bitte nicht!

Aber Lonny dachte wohl ähnlich, denn es dauerte nur einen Moment, bis er lachend sagte: „Naa, ich habe mal gesehen, wie sie nackt in ein Planschbecken gepinkelt hat."

Der Tisch explodierte vor Lachen und Anna, meine eigentlich unbeirrbare Schwester, wurde tatsächlich rot.

"Da war ich sieben Jahre alt!", brüllte sie über das

Gelächter hinweg. „Du Doofzack!" (Damals mit sieben war das das schlimmste Schimpfwort, das sie kannte.)

„Ich werde es trotzdem niemals vergessen können", zeigte sich Lonny gespielt traumatisiert und ich hörte, wie Eliza neben mir gluckste.

Frau Lore lenkte das Gespräch geschickt weiter und grillte sowohl Anna als auch Lonny im Detail über ihr eher karges Liebesleben, wie es sich herausstellte.

Und ich musste feststellen, wie wenig ich über Anna wusste. Wie viele private Informationen während all der Jahre, die sie auf Reisen war, verloren gegangen waren.

Lonny und Anna schlugen sich jeweils wacker, wichen zahlreichen Fragen aus, die sie in Bedrängnis bringen hätten können, aber obwohl sie auch zu persönliche Auskünfte verweigerten, ergab sich aus den sehr spärlichen Informationen dennoch ein sehr buntes, fast vielfältiges Bild.

Und je länger die Fragerunde dauerte, desto melancholischer schien Anna zu werden. Aber das fiel vielleicht nur mir auf.

Ich nahm mir vor, sie demnächst in einer ruhigen Minute einmal darauf anzusprechen.

Jetzt, wo sie offenbar tatsächlich daran dachte, länger in Wien zu bleiben.

Es war schließlich Ivo, der die beiden errettete und das Gespräch wieder in unverfängliche Themengebiete lenkte.

Und so ließen wir den Abend ausklingen, bis die Gäste

müde waren, bis Eliza und ich müde waren, bis wir uns alle versprachen, das möglichst bald zu wiederholen.

An diesem Abend lagen Eliza und ich noch lang wach. Bei offenem Fenster, wie wir es mittlerweile gewöhnt waren. Wir ließen die vergangenen zwei Tage, die bunten Fotoshootings Revue passieren und erzählten uns lustige Gespräche nach, tauschten Beobachtungen aus und plauderten über die interessanten Menschen, die in den vergangenen Tagen rund um den Esstisch Platz genommen hatten.

Ich berichtete Eliza auch im Detail, was Ivo und ich uns in den vergangenen Tagen überlegt hatten.

„Wir hätten zumindest schon das Gästebuch für unser Lokal", murmelte ich und Eliza drückte mich für einen Moment näher an sich heran.

Wir schwiegen und ließen uns von der Juninacht einhüllen.

„Lonny hat heute versucht, ernsthaft mit mir zu sprechen", begann Eliza plötzlich mit leiser Stimme.

Ich prustete los.

„Worüber?", ich lachte noch einmal. Lonny war einfach *überhaupt* nicht der Typ für ernsthafte Gespräche.

„Ich kann es dir nicht genau beantworten", sprach Eliza weiter. „Je länger ich darüber nachdenke, desto weniger Sinn macht das Gespräch für mich."

Ich lachte leise auf. „Was hat er gesagt?"

„Dass du immer viele Freunde hast und du viel zu nett

bist", sagte Eliza. „Dass es aber dennoch ungewöhnlich sei, dass du Leute in deine Privaträume lässt."

Ich lachte wieder leise auf.

„Ich habe gesagt, ich kenne dich nicht anders", setzte Eliza fort.

„Und das ist auch gut so", antwortete ich. „Ich mag mich selbst so."

„Und was ist daran anders als früher?"

Ich dachte kurz nach.

„Nichts Offensichtliches vermutlich", begann ich zögerlich, mir selbst nicht so sicher, was ich sagen wollte. „Ich habe einfach hauptsächlich gekocht, in irgendeinem Lokal. Und die restliche Zeit habe ich gebraucht, um nicht verrückt zu werden."

„So etwas Ähnliches hat Lonny auch gesagt", sagte Eliza.

„Ja?"

„Ja. Dass du eigentlich sehr zurückgezogen bist."

„Das stimmt auch", gab ich zu, „das bin ich auch. War ich vielmehr! Aber ich habe vor einigen Monaten schon gemerkt, dass ich etwas ändern musste. Also habe ich diese Wohnung gekauft." Ich lächelte, dann seufzte ich. „Früher habe ich gearbeitet und bin dann in eine kleine Einzimmerwohnung zurückgekehrt, in der ich seit mehr als zehn Jahren gewohnt hatte. Das war's. Das war mein Leben. An manchen freien Tagen habe ich an Lonnys jeweiliger Arbeitsstätte vorbeigeschaut, weil ja niemand sonst so ungewöhnliche Arbeitszeiten hatte wie ich."

Eliza setzte sich etwas auf und sah mich an. „Und wie war das mit den Frauen? Wie haben die darin Platz gefunden?"

Ich wandte meinen Blick ab, denn ich wurde tatsächlich etwas rot.

„Na ja, wie das halt so ist …“, meinen bestechend eloquenten Versuch eines Ablenkungsmanövers nahm nicht einmal ich ernst.

„Wie ist es denn?“ Eliza sah mich neugierig an.

Ich atmete tief durch und sah Eliza in die Augen. Die Farbe ihrer Augen wirkte abends fast moosgrün und für einen Augenblick ließ ich mich von der Freundlichkeit ihres Blicks ablenken. Dann begann ich zu erzählen. Von kürzeren und längeren Beziehungen und dass wirklich wenig Ernsthaftes dabei gewesen war, weil oftmals gar nicht die Zeit geblieben war, um jemanden richtig kennenzulernen.

„Und jetzt?“, fragte Eliza leise.

Ich berührte ihre Wange mit meiner Handfläche und zog sie näher zu mir, küsste sie leicht.

„Nichts von dem, wie es jetzt ist, war irgendwie geplant“, sagte ich, „ich habe einen Teil meines Ersparten in diese Wohnung gesteckt und hatte eigentlich so weiter gemacht wie bisher. Aber dann gab’s das Dinner und mein Job war weg und ich hatte Zeit und jetzt bist du da …“

Ich küsste Eliza erneut.

Und noch einmal.

„Ganz schön viel Neues, hm?“, murmelte Eliza an meine Lippen gelehnt.

„Ganz schön viel Schönes“, antwortete ich.

Sechsunddreißig

ELIZA

Als der Juni schließlich in den Juli überging, fand ich eine neue Wohnung. Und Fred singend unter der Dusche.

Und das kam so:

Nach dem Fotoshooting für Louis' Magazin nahmen Fred und ich relativ bald wieder unseren schmerzlosen, unproblematischen Rhythmus des Zusammenlebens auf. Wir kamen und gingen, wie es nötig war, und trafen uns spätestens am Abend in Freds Schlafzimmer wieder, wo wir uns unsere Erlebnisse des Tages nacherzählten.

Oder in angenehmes Schweigen versanken.

. . .

Der Beginn des Hochsommers bedeutete für mich auch endlich etwas weniger lange Abende auf irgendwelchen Events oder im Büro und ich fand ausreichend Zeit, zu laufen, Sabrina zu treffen oder Freds neueste Kreationen zu testen. Letzteres lief ebenso in einem schon bald routinierten Rhythmus ab: Meist saß ich auf „meinem" Barhocker oder einer freien Arbeitsfläche in der Küche, Fred arbeitete irgendetwas mit seinen Unterarmen und Händen und ich verlor mich in Träumereien, bis das jeweilige Gericht bereit war, von mir und Fred gekostet zu werden, was wir natürlich mit einem Kuss kombinieren mussten.

Und noch einem Kuss.

Und einer Umarmung.

Und noch einem Kuss.

Bis wir das Essen für einen Moment sein ließen und uns gänzlich einander widmeten.

Und kosteten.

Und genossen.

Noch nie in meinem ganzen Leben hatte ich derart häufig Sex, derart gutes Essen und vor allem auch so viele Menschen rund um mich herum, mit denen ich mich regelmäßig traf. Denn an einem Abend der Woche, meist war es der Mittwoch, fanden sich zahlreiche Leute rund um Freds Esstisch ein und ließen sich von ihm verköstigen, während die aktuellsten Themen ausgetauscht wurden und vor allem viel gelacht wurde. Und so kamen Woche für Woche die unterschiedlichsten Runden an unserem Esstisch zusammen: Lonny oder Anna, Max und Louis, manchmal auch Rosa mit einer schlafenden Viola.

Ivo ging ohnehin regelmäßig in der Wohnung ein und aus, seit er mit Fred fokussiert an ihrem gemeinsamen Lokal-Projekt arbeitete. Ich ließ die beiden mit ihren Plänen meistens in Ruhe, stand aber trotzdem oft genug bereit, wenn sie eine ihrer Ideen mit jemand anderem besprechen wollten.

Soweit ich das beobachten konnte, war Fred in die Entscheidung, ein eigenes Lokal zu eröffnen, hineingerutscht. Aus den vielen losen Ideen wurden konkrete Vorstellungen und detaillierte Pläne. Ohne lange Diskussionen, ohne schlaflose Nächte, ohne beständige Wünsche von Louis.

Nach langen Verhandlungen mit ihrer Bank, einem Architekten und natürlich dem Eigentümer des Geschäftslokals hatten sich Fred und Ivo dann tatsächlich für den riesigen leeren Raum in der Nähe unseres Wohnhauses entschieden und in wenigen Wochen sollte bereits mit dem Umbau begonnen werden. Nach aktuellem Planungsstand hatten Fred und Ivo vor, ihr Lokal täglich irgendwann vormittags zu öffnen und bis längstens 20 Uhr ihre Gäste zu versorgen. („Ich mag die Wohnung am Abend. Ich will abends zu Hause sein", hatte Fred irgendwann einmal gesagt.)

Ivo und Fred wollten eine gemütliche Oase schaffen, bei der man mitnehmbare Speisen und Getränke erwerben konnte, saisonal und frisch gekocht natürlich, oder sich für einige Zeit an einem der Tische im Lokal aufhalten konnte, um Station zu machen. („Um über kurz oder lang die Energien wieder aufzuladen", hatte Ivo – bereits gänzlich eingenommen von Freds Sättigungs-Philosophie – mir mal erklärt.) Und sie hielten sich die Option offen, die Öffnungszeiten irgendwann später einmal auch in die Morgenstunden zu verlegen, um die Frühstück-suchende Kundschaft anzusprechen.

So entwickelte sich unser Leben, so war es richtig Sommer geworden. Seit einer guten Woche bekam ich meinen Frühstückskaffee sogar auch in einem Häferl serviert, auf dem groß der Schriftzug „Lieblingstasse" prangte.

Es schien Fred immer wieder mal zu beschäftigen, dass ich so wenige Dinge besaß, die von sentimentalem Wert waren. Er selbst hatte seine Wohnung in den vergangenen Wochen immer weiter mit neuen Möbelstücken, Fotos und Teppichen gefüllt, die wir in kilometerlangen Einkaufstouren durch *jedes einzelne* Möbelhaus der Stadt zusammengetragen hatten. Ich fand es nett, dass er mich in die Gestaltung der Wohnung so einband und vermutete hinter seinen Bemühungen eine Art Mitgefühl, vermutlich genährt aus dem schlechten Gewissen, dass meine Wohnung aufgrund des Wasserschadens nahezu unbewohnbar war und ich in dieser Zwischenstation gelandet war, während er sich häuslich niederließ. Ein Nest für sich baute.

Und ja, ich verdrängte den Gedanken daran, ob und wann ich aus diesem Nest wieder ausziehen musste.

Also wohnte ich weiterhin in Freds Wohnung, aß, was er mir servierte, schlief Tag für Tag in seinem Bett und hortete meine wenigen Besitztümer in seinem Gästezimmer, in dem sich Viola mittlerweile häufiger aufhielt als ich.

Ich ignorierte all die Warnungen in meinem Hinterkopf, mich endlich mit dem Thema auseinanderzusetzen, genoss lieber den Sommer und die frühen Feierabende, das tägliche Frühstück mit Fred, die flüsternd im Bett verbrachten Nächte und verdrängte jeglichen Gedanken, der eine Entscheidung von mir verlangt hätte.

Nach all den Veränderungen in meinem Privatleben ließ mich auch Sabrina eine Zeit lang mit ihrer Kritik an meinem Arbeitsalltag in Frieden. Aber sie überraschte mich an einem der ersten Julitage mit der Nachricht, sie hätte eine Wohnung für mich gefunden. „Falls du überhaupt noch ausziehen willst."

Und war das nicht der springende Punkt?

Im ersten Schock ließ ich ein paar Tage vergehen und ignorierte Sabrinas Angebot. Ich verdrängte alles, was mit einem möglichen Auszug aus Freds Wohnung zusammenhing. Zum Beispiel den Gedanken, wieder allein in einer Wohnung zu wohnen. Oder die Tatsache, dass Fred und ich zwar lebten wie ein alteingesessenes Ehepaar, wir aber tunlichst jegliche Benennung unseres Beziehungsstatus, jegliche Verpflichtung, die sich in einer Beziehung auftun könnte, zu diskutieren vermieden. Ich verdrängte auch diese enorme Grundsatzentscheidung, die sich dadurch auftat – und die viel mehr bedeutete als bloß die Entscheidung für eine neue Wohnung.

Nach den wenigen Tagen des Verdrängens wachte ich eines Morgens jedoch auf und beschloss, mir die angebotene

Wohnung zumindest anzusehen. Ich kontaktierte Sabrina, die mir daraufhin die Details berichtete und auch gleich einen Besichtigungstermin am nächsten Tag, einem Samstag, organisierte. Die Tante einer Arbeitskollegin (oder so ähnlich) vermietete die kleine Wohnung in der Siebensterngasse im siebten Wiener Gemeindebezirk, genau am Eck zur Breite Gasse, direkt hinter dem Museumsquartier, genau dort, wo die Straßenbahn um die Kurve bog.

Das Rumpeln der alten Garnitur war auch im deklarierten Wohnzimmer dieser Wohnung zu hören, obwohl wir uns bereits im vierten Stock befanden. Das Schlafzimmer der Zweizimmerwohnung war aber in den Innenhof gerichtet und bot wesentlich mehr Ruhe vor dem Trubel dieses üblicherweise sehr belebten Teils der Stadt.

Sabrinas Arbeitskollegin führte mich in der Wohnung herum, präsentierte das frisch renovierte Badezimmer, pries die Nähe zur Mariahilfer Straße und zur U-Bahn und überhaupt zu den Museen an.

Und eigentlich gab es für mich keinen Grund, diese Wohnung nicht zu nehmen.

Tief in Gedanken versunken kehrte ich in das Wohnhaus zurück, in dem ich seit mehr als fünf Jahren wohnte, in die Wohnung, in der mich seit Kurzem jeden Tag so viel Wärme und Freundlichkeit empfing, die ich mir niemals erwartet hatte, weil ich nicht gewusst hatte, dass so etwas überhaupt möglich war.

. . .

Im Westen der Stadt braute sich ein Gewitter zusammen und die Luft war staubig und stickig geworden, wie immer kurz bevor sich die Spannung viel zu langer Hitzephasen entladen wollte. Ich war den Weg von der Siebensterngasse bis zur Wohnung auf der anderen Seite des Wienflusses zu Fuß gegangen, leichtsinnigerweise in Flipflops und meine Zehen glühten schmerzhaft vor sich hin, aufgeheizt vom glühenden Asphalt und den schnellen Schritten, mit denen ich einer raschen Entscheidung näherkommen wollte.

Der Eingang des Wohnhauses war, wie üblich in Wiener Altbauten, kühl genug, um für einen Moment Luft schnappen zu können, aber als ich im dritten Stock aus dem Lift stieg, glühte die Nachmittagssonne wieder erbarmungslos ins Stiegenhaus.

Wieder donnerte es in der Entfernung und ich wartete sehnsüchtig darauf, dass die Gewitterwolken etwas Schatten auf die Stadt warfen, als ich die Wohnungstür aufschloss und ins Vorzimmer trat, endlich meine Flipflops ausziehen konnte und von Elton John empfangen wurde.

Moment.

Ich hielt für einen Augenblick inne.

Ja, tatsächlich. Hier sang jemand.

Aus voller Kehle.

Burning out his fuse up here alone

Ach du meine Güte!

Ich hatte kaum Zeit, einen klaren Gedanken zu fassen, bis der Refrain erneut einsetzte:

And I think it's gonna be a long, long time
'Til touchdown brings me 'round again to find

Das war Fred!

Unter der Dusche!

I'm a rocket man
Ich kicherte in meine Handfläche.
Rocket man, burning out his fuse up here alone

Fred sang aus vollem Hals. Es saß nicht jeder Ton, aber er kompensierte das mit Enthusiasmus und beneidenswerter Textsicherheit.

Und in diesem Moment überwältigte mich so viel Zuneigung für den liebenswerten Mann mit dem Kochzwang, dass mir für einige Sekunden der Atem zu stocken schien. Ich mochte Fred. Ich mochte, wie er sich in seiner Küche bewegte. Ich mochte, dass er sich um Rosa und Viola und auch Frau Lore kümmerte. Ich mochte, wenn er manchmal leicht schnorchelte, wenn er lachte. Ich mochte, dass er immer Nougatschokolade kaufte, weil das meine liebste Sorte war. Ich mochte, wie er sich an meinem Bauchnabel festhielt, bevor er einschlief. Ich mochte, wenn er mir lange Passagen aus einem Artikel vorlas, wenn ihn ein Thema besonders aufregte.

All das fiel mir plötzlich ein und so viel mehr. Und eine gänzlich neue, gänzlich unbekannte Wärme machte sich in meinem Bauch bemerkbar und tanzte durch meinen Körper, meine Fingerspitzen kribbelten und ich war mir sicher, noch niemals etwas derart Schönes empfunden zu haben.

Wegen Elton John!

Unter der Dusche!

Und in dieser Sekunde der absoluten Euphorie traf ich meine Entscheidung, wie ich wegen der Wohnung vorgehen wollte.

„Ich werde nächste Woche ausziehen", sagte ich und strich Fred mit meinen Fingerspitzen durch die Haare. Sein ganzer Körper erstarrte.

„Wie bitte?" Fred hob seinen Kopf von meinem Bauch, wo er vor wenigen Minuten etwas erschöpft gelandet war.

Nachdem ich zuvor in die Wohnung gestolpert war, war ich der Stimme ins Badezimmer gefolgt (wo ich meine Hände und mein Gesicht wusch, natürlich) und Fred zugrinste, der lächelnd seine spontane Rocket-Man-Einlage zu einem Ende brachte. Er zog mich erst aus, dann unter die Dusche, dann weiter ins Bett, wo wir jetzt lagen. Das Sonnenlicht war mittlerweile tatsächlich von regelmäßigen Blitzen und Donner abgelöst worden und die ersten Regentropfen trommelten ans Fenster.

„Ich ziehe nächste Woche aus", wiederholte ich leise.

Fred starrte mich an. Sein Gesicht war irgendwie hart geworden, härter als ich es kannte.

Er setzte sich auf, unterbrach den Kontakt überall dort, wo wir uns gerade noch berührt hatten. Ohne etwas zu sagen, zog er sich seine Jeans an und ging aus dem Raum.

Verwirrt suchte ich irgendetwas Tragbares, fand jedoch nur das Kleid, mit dem ich gerade vorhin noch quer durch die Stadt marschiert war. Aber es war besser, als diesem neuartigen Schweigen ohne Gewand zu begegnen.

. . .

„Warum bist du weggeg–“, begann ich, als ich durchs Schlafzimmer in den großen Wohnraum trat, hielt aber inne, als ich Fred mit dem Rücken zu mir, mit aufgestützten Armen auf der Anrichte in seiner Küche stehen sah. (Sensationelle Rückenmuskulatur übrigens, muss an dieser Stelle – unpassenderweise – erwähnt werden. Und ja, ich schäme mich nicht, dass mir das gerade in diesem Moment auffiel.)

Fred drehte sich um und starrte mich mit derart zusammengezogenen Augenbrauen an, dass sie fast einen durchgehenden Strich ergaben.

Definitely not amused.

Aber warum bloß?

„Ich verstehe nicht –“, begann ich erneut, aber ließ auch diesen Satz unvollendet, nachdem Fred aufschnaufte. Er warf seine Hände in die Luft.

„Das sagst du mir einfach so?“

„Ja, wie denn sonst?“

„Während wir im Bett liegen? Nackt? Nach einem der … der … besten … intensivsten …“

„Was?“

„Sex, Eliza! Wir hatten gerade Sex!“

„Ich weiß! Ich war dabei!“

Fred schnaubte nochmals wild durch die Nase.

„Und dann knallst du mir um die Ohren, dass du ausziehen wirst?!“

„Offenbar war das nicht richtig“, sagte ich, „aber ich musste es dir irgendwann sagen.“

Plötzlich fiel die ganze Spannung von Freds Körper ab und er schien um einige Zentimeter zu schrumpfen. Er lehnte sich an die Anrichte in seiner Küche und sah mich mit müden Augen an.

Ich wagte es, ein paar Schritte näher zu gehen und blieb auf Höhe des Tresens stehen.

„Seit wann planst du das schon?“, fragte Fred leise.

„Was denn?“

„Auszuziehen.“

„Sabrina kannte da jemanden ...“, ich sah ihn zögerlich an. „Eine Arbeitskollegin. Deren Tante.“ Ich dosierte die Informationen in kleinen Häppchen, immer vorsichtig, um nur ja nicht den Bogen erneut ungewollt zu überspannen. Ich erklärte, wo die Wohnung lag, wie viel Miete verlangt wurde und was mir sonst noch so an Details einfiel.

Fred hörte zu, trank ab und zu aus einem Wasserglas, aber er sah mich nicht direkt an.

Irgendwann, nachdem ich selbst einige Augenblicke lang nichts mehr gesagt hatte, richtete er seinen Blick doch noch auf mich.

„Ich dachte, du bleibst“, sagte er leise, seine Augen so offen – und enttäuscht – wie selten.

Ich schluckte.

„Ich dachte, ich sollte ausziehen.“

„Aber warum denn?“

„Weil das nicht real ist“, sagte ich.

„Was ist nicht real?“ Freds Stimme wurde härter.

„So etwas gibt es nicht“, versuchte ich einen neuen Erklärungsversuch. „Wir leben hier in einer Art Honeymoon-Bubble, ohne irgendeine der normalen Entwicklungen, die Beziehungen üblicherweise durchlaufen. Ich weiß nicht einmal, ob das hier überhaupt eine Beziehung ist!“

Freds Augen wurden für einen Moment schmäler, dann jedoch irgendwie kälter. Er sagte allerdings nichts.

„Alles, was ich zurzeit sage, scheint irgendwie falsch zu sein", sagte ich daher. „Ich mache das eigentlich, weil ich uns eine realistische Chance geben will."

„Indem du ausziehst?"

„Indem ich uns Distanz gebe", antworte ich, „die Möglichkeit, sich zu Dates zu verabreden. Mal die eine oder andere Nacht allein zu verbringen. Sich zu vermissen und weiter kennenzulernen."

„Wie ‚normale Beziehungen'", sagte Fred bitter und zeichnete Anführungszeichen in die Luft.

Ich nickte.

Fred stieß sich von der Kücheninsel ab und machte einige Schritte auf mich zu. Er blieb neben mir stehen, jedoch ohne mich zu berühren und – was soll ich sagen? – selten zuvor habe ich jemanden so sehr vermisst wie Fred in diesem Augenblick, als er 30 Zentimeter von mir entfernt stand und mich mit kühlem Blick ansah.

„Und wie viele ‚normal entwickelte Beziehungen' kennst du, die ewig gehalten haben?", sagte er kühl. Dann wandte er sich um und ging ins Schlafzimmer.

Als die Tür laut ins Schloss fiel und der Knall durch die Wohnung donnerte, setzte ich mich in Bewegung.

Ich musste raus.

Ich musste weg.

Siebenunddreißig

FRED

Ich fand Eliza in ihrem Pyjama und einem für einen Juli-Abend viel zu warmen Sweater in Frau Lores Armsessel. Sie saß zusammengekauert da und schien leicht zu dösen, als mich Frau Lore in die Wohnung ließ. Es war kurz nach Mitternacht und es wehte angenehm kühle Luft durch Frau Lores Wohnung. Das Sommergewitter hatte im Laufe des Abends nachgelassen und die Straßen trockneten langsam im angenehm kühlen Wind.

Uns würde endlich eine halbwegs frische Nacht bevorstehen und Frau Lore hatte – wie ich und vermutlich halb Wien – alle Fenster ihrer Wohnung geöffnet, um die hohen Temperaturen, die sich in den vergangenen Tagen in den vier Wänden aufgestaut hatten, zu vertreiben.

„Ich habe den Alkohol versteckt und ihr Geschichten aus dem Krieg erzählt“, sagte Frau Lore zu mir und ich zog eine Augenbraue hoch. Als ob sie alt genug für Erlebnisse des Zweiten Weltkriegs wäre!

Sie antwortete mit einer ebenso hochgezogenen Augenbraue, zwinkerte mir dann aber zu. „Nun gut, es waren nicht *meine* Geschichten aus dem Krieg“, gab sie dann zu.

„So oder so nicht sehr unterhaltsam“, warf ich ein und Frau Lore zuckte mit den Schultern.

„Ihr Kinder seid immer so altklug, auch wenn es euch nicht zu Gesicht steht“, sagte sie und grinste, „da muss man sich bei jedem Witz so anstrengen. Jedes harmlose Witzchen wird gleich zerpflückt.“

Ich lächelte und zuckte mit den Schultern, dann sah ich zu Eliza, die immer noch zu schlafen schien.

„Nimmst du sie mit?“, fragte Frau Lore.

Frau Lore hatte mich per WhatsApp kontaktiert, um mir zu sagen, dass Eliza bei ihr gelandet war.

Nach meinem überaus nötigen, superdramatischen Abgang in mein Schlafzimmer (inklusive Türknall) hatte ich mich erstmal schmollend aufs Bett gesetzt und die wirren Gedanken in meinem Kopf herumlaufen lassen.

Von der Überraschung, mit Elizas Neuigkeiten unvorbereitet konfrontiert worden zu sein (ein Schlag vor den Kopf), über die Panik, dass unser Kontakt abreißen konnte, wenn sie nicht mehr hier wohnte (vollkommen unnötig), bis hin zur selbstkritischen Erkenntnis, dass ich unser Arrangement als selbstverständlich angenommen hatte (ich Doofzack!), wellten zahlreiche

Emotionen und Vorwürfe in alle Richtungen durch meinen Körper.

Es vergingen viele, viele, viele Minuten, bis ich mich wieder in der Lage fühlte, Eliza für ein etwas ruhigeres Gespräch zu begegnen. Und ihr vielleicht die Chance zu geben, mir ihre Beweggründe zu erklären, bevor ich ihr – unaufgeregt und mit allfällig logischen Argumenten – darlegte, warum sie in meiner Wohnung bleiben sollte.

Manchmal war Erwachsensein einfach nicht so leicht möglich.

Mit halbwegs verrauchtem Ärger und der Friedenspfeife im Gepäck suchte ich die Wohnung ab, aber Eliza war weg. So wie ihre Handtasche. Und ihre Flipflops.

Ich schrieb ihr eine Nachricht, erhielt aber keine Antwort.

Bis sich eben Frau Lore bei mir gemeldet hatte.

Vor ungefähr zwei Minuten.

Und ich hatte alles liegen- und stehengelassen und war, ohne zu zögern, in den vierten Stock gelaufen.

„Ich weiß nicht, ob sie mit mir mitkommt", antwortete ich auf Frau Lores Frage und sah die alte Frau mit den stets amüsierten Augen an. Sie zuckte mit den Schultern. „Weißt du, was das Problem eurer Generation ist?"

Ich schüttelte anstandshalber den Kopf. Vermutlich würde sie es mir ohnehin gleich verraten.

„Ihr redet so viel", sagte Frau Lore triumphierend.

„Ich denke, in diesem Fall wurde zu wenig geredet“, ich deutete zwischen Eliza und mir hin und her.

„Ach, Humbug! Damals im Krieg …“ Frau Lore unterbrach sich, als ich sie skeptisch ansah. Sie seufzte, dann grinste sie.

„Na gut“, begann sie erneut, „so oder so: Ihr redet einfach zu viel. Ihr haltet euch mit Details auf, die früher kein Mensch besprochen hat. Beziehungsstatus! Dates! Pff!“ Sie warf ihre Hände in die Luft. „Ich sag dir, wie man das in meinem Alter sieht: Man mag sich. Oder man mag sich nicht. Das muss man wissen. Der Rest ist Beschäftigungstherapie.“

Ich musste lachen, wurde aber sogleich wieder ernst.

„All das, was Sie vom Tisch wischen“, warf ich ein, „hat schon auch mit Respekt zu tun.“

„Ja, aber respektierst du jemanden nach dem dritten Date mehr als nach dem ersten?“

„Manchmal, vielleicht, wenn man jemanden besser kennengelernt hat?“

Frau Lore sah mich skeptisch an. Dann winkte sie ab.

„Blödsinn“, sagte sie, „das ist alles viel einfacher. Man weiß innerhalb von Sekunden, ob man jemanden mag. Wenn man es nicht sofort weiß, ist man entweder körperlich getrennt von seinem Hirn und seinem Herz oder ein Soziopath. Wenn es nicht sofort funkt, kann man das auch in vielen, vielen Dates nicht aufholen.“

Nun war es an mir, skeptisch zu schauen. Ich glaubte nicht an Liebe auf den ersten Blick. Das war ein Konzept für die Werbe- und Filmindustrie, aber nicht fürs reale Leben.

„Denk dran, wie ihr euch kennengelernt habt“, sagte Frau Lore und deutete auf Eliza, die kurz im Schlaf aufschnaufte. Mein Herz klopfte, als ich sie da zusammengekauert schlafen sah. Ich wollte sie in den Arm nehmen, jeglicher Ärger des Nachmittags in der Sekunde verflogen.

Ich wollte sie mit nach Hause nehmen.

Ich wollte, dass sie bleibt.

„Hm?", erinnerte mich Frau Lore daran, dass sie eigentlich etwas von mir wissen wollte. Ich dachte daran, wie ich Eliza kennengelernt hatte, in ihrem pinken Morgenmantel, der es eigenartigerweise nicht in ihre Standardgarderobe, die sie in der Wohnung trug, geschafft hatte. Ich lächelte in der Erinnerung an den Schokoriegel an ihrer Wange, als sie mir bei unserer ersten Begegnung im Halbschlaf die Tür geöffnet hatte.

Hatte ich mich damals schon zu ihr hingezogen gefühlt?

Ja.

Ja!

Hatte ich gewusst, dass ich wenige Wochen später einen Aufstand machen würde, wenn sie unsere gemeinsame Wohnung verlassen wollte?

Definitiv nicht.

Hatte es gleich gefunkt?

Womöglich. Ich wusste es nicht. Vielleicht war die Verbindung zu meinem Hirn und meinem Herz, wie Frau Lore es so charmant gesagt hatte, nicht intakt. Oder ich hatte dem keine Aufmerksamkeit geschenkt. Ich wusste aber, dass ich Eliza von Anfang an interessant fand. Gerade weil sie so nonchalant auf den Schokoriegel an ihrer Wange reagiert hatte.

Und ich dachte an die vielen Facetten ihrer Persönlichkeit, von mutig bis einfühlsam, von lustig bis hochkonzentriert, die den Alltag mit ihr abwechslungsreich und tiefgründig machten. Die mein Interesse für sie eher bestärkt hatten.

Und in diese Schokoladenkuchenzuneigung driften hatten lassen.

Ich sah Frau Lore an, ohne etwas zu sagen, aber ihre Augen blitzten wissend auf.

„Ohhh“, seufzte sie, „da hat’s jemanden sehr erwischt.“

Ich blinzelte schnell, weil meine Augen plötzlich ein wenig brannten.

Dann nickte ich.

Frau Lore umarmte mich, ihr Kopf etwa auf Höhe meines Brustbeins, und machte sich dann daran, Eliza sanft aufzuwecken.

Eliza sah sich verschlafen um und für einen Moment blickte sie mich verwirrt an, als wüsste sie nicht, ob sie wach war oder träumte. Ich ging zu ihr, legte meinen Arm um sie und half ihr auf.

„Komm, wir gehen nach Hause“, murmelte ich und Gänsehaut lief mir über den Rücken, weil mir meine Worte so bedeutungsvoll erschienen.

Eliza gähnte herzhaft und vollkommen unbeeindruckt von mir.

Wie gesagt: abwechslungsreich.

Und das jeden Tag.

Achtunddreißig

ELIZA

Ich erwachte genauso, wie ich jeden Tag in den vergangenen Wochen aufgewacht war. Bei Sonnenschein vor dem Fenster und mit Freds Nase in meinem Nacken. Es dauerte einen Moment, bis mir der Streit vom Vortag wieder einfiel, wie ich mich erst bei Rosa, später dann bei Frau Lore herumgedrückt hatte, zu feig, um in die Wohnung zurückzukehren.

Zu feig, um Fred meine Beweggründe zu erklären.

Ich seufzte leise.

Fred begann, sich leicht zu bewegen.

„Guten Morgen", murmelte er in meinen Nacken.

„Guten Morgen", flüsterte ich zurück.

Vor dem Fenster strahlte die Sonne, der gewittrige Vortag

bereits wieder vergessen.

Ich hatte keine Ahnung wie spät es gewesen war, als Fred mich im Halbschlaf wie eine Betrunkene durchs Haus und zurück in die Wohnung geführt hatte.

Wir hatten unsere Differenzen nicht mehr angesprochen. Verschlafen wie ich war, wäre das auch gar nicht mehr möglich gewesen.

Aber jetzt war mein Kopf munter, also drehte ich mich in Freds Umarmung um und rückte ein Stück weit nach hinten, um ihm in die Augen sehen zu können.

Er lächelte leicht, aber verhalten.

„Es tut mir leid", sagte er leise.

„Es tut mir leid", sagte ich gleichzeitig.

Wir lächelten uns zu.

Ich atmete tief durch.

„Ich möchte dir das gerne erklären", begann ich. Und dann legte ich los: Ich erzählte von Rupert und davon, wie die subtilen Quälereien vor allem nach dem Ende der Beziehung zu schmerzen begonnen hatten, weil ich die Intensität seiner Manipulationen erst so richtig wahrnehmen konnte.

Wie dieser eine Mensch so viel Vertrauen in andere Menschen zunichtegemacht hatte, als hätte ich niemals zuvor oder danach mit anderen Leuten zu tun gehabt. „Und dann kam ich gestern Nachmittag nach Hause und habe dich singen gehört", sagte ich, „und ... und ... –" Ich schluckte. „... und mein Herz war so voll und alles war gut. Aber gleichzeitig hatte sich auch eine Art ‚Sicherheitsmodus' aktiviert.

Und ich dachte, wir hätten eine größere Chance, wenn wir es langsamer angehen würden. Mit mehr Distanz. Und mehr Zeit zum Kennenlernen."

Fred hatte mir die ganze Zeit lang aufmerksam zugehört. Mit einer Hand war er gedankenverloren meinen Oberarm auf und ab gefahren, so leicht, dass es kaum zu spüren war. Nun aber ließ er die Hand hinter meinen Rücken fallen und zog mich an sich, umarmte mich.

Von Kopf bis Fuß.

„Mein Herz ist auch voll", sagte er, als er die Umarmung leicht löste. Dann suchte er meinen Blick. „So sehr."

Ich lächelte.

Fred küsste mich, leicht und zärtlich. Dann erzählte er mir von seinem Gespräch mit Frau Lore, das sie gestern Abend *neben mir* geführt hatten. Irgendetwas von Gefühlen beim ersten Treffen, auch wenn es keine Liebe auf den ersten Blick sei.

Oder so ähnlich.

„Bleib", sagte Fred schließlich. „Bitte." Er sah mich direkt an, die Augen unverschleiert, der Gesichtsausdruck offen. „Weißt du", setzte er fort, „ich habe mich daran gewöhnt, abends mit dir den Tag durchzusprechen. Dich zu umarmen. Mit dir aufzuwachen. Ich will es gar nicht mehr anders. Ich will das auch nicht nur an einigen Tagen in der Woche."

Fred sah mich hoffnungsvoll an.

Und ich?

Also, ganz ehrlich, die Angst, nochmals so einen Reinfall zu erleben wie mit Rupert, war nun nicht plötzlich auf einen Schlag weg. Wer weiß, ob diese jemals zur Gänze verschwinden würde. Vielleicht poppte alle paar Wochen oder alle paar Jahre immer wieder mal ein wenig Unsicherheit auf.

Und das sagte ich auch Fred.

Er grinste. „Ab und zu muss man eh auch streiten", meinte er dazu, „so ein reinigendes Gewitter sorgt für frische Luft."

Ich lachte.

„Und wenn es nicht funktioniert", setzte er fort, „dann können wir immer noch Frau Lore die Schuld geben."

Epilog

FRED

Drei Jahre später

„*Wake me up, before you go go*", schrieb Inga0815 ungefähr 44 Sekunden, nachdem ich das aktuellste Foto über den Instagram-Account von *Endlich satt* gepostet hatte. Ich verdrehte schmunzelnd meine Augen.

Es war Anfang Juli und die Nächte kühlten seit einer Woche nicht mehr richtig ab. Mit Beginn der Sommerferien nahmen wir immer einen besonderen Kaffee in unser Sortiment auf – eisgekühlt mit einem Schuss Vanille und wahlweise auch einigen Schwarzbeeren, falls das jemand wollte.

Heute Vormittag war einer der zubereiteten Kaffees besonders sehenswert geworden, weshalb ich ein schnelles Foto davon auf Instagram gepostet hatte: *Blazing Summer / Cold Coffee #MorningGlory*

Das waren womöglich zu viele Songtextreferenzen in nur einem einzigen Posting, aber auch Inga0815 wählte diesmal Lyrics, um mir in ihren niemals subtilen Anspielungen ihre … Meinung mitzuteilen. In all den Jahren, seit ich begonnen hatte, über mein Essen zu posten, war mir diese kleine Gruppe an Personen, die jedes einzelne Foto kommentierten, ein steter Begleiter geblieben, – auch wenn ich bezweifelte, dass diese Leute auch nur einmal ihren Fuß in unser Lokal gesetzt hatten.

Ja, genau: *unser* Lokal.

Ivo und ich hatten es tatsächlich in – rückblickend überraschend – wenigen Monaten geschafft, unsere Idee in die Tat umzusetzen. Noch bevor es damals richtig Winter geworden war, konnten wir den riesigen Schriftzug *Endlich satt* über dem kurz nach meinem Umzug in dieses Viertel entdeckten Geschäftslokal in der Nähe der Kettenbrückengasse anbringen. Der riesige leere Raum war zu diesem Zeitpunkt schon nicht mehr wiederzuerkennen. Wir hatten gemütliche Sitzecken eingerichtet, dazu kleine Tische für ein oder zwei Gäste aufgestellt, aber ebenso Stehtische eingeplant für jene, die kurz auf ihr Essen warteten oder einen schnellen Espresso bei uns trinken wollten. All das wurde umrahmt von einem eleganten Tresen, auf dessen Ende eine Vitrine für Ivos Brot und Gebäck aufgebaut war.

Der Umbau hatte uns eigentlich sehr viele Nerven gekostet. Ivo und ich stritten uns mit dem Elektriker, während er das halbe Lokal aushöhlte, mit zwei Lieferanten, bevor wir ihre Verträge unterzeichneten, und mit jenem Tischler, der für uns einen riesigen Tisch in der Mitte des Lokals anfertigen sollte (was ihm mit sehr viel Betreuung von uns schließlich doch noch gelang) – aber wir stritten niemals miteinander. Die ganzen drei Jahre seither eigentlich nicht.

Dafür flogen mit Eliza immer wieder mal scharfe Worte durch unsere Wohnung. Nachdem ich sie damals, vor drei Jahren, überreden hatte können, bei mir wohnen zu bleiben, hatten wir relativ schnell in unseren dann eigentlich schon gewohnten Rhythmus zurückgefunden. Also, wir aßen, wir liebten uns, wir unterhielten uns über alles und jeden und lernten uns immer mehr kennen.

Und lieben.

Und Liebe herrschte auch an den meisten der vielen Tage in unserem bunten Haus, in dem regelmäßig die freundlichsten Menschen ein und aus gingen. Aber manchmal musste sich auch Spannung entladen.

Und dann wurde es laut.

Mal ging es darum, dass ich benützte Handtücher vom Badezimmerboden aufheben sollte („Wir leben hier nicht im Hotel!“, brüllte Eliza dann durch die Wohnung), oder darum, dass Eliza niemals rechtzeitig aus dem Büro nach Hause kam („Sollen wir dir dort ein Zimmer einrichten? Soll ich das Abendessen in die Firma liefern? Kalt ist es ja so oder so!“, selbst im Streit war ich immer der serviceorientierte Küchenchef). Einmal ging es um ein Geschenk für Viola („Kein Kind der Welt will mit einem pinken glitzernden Pferd *mit Flügeln* spielen!“, hatte Eliza brüllend behauptet, dem ich ein leider nicht sehr cooles „Aber kein Kind braucht eine Polizeistation aus Lego!“ entgegenzusetzen hatte.) und ein anderes Mal hatte Eliza mir die Schuld gegeben, weil wir *vorübergehend* Ivos Schokocroissants aus dem Sortiment genommen hatten, um für einige Suppenkreationen von mir, die wir im Glas verkauften, Platz zu haben („Kein Mensch isst im Juli Suppe!“, wollte mir Eliza damals laut schreiend weismachen, woraufhin ich türenknallend durch die Wohnung gezogen bin und mehrmals, lauthals „Gazpacho im Glas!“ gebrüllt hatte.).

Jedes einzelne Mal stürmte Eliza dann aus der Wohnung oder ich ins Schlafzimmer und die Türen knallten und ich brauchte mal länger, mal kürzer, bis ich mich wieder beruhigt und all die wirren Argumente, die wir uns an den Kopf geworfen hatten, auseinandergeklaubt hatte.

Und jedes einzelne Mal schmorte ich daraufhin (mal länger, mal kürzer) vor mich hin, bis ich endlich die erlösende Nachricht von Frau Lore erhielt und Eliza wieder nach Hause holen konnte. „Sie sind schuld“, grummelte einer von uns beiden dann immer Frau Lore entgegen, aber die lachte nur und nannte uns abwechselnd „verweichlicht“, „Sturköpfe“ oder manchmal auch „entzückend“.

Nur ein einziges Mal in den vergangenen drei Jahren musste ich eine zwei Tage lang dauernde Funkstille aushalten. Und das kam so:

An einem Sommerabend, ein gutes Jahr nachdem Eliza zu mir gezogen war, fegte ein Hagelsturm über die Stadt und Lonny, Ivo, Eliza und ich blieben im *Endlich satt* zurück, während wir die schlimmsten Sturmböen vorüberziehen ließen. Lonny hatte damals die glorreiche Idee, uns die Wartezeit mit Birnenschnaps zu verkürzen.

Und Sie wissen ja, dass Lonnys Schnaps und ich …

Und Sie wissen auch, dass mich dieser Birnenschnaps damals, ganz zu Beginn, im Delirium auf Elizas Couch gebracht hatte.

Nun, es stellte sich heraus, dass Lonnys Birnenschnaps auch auf Eliza eine magische Wirkung ausübte und so kam es, dass wir einige Stunden später, als Sturm und Hagel und Regen nachgelassen hatten, sehr gut gelaunt, absolut übermütig und vor allem unendlich ineinander verliebt durch die Straßen nach Hause stolperten. Wo wir übereinander herfielen, bis der Morgen graute.

Klingt alles nicht so schlecht, oder? (Die Geschichte geht auch gut aus, versprochen, aber über eine Hürde mussten wir dennoch drüber.)

In unserem Birnenschnapshoch hatten wir keinen einzigen Gedanken an Verhütung verschwendet und wenige Wochen später saßen Eliza und ich sprachlos vor einem positiven Schwangerschaftstest.

„Ich verklage Lonny für seinen Birnenschnaps“, hatte Eliza damals als erste Reaktion gesagt.

„Nun gut, dann heiraten wir jetzt halt“, war mein Beitrag dazu, genau gleichzeitig.

Romantik konnten wir, da brauchte man nichts zu beschönigen.

Ich kann außerdem berichten, dass wir beide eher unzufrieden waren mit der jeweiligen Spontanreaktion des anderen und unsere Überraschung über den Familienzuwachs mündete in eine handfeste Grundsatzdebatte über unsere Zukunftspläne („Ich bin doch viel zu jung dafür, um Hausfrau und Mutter zu werden!", heulte Eliza. „Warum? Du kochst ja eh nie!", war meine kluge Antwort dazu) und den Status unserer Beziehung („Wir wohnen eh schon seit einem Jahr zusammen. Läuft doch!", war mein glückloser Beitrag, der mit einem lauthals gebrüllten „Ich wollte ja damals ausziehen!" pariert worden war.).

An jenem Abend hatte sich Frau Lore zwar auch bei mir gemeldet, aber nur, um uns eine zwei Tage dauernde Schweigepause zu verordnen.

In diesen zwei Tagen hatte ich schließlich 17 neue baby- und familienfreundliche Rezepte ausprobiert, um mich irgendwie zu beschäftigen, bis Eliza mit der längsten To-do-List der Welt (jeder hatte so seine Bewältigungsstrategie) wieder durch unsere Tür getreten war und wir beim nährstoffreichsten Essen, das ich je gekocht hatte, darüber sprachen, wie wir den neuen Menschen in unser Leben integrieren wollten.

Ohne dafür verheiratet sein zu müssen.

Die drastische Veränderung unseres Zusammenlebens kam dann aber eigentlich schon vor der Geburt unseres kleinen

Mädchens, denn Eliza war im Laufe ihrer Schwangerschaft immer häufiger und immer länger zu Hause. Ein Punkt ihrer langen To-do-List beinhaltete nämlich auch, ihren verwöhnten Chef von einer Umstrukturierung der Firma zu überzeugen, die vor allem Elizas Büro entlastete, aber auch ihre vorübergehende Abwesenheit erleichterte. Und so ließ die viele Zeit zu zweit, Elizas immer runder werdender Bauch und meine Nervosität, die ich mit sehr, sehr viel Kochen bewältigte, unser Zusammenleben zur entspanntesten und – ich kann es nicht anders sagen – glücklichsten Zeit meines Lebens werden.

Gewisse Dinge *kann* man einfach nicht planen oder vorhersehen und unser Groll auf Lonny und seinen Birnenschnaps verflog auch deshalb sehr bald, weil wir von unserem überraschenden Abenteuer unheimlich gerne mitgerissen worden sind.

Nun waren wir also zu dritt.

Ich scrollte weiter durch unseren Instagram-Account und lachte über einige weitere Kommentare unter unserem Iced Coffee („I won't freeze you out / My heart is melting", schrieb etwa Lonny_Brennt). Der Vormittag im *Endlich satt* war an diesem Tag sehr ruhig, man merkte bereits, dass die Stadt in den Sommerferien war. Auch wir schlossen unser Lokal einmal im Jahr für einen Monat, nämlich im August, und begaben uns zu dieser Zeit meist auf eine kulinarische Reise in eine Region, die wir uns während der nebligsten Tage des Winters aussuchten. In den restlichen Wochen des

Julis fokussierten wir uns auf ein sehr sommerliches und oft auch sehr italienisches Speisenangebot. Ivos Ciabatta war hier in unserem Grätzl ein Verkaufsschlager, sobald die Temperaturen mediterran wurden.

Wir erledigten unsere Lunch hour heute zu zweit (normalerweise halfen uns ein oder zwei weitere Mitarbeiter aus) und ich verabschiedete mich relativ bald danach wie an jedem Werktag, um die kleine Holly aus der Vormittagsbetreuung zu holen. (Ja, wir hatten unserer Tochter natürlich einen Namen einer weiteren ikonischen Audrey-Hepburn-Rolle gegeben. Was sollte ich sagen? Holly trug den Namen bereits jetzt mit Würde und Eleganz. Und auch mit Fassung.)

~

Eliza trat durch die Tür und ihre Wangen glühten erfreut und auch etwas erhitzt. Holly und ich hatten es uns auf der Couch gemütlich gemacht und wir durchliefen ein ausgewähltes Unterhaltungsprogramm aus Spielzeug nehmen, geben und werfen, kleinen Snacks zwischendurch und intensiven Gähnmomenten, in denen sie es jedoch nicht wagte, einzuschlafen.

„Mama", krähte Holly auch gleich – plötzlich wieder fit wie ein Turnschuh – von der Couch, als sie Eliza entdeckte.

Wenige Augenblicke später setzte sich Eliza zu uns, küsste erst das Kind, dann mich und erzählte uns wie sonst auch immer von ihrem Tag im Büro.

„Wieso liegt euer Gästebuch hier?“, unterbrach Eliza ihren Bericht und sah mich an. Irgendwie erzählten ihre Augen eine Geschichte, die ich gerade nicht ganz ergründen konnte.

Erinnern Sie sich noch an dieses ledergebundene Buch, das uns Eliza zum ersten „Brot-Dinner“ (der Name hat sich tatsächlich über all die Jahre gehalten) mitgebracht hatte? Wir hatten es im *Endlich satt* vom ersten Tag an aufgelegt und heute hatte ich es mit nach Hause genommen, nachdem es mir Ivo in die Hand gedrückt hatte.

„Ivo meinte, ich soll es mitnehmen. Es ist offenbar vollgeschrieben“, erklärte ich Eliza und wieder sah sie mich so eigenartig an.

Später, nachdem wir Holly ins Bett gebracht hatten, saßen wir bei offenen Fenstern und einem Glas Prosecco auf der Couch und ich blätterte durch das Gästebuch, las den einen oder anderen Beitrag darin und versuchte, mich an die jeweiligen Gäste zu erinnern. Auch bei uns kamen ab und zu Promis vorbei und wir freuten uns, wenn sie uns auf ihren Social-Media-Kanälen erwähnten. Aber wir freuten uns vor allem über die drei Schulkinder, die sich jeden Donnerstag jeweils eines von Ivos Briochekipferln kauften, oder über das französische Ehepaar, das vor mehr als 30 Jahren in einer der Wohnungen über dem Lokal gewohnt hatte („Comme rentrer à la maison“, stand da im Gästebuch), oder über die drei Studentinnen, die sich jeden Montagvormittag bei uns auf einen Kaffee trafen und eine Stunde intensivst plauderten, dann jedoch bis zur Lunch hour auf ihre Laptops einhämmerten, bis sie sich das jeweilige Tagesmenü holten und ihre Diskussionen wieder aufnahmen.

Mit leichter Rührung blätterte ich also durch dieses Buch, das so manch wichtige Station unserer ersten Jahre dokumentierte. Ähnlich festhielt, wie es auch die Fotos von Anna taten, die wir an einer Wand im Lokal so nach und nach aufhängten – ein Mosaik unserer Geschichte, die noch lang nicht fertig erzählt ist.

„Fühlst du dich sentimental?", fragte mich Eliza und nestelte sich unter meinen Arm, legte ihren Kopf an meine Schulter.

Ich murmelte zustimmend.

Ihr Frühlingsblumenduft umhüllte mich und ich nahm einen tiefen Atemzug. Auch das gehörte zur Geschichte unseres Lokals sowie der vergangenen Jahre dazu.

Langsam blätterte ich weiter, erzählte die eine oder andere Anekdote, wenn mir ein Gruß besonders ins Auge sprang, bis ich auf der letzten Seite landete, beim letzten Eintrag und diesen las.

Dann las ich ihn noch einmal.

Dann sah ich Eliza an. Ihre Augen blitzten.

„Was steht da?", fragte sie flüsternd. „Lies es mir vor." Sie lächelte.

Ich schluckte. Mein Magen flippte wie schon lang nicht mehr.

„Seit ich den Koch dieses Etablissements kenne, esse und trinke und lache ich regelmäßig. Vor allem seine Desserts kann ich empfehlen. Nicht nur, weil er selbst manchmal ein ganz kleines bisschen nach Apfelstrudel riecht." Ich lächelte, dann las ich weiter, was da in Elizas Handschrift geschrieben stand. „Auf den Genuss, Fred! Lass uns doch endlich heiraten!"

Ich sah wieder zu Eliza, die mich immer noch anlächelte. „Ist doch ein schöner Text, oder?", sagte sie.

„Wunderschön", krächzte ich.

„Und?", fragte mich Eliza mit ihrem offenen Blick. „Was sagst du? Wollen wir heiraten?"

„Natürlich", antwortete ich. „Ich dachte schon, du fragst nie."

Eliza lachte laut auf, dann küsste sie mich – bis wir nach Luft schnappen mussten.

Sie beugte sich nach vorn, nahm ihr Prosecco-Glas in die Hand und reichte mir meines.

„Auf die Ewigkeit!", sagte sie und prostete mir zu.

Ich hob mein Glas und ließ es an ihres stoßen.

„Auf die Ewigkeit!", antwortete ich.

*** ENDE ***

Und so geht's weiter

HANDVOLL: TEIL 2 DER SINNVOLL-SERIE

Ivo hat ein Geheimnis. Denn Ivo ist verliebt. Und das kam so plötzlich und unerwartet, dass es ihm seither in wichtigen Momenten die Sprache verschlägt.

In all jenen Momenten nämlich, in denen er Rosa reinen Wein einschenken hätte können.

Rosa ist gestresst. Von ihrem Leben als Alleinerzieherin. Und vom Pendeln zwischen Büro und Kindergarten. Da bleibt kaum Zeit für einen gemütlichen Kaffee mit Eliza im *Endlich satt*. Und es bleibt schon gar keine Zeit für Männer und Beziehungen und alles, was dazu gehört.

Bis Rosa plötzlich merkt, dass sie das Flirten verlernt hat...

Weitere Geschichten von Katrina

EIN NEUANFANG AM LAND

Liebe unter der steirischen Sonne, inmitten der Weinberge, umringt von belebender Natur und loyalen Freunden. „Landlieben" ist eine unterhaltsame Reihe an Kleinstadt-Liebesromanen mit Happy End für eine Pause vom Alltag.

LANDLIEBEN

Eigentlich war Irene der Meinung, ein perfektes Leben zu führen, beruflich und privat gleichermaßen erfolgreich. Bis zu einem verhängnisvollen Nachmittag Anfang Juni, als sie nach einer aufrüttelnden Entdeckung Hals über Kopf Wien verlässt und ihr bisheriges Leben zurücklässt.

Spontan und ohne konkreten Plan kehrt Irene an den einzigen Ort zurück, der ihr in diesem Chaos einfällt…

HERBSTLIEBEN

Es war wie eine Szene aus einem Musikvideo der 90er Jahre: Plötzlich fand sich Lucy nur in einem Hochzeitskleid bekleidet neben einem rauchenden VW-Bus mitten in einer unbekannten Kleinstadt wieder.

Die Flucht vor den kuriosen Zukunftsplänen ihrer Mutter hätte sie eigentlich ans Meer bringen sollen, aber ohne Geld, ohne Telefon, ohne Plan - und jetzt auch noch ohne Auto! - kam man eben nicht sehr weit…

NATURLIEBEN

Amina, die Inhaberin der charmanten Buchhandlung „Seitenweise“, wartet sehnsüchtig auf den Frühling, als im letzten Schneefall der Saison plötzlich der berühmte Schriftsteller Luis Kramer buchstäblich auf ihrer Türschwelle landet.

Mit dem Erwachen der Natur in den darauf folgenden Wochen taut auch die anfangs unerwartet harte Schale des Schriftstellers langsam auf. Und plötzlich sehen sich die beiden auch mit einem Umweltskandal konfrontiert…

SCHNEEKÜSSEN. EIN VALENTINSTAGSROMAN

Es ist Winter und eine dicke Schneedecke legt sich über Wien. Und während sich der Valentinstag in großen Schritten nähert, kommen sich Val und Tino erst in E-Mails und schließlich auch von Angesicht zu Angesicht immer näher.

"Schneeküssen" ist ein E-Mail-Roman, der nach und nach in die Wirklichkeit hinaustritt. Mit viel Schneefall, einem magischen Ausflug ins Museum und unzähligen Herzkeksen. Inmitten einer Stadt zum Verlieben.

Vielen Dank

Vielen Dank, dass Du mit Eliza und Fred das Grätzl rund um den Wiener Naschmarkt erkundet hast!

Du willst nicht verpassen, wenn es weitere Geschichten von mir gibt? In meinem Newsletter informiere ich, sobald neue Bücher von mir erhältlich sind. Zur Überbrückung der Wartezeit verschicke ich monatlich eine kurze Alltagsszene – zur Unterhaltung und als Lesegenuss für unterwegs. Du kannst Dich unter www.katrinaverde.at dafür anmelden.

Als **Dankeschön** erhältst Du jedenfalls gleich nach Deiner Anmeldung eine **Kurzgeschichte** von mir, die es exklusiv nur via E-Mail gibt.

Ich freue mich auch über Feedback, Inspiration oder ein schlichtes „Hallo“ per Mail an schreibtisch@katrinaverde.at.

Wir lesen voneinander!

Alles Liebe, Katrina

Über Katrina Verde

Katrina Verde schreibt unterhaltsame Liebesromane mit gutem Geschmack. Ihre Geschichten drehen sich ums Essen, den Genuss - und natürlich die große Liebe mit Happy End.

Ob in den steirischen Weinbergen oder nahe der Wiener Innenstadt, die Hauptdarsteller*innen in Katrinas Büchern finden ihr Glück in kleinen Gesten, guten Freundschaften und zahlreichen Wohlfühlmomenten. Katrina behandelt die großen Fragen zwischenmenschlicher Beziehungen. Aber auch Fußball. Oder den Klimaschutz. Jedenfalls aber immer auch die Schönheiten der Jahreszeiten und die Sinnlichkeit des kleinen Moments.

Katrina ist selbst stets in Bewegung, immer auf der Suche nach der Magie zufälliger Begegnungen - und gutem Kuchen. Man findet sie daher häufig in der Weststeiermark. Oder in Wien. Und auch hier: www.katrinaverde.at